新中国 70 年 70 部
长篇小说典藏

姚雪垠

(1910—1999)

河南邓州人，现当代著名作家。曾任中华全国文艺界抗敌协会理事、创研部副部长，上海大夏大学教授、副教务长，湖北省文联主席，中国新文学学会会长，中国作家协会名誉副主席等职。短篇小说《差半车麦秸》、中篇小说《牛全德与红萝卜》、长篇小说《春暖花开的时候》《长夜》《李自成》等曾在海内外产生广泛影响。特别是《李自成》，不仅填补了"五四"以来中国长篇历史小说的空白，而且取得了多方面的艺术成就和开创性贡献，是具有里程碑意义的文学巨著。《李自成》第二卷获首届茅盾文学奖，《李自成》全书五卷获中宣部"五个一"工程奖和中国图书奖。

新中国 70 年 70 部
长篇小说典藏

李自成

第四卷

姚雪垠———著

学 习 出 版 社

中 国 青 年 出 版 社

图书在版编目（CIP）数据

李自成. 第四卷／姚雪垠著. —北京：中国青年出版社：学习出版社，2019.9
（新中国 70 年 70 部长篇小说典藏）
ISBN 978 – 7 – 5153 – 5786 – 7

Ⅰ. ①李… Ⅱ. ①姚… Ⅲ. ①长篇历史小说—中国—当代 Ⅳ. ①I247.5

中国版本图书馆 CIP 数据核字（2019）第 180392 号

策　　划　皮　钧
责任编辑　叶施水　秦婷婷
装帧设计　刘　静

出版发行　**中国青年出版社　学习出版社**
社　　址　北京东四 12 条 21 号
邮政编码　100708
网　　址　www. cyp. com. cn

印　　刷　山东德州新华印务有限责任公司
经　　销　全国新华书店等

字　　数　474 千字
开　　本　680 毫米×960 毫米　1/16
印　　张　36.5　插页 2
印　　数　1—5000
版　　次　2019 年 9 月北京第 1 版
印　　次　2019 年 9 月山东第 1 次印刷

书　　号　978 – 7 – 5153 – 5786 – 7
定　　价　99.00 元

如有印装质量问题，请与本社图书质检部联系调换。电话：010 – 57350337

出 版 说 明

　　为庆祝中华人民共和国成立70周年,全面展现中华民族的文化创造能力和文学发展水平,深入揭示新中国70年来的伟大历程、辉煌成就和宝贵经验,激励人们为实现"两个一百年"奋斗目标、中华民族伟大复兴的中国梦而不懈奋斗,我们策划出版了这套"新中国70年70部长篇小说典藏"丛书。为将该丛书打造成思想精深、艺术精湛、制作精良的精品丛书,我们成立了丛书评审专家委员会,成员均为密切关注和深刻了解我国长篇小说创作动态的资深评论家。委员会从历史评价、专家意见和读者喜好等方面对新中国成立70年来众多优秀长篇小说进行综合评定,从中选出70部描写我国人民生活图景、展现我国社会全方位变革、反映社会现实和人民主体地位、弘扬社会主义核心价值观和讴歌中华民族伟大复兴中国梦的精品力作。这些作品,大多为曾获中宣部"五个一工程"奖、"茅盾文学奖"等重大国家级奖项的长篇小说,政治性、思想性和艺术性高度统一,代表了中国文坛70年间长篇小说创作发展的最高成就。

　　我们致力于"把提高作品的精神高度、文化内涵、艺术价值作为追求"的使命任务,通过这套丛书的出版,在讲好中国故事、传播中国声音、阐释中国精神、展现中国风貌的同时,倡导精品阅读,引领和推动未来的中国文学原创出版。

"新中国70年70部长篇小说典藏"
评审专家委员会名单

评审专家委员会主任： 李敬泽

评审专家委员会委员(按姓氏笔画排序)：

丁　帆	白　烨	朱向前	吴义勤	何向阳
应　红	张　柠	张清华	陆文虎	陈思和
孟繁华	胡　平	南　帆	贺绍俊	梁鸿鹰
董保生	董俊山	谢有顺	臧永清	潘凯雄

项目统筹： 吴保平　宋　强

目　录

第一章

高夫人从洛阳回到得胜寨的第五天,洛阳被河南巡抚李仙风夺去的消息传到了。但当时只是传闻,对洛阳如何失守那么快还不清楚。过了一天,高夫人见到邵时信派来的人,听了详细禀报,才知道义军撤离洛阳之后,仅仅过了两天,河南巡抚李仙风率领两千官军,从孟津过河,到了洛阳城下,又恫吓,又利诱,使邵时昌献城投降。洛阳城内的官绅大户绝大多数都依然活着,也趁机从内里逼迫献城。邵时昌一伙人献城之后,为首的都被杀了。只有邵时信不愿投降,阻止献城,与邵时昌发生争执,率领二十几个弟兄保护家小,强开南门杀出,身中一箭。如今因为伤重,手下还有几个带伤的妇女和儿童,并无马骑,离得胜寨尚有百里左右。

这个重要军情在得胜寨的老营中,没有引起多大的震动。高夫人和老营将领们全都明白,闯王并无意久占洛阳,委派河南府衙门书办出身的邵时昌带着在洛阳新招募的五百名市井之徒留守,实际用意是引诱李仙风来洛阳,使他不急着回救开封。高夫人同高一功商量一阵,决定派骑兵去接邵时信一干男女来老营休息养伤。虽然红娘子曾有意率义军去重占洛阳,但是她想着自己在闯王大军中人微言轻,只敢在高夫人面前试着提了一句,未便多作主张。特别是得到洛阳失守消息的第二天,关于李闯王奔袭开封不利的消息也跟着来到,使老营将领们没有心思多谈论洛阳的事。

李闯王奔袭开封不利的消息,首先是从汝州来的。当大军撤离洛阳之后,田见秀奉命率领三千人马留驻汝州,一面赈济百姓,一面拆毁城墙,并准备随时驰援闯王。突然,他得到闯王攻开封不利的消息,便遵照闯王事前授计,放弃汝州,率领人马东去增援。

在他从汝州出发时候,派出飞骑来得胜寨向高夫人报告,老营中才初闻攻开封不利消息。高夫人同高一功、李过等紧急商议之后,担心从汝州东援的人马多是步兵,行军较慢,立即派李友率两千五百骑兵从老营出发。为着郏县被土寇盘踞,每天杀人如麻,高一功命李友将一个在南召投降的、名叫杨心赤的人带去,顺路将盘踞郏县城的土寇剿灭,留杨心赤守郏县,以便打通从得胜寨往东去传递军情的要道。李友走后的三四天以来,关于开封战事不利的谣言愈来愈多,而李友也从半路上两次派塘马回老营禀报,证实了攻城不利的传闻。

今天是高夫人回到得胜寨的第十天,又有重要探报在黄昏前来到得胜寨,引起高夫人和将领们格外关心。晚上,约摸一更过后,高一功和李过来到老营后宅,在高夫人面前秘密商议,别的将领都没有参加。据今天最后来到的确实探报说:开封防守坚固,闯王督率将士连日猛攻不克,而明朝保定总督杨文岳率领数万援军自彰德南下驰援,前锋十四日已过滑县,即将从封丘渡过黄河。因为得胜寨一带驻扎有二十万以上人马,多数是破洛阳后招的新兵,所以他们商量好如何禁止谣言,安定军心,等候新的探报。高一功和李过走后,高夫人一个人留在屋里,继续思虑着开封战事。听见院中有姑娘们在星光下练功,她连叫了两声慧梅。兰芝手提宝剑跑了进来,笑着说:

"妈,你将我慧梅姐派到健妇营几天啦,怎么忘了?"

高夫人恍然醒悟,微微一笑,问道:"姑娘们都在练功?"

兰芝回答说:"有的在练功,有的在东西厢房中做针线活。"

"叫你慧英姐来!"

兰芝出去片刻,慧英进来了。她穿一身紫色旧绸袄,腰间紧束丝绦,挂着宝剑,胸部突起,十分爽利和矫健。因为她正在同一群姑娘们替老营将士修补绵甲,闻呼前来,所以前胸衣襟上别着一枚大针,带着半尺长的线头。她站在高夫人面前,轻声问:

"夫人,有什么吩咐?"

高夫人没有马上说话,将她通身打量一眼,最后将眼光落在慧英的眉眼之间,心中赞叹说:"多么英武俊俏的一员女将!"她像慈母爱抚自己的女儿一样,伸手将慧英落下来的一缕鬓发拢到耳后,忽然感慨地说:

"你才到我身边的时候是一个只到我胸口高的毛丫头,如今完全成大人了。虽然咱们的江山还没有打成,可是已经打出了大好局面。你们这些姑娘,跟随我吃尽辛苦,历尽艰险!"

慧英觉得夫人的心思似乎有点沉重,不敢说话,只是用她那明如秋水的大眼睛望着夫人,等待高夫人继续说话。高夫人问道:

"今天下午慧梅回来一趟,我正有事,没有工夫问她健妇营的事,她可说些什么了?"

慧英含笑回答:"慧梅说,近几天健妇营的诸事都有了眉目,正在抓紧操练。她同邢大姐想请夫人抽工夫去健妇营看一看。"

"我也正想去看一看。你瞧,从洛阳回来以后,我比往日的事情多得多啦,只往健妇营看过一次,那时健妇营才找好一个地方草草扎营,许多事还没有理出头绪。红娘子向我要将,我才把慧梅派到健妇营做她的一只膀臂。听说她们现在已经把健妇营搞得鼻子是鼻子眼是眼,真不是容易的事啊!"

慧英说:"大家都说,要没有夫人在背后撑腰,头上提线,这个健妇营也不会顺利成立。我还记得,邢姐姐在洛阳刚刚提出这事,当面吹冷风和背后打破锣的人四五千,连总哨刘爷也是轻轻一笑。夫人一撑腰,又得到闯王点头,弦子就定音了。从洛阳回来以后,夫人亲自催促老营总管为健妇营调拨马匹,发给军帐、兵器,为健妇营加紧赶制战袄和战裙。倘若没有夫人的关心,俺邢大姐纵然有天大的本领,也不能在这么短的时光里把一个五百人的健妇营弄得眉目齐全!"

高夫人问:"慧梅没有对你们说别的话么?"

慧英略想一下,低声说:"慧梅说,近一两天因为谣传开封战事不利,邢姐姐嘴里不说,实际放心不下。"

　　高夫人点头说:"她同李公子是新婚夫妻,李公子又没有经过阵仗,她放心不下也是很自然的。好吧,明日早饭以后,我就往健妇营看看去,顺便也叫你红娘子大姐不要为开封的战事担心。"

　　慧英问:"要不要我事先叫人去告诉大姐和慧梅一声?"

　　"为什么? 要她们准备迎接么?"

　　高夫人用含着责备意味的眼神对慧英看了片刻,然后挥手使她走了。

　　当义军去年来到以得胜寨为中心的伏牛山东部时,正是隆冬季节。如今已是阴历二月下旬了。草木返青,应时的山花在渐暖的东风中次第开放,到处树林中可以听到宛转悦耳的鸟声。

　　这一带伏牛山区,如今不仅到处景色换新,而且所有的义军驻地都呈现着热气腾腾的繁忙景象。最突出的是到处有新辟的教场,到处在加紧训练新兵,忽而人喊,忽而马嘶,大小各色旗帜舒卷,刀枪剑戟闪光。有一个山脚下火光闪闪,炮声隆隆,硝烟滚滚,那是新成立的火器营正在演习。有许多山脚下开有驰道,马蹄动地,尘土飞扬,常常有威武的喊杀声和奔腾的马蹄声混成一片。不论是训练步兵或骑兵的地方,都不时有金鼓之声飞越山头和林梢,传入得胜寨。

　　高夫人趁着早饭后一时无事,带着十几名女亲兵走出老营。她们的战马已经准备好了,停立在辕门外的空场上。因为从寨外各处传来了阵阵炮声、喊声和金鼓之声,有的战马兴奋地侧耳谛听,有的刨着前蹄,有的昂首奋鬣,萧萧长鸣。高夫人走到玉花骢的旁边,从一个女兵手中接过丝缰,攀鞍上马,又回头对一个中军将领说:"开封有什么新的消息,你们随时派人到健妇营禀告我!"随即她将缰绳一提,带着女兵们策马出寨。薄薄的晓雾已经消散,附近的军营和练兵场如同星罗棋布,点缀在红日照耀的山坡上和山脚下边。高夫人走下一段山路,交了比较平坦的驰道,刚刚轻扬鞭梢,还没有落下,忽然听见一小队马蹄声迎面而来,但被大道转弯处的松林遮断,看不清来的是谁。忽听弓弦一响,跟着几个声音同时快活地说道:"中了!中了!"又跟着是一个人的洪亮笑声,说:"绑到马上带回去,老子今天下酒!"高夫人心中说:"啊,是他!"她策马转过松林,交上直路,将鞭子一扬,笑着问:

"摇旗,你不在清泉坡练兵,来到这搭儿干啥?有闲工夫射生么?"不等摇旗回答,她望见十几丈外被摇旗的一名亲兵拖起的死狼,接着说:"你的箭法果然是名不虚传,没有让它逃掉。"

摇旗笑着说:"不是我的箭法好,嫂子,是它骇慌啦,硬用它的脑壳往我的箭头上碰。"

"你是往老营去?"

"我去找一功哥谈几句话。嫂子往哪儿去?看操么?"

"我要到红娘子那儿去。听红娘子和慧梅说,健妇营的事儿近几天都已就绪,女兵们人人要强,学习武艺很是认真,长进很快。我今天上午事情少,趁空儿去健妇营瞧瞧。"

郝摇旗露出来嘲讽的微笑,说:"嫂子,练女兵的事儿交给红娘子去办好啦,你何必多操闲心?真正打起仗来,还是嘴上长毛的男子汉顶用。如今咱们'闯'字旗下兵多将广,难道真用得着那儿百年轻的娘儿们上阵么?叫官军笑掉了牙!"

高夫人早就明白很多人不赞成建立这个健妇营,只是碍着红娘子的面子,也为着她替红娘子做主,所以没有人当面说出来拆台的话,但背后有不少风凉话都辗转吹进了她的耳朵。郝摇旗的嘲笑使她很生气,但是她不肯当着众多亲兵的面前责备他,只是用冷静而温和的口气说:

"摇旗,你是'闯'字旗下的老人儿,怎么能这样说话?你说打仗不是女人的事儿,难道红娘子不能带兵么?她的弓马武艺不如男子么?就以慧英们几个丫头说,打仗行不行?"

摇旗说:"娘儿们也有能打仗的,但叫鸣的总是公鸡,下蛋是母鸡本行。看牴架,也只有公羊行。"

高夫人在微笑中含着严肃的神色说:"摇旗,你瞧着吧,休要胡

5

说！如今刚刚成立健妇营,才在操练女兵,别人闲磕牙不打紧,你不是无名小将,跟别人一样说这话不是存心泄健妇营的气么?"她又笑一笑说:"好吧,半月以后,我要带你一道去健妇营阅操,叫你不能不伸出大拇指头说好!"说毕,她将镫子一磕,率领着亲兵们扬尘驰去。

健妇营的五百名新招收的女兵,多是从洛阳的官绅大户中解救出来的粗使的丫头仆女,以及贫苦农家的女儿,还有一部分是备受虐待的童养媳,听说李闯王军中要成立健妇营,逃来投军。她们年小的十四五岁,年长的多在十七八岁,二十岁以上的非常稀少。有少数二三十岁的健壮妇女,死了丈夫,苦大仇深,生活没有依靠,又无儿女拖累,苦苦恳求收容。红娘子见她们命苦心诚,又都是粗手大脚,将她们收下,在健妇营中做饭,喂牲口,料理杂活,照顾少年姑娘们的生活,不着重要她们跟着大家练武,只要求她们略会使用兵器防身护体罢了。高夫人在十分困难中给健妇营调拨了二百匹战马,二十匹骡子。加上红娘子自己的女亲兵和从豫东起义部队中挑选的少数随父母起义的姑娘,都有自己骑的战马,所以健妇营实际有骑兵二百五十名。还缺少的战马,高夫人答应以后拨给。红娘子请求将慧梅给她做副手。高夫人同意了,还从老营马棚中挑选五匹好的战马交给慧梅,供她挑选的五名女亲兵骑用。健妇营的驻地离得胜寨有三里多路,在一处背风向阳的山坡上,全是帐篷,周围用新砍的杂树和一道壕沟将营地圈了起来;营门口还用石头垛起来两个一人高的小碉堡,留有箭眼,每个碉堡中可以站三个人拉弓射箭。

高夫人来健妇营的时候,为怕惊动大家,事前不令亲兵们报知红娘子迎接。但她没有料到,早有站在高坡上放哨的健妇望见,因此红娘子来得及带领十来个头目和女亲兵在营门外列队恭迎。高夫人一看大家都是戎装打扮,披挂齐全,不禁笑着说:

"我原来怕你们迎接,偷偷前来,没想到你红娘子竟有耳报神,消息得的真快!"

红娘子先向高夫人行了军礼,然后上前去扶高夫人下马,回头用责备的口气笑着说:"慧英妹,你真乖,事先不派人来传知一声,护着夫人的驾突然来到,使我几乎来不及恭迎。你存心要大姐的好看?"然后她回答高夫人:"夫人,我没有耳报神,倒是白天派有两名健妇在高处放哨瞭望,夜间派几名健妇不断在营外巡逻,所以有什么人走近我的营盘,我都能随时得到禀报。刚才我正要同慧梅带兵出操,得到禀报说有一群骑马的人,很像是夫人出得胜寨向这里走来,我便留下来了。"

高夫人含笑点头,带着十分满意的心情回头向随在她身后的女兵们扫了一眼,意思是说:"瞧瞧你们邢大姐,在带兵治军上多么出色,你们得好生学习!"随即她由红娘子陪着,看了看营门口左右两座小碉堡,张望一眼临时在营盘周围圈起来的鹿砦①和壕沟,走进营门。

健妇营在一排排的军帐和大门之间有一片空地,虽系倾斜的山坡,却经过了初步平整,修好了道路,打扫得十分整洁。这片空地是那样宽敞,倘若一旦有紧急情况,五百名步、骑健妇可以全都在营中列队出战,不至于互相拥挤。健妇们已经由慧梅带去外边操练,营中只留下少数担任炊事的和看守营盘的值班妇女。几个在院中做事的健妇,由小头目一声口令,突然起立,齐整整地并排儿肃立无声,恭迎高夫人。高夫人向她们每个人都望了望,含笑点头,然后眼光又回到站在排头的小头目的脸上,感到好像在洛阳曾经见过,这小头目有十八九岁年纪,高挑身材,长眉大眼,虽然由于长久忍饥挨饿,脸上尚有菜色和显得消瘦,但是十天来的新生活已经使她显得精神焕发,目有神采。她正在被高夫人看得很窘,心中发慌,以为是自己的鬓发没有梳好或衣领没有扣好。忽然高夫人向她走近一步,口气温和地问道:

"你叫什么名字?"

---

① 鹿砦——用竹、木尖插在地上,或用树枝放在地上,在营外布成障碍,称为鹿砦。

"回夫人,贱名叫王焕武?"

高夫人微微一笑:"叫王焕武?"

慧英在一旁说:"我看过健妇营的花名册子,是火字旁的焕字,文武的武字。"

高夫人轻轻地啊了一声,说:"名字倒怪好,只是不像是姑娘名字。"

红娘子说:"她父母不愿多生女孩子,想要男孩子,所以给她起个乳名叫做换。来到健妇营,既是投军,又要习武,她替自己在乳名后边加个'武'字,成了换武。造花名册的文书先生们说'换武'二字不雅,将'换'字改为火旁啦。其实呢,改不改都好,女人只要从军习武就不再给人们踩在脚底下过日子啦。"

高夫人向焕武问:"你家中还有啥人?"

焕武的眼睛一红,说:"我家中没有人啦。爹娘给人家种地当牛马,去年都饿死啦;一个兄弟去年出外逃荒,一去没有回头,有人说也饿死啦。"说毕,两行热泪奔流到颊上。颊上的肌肉在颤动,明明是竭力忍耐着,没有痛哭出声。

高夫人对她安慰说:"别难过。如今,全家死绝的户到处都是,有的村庄里不见一人。你活下来,已经是万幸啦。多少地方,十七八岁的大姑娘论斤卖!"

焕武哽咽说:"要不是闯王的人马打到洛阳,我也是活不成,只有死路一条!"

高夫人说:"好生练习武艺,替你的爹娘报仇,替千千万万做牛马的穷苦百姓报仇,替天下的妇女们争一口气。闯王常说:穷百姓世代受践踏,上天无路,入地无门,只能指望从刀枪林里闯出一条活路,从马上杀出个清平世界!"她继续往前走,向红娘子问,"她爹娘死后,她跟着谁生活?"

红娘子回答说:"她有婆家,三年前她就出嫁啦。"

高夫人很觉诧异,问:"她男人怎么肯让她前来投军?"

红娘子微微一笑,说:"她今年十九岁,她女婿才九岁,比她小十岁,听说还常常尿床。这儿有些人家同豫北有些地方的人家一样,儿子十岁左右就娶媳妇,还有的六七岁就娶媳妇。媳妇一进门就是十七八岁的大姑娘,既可以做家务活,也可以做地里活。家境稍微好一点的,公婆都喜欢替儿子娶个年长十岁八岁的姑娘做儿媳,就为的帮助做事,好像是买个奴才。一代代传下这个坏风俗,所以公公扒灰的丑事许多人家有。有的儿媳妇有廉耻,不肯从,不免要格外挨打受气,所以也常有跳崖、投井、上吊的。几个月前,焕武的公公夜间拉她,她有气力,一耳光子把公公打个趔趄,脸肿了两天,不好意思出门。自从那事以后,她公公怀恨在心,动不动就借题目骂她,用脚踢她,不给她东西吃。"红娘子叹口气,接着说:"她的婆家在洛阳城外。要不是咱们的人马打到洛阳,她不是给折磨死,就是自己寻无常。"

"她婆婆不管事儿么?"

"听她说,她公公三十多岁,婆婆四十多岁。婆婆怕男人,跟老鼠怕猫一样。她哭着将这事告诉婆婆,婆婆不敢替她做主,叹口气说:'有啥法子呢?别家也免不了这样丑事!'她不能指望婆婆替她做主,就每夜将一把磨快的镰刀放在床头,防备她公公半夜里再去找她。她对我说,要不是咱们的人马到洛阳,她迟早会用镰刀砍死扒灰的,跟着割断自己的喉咙。夫人,在咱们健妇营中,每个姑娘都有一本血泪账,不跟着咱们造反没有活路。"

高夫人巡视了几座帐篷,看见里边铺着干草,被褥颜色很杂,好坏新旧不齐,有的是从洛阳大户人家征收来的,有的是一般百姓家的,补着补丁,但都是叠得整整齐齐。每个帐篷中都打扫得干干净净。她又去看看马棚、厨房,频频点头,然后走出营门,说要去练武场中看看。这时从一里外的一个地方,传过来练武场上的喊杀声和马蹄声,引动伫立营门外的玉花骢昂首倾听,随后兴奋地刨着前蹄。高夫人从一名女兵手中接过丝缰,已经将一只手搭在玉花骢的鞍子上了,又回头看了看营门口的石头碉堡、营地周围的鹿砦和壕沟,对红娘子称赞说:

"几天来我常听人们说健妇营的营垒防守森严,像临敌打仗一般。我只半信半疑,不曾在意;今日亲来一看,果然不差。带兵就应该这样,平时不打仗也要养成临敌打仗的习惯,不可有一天松懈。你真不愧是一员难得的女将,小小的年纪就像是有经验的老将一样,治军有法,立营有则。闯王就喜欢这样做事,等他回来看见了,一定会十分高兴。"

红娘子回答说:"夫人说的很是:带兵,平时要养成像临敌打仗一样的严谨习惯。目前并没有官军前来,方圆几十里都驻有我们的大军,健妇营又是驻扎在得胜寨老营旁边,闭着眼睛睡大觉也万无一失。可是带兵是为的对敌,平时也要想着打仗。我起义后因为没有经验,给敌人摸了营,吃过大亏。"

高夫人索性从马鞍上缩回右手,说:"张敬轩去年在玛瑙山大败,就是吃了营垒不严的大亏。咱们闯王,就喜欢部伍严整,时时有备,所以他闲的时候常对左右将领们讲一些古今名将的故事,很称赞周亚夫和戚继光那样的名将。"

红娘子又说:"还有,夫人,这健妇营是个新事儿,有很多人不相信女人能够自成一军,同男人一样打仗。这不碍事。日后经了阵仗,他们自然会刮目相看。我担心的是有些人在等着看笑话,慧梅也跟我同样担心,所以俺俩一商量,一定得扎成一座戒备森严的营垒,使那些等着看笑话的人们无屁可放。你想想,倘若有人夜间进来盗走一匹马,人们会造谣说是偷走一个大姑娘;别说夜晚,即使是白天有散兵闯入营中看看,也会引起许多流言蜚语。有一点风吹草动,就会有人无中生有,编造谣言,添枝加叶,败坏健妇营的名声。只有我们的营垒特别森严,才能杜绝背后有人嚼烂舌头。"

高夫人点头说:"你同慧梅想的很是。能够叫那些对健妇营背后吹冷风的人们无话可说,健妇营就能够站定脚跟啦。"

妇女们的喊杀声和奔腾的马蹄声从练武场不断传来,振奋人心。高夫人骑上玉花骢,红娘子和慧英等跟着纷纷上马。向右转是一片茂密的树林,中间有一条新修的驰道。转眼之间,高夫人等一队女将士就走进树林深处,不见人马踪影,只是从树林中传出来春天的婉转鸟啼声和渐渐远去的马蹄声。

穿过一个有茂密树林的山坡,又转过一个山脚,便是健妇营的练武场。这原是另外一个五百义军操练骑兵的地方,所以除在两山间有一条平整的驰道之外,还有一块比较平坦的场地。这一支骑兵随闯王去破洛阳,如今又奔袭开封,所以健妇营就将这个现成的地方利用起来。

高夫人在红娘子的陪同下来到练武场,先立马高处观望。健妇们分成三部分在进行操练:一部分在校场中间,一队练习拳术,一队练习剑术;一部分在校场的一边,分批练习射箭,健妇们把这一部分校场叫做射场;第三部分是在校场外的驰道上练习骑马。红娘子的一部分女亲兵如今都派做头目,她们既自己练功,也教新兵。慧梅在练武场中督率操练,时而走到这里,时而走到那里,对练拳的、练剑的、射箭的作些指示,纠正毛病,亲自做出式样。高夫人向红娘子笑着问:

“慧梅这姑娘,还能够帮你一臂之力么?”

红娘子回答说:“她呀,真是我的好膀臂!这姑娘弓马娴熟,十八般武艺都会,又是在战场上长大的,在夫人身边磨练成材的,打灯笼也难找!我有时离开健妇营到得胜寨去,把全营的担子交给她,一点儿也不担心。”

高夫人说:“她从来没有离开过我的身边,没有独自挑过重担。她是个刚出窝的鸟儿,你遇事多指点她,让她学着飞,慢慢的翅膀就硬啦。你在练兵上还有什么困难?”

红娘子说:“困难就是好教师太少了。倘若夫人再派一两个精通武艺的姑娘给我,我就能很快将健妇营练成一支精兵,有缓急能够顶用。”

高夫人说:“我身边的这群姑娘,谁有多大本领你都清楚。你想要什么人?”

11

红娘子瞅了慧英一眼,笑着说:"我不敢说要什么人,我说出来夫人也不会给,还是请夫人随便派两个妹妹到健妇营来吧。"她又望着慧英笑,接着说:"倘若夫人舍不得将你身边最得力的妹妹再派给我一个,借给我半年如何?"

高夫人笑着说:"你的胃口真大!你把我的慧梅要走了,还想要走慧英?我不是怕打起仗来左右缺少得力护驾人,完全不是。一则我另外还有男女亲兵一大群,二则像在潼关南原和商洛山中被困的情形大概也不会再有了。只是,如今,咱们的势大业大,老营人多事繁,我自己也是诸事纷杂,比从前操心多了。我身边很需要能够办事的姑娘,一天也离不开慧英这个丫头。你想借走我的慧英,我怎么会答应?刮大风吃炒面,竟然能张开你的嘴!"

红娘子和高夫人都笑起来。女兵们在高夫人的身边虽然不敢大声笑,但还是有些姑娘忍耐不住发出来低低的、愉快而悦耳的笑声,同校场中刀剑的碰击声、打拳人的顿脚声、射场上的弓弦声、箭中靶子声、喝彩声,以及驰道上的马蹄声、森林中的婉转鸟声,在春日柔和的微风中融合一起。等大家笑过之后,红娘子向高夫人说:

"我知道夫人离不开俺慧英妹,正如闯王身边少不了双喜一样,所以我不敢直说要慧英,只是试一试夫人的口气。好啦,我死了再向夫人借将的心思啦。夫人打算把另外哪两个妹妹派来健妇营做头目?"

高夫人说:"两个没有。我只能再派一个武艺好的姑娘给你。将黑妞给你,要不要?"

红娘子向骑着一匹大青骡子的、脸色微黑、挂着天真纯朴的笑容的姑娘望一望,同这姑娘的目光相遇。她平日很喜欢这姑娘,只是嫌她年纪太小,不知道她能不能胜任做一个重要的带兵头目。高夫人不等红娘子说话,又回头向骑大青骡子的姑娘问:

"黑妞,你愿意来邢大姐这里做个头目么?"

姑娘腼腆地回答:"夫人叫我做啥我做啥。"她又望着红娘子笑着问:"邢大姐,你要我么?"

红娘子赶快说:"要,要。我拍着巴掌欢迎你!"

高夫人又对红娘子说:"你也知道,她从五六岁起就跟着她哥哥黑虎星学武艺,骑马射箭,刀枪剑戟,样样都有些根基,也有胆量,更难得的是心地忠厚,没有一般姑娘常有的那种娇气和小心眼儿。你别看她年纪小,今年只有十六岁,虚岁十七,可是做事倒很认真,一是一,二是二。她还有一股傻劲儿,不管我叫做什么事,她非尽力做好才罢休。别人多是有群胆,这个丫头有孤胆,也很难得。"

红娘子笑着说:"我听说她不到十五岁在山中打柴,独自射死一只金钱豹,没有孤胆哪行?"她又转向黑妞问:"你今天就来吧?"

黑妞腼腆地笑着,轻轻点头。

高夫人下了马。红娘子和女亲兵们都同时下马,大家簇拥着高夫人来到射场一角,继续看健妇们练习射箭。有一个健妇大约十八九岁,虽然长久的饥饿生活和精神痛苦折磨得她面黄肌瘦,但是她的身材很好,拉弓射箭的架势十分稳重有力,引起了高夫人特别注意。高夫人看她射过三箭之后,扭转头望着红娘子问:

"这个姑娘的架势好,看眉眼也聪明伶俐。三箭就有二箭射中靶子,有一箭还射中靶子中心,学武艺是一个有出息的材料。她在家中习过武艺么?"

"她从前跟着她的爹爹学过一点儿。到了健妇营,她很用心学,也肯下力学,所以长进较快。我想,像这样的姑娘挑选二十个,用心教她们武艺,再使她们做小头目,帮助教师教别的姑娘们。"

高夫人点头说:"好,好,这是个好办法。这个姑娘叫做什么名字?"

"她名叫李凤,命很苦。要不是咱们的大军到洛阳,她迟早会给婆家折磨死了。"

"她出嫁啦?"

"去年出嫁啦。娘家很穷,父母将她自幼许了人家。她的女婿害瘰病，医药无效，眼看要死，婆家将她娶进门去冲喜①，说是冲冲喜，女婿的病就会好了。她的父母已经死去，哥哥是老实庄稼人，一则看年荒劫大，养不活她，二则因婆家族大势众，不敢不依，只好让婆家将她娶去。"

高夫人问："女婿的病好了没有？"

红娘子说："花轿到门，女婿不能起床，由小姑子陪她拜天地。过门不到三天，女婿就死了。婆家的日子还能过得去，逼她吃全斋②立志守节，还天天骂她命中妨夫，说女婿是她妨死的。怕她年纪太轻，收不住心，逼她每晚坐在婆婆面前数豆子③，直到数完半升黑豆才能睡觉。后来公婆担心她迟早会守不住，又打算趁早将她卖出去，得一点'卖寡妇钱'。她知道公婆要卖她，是卖给洛阳城一个什么人做小，正想自尽，咱们的大军破了洛阳。她听说咱们招女兵，就逃来投军。"

高夫人叹息说："真是，咱们健妇营中的每个新兵，谁不是死中求生！要是咱们的义军不到，她们别想从十八层地狱逃出。"

红娘子说："所以她们都把闯王看成了救命恩人、重生父母，都巴不得赶快练成一手杀敌本领，为闯王效力，也为父母和亲人们报仇。"

"等将来战马多的时候，我会叫总管再发给你两三百匹好马，使健妇营全是骑兵。"

红娘子高兴地说："那太好啦！太好啦！我一定将她们练成精兵！"

高夫人又看了一阵，对大家的用心练武很满意。她为着要将黑妞派来做头目，有意地命黑妞在校场打一路拳，舞一阵剑，博得全场健妇的称赞和羡慕。慧梅见大家盛称黑妞的射艺出众，就要

---

① 冲喜——封建陋习，儿子久病难愈，赶快将儿媳娶来，叫做冲喜，意思是拿喜事冲走灾殃。往往新娘未与丈夫同房就成了寡妇。

② 吃全斋——不仅不吃荤，连鸡蛋、鸭蛋甚至连一部分有刺激的蔬菜如葱、韭、芥、蒜等也得禁止吃。以吃斋信神，追求来世，保证坚持守寡生活。

③ 数豆子——怕年轻寡妇在床上想心事，不利守节，所以逼她数豆子消磨时间，等十分瞌睡时才许就寝。

她射几箭让大家看看。黑姐并不推辞,对靶子连射三箭,箭箭射中靶心,引起一片喝彩。黑姐练功的兴致大发,看见校场边放着三块大小不同的石锁,她嘻嘻笑着走近去,弯腰用右手抓住那块有一百斤重的石锁,止了笑,轻咬下唇,将石锁提起,然后只见她将右臂一摇,将石锁举过头顶,前走几步,后退几步,轻轻放到原处。周围又是一阵喝彩声和啧啧称赞声。黑姐一则刚用了力气,二则被大家的喝彩声弄得不好意思,带着稚气的脸孔变得通红,那神气越发显得纯朴可爱。高夫人点头招她来到身边,将一只手抚爱地搭在她的肩膀上,轻轻地对红娘子笑着说:

"因为她年纪小,大家都喜欢她,叫她小名儿。她到了你这里就是头目,不管职位高低,总算是健妇营中的武官了。从今往后,都得叫她的大名儿,尤其在女兵面前。"

红娘子快活地点头,随即拉着黑姐的手问道:"慧剑妹,你真的愿意离开夫人的身边到我这里么?"

"夫人命我来我就来。"

慧梅在旁说:"邢姐,她没有对你说实话!慧剑,你为什么不把你心里的话说出来呀?你还要把体己话瞒着夫人和大姐么?"

慧剑的脸又红了,低下头去,咪咪笑着,只不做声。慧梅在她背上轻轻捶一拳,向慧英望一望,那眼神是说:"她的心思咱俩全知道,还不肯说出口呢!"见慧英使了一个眼色,同时将下巴一点,慧梅便望着高夫人和红娘子说:

"夫人命我来做大姐帮手的那天,慧剑这丫头可乖啦,当慧英姐的面,一句一个'好梅姐',求我在夫人面前替她说句话,派她来健妇营做个小头目。我因为知道她在夫人身边很有用,自然不肯答应。英姐问她:'夫人待你那么好,和亲生女儿一样,你为什么想离开夫人到健妇营呀?'她说:'如今咱们已经有二三十万人马,不要两年就会有百万大军,跟在夫人身边,永远没有日子冲入官军中间厮杀。到了健妇营,就可以同男兵一样出征,找到官军,杀个痛快。'慧剑,你是不是这样说的?"

高夫人大笑起来,拍拍慧剑的肩膀说:"你这个黄毛丫头,人小志气大,倒真有点儿英雄气概。你早将这体己话对我吐出,我不早派你来健妇营了?"她拿起来慧剑的右手,让她握紧拳头,赞赏说:"你们瞧瞧,这丫头的拳头攥起来多有力,肉多结实! 她起小跟着哥哥黑虎星练诸般武艺之外,又自己肯下笨工夫,一心想练一两手绝招。她每天一睁眼就往墙上打两百拳,晚上睡觉前再打两百拳。有时她用拳头打砖头,打树。要是家中有了粮食,她就将一个粮食口袋吊在屋梁上,随时打几拳。那口袋里粮食由二升加到五升,又一步一步往上加,直到加到一斗。从八岁练习拳力,一直练到现在。"

慧英笑着说:"黑妞就喜欢卖傻劲儿。夫人,你让邢姐姐看看她的指头!"

高夫人让慧剑伸开手掌,对红娘子说:"你瞧,她这右手的中指和食指特别粗,指肚上还有茧皮,就不像姑娘的手!"

红娘子拿住慧剑的手看了看,笑着问:"啊呀,这两个指头怎么这样粗糙?"又拿起她的左手比了比,接着问:"跟左手不大相同,这两个指头也特别粗实,跟断磨錾子①一样! 又练的什么笨工夫?"

高夫人向慧剑说:"你自己对你红姐说一说,叫她这么个走南闯北的风尘女侠也听听新鲜!"

慧剑腼腆地咬着嘴唇,眼睛含着天真的笑,只不做声。经高夫人连催两次,她才对红娘子说:

"我小的时候,听村里老人们说,从前呀,俺们邻村里有一个媳妇受婆子折磨,说骂就骂,说打就打。日子久啦,她再也忍不下去,同婆子对吵对骂,一步不让。婆子看她变了性子,不敢伸手打她,就找族长诉苦,说媳妇如何不孝,求族长替她管教。有一天,这媳妇刚推毕碾,正坐在碾盘上歇息,族长带着几个男人来啦。族长责备她对婆子不孝,要用绳子捆她,用家法制服她,使她知道厉害,她不害怕,没有从碾盘上起来,气得一面哭一面诉说婆子如何不把她

---

① 断磨錾子——石磨用得日久,磨钝了,需要石工将齿槽加深,叫做断磨。断磨用的铁錾子很粗。

当人待,对她百般折磨。她每诉说一桩事,就用指头在碾盘上划一下,她连说了五六桩,话还没有说完,族长和带来的男人们看见碾盘上有五六条深道道,都害怕了。族长赶快说:'算啦,算啦。清官难断家务事,你们家的事我不管啦。'带着人们走了。"

红娘子大笑起来,问道:"傻丫头,你信了这个故事?"

慧剑摇摇头,说:"现在不信。"

"你从前信?"

慧剑感到不好意思,咬着嘴唇笑。

高夫人对红娘子说:"这丫头倒是极聪明伶俐的,只是在两三户的山村里长到十五岁,世上事知道的实在太少,所以连刚才说的那个故事也总是信以为真。去年随哥哥到咱们义军中,见的人多了,见的世面广了,她的心也忽然开窍了。要是她还像从前那样懵懵懂懂,我也不会叫她来你这里做小头目。"

大家说笑了一阵,慧梅继续督导健妇们分开练武。高夫人由红娘子陪同着骑上战马,往另一个地方去看健妇们练习骑射。走至半道,高夫人勒住玉花骢瞭望这一带的雄伟山景,好像在郧阳境内她同闯王行军时曾见过一个地方同这儿相似,不由地又想到闯王如今屯兵开封城外的事,脸上不免略微显得沉重。红娘子近一两天已经风闻闯王进攻开封不利,暗中十分挂心。看见高夫人神色不悦,猜想必是为着开封战事担忧,趁机问道:

"夫人,听说我军进攻省城不顺利,可是真的?"

高夫人向她打量一眼,轻轻点头,又望望附近一大块被阳光照射的磐石说:

"我们坐在那块石头上说说话吧。"

高夫人将闯王奔袭开封不克,如今屯兵坚城之下而敌人援兵又从河北赶到的消息,告诉了红娘子,然后说:

"眼下我们还不知闯王的打算。按道理他应该从开封城外撤兵,回到伏牛山中,休养士马,以待下次再攻开封。可是打仗的事,千变万化，我们离开封数百里，未见闯王派人回来，情况很难说准。倘若开封城内已经有人愿做内应，闯王不肯马上撤兵，这也是可能有的。不管怎样说，闯王只带了三万人马去攻开封，一鼓不下，日久兵疲，对我军确实不利，所以我近几日十分放心不下。"

"派大军火速增援如何？"红娘子注视着高夫人的眼睛，很希望派自己前去，但不敢直然说出。

高夫人摇摇头，说："派大军增援的事还不用急。我断定今明两日，必有确实音信来到，再做决定不迟。昨晚我同你补之大哥和一功舅商量之后，派李友率领两千五百骑兵连夜秘密启程，驰往开封，另外田玉峰率领在汝州的三千人马也已经去了开封。倘若闯王不打算久留开封城下，给他派去这两支人马也就够用了。"

红娘子问："假若闯王要在开封城外与官军会战，官军既有坚城凭借，又有保定的数万援军，我们只派去五千多人马增援，岂不嫌少了一些？"

"闯王平日善于用兵，如今牛先生、宋军师、李公子都在身边，我想他们计虑周详，断不会陷于腹背受敌。今明两日，定有新的消息到来，我们另作计议。"

红娘子因见女兵们都牵着马站在左右十丈以外，便大胆地小声说："夫人！洛阳自古为兵家所必争之地，我们不应该轻轻撒手，白给官军夺去。倘若现在派出一支人马重占洛阳，然后陈兵孟津渡口，在沿河上下张罗船只，派遣小股人马渡过河北，声言数万大军奉闯王命将由孟津过河，进攻卫辉①。朝廷怕卫辉、彰德有失，畿南震动，又怕卫辉的潞王被我们杀死，必然责成保定总督杨文岳分兵回救豫北。杨文岳势必分兵去救卫辉，顾前不能顾后；纵然他留下一部分官军在开封，也没有多大作为了。夫人以为如何？"

高夫人说："据我看，闯王不会久留开封城外。恐怕我们这里派人马尚未赶到洛阳，闯王从开封退兵的消息已经到啦。下一步的战事如何打法，要看闯王如何通盘筹划。我们在得胜寨自作主

———————

① 卫辉——明代的卫辉府治在今河南汲县。

张,分兵北上,纵然得手,未必就是对全局有利。一个战将也常常能够想出好主意,可是终不能像一个好的大军统帅眼观全局,谋划周详。闯王命咱们在伏牛山中加紧练兵,必有深谋远虑。"

红娘子听了高夫人的话,心中佩服,也有点失悔自己的出言冒失。但高夫人的思路已经离开了重占洛阳的问题,瞭望着山头白云,沉默片刻,慢慢转回头来,向红娘子问道:

"你想过张敬轩和曹操的事情么?"

红娘子感到突然,说:"自从他们破了襄阳以后,只听说他们声势大振,纵横湖广北部,东与回革五营相呼应,别的倒没有多想。"

"是呀,我知道你不会去多想他们的事,可是闯王与总哨刘爷不能不想,宋军师和牛先生也应该想。我有时也想,有时同你一功舅和补之大哥闲谈一阵。我们已经派出许多探子,随时打探湖广方面的战事,打探敬轩和曹操的行踪。"

"担心他们往河南来么?"

高夫人摇摇头,说:"我们不是担心他们来河南,是关心天下大势。如今,我们不仅同明朝争夺天下,也同义军群雄争夺天下。谁能行事得民心,兵精将广,谁就立于不败之地,能够为天下之主。百姓受苦极深,望救心切,所以争民心万不可缓。可是,倘若没有兵精将广,光吃败仗,无处立脚,救百姓就只是一句空话。光有仁义,没有一支能征善战的大军,争天下也是妄想。有些话闯王不肯随便说出口,可是我跟他一起年久,知道他经过多次挫败之后,心中有些什么想法。"

"啊,怪道闯王在目前把赶快练成一支能战的大军看成了头等大事!"

高夫人接着说:"今后在起义群雄中能够同他争天下的也只有敬轩一人。其余那些人都胸无大志,只能因人成事。倘若张敬轩善于驾驭,兵力又强,他们都会奉敬轩为主。倘若咱们李闯王威望日盛,兵力日强,别说回革诸人,连如今跟敬轩在一起的曹操也会……"突然,听到有马蹄声飞奔前来,高夫人不禁感到诧异,一边

19

转头望去，一边把话说完："他也会离开敬轩，投到闯王旗下。"

那骑马来的是她自己的一名男亲兵，到了女兵们站的地方，翻身下马，快步向高夫人走近几步，说：

"启禀夫人，高主将同李主将正在老营等候，请夫人即刻回去商议紧急军情。"

高夫人心中吃惊，问道："是什么紧急军情？"

"只听说是从开封来的探报，十分重要，别的不知。"

高夫人沉吟片刻，又打量一眼这名亲兵的紧张神色，想着他是知道的，只是在众人面前不能泄露。她的心有点发凉，暗中对自己说："莫非在开封城外打了败仗？莫非闯王他……遇到凶险？"她没有再问一个字，沉着地从磐石上站起来，对男亲兵挥手说："你先回去，对两位将爷说我马上就回。"她转回头对红娘子说：

"还有那些正在学习骑射的健妇们，我今日没有工夫看了。你传我的话，盼望她们早日练成一身好武艺，好为闯王效力杀敌，也为咱们女流之辈争口气。"

红娘子恭敬回答："是。我马上就将夫人的口谕传下。"

高夫人已经骑上玉花骢，一则明白红娘子会挂心李公子，二则预想到自己大概要离开伏牛山前往开封，勒住丝缰，回头望着红娘子说：

"收操以后，你到老营见我，有事商量。"

第二章

红娘子于中午收操以后,立刻驰往得胜寨。走进老营,她便从许多人的眼睛里看出来一种不安和紧张的神色。高夫人还在同高一功和李过密议大事,红娘子只好暂到兰芝的房中休息。兰芝神色忧愁,眼睛似有泪光。她轻声问:

"妹妹,出了什么事儿?"

兰芝说:"父帅在开封挂了彩,听说很重。妈妈刚才还问到你来了没有,正要派人往健妇营去请你快来呢。"

红娘子的心头猛一惊,一则是因为知道闯王负了重伤,二则是因为她想着必是李公子出了凶险,所以夫人才急着叫她来。往日在战争最危急时候,她也没有像今天这样胆战心惊,几乎不能自持。她竭力保持镇静,又问道:

"还有什么消息?"

兰芝摇摇头:"别的我都不知道。"

红娘子想着既然闯王受了伤,必是战场上十分激烈,将士们死伤惨重;兰芝说别的都不知道,可能是她听到说李公子……红娘子正在疑虑惊心,恰好慧英来到面前。平日慧英看见红娘子,总是喜笑颜开,亲切地叫声大姐,有时拉着手说闲话,但今天慧英既没有笑容,也没有闲话,对她说:

"夫人知道你来了,请你稍等片刻。"

红娘子忙问:"慧英妹,你知道开封战事的详细情况么?"

慧英小声回答:"今日回来两次塘马,都说打听得我军攻开封没有成功,战事十分激烈,闯王在城下中箭,伤势不轻,其余将领们的死伤都不清楚。关于闯王挂彩的事,现下不许外传,免得扰乱军心。在老营中也只有很少人知道,不许随便谈论。"

红娘子又问:"从老营派出的探马到了开封城外没有?"

慧英说:"这里离开封有几百里远,沿路各处土寨、土寇很多,派少数人往开封走不通,所以都是到半路上就回来了。不过我军攻城不利,闯王中箭,在靠近开封的几县哄传很盛,几乎是众口一词,想着决不是无根之言。"

红娘子沉默了,更觉心情沉重。她低头默坐床上,等候着高夫人的呼唤。慧剑挂着宝剑,带着弓箭,提着马鞭,背后一个女兵替她提着简单行李,走进屋来,规规矩矩地站好,说:

"红帅姐姐,我现在就往健妇营去。"

红娘子问:"向夫人拜辞了么?"

"刚才已经拜辞啦,还向各位姐妹辞了行哩,现在来向慧英姐和兰芝妹辞行。"慧剑转向慧英和兰芝,依依不舍地说:"我有工夫时会回来玩的,打到了野味也会给你们送来。"

慧英问:"你的东西都要带走么?"

"一时用不着的东西都不带。我还有一杆枪,一把大刀,一根九节鞭,都放在这里,等我用得着时再来取。"

兰芝拉着慧剑的手说:"黑姐姐,可惜你教我打武当拳,我还没有学完哩。"

慧剑笑着说:"那倒容易。我有工夫会回来玩,你也可以去健妇营找我玩,见面时再教你。学拳,一要熟,二要巧,三要真功夫。我叫你每天找一个姐妹同你一起练推手①,那是练熟、练巧,也练腕力、臂力;叫你每天打沙袋,至少打三百拳,逐渐将沙袋加重,那是练真功夫。能够练出真功夫,一拳将对手打出丈把几尺远,倒到地上,大口吐血,你的拳就管用啦。"

这时高一功和李过离开上房,走出内院,一个女兵奉高夫人之命来请红娘子。红娘子暗中担心会听到更坏的消息,心头连跳几下,赶快起身往上房去,但又回头说:

---

① 推手——练拳术的一种方式,需要两人同练。

"慧剑,我刚才来的时候已经同慧梅商量啦,你去见慧梅,听她吩咐。从今天起,你就是带兵的头目了。"

红娘子到了上房,高夫人让她在面前坐下,向她打量一眼,明白她的心绪不安,轻声问道:

"刚才得到的探报你已经知道了?"

"只听说闯王在开封城下中箭。"

高夫人说:"是的,闯王中箭了。不过大小头领还没有听说伤亡的,李公子也平安无事。我军虽然攻城不克,却没有重大损失。城中官军力单,不敢出城,杨文岳的援军尚未过河,所以开封城外实际上并无大战。"

红娘子问:"闯王的伤势重不重?"

"哄传是左眼中箭。"

"夫人是不是决定再派一支大军前去增援?"

高夫人摇摇头说:"不啦。闯王中了箭伤,并没有派人回来要兵,准是没有在开封城下久留之意,我想他定会很快撤兵。"

"夫人有何决定? 是不是派出一员将领带数百骑兵火速前去,问明闯王的伤势情况?"

"刚才我已经同你一功舅和补之大哥商量好,不必派别人前去,我自己去走一趟,说不定会在半路上同闯王相遇。目前补之是全军督练,要赶快训练出一二十万大军;一功既是中军主将,兼掌全军粮饷、辎重,另有许多对内对外要务,都堆在他身上。他两人都不能离开得胜寨。我想趁此机会往东边走走,所以把你叫来商量。"

"夫人要亲自去迎接闯王,要带多少人马? 哪几位将领同去?"

"沿路并无多的官军,我只带五百轻骑。目前将领们都在忙于练兵,我只将刘希尧一个带去。"

红娘子想了一下,说:"夫人,虽然沿途并无多的官军,但是土寇如毛,土寨乡勇也多。五百骑兵实在太少。刘希尧虽然忠勇可靠,但是不遇大敌拦路则已,倘遇大敌拦路,前有埋伏,后有包抄,他一个人孤掌难鸣,顾前不能顾后。夫人万金之体,岂可因偶然计虑不周,挫伤威望?"

高夫人笑着说:"我想轻骑疾驰,沿途不攻城破寨,不过三四日即可以迎着闯王大军,万不会有甚差错。"

红娘子说:"不。凡事只怕万一,须当力求有备无患。我愿意同刘希尧将爷一齐护驾,以保万全。"

"你能去当然很好,可是健妇营新建不久,你如何能够离开?"

红娘子见高夫人已经同意,心情振奋,赶快回答说:"健妇营现有二百多骑兵。我想挑二百骑兵带在身边,使她们骑马行军,也是练兵。将那暂时尚无战马的健妇留下,由慧梅督率她们加紧练武。"

高夫人又笑了笑,说:"你是个细心人,却想的不周全。你没有想到,慧梅跟随我多年,在我的身边长大,不曾离开过我,苦战中舍命保我,忠心赤胆。如今倘若你跟我东去,将她留下,她心中能不难过?"

红娘子啊了一声,说:"这个,这个……"

高夫人说:"这个好办。你身边的红霞等七八个得力的健妇,不是都成了重要头目?把留营练兵的事交给她们,我再吩咐你补之大哥今天就派定两名年纪大的教师,每日清早去健妇营教各项武艺,晚饭以前回来。多则十天,少则六七天,咱们就回来啦。"

红娘子大为高兴,说:"这样好!这样好!什么时候动身?"

"今日下午申时三刻动身。你在我这里一吃过午饭就回健妇营,火速准备。粮秣、军帐等物,由老营派驮运队跟随出发,你不用操心了。"

"既然这样,我赶回健妇营吃午饭,免得误事。"

红娘子立刻起身,向高夫人告辞。高夫人并不留她,望着她匆匆走后,同慧英交换了一个含着笑意的眼色。

未末申初时候,从中军营挑选的五百精锐骑兵由刘希尧率领,在得胜寨山脚下的校场中列队整齐。健妇营的两百骑兵由慧梅率领,也已经到了校场,另外在一个地方列队。刘希尧的骑兵后边有五十匹骡马组成的辎重队,驮运粮秣和军帐等物,而女骑兵队的背后也有十匹骡子,载运一些必备军资,只是省去了粮秣、军帐。男女骑兵都肃然无声,等候着高夫人和红娘子。

高夫人已经走出老营门外,等候红娘子。刚才红娘子差人来禀:她已经离开健妇营走在半路,因为营中出了一件小事,不得不耽误片刻。高一功和李过以及老营中许多将领都来为高夫人送行,立在高夫人的周围谈话。过不多久,红娘子带着十几个女兵,押着一个头目模样的人来了(临离开洛阳时,她将自己的二十名武艺出色的男亲兵全给了李岩)。她翻身下马,走到高夫人面前说:

"启禀夫人,我刚离健妇营一里多远,竟有一个小头目带着二十个弟兄放马,故意走到健妇营门前,贼头贼脑地窥探,赶他们不走,越发放肆,指着有的女兵品头论足,说下流话。红霞气不过,将他们全数捉拿,马匹扣留。我得到禀报,飞马赶回营中,将那二十名弟兄痛斥一顿释放,只将为首的这个人带来老营,请夫人发落。像这样下流东西,必须从严处治,方能使那些流痞成性的人们不敢再到健妇营门前和校场附近鬼混。"

高夫人吩咐说:"将那个该死的东西带上来!"

犯罪的小头目被带到高夫人面前,跪在地上,面如土色。高夫人将他打量一眼,看出来他不是一个老实的庄稼人,问了他的姓名之后,接着问:

"你是什么时候投营的?"

"回夫人,小的是在洛阳投营的。"

"现在哪个营中?"

"小的是分在郝摇旗将爷营中。"

"怎么就做了头目?"

"郝将爷因见我略通武艺,也能骑马,破格提拔我做了哨总,带领五十名骑兵。"

25

"你从前在官军中当兵很久?"

"是,是。小的在官军里当过五年兵。咱们义军破洛阳时候,小的是在总兵王绍禹的骑兵营中。"

高夫人冷冷一笑,说:"原来是个兵痞子!你为什么来到健妇营胡闹?"

"小的借察看弟兄们放马为由,到了健妇营前边闲看,口出下流话,实实该死。"

高夫人向高一功和李过问:"你们说应该如何发落?"

高一功说:"应该斩首,以肃军纪。"

李过说:"斩首,斩首。"

红娘子因想到她同李岩是新到闯王军中,应该给郝摇旗留点面子,赶快说:"闯王军中一贯纪律严明,调戏良家妇女的定斩不赦,何况他今天是调戏健妇营的姐妹们,更是该死。可是姑念他是新入营不久,对我军纪律森严尚不清楚,又是初犯,自认有罪当死,请饶他一死,另行从严发落。"

高夫人想了想,对红娘子说:"既然你愿意开恩,替他讲情,我就留下他的狗命吧。"她转向高一功,接着说:"我走之后,你将这个该死的重责一顿军棍,插箭游营①。以后倘有人再到健妇营附近胡闹,定斩不饶。你亲自嘱咐摇旗,要他对部下严加管教,千万不可姑息放纵。"

她对男女亲兵们将手一挥,自己先跳上玉花骢。红娘子和所有亲兵们随着上马。高夫人又嘱咐高一功每天派可靠人去健妇营照料,然后将鞭子一扬,阻止众人远送,便在前呼后拥中启程了。

这一支男女七百人的骑兵,加上辎重队、亲兵、马夫等等,大约有八百人,一离开得胜寨山脚下的校场以后就一个劲儿催马赶路。高夫人和全体将士对闯王的中箭和三万大军攻打开封受挫都十分关心,而红娘子另外又暗中挂心李岩,生怕他初经战阵会有三长两

---

① 插箭游营——古代军中惩罚士兵的一种办法:耳朵上穿上一支箭,在军营中游行示众。

短。因为大家都希望赶快到开封城下会师或能在半路上遇见闯王,所以都愿意忍受鞍马疲劳,只恨战马不能够生出翅膀。那两百新入营的健妇,对骑马既不习惯,对夜间山路行军更没有经验,特别地感到辛苦,屁股和大腿在马鞍上颠簸得十分酸痛,腰也酸痛。慧梅常常走在健妇们的前边,正行间忽然勒住丝缰,立马路旁(假如山路稍宽的话),望着大家从她的面前走过。新入营的姐妹们都知道她是高夫人的心爱女将,曾几次在危急中不顾自己的生死保护高夫人,又见她处事明敏,武艺超群,提升为健妇营的副首领后对手下人不拿架子,都以姐妹相看,所以都对她十分爱戴。如今在辛苦行军中,姐妹们在夜间借助火把的红光,常常看见她的含着微笑的明亮双眼,还看见她的眼睛中分明射出来关怀和鼓励的神色,使大家的心中感到了鼓舞和力量。

到了二更过后,人马才暂时在一个背风的山坳中休息。有经验的士兵们迅速搜集树枝、枯叶和去年冬天的干草,燃起来许多火堆。火头军迅速地倚山挖灶,也有的只用三块石头支成行灶,烧水做饭。所有的战马都不卸鞍,只将肚带松开。随营马夫有限,只能照料高夫人、红娘子、刘希尧和主要头目的战马。有些新从军的健妇们十分疲劳,一坐下去就不想起来。红娘子和慧梅都不要别人替她们饮马喂马。她们除照料自己的马匹外,还和自己的女亲兵们去帮助那些显得特别困惫的健妇们喂马,使她们好躺下休息。慧英禀明了高夫人,从高夫人左右分出一半女兵交慧珠率领,帮助健妇营的火头军(单说骑马行军,就几乎将她们累死!)张罗干柴,烧水做饭。这些事情,使健妇们深深感动,有不少人滚动着热泪,陡然精神为之振奋,忘记了许多疲劳,慧梅尽管鬓发和眉毛上带着征尘,在行军中比别人更多辛苦,但是大家看见她仍然双目光彩照人,脸上流露着那种俊秀和英气混融的青春神色,做事动作敏捷,步态轻盈矫健。一个健妇在稍远处一直看她,忍不住对一个同伴小声说:"你瞅,咱们的二掌家多好!"慧梅没有听见这一句悄声赞叹的话,也没有注意随时从远近向她射来的赞美、敬佩的目光。她一边做事，一边对身边的一些健妇说：

"咱们义军练兵，从来不是光靠在校场上练。一个将士的真本领从哪儿练？一支摔打不破的精兵从哪儿练？姐妹们，实话告你们说，主要在艰苦行军和战场上才能够锻炼出来。今日你们很累，日久成习，就会把这样的行军看做家常便饭。"

高夫人料理了一些事，向刘希尧作了一些指示，没有休息，便来到健妇营的宿营地方。红娘子陪着她在营地巡视，来到慧梅正在帮健妇们喂马的火堆附近，高夫人挥手命慧梅继续喂马，不要陪她。红娘子向她笑着说：

"夫人，你看，俺慧梅妹果然不愧是你亲手调教出来的，多么出色！她这样爱护士兵，叫别人怎么不爱戴她，愿意出死力打仗？"

高夫人轻声说："她这样待下边，不是我教调的，是看着闯王的榜样学的。"

高夫人的话音刚了，忽然从几十丈外发出一声惊叫，跟着是搏斗之声。红娘子向健妇们大声下令："不许动，原地等候！"她又向慧梅挥手示意，随即刷一声扯出宝剑，向搏斗的地方奔去，只有几个女亲兵来得及追赶上她。慧梅立刻做出战斗准备，以防意外，而慧英等女兵则仗剑侍立高夫人的周围。红娘子跑出宿营地，看见在苍茫的月色下有一个黑影在草地上乱动，但是看不清楚是怎么回事，只听见一个姑娘的用力声音："一下！两下！三下！叫你完事！"红娘子随即看见一个人影跳了起来，向地上的黑东西踢了一脚，然后向躺在一丈外的地上黑影走去。红娘子忽然觉到这个人就是黑妞，大声问：

"是慧剑么？"

那人影抬头回答："是，大姐！"她随即俯身从地上抱起一个人来，问道："你伤得很重么？要紧么？啊，流血不少！"

受伤者苏醒过来，发出呻吟。

红娘子已经来到旁边，看见被慧剑抱起来的是一个健妇，附近扔了一只行军携带的小水桶，又看见一丈外有一只死豹子躺在草地上,心中全明白了。她吩咐跟来的女兵们将伤者和死豹子都送回宿营地,然后插剑入鞘,将右手搭在慧剑的右肩上,几乎要将她揽在怀中,激动地说:

"你真行,独自杀死了一只金钱豹,救活了一个姐妹!你是怎么看见的?如何就将豹子杀死了?"

慧剑微微喘气说:"我看见一个姐妹独个儿提着水桶出来取水,知道她没有经验,便不声不响地从后跟来,也只是担心她会遇着狼,没料到会蹿出来一只大金钱豹。"

红娘子说:"这里离火光远,豹子从这里经过寻食也是不足怪的。我问的是你怎么能将豹子杀死,自己却没有受一点儿伤?"

慧剑笑一笑,带着孩子气说:"看见豹子从荒草中猛一蹿出,扑倒那个姐妹,我一个箭步跳去,骑在它的身上,抓住它的耳朵,拼死力将它的头向后拉,使它没法咬死那个姐妹。它想回头咬死我,可是它的头向右转,我就拼死力拉它的左耳;它的头向左转,我就狠拉它的右耳。它咬不住我,就连着蹿跳,想把我摔在地上再吃我。我的两腿用力夹紧它的腰,狠向下压,两手又死抓住它的耳朵,使它没法把我摔倒地上。它又连着用尾巴狠打我的脊背,可是我穿有铁甲,打不伤我,反倒把它自己的尾巴打疼啦。"

"没有一个人来帮助,你怎么能够腾出手刺死豹子?"

"我知道豹子跟狼一样,都是铜头铁尾麻秆腰。我趁它没有打伤我,趁着它的势儿用屁股猛蹾三下,只听喀嚓一声,它的腰骨给我蹾折啦。腰骨一折,它就老实啦,喉咙里吼出粗气,口吐鲜血,疼痛得不能立起,用两只前爪在地上乱抓。我立刻腾出右手,照它的头上猛打几拳,看见它越发不济事啦,才抽出匕首,照它的右耳捅一下,又照着它的脖子下面捅两下,完事啦。"

红娘子紧紧地搂住她,激动地说:"黑妞妹妹,你日后会成为一员虎将,虎将,……凭着三尺宝剑替咱们女流之辈争一口气!"

慧剑好像没有听清她的话,纯朴地笑着说:"邢姐姐,我骑在豹子身上,没法儿抽出长剑,所以就拔出匕首啦。"

一个健妇小头目同红娘子的女亲兵来迎接慧剑和红娘子回去。慧剑从地上提起小桶,向那个小头目问道:

"那个姐妹的伤重不重?"

小头目回答:"给爪子抓破了两个地方,伤不算重,如今正在上药哩。"

慧剑和红娘子在众姐妹的簇拥中返回宿营地。慧梅站在营地外的几棵松树下边迎接她,对她说:

"快去吧,夫人在等着你哩。"

这一支骑兵队伍四更刚过就全部醒来,多数人只睡了一个多更次,还有少数人,如高夫人、刘希尧、红娘子和慧梅、慧英等,以及那些做头目的、有职事的,顶多只睡了半个更次,留得许多瞌睡将在白天的马背上打发。大家饱餐一顿,便在星光与月色中出发了。

高夫人估计,倘若闯王从开封城外撤兵回伏牛山,可能走郑州和新郑之间,经密县西来。根据这样估计,这一支人马朝着密县进发,巴不得尽快地迎到闯王,所以沿路很少休息。第三天晚上大约二更以后,人马到达了密县境内的卢店休息。高夫人下令在这里停留一个更次,将牲口喂饱,继续赶路,将于明日早晨从密县城外绕过。

四更以后,人马由本地百姓带路,从三峰山南边的山脚下走;五更时候到了东峰脚下。这里距密县城十里,有一条很小的山街,围着一圈寨墙。但是寨中户数稀少,寨墙也有几个地方倾倒,不能坚守,所以街上百姓夜间并不上寨,只派人轮流打更,以防小盗。打更人听见从远处来的马蹄声,赶快将居民喊醒,向左右的山林中逃藏。义军穿街而过,并未停留,没有一个弟兄敢擅入居民住宅寻取一瓢水喝。高夫人同红娘子率领二百名健妇和男女亲兵走在大军的后边。当她走出山街不远,忽然听见路旁的深草中有婴儿哭声。她立即驻马,命一个名叫王大年的亲兵下马到草中寻找。王大年果然找到一个面黄肌瘦,衣服破烂,光赤着一只小脚的一岁左右的小女孩,抱来她的马前。她看看婴儿,又向左右山坡上张望。这时晓色渐开,月光已淡。高夫人望见在右边二里外的山坡上有一群男女百姓正在奔逃。她用鞭子一指,对王大年和另一个亲兵说:

"那小山圪梁①上有一群逃反的百姓,啊啊,下去了,下去了,转到那个荒草深的圪崂②里躲起来啦。你们快将这个小娃儿送去,一定要找到她的妈,找到她的亲人。快去!"

王大年解开战袍,正要将啼哭着的婴儿揣进怀中,忽然慧英勒马抢到大年前边,说:

"将小娃儿给我,你不要去!"她回头又向高夫人说:"夫人,我看那一群逃反的都是妇女、小孩、老人。叫男兵前去,百姓们不知来意,反而吓得四下乱窜,不如叫我带两个姐妹去吧。"

高夫人微笑点头说:"你说的有道理,带两个姐妹去吧。大年,快把小娃儿交给慧英,不要你这个黑脸大汉,声音跟打雷一样,把那些可怜的妇女们吓坏。"

慧英将婴儿放进怀中,束好丝绦,带着两位女兵,鞭梢一扬,向那群躲藏在一个山窝中的百姓追去。高夫人又命一个女兵下马,在荒草中寻到那一只被婴儿踢腾掉的破棉鞋,赶快送去。刘希尧从已经相距两里外的前队派一名小校驰回,勒马来到高夫人身边,说道:

"刘将爷差我来启禀夫人,听说密县城内有很多官兵和乡勇守城,附近几个山寨中也有较多乡勇,有心同我们义军作对。请夫人快随大队前进,不要在这儿久留。倘若停留稍久,他就派三百名骑兵回来,以防意外。"

高夫人说:"你回禀刘将爷,我有事须要停留片刻。前边骑兵就原地驻马等候,小心在意。"

小校问:"要不要派三百名骑兵回来?"

---

① 圪梁——小的山脊。米脂方言。
② 圪崂——山窝处。米脂方言。

红娘子代高夫人回答说:"不要了。你回禀刘爷说:有健妇营的骑兵跟随夫人一道,纵有乡勇胆敢捣乱也不会走近夫人身边。"

慧梅和慧剑立马高夫人左右,注目望着慧英等几个远去的影子,仍听见婴儿的啼哭声音。慧剑的心中一酸,叹息说:

"这位做妈妈的真狠心,竟会扔掉自己的孩子逃走! 要是不遇着咱们,这娃儿不给狼吃了,也会活活地冻死!"

慧梅低声说:"这个做妈妈的也是不得已啊! 这里的老百姓以为咱们的人马同官军一样,随便杀人,抢劫,奸淫妇女,如何不怕? 这一定是一个年轻母亲,孩子多,顾这个顾不了那个,还要保自己的清白身子不受糟踏,不得不下此狠心!"

那一群躲在山窝中的逃反百姓看见几个骑马的人奔驰而来,还有几百人在路上驻马等候,以为是大祸临头,从林莽中一哄逃出,向正南奔跑。女兵们都在战马上加了一鞭,大声呼喊:"乡亲们! 不要怕! 不要跑! 我们是闯王的义军,来给你们送娃儿的!"但是百姓们正在逃命不暇,没有人听得清楚。慧英的马特别快,迅速地绕到众百姓前边,截住去路,继续高声呼喊:"乡亲们! 我是来送娃儿的!"这声音由于感情激动而带着轻微的战栗,在薄薄的晓雾与寒风中散开,并且在对面的高山悬崖上传来回声。

百姓们被截住去路,不能再逃,同时也听清了那大声叫喊的话,感到又疑惑又惊异,互相观望。随即大家看见这个骑马的已经来到十丈以内,果然面带笑容,不像是怀着恶意,一点儿不显得凶暴,而且从这位骑兵的怀中果真传出来婴儿的哭声。大家仍在惊疑不定,忽然看见这个来到近处的还没有长一点儿胡须的少年骑兵跳下战马,解开紫红丝绦,从怀中取出婴儿,问道:

"这是你们谁家的小娃儿?"

一个年轻妇女满脸热泪,双臂向前一动,想说什么,但旁边一个老年妇女用肘弯猛地碰她一下,同时对她使个眼色。她奔流着热泪却不敢吭声,也不敢扑向前去,心中闪出一个疑问:莫不是拿小娃儿作个圖子①？慧英又往前走几步，同时将婴儿用双手举着，大声问：

"乡亲们，不要怕。这是你们谁家的小娃儿？谁家的？快来接住！乡亲们，我们还要赶路哩！"

随慧英来的两个女兵都下了马，帮腔询问。同时那婴儿又哇哇啼哭起来，发音不准地叫着"妈！妈！"那个刚才已经热泪奔流的年轻妇女突然从人们的背后出来，大哭着向慧英的面前扑去，同时用撕裂人心的声音叫着："我的乖呀！我的心肝呀！"由于身边的老妇人一直紧紧地抓住她的衣后襟，当她向前扑时，那破旧的衣襟哧啦一声扯掉了一大块。那老妇人右手还捏着那块衣襟布片，左手牵着一个三四岁的瘠瘦男孩，紧跟着也扑向前去，哭着说："我的可怜的小妞儿，要不是这位军爷救你，我再也看不见你啦！"媳妇接住婴儿，紧紧搂在怀里，拍着，吻着，母亲的热泪洗着婴儿冻红的小脸颊，同时母亲的口吻着婴儿脸上的泪。婆媳二人跪在慧英脚下，不住磕头，哭着感激救命之恩。百姓们有的流泪，有的哭泣，有的叹息。女兵们用力想搀起来那婆媳俩，但哪里能搀得起来。她们对着这情景，也禁不住热泪奔流。慧英看见脚下跪着的年轻媳妇年纪只在二十五岁以内，虽然面黄肌瘦，却是细眉大眼，五官端正俊秀，故意用锅烟子和路上的灰土将脸孔抹得很脏。她明白了：这年轻媳妇既要抱着男孩，又要搀扶婆母，所以才丢弃女孩。慧英问道：

"你家的男人呢？"

别人替婆媳回答："爷爷去年死啦。娃儿的爹前天给衙役们抓到城里去坐班房了。"

慧英又问："为什么抓去坐班房？"

一个女人说："还不是为着欠了两年钱粮！"

又来到一个女兵，飞身下马，从怀中掏出一只婴儿破棉鞋，递到婴儿的母亲手中。慧英不敢耽误，望着大家说：

---

① 圖子——捕鸟时用一鸟引诱其他的鸟前来，这个鸟叫做圖子(yóu zi)。

"乡亲们,快回村去,不用惊慌。我们是李闯王的人马,到处剿
兵安民,打富济贫,平买平卖,秋毫不犯。你们赶快放心回街里
去吧!"

她转身向伙伴们小声商量一下,各人掏出来一些散碎银子,由
她将一部分交给这婆媳俩,一部分交给一个白胡子庄稼老汉,嘱咐
他散给最穷苦的人们,随即和姐妹们腾身上马,飞奔而去。百姓们
来不及说出来千恩万谢的话,几个女骑兵的影子已经远了。

百姓们纷纷议论着这是李闯王的人马,从来没有看见过这样
好的人马。有一个年长的妇女对这几个骑兵感到奇怪,赞叹说:

"瞧人家李闯王的这些骑兵,不吓唬百姓,不像官军那样凶神
恶煞似的。倒一个个长得像大姑娘模样,说话的声音也和软得像
姑娘一样。瞧那抱婴孩来的骑兵,骑在大马上,带着弓箭宝剑,多
么英俊,可是眉目清秀,小口细牙,比咱们看见的许多大姑娘还耐
看! 莫非这几个骑兵都是女的么?"

"瞎说,大婶儿!"一个妇女说,"姑娘哪有做流寇的? 你是看呆
了,想入非非!"

另一个中年妇女说:"有些做大头目的,喜欢挑选长得俊的半
桩小伙子留在身边做亲兵,也是常有的。"她忽然将手一指:"瞧,那
停在路上的人马动身啦!"

许多声音:"啊,动身啦!"

高夫人望见慧英等转回,便下令启程。又走了一阵,离密县城
只有二三里了,人马将绕过城继续东进。正在催马赶路,经过一个
三岔路口,忽然听见从路旁传过来一个女人的微弱哭声,她立刻朝
着那哭声转过头去。离大路二三十丈远有一个三四户人家的小村
庄,房屋多已烧毁,只剩下两间破烂草房,不像是还有人住,而哭声
却是从里边传出。高夫人驻马细听,同时看到路旁石碑上粘贴着
县官催征欠赋的皇皇告示,荒村边有几处浅草中分明是无谁掩埋
的白骨。红娘子见高夫人的脸色愁惨,动了怜悯心,小声问道:

"叫人去草房里看看么?"

高夫人没有回答,对身边的一个女兵说:"慧珠,你下去看看。"

慧珠勒转马头,将镫子一磕,穿过好像很久没有人走的小路,绕过一口周围生着荒草的水井,将战马拴在一棵小树上,拔剑走进屋去。那哭声停止了。一阵寂静,随后听见慧珠惊骇地问:"你吃的是什么? 是什么?"又是寂静。从屋中传出来锅盖子的响声,随后又传出来慧珠的大声惊叫:

"我的天呀!"

红娘子一惊,立刻纵马赶去,同时扯出宝剑。除她的女亲兵跟随之外,慧梅又吩咐慧剑带领几名健妇前去,以防不测。当红娘子来到草屋前边时,只见慧珠右手仗剑,左手拖着一个女人从屋中跳出,将女人往地上一搡,挥剑欲砍,但忽然将宝剑轻轻落下,插入鞘中,大哭起来。红娘子莫名其妙,打量那个女人,约摸三十多岁,脸孔青黄浮肿,眼珠暗红,头发蓬松,衣服破烂得仅能遮住羞耻,跪在地上如痴如呆,不说话,也不哭。红娘子问慧珠是什么事儿。慧珠指着那个女人哭着说:"她,她……"激动得说不下去。红娘子又问那个女人,连问几声,才听见那女人如同做梦一般地拿红眼睛向红娘子看看,喃喃地回答:"他是我从路边捡回来的,已经死啦,死啦。不知谁家逃荒在路上扔下的,他死了以后我才……"红娘子仍然有点糊涂,下马往草屋中看。这时已经有几个女兵进了草屋,传出惊叫声音。红娘子进去以后,看见地上有小孩骨头,锅中还有一只腿,那腿和小腿都瘦得可怜,她不忍多看,迅速退出。望着那女人沉重地叹一口气,将宝剑插入鞘中。女兵们有的从草屋出来,有的进小草屋去,有的继续离开大路往村中奔来,而随后高夫人也带着男女亲兵们来了。

高夫人下了马,听红娘子和慧珠说了情况,登时滚出眼泪。她不忍进屋去看,只站在那女人面前问话。那女人起初不肯多说,只等着被杀死,但也不怕,分明生和死对于她都差不多。后来她看清楚立在她周围的人们多是女的,不像是要杀她的样子,倒是有的看着她流泪,有的叹气,有的鼻子发酸,擤着鼻涕。她开始呜咽起来,简单地回答了高夫人和红娘子的问话。问着,问着,高夫人也禁不住有些哽咽,不忍再问。她用袖头揩揩眼泪,回头说:

"慧珠,快去从牲口驮子里取二升小米来给这位大嫂,救她多活些日子。"她又看一眼红娘子,说:"我们不宜耽搁太久,快上马走吧。"

慧梅为防备万一,一直率领一百多名健妇立马路口。她看见高夫人等已经上马回来,慧珠走在最前,但仍不明白发生了什么事儿。慧珠走过那贴着知县催征欠赋告示的大树时,拔剑猛砍告示,砍进树身很深。慧梅问道:

"慧珠,到底是什么事儿?"

"梅姐,真惨!"慧珠来到路口,接着哽咽说:"那个女人!她男人冬天饿急了,偷了人家一只羊,给乡勇抓去,吊树上活活打死,扔到山坡上,又给别的饥民将尸首分吃了。这女人带着两个孩子和一个婆婆,怎么活下去呀?两个月来,婆婆和孩子们都饿死啦,只剩下她,她,……"

后边来的一个女兵见慧珠哽咽得说不下去,接着说:"前几天她在路边捡到一个孩子,抱回家来。她已经没有了儿女,想养活他,用野草根煮了喂,到底养不活。孩子一断气,她就将孩子煮熟吃了!这孩子临死之前,躺在她的怀里,知道要死,看见她盯着眼睛望他,害怕地说:'别吃我!别吃我!'可是……"

这个女兵也说不下去了,忍不住哭泣起来。慧梅和全体立马路上的女兵都明白了,登时出现了一片抽咽之声。那些几乎遭遇过类似命运的女兵,想起来饿死的骨肉亲人,哭得更痛。

一刻钟以后,这一支骑兵怀着满腔悲愤,噙着汪汪热泪,继续赶路,追赶前边的数百骑兵。三峰山最后一个山麓也远远地撇在背后,回头望去,青峰入云,凄凉寂寞。密县的南门紧闭,静悄悄的。健妇营正在绕城而过,突然前边一里外喊杀震天,显然是刘希尧率领的前队中了埋伏,发生混战。红娘子正在催军前进,不料从前方又突然出现一支伏兵,约摸有三四百人,拦住去路,而同时南门忽然打开,拥出来三四百人,从背后杀来。这两支全是乡兵,有的没穿号衣,有的号衣前心有个"勇"字。红娘子对高夫人说:

"如今我们腹背受敌,又同前队隔断,请夫人立马在此督战,我去前边开路,杀散拦路的一群杂种回来接你。慧剑,随我来!"

红娘子明白她的健妇营全没上过战场,武艺也是才学,所以她大声说:"姐妹们!今日我们只许胜,不许败。打胜了保夫人平安无事,去同闯王会师;打败了我们不是死便是受辱。姐妹们,跟我杀啊!"她将宝剑一挥,身先士卒,向前冲去,身边紧随着十几个女亲兵,后边是一百五十名初经阵仗的健妇。健妇们一则由于刚才还怀着满腔悲愤,二则看见红娘子那样地藐视敌人,一马当先,三则知道一落敌手就要受辱而死,所以一个个勇气百倍,只想着痛杀敌人。转眼之间,这一支小队骑兵冲进了数百乡勇中间。

高夫人在红娘子刚离开时对她的男亲兵头目张材轻声说:"健妇们没有经过阵仗,你们也去吧,又是你们显身手的时候啦。"

张材立即将宝剑一挥,带着二十名弟兄冲向前去,眨眼间越过了部分健妇,冲进了敌人垓心……

第三章

　　住在密县城中的官绅大户,近三四天来不断得到省城战事的消息,有的近于真实,有的纯属谣言。但是因为各种从东边传来的战事消息都对李自成十分不利,所以住在密县城中的官绅大户们都乐于信以为真,感到宽心和振奋。尤其昨天他们听到郑州李仙风行辕传来的谣言之后,更是欢喜鼓舞。据这个谣言说:保定总督杨文岳从封丘渡过黄河,有两万人于夜间潜入开封北门,李自成毫无所觉。李自成于十七日在开封城下中箭之后,尚无退兵之意,半夜开封城内官军步兵大开西门杀出,同时骑兵出南门包抄,李巡抚也亲自指挥大军从郑州截断中牟大道。李自成冷不防遭到官军夜袭,几乎溃不成军,侥幸逃到中牟附近又被伏兵截杀,将士大批死伤溃散,所余无几,拼死保护他向西南夺路逃窜。谣言还说:李自成箭伤沉重,躺在门板上逃跑,不能骑马。另有一个十分重要的消息是:皇上因洛阳失陷,福王被杀,决定对李仙风严加治罪,同时命蓟辽总督率领十万边军铁骑星夜前来河南,专力剿灭"闯贼",又命杨嗣昌火速出川,全力"剿献",兼顾河南。

　　密县城中的官绅们一则都认为李自成确已溃不成军,二则看见这从西边来的一队人马有很多妇女,既想抢夺骡马辎重,更想抢掠年轻妇女,所以把平日害怕"流贼"的思想都抛到爪哇国了。

　　高夫人吩咐张材去后,回头来到慧梅身边,望着从南门冲出的这群乡勇,分为左右两支,每支有一个骑马的土豪在后督战,包抄而来,越来越近,连鼻子眼睛都看得一清二楚。她望了慧梅一眼,看见这姑娘手执弓箭,面露轻蔑微笑,十分镇定。她又向慧英等十几个女兵瞟一眼,都是手执弓箭,注目敌人。当练勇来到五十步左

右时,慧梅用有力的低声说:

"射!"

练勇中登时有几个人中箭倒地,但仗恃他们人多,依然喊杀前进。说时迟那时快,又一批利箭射出后,倒下的练勇更多,而那两个督战的土豪也同时从马上栽了下去。两支练勇的队伍崩溃了,好像鸟惊兽骇,拼命逃窜,有的人连手中的兵器也抛掉了。慧梅向慧英使个眼色,让她同亲兵姐妹们留在高夫人的身边,自己带着五十名健妇追杀逃敌。那些健妇虽是初次临阵杀敌,却因敌人已败,更加增添了她们的胆气,乘胜纵马,杀个痛快。

高夫人见城中出来的练勇已经杀败,命慧梅立刻收兵,回头向东杀去。东边,几百练勇已经被男女骑兵冲杀得散成几股,仍在凭险抵抗,等候救兵。高夫人亲自督率慧梅的一支人马来到,迅速将一股练勇赶离开一座小山包,杀得四散逃窜。刘希尧已经杀败了前边的敌人,正要回头来迎接高夫人和红娘子,不料刚走不远,从左边树林中一声呐喊,杀出来一千多练勇,发生了混战。这是从附近几座山寨中纠集的人马,都想来夺取义军的妇女和骡马。红娘子正要驰援刘希尧,却看见从东门又杀出来几百练勇,她对慧剑说:

"你保护夫人,我去收拾这群野狗!"

高夫人在一群女兵的簇拥中立马土丘,指挥战斗。突然有一百多练勇从一道沟中蜂拥而出,冲到土丘前边,呐喊杀来。慧剑一看敌人已到面前,弓箭不及施放,就将大青骡的镫子一磕,举起宝剑冲向敌人。紧随在身边的还有七八个女兵,虽然都没有战斗经历,且是才学的武艺,但她们在危急关头都个个奋不顾身,杀向前去。那些乡勇没想到这些姑娘竟然如此不要性命,尤其那个骑大青骡子的姑娘武艺高强,猛不可挡,登时在她的雪亮的宝剑下死伤数人,纷纷后退。慧剑正在追杀,大青骡子蓦失前蹄,向前栽去,跪到地上,将慧剑摔了下来。慧剑顾不得左手擦伤,迅速跳起。一个乡勇从面前的一棵树后蹿出,用枪刺来。她用剑将枪头格开,上前一步,挥剑猛砍,将乡勇砍死,而宝剑也深深砍入树身。刹那之间,又一支红缨从右边刺来。她来不及从树上拔掉宝剑,将身子一闪,右手抓住枪杆,打算夺来使用。但是那个青年小伙子的气力大,夺不过来,另一个乡勇已经从左边扑来。她匆忙中趁势将抓住枪杆子的右手一送,那个同她夺枪的小伙子立脚不住,跟跄后退,连人带枪跌进深沟。她立刻向左飞起一脚,恰踢中扑来的乡勇腕上,那一口向她劈来的宝刀飞出去五尺开外,当啷落地。这个人也很凶猛,向她飞来一脚,打算踢中她的心窝。慧剑退了半步,以惊人的敏捷抓住飞来的脚跟,向上一掂,向前一送,将敌人送出四五尺远,仰面倒地,后脑碰着一块大石头,再也没有挣扎起来。忽见白光一闪,一口刀又从左边劈来。慧剑半侧身将左手一举,抓住敌人右腕,使敌人的大刀落不下来,却猛出右拳,正打在敌人胸口,将敌人打得仰面倒地。慧剑正要取树上宝剑,忽有一个敌人从背后扑来,拦腰将她抱住,同时看见几个男人向她跑来,连声欢呼:"捉活的!捉活的!"她想用力甩开抱住她的敌人,但未成功,而另外两个敌人已经扑到面前。这两个敌人都认为她已经无能为力,只能等待就缚,不提防她猛起一脚,将一个敌人踢倒,又一拳捅在另一个敌人肋窝,使他登时蹲了下去,吐了大口鲜血,不能站起。她趁机转过头去,看见拼死力抱着她的敌人有一双大眼睛,嘴里横噙着一把短刀。她没法夺到短刀,却将右手的食指和中指叉开,向敌人的两眼一戳,并不用力,只是低声怒喝:"松手!"敌人疼痛地大叫一声,蓦然松手,捂着受伤的眼睛转身逃命,鲜血从他的指缝间向手背上奔流。

慧英和慧珠等杀散了别的扑到高夫人面前的乡勇,继续射杀溃逃的敌人。高夫人勒马来寻慧剑,看见慧剑已经从榆树身上取下宝剑,杀死了被她打伤在地不能逃命的敌人,正向大青骡走去。高夫人问道:

"慧剑,你没有挂彩么?"

慧剑站住回答:"没有,夫人。正杀得起劲,他们都逃啦。"

大青骡虽然一只蹄踏进地洞,打个前栽,幸而并未受伤。几个乡勇曾想将它抢走,都被跟在慧剑后边的女兵杀退,也得亏慧英在紧要关头,连着三箭射死三个比较凶猛的敌人。如今大青骡若无其事地在沟岸上吃着青草,遇着有血污的青草就避开,因为它不喜欢那种腥味。慧剑来到它的身边,拿起丝缰,在它的肩上轻轻地拍了一下。它抬起头,向主人望望,嗅了嗅主人右手袖头上的血迹,静静地不动了,等待着主人认镫上鞍。

这时,一阵马蹄声从北边传来。慧英、慧剑、女亲兵们和健妇们都看见高夫人正向北望,满面堆笑。大家随着高夫人用鞭梢指的土丘转弯处望去,看见红娘子和慧梅率领一百多健妇,押着一群俘虏,带着很多人头,牵着夺得的十来匹骡马,鸣锣,吹角,欢呼着来了。

却说刚才当红娘子率领一队健妇去抵挡从东门杀出来的数百敌人时,她原以为很容易将敌人杀散,不料这一支敌人旗帜鲜明,部伍整齐,显然是城中练勇的精锐,训练有素,只有在十分必要时才出城作战。红娘子带着她的女亲兵走在最前,连射死几个敌人,不但不见敌人惊慌奔逃,反而更凶猛地喊杀前进。她想着自己身边的一百多健妇都是才学武艺,又是初经阵仗,决不能率领她们硬冲敌人,那样不惟不能取胜,反将遭到重大损失。她吩咐各哨头目务须沉着,各率本哨姐妹们缓缓后退,不许乱队。她自己带着亲兵断后,不断射倒敌人,迫使敌人也只敢缓缓追赶,不能追得太近。当退到一个土堤上时,地形稍较开阔,骑兵容易发挥优长。她对亲兵头目说:

"你看,那个骑红马的是个总头领,只要除掉这家伙,杀败这一队练勇就不困难。"

亲兵头目问:"咱们直冲到他的面前将他斩了?"

"不。看样儿他是个会武艺的人。万一杀不了他,咱们这二十几个人反而陷入包围。今天不能硬拼,要特别谨慎。"

"用箭射死他?"

"不,我想捉活的献给夫人。"

"怎么个捉法?"

"你们每人手中拿三支箭,等我一声说射,你们就齐射他的左右家丁和心腹狗党,活捉他的活儿由我来做。"

一面练勇总团的蓝色大旗跟随着这一位彪形大汉的练勇首领前进,已经到七十步以内了。亲兵头目偷向红娘子的脸上望一眼,小声问:"射么?"红娘子没有做声,把劲弓挂回臂上,取下弹弓,摸出三个泥丸。敌人已经进到五十步内,开始利用开阔地势分三路向守在堤上的健妇营冲来。那个练勇首领举刀大叫:"杀过堤去!杀过堤去!"红娘子忽然回头向右方招手大呼:

"男兵们,赶快从右方包抄,截断敌人的退路,不许有一个逃回城去!"

练勇首领大吃一惊,略一迟疑,向左张望。红娘子立即下令:"射!"同时她一弹打中那人右手,钢刀当啷落地;又一弹打中左手,使他登时丢掉了丝缰,没法控驭坐骑,不能勒转马头逃跑;第三弹打中从后边来救他的骑马大汉的一只眼睛,落下马去。红娘子的战马如箭一般疾,已经冲到练勇首领的跟前,右手举剑一晃,左手抓住他的腰带一揿,将敌人揿落马下。"捆起来!"她吩咐一句,继续向前冲去,一剑劈死正在马上惊慌失措的旗手,只见大旗一晃,倒落下去。有一百多练勇拼死扑来,要抢救他们的首领,被红娘子连斩数人,同时全部健妇从土堤上向纷乱的乡勇杀来,而慧梅恰在此时奉高夫人之命率领一队健妇和男兵包抄敌后,截断归路。敌人兵败如山倒,不管有路没路,四散逃命,逃不脱的就跪地求饶。城头上站满了人,原来不断替练勇呐喊助威,不住敲鼓。这时,城头上的人们仍在注目战场,但是鼓声哑了,呐喊声停了,只有一些人小声惊呼:"看,看!我的天呀!"同时有一只乌鸦哑哑地哀鸣着飞过城楼。

红娘子同慧梅合兵一处,整了队伍。这一次因为杀得巧,健妇们虽有十几个挂彩的,却只有一人死亡。红娘子同慧梅率领得胜的健妇人马,押着俘虏,带着很多人头,向高夫人立马等待的土丘走去。

刘希尧也杀败了另一路敌人,除杀死多人外,也带回一群俘虏和十几匹骡马。所有男女将士集合在土丘前,按部伍排队,掩埋了二十几个阵亡的弟兄和姐妹,给带伤的作了安排,然后杀掉俘获的乡勇,将人头挂在大路两旁的树上。高夫人命令留下红娘子捉获的那个练勇首领,交给一个小头目押着他不许逃掉,然后率领全军启程。

约摸走了十五里路,人马停在一个荒凉少人的山街上休息打尖。高夫人因为急于想知道闯王攻开封失利的真实消息,在一个碾盘上坐下来,向张材吩咐:

"将城里的那个士绅带来!"

被捉到的士绅是一个三十多岁的魁梧汉子,名叫李守耕,是本城世家出身,又是武举人和廪膳秀才①两重功名。他的父亲曾在山东做知县,天启年间死于徐鸿儒之反,受到朝廷褒扬,追赠光禄寺卿,并荫一子入监②。李守耕的家中十分富有,在乡党中被称为有文武全才,勇于任事,又凭借先人余荫,所以在士绅中较有声望,被推举为密县练勇总团两个副团总之一(正团总由知县兼任)。他被几个健妇押到高夫人面前,不觉心中一愣:"这是何人?"随即恍然明白:"啊,此人必是人们哄传的闯贼的女人高氏!"张材见他有点倔强,不肯跪下,照他的屁股上猛踢一脚,使他不得不双膝跪地。他昂着头,心中说道:"横竖老子活不成,要死得不辱先人!"高夫人问过他的姓名、家世,本想接着就问他开封战事消息,却故意先问他城中练勇人数和防备情况,好像大有进攻密县城池的意思。李守耕虽然自知必死,但宁死不愿县城失守,撒谎说:

---

① 廪膳秀才——又称廪生、廪膳生员。明制:生员(即秀才)经岁试或科试列入优等,由公家供给膳食,以示奖励,称为廪膳生员,简称廪生。

② 入监——入监是入国子监读书的缩语,取得这种资格的称做监生。监生资格可以用捐钱买到,也可以靠先人立功取得,后者称为荫监。

"城中练勇有两千五百余人,今日出城者不足半数。除练勇之外,尚有丁壮男女数千,紧急时均会上城杀贼。城头上平时预备砖石甚多,还有大小弓弩,各种火器,火药十分充足。尔等倘欲攻城一试,徒送死耳!"

高夫人从嘴角流露出轻蔑的冷笑,忽然问道:"你想死还是想活?"

李守耕回答说:"我自己亲率练勇剿贼,早已将生死置之度外。剿贼得胜,功在桑梓;不幸被杀,流芳千古。你们今日杀我,你们也活不了多久,不久将被大军剿灭。"

高夫人又冷笑一声,说:"你们这班绅士恶棍,我看见的多啦,常常在临死之前还要说些梦话!"

李守耕说:"梦话?非也!你们李闯王进攻省城大败,汝知之乎?你们的将士死伤惨重,已经溃不成军。连你们李闯王本人也在开封城下中箭,生死难料。况且你们破洛阳,戕福王,犯了不赦之罪。福藩殿下为当今圣上亲叔,朝廷岂能甘休?日内必将调集各省兵力,会师中州,围剿尔等。又闻朝廷已命蓟辽总督洪大人率领关宁铁骑①来河南会剿尔等,限期剿灭。昨闻督师辅臣杨大人正从四川赶回,将要重新坐镇襄阳。尔等乌合之众,岂能持久?我今日不幸落到你们手中,万无生理;大丈夫为国捐躯,也是应该,独恨不能多杀逆贼耳!要杀速杀,不必多问!"

高夫人问:"李闯王如何攻开封未成,你听说了么?"

李守耕说:"此系天意。大明三百年江山,深恩厚泽,沾及草木,岂能容汝辈志得意遂!你们原指望乘省城未做防备,混入城门,恰好是自投陷阱,三四百骑兵都死在新郑门②的吊桥上和城门下边,连你们李闯王身边的那个姓张的小将也完啦。岂非天意不容尔等逆贼……"

所有的人听到张鼐阵亡都心中一惊。高夫人一声断喝,不许

---

①　关宁铁骑——明朝驻扎在山海关和宁远一带的最精锐的边防军。
②　新郑门——开封城的西门。

敌人再往下说,吩咐速速拉到街外斩了。李守耕浑身微颤,但犹强装镇定,在往街外走时又强回头看了一眼,然后边走边恨恨地说:

"哈哈,不意老子今日竟死在女贼手中!你们的将领在开封城下死伤成堆,今日杀死我一个练勇首脑也算不得你们胜利!"

片刻间,李守耕已被张材斩首,将首级挂在街边树上。高夫人和她的左右将士,包括红娘子和刘希尧在内,虽然不相信李守耕的话,但也不能够完全不信,所以人人心中都感到沉重。高夫人担心闯王的箭伤会真的不轻,更担心张鼐已死于开封城下,忍不住说了一句:

"难道那个冲进开封的是小鼐子么?"

大家都明白必是张鼐无疑,但是没人做声。慧英偷偷地向慧梅望了一眼,看见慧梅的脸色灰白,紧闭嘴唇,眼睛饱含热泪,右手将马鞭子用力攥紧。她明白这位姑娘的心,立刻将眼光移向红娘子。红娘子很关心闯王和战事不利情况,同时也很关心李岩兄弟,尤其使她最放不下心的是李岩初经战场。她在心中暗想:"还没有听到他的一点消息,也许不会有三长两短?"在大家片刻沉默中,高夫人从碾盘上站起来,吩咐人马启程,并且说道:

"不要听信刚才这个死货造谣惑众的话。你们沿路遇到百姓,不断打听消息,特别是要询问从东边来的穷百姓。"

人马继续向东进发。一路之上,将领们每遇到穷百姓就打听开封的战事消息和闯王的大军行踪。在这半天之内,他们听到了不少消息,虽然都说是李闯王进攻开封失利,但是说法各不相同。中午过后,从百姓口中探知闯王的大军并未受大的损失,已经整师西来,到了新郑和许昌之间的长葛县附近,老营驻扎在一个什么镇上,休兵征粮。高夫人十分高兴,命人马转向东南前进。

又走了几十里,约摸一更时候,人马刚扎营休息,忽得探马禀报:大约有一千五百步兵和数百骑兵打着闯营旗号,黄昏时从东开来,在十里外的小山那边安下营寨。高夫人和红娘子又惊又喜,立刻命一个小校率领二十名骑兵奔去察看,问清是谁的人马,来此何干,并要问清楚闯王和李公子现在何处歇马,闯王的伤势究竟如何,张鼐和别的将领们是否全都平安。小校走后,高夫人和红娘子以及左右男女亲随,都怀着不安的期待心情,等候小校探明情况归来。

经过三天山路行军,今天又经过激烈战斗,步骑兵都很困乏,除轮流放哨的士兵外,都已经围绕着一堆堆的营火睡去了。

在下弦月和稀疏的星光下,这一片丘陵连绵的原野上,既充满着活跃的生命,又很静谧。马在静静地吃着野草;吃草声经常同什么人轻微的鼾声混合。树枝上不时有宿鸟被通红的火光惊醒,跳向别枝或飞往稍远的林木,重新睡下。大青骡也在吃草。它的缰绳绑在一棵小树上,而它的主人就靠着这棵小树已经同她手下的女兵一样,傍着一堆哗哗剥剥燃烧的火堆睡熟了。慧剑本来想等待听听消息再睡,但是她不习惯为大事操心,也从来不惯于替哥哥的作战过多担忧,所以不知不觉就将眼皮一合,头一搭拉,沉入睡乡,还从一边嘴角流出来一丝涎水,落在铁甲外边的红绸战袄上。

高夫人同红娘子、刘希尧在火边说话等候,吩咐左右男女亲兵们都去睡觉,但有几个男女亲兵和张材、慧英等,平日高夫人不睡他们都照例不睡,甚至有时候高夫人睡了以后他们还在小心侍候,保护高夫人的安全。红娘子身边的两三个最得力的女亲兵也是这样。慧梅近来在健妇营做红娘子的副手,不管在行军中或安营下寨后都比红娘子做的事情还多,今天又几次在敌人中间英勇冲杀,竟然没有睡意,在巡视过健妇营宿营地之后也来到高夫人的面前,坐在火边。高夫人望着她说:

"你休息去吧,今天你够累啦。"

慧梅说:"我不困。我等等消息。"

忽然,传来了自远而来的一队马蹄声。高夫人同大家停止谈话,侧耳倾听,心中忽然高兴,随即又忐忑不安。过了不久,一队骑马的将士来到了宿营地。高夫人和大家急切地从火边站起来,向着一大群跳下马来的人们注目等候,都想赶快知道来的是谁。随即大家看见,前去探事的小校引着李友来了。高夫人不等来将叉手行礼,赶快问道:

"益三,你怎么带着人马到这搭儿来了?看见闯王了么?"

"回夫人,我见到了闯王。我率领骑兵刚到了尉氏境内,我们的大军已经从开封撤回,也到了尉氏境内。闯王是在向着洧川和长葛的大道往西走。闯王……"

高夫人又急着问:"你在什么地方见到了闯王?"

"闯王得到探马禀报,知道我的行踪,派飞骑传下将令,命我前去见他。我在长葛以东见到闯王,他命我速去攻破密县,收集粮食、骡马。"

"为什么这样急?"

"闯王当然不能耽误。风闻登封的那个李际遇将派人去占密县,所以我们得抢先一步。他怕我的兵力不够,拨给我一千步兵。我奉军令后不敢在尉氏境内停留,星夜回师,绕过新郑县城不攻,向密县奔来。因步兵行军疲劳,在此休息一夜,明日赶到密县城下。"

"闯王的伤势如何?都坐下吧。他的伤势你总知道!"

李友同大家在火边坐下,说:"原来在路上听到不少谣传,有的说得十分可怕。后来我亲眼看见闯王,才知道伤势不要紧,已经快好啦。"

"可损坏了一只眼睛?"

"没有。箭中在左眼下边,离眼珠还有半寸多远。"

"箭伤很深么?"

"也不很深。十七日,我们的大军已经开始撤退,闯王要亲自再看看开封守城情况,以备下次来攻。他同总哨刘爷带着二三十个亲兵来到西城壕外,离城墙大约有一百五十步,正在察看,城头上放出一阵弩箭……"

高夫人一惊,忙问:"是弩箭?"

李友说："不是咱们常见的大弩。是守城人特做的一种很小的弩，箭杆像筷子一样，力量也小。守城人只求其制造时省工省料，一天可以制造很多，供城头应急之需。当时城上乱弩齐发，可是多数都射不到闯王面前就落到地上，所以大家都不以为意。冷不防有几支箭射得较远，闯王没有躲避，竟然中了流矢。当时将小箭拔出，流血不少。经老神仙上了金创止血神效丹，血就不流了。"

高夫人的心突然落地，接着问道："别的将领死伤如何？"

"听说重要将领都没有死伤。"

"李公子兄弟都平安么？"

"都没事儿。"

慧英看见慧梅的神色仍然沉重，赶快问道："益三哥，小张爷可平安么？"

李友偷瞟慧梅一眼，故意沉吟片刻，然后向高夫人和慧英问道："你们可知道小张鼐奇袭开封西门的经过么？嗨！嗨！……"

高夫人见李友并无笑容，心中有点发凉，说道："你只管说出来吧，该说的不必隐瞒。"

李友叹口气说："他呀，嗨，这员小将！嘿嘿！……"

高夫人的心头蓦然紧缩。慧英也心头一凉。红娘子的刚刚觉得欣慰的心情陡然沉重。大家鸦雀无声，等待着李友说出来他迟迟不肯说出的消息。李友望望大家，看见慧梅的脸色灰白，狠狠地咬着下嘴唇，噙着眼泪，低下头去，不让别人看见，于是他哈哈地笑起来，说道：

"他呀，连一根汗毛也没有丢失！"

大家愣了一下，心忽然落实了。红娘子偷瞟了慧梅一眼，在心中说了一句："谢天谢地！"火堆周围的气氛登时轻松，人人的脸上有了笑容，或者眼睛里有了笑意。慧梅的脸上恢复了血色，几乎滚出来欣喜的眼泪。刘希尧向李友问道：

"益三，听说保定的官军到了开封，同我军打了一场血战，可是真的？"

李友笑着说："屁的血战！杨文岳率领的保定兵逗留封丘一带，在我们大军撤离开封时尚未过河。"

高夫人也笑着说："俗话说：十里没真信。官绅大户们都喜欢造谣说我军如何吃败仗，早已是常事儿啦！"

红娘子问："有谣言说李仙风派兵回救开封，可是真有此事？"

李友哈哈大笑，说："李仙风困守郑州，等待朝廷处分是真，回救开封是假。"随后他收了笑容说："有一桩事儿对守城有利，倒是真的。陈永福率领一千多人马，趁我军十分疲乏，冷不防绕过阎家寨，从西关外偷越营地，被我军发觉，截杀一阵，剩下几百人越过城壕，叫守城官军开水门放进城去。开封有了陈永福这员有经验的副将，军事上就有主持人啦。"

红娘子说："可惜没有将陈永福截住捉获！"

高夫人说："大军作战，总难免有疏忽之处。陈永福驻守开封日久，他手下的将士们又多是开封一带的人，地理熟悉，所以才敢于如此大胆，行险成功。"

谈话变得活跃起来。李友回答大家的询问，不免将他所听到的战场新闻都倒了出来。但是高夫人最关心的是闯王下一步将怎么办，李友毫无所知。高夫人从火堆边站起来，向五六丈外的一棵松树走去。李友跟去，站在她的面前。她低声问道：

"益三，朝廷派洪承畴来河南的谣言你听到了么？"

李友说："闯王没有提起，可是他拨给我一千步兵来攻密县，将士们在开封城外都知道这谣言了。"

高夫人又问："你没听说这谣言可靠么？"

"也许可靠。不过，如今咱们闯王手下人马众多，纵然洪承畴率几万边兵前来，也不必担心。"

高夫人在心中说："啊，一定是闯王急着回伏牛山中，八成也猜想朝廷派洪承畴来河南的谣言不是假的！"她随即又问：

"闯王没有问你洛阳失去的情况？"

"没有。他只问张敬轩到底是怎样破了襄阳，我说在得胜寨还

49

不知详细。看来闯王很关心张敬轩那边的事。"

高夫人说:"是呀,襄阳是杨嗣昌的根本,经营得铁桶相似,如何轻易给敬轩破了,我们在得胜寨真不清楚。杨嗣昌现在何处?也不清楚。襄阳与河南搭界,这些事倒是跟咱们很有干系!"

高夫人同李友重回到火堆旁边坐下,闲话开封战事。她的心中总是牵挂着下一步打仗的事。倘若真的杨嗣昌回师襄阳,洪承畴率领边兵来河南,闯王要在伏牛山中练兵的打算就会吹了。

约摸四更天气,李友才辞别高夫人,走出宿营地,带着被呼叫醒来的、睡眼惺忪的亲兵们上马而去。他打算在马上稍睡片刻,回营后即率领人马向密县进发。他想着守城的练勇经过今日一战,使他破城更容易了。

高夫人等也趁着人马出发之前,闭眼睛眯盹一阵。然而李友尽管有在马鞍上半醒半睡的休息习惯,今夜却由于精神振奋,不能够在马上假寐片刻,总在想着高夫人和红娘子等对他述说的在密县城外遇到埋伏和接连几阵同练勇混战得胜的事。他仿佛亲眼看到红娘子和慧梅率领新成立的健妇营英勇作战,杀得一队一队的练勇和乡兵溃逃四散;仿佛亲眼看见红娘子眼疾手快,一弹打落了李守耕的手中兵器,将他擒获;仿佛看见了黑虎星的妹妹,那个一脸稚气、平日在他的面前说话腼腆的姑娘在地上徒手迎战,连伤顽敌。"好,日后准定是一员女将!"他在心中称赞说,不禁无声地笑了起来。

红娘子因知道李岩和李侔无恙,安心地沉入睡乡。

高夫人却很久不能入睡,想的事情很多……

她担心李友对她隐瞒了闯王受伤的真实情形,故意把伤势说轻了。

她又想:小�啸子率领的乔扮官军的三百精锐骑兵先到了开封西门,要是后边的大军不误时机,跟着赶到,那么小㸷子就敢趁黎明开城门时冲进城去,占领城门,迎接大军入城,这一着棋就成功啦。唉,大军迟误了半个时辰,小张㸷不敢孤军入城,逗留西关过久,致被守城官兵和城门口的百姓们识破,立刻关闭城门,从城墙上矢石俱下。幸而张鼐机灵果断,撤退得快,损失不大。

她又想:义军冒着城上矢石,在西门左右的城根挖掘六个大洞,不断同守城的官军进行激烈战斗,虽然重要将领们没有损失,可是中小头目和弟兄们在洞口死伤了不少。万没料到,不知哪一朝代在修筑城墙的时候,在城下竖着排了两层石磙,使义军没法将地洞挖掘较深,足以用火药轰倒城墙。

她还听李友说过,开封不但城墙高厚,而且土质坚固,下边又有石磙,官军又守得十分拼命,还在城头外边架了许多悬楼①。李友也说不清悬楼是什么样子,只知道对守城十分有利,许多挖掘城墙的弟兄都是被躲在悬楼中的敌人用火罐烧伤或投下的砖石打中。高夫人越想越觉得气闷,心里说道:"难道这开封城就没法攻破么?"她的心上缠绕着许多问题,不像别人容易入睡。但是毕竟抵不住行军和作战的异常劳累,在天色将明时略为合了一阵眼皮。

高夫人刚刚闭眼蒙眬片刻,将士们开始被叫醒,连高夫人也被叫醒了。为着急于见到闯王并同闯王大军在长葛附近会师,这一支人马不吃早饭,五更出发,继续向东南奔去。

据李友听说,李自成将在长葛附近驻兵几日,休息士马,征集粮秣,说不定还要派兵攻破许昌。高夫人和将士们都盼望赶快同闯王的大军会师,所以不断地催马前进,直到日上树杪,已经走了四十里路,方才在一条小河边停下休息,骡马饮水吃料,人吃干粮,却不埋锅造饭。高夫人同将士们一样过惯了行军的艰苦生活,也是只吃一点炒玉米面和前两天烙的杂面锅盔,喝一点亲兵们替她舀来的干净冰凉的河水。舀水的亲兵说:

"夫人,这一瓢河水很干净,是我从渡口的上游舀来的,没有马

---

① 悬楼——第一次开封战役,因为义军缺乏铳炮,守城的人们用一种叫做悬楼的东西杀伤攻城义军。这是用两根长木架在城垛口上,伸出城外一丈多远,用大铁钉和粗麻绳在城墙上钉牢捆紧,上棚木板,前面和左右装有疏根,对城壕方面的疏根上蒙以湿牛皮,可以防箭。每一悬楼可以容十人,从疏根中向城根义军投掷砖、石、火罐。

群饮水。"

高夫人接住水瓢望一望,吹去一片草叶,笑着说:"喝过多少河水带着马尿味,何必一定要你跑到上游去舀! 快蹲下吃你的干粮吧,你的肚子里该空得咕噜噜叫唤啦。"

饮过马,打过尖以后,人马继续赶路。虽然豫中灾情不如豫西惨重,但是路上所遇到的村庄没有一个不残破的。有许多小村庄人烟稀少,十室九空,许多房舍被烧毁了,井台上长着荒草,村中的小路被野草封断。有些榆树皮被饥民剥光,而有些榆树是在旧年就被剥光了皮,大概今年不会再活了。路上常常有灾民扶老携幼,向东南逃荒,看见义军走过,并不逃藏,只是赶快让开道路,站在荒芜的耕地里,睁着吃惊和好奇的眼睛望着这打着"闯"字旗号的义军。当灾民们看明白后队骑兵全是女的,更加惊奇,简直不敢信以为真。有些人大胆地走近路边,以便看得较为清楚。有些被饥饿折磨得面黄肌瘦的"黄毛丫头",一边睁大羡慕的眼睛望着从前面走过的女骑兵,一边仿佛是在梦中。等女骑兵过尽以后,她们还在站着凝望。直到人马转过浅岗,最后一个骑者的影子也已经消失,远处道路上只留下腾起的一溜黄尘未散,她们还有人在心中暗问:

"这是真的么?"

高夫人虽然看惯了流离失所的灾民,但仍然常常引动她的悲悯感情,暗暗叹息。当看见路旁有倒毙的饥民和大路沟中纵横着人的白骨时,她的心中更加感伤和沉重。这些凄惨路景使她更加急于想赶快见到闯王,问明白攻开封失利之后有什么新的打算。她遗憾地想着:开封是那么富裕,强似十个洛阳,要是能攻破开封,大军粮饷充裕,还能够救活多少饥民! 除想着这些军民大事,她还对闯王的箭伤放心不下,害怕李友昨夜对她隐瞒了真情。有时她越想越感到焦急,心中叹息说:

"非亲自见他我才放心!"

红娘子因为越走越近长葛县境,心中充满了那种焦急、期待、甜蜜、喜悦……混合在一起的、没法说得清楚的心情。她同李岩新婚后三天就离别了,尽管她每日很忙,但是在心头上总是抛不掉思念感情,也只有在昨天打仗时候,她才短时间将他真正忘下。她如饥如渴地思念丈夫,也有几天常常为他的攻城作战担心。如今确知他十分平安,但因为在马上无事,李岩的英俊潇洒的影子几乎不曾离开过她的眼前。她的嘴角不由地绽开了青春的神秘微笑,在心中对自己说:"啊,多有意思,不过半日路程,就要同他……"突然,从路旁庙中传出来两个女人的哭声,使她的心头蓦一惊,李岩的影子在她的眼前消失了。她勒马离开大路,命一个亲兵下马去庙中看看。过了片刻,亲兵回来,向她禀报是逃荒的婆媳俩对着一个饿死的小孩痛哭。红娘子叹口气,吩咐亲兵给那婆媳俩送去一点干粮和散碎银子。她不忍亲自去看,回到大路上,策马前行。很久,很久,她的心中不能平静,眉头没法舒展。

未初时候,人马在一个村外停下休息,弟兄们赶快给骡马喂点草料,人也赶快吃点干粮。村中百姓说:李闯王的大军于三天前来到长葛县城西边的和尚桥驻扎,大概现在还在那里。高夫人十分高兴,一问路程,不过三十多里,下令人马赶快启程,直向和尚桥的大路奔去。太阳偏西时候,人马离和尚桥不过六七里路,探马向高夫人回报:闯王的大军在巳时左右全部离开和尚桥,向禹州进发,如今和尚桥清清静静,连一个义军也看不见了。

高夫人同红娘子、刘希尧商量一下,决定人马经过和尚桥时不停留,向禹州追去,等天黑以后稍微休息打尖,喂喂骡马,继续追赶。原来她们都怀着十分高兴的心情准备在和尚桥同闯王大军会师,如今大家口中虽然不说,心中却充满了怅惘情绪。

在一刻之前,慧梅的心情是那样快活,连她自己也不能完全懂得。不知到底从什么时候开始,在她秘密的心灵中深藏着一个张鼐。平时她也不愿他在她的心中露头,可是每当闲暇时候,例如她独自骑马行走在林间小路上,或月明之夕,练了一阵剑术,独自在月下倦坐休息,……张鼐就会从她的心灵深处或带着腼腆的微笑,或骑着高大的骏马,或带着活泼的稚气兼英武步态,活现在她的眼前。她不但不禁止他的出现,而且悄悄地、贪恋地欣赏他的幻影。甚至她有时决心不再想下去,却是枉然。想念他只会增加苦恼,但是她多么愿意在心中享受这种甜蜜的苦恼!大概从前年她在医治箭创的时候开始,她常常希望看见他,甚至有时只希望能看见他的背影或听见他的说话声音。有一次她知道他在浅草地上闲驰马,却故意不抬头望他;只听着马蹄声,她的心中就充满着甜蜜和愉快。但是非常奇怪,当她有机会同张鼐单独遇到一起时,她总是禁不住情绪紧张,胆怯,赶快走开;当有时张鼐来到高夫人面前禀报事情,她同慧英等众姐妹也都在高夫人面前,大家都坦然地望着张鼐说话,她自己却想看张鼐说话的表情又不敢多看,偶然同他的目光相遇时就赶快避开。后来她发觉张鼐有时故意偷望她一眼,有时也回避她的目光。……一刻之前,她以为很快就会看见张鼐了,想着乍然见面的情景,竟然禁不住心头乱跳。现在突然失望,心中充满了怅惘。听高夫人下令追赶闯王大军,她立即对健妇营的几个大头目吩咐:

"趁着太阳未落,加速赶路!"随即在她的战马屁股上抽了一鞭。

约摸到了二更天气,因为天已变阴,下弦月不曾露面。遥望见很远处有一些灯笼火把蜿蜒在一道岭头上,随即消失了。大家登时忘掉疲倦,催马前进。星星也隐去了。夜色昏暗。每当走在峡谷,夜色更暗,往往是黑暗得伸手不见五指。过了半个更次,转过了一座大山,重新望见了在黑沉沉的远处,有很多灯笼火把,像长龙似的,断续,曲折,或在山上,或在山腰,或在山脚,或偶被山和树林遮断,或忽被流云淹没。男女将士们心情振奋,望着灯火长龙追赶……

第四章

　　洛阳失守和福王被杀的消息是在二月中旬到了北京的。消息之所以迟,是因为洛阳已经没有地方官向朝廷飞奏,而是住在开封的封疆大吏得到确实消息之后,才向北京发出十万火急的塘报和奏本。洛阳的事,几天来北京朝野已经有些传闻,但是谁也不肯相信,认为是不可能的。在李自成破洛阳之前,住在北京的人们心中只有个张献忠,知道李自成名字的人很少,原来知道他的人也几乎把他忘了。如果仅仅是破永宁这个县城也不会引起北京朝野的注意。十几年来,内地州、县城池失守,成为常事,在北京确实早已算不得重要新闻。李自成的人马在永宁杀掉一个万安王,才使这件事有新闻价值。但是万安王毕竟是一位不重要的郡王,又同当今皇上不是近族,所以这件事在北京不能成为轰动的新闻。关于李自成是从什么地方和什么时候到河南的,有多少人马,如何行事,几乎没有人关心。直到破洛阳和杀福王的消息正式报到北京,才真像是晴天霹雳,使大家猛一震惊。从此以后的十来天内,不论是在大小衙门,王、侯、贵戚邸宅,茶馆酒肆,街巷细民,洛阳事成了中心话题。

　　崇祯得到飞奏是在快进午膳时候。他登时脸色大变,头脑一蒙,几乎支持不住,连连跺脚,只说:"嗨!嗨!嗨!"随后放声大哭。他从来没有在乾清宫中这样哭过,使得乾清宫的大小太监和宫女都十分惊慌,有头面的都跪在地上劝解,没有头面的都在帘外和檐下屏息而立。一个站在檐下的老太监,曾经服侍过万历和天启,一向不大关心宫外的事,总以为虽然有战乱和天灾,大明江山的根基如铁打铜铸般的牢固。他日夜盼望能亲眼看见国运中兴,此刻忽然知道洛阳的消息，又见皇上如此痛哭，忍不住哽咽流泪，不忍再听，脚步蹒跚地走到僻静地方，轻轻地悲叹一声，不自觉地说道：

"唉，天，可是要塌下来啦！"

崇祯哭了一阵，一则由于司礼监掌印太监王德化也闻信跑来，跪在他的面前劝解，二则想着必须将洛阳事禀告祖宗神灵，还要处理洛阳的善后事儿，便止了哭，挥退众人，孤独地坐在乾清宫西暖阁的御榻上沉思。

午膳时候，撤去了照例的奏乐，将几十样菜减到十几样，叫做"撤乐减膳"，表示国有不幸，皇帝悲痛省愆。崇祯正在用膳，忽然又想起洛阳的事，悲从中来，簌簌泪下，投箸而起。原想午膳后休息一阵，方去禀告祖宗神灵，现在实在难以等待，他也不乘辇，步行去奉先殿，跪在万历的神主前嚎啕大哭。

周后听到消息，传旨田、袁二妃，太子和永、定二王赶快来到坤宁宫，率领他们赶到奉先殿。因为不奉诏不得入内，便一齐跪在殿门外，劝皇上回宫进餐，不要过于悲伤，损伤"圣体"。崇祯哪里肯听，反而哭得更痛。皇后等劝着劝着，一齐大哭起来。因为皇帝、皇后、皇贵妃、贵妃①、太子和二位小王都哭，众多随侍的太监和宫女无不哭泣。从殿内到殿外，一片哭声，好像就要亡国似的。

院中有四棵古柏，其中一棵树身最粗，最高，相传在嘉靖年间曾经遭过雷击，烧死了一边树枝，但到万历初年大部分的枯枝重新发芽，比别的枝叶反而更旺。宫中的老太监们说，这一棵古柏有祖宗神灵呵护，从它的荣枯可以占验国运。近几年，不知什么缘故，从树心开始枯死，使得大半树枝都枯死了。就在那最高处的枯枝上，有一个乌鸦窝。如今那只乌鸦在窝中被哭声惊醒，跳上干枝，低头下望片刻，忽然长叫两三声，飞往别处。

崇祯又哭一阵，由太监搀扶着哽咽站起，叫皇后和田、袁二妃进去，也跪在万历的神主前行礼。等她们行礼之后，他对她们哽咽说：

---

① 贵妃——袁妃已经晋封为贵妃。

"祖宗三百年江山,从来无此惨变。朕御极以来,敬天法祖,勤政爱民,未有失德。没想到流贼如此猖獗难制,祸乱愈演愈烈,竟至洛阳失守,福王被戕。亲王死于流贼,三百年来是第一次。朕如何对得起神宗皇爷!"说毕又大哭起来。

他为着向上天加重"省愆",不仅"撤乐减膳",连荤也不吃了。虽然他平日非荤不饱,对完全素食很不习惯,但是他毅然下了决心,传谕御膳房,百日之内不要再为他预备荤菜。三天以后,皇后怕损伤他的身体,率领田、袁二妃来乾清宫劝他停止素食。他摇头拒绝劝解,含着泪叹口气说:

"朕年年剿贼,天天剿贼,竟得到这样结果!朕非暗弱之君,总在为国焦劳,励精图治,可惜上天不佑,降罚朕躬。朕不茹荤,不饮酒,只求感格①上苍,挽回天心耳。你们好不晓事,不明白朕的苦衷!"

为着福王的世子朱由崧和福王妃都逃到豫北,还有其他逃出来的宗室亟待救济,而国库十分空虚,崇祯只得在宫中筹款。他自己拿出体己银子一万两,皇后拿出四千两,田妃三千,袁妃二千,太子一万,慈庆宫懿安皇后一千,加上慈宁宫皇祖宣懿惠康昭妃和皇考温定懿妃各五百,共凑了三万一千两银子,命司礼监太监王裕民前往豫北慰问王妃、世子,赈济诸逃难宗室。又命老驸马冉兴让代表他往太庙祭奠二祖列宗的神灵。

一则饮食失常,二则连夜失眠,崇祯的脸颊一天比一天消瘦憔悴,眼窝深陷,双眼周围发暗。一天下朝之后,他无处可以解闷,便到慈宁宫去看宣懿惠康昭刘太妃。她已经八十五岁,身体尚健,神志清楚。如今在老妃中以她的年纪最大,辈数最尊。她自己不曾生过儿女,一生为人谨厚,爱抚诸王。天启和崇祯都是幼年失母,住在慈宁宫受她抚养,叫她奶奶。天启和崇祯两朝都无太后,就由她掌太后玉玺。今天崇祯的精神是那样不济,刚坐下说了几句闲话,眼睛就打旋,连打两个哈欠,又勉强支持片刻,靠在榻上,矇眬

---

① 感格——感通。古人将格字如此用法,出于《尚书·说命》:"格于皇天"。

睡去。刘太妃不许惊动他,命宫女在他的身上搭一条黄缎绣凤薄被。两个宫女在左右静立伺候,等着崇祯醒来。过了一阵,崇祯伸个懒腰,揉揉干涩的眼睛,坐了起来,自己用手整一整帽子,向刘太妃凄然说:

"奶奶,神祖时候,海内少事,做皇上多么安心!到了孙子,多灾多难,苦苦支梧①,没有法儿。这两夜省阅文书,不曾合眼。心中烦闷,往往吃不下饭。自以为不过是三十岁的人,可是为国事消磨,体力未老先衰,竟然在太妃前昏然不能自持,一至于此!"

刘太妃无话安慰,叹息一声,老泪在有皱纹的脸上纵横奔流。崇祯也伤心地哭了很久。侍立左右的宫女们都低下头去,有的落泪,有的虽然恨这深宫的幽居生活,在皇帝和太妃的面前也不得不装作要落泪的样儿。

十天以后,李自成进攻开封的飞报到了北京。崇祯大骂河南巡抚李仙风该杀,下旨严加切责,命他火速回救开封,立功赎罪。又下旨将警备洛阳总兵王绍禹逮京斩首。他很担心开封失陷,中原大局从此不可收拾,在乾清宫伏案哭泣,还不住捶胸顿足,仰天悲呼:

"苍天!苍天!你不该既降生一个献贼,又降生一个闯贼!"

周后见崇祯长期素食,为国操劳,身体日损,眼看会支持不住。她自己几次去乾清宫劝解,又吩咐田妃和袁妃前去劝解,也命王德化等几个较有头面的大太监多次劝解,全然无效。周后无可奈何,才想到乾清宫的掌事宫女魏清慧伺候皇上最久,可能会想个主意使皇上停止吃素,便派一个小宫女将她叫来。她跪在皇后的榻前叩头以后,皇后叫她起来,望着她口气温和地说:

"皇上长久吃素,眼看他的御体消瘦,精神大不如前。你是乾清宫的管家婆,服侍皇上多年,皇上的秉性脾气你很清楚。你想想,有什么好法儿劝皇上停止吃素?"

魏清慧说:"奴婢也在皇爷面前劝过多次,无奈皇爷执意不再

---

① 支梧——支撑。

茹荤,实在难劝。奴婢为此事日夜发愁,没有法儿可想。唉!"

皇后说:"我知道你是个细心机灵的姑娘,所以从你十五岁起就派你到乾清宫管家,平日对你另眼看待。乾清宫的都人很多,本宫只把你放在心上,这你自己也是知道的。如今你若能想办法使皇上重新茹荤,也算不辜负我的恩待,事后我也要重重赏你。"

魏宫人含着眼泪说:"娘娘厚恩,奴婢永世难忘。各种办法奴婢都想过,苦无妙计。有一个办法怕未必能成,所以奴婢不敢说出。"

"快快说出吧。倘若能成,就是你为皇家立了一功。"

魏宫人低头不语。

坤宁宫的管家婆吴婉容在一旁说:"魏姐,既然你想了一个办法,为什么不敢说出?快说吧,说错啦娘娘不会怪罪你。"

魏清慧犹豫一下,向皇后说:"万一张扬出去,皇爷知道是奴婢出的主意,将会吃罪不起。"

皇后说:"这屋中只有我们三个人,断无人张扬出去。"

魏宫人悄悄说出来她的计策,使周后的心中豁然一亮,轻轻点头,随即命吴婉容去叫掌事太监刘安前来商量。

第二天中午,周后命御膳房早早地做好两样崇祯往日最喜欢吃的荤菜,送进坤宁宫,换到坤宁宫专用的银器中,到午膳时重新蒸热,派吴婉容送到崇祯面前的御膳桌上,跪下说:

"启奏皇爷,皇后娘娘为皇爷亲手做了两样小菜,命奴婢捧呈御前,恳皇爷看娘娘一番至诚,随便尝尝。"

从银碗盖中冒出来荤菜的香味,刺激得崇祯往肚子里咽下去一股口水。但是他仍然不肯动荤,挥手命魏宫人端走,魏清慧在吴婉容的旁边跪下,恳求说:

"请皇爷莫辜负皇后娘娘的一片心意!"

正在这时,一个太监来到崇祯身边,躬身呈上一封文书,说道:

"启奏皇爷,这是瀛国太夫人上的本,要不要此刻就看?"

崇祯一听说是他的外祖母上的奏本,不知何事,立刻就看。这奏本中说她昨夜梦见孝纯太后①归省,告她说皇帝十分消瘦,不禁悲泣,并且说:"替我告诉皇帝,赶快开荤,莫要过于自苦。"奏本中劝崇祯停止吃素以慰先太后的心。崇祯看毕,以为他的亡母真托梦给他的外祖母,心中十分感动,涌满两眶热泪,叹了口气。一个尚膳太监趁机会揭开银碗盖,果然是两样精致的荤菜。崇祯掂起两头镶金的象牙筷,迟疑一下,望一望那一碗用乳白的鱼翅、鲜红色的火腿精肉丝、五六只雪白的鸽蛋,加上若干片翠绿的莴苣(这是丰台农民在地窖中培育的特别时鲜)烧出的美味,上边撒一点点极嫩的韭黄。这碗美味,是周后的往年发明,并赐它一个佳名叫"海陆同春"。它的色、香、味都曾为崇祯赞赏。崇祯正要伸出筷子夹菜,忽然停顿一下,含着泪对左右的太监和宫女说:

"朕为着圣母②和皇后,勉为动荤!"

跪在地上的魏清慧和吴婉容都叩头轻呼"万岁!"然后起立。其他在左右伺候的太监和宫女也都喜上眉梢,轻呼"万岁!"

膳后,崇祯在养德斋稍作休息,又在乾清宫正殿徘徊一阵,然后决定明日召见若干朝臣,专处理洛阳的事。但他无心省阅文书,怀着又恨又气的心情,自言自语地小声说道:

"奇怪呀奇怪!人们不是说李自成早就给消灭了么?"

次日,即二月二十四日,上午辰时刚过,几位内阁辅臣,礼部尚书和左右侍郎,兵部尚书,礼、兵两科的几位给事中,河南道御史和湖广道御史等,还有年高辈尊、白发垂胸、仪表堂堂的老驸马冉兴让,奉召进宫。他们先在皇极门内的金水桥外会齐,穿过宏政门、中左门,到了右后门。门内就是皇帝经常召对臣工的地方,俗称平台。昨夜传谕说今日在此召对,但这里冷冷清清,只有一位太监在此等候。他对众官员说,因御体偶感不适,改在乾清宫中召见。于是这一群朝臣继续往前走,绕过建极殿的背后,进入乾清门。门外

---

① 孝纯太后——崇祯的生母。
② 圣母——指崇祯的母亲。

有两个高大的鎏金狮子,左右各一,在太阳下金光闪烁。平日,如果朝臣们有机会奉召来乾清宫,如心情不太紧张,总是忍不住向这两个狮子偷瞟几眼,欣赏它们的神态优美,前朝的能工巧匠竟然将雄壮、威武、秀丽与活泼统一于一身。但今天他们都没有闲情欣赏狮子,在太监的带领下继续前进。因为国家遭到惨重事变,皇上的心情极坏,所以大臣们的心中十分惴惴不安,怕受严责,而不负责任的科、道官们也半真半假地带出忧戚的神情,同时在心中准备着一有机会就要向他们所不喜欢的杨嗣昌攻击,博取"敢言"的好名声。

进入乾清门就是御道,两边护以雕刻精致、线条厚重而柔和的白玉栏杆和栏板。群臣从御道的两侧向北走,直到崇阶,也就是南向的丹陛。中间是一块巨大的石板,雕刻着双龙护日,祥云满布,下有潮水。结构严密、完整,形象生动。群臣低着头从两旁的石阶上去,到了乾清宫正殿前边的平台,即所谓丹墀。丹墀上有鎏金的铜龙、铜龟、铜鹤,都有五尺多高,成双配对,夹着御道,东西对峙;另外还有宝鼎香炉,等等陈设。群臣一进乾清门就包围在一种十分肃穆与庄严的气氛中,愈向前走愈增加崇敬与畏惧心情,一到乾清宫正殿前边,简直连大气儿也不敢出了。

太监没有带他们走进正殿,却带他们从正殿檐外向东走去,到了东角门。有几个人胆子较大,抬头看见墙上贴着一张已经褪了色的黄纸帖子,上写:"贞侍夫人传圣谕:东角门内不准喧哗。"因为深宫事秘,与外廷几乎隔绝,看了这张帖子的人们都不知道这被称做贞侍夫人的是谁。但是大家心中明白,必是皇上平日心情烦乱,又要省阅文书,所以不许太监、宫女在这角门内大声说话。角门旁边有一座小建筑,垂着黄色锦帘,门额上悬一小匾,上写昭仁殿。太监连揭两道锦帘,大家躬身进去。向东,又连揭两道锦帘,群臣进到最里边的一间,才到了皇帝召见他们的地方。崇祯面容憔悴,坐在铺有黄缎褥子的御榻上。榻上放一张紫檀木小几,上边摆几封文书,还有一只带盖的茶碗放在莲叶形银茶盘上。左边悬一小

匾,是崇祯御笔书写的"克己复礼"四字。等群臣叩头毕,崇祯叫他们起来,然后叹口气,神情忧伤地说:

"朕御极十有四年,国家多事,又遇连年饥荒,人皆相食,深可悯恻。近日,唉,竟然祸乱愈烈,流贼李自成攻陷洛阳,福王被害。"他的眼圈儿红了,伤心地摇摇头,接着说:"孟子说:'亲亲而仁民,仁民而爱物。'连亲叔也不能保全,皆朕不德所致,真当愧死!"忽然他的鼻子一酸,抽咽起来,泪如奔泉。

驸马冉兴让和首辅范复粹赶快跪下,劝他不要悲伤,说这是气数所致。崇祯止了哭,揩揩眼睛和脸上泪痕,接着哽咽说:

"这……说不得都是气数。就是气数,亦须人事补救。这几年,何曾补救得几分啊!"

另外几位大臣听皇上的口气中含有责备之意,赶快跪下,俯伏在地,不敢做声。崇祯今日无意将责任推到他们身上,挥手使他们起来。他从几上拣起兵科给事中张缙彦的疏和河南巡按御史高名衡的疏,翻了一翻,叫张缙彦到他的面前跪下,问道:

"尔前疏提到河南的事,现在当面奏来。"

张缙彦叩头说:"洛阳失陷,福世子下落传说不一。臣思当此时候,亲藩所在,关系甚重。臣见抚、按塘报,俱未言之详细确凿。臣是河南人①,闻福世子现在孟县。"

"你怎么知道的?"

"孟县人郭必敬自臣家乡来,臣详细问他,是以知道。他在孟县亲见世子身穿孝服,故知福王殿下遇害是真。"

崇祯长叹一声,落下热泪。

张缙彦又说:"福王为神宗皇帝所钟爱,享国四十余年。今遇国变,王身死社稷。凡葬祭慰问,俱宜从厚。"

崇祯点头:"这说的是。"

范复粹跪奏:"福王有两个内臣,忠义可嘉。"

崇祯说:"还有地方道、府、县官及乡宦、士民,凡是城破尽节

————————

① 河南人——张缙彦是河南孟县人。

的,皆当查明,一体褒嘉。"

范复粹暗觉惭愧,叩头而退,心中责备自己:"唉,我怎么只想到两个内臣!"

次辅陈演在一旁躬身说:"福王身殉社稷,当立特庙。"

崇祯没有做声。

科臣①李焴出班跪奏:"凡是用兵,只有打胜仗才有军威。督师杨嗣昌出兵至今,一年有余,惟起初报了玛瑙山一次小捷,近来寂寂无闻,威势渐挫。须另选一位大将帮他,方好成功。"

崇祯听出这话中实有归罪杨嗣昌以夺其兵权的意思,说道:"督师去河南数千里,如何照管得到?虽鞭之长,不及马腹。你们说话,亦要设身处地,若只凭爱憎之见,便不是了。"

李焴说:"正因其照管不来,故请再遣大将。"

崇祯不想对李焴发怒,敷衍一句:"也遣了朱大典②,这便是大将。"李焴起身后,崇祯向群臣扫了一眼,问道:"李自成是从何处来到了河南?"

又一位兵科给事中章正宸见机会已到,躬身奏道:"听说贼是从四川来的。"

兵部尚书陈新甲立在一旁,赶快纠正说:"贼从陕西来,非从四川来,非从四川来。"

崇祯不再理会,想着张献忠在开县境内战败官军的事已有塘报,此时可能已到川东一带,便望着陈新甲问道:

"张献忠现在何地?"

陈新甲跪下说:"自从官军猛如虎一军在开县黄陵城受挫之后,尚无新的塘报。"

崇祯怒形于色,又问道:"献贼在达州、开县之间,万一逃出,岂不夔、巫震动?夔州可有重兵防守?"

————

① 科臣——六科给事中的简称。李焴是兵科给事中。
② 朱大典——金华人。崇祯十四年六月受命总督江北、河南、湖广军务。在此次召对时,他的官职是总督漕运兼巡抚庐、凤、淮、扬四府,镇凤阳。

"万元吉可能现在夔州。"

"可能！杨嗣昌远在重庆，万元吉奉督师命追剿献贼。开县败后，他到底到了何地？如何部署追堵？如何扼献贼东逃入楚之路？你都知道么？"

陈新甲颤栗说："万元吉尚无续报到部，臣实不知。"

崇祯严厉地望着陈新甲说："卿部职司调遣，赏罚要严，须为朕执法，不得模棱。此后如姑息误事，皆卿部之罪！"

陈新甲叩头说："臣身为本兵，奉职无状，致使洛阳失陷，亲藩遇害，四川剿局，亦有小挫，实在罪该万死。今后自当恪遵圣谕，执法要严，赏罚要明，使行间将帅不敢视国法如儿戏。川楚剿局，尚未大坏；亡羊补牢，未为迟也。伏乞陛下宽心等待，不要过劳宸忧。"

崇祯命他起去，又翻了翻几上放的几封奏疏，很不满意地摇摇头，说："闯贼从洛阳往汝州南去（他不明白攻汝州的是李自成派出的一支故意迷惑官军的偏师），李仙风却领兵往黄河北来，明是规避，害怕与贼作战。就拿高名衡说，先报福王尚在，后报遇害，两报矛盾，也太忙乱了！"随即向阁臣们问道："福世子谕札内言闯贼'杀王戮官'，在河南府境内更有何王被害？"

几位阁臣都说没有听说。崇祯不放心，又问一次。他们仍说不知。张缙彦走出班来，跪下奏道：

"正月初三日①贼破永宁，内有万安王被杀。他是伊王②一支的郡王。"见皇上不再追问，他接着说："洛阳失陷，凡王府宫眷，内外官绅士民，焚劫甚惨。此时贼虽出城，生者无所养，死者无所葬，伤者无所调治。皇上已发河南赈济银三万两，合无③先调用三五千两，专济洛阳，收拾余烬，以救燃眉？"

崇祯说："河南到处饥荒，别处亦都是要紧。朕再措发，即着钦遣官带去。"

---

① 正月初三日——李自成破永宁是崇祯十三年十二月二十七日。张缙彦所说的是传闻之误。大概正月初三是杀万安王的日子。

② 伊王——朱元璋的第二十五子封为伊王。

③ 合无——可否。

召见已毕,诸臣重新叩头,鱼贯退出,到东角门立了片刻,见皇上不再叫回,才放下心,走出宫去。

从这次召对以后,朝中就开始纷纷议论,攻击陈新甲和杨嗣昌。有些人说,李自成是张献忠手下的一股,既然张献忠逃入四川,足见李自成是从四川到河南的。又有人说,李自成曾经被官军围在川东某地。突围而出,奔入河南(关于这川东某地,辗转附会,经过了几个月的添枝加叶,形成了一个被围困于"鱼复诸山"的完整故事)。人们说,陈新甲为着掩盖杨嗣昌的罪责,所以说李自成是从陕西到河南的,不是来自四川。陈新甲听到那些攻击他的话,一笑置之。他是本兵,军事情况知道的较多。他曾得到报告:去年秋天,陕西兴安一带的汉南各县曾有李自成的小股人马出没打粮,后来又有一股人马从武关附近奔入河南,从来没有李自成到川东的事。崇祯的心中也清楚李自成不曾到过川东,所以以后朝臣们纷纷攻击杨嗣昌时,没有一个人敢对他提出李自成自川入豫的话。

在崇祯召见群臣的第二天,老驸马冉兴让就奉钦命率领一群官员和太监王裕民前往豫北去了。

崇祯仍是寝食不安,焦急地等待着各地消息,最使他放心不下的是关于开封的守城胜败、张献忠和罗汝才的行踪、杨嗣昌的下一步"剿贼"部署,还有辽东的危急局势,山东等地的军事和灾荒……

愈是中原大局糜烂,崇祯愈担心张献忠由川入楚的消息。大约十天以前,他得到杨嗣昌自四川云阳来的飞奏,知道张献忠同罗汝才在开县黄陵城打败堵截的官军,将从夔州境内出川。杨嗣昌在奏疏中说他自己正在从云阳乘船东下,监军万元吉从旱路轻骑驰赴夔州,以谋遏阻"献贼"出川之路。崇祯十分害怕湖广局势也会像河南一样,不断地在心中问道:

"张献忠现在哪里?献贼可曾出川?"

如今,张献忠和罗汝才已经胜利出川,来到兴山县境,香溪旁边休息。

兴山,这是张献忠和罗汝才熟悉的地方。如今春天来了,香溪两岸,景色分外美丽。虽然每日赶路很紧,将士们十分辛苦,骡马都跑瘦了,但是士气却十分高涨,精神焕发。不过半年以前,罗汝才和张献忠受到杨嗣昌的大军压迫,不得已从这里相继进入川东。当时,各家农民军众心不齐,各有各的打算。献忠只同汝才的关系较好,而同其他各家根本没法合作,所以一方面他处在明军的四面压迫之下,一方面又在起义的各家中感到孤立。杨嗣昌把他视为死敌,正在用全力对付他,并且在川东摆好口袋,逼迫他非去不可,单等他进去后就束紧袋口,将他消灭。自从他在巫山、大昌之间同曹操会师,到如今仅仅半年时间,局面大变,杨嗣昌的全部军事方略被摧毁了,督师辅臣的声威完蛋了,几百万两银子的军事开销付之东流,十几万人马征调作战,落了个鸡飞蛋打,而他却胜利出川,重入湖广,从此如龙跃大海,再也不怕被官军四面包围。

人马停在昭君村和附近的村庄打尖,并不攻兴山县城,为的是不要耽误时间,也不要损伤一个将士。当将士们都在休息时候,张献忠拍一拍徐以显的肩膀,两人离开老营,也不要亲兵跟随,站在离老营不远的香溪岸上说话。水清见底,在他们的脚下奔流,冲着溪中大石,溅出银色浪花,又翻过大石倾泻而下,发出小瀑布那样澎湃之声。溪前溪后,高山重叠,林木茂盛,处处苍翠。不断有鸟声从竹树中间传来,只觉宛转悦耳,却看不见在何树枝上。他们的对面是一处小小的临水悬崖,布满层层苔藓,老的深暗,新的鲜绿,苔藓剥落处又露出赭色石面。悬崖上边被年久的藤萝盘绕,好似一堆乱发,而在藤萝丛中伸出一根什么灌木斜枝,上边有若干片尚未转成绿色的嫩红叶芽,生意盎然。另外,在悬崖左边有一丛金黄耀眼的迎春花倒垂下来,倒映在流动的清水里边。几条细长的鱼儿在花影动荡的苍崖根游来游去。徐以显猜到献忠要同他商量何事,但不由自己点破,先望望面前风景,笑着说:

"这搭儿山清水秀,怪道出了王昭君这样的美人儿!"

献忠骂道:"又是一个老臊胡!你莫学曹操,不打仗的时候,什么大事不想,只想着俊俏的娘儿们!"他随即哈哈一笑,风吹长须,照入流水。"伙计,咱们到底打败了杨嗣昌这龟儿子,回到湖广。你说,下一步怎么办?"

徐以显猜到献忠的打算,但不说出,侧着头问:"你说呢?"

献忠在军师的脸上打量一眼,正要说话,看见两名弟兄走来,站在近处的溪边饮马。一匹白马,一匹红马,前蹄踏进溪中,俯首饮着清水。因很快就要继续赶路,马未卸鞍,只是松了肚带,铜马镫搭在鞍上。献忠挥挥手,使他们将战马牵向别处去饮,然后对军师低声说:

"咱们既然要整杨嗣昌,一不做,二不休,索性狠整一下。去戳他王八蛋的老窝子行不行?"

徐以显迅速回答:"对,一定要打破襄阳!"

献忠点头,问:"你也想到去破襄阳?"

以显想了一下说:"襄阳防守很严,只可智取,不可力攻。趁眼下襄阳人还不知道咱们已经出川,也许可以成功,不妨试试。"

献忠兴奋地说:"对,对。趁着咱们出川的消息襄阳不知道,襄阳也还不知道杨嗣昌在黄陵城打了败仗的消息,咱们突然破了襄阳城,不愁他杨嗣昌不捏着鼻子哭!"

徐以显冷笑说:"要是杨嗣昌失掉襄阳,倒不是光哭一通可以拉倒,崇祯会叫他的脑袋搬家哩。"

献忠将大腿一拍,说:"老徐,你算是看准啦!对,咱俩就决定走这步棋,将杨嗣昌逼进鄙都城!伙计,怎么咱俩都想到一个点子上?"

"我是你的军师,不是饭桶。"

他们互相望着,快活地哈哈大笑。献忠随即问道:

"老徐,咱们今天到兴山城外,听到老百姓谣传河南方面的一些消息,说自成在去年十一月间到了河南,到处号召饥民,如今已经有二十多万人马,又传说他在一个月前破了永宁,杀了万安王,近来又破了洛阳。你觉得这些消息可靠么?"

徐以显叹口气,心有遗憾地回答说:"你同自成都不是平凡人物,只要得到机会,都能成大气候。谣言说自成在河南如何如何,我看是八九不离十。只是,谣传他如今有二十多万人马,我想不会。顶多十万上下。他先到南阳府地面,如今又到了洛阳西南,都在豫西,年荒劫大,饿死人的年景。你想想,专靠打破山寨,惩治富家大户,又要赈济饥民,又要养兵,如何能养活二十多万人马?"

献忠点点头,说:"对啦,恐怕是连影子有二十多万人马!"

以显接着说:"近几年,自成一直很倒霉,受的挫折不少,差一点儿完事啦。如今忽然交了庚字运,到了河南,如鱼得水,一下子有了十来万人马,看起来他要做一篇大文章啦。"

献忠骂道:"这大半年,咱们将杨嗣昌引入四川,把几省的官军拖住不放,有的给咱们打败了,有的给拖垮了,余下的给拖得精疲力尽。自成这小子躲在郧阳深山里,等待时机,突然跳出来拣个便宜。这能够算他有本领么?"

"大帅当断不断,放虎归山。倘若采纳以显的主张,何至有今日后悔!"

"老子那时不忍心下毒手,以义气为重嘛。"

"我的'六字真言'中没有'义气'二字。"

"他已经羽毛丰满,咱们怎么办?"

"我们如破襄阳,也可以与他势均力敌。以后大势,今日尚难预料,我们扩充人马要紧。"

张献忠同徐以显回到老营,将破襄阳的打算悄悄同曹操和吉珪商量。曹操自然赞成。献忠谈到李自成破了洛阳的传闻,忍不住破口大骂,还说:

"曹操,咱们拼命打了一年半的仗,便宜了李自成。我不信他有天大本领!"

曹操说:"不过自成真要破了洛阳,对咱们也有好处。"

张献忠用鼻孔哼了一声,说:"咱们在四川同杨嗣昌死打活拼,他却到河南拣便宜,这就是古话说的'鹬蚌相持,渔人得利',对咱们有鸡巴好处!"

曹操笑着摇头说:"不然,敬轩。咱们在湖广、四川打得杨嗣昌焦头烂额,他又在河南点把火,叫崇祯八下捂不住,败局从此定了。你想,自成在河南放的这一把大火,难道对咱们没有好处?"

献忠说:"好啦,老哥,你想当和事佬,也好,眼下还是对付崇祯和杨嗣昌要紧。往后的事,骑毛驴儿念唱本,走着瞧。说不定,你日后会知道他的厉害哩。"

汝才哈哈一笑,没再说话。他近几天已经觉察出来,献忠因为打了胜仗,说话时越发盛气凌人了。献忠见他不再谈李自成,便转向吉珪说道:

"子玉,你是主意包,多谋善断,请你同曹帅再商量一下往襄阳这步棋吧。"

吉珪赶快说:"大帅过奖,实不敢当。奔袭襄阳,抄杨嗣昌的老窝子,真是妙策,非敬帅没人能想得出来,亦无人敢如此想。"

献忠心中得意,又问:"你看,李自成能成功么?"

"请敬帅不要只看一时,误以为李自成破洛阳后声势大振,就是成功之象。其实不然。秦亡之后,项羽分封诸侯,凌驾群雄,叱咤风云,天下诸侯王莫敢不惟项羽之马首是瞻。刘邦偏处汉中,终灭项羽。王莽篡汉,赤眉、铜马共奉更始为帝,入据长安,俨然已有天下,终被光武剪除。故先得势者未必成功,徒为后来真命天子清道耳。李自成目前得势,远不能与项王、更始相比,有何惧哉! 可喜敬帅得我们曹帅尽力辅佐,何患不得天下? 请敬帅放心。"

献忠斜着眼睛问:"你说的是真话?"

"对敬帅岂敢有假。"

献忠哈哈大笑,亲切地拍拍吉珪的肩膀,同徐以显走了。到没人处,他对徐以显说:

"看来老吉果然不是草包。"

"我不是说过么? 此人不像曹帅,不可不防。曹帅有时颇有诡计,亦甚狡猾,但有时粗疏,容易露底。吉珪确实城府深沉,真心思点滴不肯外露。"

他们匆匆地吃了东西,便率领人马继续赶路。

从他们出发的昭君村到当阳,四百多里,山路崎岖,还要翻过一些大山,却只用两天时间就赶到了。杨嗣昌在张献忠离开泸州以后,就已经考虑到张献忠和罗汝才会出川奔入湖广,传檄下县,预为防备,当阳县也在十天前就接到了紧急檄文。守当阳城的是都司杨治和降将白贵。杨治倒不算什么,那个白贵原是曹操率领的房均九营的一营之主,深知献忠和汝才用兵情形,所以守城严密,使献忠和汝才无隙可乘。他们决定不攻当阳,在关陵休息一夜,然后分兵两支:罗汝才率领曹营人马沿沮水小路往西北去,重经远安,向房县方面进兵,牵制最近驻兵房县以西的郧阳巡抚袁继咸,使之不能够驰援襄阳,而张献忠率领西营将士从当阳西北渡过漳河,绕过荆门州,交上从荆门往襄阳的大道,由于地势比较平坦,以一日夜三百里的速度前进。

这时候,杨嗣昌正在长江的船上,从夔州瞿塘峡放船东下。江流湍急,船如箭发。如今他必须以最快的速度赶到沙市,方能知道张献忠和罗汝才的行踪,决定继续追剿方略。他孤独地坐在大舱中,久久地望着窗外江水,不许人进来惊动。后来他轻轻地叹口气,自言自语地说道:

"皇上,臣力竭矣!"

去年五月,他将各股农民军逼到川东一带,大军四面围堵,惠登相和王光恩等股纷纷投降,罗汝才也已经决定投降。他想,只剩下张献忠一股,已经被包围在夔、巫之间的丛山中,不难歼灭。无奈首先是四川巡抚邵捷春不遵照他的作战方略部署兵力,其次是陕西将领贺人龙和李国奇两镇将士在开县鼓噪,奔回陕西境内,使堵御西路的兵力空虚。张献忠对罗汝才又劝说又挟制,使罗汝才不再投降,合兵一处,突入四川内地。他亲自赶往重庆,打算将张、罗驱赶到川西北的偏远地方,包围歼灭。无奈将不用命,士无斗志,尚方剑不起作用,一切堵剿谋划全都落空。半年之间,张献忠和罗汝才从川东到川北,回攻成都,又顺沱江南下,到川西泸州,再从川西回师北上,绕过成都,东趋通江,迅速南下,行踪诡秘,消息杳然,过了端日,突然在开县黄陵城出现,消灭了总兵猛如虎率领的堵截部队,从夔州、大昌境内出川。他奉命督师至今,费了上百万银子的军饷,一年半的心血,竟然毁于一旦! 他望着江水,继续想了很久,苦于不知道张献忠将奔往何处,也苦于想不出什么善策,觉得心中有许多话要向朝廷申诉,可是常言道"一出国门,便成万里",如今只好听别人的攻讦! 他的心情颓丧,十分沉重,不自觉地小声叫道:

"皇上! 皇上! ……"

半年以来,许多往事,不断地浮上心头。去年九月,他从三峡入川的情景,历历如在眼前……

去年九月上旬,杨嗣昌从夷陵乘船西上,于九月十一日到了巫山城外,船泊江边,没有上岸,只停了一晚就继续西上。

在川东投降的各营农民军中,杨嗣昌最重视的是王光恩这一营,在大船上特予接见,给以银币,好言抚慰。王光恩叩头涕泣,发誓效忠朝廷,永无二心。他的手下原有六千人,近来死、伤和逃散的约有一半。杨嗣昌命他挑选一部分精兵随军追剿,其余的由他率往郧阳、均州驻扎,整顿训练,归郧阳巡抚调遣。他问道:

"你可知道李自成现在何处?"

王光恩恭敬地回答说:"自从舍弟光兴在竹山境内的大山中同李贼见面之后,只知李贼后来继续向西北逃去,却不知他逃往何处。他的人马很少,十分饥疲,八成潜伏在陕西和湖广交界地方。"

杨嗣昌觉得放心不下,沉吟说:"倘能招他出降,就可以为朝廷除一隐患。"

王光恩说:"末将深知李贼秉性脾气与曹贼大不相同,也与八贼不同。他不管如何挫败,如何艰难困苦,从不灰心丧气,更莫说打算投降。想招他出降,实不容易。"

"既然他冥顽不化，死不肯降，那就稍缓时日，俟剿灭献贼之后，再分兵将他围歼不迟。你在郧、均一带驻扎，万勿大意；务要多派细作，侦伺他的下落，提防他突然窜出，攻破城池。"

"谨遵大人钧谕，末将绝不敢疏忽大意。"

接见了王光恩以后，杨嗣昌就在大船上批阅文书。他知道张献忠和罗汝才已经于初六日破了大昌之后，继续向西。他还不明白张、罗的作战意图，但是更证实了他原来对幕僚们说过的一句话："倘献、曹二贼合股，则剿局必多周折。"当天夜里，他同幕僚们商议之后，连着发出了两道十万火急檄文：一道给驻扎在竹山境内的左良玉，命他星夜驰赴秭归，使张献忠不得从夔东重入湖广；一道给邵捷春，命他坚守梁山，使张献忠不能够奔袭重庆。他虽然不能不想到夔州十分吃紧，但因为万元吉驻在夔州城内，使他比较放心。另外，他在军事上仍有获胜信心，命一位幕僚拟了一个布告稿子，说明督师辅臣亲率大军入川，痛剿残"寇"；凡愿投降的一概免死，妥予安插，惟张献忠一人不赦。他还叫另一位幕僚拟就了一个捉拿张献忠的檄文稿子，要使老百姓容易吟诵、记忆和流传。这位幕僚依照当时习惯，用《西江月》词牌很快地拟好檄文稿子，呈到他的面前。他捻须轻声念道：

> 不作安分降将，
> 效尤奋臂螳螂。
> 往来楚蜀肆猖狂，
> 弄兵残民无状。
>
> 云屯雨骤师集，
> 蛇豕奔突奚藏？
> 勉尔军民捉来降，
> 爵赏酬功上上。

布告和檄文的稿子都连夜交给后边一只大船上的刻字匠人，命他们连夜刻出来，大量印刷。

　　第二天黎明，巫峡中黑森森的。只听得三声炮响，最前边的一只大船上鼓角齐鸣。稍过片刻，船队起锚，开始向夔州进发。巫山县文武官吏、士绅和王光恩等新降将领，跪在岸上送行。但杨嗣昌没有走出船舱，只是命一位中军参将站在船头上传谕地方官绅免送，严守城池要紧。每一只大船都有许多灯笼火把，照耀江中，照出大小旗帜飘扬，像一条一里多长的巨龙，在激流中艰难地蜿蜒西上，十分壮观。为着早到夔州，今天每只船都增加了纤夫。在悬崖峭壁的半腰间，稀疏的灯笼在暗影中飘摇前行，纤夫的号子声此起彼伏。杨嗣昌从船窗中探出头来，向下看，水流汹涌，点点灯火在波浪中闪动，几丈外便是一片昏黑；往上看，黑森森高峰插天，在最高的峰尖上虽然已经有轻淡的曙色和霞光，但是看来非常遥远，并不属于这深而窄的、随时都有沉舟危险的峡中世界。船一转头，连那染有曙色的峰尖也看不见了。他一路上已经经过不少暗礁险滩，从此到夔州还要经过瞿塘，绕过滟滪堆，一处失误，便将在艰险的征途上死于王事。他正在胡思乱想，忽然听见从高处悬崖上落下来几声猿猴的啼叫，声音清苦。他的心中一动，叹息一声，不觉吟道：

　　　　巴东三峡巫峡长，
　　　　猿鸣三声泪沾裳！

　　由于心情沉重、悲凉，杨嗣昌无心再看江景，将头缩回舱中。他昨夜同幕僚商议军事，睡眠很少，想趁这时再倚枕假寐片刻。但刚刚闭上眼睛，种种军事难题一古脑儿涌上心头，同时从舱外传进来猿声、水声、橹声、船夫的号子声，使他的心神更乱。他迅速起床，唤仆人进来替他梳头，同时在心中叹道：

　　"朝中诸公，有几个知道我的为国苦心！"

　　……

　　仅仅经过半年，杨嗣昌由希望到失望，到失去信心。这时他还不知道洛阳失守，不知道河南的局势已经大变，他所关心的只是张献忠和罗汝才的行踪，所以急于赶到沙市，重新部署军事。他在当时满朝大臣中不愧是一个精明能干的人,去年从夷陵入川以后,尽管鄂北郧、襄一带已无义军活动,但是他不能忘怀襄阳是军事上根本重地,而且是亲藩封地。他命襄阳知府王述曾负责守护襄阳城,但是他常常感到放心不下,几次亲自写信给王述曾,嘱咐他切不可疏忽大意。

现在因张献忠已经出川,他又想到襄阳,更加放心不下,但没有对任何幕僚提及。在半夜就寝时候,从夔州上船的监军万元吉和另外几位亲信幕僚都已离开,只有儿子杨山松尚未退出。他趁左右无人,叹口气小声问道:

"你看王述曾这个人如何?"

山松恭敬地回答说:"大人最有知人之明,用王述曾做襄阳知府自然比前任为好。他年轻有为,敢于任事,又为大人亲手提拔,颇思感恩图报。只是听说自从大人离开襄阳后,他有时行为不检,不似原先勤谨。还听说他有时借亲自查狱为名,将献贼的两个美妾从狱中提出问话。倘若日子久了,难免不出纰漏。"

杨嗣昌说:"目前战局变化无常,襄阳守臣须得老成持重方好;倘稍轻浮,纵然平日尚有干才,也易偾事。所以襄阳这个地方,我有点放心不下。"

山松说:"大人何不火速给王知府下一手教,嘱其格外小心谨慎,加意城守①,严防奸细?"

杨嗣昌摇摇头,轻声说:"此时给王知府的书信中不写明川中战局变化,他不会十分重视。对他说明,亦有不便。目前正是谣言纷起时候,万不可使襄阳知道真相,引起人心惊慌,给住在襄樊的降人与流民②以可乘之机。且朝廷上很多人出于门户之见,不顾国家安危利害,惟以攻讦为能事。倘若我们自己不慎,将新近川中战局的变化传了出去,被京师言官知道,哗然相攻,而皇上又素来急躁,容易震怒,……"杨嗣昌不再说下去,无限感慨地叹口长气。

---

① 城守——义同守城。此词最初见于《汉书》,遂为后代士大夫所习用,显示吐词古雅。
② 流民——当时河南灾荒比湖北惨重,所以很多灾民逃到襄樊一带。

　　山松问:"如不趁此时速给王知府下手教,嘱其小心城守事宜,万一献贼窜出四川如何?"

　　嗣昌沉默一阵,说:"目前献、曹二贼也是疲于奔命,人马更少,只剩下三四千人,纵然能逃出四川,未必敢奔袭襄阳;纵然奔袭襄阳,只要襄阳城门盘查得严,奸细混不进去,也会万无一失。王知府虽然有些轻浮,然张兵备①素称老练。看来我的担心未免是过虑了。"

　　杨山松见父亲的心情稍安,也很困倦,便轻脚轻手地退了出去。

　　有一些可怕的预感压着杨嗣昌的心头。过了很久,他苦于睡不着觉,索性起身出舱,站立船头。皓月当空。江风凄冷。两岸黑黝黝高山突兀。船边激浪拍岸,澎湃作响。他望望两岸山影,又望望滔滔江水,感到前途莫测,但又无计可想。他的老仆人杨忠和儿子山松站立在背后,想劝他回舱中休息,却不敢做声。过了很久,他们听见他轻轻地叹口气,吐出来四个字:

　　"天乎! 天乎!"

---

　　①　张兵备——襄阳兵备道张克俭。

第五章

　　杨嗣昌的船队从夔州东下的十天以前，二月初四日快到黄昏时候，有一小队官军骑兵，共二十八人，跑得马匹浑身汗湿，驰至襄阳南门。襄阳因盛传洛阳失陷，四川战事不利，所以近几天来城门盘查很严，除非持有紧急公文，验明无误，一概不许入城。这一小队骑兵立马在吊桥外边，由为首的青年军官走近城门，拿出督师行辕的公文，证明他来襄阳有紧急公干。守门把总将公文仔细看了一遍，明白他是督师行辕标营中的一个小军官，官职也是把总，姓刘，名兴国，现年二十一岁。但守门把总仍不放心，抬头问道：

　　"台端还带有什么公文？"

　　刘兴国露出轻蔑的神气，拿出来一封火漆密封的火急文书，叫守门军官看看。守门军官看正面，是递交襄阳兵备道张大人的，上边注明"急密"二字，背面中缝写明发文的年月日，上盖督师辅臣行辕关防。他抬起头来对刘兴国说：

　　"请你稍候片刻，我去禀明黎大人，即便回来。"

　　从督师行辕来的青年军官不高兴地说："怎么老兄，难道我们拿的这堂堂督师行辕公文是假的么？"

　　守门军官赔笑说："莫见怪，莫见怪。公文自然是真的，只是需要禀准黎大人以后，才能开门。"

　　"老兄，这是紧急文书，误了公事，你我都吃罪不起！"

　　"不会误事。不会误事。黎大人就坐在城门楼上，我上去马上就来。"

　　杨嗣昌驻节襄阳时候，每个城门都有一位挂副将衔的将军负责，白天就坐在城门楼上或靠近城门里边的宅院中办公。自从杨嗣昌去四川以后,因襄阳一带数百里内军情缓和,各城门都改为千总驻守,惟南门比较重要,改为游击将军。这位游击将军名叫黎民安,他将呈上的公文正反两面仔细看了一遍,看不出可疑地方,但还是不敢放心,只好亲自下了城楼,站在城门洞里,将前来下公文的青年军官叫到面前,将他浑身上下打量一眼,问道:

"你是专来下这封公文么?"

刘兴国恭敬地回答:"是,大人。"

将军说:"既是这样,就请在南关饭铺中休息等候。我这里立刻派人将公文送进道台衙门。一有回文,即便交你带回督师行辕。"

青年军官暗中一惊,赶快说:"回大人,我是来襄阳火急调兵,今晚必得亲自到道台衙门,将兵符呈缴道台大人,不能在城外等候。"

将军问:"有兵符?"

"有,有。"青年军官随即从怀中取出一半兵符呈上。

黎将军很熟悉督师行辕的兵符式样,看明白这位青年军官带来的一半兵符不假,而且兵符是铜制的,别人在仓猝之间也无法伪造。他的脸上的神色开始松和了,说道:

"你在吊桥外饭铺中稍候片刻,也叫弟兄们吃茶休息。我立刻亲自将公文、兵符送进道台衙门,当面呈上。兵符勘合不误,即请老弟带着弟兄们进城去住。这是公事手续,不得不然。"

青年军官说:"既是这样,只得从命,但请将军大人速将公文、兵符送呈道台大人面前。"说毕,行个军礼,便转身过吊桥去了。

张克俭的道台衙门距离南门不远,所以过了不多一阵,黎将军就从道台衙门骑马回来,差人去将等候在吊桥外的青年军官叫到面前,说道台大人拆看了阁部大人的火急文书,又亲自勘合了兵符,准他们进城住在承天寺,等候明日一早传见。将军随即问道:

"你带来的是几名弟兄?"

"回大人,连卑职在内,一共二十八人。"

"一起进城吧,我这里差人引你们到承天寺去。"

当刘兴国率领他的二十七名弟兄走进城门往承天寺去时,黎将军又将他叫住,稍微避开众人,小声问道:

"这里谣传四川战局不利,真的么?"

青年军官说:"请大人莫信谣言。四川剿贼军事虽不完全顺利,但献、曹二贼决难逃出四川。阁部大人正在调集人马,继续围剿,不难全部歼灭。要谨防奸细在襄阳散布谣言惑众!"

黎将军点头说:"是呀,说不定有奸细暗藏在襄阳城内,专意散布流言蜚语。前天有人劝知府王老爷要格外小心守城,王老爷还笑着说:'张献忠远在四川,料想也不会从天上飞来!'我也想,担心张献忠来襄阳,未免也是过虑。"

青年军官说:"当然是过虑。即令张献忠生了两只翅膀,要从四川飞到襄阳来也得十天半月!"

将军微笑着点点头,望着这一小队骑兵往承天寺方向走去。

一线新月已经落去,夜色更浓。张献忠率领一支一千五百人的骑兵,正在从宜城去襄阳的大道上疾驰。离襄阳城不到十里远了,他忽然命令队伍在山脚下停住休息。因为已经看见襄阳南门城头上边的灯火,每个将士都心中兴奋,又不免有点担心,怕万一不能成功,会将已经进入襄阳城内的弟兄赔光。但是献忠的军纪很严,并没人小声谈话。将交三更时候,献忠大声吩咐"上马!"这一支骑兵立刻站好队,向襄阳南门奔去。

因为离战争较远,襄阳守城着重在严守六个城门,盘查出入,对城头上的守御却早已松懈,每夜二更过后便没有人了。当张献忠率领骑兵离文昌门(南门)大约二里远时,城上正打三更。转眼之间,承天寺附近火光突起,接着是襄王府端礼门附近起火,随后文昌门内火光也起。街上人声鼎沸,有人狂呼道台衙门的标营哗变。守南门的游击将军黎民安率领少数亲兵准备弹压,刚在南门内街心上马,黄昏时进城来住在承天寺的二十几名骑兵冲到。黎民安还没有弄明白是怎么回事,措手不及,被一刀砍死,倒下马去。

他的左右亲兵们四下逃窜。转眼之间,这一小队骑兵逼着没有来得及逃走的守门官兵将城门大开,放下吊桥。张献忠挥军入城,分兵占领各门,同时派人在全城传呼:"百姓不必惊慌,官兵投降者一概不杀!"在襄阳城内只经过零星战斗,数千官军大部分投降,少数在混乱中缒城逃散。襄阳城周围十二里一百零三步,有几十条街巷,许多大小衙门,就这样没有经过大的战斗就给张献忠占领了。

张献忠进入文昌门后,首先驰往杨嗣昌在襄阳留守的督师行辕,派兵占领了行辕左边的军资仓库,然后策马往襄王府去。到了端礼门前边,迎面遇见养子张可旺从王府出来,弟兄们推拥着一个须发尽白的高个儿老人。献忠在火光中向老人的脸上看了一眼,向可旺问:

"狗王捉到了?"

可旺回答:"捉到了。王府已派兵严密看守,不许闲杂人出进。"

献忠说:"好!快照我原来吩咐,将狗王暂时送往西城门楼上关押,等老子腾出工夫时亲自审问。"

他没有工夫进王府去看,勒马向郧、襄道衙门奔去。道台衙门的大门外已经有他的士兵守卫,左边八字墙下边躺着两个死尸。他下了马,带着亲兵们向里走去,在二门里看见养子张文秀向他迎来。他问道:

"张克俭王八蛋捉到了么?"

"回父帅,张克俭率领家丁逃跑,被我骑兵追上,当场杀死。尸首已经拖到大门外八字墙下,天明后让众百姓看看。"

献忠点点头,阔步走上大堂,在正中坐下。随即养子张定国走进来,到他的面前立定,笑着说:

"禀父帅,孩儿已经将事情办完啦。"

献忠笑着骂道:"龟儿子,你干的真好!进城时没遇到困难吧?"

定国回答:"还好,比孩儿原来想的要容易一些。多亏咱们在路上遇见杨嗣昌差来襄阳调兵的使者,夺了他的兵符,要是单凭官军的旗帜、号衣和咱们假造的那封公文,赚进城会多点周折。"

献忠快活地哈哈大笑,随即从椅子上站起来,拍着定国的肩膀说:"好小子,不愧是西营八大王的养子!你明白么?顶重要的不是官军的旗帜号衣,也不是公文和兵符,是你胆大心细,神色自然,使守城门的大小王八蛋看不出一点儿破绽,不能不信!"

他又大笑,又拍拍定国的肩膀,说:"你这次替老子立了大功,老子会重重赏你。你进城以后,如何很快就找到了咱们的人?"

定国说:"我带着几个亲兵去杏花村吃晚饭,独占一个房间,我刚进去,管账的秦先儿就向我瞄了几眼。随后跑堂的小陈跟进来问我要什么酒菜,看出来是我。从前孩儿两次来襄阳办事,同他见过面。我悄悄告他说咱们的人马今夜三更进城,要他速做准备,临时带人在城内放火,呐喊接应。他对孩儿说,他常去府班房中给潘先生送酒菜,马上将这个消息告诉潘先生知道,好在班房里做个准备。他还对孩儿说,防守吕堰驿①一带的千总吴国玺今天带家丁二十余人来襄阳领饷。他的家丁中有人与秦先儿暗中通气,早想起事,总未得手。秦先儿同他们约好,一到三更,就在他们住的阳春坊②一带放火,抢占东门。要不是城中底线都接上了头,单靠孩儿这二十八个人,也不会这么顺利。"

献忠说:"好,好,办得好。老潘他们在哪里?"

白文选提着宝剑正踏上台阶,用洪亮声音代定国回答说:"潘先生以为大帅在襄王府,同两位夫人进王府了。后来他们听说大帅在这里,马上就来。"

献忠一看,叫道:"小白,你来啦!王知府捉到了么?"

白文选回答说:"跑啦,只捉到推官邝曰广,已经宰③啦。"

"王述曾这龟儿子逃跑啦?怎么逃得那么快?"

---

① 吕堰驿——在襄阳东北七十里处,去新野的中间站。
② 阳春坊——襄阳东门叫阳春门,东门内一条胡同叫做阳春坊或阳春胡同。
③ 宰——杀牲畜叫做宰。

"破城时候,他同推官邝曰广正在福清王府陪着福清王和进贤王的承奉们玩叶子,一看见城中火起,有呐喊声,便带领家丁保护两位郡王逃走,逃得比兔子还快。我到府衙门扑个空,又到福清王府,听说他已逃走,便往北门追赶。到临江门①没有看见,听人说有二三十人刚跑出圈门。我追出圈门,他们已经逃出拱辰门,从浮桥过江了。我追到浮桥码头,浮桥已经被看守的官兵放火在烧。邝曰广跑得慢,在拱辰门里边被我抓住,当场杀死。"

献忠顿脚说:"可惜! 可惜! 让王述曾这小子逃脱了咱们的手!"

文选接着说:"我转回来到了县衙门,知县李天觉已经上吊死了,县印摆在公案上。听他的仆人说,他害怕咱们戮尸,所以临死前交出县印。"

献忠骂道:"芝麻大的七品官儿,只要民愤不大,咱老子不一定要杀他。倒是王述曾这小子逃走了,有点儿便宜了他!"

等了片刻,不见潘独鳌来到,张献忠忍不住骂了一句:"他娘的,咋老潘还不来!"他平常就有个急躁脾气,何况今夜进了襄阳城,事情很多,更不愿在道台衙门中停留太久。他用责备的口气问白文选:

"你不是说老潘马上要来见我么?"

白文选回答:"潘先生说是马上要来见大帅。他现在没赶快来,说不定那几百年轻囚犯要跟咱们起义的事儿拖住了他,一时不能分身。"

献忠将大手一挥说:"年轻的囚犯,愿投顺咱们的就收下,何必多费事儿!"

张定国说:"潘先生在监中人缘好,看监的禁卒都给他买通了,十分随便,所以结交了不少囚犯中的英雄豪杰。如今见父帅亲自破了襄阳,不要说班房中年轻的愿意随顺,年老的,带病的,都想随

---

① 临江门——襄阳城的正北门叫做临江门。城东北角加筑一小城,内门叫做圈门,正对圈门的北门叫做拱辰门,俗称大北门;小城的东门叫做震华门。

顺,缠得潘先生没有办法。孩儿刚才亲眼看见潘先生站在王府东华门外给几百人围困在垓心,不能脱身。"

献忠一笑,说:"他妈的,咱们要打仗,可不是来襄阳开养济院的!"

他吩咐张定国立刻去东华门外,帮助潘独鳌将年轻的囚犯编入军中,将年老和有病的囚犯发给银钱遣散。然后他对白文选说:

"小白,跟老子一起到各处看看去。有重要事情在等着老子办,可没有闲工夫在这搭儿停留!"

献忠大踏步往外走去。白文选紧跟在他的身边。后边跟着他们的大群亲兵。文选边走边问:

"大帅,去处决襄王么?"

献忠用鼻孔哼了一声,说:"老子眼下可没有工夫宰他!"

他们在兵备道衙门的大门外上了战马,顺着大街向一处火光较高的地方奔去。城内到处有公鸡啼叫,而东方天空也露出鱼肚白色。

天明以后,城内各处的火都被农民军督同百姓救灭,街道和城门口粘贴着张献忠的安民告示,严申军纪:凡抢劫奸淫者就地正法。告示中还提到襄阳现任官吏和家居乡绅,只要不纠众反抗天兵,一律不杀。有几队骑兵,捧着张献忠的令箭,在城关各处巡逻。一城安静,比官军在时还好。街上店铺纷纷开市,而一般人家还在大门口点了香,门额上贴"顺民"二字。

西营的后队约三千人,大部分是昨日早晨袭破宜城后随顺的饥民,在辰巳之间来到了。献忠命这一部分人马驻扎在南关一带,不要进城,同时襄阳投降的几千官军和几百狱囚已经分编在自己的老部队中,将其中三千人马开出西门,驻扎在檀溪西岸,直到小定山下,另外两千多人马驻扎在阳春门外。这两处人马都有得力将领统带,加紧操练,不准随便入城。襄阳城内只驻扎一千精兵和老营眷属,这样就保证了襄阳城内秩序井然,百姓安居如常。襄阳百姓原来都知道张献忠在谷城驻军一年多,并不扰害平民,对他原不怎么害怕,现在见他的人马来到襄阳确实军纪严明,不杀人,也不奸淫抢劫,家家争着送茶,送饭,送草,送料。

献忠因樊城尚在官军手中,只有一江之隔,而王述曾也逃到樊城,所以他在早饭前处理了部队方面的重大事情之后,又亲自登上临江门城头向襄江北岸望了一阵,又察看了北城地势,下令将文昌门和西门上的大炮移到夫人城①和拱辰门上,对准樊城的两处临江码头。浮桥在西营人马袭破襄阳后就被樊城官军烧毁,所以只需要用大炮控制对岸码头,防止樊城方面派人乘船来袭扰襄阳。

从北门下来,张献忠回到设在襄王宫中的老营,由宫城后门进去穿过花园,到了襄王妃居住的后宫。敖氏和高氏等五位夫人已经换了衣服,打扮整齐,在王府宫中等他。当敖氏和高氏等看见他走进来时,都慌忙迎了上来,想着几乎不能见面,不禁流出热泪。献忠笑着向她们打量片刻,特别用怀疑的眼神在敖氏的焕发着青春妩媚的脸上多打量一眼,然后对她们嘲讽地说:

"你们不是又回到老子身边么?酸的什么鼻子?怕老子不喜欢你们了?放心,老子还是像从前一样喜欢你们。妈的,娘儿们,没有胡子,眼泪倒不少!你们的眼泪只会在男人面前流,为什么不拿眼泪去打仗?"这最后一句话,引得左右人忍不住暗笑。他转向一个老营中的头目问道:"潘先生在哪里?怎么没有看见?"

"回大帅,潘先生在前边承恩殿等候。"

献忠立刻走出后宫,穿过两进院落,由后角门走进承恩殿院中,果然看见潘独鳌站在廊庑下同几个将领谈话。献忠一边走一边高兴地大叫:

"唉呀,老潘,整整一年,到底又看见你啦!我打后宫进来,你不知道吧?"

潘独鳌边下台阶迎接边回答说:"刚听说大帅到了后宫,我以

---

① 夫人城——襄阳城西北角加筑的一个小城,突出大城之外。东晋初年,符坚派兵来攻,守将朱序的母亲率婢女和城中妇女所筑,所以叫做夫人城,后经历代修缮。

为大帅会坐在后宫中同两位夫人谈一阵话,所以在此恭候,不敢进去。"

献忠已经抓住了独鳌的手,拉着他走上台阶,说:"我哪有许多婆婆妈妈的话跟她们絮叨?还是咱们商量大事要紧。你们大家吃过早饭没有?"

同众将和潘独鳌站在一起的马元利回答说:"同潘先生一起等候大帅回来用饭。"

"好,快拿饭。老子事忙,也饿得肚子里咕噜响。看王府里有好酒,快拿来!军师在干什么?怎么还不来?他在襄阳城中有亲戚么?"

马元利说:"杨嗣昌在襄阳积存的军资如山,王府中的财宝和粮食也极多。军师怕分派的将领没经验,会发生放火和抄抢的事儿,他亲自带着可靠将士,将这些地方查看一遍,仓库封存,另外指派头目看守,他还指派头目去查抄各大乡宦巨富的金银财宝,还要准备今日先拿出几十担粮食向城中饥民放赈,忙得连早饭也顾不上吃。"

献忠点头说:"他娘的,好军师,好军师。快派人请他回来,一起吃早饭。"他转向潘独鳌,眼睛里含着不满意的嘲笑,说:"老潘,好伙计,你可不如他。你在杨嗣昌面前说的什么屁话,老子全知道。不过,你放心,过去的事儿一笔勾啦。我这个人不计小节,还要重用你。这一年,你坐了监,也算为咱老张的事儿吃了苦啦。"

潘独鳌满脸通红,起初他的心好像提到半空中,听完献忠的话,突然落下来,又羞愧,又感动,吃吃地说:

"我初见杨嗣昌的时候实想拿话骗他,并非怕死,只不过想为大帅留此微命,再供大帅驱使耳。俗话说:路遥知马力,日久见人心。独鳌有生之年,定当……"

献忠笑着说:"不用说啦。不用说啦。小事一宗,我说一笔勾就算勾啦。啊,老徐,你回来得好,正等着你吃早饭哩!"

徐以显在查封王府财宝时已经同潘独鳌见了面。他现在不知

道献忠刚才说的什么话,为着给潘吃一颗定心丸,拉着潘的手说:

"老潘,咱们大帅常常提到你,总说要设法救你,今日果然救你出狱了。大帅的两位夫人在狱中幸得足下照顾,都甚平安,这也是你立的一功。"

因为承恩殿太大,早饭摆在东配殿中。张献忠给潘独鳌斟了满杯酒祝贺他平安无恙。潘独鳌也回敬献忠,祝贺大捷。陪坐的众亲将一同干杯。献忠快活地向大家问:

"你们猜猜,杨嗣昌下一步会走什么棋?"

众人说猜不准,反正他没有什么好棋可走,大概会被崇祯逮京问罪,落得熊文灿那样下场。献忠又望着潘独鳌:

"老潘,你说?"

潘独鳌笑着说:"据我看,杨嗣昌已经智尽力竭,连陷两座名城,失陷两处亲藩,必将走自尽一途。"

献忠愕然:"啊?你说清楚!"

独鳌重复说:"洛阳确实于上月二十四日夜间失守,李自成杀了福王。如今又失了襄阳,襄王也将成大帅的刀下鬼。崇祯岂能轻饶他?即令崇祯有意活他,朝廷中门户之争一向很凶,平时他就是众矢之的,岂不乘机群起攻击,将他置于死地而后快?但杨嗣昌不像熊文灿那样懦弱,所以我猜他八九成会自尽而死。"

献忠瞪大眼睛问:"洛阳的消息可是真的?"

独鳌点头说:"昨日我在狱中听说,襄阳道、府两衙门已差人探明是千真万确。"

献忠骂道:"他妈的,老子在路上听到谣传,还想着不一定真。瞧瞧,气人不气人?咱们又迟了一步,果然给自成抢在前头啦!"

马元利说:"虽然李帅先杀了明朝亲藩,走在咱们前边,但襄王也是亲王。"

献忠说:"襄王虽然也是亲王,可是福王是崇祯的亲叔父,杀福王更能够为百姓解恨,更够味道!"片刻沉默过后,他接着说:"也好,咱们捉到襄王也是一头大猪①。自成杀了福王,崇祯未必会要杨嗣昌的命。咱杀了襄王,这襄阳是杨嗣昌自己管的地方,崇祯岂能不要他的八斤半? 咱们快吃饭,快办事,打发襄王这老杂种上西天!"

匆匆吃毕早饭,张献忠命人在承恩殿前廊下摆了一把太师椅,自己先坐下,然后吩咐将襄王朱翊铭押来,跪到阶下。襄王叩头哀求说:

"求千岁爷爷饶命!"

献忠说:"操他娘,你是千岁,倒叫我千岁! 我不要你别的,只借你一件东西。"

襄王说:"只要千岁饶命,莫说借一件东西,宫中金银宝玩任千岁搬用。"

献忠冷笑说:"哼,我现在已经占了襄阳,占了你的王宫,你有何法禁我搬用? 老子不承你这个空头情! 只一件东西,你必得借我一用。"

襄王颤声说:"不知千岁所要何物。只要小王宫中有,甘愿奉献。"

"宫中有的,我自然不用向你借。我借你的头,行么?"

襄王叩头说:"恳千岁爷爷饶命! 饶命!"

献忠说:"为这件事,你不用叩头求饶。我原是想杀杨嗣昌,可是他在四川,我杀不到,只好借借你的头。我砍掉你的猪头,崇祯就会砍掉他的狗头。我今日事忙,废话少说,马上就借。"他向亲兵叫道:"快拿碗酒来!"一个亲兵立刻将早饭剩下的酒端来一碗,并且依照献忠的眼色,端到襄王身边。献忠笑着说:"王,请喝下去这碗酒,壮壮胆,走出城西门将脖子伸直点儿!"

襄王仍在叩头,却被左右士兵从地上拖起。他们也不勉强他喝下送命酒,推着他踉跄地走出被火烧毁一角的端礼门,把他同他

---

① 猪——谐音"朱"。崇祯十六年张献忠向武昌进兵,武昌百姓流传一句话:"一群猪,屠夫来了!"指楚王宗族即将被杀。

的侄儿贵阳王朱常法一起推出襄阳西门斩首。当他们由白文选率领五十名弟兄押赴西门外刑场时,沿途一街两行百姓争着观看,有几百人跟出西门。很多人拍手称快,有人骂道:

"这两只猪,可逃不脱屠刀啦!"

张献忠一面派出一支三百人的骑兵由小路越过南漳,日夜赶路,往南漳西南歇马河附近去迎接曹操,一面从襄王的钱财中拨出十五万两银子赈济穷人,并在襄阳城中和四郊征集骡马、粮食,招收新兵。

曹操从当阳沿着沮水向房县的方向前进,到了歇马河附近就停下来,等候襄阳消息。驻军房县和竹山之间的郧阳巡抚袁继咸因手下人马单弱,不敢向曹操进攻,却没料到张献忠会智取襄阳。曹操看见派来迎接的骑兵,全营振奋异常,星夜赶路,于初七日黄昏来到襄阳,与献忠会师。献忠在襄王宫中治了盛大宴席,一则为曹操和曹营中的重要将领们接风,二则庆贺联军打败杨嗣昌和袭破襄阳。在宴席上,大家又谈论一阵杨嗣昌,嘲笑他刚出北京和来到襄阳时有多么神气,有多大抱负,后来如何挨四川人的骂,如何指挥不了左良玉和贺人龙这班跋扈悍将。他们还谈到张定国如何射杀四川老将张令,以及女将秦良玉如何只经一战,三万人全军覆没,一生威名扫地。将领们的兴头极高,加上张献忠平时对将领们十分随便,谈笑风生,骂人也骂得俏皮,所以大庭中热闹非凡。潘独鳌同罗汝才坐在一起,他给汝才敬了一杯酒,开玩笑说:

"曹帅,秦良玉大概还年纪不老,风韵犹存,你为何不将她活捉过来?"

汝才笑一笑说:"你以为秦良玉还不老么? 她比我的妈妈还老,已经是六七十岁的老奶奶啦,还说屁风韵犹存!"

潘独鳌说:"不会吧? 崇祯二年她带兵到北京勤王。崇祯在平台召见,赐她御制诗四首,一时朝野传诵。我记得那四首中有这样句子:'学就西川八阵图,鸳鸯袖内握兵符。''蜀锦征袍手制成,桃花马上请长缨。'还有:'凯歌马上清吟曲,不似昭君出塞词。''试看他年麟阁上,丹青先画美人图。'看崇祯在这些诗句中用的都是艳丽的字眼,我猜想秦良玉那时不过二三十岁,不仅武艺好,容貌也美。如何现在就六七十了?"

献忠不禁哈哈大笑,说:"老潘,你真是聪明一世糊涂一时!崇祯住在深宫里,兵部尚书事前只对他说女将秦良玉带兵来京勤王,并没有告诉他说秦良玉那时是一个五十多岁的老太婆,他的左右太监们都不清楚。他当晚就在乾清宫诌起诗来,第二天平台召见,将这四首诗赐给秦良玉。因为他是皇上,不惟秦良玉感激流涕,就是朝野上下也都认为这是秦良玉的莫大荣幸,谁也不敢说皇上诌的诗驴头不对马嘴。天下事,自古如此。他崇祯住在深宫中,外边事全凭群臣和太监们禀奏,能够知道多清?就像咱们同杨嗣昌怎么打仗这样大事,他能知道个屁!"

这几句话引起来一阵哄堂大笑。

第二天,张献忠派少数人马乘船渡江,饥民和士兵内应,在樊城的明朝文武官吏逃走,没有费一枪一刀就占了樊城,修复了浮桥。罗汝才的人马在襄阳休息一天。献忠将在襄阳所得的新兵、金银、粮食和骡马分给汝才一部分。曹营将士都认为西营发了大财,曹营分得的太少,暗中怨忿。曹操的几个亲信将领对他说:"大帅,你也该在张帅面前争一争,不能够他们西营吃饱了肉,扔给咱们曹营几根骨头!"曹操的心中也很不平,但是他不许将领们乱说,叫大家忍耐一时,将领们退出后,他悄悄向吉珪说:

"子玉,敬轩如今志得意满,看来他不再将咱们曹营放在眼里啦!"

吉珪说:"目前还不到同西营散伙时候,对此事万勿多言,忍为上策。等待时机一到,再谋散伙不迟。"

曹操又感慨说:"李自成破洛阳,杀福王。张敬轩破襄阳,杀襄王。转眼之间他们二人声威大震,倒是我罗汝才没出息,像是吹鼓手掉井里——响着响着下去啦!"

　　吉珪冷笑说:"塞翁失马,安知非福? 我看未必天意即便亡明。将军不为已甚,为来日留更多回旋余地,岂不甚好?"

　　曹操望着吉珪片刻,忽有所悟,轻轻点头。

　　当日夜间,因听说左良玉统率两万人马从鄂西追来,离襄阳只有一百多里,驻扎在襄阳城郊的联军,全数移到樊城,烧了浮桥,并且在离开前放火烧了襄阳府和停放襄王尸首的西城楼。

　　初九一早,联军数万人马离樊城向随州进发。路过张家湾时,太阳出来了。罗汝才策马追上献忠,并辔而行,在鞍上侧身问道:

　　"敬轩,听说自成杀了福王以后,一直逗留在洛阳未走,大赈饥民,人马增加极快。你看他下一步将往哪搭儿?"

　　献忠摇头说:"难说,这家伙,眼看他的羽毛丰满啦,反而把咱们撇在后头!"停一阵,他又快活起来,回头说:"曹哥,说实话,我此刻倒不想自成的事,是想着另外一位朋友,一位没有见过面的朋友,你猜是谁?"

　　"谁呀?"

　　"杨文弱! 曹哥,你想,咱们这位对手如今是什么情形? 你难道不关心么?"

　　罗汝才哈哈地大笑起来。

第六章

　　今天是二月三十日,杨嗣昌来到湖北沙市已经三天了。

　　沙市在当时虽然只是荆州的一个市镇,却是商业繁盛,在全国颇有名气。清初曾有人这样写道:"列巷九十九条,每行占一巷;舟车辐凑,繁盛甲宇内,即今之京师、姑苏皆不及也。"因为沙市在明末是这般富裕和繁华,物资供应不愁,所以杨嗣昌将他的督师行辕设在沙市的徐园,也就是徐家花园。他当时只知道襄阳失守,襄王被杀,而对于洛阳失陷的消息还是得自传闻,半信半疑。关于襄阳失陷的报告是在出了三峡的船上得到的。猛如虎在黄陵城的惨败,已经使杨嗣昌在精神上大受挫折;接到襄阳失守的报告,他对"剿贼"军事和自己的前途便完全陷入绝望。在接到襄阳的消息之前,左右的亲信们就常常看见他兀坐舱中,或在静夜独立船头,有时垂头望着江流叹气。在入川的时候,他常常在处理军务之暇,同幕僚和清客们站在船头,指点江山,评论形胜①,欣赏风景,谈笑风生;有时他还饮酒赋诗,叫幕僚和清客们依韵奉和。而如今,他几乎完全变了。同样的江山,同样的三峡奇景,却好像跟他毫无关系。出了三峡,得到襄阳消息,他几乎不能自持。到沙市时候,他的脸色十分憔悴,左右亲信们都以为他已经病了。

　　今日是他的五十四岁生日。行辕将吏照例替他准备了宴席祝寿,但只算是应个景儿,和去年在襄阳时候的盛况不能相比,更没有找戏班子唱戏和官妓歌舞等事。他已经有两天没有吃饭,勉强受将吏们拜贺,在宴席上坐了一阵。宴席在阴郁的气氛中草草结束。他明白将吏们的心情,在他临退出拜寿的节堂时候,强打精

---

　　① 形胜——指地理险要。

神,用沉重的声音说:

"自本督师受任以来,各位辛苦备尝,原欲立功戎行,效命朝廷。不意剿贼军事一再受挫,竟致襄阳失陷,襄王遇害。如此偾事,实非始料所及。两载惨淡经营,一旦付之东流!然皇上待我恩厚,我们当谋再举,以期后效。诸君切不可灰心绝望,坐失亡羊补牢之机。本督师愿与诸君共勉!"

他退回处理公务和睡觉的花厅中,屏退左右,独坐案边休息,对自己刚才所讲的话并不相信,只是心上还存在着一线非常渺茫的希望。因为他吩咐不许有人来打扰他,所以小小的庭院十分寂静,只有一只小鸟偶尔落到树枝上啁啾几声。他想仔细考虑下一步怎么办,但是思绪纷乱。一会儿,他想着皇上很可能马上就对他严加治罪,说不定来逮捕他的缇骑①已经出京。一会儿,他幻想着皇上必将来旨切责,给他严厉处分,但仍使他戴罪图功,挽救局势。一会儿,他想着左良玉和贺人龙等大将的骄横跋扈,不听调遣,而四川官绅如何百般抵制和破坏他的用兵方略,对他造谣攻击。一会儿他猜想目前朝廷上一定是议论哗然,纷纷地劾奏他糜费百万金钱,剿贼溃败,失陷藩王。他深知道几十年来朝野士大夫门户斗争的激烈情况,他的父亲就是在门户斗争中坐了多年牢,至今死后仍在挨骂,而他自己也天天生活在门户斗争的风浪之中。"那些人们,"他心里说,"抓住这个机会,绝不会放我过山!"他想到皇上对他的"圣眷"②,觉得实在没有把握,不觉叹口气,冲口说出:

"自来圣眷都不是一成不变的,何况今上③的秉性脾气!"

他的声音很小,没有被在窗外侍候的仆人听见。几天来缺乏睡眠和两天来少进饮食,坐久了越发感到头脑眩晕,精神十分萎惫,便走进里间,和衣躺下,不觉矇眬入睡。他做了一个噩梦,梦见他已经被逮捕入京,下在刑部狱中,几乎是大半朝臣都上疏攻他,

---

① 缇骑——原是汉朝管巡逻京城和逮捕人的官吏,明朝借指锦衣卫旗校。明朝皇帝逮捕
　　文武臣僚由锦衣卫去办。
② 圣眷——皇帝的眷爱,眷顾。
③ 今上——封建时代称当今皇上为今上。

要将他问成死罪,皇上也非常震怒;那些平日同他关系较好的同僚们在这样情况下都不敢做声,有些人甚至倒了过去,也上疏讦奏,有影没影地栽了他许多罪款。他又梦见熊文灿和薛国观一起到狱中看他,熊低头叹气,没有说话,而薛却对他悄声嘱咐一句:"文弱,上心已变,天威莫测啊!"他一惊醒来,出了一身冷汗,定神以后,才明白自己是梦了两个死人,一个被皇上斩首,一个赐死。他将这一个凶梦想了一下,心中叹息说:

"唉,我明白了!"

前天来沙市时,船过荆州,他曾想上岸去朝见惠王①,一则请惠王放心,荆州决可无虞,二则想探一探惠王对襄阳失陷一事的口气。当时因忽然身上发冷发热,未曾登岸。今天上午,他差家人杨忠拿着他的拜帖骑马去荆州见惠王府掌事承奉刘古芳,说他明日在沙市行过贺朔礼②之后就去朝见惠王。现在他仍打算亲自去探一探惠王口气,以便推测皇上的态度。他在枕上叫了一声:"来人!"一个仆人赶快小心地走了进来,在床前垂手恭立。杨嗣昌问杨忠是否从荆州回来。仆人对他说已经回来了,因他正在睡觉,未敢惊驾,现在厢房等候。他立刻叫仆人将杨忠叫到床前,问道:

"你见到刘承奉没有?"

杨忠恭敬地回答:"已经见到了刘承奉,将老爷要朝见惠王殿下的意思对他说了。"

杨嗣昌下了床,又问:"将朝见的时间约定了么?"

杨忠说:"刘承奉当即去启奏惠王殿下,去了许久,可是,请老爷不要生气,惠王说……请老爷不要生气,不去朝见就算啦吧。"

嗣昌的心中一寒,生气地说:"莫啰嗦!惠王有何口谕?"

杨忠说:"刘承奉传下惠王殿下口谕:'杨先生愿见寡人,还是请先见襄王吧。'"

听了这话,杨嗣昌浑身一震,眼前发黑,颓然坐到床上。但是

---

① 惠王——万历皇帝第六子,名朱常润。后逃到广州,被清朝捕杀。
② 贺朔礼——每月朔日(初一)官吏向皇帝的牌位行礼,称做贺朔礼。

92

他久做皇上的亲信大臣，养成了一种本领，在刹那间又恢复了表面上的镇静，不曾在仆人们面前过露惊慌，失去常态。他徐徐地轻声说：

"拿洗脸水来！"

外边的仆人已经替他预备好洗脸水，闻声掀帘而入，侍候他将脸洗好。他感到浑身发冷，又在圆领官便服里边加一件紫罗灰鼠长袍，然后强挣精神，踱出里间，又步出花厅，在檐下站定。仆人们见了他都垂手肃立，鸦雀无声，仍像往日一样，但是他从他们的脸孔上看出了沉重的忧愁神色。行辕中军总兵官和几位亲信幕僚赶来小院，有的是等候有什么吩咐，有的想向他有所禀报。他轻轻一挥手，使他们都退了出去。一只小鸟在树上唧啾。一片浮云在天空飘向远方，随即消失。他忽然回想到一年半前他临出京时皇帝赐宴和百官在广宁门外饯行的情形，又想到他初到襄阳时的抱负和威风情况，不禁在心中叹道："人生如梦！"于是他低着头退入花厅，打算批阅一部分紧急文书。

他在案前坐下以后，一个仆人赶快送来一杯烫热的药酒。这是用皇帝赐他的玉露春酒泡上等高丽参，他近来每天清早和午睡起来都喝一杯。他喝过之后，略微感到精神好了一些，便翻开案上的标注着"急密"二字的卷宗，开始批阅文书，而仆人为他端来一碗燕窝汤。他首先看见的是平贼将军左良玉的一封文书，不觉心中一烦。他不想打开，放在一边，另外拿起别的。批阅了几封军情文书之后，他头昏，略作休息，喝了半碗燕窝汤，向左良玉的文书上看了一眼，仍不想看，继续批阅别的文书。又过片刻，他又停下来，略作休息，将燕窝汤吃完。他想，是他出川前檄令左良玉赴襄阳一带去"追剿"献忠，目前"追剿"军事情况如何，他需要知道。这么想了想，他便拆开左良玉的紧急机密文书。左良玉除向他简单地报告"追剿"情况之外，却着重用挖苦的语气指出他一年多来指挥失当，铸成大错。他勉强看完，出了一身大汗，哇的一声将刚才吃的燕窝汤吐了出来。他明白，左良玉必是断定他难免皇帝治罪，所以才敢如此放肆地挖苦他,指责他,将军事失利的责任都推到他的身上。他叹口气,恨恨地骂道:"可恶!"无力地倒在圈椅的靠背上。

立刻跑进来两个仆人,一个清扫地上脏东西,一个端来温开水请他漱口,又问他是否请医生进来。他摇摇头,问道:

"刚才是谁在院中说话?"

仆人回答:"刚才万老爷正要进来,因老爷恰好呕吐,他停在外边等候。"

杨嗣昌无力地说:"快请进来!"

万元吉进来了。他是杨嗣昌最得力的幕僚,也是最能了解他的苦衷的人。杨嗣昌急需在这艰难时刻,听一听他的意见。杨嗣昌点首让坐,故意露出来一丝平静的微笑。万元吉也是脸色苍白,坐下以后,望望督师的神色,欠身问:

"大人身体不适,可否命医生进来瞧瞧?"

嗣昌微笑摇头,说:"偶感风寒,并无他病,晚上吃几粒丸药就好了。"他想同万元吉谈一谈襄阳问题,但看见元吉的手里拿有一封文书,便问:"你拿的是什么文书?"

万元吉神色紧张地回答说:"是河南巡抚李仙风的紧急文书,禀报洛阳失守和福王遇害经过。刚才因大人尚未起床,卑职先看了。"

杨嗣昌手指战抖,一边接过文书一边问:"洛阳果然……?"

万元吉说:"是。李仙风的文书禀报甚详。"

杨嗣昌浑身打颤,将文书匆匆看完,再也支持不住,顾不得督师辅臣的尊严体统,放声大哭。万元吉赶快劝解。仆人们跑出去告诉大公子杨山松和杨嗣昌的几个亲信幕僚。大家都赶快跑来,用好言劝解。过了一阵,杨嗣昌叫仆人扶他到里间床上休息。万元吉和幕僚们都退了出去,只有杨山松留在外间侍候。

晚饭时,杨嗣昌没有起床,不吃东西,但也不肯叫行辕中的医生诊病。经过杨山松的一再恳劝,他才服下几粒医治伤风感冒的丸药。晚饭过后,他将评事万元吉叫到床前,对他说:

"我受皇上恩重,不意剿局败坏如此,使我无面目再见皇上!"

万元吉安慰说:"请使相宽心养病。军事上重作一番部署,尚可转败为胜。"

嗣昌从床上坐起来,拥着厚被,身披重裘,浑身战抖不止,喘着气说:"我今日患病沉重,颇难再起,行辕诸事,全仗吉仁兄悉心料理,以俟上命。"

万元吉赶快说:"大人何出此言?大人不过是旅途劳累,偶感风寒,并非难治重病。行辕现在有两位高明医生,且幕僚与门客中也颇有精通医道的人,今晚请几位进来会诊,不过一两剂药就好了。"

杨山松也劝他说:"大人纵不自惜,也需要为国珍重,及时服药。"

嗣昌摇摇头,不让他再谈治病的话,叹口气说:"闯贼自何处奔入河南,目前尚不清楚。他以屡经败亡之余烬,竟能死灰复燃,突然壮大声势,蹂躏中原,此人必有过人的地方,万万不可轻视。今后国家腹心之患,恐不是献贼,而是闯贼。请吉仁兄即代我向平贼将军发一紧急檄文,要他率领刘国能等降将,以全力对付闯贼。"

万元吉答应照办,又向他请示几个问题。他不肯回答,倒在床上,挥手叫元吉、山松和仆人们都退了出去。

过了好久,杨嗣昌又命仆人将万元吉叫去。万元吉以为督师一定有重要话讲,可是等候一阵,杨嗣昌在军事上竟无一句吩咐,只是问道:

"去年我到夔州是哪一天?"

万元吉回答说:"是十月初一。"

杨嗣昌沉默片刻,说道:"前年十月初一,我在襄阳召开军事会议,原想凭借皇上威灵,整饬军旅,剿贼成功。不料封疆大吏、方面镇帅,竟然处处掣肘,遂使献贼西窜,深入四川。我到夔州,随后又去重庆,觉得军事尚有可为。不料数月之间,局势败坏至此!"

万元吉说:"请大人宽心。军事尚有挽救机会,眼下大人治病要紧。"

杨嗣昌沉默。

万元吉问道："要不要马上给皇上写一奏疏，一则为襄阳失陷事向皇上请罪，二则奏明下一步用兵方略？"

杨嗣昌在枕上摇摇头，一言不答，只是滚出了两行眼泪。过了片刻，他摆摆手，使万元吉退出，同时叹口气说：

"明日说吧！"

万元吉回到自己屋中，十分愁闷。他是督师辅臣的监军，杨嗣昌在病中，行辕中一切重大事项都需要由他做主，然而他心中很乱，没有情绪去管。他认为目前最紧迫的事是杨嗣昌上疏请罪，可是他刚才请示"使相大人"，"使相"竟未点头，也不愿商量下一步追剿方略，什么道理？

他原是永州府推官，与杨嗣昌既无通家之谊，也无师生之缘，只因杨嗣昌知道他是个人才，于去年四月间向朝廷保荐他以大理寺评事衔作督师辅臣的监军。他不是汲汲于利禄的人，只因平日对杨嗣昌相当敬佩，也想在"剿贼"上为朝廷效力，所以他也乐于担任杨嗣昌的监军要职。如今尽管军事失利，但是他回顾杨嗣昌所提出的各种方略都没错，毛病就出在国家好像一个人沉疴已久，任何名医都难措手！

他在灯下为大局思前想后，愈想愈没有瞌睡。去年十月初一督师辅臣到夔州的情形又浮现在他的心头。

去年夏天，杨嗣昌驻节夷陵，命万元吉代表他驻夔州就近指挥川东战事。当张献忠和罗汝才攻破土地岭和大昌，又在竹𥛑坪打败张令和秦良玉，长驱奔往四川腹地的时候，杨嗣昌离开夷陵，溯江入川，希望在四川将张献忠包围歼灭。十月一日上午，杨嗣昌乘坐的艨艟大船在夔州江边下锚。万元吉和四川监军道廖大亨率领夔州府地方文武官吏和重要士绅，以及驻军将领，早已在江边沙滩上肃立恭候。万元吉先上大船，向杨嗣昌禀明地方文武前来江边恭迎的事。三声炮响过后，杨嗣昌在鼓乐声中带着一大群幕僚下了大船。恭候的文武官员和士绅们都跪在沙滩上迎接。杨嗣昌只对四川监军道和夔州知府略一拱手，便坐上绿呢亮纱八抬大轿。军情紧急，不能像平日排场，只用比较简单的仪仗执事和香炉前导。总兵衔中军官全副披挂，骑在马上，背着装在黄缎绣龙套中的尚方宝剑，神气肃敬威严。数百步骑兵明盔亮甲，前后护卫。幕僚们有乘马的，有坐轿的，跟在督师的大轿后边。一路绣旗迎风，刀枪映日，鸣锣开道，上岸入城。士民回避，街巷肃静。沿街士民或隔着门缝，或从楼上隔着窗子，屏息观看，心中赞叹：

"果然是督师辅臣驾到，好不威风！"

杨嗣昌到了万元吉替他准备的临时行辕以后，因军务繁忙，传免了地方文武官员的参见。稍作休息之后，他就在签押房中同万元吉密商军情。参加这一密商的还有一位名叫杨卓然的亲信幕僚。另外，他的长子杨山松也坐在一边。一位中军副将带着一群将校在外侍候，不许别的官员进去。杨嗣昌听了万元吉详细陈述近日的军情以后，轻轻地叹口气，语气沉重地说：

"我本来想在襄、巫之间将献贼包围，一鼓歼灭，以释皇上西顾之忧。只要献贼一灭，曹贼必会跟着就抚，十三年剿贼军事就算完成大半。回、革五营，胸无大志，虽跳梁于皖、楚之间，时常攻城破寨，实则癣疥之疾耳。待曹操就抚之后，慑之以大军，诱之以爵禄，可不烦一战而定。不料近数月来，将愈骄，兵愈惰，肯效忠皇上者少，不肯用命者多。而川人囿于地域之见，不顾朝廷剿贼大计，不顾本督师通盘筹划，处处阻挠，事事掣肘，致使剿贼方略功亏一篑。如今献、曹二贼逃脱包围，向川北狼奔豕突，如入无人之境，言之令人愤慨！我已将近日战事情况，据实拜疏上奏。今日我们在一起商议二事：一是议剿，二是议罚。剿，今后如何用兵，必须立即妥善筹划，以期失之东隅，收之桑榆。罚，几个违背节制的偾事将吏，当如何斟酌劾奏，以肃国法而励将来，也要立即议定。这两件事，请二位各抒高见。"

万元吉欠身说："使相大人所谕议战议罚两端,确是急不容缓。三个月来,卑职奉大人之命,驻在夔州,监军剿贼,深知此次官军受挫,致献、曹二贼长驱西奔,蜀抚邵肇复①与几位统兵大将实不能辞其咎。首先以邵抚而论,应请朝廷予以重处,以为封疆大吏阻挠督师用兵方略因致败事者戒。卑职身在行间,闻见较切,故言之痛心。"

杨卓然附和说："邵抚不知兵,又受四川士绅怂恿,只想着画地而守,使流贼不入川境,因而分兵扼口,犯了兵法上所谓'兵分则力弱'的大忌,致有今日的川东溃决。大人据实奏劾,实为必要。"

杨嗣昌捻须沉默片刻,又说："学生深受皇上知遇之恩,畀以督师剿贼重任。一年来殚精竭虑,惟愿早奏肤功,以纾皇上宵旰之忧。初到襄阳数月,鉴于以前剿抚兼失,不得不惨淡经营,巩固剿贼重地,站稳自家脚跟。到今年开春以后,一方面将罗汝才与过天星诸股逼入夔东,四面大军围剿;另一方面,将献贼逼入川、陕交界地方,阻断其入川之路,而责成平贼将军在兴安、平利一带将其包围,克日进剿,遂有玛瑙山之捷。"他喝了一口茶,接着说,"十余年来,流贼之所以不可制者以其长于流,乘虚捣隙,倏忽千里,使官军追则疲于奔命,防则兵分而势弱,容易受制于敌。到了今年春天,幸能按照预定方略,步步收效,官军在川、楚一带能够制贼而不再为贼所制。可恨的是,自玛瑙山大捷之后,左昆山按兵不动,不听檄调,坐视张献忠到兴、归山中安然喘息,然后来夔东与曹操合股。倘若左昆山在玛瑙山战后乘胜进兵,则献贼不难剿灭;纵然不能一鼓荡平,也可以使献贼不能与曹贼合股。献、曹不合,则曹操必随惠登相等股投降。如曹贼就抚,则献贼势孤,剿灭自然容易。今日追究贻误戎机之罪,左昆山应为国法所必究。其次,我曾一再檄咨蜀抚邵肇复驻重兵于夔门一带,扼守险要,使流贼不得西逃,以便聚歼于夔、巫之间。不料邵肇复这个人心目中只有四川封疆,而无剿贼全局,始尔使川军分守川、鄂交界的三十二隘口,妄图堵住各

---

① 邵肇复——邵捷春字肇复。

股流贼突破隘口,公然抵制本督师用兵方略。当各股流贼突破隘口,流窜于夔、巫与开县之间时,邵肇复不思如何全力进剿,却将秦良玉与张令调驻重庆附近,借以自保。等大昌失守,张令与秦良玉仓猝赶到,遂致措手不及,两军相继覆没,献、曹二贼即长驱入川矣。至于秦军开县噪归,定当从严处分,秦督郑大章①实不能辞其咎。学生已经驰奏皇上,想圣旨不日可到。今日只议左帅与邵抚之罪,以便学生即日拜表上奏。"

万元吉和杨卓然都很明白杨嗣昌近来的困难处境和郁闷心情,所以听了他的这一些愤慨的话,丝毫不觉得意外,倒是体谅他因自家的辅臣身份,有些话不肯明白说出。他们心中明白,督师虽然暗恨左良玉不听调遣,但苦于"投鼠忌器",在目前只能暂时隐忍,等待事平之后再算总账。万元吉向杨嗣昌欠身说:

"诚如使相大人所言,如行间将帅与封疆大吏都遵照大人进兵方略去办,何能大昌失陷,川军覆没,献、曹西窜!然今日夔东决裂,首要责任是在邵抚身上。左帅虽常常不奉檄调,拥兵观望,贻误戎机,然不如邵抚之罪责更重。窃以为对左帅议罪奏劾可以稍缓,再予以督催鼓励,以观后效。今日只奏邵肇复一人可矣。"

杨卓然说:"万评事所见甚是。自从在川、楚交界用兵以来,四川巡抚与川中士绅鼠目寸光,全不以大局为念,散布流言蜚语,对督师大人用兵方略大肆攻击,实在可笑可恨……"

杨嗣昌冷然微笑,插话说:"他们说我是楚人,不欲有一贼留在楚境,所以尽力将流贼赶入四川。他们独不想我是朝廷辅臣,奉旨督师,统筹全局,贵在灭贼,并非一省封疆守土之臣,专负责湖广一地治安,可以以邻为壑,将流贼赶出湖广境外即算大功告成。似此信口雌黄,实在无知可笑之至。"

杨山松愤愤地咕哝说:"他们还造谣说大人故意将四川精兵都调到湖广,将老弱留在四川。说这种无中生有的混话,真是岂有此理!"

---

① 郑大章——郑崇俭字大章。

杨卓然接着他刚才的话头说:"邵巡抚一再违抗阁部大人作战方略,贻误封疆,责无旁贷,自应从严劾治,不予姑息。其余失职川将,亦应择其罪重者明正典刑,以肃军律。"

杨嗣昌向万元吉问:"那个失守大昌的邵仲光逮捕了么?"

万元吉回答:"已经逮捕,看押在此,听候大人法办。"

杨嗣昌又问:"二位对目前用兵,有何善策?"

万元吉说:"如今将不用命,士无斗志,纵有善策,亦难见诸于行,行之亦未必有效。以卑职看来,目前靠川军、秦军及平贼将军之兵,都不能剿灭献、曹。数月前曾建立一支人马,直属督师行辕,分为大剿营与上将营。后因各处告警,分散调遣,目前所剩者不足一半。除留下一部分拱卫行辕,另一部分可以专力追剿。猛如虎有大将之才,忠勇可恃。他对使相大人感恩戴德,愿出死力以报。他的长子猛先捷也是弓马娴熟,颇有胆勇。请大人畀以'剿贼总统'名号,专任追剿之责。如大人不以卑职为驽钝,卑职拟请亲自率领猛如虎、猛先捷及楚将张应元等,随贼所向进兵,或追或堵,相机而定。左、贺两镇之兵,也可调来部分,随卑职追剿,以观后效。"

杨嗣昌点头说:"很好,很好。既然吉仁兄不辞辛苦,情愿担此重任,我就放心了。"

又密议很久,杨嗣昌才去稍事休息,然后接见在夔州城中等候请示的文武大员。当天下午,杨嗣昌即将失陷大昌的川将邵仲光用尚方剑在行辕的前边斩首,跟着将弹劾邵捷春的题本拜发。第三天,杨嗣昌率领大批幕僚和护卫将士乘船向重庆出发,而督师行辕的数千标营人马则从长江北岸的旱路开赴重庆。……

已经三更以后了。杨山松突然来到,打断了万元吉的纷纷回忆。让杨山松坐下之后,他轻轻问道:

"大公子不曾休息?"

山松回答:"监军大人,今晚上我怎么能休息啊!"

"使相大人服药以后情况如何? 睡着了么?"

"我刚才去看了看,情况不好,我很担忧。"

"怎么,病势不轻?"

"不是。服过药以后,病有点轻了,不再作冷作热了,可是,万大人!……"

万元吉一惊,忙问:"如何? 使相有何言语?"

"他没有什么言语。听仆人说,他有时坐在案前沉思,似乎想写点什么,却一个字也没有写。有时他在屋中走来走去,走了很久。仆人进去劝他上床休息,他不言语,挥手使仆人退出。仆人问他要不要吃东西,他摇摇头。仆人送去一碗银耳汤,放在案上,直到放冷,他不肯动口。万大人,家严一生经过许多大事,从没有像这个样子。我刚才亲自去劝他,走到窗外,听见他忽然小声叫道:'皇上! 皇上!'我进去以后,他仿佛没有看见我,又深深地叹口气。我劝他上床休息,苦劝一阵,他才和衣上床。他心上的话没对我讲出一句,只是挥手使我退出。万大人,愚侄真是为家大人的……身体担心。怎么好呢?"

万元吉的心中一惊。自从他做了杨嗣昌的监军,从杨嗣昌的旧亲信中风闻前年杨嗣昌出京时候,皇帝在平台赐宴,后来皇上屏退内臣,君臣单独密谈一阵,声音很低,太监们但听见杨嗣昌曾说出来"继之以死"数字。他今天常常想到这个问题,此时听了杨山松说的情形,实在使他不能放心。他问道:

"我如今去劝一劝使相如何?"

山松说:"他刚刚和衣躺下,正在倦极欲睡,万大人不必去了。明天早晨,务请婉言劝解家严,速速打起精神,议定下一步剿贼方略,为亡羊补牢之计。至于个人之事,只能静待皇命。据愚侄看,一则圣眷尚未全衰,二则封疆事皇上也早有洞鉴,纵然……"

万元吉不等杨山松说完,赶快说道:"眼下最迫之事不是别的,而是请使相向皇上上疏请罪,一则是本该如此,二则也为着对付满朝中嚣嚣之口,先占一个地步。"

杨山松猛然醒悟:"是,是。我竟然一时心乱,忘了这样大事!"

“我们应该今夜将使相请罪的疏稿准备好,明早等他醒来,请他过目,立即缮清拜发,万万不可耽误。”

“是,是。请谁起草?”

万元吉默思片刻,决定命仆人去将胡元谋从床上叫起来。这位胡元谋是杨嗣昌的心腹幕僚之一,下笔敏捷,深受嗣昌敬重。过了不久,胡元谋来到了。万元吉将意思对他一说,他说道:

“今晚我的心上也一直放着此事,只因使相有病,未曾说出,等待明日。既然监军大人吩咐,我马上就去起草。”

万元吉说:“我同大公子今夜不睡觉了,坐在这里谈话,等阁下将稿子写成后,我们一起斟酌。”

胡元谋走了以后,杨山松命人将服侍他父亲的家奴唤来,询问他父亲是否已经睡熟,病情是否见轻。那家奴说:

“回大爷,你离开不久,老爷将奴才唤去,命奴才倒一杯温开水放在床头的茶几上。老爷说他病已轻了,很觉瞌睡,命奴才也去睡觉,到天明后叫醒他行贺朔礼。天明以前,不许惊醒了他。奴才刚才不放心,潜到窗外听了一阵,没有听见声音。谢天谢地,老爷果然睡熟了。”

杨山松顿觉欣慰,命家奴仍去小心侍候,不许惊醒老爷。家奴走后,他对万元吉说:

“家严苦衷,惟有皇上尚能体谅,所以他暗中呼喊‘皇上! 皇上!’”

万元吉说:“在当朝大臣中能为朝廷做事的,也只有我们使相大人与洪亨九两位而已。三年前我在北京,遇到一位永平举人,谈起使相当年任山、永巡抚时的政绩,仍然十分称颂。人们称颂使相在巡抚任上整军经武,治事干练勤谨,增修山海关南北翼城,大大巩固了关门防守。人们说可惜他在巡抚任上只有两年就升任山西、宣、大总督,又一年升任本兵,然后入阁。倘若皇上不看他是难得人才,断不会如此接连提升,如此倚信。你我身在行间,看得很清。今日从关内到关外,大局糜烂,处处溃决,岂一二任事者之过耶?拿四川剿局说,献、曹进入四川腹地之后,逼入川西,本来围堵不难。可是,左良玉的人马最多,九檄而九不至,陕西也不至,可用以追贼之兵惟猛如虎数千人而已。猛帅名为'剿贼总统',其实,各省将领都不归他指挥。最后在黄陵城堵御献、曹之战,他手下只有一二千人,安能不败!"

万元吉说到这里,十分愤激。当时他奉命督率猛如虎等将追赶张献忠和罗汝才,刚到云阳境内就得到黄陵城的败报,一面飞报从重庆乘船东下的杨嗣昌,一面派人去黄陵城收拾溃散,寻找幸未阵亡的猛如虎,一面又乘船急下夔州,企图在夔州境内堵住张献忠出川之路。他虽然先一日到了夔州,可是手中无兵可用,徒然站在夔州背后的山头上望着张献忠和罗汝才只剩下的几千人马,向东而去。他亲自写了一篇祭文,祭奠在黄陵城阵亡的将士,放声痛哭。如今他同杨山松谈起此事,两个人不胜感慨,为杨嗣昌落到此日失败的下场不平。

他们继续谈话,等待胡元谋送来疏稿,不时为朝政和国事叹息。

已经打过四更了。开始听见了报晓的一声两声鸡叫,随即远近的鸡叫声多了起来。只是天色依然很暗,整个行辕中十分寂静。

因为杨嗣昌后半夜平安无事,万元吉和杨山松略觉放心。再过一阵,天色稍亮,杨山松就要去向父亲问安,万元吉也要去看看使相大人能不能主持贺朔,倘若不能,他自己就要代他主持。

胡元谋匆匆进来。他代杨嗣昌向皇上请罪的疏稿已经写成了。

万元吉将疏稿接到手中,一边看一边斟酌,频频点头。疏稿看到一半,忽听小院中有慌乱的脚步声跑来,边跑边叫,声音异乎寻常:

"大公子! 大公子! ……"

杨山松和万元吉同时向院中惊问:"何事? 何事惊慌?"

侍候杨嗣昌的家奴跑进来,跪到地上,禀报杨嗣昌已经死了。万元吉和杨山松不暇细问,一起奔往杨嗣昌住的地方。胡元谋赶快去叫醒使相的几位亲信幕僚,跟着前去。

杨山松跪在父亲的床前放声痛哭,不断用头碰击大床。万元吉的心中虽然十分悲痛,流着眼泪,却没有慌乱失措。他看见杨嗣昌的嘴角和鼻孔都有血迹,指甲发青,被、褥零乱,头发和枕头也略有些乱,断定他是服毒而死,死前曾很痛苦,可能吃的是砒霜。他命奴仆赶快将使相嘴角和鼻孔的血迹揩净,被、褥和枕整好,向周围人们嘱咐:"只云使相大人积劳成疾,一夕病故,不要说是自尽。"又对服侍杨嗣昌的奴仆严厉吩咐,不许乱说。然后,他对杨山松说道:

"大公子,此刻不是你哭的时候,赶快商量大事!"

他请胡元谋留下来寻找杨嗣昌的遗表和遗言,自己带着杨山松和杨嗣昌的几位亲信幕僚,到另一处房间中坐下。他命人将服侍杨嗣昌的家奴和在花厅小院值夜的军校叫来,先向家奴问道:

"老爷死之前,你一点儿也没有觉察?"

家奴跪在地上哭着回话:"奴才遵照老爷吩咐,离开老爷身边。以为老爷刚刚睡下,不会有事,便回到下房,在灯下蒙眬片刻,实不敢睡着。不想四更三点,小人去看老爷,老爷已经……"

万元吉转问军校:"你在院中值夜,难道没有听见动静?"

军校跪在地上回答:"回大人,在四更时候,小人偶然听见阁老大人的屋中有一声呻吟,床上似有响动,可是随即就听不见了,所以只以为他在床上翻身,并不在意,不想……"

万元吉心中明白,杨嗣昌早已怀着不成功则自尽的定念,所以在出川时就准备了砒霜,而且临死时不管如何痛苦,不肯大声呻唤。杨嗣昌对他有知遇之恩,他也深知杨嗣昌的处境,所以忽然禁不住满眶热泪。但是他忍了悲痛,对地上的军校和奴仆严厉地说:

"阁老大人一夕暴亡,关系非轻。你们二人不曾小心侍候,罪不容诛。本监军姑念尔等平日尚无大过,暂免深究。只是,你们对别人只说使相是夜间病故,不许说是自尽。倘若错说一字,小心你们的狗命。下去!"

军校和家奴磕头退出。

杨山松哭着向大家问："家严尽瘁国事,落得如此结果,事出非常,应该如何料理善后?"

幕僚们都说出一些想法,但万元吉却不做声,分明是在等待。过了一阵,胡元谋来了。万元吉赶忙问道："胡老爷,可曾找到?"

胡元谋说："各处找遍,未见使相留有遗表遗言。"

万元吉深深地叹口气,对大家说："如使相这样大臣,临死之前应有遗表留下,也应给大公子留下遗言,对家事有所训示,给我留下遗言,指示处分行辕后事。他什么都未留下,也没有给皇上留下遗表。使相大人临死之前的心情,我完全明白。"他不觉流下热泪,随即接着说："如今有三件事必须急办:第一,请元谋兄代我拟一奏本,向皇上奏明督师辅臣在军中尽瘁国事,积劳成疾,不幸于昨夜病故。所留'督师辅臣'银印、敕书①一道、尚方剑一口,业已点清包封,恭送荆州府库中暂存。行辕中文武人员如何安置,及其他善后事宜,另行奏陈。第二,'督师辅臣'银印、敕书、尚方剑均要包好、封好,外备公文一件,明日派官员恭送荆州府衙门存库,候旨处理。第三,在沙市买一上好棺木,将督师辅臣装殓,但是暂不发丧,等候朝命。目前如此处理,各位以为然否?"

大家纷纷表示同意。万元吉将各事匆匆作了嘱咐,使各有专人负责,然后回到自己住处,吩咐在大厅前击鼓鸣钟,准备贺朔。他在仆人服侍下匆匆梳洗,换上七品文官②朝服,走往前院大厅。

在督师辅臣的行辕中,五品六品的幕僚都有。万元吉虽只是七品文官,却位居监军,类似幕僚之长,位高权重,所以每当杨嗣昌因故不能主持贺朔礼时,都由监军代行,习以为常。在乐声中行礼之后,万元吉以沉痛的声音向众文武官员宣布夜间使相大人突然病故的消息。由于大部分文武官员都不住在徐家花园,所以这消

---

① 敕书——即皇帝命杨嗣昌为"督师辅臣"的任命书,用的皇帝敕书形式。
② 七品文官——万元吉原为永州府推官,为七品文官,后被推荐为大理寺评事,获得中央文臣职衔,但官阶仍是七品。按官场习俗,七品官只能称老爷,但因他职任督师辅臣的监军,故在小说中写人们称他大人。

息对大家竟如晴天霹雳。有的人同杨嗣昌有乡亲故旧情谊,有的跟随杨嗣昌多年,有的确实同情杨嗣昌两年辛劳,尽忠国事,与熊文灿绝不相同,不应该落此下场,一时纷纷落泪,甚至有不少人哭了起来。

第七章

崇祯自从接到杨嗣昌从云阳发出的紧急奏疏,说他正在出川途中,以后没有再接到他的消息。他想,虽然张献忠回到湖广,但是人数已经不多,只要杨嗣昌回到襄阳,重新部署围剿,战局是有办法的,所以他将注意力集中在开封的守城战事上。

在召对群臣的第五天,崇祯忽然接到从开封来的一封没有贴黄的十万火急的军情密奏。他登时面色如土,手指打颤,不愿拆封。一些可怕的猜想同时涌现心头,甚至将平日要作中兴英主的念头登时化为绝望,望着空中,在心中自言自语说:

"天呀!天呀!叫我如何受得了啊!"

过了片刻,他慢慢地恢复了镇静,仗着胆子先拆开河南巡按高名衡的密奏,匆匆看了"事由"二句,不敢相信,重看一遍,嘴角闪出笑意,将全文看完,脸上恢复了血色。由于突然的激动,手指颤抖得更凶,一个宫女低头前来往宣德香炉中添香,不敢仰视他的脸孔,只看见他的手指颤抖得可怕,生怕皇上拿她发泄心中暴怒,会将她猛踢一脚,吓得心头紧缩,脸色煞白,小腿打颤,背上冒出冷汗。崇祯没有看她,赶快拆开周王的奏本,看了一遍,脸上显出了笑容。他这才注意到十四岁的宫女费珍娥已添毕香,正从香炉上缩回又白又嫩的小手,默默转身,正要离开,才发现这宫女长得竟像十六岁姑娘那么高,体态苗条,穿着淡红色罗衣,鬓上插一朵绒制相生玫瑰花,云鬟浓黑,脖颈粉白。他正在为开封的事儿满心高兴,突然将费珍娥搂到怀里放在腿上,在她的粉颈上吻了一下,又在她的颊上吻了一下,大声说:

"好啊!开封无恙!"

忽然想起来周王奏疏中有几句还没看清,他将费珍娥猛地推开,重看奏疏,然后提起朱笔在纸上写了上谕:"著①将河南巡抚李仙风立即逮京问罪,巡按御史高名衡守城有功,擢升巡抚,副将陈永福升为总兵,其子守备陈德升为游击,祥符知县王燮升为御史,其余立功人员分别查明,叙功升赏。"他又俯下头去,用朱笔圈着高名衡奏疏中的重要字句,特别在奏疏中写到李自成如何猛攻开封七日夜,人马损失惨重,又如何将李自成射瞎左眼,等等字句旁边,密密画圈,还加眉批:"开封文武群臣及军民士庶,忠勇可嘉。"那个刚在他的面前红袖添香,被他一时高兴而搂入怀中,连吻两下的稚年宫女仍立在他的身边,但分明被他忘到九霄云外。

崇祯时代,全部宫女大约有几千人,能够挑选到皇上、皇后、太子、长平公主、皇贵妃和贵妃这几处宫中服侍的,大约有三四百人。这三四百人中,多数是粗使的宫女,能够有幸运被皇帝看见的是极少数。这很少数比较幸运的宫女无不希望偶然意外地得到皇上的垂青,会有个"出头之日"。但费珍娥的年纪还小,入宫只有两年,对这样突如其来的事情毫无思想准备。她被皇上搂到怀中时,十分惊慌,害羞,心头狂跳,但是不敢挣扎,心情紧张得几乎连呼吸也停止了。当她被皇上推开以后,跟跄两步才站稳身子,一时茫然失措,不知道是否应该走开。她还不懂得如何获得宠幸,只是害怕不得"圣旨"便擅自跑掉会惹皇上生气,祸事临头。过了片刻,她明白皇上专心处理军国大事,不再要她,才想着应该离开。但她刚走两三步,忽然转回身来,扑通跪下,向没有注意她的皇上叩了个头,然后站起,不敢抬头,胆怯地揭起帘子,匆匆走掉。

费珍娥低着头回到乾清宫背后的小房中,仍然腿软,心跳,脸颊通红,眼睛浸满泪水,倒在榻上,侧身面向墙壁,不好意思见人说话。窗外传过来三四个宫女的笑语声。她害怕她们进来,赶快将发烧的脸孔埋在枕上。笑语渐渐远了,却有人掀帘进来,到她的榻边坐下,并且用手轻轻扳她的肩膀,要扳转她的身子。她只好转过

---

① 著——从前公文中的命令语。这以下几句话是撮述崇祯对有关衙门下的命令。

来身子,但不肯睁开眼睛。一个十分熟悉的声音凑近她的耳边说:

"珍娥,我都知道了。"

费珍娥的脸又红了,一直红到耳后。因为已经知道是乾清宫管家婆魏清慧坐在身边,便睁开泪眼,小声哽咽问:

"大姐,您看见了?"

魏宫人点头说:"我正要去问皇爷要不要吃燕窝汤,隔帘子缝儿看见了,赶快退回。珍娥,说不定你快有出头之日了。"

费珍娥颤声说:"大姐,我害怕。我怎么办?"

"你等着。皇爷既然看上了你,你就有出头之日了。不像我,做一个永远不见天日的老都人,老死宫中。"

"可是大姐,您才二十一岁呀,还年轻呢。皇爷平日也很看重您,他发脾气的时候只有您敢去劝他。"

"唉,二十一岁,在皇爷的眼中就算老了。我生的不算丑,可是在都人中并不十分出色。皇爷看重我,只是因为我能为他管好乾清宫这个家。另外,我小心不得罪人,又不受宠,别人没谁嫉妒我。你生成一副好人品,年纪又嫩,正是稚年玉貌,像一个刚要绽开的花骨朵。但愿你的八字好,有个好命。"

"我怕,大姐。宫中的事儿很可怕,祸福全没准儿。"

"今天的事,你千万莫让别的都人知道。万一招人嫉妒,或者都人们将风儿吹进皇后、皇贵妃的耳朵里……"

话未说完,后角门外有太监高声传呼:"皇后娘娘驾到!"魏清慧立刻跳起,率领现在乾清宫正殿背后的全体宫女前去跪迎。

皇后听乾清宫的太监告她说开封已经解围,特来向皇帝贺喜。坐下以后,崇祯很高兴地将开封的战事经过以及李自成被"射瞎"左眼,"狼狈溃逃"的消息,对皇后说了一遍。周后听得十分激动,眼睛闪着泪花说:

"皇上,开封获此大捷,看来天心已回,国运要转好了。"

"我正要往奉先殿告慰二祖列宗在天之灵,你来得好,就陪我一起去吧。"

他们乘龙、凤辇到奉先殿上了香,叩了头,告慰了祖宗,然后到交泰殿盘桓片刻。在闲谈中崇祯问到长平公主嫩婥①近日读书有无长进。皇后回答说也有长进,只是几个陪她读书的小都人都不够聪明,也很贪玩。想挑一个肯读书的、聪明伶俐的都人给嫩婥,尚未挑选到。

崇祯没有再问公主读书的事,自己回到乾清宫去。将近黄昏时候,曹化淳进来奏事。崇祯带着很难得的笑容,向他问道:

"曹伴伴,开封来的捷音,京师士民们都知道了么?"

曹化淳赶快回答:"回皇爷,这好消息已经传遍了五城。皇爷住在深宫,自然听不到皇城外的鞭炮之声。"

"什么鞭炮之声?"

"在京城有许多河南的官宦、巨商,也有平民之家。今日一听说汴梁城打败流贼的好消息,都放鞭炮祝贺。听说很多人到正阳门关帝庙还愿,拥挤不堪。"

崇祯笑着点头,但是在心中叹道:"要是洛阳能像开封这样坚守就好了!"

今日晚膳,崇祯觉得胃口稍好。皇后差宫女送来几样小菜,使他更觉满意。他要了宫中所酿的陈年长春露酒,色如朝霞,味醇而香,用白玛瑙杯连饮几杯。慈宁宫两位太妃因听说开封告捷,也差宫女送来几样小菜,并劝皇上努力加餐,莫多为国事忧愁。崇祯命管家婆魏清慧去慈宁宫代他叩谢,并启禀太妃们他今晚吃得很好,请两位老娘娘不必挂念。过了一阵,魏宫人回来复命。崇祯仍在饮酒,侧头向她问道:

"两位太妃还有什么话说?"

魏宫人跪下回奏:"两位太妃老娘娘听奴婢启禀皇爷今晚饮了长春露酒,越发高兴。刘太妃娘娘说:'皇上平日很少饮酒,今晚饮几杯长春露酒是个吉兆:国运从此逢春了。'"

崇祯笑着说:"惠康昭太妃说得好,再斟一杯。"

---

① 嫩婥——音 měi chuò。这是长平公主的小名,意为美好,修整。

晚膳后,崇祯靠在东暖阁的御榻上,想着李自成经此挫折,河南局面可以缓和一时,四川战事虽有黄陵城之挫,但未闻张献忠出川后有何警报,看来湖广尚无大险,目前必须抽出手来,挽救关外危局。他明白祖大寿守锦州,事关辽东大局。如今锦州被围日久,粮草极度困难。万一祖大寿献出锦州投降,关外就不堪设想了。想到这里,他从榻上下来,到御案前坐下,猜想关外方面今日会有何奏报。他刚吃一口茶,一个太监因知他晚膳时心情喜悦,就趁着这时候捧着一个放有各宫妃嫔牙牌的黄锦长方盒跪到他的面前,虽未言语,却是宫中祖传规矩,意思是请他选定一位娘娘,好赶快传知她沐浴梳妆,等候宣召前来养德斋或皇上"临幸"她的宫中。崇祯望一眼那两行牙牌,竟没有一个称心的。田妃有病,回避房事,使他心中觉得惘然。忽然想到费珍娥,他的心中不免一动,随即眼前浮出一个快要长成的苗条身影,细嫩的颈后皮肤,白里透红的脸颊,还有那明亮的眸子,朱唇微启时露出的整齐洁白的牙齿……他还没有完全决定,恰巧文书房太监送来一封十万火急的机密文书。他一看见高名衡的密奏,想道:莫非李自成已经伤重毙命? 又想,如是"闯贼"伤重毙命,正可露布以闻①,用不着机密文书。莫非李自成被官军追击,有意投降,尚难断定,高名衡先来一封飞奏,请示方略? 他心中充满希望,一边拆文书一边对手捧牙牌锦盒的太监说:

"你等一等,莫急。"

崇祯拆开高名衡的急奏一看,突然像当头顶打个炸雷,浑身一震,面色如土,大声叫道:"竟有此事! 竟有此事!"随即放声大哭,声达殿外。乾清宫中所有较有头脸的太监和宫女都奔了来,在他的面前跪了一片。大家都不知皇上如此痛哭为了何事,只是劝他不要哭伤身体。崇祯痛哭不止,连晚膳时所吃的佳肴美酒都呕吐

---

① 露布以闻——意思是公开告捷,不用密奏。古时有一种向朝廷告捷的办法是将捷书写在帛上或木板上,用竿子挑着,故意使沿路的人们都能看见,叫做露布。"布"是布告的意思。

出来。魏清慧看皇上今晚哭得特别,无人能够劝止,便偷偷离开众人,往坤宁宫启奏皇后。当走出暖阁时,她听见皇帝忽然哭着说:

"我做梦也不曾想到!不曾想到!"接着又连声问道:"杨嗣昌,杨嗣昌,你在哪里?"

一连几天,崇祯总在流泪,叹气,有时站在母亲的画像前抽泣。虽然他每日仍是黎明即起,在乾清宫院中虔敬拜天,然后上朝,但上朝的时间都很短,在上朝时常显得精神恍惚,心情急躁。他一直感到奇怪:张献忠怎么会神出鬼没地回到湖广,袭破襄阳,杀了襄王? 更奇怪的是:这一重大消息首先是由住在开封的高名衡来的密奏,随后由逃出来的襄王的次子福清王来的奏报,竟然没有杨嗣昌的奏报! 杨嗣昌现在哪儿?

有一天正在午膳,他忽然痛心,推案而起,将口中吃的东西吐出,走回暖阁,拍着御案,在心中悲痛地说:

"襄、洛据天下形胜之地,而襄阳位居上游,对东南有高屋建瓴之势。宪王①为仁宗爱子,徙封于襄②,作国家上游屏藩,颇有深意。襄阳失陷,陪京③必为震动!"过了一阵,他更加悲观自恨,又在心中说道:"朕为天下讨贼,不意在半月之内,福王和襄王都死于贼手。这是上天厌弃我家,剪灭我朱家子孙,不然贼何能如此猖狂!"

到了三月上旬,他仍得不到杨嗣昌的奏报,而锦州的危机更加紧迫。偏偏在这种内外交困的日子里,他又病了,一直病了十天左右,才能继续上朝。在害病的日子里,皇后和袁妃每天来乾清宫看他。田妃因她自身的病忽轻忽重,不能每天都来。太子、永王、定王、十三岁的长平公主,按照古人定省之礼,每天来两次问安。其他许多妃嫔每日也按时前来问安,却不能同他见面。有一次长平公主前来问安,他问了她的读书情况,随即用下巴向一个在旁服侍

①　宪王——襄藩第一代国王,明仁宗的第五子,名瞻墡,谥为宪王。被张献忠杀死的是第七代襄王。
②　徙封于襄——第一代襄王先封在长沙,改封襄阳。
③　陪京——指南京。

的宫女一指,对公主说:

"这个小都人名叫费珍娥,认识字,也还聪明。我将她赐给你,服侍你读书。她近来服侍我吃药也很细心。等过几天我不再吃药,就命她去你身边。"

长平公主回头看费珍娥一眼,赶快在父亲面前跪下叩头,说道:

"谢父皇恩赏!"

费珍娥一时感到茫然,不知如何是好。魏清慧轻轻地推她一下,使眼色叫她赶快谢恩。她像个木头人儿似的跪下向皇上叩头,又向公主叩头,却说不出感恩的话。长平公主临走时候,望着她说:

"等过几天以后,你把自己的东西收拾收拾,到我的宫里去吧。"

到了三月二十日,崇祯的病已经痊愈几天了。他后悔说出将费珍娥赐给长平公主的话,所以暂时装作忘了此事。他正在焦急地盼望杨嗣昌的消息,忽然接到万元吉的飞奏,说杨嗣昌于三月丙子朔天明之前在沙市病故,敕书、印、剑均已妥封,暂存荆州府库中。第二天,崇祯又接到新任河南巡抚高名衡的飞奏,说杨嗣昌在沙市"服毒自尽,或云自缢"。崇祯对杨嗣昌又恨又可怜,对于以后的"剿贼"军事,更觉束手无策。同陈新甲商量之后,他下旨命丁启睿接任督师。他心中明白,丁启睿是个庸才,不能同杨嗣昌相比。但是他遍观朝中大臣,再也找不出可以代他督师的人。

在杨嗣昌的死讯到达北京之前,已经有一些朝臣上本弹劾他的罪款,多不实事求是,崇祯都不理会。杨嗣昌死的消息传到北京以后,朝臣中攻击杨嗣昌的人更多了,弹劾的奏本不断地递进宫中。

崇祯想着杨嗣昌是他力排众议,视为心膂的人,竟然糜饷数百万,剿"贼"无功,失守襄阳,确实可恨。他一时感情冲动,下了一道上谕:"辅臣杨嗣昌二载瘁劳,一朝毕命。然功不掩过,其议罪以闻!"许多朝臣一见这道上谕,越发对杨嗣昌猛烈攻击,说话更不实事求是,甚至有人请求将杨嗣昌剖棺戮尸。崇祯看了这些奏疏,反而同情杨嗣昌。他常常想起来前年九月在平台为杨嗣昌赐宴饯行,历历如在目前。那时候杨嗣昌曾说如剿贼不成,必将"继之以死"的话,余音犹在他的耳边。他最恨朝廷上门户之争,党同伐异,没有是非,这种情况如今在弹劾杨嗣昌的一阵风中又有了充分表现。他很生气,命太监传谕六部、九卿、科、道等官速来乾清宫中。当他怀着怒气等候群臣时候,看见费珍娥又来添香。他似乎对他曾经搂抱过她并且吻过她的脖颈和脸颊的事儿完全忘了,瞥她一眼,随便问道:

"你还不去长平公主那里么?"

费珍娥一惊,躬身问道:"皇爷叫奴婢哪一天去?"

崇祯再没有看她,心不在焉地说:"现在就去好啦。"

费珍娥回到乾清宫背后的小房中,默默地收拾自己的东西,含着汪汪眼泪,连自己也说不清心中的怅惘滋味。管家婆走到她的身边,轻声问道:

"你现在就走么?"

珍娥点点头,没有做声,因为她怕一说话就会止不住哽咽。清慧搂住她的脖子说:

"别难过,以后我们会常见面的。这里的姐妹们对你都很好,你得空儿可以来我们这儿玩。"

珍娥只觉伤心,思路很乱,不能说话,而且有些心思也羞于出口。她平日对这座雄伟而森严的乾清宫感到像监狱一样,毫无乐趣,只是从皇上那次偶然对她表示了特殊的感情后,她一面对这事感到可怕,感到意外,同时也产生了一些捉摸不定的幻想。她本来不像一般年长的宫女那样心事重重,在深宫中看见春柳秋月,鸟鸣花开,都容易引起闲愁,暗暗在心中感伤,潜怀着一腔幽怨无处可说,只能在梦中回到无缘重见的慈母身边,埋头慈母的怀中(实际是枕上)流泪;自从有了那次事情,她的比较单纯也比较平静的少女心灵忽然起了变化,好像忽然混沌开了窍,又好像一朵花蕾在将绽未绽时忽然滴进一珠儿朝露,射进了春日的阳光,吹进了温暖的东风,被催得提前绽开。总之,她突然增长了人生知识,产生了过去不曾有过的心事;交织着梦想、期待、害怕、失望与轻愁。为着改变自己和家人的命运,她多么希望获得皇上的"垂爱"!她想如果她的命好,真能获得皇上喜欢,不仅她自己在宫中会有出头之日,连她的半辈子过着贫寒忧患生活的父母,她的一家亲人,都会交了好运,好似俗话所说的"一步登天"。自从怀着这样的秘密心事,每次轮到她去皇帝身边服侍,她总是要选最美的一两朵花儿插在云鬓或鬈上,细心地薄施脂粉,有时故意不施脂粉,免得显不出自己脸颊的天生美色:白嫩中透出桃花似的粉红。她还不忘记将皇上最喜欢的颜色衣裙,放在熏笼上熏过,散出淡淡的清幽芳香。如果是为皇上献茶、穿衣,她还要临时将一双洁白如玉的小手用皇后赏赐的龙涎香熏一熏。不料崇祯再没有对她像那次一样特别"垂爱"。有一次崇祯午睡醒来,她在养德斋中服侍,屋中没有别的太监,也没有别的宫女。当崇祯看她一眼时,她的脸刷地红了(一般时候,宫女在皇帝面前是不会这样的)。她不敢抬头。当她挨近皇帝胸前为皇帝的黄缎暗龙袍扣左上端的空心镂花赤金扣时,她以为皇上会伸手将她搂住,心情十分紧张,呼吸困难,分明听见自己心跳的声音。但是皇上又一次没有理她。当皇上走出养德斋时,回头望她一眼,露出笑容。她以为皇上要同她说话,赶快走上一步,大胆地望着皇上的眼睛。不料崇祯自己伸手将忘在几上的十来封文书拿起来,走了出去,并且深深地叹口气说:

"真是国事如焚!"

她独自在养德斋整理御榻上的凌乱被褥,心绪很乱,起初懵懂,后来渐渐明白:皇帝刚才的笑容原是苦笑。她想着,皇上也喜欢她有姿色,只是他日夜为国事操劳发愁,没有闲心对她"垂爱"。她恨"流贼",尤其恨李自成,想着他一定是那种青脸红发的杀人魔王;她也恨张献忠,想着他的相貌一定十分凶恶丑陋。她认为是他们这班扰乱大明江山的"流贼"使皇上每日寝食不安,心急如焚,也使她这样容貌出众女子在宫中没有出头的日子。她恨自己没有生成男子,不能够从军打仗,替皇上剿灭"流贼"。

当崇祯在病中对长平公主说要将她赐给公主时,她虽然暗中失望,但仍然希望皇上会再一次对她"垂爱",改变主意。如今一切都完了,再莫想会有出头之日了。但是这种心事,这种伤感,她只能锁在心里,沉入海底,连一个字也不能让别人知道!

魏清慧似乎明白了她深藏的心事,趁房中没人,小声说道:

"珍妹,你还小,这深宫里的事儿你没有看透。若是你的命不好,纵然被皇上看重,也是白搭。虽然我们的皇上是一位励精图治的好皇上,不似前朝常有的荒淫之主,可是遵照祖宗定制,除皇后和东西宫两位娘娘外,还有几位妃子、许多选侍、嫔、婕好、美人、淑女……各种名目的小娘娘。不要说选侍以下的人,就拿已经封为妃子的人来说,皇上很少到她们的宫里去,也很少宣召她们来养德斋,不逢年过节朝贺很难见到皇上的面。你也读过几首唐人的宫怨诗,可是,珍妹,深宫中的幽怨,苦情,诗人们何曾懂得?何曾写出来万分之一!要不是深宫幽怨,使人发疯,何至于有几个宫女舍得一身剐,串通一气,半夜里将嘉靖皇爷勒死?① 你年纪小,入宫只有两年,这深宫中的可怕事儿你知道的太少!"她轻轻地叹息一声,接着说:"我们的皇上是难得的圣君,不贪色,可是他毕竟是一国之主。这一两年,或因一时高兴,或因一肚皮苦恼无处发泄,也私'幸'了几个都人。这几个姐妹被皇上'幸'过以后,因为没有生男育女,就不给什么名分。说她们是都人又不是都人,不明不白。有朝一日,宫中开恩放人,别的都人说不定有幸回家,由父母兄长择配,这几位都人就不能放出宫去……"

珍娥听得出神,忽然问:"为什么?"

---

① 将嘉靖皇爷勒死——嘉靖二十一年,明世宗有一晚宿在曹妃的宫中,宫女杨金莲等,等他睡熟,将他勒死。丝绳不是死结,嘉靖得不绝气。同伙宫女张金莲害怕,跑去告诉皇后方氏,率宫女、太监来救。随后逮捕了杨金莲等宫女和王宁嫔、曹妃,凌迟处死。她们的家人也被冤杀了十余人。曹妃实际不知此谋。

"为什么？……这不用问！就为着她们曾经近过皇上的御体，蒙过'恩幸'，不许她们再近别的男人。所以，我对你说过，倘若一个都人生就的命不好，纵然一时蒙恩侍寝，也不一定有出头之日，说不定会有祸事落到头上。"她用沉痛的悄声说："我们不幸生成女儿身，又不幸选进宫中。我是两年前就把宫里的诸事看透了。我只求活一天对皇上尽一天忠心，别的都不去想。倘若命不好，蒙皇上喜欢，就会招人嫉妒，说不定会给治死，纵然生了个太子也会给人毒死①。所好的，从英宗皇爷晏驾以后，受恩幸的娘娘和都人都不再殉葬②啦。珍妹，你伤心，是因为你不清楚深宫中的事，做一些镜花水月的梦！你到公主身边，三四年内她下嫁出宫，你到驸马府中，倒是真会有出头之日。"

魏清慧说了这一番话，就催促费珍娥快去叩辞皇上。她带着珍娥绕到乾清宫正殿前边，看见崇祯已经坐在正殿中央的宝座上，殿里殿外站了许多太监，分明要召见群臣，正在等候，而朝臣们也快到了。

崇祯平日在乾清宫召见群臣，常在东暖阁或西暖阁，倘若离开正殿，不在暖阁，便去偏殿，即文德殿或昭仁殿。像今日这样坐在正殿中央宝座上召见群臣却是少见，显然增加了召见的严重气氛。魏清慧不敢贸然进去。在门槛外向里跪下，说道：

"启奏皇爷，费珍娥前来叩辞！"说毕，起身退立一旁。

随即，费珍娥跪下叩了三个头，颤声说："奴婢费珍娥叩辞皇爷。愿陛下国事顺心，圣躬康泰。万岁！万岁！万万岁！"

崇祯正在看文书，向外瞟一眼，没有做声，又继续看文书。这时一大群朝臣已经进了乾清门，躬身往里走来。费珍娥赶快起身，

---

① 给人毒死——明宪宗时万贵妃专宠，后宫有妊娠者迫使堕胎。有纪姓宫女本是广西贺县土官女，在战争中被俘，没入后宫，看管库房，偶被宪宗遇见，加以奸污。怀孕后伪装有病，谪居安乐堂。生子，潜养西宫。六年之后，宪宗一日梳头，见白发，感叹年老无子。太监趁机说出这个孩子。宪宗命人取来，立为太子，纪氏移居永寿宫，不久暴死。
② 殉葬——明朝行殉葬制，至英宗临死时遗诏废除，从此终止了这一野蛮制度。明成祖死后，殉葬的妃子和宫女达十六人之多。

又向皇帝躬身一拜,随魏宫人转往乾清宫正殿背后,向众姐妹辞行。

崇祯从文书上抬起头来,冷眼看着六部、九卿、科、道等官分批在宝座前三尺外行了常朝礼,分班站定以后,才慢慢地说:

"朕今日召你们来,是要说一说故辅臣杨嗣昌的事。在他生前,有许多朝臣攻击他,可是没有一个人能为朕出一良谋,献一善策,更无人能代朕出京督师。杨嗣昌死后,攻击更烈,都不能设身处地为杨嗣昌想想。"他忍不住用鼻孔冷笑一声,怒气冲冲地接着说,"杨嗣昌系朕特简,用兵不效,朕自鉴裁。况杨嗣昌尚有才可取,朕所素知。你们各官见朕有议罪之旨,大肆排击,纷纭不已,殊少平心之论。姑不深究,各疏留中,谕尔等知之!下去吧!"

众官见皇帝震怒,个个股栗,没人敢说二话,只好叩头辞出。他们刚刚走下丹墀,崇祯又命太监将几位阁臣叫回。阁臣们心中七上八下,重新行礼,俯伏地上,等候斥责。崇祯说道:

"先生们起来!"

阁臣们叩头起身,偷看崇祯,但见他神情愁惨,目有泪光。默然片刻,崇祯叹口气说:

"朕昨夜梦见了故辅臣杨嗣昌在这里向朕跪下叩头,说了许多话,朕醒后都记不清了。只记得他说:'臣鞠躬尽瘁,死而后已。朝中诸臣不公不平,连章见诋,故臣今日归诉皇上。'朕问他:'所有的奏疏都不公平么?某人的奏疏似乎也有些道理吧?'嗣昌摇头说:'亦未然。诸臣住在京城,全凭意气,徒逞笔舌,捕风捉影,议论戎机。他们并未亲历其境,亲历其事,如何能说到实处!'朕问他:'眼下不惟中原堪忧,辽东亦岌岌危甚,卿有何善策?'嗣昌摇头不答。朕又问话,忽来一阵狂风,窗棂震动,将朕惊醒。"说毕,连声叹气。

众阁臣说一些劝慰的话,因皇上并无别事,也就退出。

转眼到了四月上旬,河南和湖广方面的战事没有重大变化。李自成在伏牛山中操练人马,暂不出来,而张献忠和罗汝才被左良玉追赶,在湖广北部东奔西跑。虽然张、罗的人马也破过几个州、县城,但是经过洛阳和襄阳接连失守之后,像这样的事儿在崇祯的心中已经麻木了。局势有一点使他稍微宽心的是:李自成和张献忠都不占据城池,不置官吏,看来他们不像马上会夺取天下的模样。他需要赶快简派一位知兵大臣任陕西、三边总督,填补丁启睿升任督师后的遗缺。考虑了几天,他在大臣中实在找不到一个可用的统兵人才,只好在无可奈何中决定将傅宗龙从狱中放出,给他以总督重任,使他统率陕西、三边人马专力"剿闯"。主意拿定之后,他立即在武英殿召见兵部尚书。

自从洛阳和襄阳相继失守之后,陈新甲尽量在同僚和部属面前保持大臣的镇静态度,照样批答全国有关兵事的各种重要文书,处事机敏,案无留牍,但心中不免怀着疑虑和恐惧,觉得日子很不好过,好像有一把尚方剑悬在脖颈上,随时都可能由皇上在一怒之间下一严旨,那尚方剑无情地猛然落下,砍掉他的脑袋。听到太监传出皇上口谕要他赶快到武英殿去,皇上立等召见。他马上命仆人帮助他更换衣服,却在心中盘算着皇上召见他为着何事。他的心中七上八下,深怕有什么人对他攻击,惹怒了皇帝。匆匆换好衣服,他就带着一个心腹长班和一个机灵小厮离开了兵部衙门。他们从右掖门走进紫禁城,穿过归极门(又名右顺门),刚过了武英门前边的金水桥,恰好遇见一个相识的刘太监从里边出来,对他拱手让路。他赶快还礼,拉住刘太监小声问道:

"刘公,圣驾还没来到?"

刘太监向里边一努嘴,说:"皇上处分事儿性急,已经在里边等候多时了。"

"你可知陛下为着何事召见?"

"尚不得知。我想横竖不过是为着剿贼御虏的事。"

"皇上的心情如何?"

"他总是脸色忧愁,不过还好,并无怒容。"

陈新甲顿觉放心,向刘太监略一拱手,继续向北走去。刘太监

向陈新甲的长班高福使个眼色。高福暂留一步,等候吩咐,看刘太监的和善笑容,心中已猜到八九。刘太监小声说:

"你回去后告你们老爷说,里边的事儿不必担忧。如有什么动静,我会随时派人告你们老爷知道。还有,去年中秋节借你们老爷的两千银子,总说归还,一直银子不凑手,尚未奉还。昨日舍侄传进话来,说替我在西城又买了一处宅子,已经写下文约,尚缺少八百两银子。你回去向陈老爷说一声,再借给我八百两,以后打总归还。是急事儿,可莫忘了。"

高福连说:"不敢忘,不敢忘。"

"明日我差人到府上去取。"刘太监又说了一句,微微一笑,匆匆而去。

高福在心中骂了一句,赶快追上主人。陈新甲被一个太监引往武英殿去,将高福和小厮留在武英门等候。

崇祯坐在武英殿的东暖阁中,看见陈新甲躬身进来,才放下手中文书。等陈新甲跪下叩头以后,他忧虑地说道:

"丁启睿升任督师,遗缺尚无人补。朕想了数日,苦于朝中缺少知兵大臣。傅宗龙虽有罪下在狱中,似乎尚可一用。卿看如何?"

陈新甲正想救傅宗龙出狱,趁机说道:"宗龙有带兵阅历,前蒙陛下识拔,授任本兵。偶因小过,蒙谴下狱,颇知悔罪。今值朝廷急需用人之际,宗龙倘荷圣眷,重被简用,必能竭力尽心,上报皇恩。宗龙为人朴实忠诚,素为同僚所知,亦为陛下所洞鉴。"

崇祯点头说:"朕就是要用他的朴忠。"

陈新甲跪在地上略等片刻,见皇帝没有别事"垂问",便叩头辞去。崇祯就在武英殿暖阁中立即下了一道手谕,释放傅宗龙即日出狱,等候召见,随即又下旨为杨嗣昌死后所受的攻击昭雪,称赞他"临戎二载,屡著捷功;尽瘁殒身,勤劳难泯"。在手谕中命湖广巡抚宋一鹤派员护送杨嗣昌的灵柩回籍,赐祭一坛。他又命礼部代他拟祭文一道,明日呈阅。

第二天,崇祯在文华殿召见陈新甲和傅宗龙。当他们奉召来到时候,崇祯正在用朱笔修改礼部代拟的祭文。将祭文改完放下,他对身边的太监说:

"叫他们进来吧。"

等陈新甲和傅宗龙叩头以后,崇祯命他们起来,仔细向傅宗龙打量一眼,看见他入狱后虽然两鬓和胡须白了许多,但精神还很健旺,对他说道:

"朕前者因你有罪,将你下狱,以示薄惩。目今国家多故,将你放出,要你任陕西、三边总督。这是朕的特恩,你应该知道感激,好生出力剿贼,以补前愆。成功之后,朕当不吝重赏。"

傅宗龙重新跪下叩头,含着热泪说:"严霜雨露,莫非皇恩。臣到军中,誓必鼓励将士,剿灭闯贼,上慰宸衷,下安百姓;甘愿粉身碎骨,不负皇上知遇!"

崇祯点头说:"很好。很好。你到西安之后,估量何时可以带兵入豫,剿灭闯贼?"

"俟臣到西安以后,斟酌实情,条奏方略。"

崇祯心中急躁,下意识地将两手搓了搓,说道:"如今是四月上旬。朕望你赶快驰赴西安,稍事料理,限于两个月之内率兵入豫,与保督杨文岳合力剿闯。切勿在关中逗留过久,贻误戎机。"

傅宗龙怕皇帝突然震怒,将他重新下狱,但又切知两月内决难出兵,只得仗着胆子说:

"恐怕士卒也得操练后方好作战。"

崇祯严厉地看他一眼,说:"陕西有现成的兵马。各镇兵马,难道平时就不操练么?你不要等李自成在河南站稳脚跟,方才出兵!"

傅宗龙明知各镇练兵多是有名无实,数额也都不足,但看见皇上大有不耐烦神色,只好跪地上低着头不再说话。崇祯也沉默片刻,想着傅宗龙已被他说服,转用温和的口气说:

"汝系知兵大臣,朕所素知。目前东虏围困锦州很久,朕不得不将重兵派出关外。是否能早日解锦州之危，尚不得知。河南、湖广、山东等省局势都很不好，尤以河南、湖广为甚，连失名城，亲藩殉国。卿有何善策，为朕纾忧？"

傅宗龙叩头说："微臣在狱中时也常常为国家深忧。虽然也有一得愚见，但不敢说出。"

崇祯的眼珠转动一下，说："苟利于国，不妨对朕直说。"

傅宗龙说："目前内剿流贼，外御强虏，两面用兵，实非国家之福。朝中文臣多逞空言高论，不务实效，致有今日内外交困局面。如此下去，再过数年，国家局势将不堪设想。今日不是无策，惟无人敢对陛下言之耳。"

崇祯心动，已经猜中，赶快说："卿只管说出，勿庸避讳。"

"陛下为千古英主，请鉴臣一腔愚忠，臣方敢说出来救国愚见。"

"卿今日已出狱任事，便是朕股肱大臣。倘有善策，朕当虚怀以听。倘若说错，朕亦决不罪汝。"

傅宗龙又叩了头，低声说："以臣愚见，对东虏倘能暂时议抚，抚为上策。只有东事稍缓，方可集国家之兵力财力痛剿流贼。"

崇祯轻轻地啊了一声，仿佛这意见并不投合他的心意。他疑惑是陈新甲向傅宗龙泄露了消息或暗嘱他作此建议，不由地向站在旁边的陈新甲望了一眼。沉默片刻，崇祯问道：

"你怎么说对东虏抚为上策？不妨详陈所见，由朕斟酌。"

傅宗龙说："十余年来，内外用兵，国家精疲力竭，苦于支撑，几乎成为不治之症。目今欲同时安内攘外，纵然有诸葛孔明之智，怕也无从措手。故以微臣愚昧之见，不如赶快从关外抽出手来，全力剿贼。俟中原大局戡定，再向东虏大张挞伐不迟。"

崇祯说："朕已命洪承畴率大军出关，驰援锦州。目前对东虏行款，示弱于敌，殊非朕衷。你出去后，这'议抚'二字休对人提起。下去吧！"

等傅宗龙叩头退出以后，崇祯向陈新甲问道："傅宗龙也建议对东房以暂抚为上策,他事前同卿商量过么?"

陈新甲跪下说:"傅宗龙今日才从狱中蒙恩释放,臣并未同他谈及关外之事。"

崇祯点点头,说:"可见凡略明军事的人均知两面作战,内外交困,非国家长久之计。目前应催促洪承畴所率大军火速出关,驰救锦州。不挫东房锐气,如何可以言抚? 必须催承畴速解锦州之围!"

陈新甲说:"陛下所见极是。倘能使锦州解围,纵然行款,话也好说。臣所虑者,迁延日久,劳师糜饷,锦州不能解围,反受挫折,行款更不容易。况国家人力物力有限,今后朝廷再想向关外调集那么多人马,那么多粮饷,不可得矣。"

崇祯脸色沉重地说:"朕也是颇为此忧。眼下料理关外军事,看来比豫、楚还要紧迫。"

"是,十分紧迫。"

崇祯想了想,说:"对闯、献如何进剿,卿下去与傅宗龙仔细商议,务要他星夜出京。"

"是,遵旨!"

陈新甲退出后,崇祯觉得对关内外军事前途,两无把握,不禁长叹一声。他随即将礼部代拟而经他略加修改的祭文拿起来,小声读道:

> 维大明崇祯辛巳十四年四月某日,皇帝遣官赐祭故督师辅臣杨嗣昌而告以文曰:
>
> 呜呼! 惟卿志切匡时,心存报国;入参密勿,出典甲兵。方期奏凯还朝,图麟铭鼎①。讵料谢世,赉志渊深。功未遂而劳可嘉,人云亡而瘁堪悯。爰颁谕祭,特沛彝章②。英魂有知,尚其祗服!

---

① 图麟铭鼎——意思是永记功勋。铭鼎是指上古时将功劳铭刻(铸)在鼎和其他铜器上。图麟是指像汉宣帝时将功臣像画在麒麟阁上。

② 特沛彝章——杨嗣昌督师无功,因而自尽,本来不当"谕祭",但这是特殊降恩(特沛),按照大臣死后的常规(彝章)办理。

崇祯放下祭文,满怀凄怆。想着国家艰难,几乎落泪。他走出文华殿,想步行去看田妃的病,却无意向奉先殿的方向走去。身边的一个太监问道:

"皇爷,上午去了一次奉先殿,现在又去么?"

崇祯心中恍惚,知道自己走错了路,回身停步,想了一下,决定不去承乾宫,转向坤宁宫的方向走去。但到了交泰殿,他又不想往坤宁宫了,便在交泰殿中茫然坐了一阵,在心中叹息说:

"当年杨嗣昌也主张对东虏暂时议抚,避免两头用兵,内外交困,引起满朝哗然。如今杨嗣昌已经死去,有用的大臣只剩下洪承畴了。关外事有可为么?……唉!"

第二天早朝以后,傅宗龙进宫陛辞。崇祯为着期望他能够"剿贼"成功,在平台召见,照例赐尚方剑一柄,说几句勉励的话。但是他很明白傅宗龙和杨文岳加在一起也比杨嗣昌的本领差得很远,这使他不能不心中感到空虚和绝望。召见的时间很短,他便回乾清宫了。

他坐在乾清宫东暖阁省阅文书,但心中十分烦乱,便将司礼监掌印太监王德化叫来,问他近日内操的事儿是否认真在办,内臣们在武艺上是否有长进。这所谓内操,就是抽调一部分年轻的太监在煤山下边的大院里操练武艺和阵法。崇祯因为一心想整军经武,对文臣武将很不相信,所以两三年前曾经挑选了很多年轻体壮的太监进行操练。朝臣们因鉴于唐朝宦官掌握兵权之祸,激烈反对,迫使崇祯不得不将内操取消。近来因洛阳和襄阳相继失守,他一则深感到官军多数无用,缓急时会倒戈投敌,亟想亲手训练出一批家奴,必要时向各处多派内臣监军。另外在他的思想的最深处常常泛起来亡国的预感,有时在夜间会被亡国的噩梦惊醒,出一身冷汗。因为有此不祥预感,更思有一群会武艺的家奴,缓急时也许有用。在半月之前,他密谕王德化瞒着外廷群臣,恢复内操,而使杜勋等几个做过监军的亲信太监在王德化手下主持其事。为着避免朝臣们激烈反对,暂时只挑选五百人集中在煤山院中操练,以后陆续增加人数。现在王德化经皇帝一问,不觉一怔。他知道杜勋等主持的内操有名无实,只图领点赏赐,但是他决不敢露出实话,赶快躬身回奏:

"杜勋等曾经奉皇爷派出监军,亲历戎行,也通晓练兵之事。这次遵旨重办内操,虽然日子不久,但因他们认真替皇爷出力办事,操练颇为认真,内臣们的武艺都有显著长进。"

崇祯欣然微笑,说:"杜勋们蒙朕养育之恩,能够为朕认真办事就好。明日朕亲自去看看操练如何?"

王德化心中暗惊,很担心如果皇上明日前去观操,准会大不满意,不惟杜勋等将吃罪不起,连他也会受到责备。但是他没有流露出任何不安神情,好像是喜出望外,躬身笑着说:

"杜勋们知道皇爷忧劳国事,日理万机,原不敢恳求皇爷亲临观操。如今皇爷既有亲临观操之意,这真是莫大恩幸。奴婢传旨下去,必会使众奴婢们欢呼鼓舞。但是圣驾临幸,须在三天之后,方能准备妥当。"

崇祯说:"朕去煤山观操,出玄武门不远便是,并非到皇城以外,何用特做准备!"

"虽说煤山离玄武门不远,在清禁之内,但圣驾前去观操,也需要几件事做好准备。第一,因圣驾整年宵衣旰食,不曾出去,这次观操,不妨登万岁山一览景物。那条从山下到山顶的道路恐怕有的地方日久失修。即令无大损坏,也得仔细打扫;还有,那路边杂草也需要清除干净。第二,寿皇殿和看射箭的观德殿虽然并无损坏之处,但因皇爷数载不曾前去,藻井和画梁上难免会有灰尘、雀粪等不洁之物,须得处处打扫干净。那观德殿看射箭用的御座也得从库中取出,安设停当。第三,皇爷今年第一次亲临观操,不能没有赏赐。该如何分别赏赐,也得容奴婢与杜勋等商议一下,缮具节略,恭请皇爷亲自裁定,方好事先准备。还有,第四,圣驾去万岁山观操,在宫中是件大事,必须择个吉日良辰,还要择定何方出宫

125

吉利。这事儿用不着传谕钦天监去办,惊动外朝。奴婢司礼监衙门就可办好。请皇爷不用过急,俟奴婢传谕准备,择定三四天后一个吉日良辰,由内臣扈驾前去,方为妥帖。"

崇祯听了,觉得很有道理,心中称赞王德化不愧是司礼监掌印太监,办事小心周密。他没有再说二话,只是眼神中含着温和微笑,轻轻点头,又将下巴一摆,使王德化退出。

王德化退出乾清宫以后,来不及往值房中看一眼,赶快出玄武门,一面骑马回厚载门①内的司礼监衙门,一面派人进万岁山院中叫杜勋速去见他。

不过一顿饭时候,一个三十多岁、高挑身材、精神饱满、没有胡须的男子在司礼监的大门外下马,将马缰和鞭子交给一个随来的小答应,匆匆向里走去。穿过三进院子,到了王德化平时起坐的厅堂。一个长随太监正在廊下等他,同他互相一揖,使眼色让他止步,转身掀帘入内。片刻之间,这个太监出来,说道:

"请快进去,宗主爷有话面谕。"

高挑身材的太监感到气氛有点严重,赶快躬身入内,跪到地上叩头,说道:

"门下杜勋向宗主爷叩头请安!"

王德化坐在有锦缎围幛的紫檀木八仙桌边,低着头欣赏一位进京述职的封疆大吏赠送他的北宋院画真迹的集锦册页,慢慢地抬起头,向杜勋的脸上冷淡地看一眼,低声说:

"站起来吧。"

杜勋又叩了一次头,然后站起,垂手恭立,对王德化脸上的冷淡和严重神色感到可怕,但又摸不着头脑。

王德化重新向画上看一眼,合起装潢精美的册页,望着杜勋说:"我一手保你掌管内操的事儿,已经半个月啦。你小子不曾认真做事,辜负我的抬举,以为我不知道么?"

杜勋大惊,赶快重新跪下,叩头说:"回宗主爷,不是门下不认

———————

① 厚载门——皇城北门在明代称北安门,清代改称地安门,明、清两代都俗称厚载门。

真做事,是因为人都是新挑选来的,马匹也未领到,教师人少,操练还一时没有上道儿。"

"闲话休说。我没有工夫同你算账。今日我倘若不替你在皇爷前遮掩,想法救你,哼,明日你在皇爷面前准会吃不了兜着走!你以为皇爷不会震怒?"

杜勋面如土色,叩头说:"门下永远感激宗主爷维护之恩! 皇上知道操练得不好么?"

"还不知道。可是他想明日上午驾临观德殿前观操。到那时,内操不像话,骗不过他,你做的事儿不是露了馅么? 你心里清楚,当今可不像天启皇爷那样容易蒙混!"

杜勋心中怦怦乱跳,问道:"圣驾是不是明日一定亲临观操?"

"我已经替你支吾过去啦。可是,再过三天,圣驾必将亲临观操。只有三天,你好好准备吧。可不要使皇爷怪罪了你,连我这副老脸也没地方搁!"

杜勋放下心来,说道:"请宗主爷放心。三天以后皇上观操,门下一定会使圣心喜悦。"

"别浪费工夫,快准备去吧。"

杜勋从怀中掏出一个红锦长盒,打开盖子,里边是一个半尺多长的翡翠如意,躬着身子,双手捧到王德化的面前,赔笑说:"这是门下从一个古玩商人手中买来的玩意儿,特意孝敬宗主爷,愿宗主爷事事如意。以后遇见名贵的字画、古玩、玉器,再买几样孝敬。"

王德化随便看一眼,说:"你拿回去自己玩吧,我的公馆里已经不少了。"

杜勋嘻嘻笑着说:"宗主爷千万赏脸留下,不然就太亏门下的一番孝心了。"

王德化不再说话,重新打开桌上的册页。杜勋将翡翠如意小心地放到桌上,又跪下叩个头,然后退出。王德化没有马上继续看北宋名画,却将翡翠如意拿起来仔细观看,十分高兴。想到皇帝观操的事,他在心里说:

"再过三天,杜勋这小子大概会能使皇上满意的。"

三天过去了。在观操的早晨,崇祯刚交辰牌时候就把杜勋召进宫来,亲自询问准备情况。杜勋跪下去分条回奏,使崇祯深感满意,在心中说:

"杜勋如此尽忠做事,日后在缓急时必堪重用!"

辰时三刻,崇祯从乾清宫出发。特意乘马,佩剑,以示尚武之意。骑的是那匹黄色御马吉良乘,以兆吉利。一群太监手执黄伞和十几种仪仗走在前边,马的前后左右紧随着二十个年轻太监,戎装佩剑。依照灵台占卜,"圣驾"出震方吉利,所以崇祯不能径直穿过御花园,出玄武门前去观操,而只能绕道出东华门,沿玉河东岸往北,然后转向西行。夹道每十步有一株槐树,绿叶尚嫩,迎风婆娑,使崇祯大有清新之感,但同时在心中叹息说:

"年年春光,我都没福享受!"

倘若只为登万岁山观赏风景,应该直往西走,进北上东门①,向北进万岁门②。今天是为观操而来,所以转过紫禁城东北角走不远就向北转,到山左里门下马。王德化、曹化淳率领一群较有头面的太监和主持内操的大太监杜勋等都在门外跪迎。崇祯在上百名太监簇拥中到了观德殿,坐在阶上设好的御座上,背后张着伞扇。王德化和曹化淳等大太监侍立两旁。等他稍事休息,喝了一口香茶,杜勋来到他的面前跪下,叩了一个头,问道:

"启奏皇爷,现在就观看操练么?"

崇祯轻轻点头,随即向万岁山的东北脚下望去,看见在广场上有五百步兵盔甲整齐,列队等候。杜勋跑到阵前,将小旗一挥,鼓声大作,同时步兵向皇帝远远地跪下,齐声山呼:"皇上陛下万岁!

---

① 北上东门——万岁山(清代改名景山)在明代围墙南面有房屋,道路傍着玉河,很窄。出万岁门,南边有一门名北上门,为万岁山的前门,左边是北上东门,右边是北上西门。一九二七年以后,故宫博物院为便利交通,修建东西马路,拆除北上东门和北上西门,独留北上门,脱离景山整体,成了神武门的外门。解放后,北上门妨碍交通,亦被拆除。
② 万岁门——又称万岁山门,清代改称景山门,现为景山公园正门。

万岁！万万岁！"这突然的鼓声和山呼声使万岁山树林中的梅花鹿有的惊窜，有的侧首下望，而一群白鹤从树枝上款款起飞，从晴空落下嘹亮叫声，向琼华岛方向飞去。山呼之后，杜勋又挥动小旗，步兵在鼓声中向前，几次依照小旗指挥变化队形，虽不十分整齐，但也看得过去。一会儿，响了锣声，步兵退回原处，重新列队如前。杜勋又将小旗一挥，二十五名步兵从队中走出，到离皇帝三十步外停住，分成五排，每排五人，操练单刀。随后又换了二十五人，操练剑法。又换了二十个人在皇帝面前表演射艺，大体都能射中靶子。射箭完毕，杜勋又来到崇祯面前跪下，说道：

"启奏皇爷，奴婢奉旨掌管内操，未曾将事做好，实在有罪。倘若天恩宽宥，奴婢一定用心尽力，在百日之内为皇帝将这五百人练成一支精兵。"

崇祯说："你只要为朕好生做事，朕日后定会重用。"

"奴婢谢恩！"杜勋边说边赶快伏地叩头。

杜勋刚从地上起来，王德化躬身向崇祯轻声说："皇爷，可以颁赏了。"崇祯点点头。王德化向身后的一个太监使个眼色，随即发出一声传呼：

"奏乐！……颁赏！"

在乐声中，太监们代皇上颁发了三百两银子，二十匹绸缎，另外给杜勋赏赐了内臣三品冠服和玉带，其余几个管内操的太监头儿也都有额外赏赐。杜勋等在乐声中向皇帝叩头谢恩。全体参加内操的太监一齐跪下叩头谢恩。又是一阵山呼万岁。

王德化向崇祯躬身问道："皇爷，永寿殿①牡丹、芍药正开，恭请御驾赏玩。"

崇祯看过操以后起初还觉满意，此刻又莫名其妙地感到空虚，看花的兴趣索然。他抬头望一眼林木茂密的万岁山，说道：

"上山去看看吧。"

一个御前太监回头向背后呼唤："备辇伺候！"

———

① 永寿殿——在观德殿东南，相距很近。

　　崇祯上了步辇,由四个太监抬着,往西山脚下走。曹化淳因东厂有事,在崇祯上辇后对王德化说明,请德化替他奏明皇上,便走出山左里门,扳鞍上马。忽然杜勋追了出来,傍着马头,满脸赔笑,小声说:

　　"东主爷要回厂去?幸亏东主爷从东厂借给我十来个会射箭的,获得圣心欢喜。今晚我到东主爷公馆里专诚叩谢。"

　　曹化淳笑着说:"你出自宗主王老爷门下,我同他是好兄弟,遇事互相关照,自然不会使你小子倒霉。这叫做瞒上不瞒下,瞒官不瞒私。使皇上圣心喜欢,大家都有好处。在皇上面前操练,不过是应个景儿。可是你以后也得小心,要提防他万一心思一动,突然驾临。你不认真操练几套应景本领,到那时就不好办啦,小子!"

　　"是,是。"杜勋躬身叉手齐额,送曹化淳策马而去。

　　万岁山在明代遍植松、柏,也有杂树,十分葱茏可爱。山下边周围栽了各种果树,所以又叫做百果园。崇祯坐在辇上,沿着新铺了薄薄黄沙的土磴道,一路欣赏山景,直到中间最高的主峰下辇。山上五峰建有五个亭子,中间主峰的亭子内立有石刻御座,两株松树的虬枝覆盖了亭子。今天石座上铺有黄缎绣龙褥子。但是他没有坐下,立在石座前边,纵目南望,眼光越过玄武门钦安殿、坤宁宫、交泰殿、乾清宫、中极殿、皇极殿、午门、端门、承天门、大明门、正阳门,直到很远的永定门,南北是一条笔直的线。紫禁城内全是黄色的琉璃瓦,在太阳下闪着金光。正阳门外,人烟稠密,沿大街两旁全是商肆。他登极以来,只出过正阳门两次。如今这繁华的皇都景色,使他很想再找一个题目出城看看。永定门内大街左边约二里处,有一片黑森森的柏林,从林杪露出来一座圆殿的尖顶,引起他的回想和感慨。他曾经祭过祈年殿,却年年灾荒,没有过一个好的年景,使他再也没有心思重去。他转向西方望去,想到母亲就埋在西山下边,不禁心中怅然。他又转向西北望,逐渐转向正北,想看出来这一带的"王气"①是否仍旺。但是拿不准,只见重山叠嶂,自西向东,苍苍茫茫,宛如巨龙,依然如往年一样。他忽然想到这万岁山本是他每年重阳节率后妃们登高的地方,可是因为国事太不顺心,往往重阳节并不前来,只偕皇后和田、袁二妃在堆绣山②上御景亭中吃蟹小酌,观看菊花,作个点缀。去年因为杨嗣昌将张献忠逼入四川,军事有胜利之望,而李自成销声匿迹,满朝都认为不足为患,他才带着后、妃、太子、皇子和公主们来万岁山快乐半天。不意今年春天局势大变,秋后更是难料,加之田妃患病,分明今年的重阳不会再有兴致来登高了。明年,后年,很难逆料! 想到这里,几乎要怆然泪下。

他无心继续在山顶盘桓,不乘辇,步行沿着山的东麓下山,随时北顾,见杜勋仍在用心指挥操练。他在心里说:"如果将领们都能像杜勋这样操练人马,流贼何患不能剿灭!"下到山脚,那里有一棵槐树③,枝叶扶疏,充满生意。他停下来,探手攀一下向北伸的横枝,只比他的头顶略高。北边还有一棵较小的槐树,绿荫相接。他想,如果一两年后国家太平,田妃病愈,春日和煦,他偕田妃来这两棵树下品茗下棋,该多快活! 但是他在心中说:"这怕是个空想!"他心中越发怆然,对身边的太监吩咐:

"辇来!"

崇祯回到宫中,换了衣服,洗了脸,看见御案上有新到的军情文书,又想看又不愿看,犹豫一阵,决定暂时不看,在心中感慨地说:"反正是要兵要饷!"他因为昨夜睡得很晚,今日黎明即起,拜天上朝,刚才去万岁山院中观德殿前观操,又在山顶盘桓一阵,所以回来后很觉疲倦。午膳时候虽然遵照祖宗传下的定制,在他的面前摆了几十样荤素菜肴,另外还有中宫和东、西宫娘娘们派宫女送

---

① 王气——古代有一种望气的迷信,认为有帝王兴起、国运盛衰,都有相应的云气表现,这种云气就叫做王气。

② 堆绣山——即坤宁宫后御花园中的假山。

③ 槐树——相传崇祯吊死在这棵树的横枝上。"文化大革命"中,这棵槐树被红卫兵锯掉。

来的各种美味,每日变换名堂,争欲使他高兴。然而他由于心中充满怅惘悲愁情绪,在细乐声中随便吃了一些,便回养德斋休息去了。

他的精神还没有从洛阳和襄阳两次事变的打击下恢复过来。尤其是洛阳的事情更使他不能忘怀。他在两个宫女的服侍下脱下靴、帽、袍、带,上了御榻,闭目午睡。忽然想到李自成破洛阳的事,心中一痛,睁开双眼,仰视画梁,深深地叹口长气,发出恨声。魏清慧轻脚轻手地揭起黄缎帘子进来,看见崇祯的悲愤和失常神情,感到害怕,站在御榻前躬身低眉,温柔地低声劝道:

"皇爷,请不要多想国事,休息好御体要紧。"

崇祯挥手使她出去,继续想着福王的被杀。虽然在万历朝,福王的母亲郑贵妃受宠,福王本人也被万历皇帝钟爱,几乎夺去了崇祯父亲的太子地位,引起过持续多年的政局风波,但是崇祯和福王毕竟是亲叔侄,当年的"夺嫡"①风波早成了历史往事,而不久前的洛阳失守和福王被杀却是崇祯家族的空前惨变,也是大明亡国的一个预兆,这预兆没人敢说破,却是朝野多数人都有这个想法,而且像乌云一样经常笼罩在崇祯的心上。现在他倚在枕上,默思很久,眼眶含着酸泪,不让流出。

想了一阵中原"剿贼"大事,觉得傅宗龙纵然不能剿灭李自成,或可以使中原局势稍得挽回;只要几个月内不再糜烂下去,俟关外局面转好,再调关外人马回救中原不迟。这么想着,他的心情稍微宽松一点,开始矇眬入睡。

醒来以后,他感到十分无聊。忽然想起来今年为着洛阳的事,皇后的生日过得十分草草,连宫中的朝贺也都免了。虽然这是国运不佳所致,但他是一国之主,总好像对皇后怀着歉意。漱洗以后,他便出后角门往坤宁宫去。

周后每见他面带忧容,自己就心头沉重,总想设法儿使他高

---

① 夺嫡——按封建宗法制度,嫡子立为太子,有承继皇位的合法资格。立庶子,不立嫡子,由庶子夺取太子地位,叫做夺嫡。

兴。等崇祯坐下以后,她笑着问:

"皇上,听奴婢们说,圣驾上午去万岁山院中观看内操,心中可高兴么?"

崇祯心不在焉地微微点头。

周后又笑着说:"妾每天在佛前祈祷,但愿今年夏天剿贼胜利,局势大大变好,早纾宸忧。皇上,我想古人说'否极泰来',确有至理。洛阳和襄阳相继失陷就是'否极',过此就不会再有凶险,该是'泰来'啦。"

崇祯苦笑不语,那眼色分明是说:"唉,谁晓得啊!"

周后明白他的心情,又劝说:"皇上不必过于为国事担忧,损伤御体。倘若不善保御体,如何能处分国事?每日,皇上在万机之暇,可以到各宫走走,散开胸怀。妾不是劝皇上像历朝皇帝那样一味在宫中寻欢作乐,是劝陛下不要日夜只为着兵啊饷啊操碎了心。我们这个家里虽然不似几十年前富裕强盛,困难很多,可是在宫中可供皇上赏心悦目的地方不少,比如说……"

崇祯摇头说:"国事日非,你也知道。纵然御苑风景如故,可是那春花秋月,朕有何心赏玩!"

"皇上纵然无心花一天工夫驾幸西苑,看一看湖光山色,也该到各处宫中玩玩。六宫①妃嫔,都是妾陪着皇上亲眼挑选的,不乏清秀美貌的人儿,有的人儿还擅长琴、棋、书、画。皇上何必每日苦守在乾清宫中,看那些永远看不尽的各种文书?文书要省阅,生涯乐趣也不应少,是吧?"

崇祯苦笑说:"你这一番好心,朕何尝不明白?只是从田妃患病之后,朕有时离开乾清宫,也只到你这里玩玩,袁妃那里就很少去,别处更不想去。朕为天下之主,挑这一副担子不容易啊!"

周后故意撇开国事,接着说:"皇上,妾是六宫之主,且与皇上

---

① 六宫——六宫一词,最早见于《周礼》。据说帝王除后以外,还有各种名目的妃子、妻妾,总数共一百二十人,分属六宫。但后世"六宫"一词只是泛指后妃全体,数目实际没有那样多。

是客、魏①时的患难夫妻，所以近几年田妃特蒙皇上宠爱，皇上也不曾薄待妾身。六宫和睦相处，前朝少有。正因为皇上不弃糟糠，待妾恩礼甚厚，所以妾今日才愿意劝皇上到妃嫔们的宫中寻些快乐，免得愁坏了身体。皇上的妃嫔不多，可是冷宫不少。"

"这都因国事日非，使朕无心……"

"皇上可知道承华宫陈妃的一个笑话？"

崇祯摇头，感到有趣，笑看皇后。

周后接着说："承华宫新近添了一个小答应，名叫钱守俊，只有十七岁。他看见陈妃对着一盆牡丹花坐着发愁，问：'娘娘为何不快活了？'陈妃说：'人生连天也不见，有甚快活？'守俊说：'娘娘一抬头不就看见天了？'陈妃扑哧笑出来，说：'傻子！'"

崇祯听了，忍不住笑了起来。但随即敛了笑容，凄然说道："这些年，我宵衣旰食，励精图治，不敢懈怠，为的是想做一个中兴之主，重振国运，所以像陈妃那里也很少前去。不料今春以来，洛阳和襄阳相继失陷，两位亲王被害。这是做梦也不曾想到的事！谁知道，几年之后，国家会变成什么局面？"他不再说下去，忽然喉头壅塞，滚出热泪。

周后的眼圈儿红了。她本想竭力使崇祯快活，却不管怎样都只能引起皇上的伤感。她再也找不到什么话可说了。

一个御前太监来向崇祯启奏：兵部尚书陈新甲在文华殿等候召见。崇祯沉默片刻，吩咐太监去传谕陈新甲到乾清宫召对。等到他的心中略觉平静，眼泪已干，才回乾清宫去。

陈新甲进宫来是为了援救锦州的事。他说援锦大军如今大部分到了宁远一带，一部分尚在途中，连同原在宁远的吴三桂等共有八个总兵官所率领的十三万人马，刷去老弱，出关的实有十万之众。他认为洪承畴应该赶快出关，驰往宁远，督兵前进，一举解锦州之围。崇祯问道：

---

① 客、魏——天启的乳母客氏和太监魏忠贤。

"洪承畴为何仍在关门①逗留?"

"洪承畴仍以持重为借口,说要部署好关门防御,然后步步向围困锦州之敌进逼。"

"唉,持重,持重!……那样,何时方能够解锦州之围?劳师糜饷为兵家之大忌,难道洪承畴竟不明白?"

陈新甲说:"陛下所虑甚是。倘若将士锐气消磨,出师无功,殊非国家之利。"

崇祯说:"那个祖大寿原不十分可靠。倘若解围稍迟,他献出锦州投降,如何是好?"

"臣所忧者也正是祖大寿会献城投敌。"

崇祯接着说:"何况这粮饷筹来不易,万一耗尽,再筹更难。更何况朝廷亟待关外迅速一战,解了锦州之围,好将几支精兵调回关内,剿灭闯献。卿可将朕用兵苦心,檄告洪承畴知道,催他赶快向锦州进兵。"

"是,微臣遵旨。"

"谁去洪承畴那里监军?"

"臣部职方司郎中张若麒尚称知兵,干练有为,可以前去总监洪承畴之军。"

"张若麒如真能胜任,朕即钦派他前去监军。这一二日内,朕将颁给敕书,特恩召对,听他面奏援救锦州方略。召对之后,他便可离京前去。"

陈新甲又面奏了傅宗龙已经星夜驰赴西安的话,然后叩头辞出。他刚走出乾清门,曹化淳就进来了。

曹化淳向崇祯跪下密奏:"奴婢东厂侦事人探得确凿,大学士谢升昨日在朝房中对几个同僚言说皇爷欲同东房讲和。当时有人听信,有人不信。谢升又说,这是'出自上意',又说是'时势所迫,不得不然'。今日朝臣中已有人暗中议论,反对同鞑子言和的事。"

崇祯脸色大变,怒气填胸,问道:"陈新甲可知道谢升在朝房信

---

① 关门——指山海关,当时的习惯用词。

口胡说?"

"看来陈尚书不知道。奴婢探得陈尚书今日上朝时并未到朝房中去。下朝之后,差不多整个上午都在兵部衙门与众官会商军事,午饭后继续会议。"

"朝臣中议论的人多不多?"

"因为谢升是跟几个同僚悄声私语,这事儿又十分干系重大,所以朝臣中议论此事的人还不多,但怕很快就会满朝皆知,议论开来。"

崇祯的脸色更加铁青,点头说:"朕知道了。你出去吧。"

曹化淳退出后,崇祯就在暖阁中走来走去,心情很乱,又很恼恨。他并不怀疑谢升是故意泄露机密,破坏他的对"虏"方略,但是他明白谢升如此过早泄露,必将引起朝议纷纭,既使他落一个向敌求和之名,也使日后时机来到,和议难以进行。他想明日上朝时将谢升逮入诏狱,治以妄言之罪,又怕真相暴露。左思右想,他终于拿定主意,坐在御案前写了一道严厉的手谕,说:

> 大学士谢升年老昏聩,不堪任使,着即削籍。谢升应即日回山东原籍居住,不许在京逗留。此谕!

每于情绪激动时候,他处理事情的章法就乱。他没有考虑谢升才五十几岁,算不得"年老昏聩",而且突然将一位大学士削籍,必然会引起朝野震动,就命太监将他的上谕立即送往内阁了。接着,他传谕今晚在文华殿召见张若麒,又传谕兵部火速探明李自成眼下行踪,布置围剿。命太监传谕之后,他颓然靠在椅背上,发出一声长叹,随即喃喃地自言自语:

"难!难!这大局……唉!洪承畴,洪承畴,为什么不迅速出关?真是可恼!……"

第八章

在山海卫城西门外大约八里路的地方,在官马要道上,有一个小小的村庄,叫做红瓦店。这里曾经有过一个饭铺,全部用红瓦盖的屋顶。虽然经过许多年,原来的房子已被烧毁,后来重盖的房子,使用旧红瓦只占了一部分,大部分用的是新的和旧的灰瓦,可是这个村庄仍旧叫做红瓦店,早已远近闻名,而且这个地名已载在县志上了。从红瓦店往北去,几里路之外,是起伏的群山,首先看见的是二郎山,从那里越往北去,山势越发雄伟。在两边的大山之间有一道峡谷。沿着峡谷,要经过大约二十里曲折险峻的山路,才能到达九门口。九门口又名一片石,为防守山海关侧翼的险要去处。从红瓦店往南望,几里外便是海边。当潮水退的时候,红瓦店离海稍远,但也不过几里路。就在这海与山之间,有一大片丘陵起伏的宽阔地带,红瓦店正在这个地带的中间。自古以来,无数旅人、脚夫,无数兵将,从这里走向山海关外,走往辽东去,或到更远的地方。有些人还能够重新回来,有些人一去就再也不回来了。特别从天启年间以来,关外军事情况发生了巨大变化,有很多很多的将士,从这里出去,就死在辽河边上,死在宁、锦前线,而能够回来的也多是带着残伤和消沉情绪。红瓦店这个村庄被过往的人看做是出关前一个很重要的、很有纪念意义的打尖地方。不管是从北京来,从永平来,从天津来,陆路出关,都需要经过红瓦店,在这里停停脚,休息休息,再赴山海关,然后一出关就属于辽东了。

这天早晨,东方才露出淡青的曙色,树梢上有疏星残月,从谁家院落中传出来鸡啼、犬吠。惨淡的月色照着红瓦店的房子和大路,街外的大路上流动着朦胧的晓雾。很多很多运送粮食和各种辎重的马车,骡子,骆驼,从这里往山海关去。骆驼带着铜铃铛,一队一队,当啷、当啷的铃声传向旷野,慢吞吞地往东去。瘦骨嶙嶙的疲马,面有菜色的赶车人,也在早晨的凉风和薄雾中,同样接连不断地往前走。有时候从晓雾中响起一下清脆的鞭声,但是看不见鞭子,只看见鞭上的红缨在黎明的熹微中一闪。鞭声响过,红瓦店村中,这里那里,又引起一阵犬吠,互相应和。

一会儿,天渐渐大亮了。公鸡虽然已经叫了三遍,现在还在断断续续地叫个不停。在南边的海面上,有一阵乳白色的晓雾好像愈来愈重,但过了不久,一阵凉风吹过,雾又消散了,稀薄了,露出没有边际的海的颜色。海色与远方的天色、云色又混到一起,苍苍茫茫,分不清楚哪是海,哪是云,哪是天空。在这海天苍茫、分不清楚的地方,逐渐地出现了一行白色的船帆。这船帆分明在移动,一只接着一只,也许几十只,也许更多。偶尔曙色在帆上一闪,但又消失,连船队也慢慢地隐进晓雾里边。

这时,从山海关西环城中出来了一小队骑马的人,中间的一位是文官打扮。当他快到红瓦店的时候,在马上不断地向西张望,显然是来迎候一位要紧的人。他策马过了石河的长桥,奔往红瓦店街中心来。

当这一小队人马来到红瓦店街上的时候,街旁的铺板门已经陆续打开,有的店家已经在捅炉子,准备给过往行旅做饭。这位官员下马后,并不到小饭铺中休息,却派出一名小校带领两名骑兵继续往西迎去。在街南边有平日号的一处民宅,专为从京城来的官员休息打尖之处,俗称为接官厅。这位穿着五品补服的官员到接官厅前下马,进去休息。他是河南人,姓李,名嵩,字镇中,原是一个候补知府,如今则是蓟辽总督洪承畴的心腹幕僚,今晨奉洪承畴之命来这里迎接一位深懂得军事、胸有韬略的朋友。当下他在接官厅里打了一转,仍不放心,又走出院子,站在土丘上张望片刻,然后才回进厅来,吩咐准备早饭,并说总督大人的贵客将到,须得准备好一点。

　　过了大约一刻钟,一阵马蹄声来到接官厅大门外停下。李镇中赶快站起来,不觉说道:"来了!"他正要出迎,却有一个军官匆匆进来,几个亲兵都留在大门外。一看不是客人,李镇中不觉一笑,说:

　　"原来是张将军!"

　　这位张将军和洪承畴是福建同乡,新来不久,尚没有正式官职,暂时以游击衔在中军副将下料理杂事。他同李镇中见过礼后,坐下问道:

　　"客人今天早晨能赶到么?"

　　李嵩说:"他是连夜赶路,按路程说,今早应该赶到才是。"

　　"制台大人急想同这位刘老爷见面,所以老先生走后不久,又差遣卑将赶来。制台大人吩咐,如果刘老爷来到,请在此稍作休息,打尖之后,再由老先生陪往山海关相见。卑将先回去禀报。"

　　"怎么要刘老爷先进城去? 制台大人不是在澄海楼等候么?"

　　"制台大人为选定明日一早出关,今日想巡视长城守御情况,所以决定一吃过早饭就到山海关城内,等见了刘老爷之后,即便出关巡视。"

　　李嵩感叹说:"啊,制台为国事十分操劳,一天要办几天的事啊!"

　　张将军又问道:"这位刘老爷我没有见过,可是听制台大人说,目前局面,战守都很困难,有些事情想跟刘老爷筹划筹划。这刘老爷究竟是怎样一个人物,老先生可知道么?"

　　李嵩慢慢地说:"我也只见过一面。听说,此人在关外打了二十年的仗,辽阳一仗①几乎全军覆没。他冲出重围,仍在辽东军中,总想有所作为。不意又过数年,局面毫无转机,他忿而回到关内。从此以后,他对辽东事十分灰心,在北京每与人谈到辽事,不免慷慨流涕。他曾屡次向朝廷上书,陈述救辽方略,但是朝廷并不采纳。朝廷上的门户之争是那么激烈,他已经看透,无能为力,后来

───────────

　　① 辽阳一仗——此事发生在明熹宗天启元年三月。明军先失沈阳,继失辽阳。

就隐居在西山一个佛寺里边,听说是卧佛寺,在那里注释兵法。我们总督大人离北京以前,偶然到卧佛寺去,遇见了这位刘老爷,平日已闻其名,一谈之下,颇为倾心。此后就几次约他到北京城内公馆里住下深谈,每次都谈到深夜。总督大人几次请刘老爷来军中赞画军务。这位刘老爷执意不肯,说是他已经年过花甲,对国家事已经灰心。最近因为咱们大人就要出关,去解锦州之围,特意写了一封十分恳切的书信派人送往刘老爷处,邀他务必来山海关一晤,商谈今后的作战方略。刘老爷这才答应前来。几天前已经从北京起身了,天天向这里赶路,前天到了永平,听说我们大人明天就要离开山海关,就只好日夜赶路。"

"哦!原来是这么重要啊,难怪总督大人今天天不明就起来,连连问派人去迎接没有。我们说,李老爷已经去了。立刻又派我来,真是巴不得马上跟他见面。"

正说着,外面又是一阵马蹄声。他们停了谈话,侧耳谛听。李嵩向仆人说:

"快看看!是不是客人到了?"

一月以前,洪承畴从永平来到山海关,他的行辕就扎在山海关城外靠着海边的宁海城中。这里是长城的尽头,宁海城就紧挨着长城的东端。它一边临海,一边紧靠长城,是为防守长城和山海关而建立的一个军事堡垒。洪承畴因为山海关城内人马拥挤,所以将行辕移出来,设在宁海城中。现在宁海城的民房都占尽了,官房也占尽了,仍然不够住,又在城内城外搭起了许多军帐。他的制标营有两千五百名骑兵和步兵,大都驻扎在宁海城内外,也有一部分驻扎在山海关的南翼城。他自己近来不住在他的制台行辕,却住在澄海楼中。这澄海楼建筑在海滩的礁石上,没有潮水的时候,楼下边也有水,逢到涨潮,兼有东风或南风,更是波涛汹涌,拍击石基,飞溅银花。然而波涛声毕竟不像城内人喊马嘶那么嘈杂,也不是经常都有,所以他喜欢这个地方多少比较清静,且又纵目空旷,中午也很凉爽。从澄海楼到宁海城相隔大约不到半里路,有桥梁通到海岸。桥头警戒很严,五步一岗,十步一哨。在澄海楼的东边、南边、西边,不到五十丈远,有一些带着枪炮和弓弩的船只拱卫着这个禁区。更远处约摸有一二里路,又是好多船只保卫着澄海楼向海的三个方面。

半个月来,从洪承畴的外表上看不出有什么变化,他照旧治事很勤谨,躬亲簿书,每日黎明即起,半夜方才就寝,但他的心中却埋藏着忧虑和苦闷。他之所以离开行辕,住在澄海楼,也可能与他的内心苦闷有关。但是他自己不肯泄露一点心思,仅是幕僚中有人这么猜想罢了。

那天五更时候,从海面上涌来的一阵阵海涛,拍打着澄海楼的石基,澎湃不止。洪承畴一乍醒来,知道这正是涨潮时候,而且有风。但睡意仍在,没有睁开眼睛。他忽然想着几桩军戎大事,心中烦恼,就不能再睡了。赶快穿衣起来之后,他不愿惊动仆人,轻轻开门走出,倚着栏杆,向海中瞭望。海面上月色苍茫,薄雾流动,海浪一个接着一个,真是后浪推前浪,都向着澄海楼滔滔涌来,冲着礁石,打着楼基。在海边有很多渔船,因为风浪刚起,还没有起锚出海。警戒澄海楼的几只炮船,在远处海面上随着灯火上下。在这几只炮船外面,可以看见向辽东运送军粮的船队,张满白帆,向着东北开去。这时宁海城和榆关城中号角声起,在号角声中夹着鸡鸣、犬吠、马嘶。大地渐渐地热闹起来了。

洪承畴凭着栏杆望了一阵,感到一身寒意,便退回屋中,将门关上,坐在灯下,给住在京城的家中写信。

一个面目姣好、步态轻盈的仆人,只有十八九岁,像影子似的一闪,出现在他的背后,将一件衣服披到他的背上。他知道这是玉儿,没有抬头,继续将信写完。

玉儿替他梳了头,照料他洗过脸,漱了口。他又走出屋去,凭着栏杆闲看海景。

这时太阳刚刚出来,大得像车轮,红得像将要熔化的铁饼,开始一闪,从海面上露出半圆,随即很快上升,最后要离开海面时,似乎想离开又似乎不肯完全离开,艳红色的日边粘在波浪上,几次似乎拖长了,但终于忽然一闪,毅然离开海面,冉冉上升。

洪承畴正在欣赏海面的日出奇景,忽然听见附近几丈外泼剌一声,银光一闪,一条大鱼跳出海面又落入水中,再也不曾露出来一点踪迹。洪承畴重新将眼光转向刚升起的红日和远处的孤立礁石姜女坟,以及绕过姜女坟东去的隐约可见的点点白帆。

洪承畴看了一阵海景,又想起了未来的军事,感慨地长嘘一声。他知道兵部要派一个张若麒来到他的身边,作为监军,这使他的心事更加沉重。他想着这次统兵援锦,不知能否再回山海关内,能否再从澄海楼上眺望这山海关外的日出景色,不禁心中怆然。

他重新走回屋中,吩咐玉儿替他焚香。然后他将昨夜由幕僚们准备好的奏疏,用双手捧着放在香炉后边,跪下去叩了头。刚刚起身,中军副将陈仲才进来,向他躬身说道:

"禀大人,黎明以前,李赞画已去红瓦店迎候刘先生。题本今早就拜发么?"

洪承畴说:"题本刚已拜过,立即同咨文一起发出。"

桌上放着的洪承畴给皇帝的题本和送给兵部的咨文,内容都是报道他对山海关防御已经部署就绪,择定明日出关,迅赴宁远,力解锦州之围。中军副将拿起来两封公文,看见果然都已经封好,注了"蓟密"二字,盖了总督衙门的关防。他又将洪承畴已经写好的家书也拿起来,正要退出,洪承畴慢慢说道:

"我吃过早饭要去城中,接见本地官绅,然后出关巡视几个要紧地方的防御部署。你火速再派张将军去红瓦店迎候刘先生,请刘先生在红瓦店稍事休息,打尖之后,径到城内同我相见,不必来澄海楼了。"

"是!马上就派张将军骑马前去。"

洪承畴心事沉重,背抄着手,闲看楼上的题壁诗词。在众多的名人题壁诗词中,他最喜爱一首署款"戎马余生"的《满江红》,不禁

低声诵读:

> 北望辽河,
> 凝眸久,
> 壮怀欲碎。
> 沙场静,
> 但闻悲雁,
> 几声清唳。
> 三十年间征伐事,
> 潮来潮落楼前水。
> 问荒原烈士未归魂,
> 凭谁祭?
>
> 封疆重,
> 如儿戏。
> 朝廷上,
> 纷争炽。
> 叹金瓯残缺,
> 效忠无计。
> 最痛九边传首①后,
> 英雄抆②尽伤心泪。
> 漫吟诗慷慨赋从军,
> 君休矣!

　　这首词,他每次诵读都觉得很有同感,其中有几句恰好写出了他的心事。遗憾的是,自从驻节澄海楼以来,他曾经问过见闻较广的几位幕僚和宾客,也询问过本地士绅,都不知道这个“戎马余生”是谁。

---

①　九边传首——熊廷弼在天启年间任辽东经略,颇有才干,懂军事,不得展其所长,且受排挤陷害,于天启五年(公元1625年)八月被杀,传首九边示众。
②　抆——音 wěn。古人诗词中习惯将擦泪写作“抆泪”。

他正在品味这首词中的意思,仆人来请他下楼早餐。洪承畴每次吃饭,总在楼下开三桌。同他一起吃饭的有他的重要幕僚、清客,前来求他写八行书荐举做官的一些赋闲的亲故和新识。虽然近来宾客中有人害怕出关,寻找借口离开的不少,但是另有人希望获得军功,升官较易,新从北京前来。洪承畴在吃饭时谈笑风生,谁也看不出他竟是心事沉重。早饭一毕,他就吩咐备马进城。

洪承畴还没有走到山海关南门,忽然行辕中有飞骑追来,请他快回行辕接旨。洪承畴心中大惊,深怕皇上会为他未能早日出关震怒。他决定派一位知兵的幕僚和一位细心的将军代他巡视山海关近处的防御部署,并且命人去城中知会地方官绅都到行辕中等候接见,随即策马回澄海楼去。

尽管洪承畴官居蓟辽总督,挂兵部尚书和都察院右都御史衔,分明深受崇祯皇帝的倚重,但每次听说要他接旨都不免心中疑惧,有时脊背上冒出冷汗。他没法预料什么时候皇上会对他猜疑,不满,暴怒,也不能料到什么时候皇上会听信哪个言官对他的攻讦或锦衣卫对他的密奏,使他突然获罪,下入诏狱。现在他怀着忐忑的心情赶回到澄海楼,竭力装得镇静,跪下接了旨,然后叩头起立,命幕僚们设酒宴招待送旨的太监。他自己捧着密旨走进私室。当他拆封时候,手指不禁轻轻打颤。这是皇上手谕,很短。他匆匆看了一遍,开始放下心来,然后又仔细看了一遍。那手谕上写道:

谕蓟辽总督洪承畴:汝之兵饷已足,应星夜驰赴宁远,鼓舞将士,进解锦州之围,纵不能一举恢复辽沈,亦可纾朕北顾之忧。勿再逗留关门,负朕厚望。已简派兵部职方司郎中张若麒总监援锦之师,迅赴辽东军中,为汝一臂之助。如何进兵作战,应与张若麒和衷共济,斟酌决定,以期迅赴戎机,早奏肤功。

此谕!

洪承畴将上谕看了两遍,放在桌上,默默坐下。过了片刻,几位亲信幕僚进来,脸上都带着疑虑神色,询问上谕所言何事。

洪承畴让大家看了上谕,一起分析。因皇上并未有谴责之词,众皆放心。

关于张若麒的议论,前几天已经在行辕中开始了。但那时只是风传张若麒将来,尚未证实。今见上谕,已成事实,并且很快就要到达,大家的议论就更牵涉到一些实际问题。有人知道张若麒年轻,浮躁,喜欢谈兵,颇得兵部尚书陈新甲的信任。但历来这样的人坏事有余,成事不足。可是今天他既是钦奉敕谕,前来监军,就不可轻易对待。还有人已经预料张若麒来到以后,必定事事掣肘,使洪承畴战守都不能自己做主,不禁为援锦前途摇头。

当大家议论的时候,洪承畴一言不发,既不阻止大家议论,也不表露他对张若麒的厌恶之情。他多年来得到的经验是,纵然跟亲信幕僚们一起谈话,有些话也尽可能不出于自己之口,免得万一被东厂或锦衣卫的探事人知道,报进宫去。这时他慢慢走出屋子,凭着栏杆,面对大海,想了一阵。忽然转回屋中,告诉幕僚和亲信将领们说:

"你们各位都不要议论了。皇上对辽东军事至为焦急,我忝为大臣①,总督援军,应当体谅圣衷,努力尽职;成败利钝,付之天命。我已决定不待明天,提前于今夜二更出发。"他转向中军副将说:"你传令行辕,做好准备,一更站队,听候号声一响,准在二更时候全部出关。"他又叫一位幕僚立即替他草拟奏稿,口授大意说:"微臣跪诵手诏,深感皇上寄望之殷,振奋无似。原择于明日出关,已有密本驰奏。现乃决定提前于今夜二更出关,驰赴宁远。"

众人听了,尽皆诧异:仅仅提前一夜,何必更改行期?

洪承畴想得很多,用意甚深,但他不便说出。等到大家散后,他对两三个最亲信的幕僚小声说道:

"你们不知,皇上这一封密旨还没有对我见罪,如果再不出关,下一次密旨到来,学生就可能有大祸临头。现有圣旨催促出关,自

---

①　忝为大臣——惭愧地做了朝廷大臣。忝:愧对他人。用为自谦之词。

不宜稍有违误。学生身为总督大臣，必须遵旨行事，为诸将树立表率。虽只提前一夜，也是为大臣尽忠王事应有的样子。"

一位幕僚说："张若麒至迟明日可到，不妨等他到了一起出关，岂不很好？"

洪承畴笑一笑，轻轻地摇摇头，不愿说话。

另一幕僚说："这话很是。等一下张监军，也免得他说大人故意怠慢了他。我看这个意见颇佳，幸望大人采纳。"

洪承畴望望左右，知道屋中并无别人，方才说道："张若麒年轻得意，秉性浮躁，又是本兵大人心腹。皇上钦派他前来监军，当然他可以随时密奏。皇上本来多疑，所以他的密奏十分可怕。如果我等待他来到以后再起身出关，他很可能会密奏说是在他催促之下我才不得已出关的。为防他这一手，我应该先他起身，使他无话可说。我们害人之心不可有，防人之心不可无。"说了以后，轻轻一笑，颇有苦恼之色。

几个亲信都不觉心中恍然，佩服洪承畴思虑周密。有人轻轻叹息，说朝廷事就坏在各树门户，互相倾轧，不以大局为重。

一个幕僚说："多年如此，岂但今日？"

又一个幕僚说："大概是自古皆然，于今为烈。"

洪承畴又轻轻笑了一声，说："朝廷派张若麒前来监军，在学生已经感到十分幸运，更无别话可说。"

一个幕僚惊问："大人何以如此说话？ 多一个人监军，多一个人掣肘啊！"

洪承畴说："你们不知，张若麒毕竟不是太监。倘若派太监前来监军，更如何是好？ 张若麒比太监好得多啊。倘若不是高起潜监军，卢九台不会阵亡于蒿水桥畔。"

大家听了这话，纷纷点头，都觉得本朝派太监监军，确是积弊甚深。张若麒毕竟不是太监，也许尚可共事。

正说着，中军进来禀报：送旨的太监打算上午去山海关逛逛，午后即起身回京，不愿在此久留。洪承畴吩咐送他五百两银子作为程仪。一个幕僚说,这样一个小太监,出一回差,送一封圣旨,一辈子也不一定能见到皇上,送他二百两银子就差不多了。

洪承畴笑一笑,摇摇头说:"你们见事不深。太监不论大小,都有一张向宫中说话的嘴。不要只看他的地位高低,须知可怕的是他有一张嘴。"

这时,张游击将军从红瓦店飞马回来,禀报刘先生快要到了。洪承畴点点头,略停片刻,便站起来率领幕僚们下楼,迎上岸去。

这位刘先生,名子政,河南人,已经有六十出头年纪。他的三绺长须已经花白,但精神仍很健旺,和他的年纪似不相称。多年的戎马生活在他的颧骨高耸、双目有神的脸上刻下深深的皱纹,使他看上去显然是一个饱经忧患和意志坚强的人。看见洪承畴带着一群幕僚和亲信将领立在岸上,他赶紧下马,抢步上前,躬身作揖。洪承畴赶快还揖,然后一把抓住客人的手,说道:"可把你等来了啊!"说罢哈哈大笑。

"我本来因偶感风寒,不愿离京,但知大人很快要出关杀敌,勉为前来一趟。我在这里也不多留,倾谈之后,即便回京,从此仍旧蛰居僧寮,闭户注书,不问世事。"

"这些话待以后再谈,请先到澄海楼上休息。"

洪承畴拉着客人在亲将和幕僚们的簇拥中进了澄海楼。但没有急于上楼。下面原来有个接官厅,就在那里将刘子政和大家一一介绍,互道寒暄,坐下叙话。过了一阵,洪承畴才将刘单独请上楼去。

这时由幕僚代拟的奏疏已经缮清送来,洪承畴随即拜发了第二次急奏,然后挥退仆人,同刘谈心。

他们好像有无数的话需要畅谈,但时间又是这样紧迫,一时不能细谈。洪告刘说,皇上今早来了密旨,催促出关,如果再有耽误,恐怕就要获罪。刘问道:

"大人此次出关,有何克敌制胜方略?"

洪承畴淡然苦笑,说:"今日局势,你我都很清楚。将骄兵惰,指挥不灵,已成多年积弊。学生身为总督,凭借皇上威灵,又有尚方剑在手,也难使大家努力作战。从万历末年以来,直至今天,出关的督师大臣没有一个有好的下场。学生此次奉命出关,只能讲尽心王事,不敢有必胜之念。除非能够在辽东宁远一带站稳脚跟,使士气慢慢恢复,胜利方有几分希望。此次出兵援锦,是学生一生成败关键,纵然战死沙场,亦无怨言,所耿耿于怀者是朝廷封疆安危耳。此次出关,前途若何,所系极重。学生一生成败不足惜,朝廷大事如果毁坏,学生将无面目见故国父老,无面目再见皇上,所以心中十分沉重,特请先生见教。"

刘子政说:"大人所见极是。我们暂不谈关外局势,先从国家全局着眼。如今朝廷两面作战,内外交困,局势极其险恶。不光关外大局存亡关乎国家成败事大,就是关内又何尝不是如此?以愚见所及,三五年之内恐怕会见分晓。如今搜罗关内的兵马十余万众,全部开往辽东,关内就十分空虚。万一虏骑得逞,不惟辽东无兵固守,连关内也岌岌可危。可惜朝廷见不及此,只知催促出关,孤注一掷,而不顾及北京根本重地如何防守!"

洪承畴叹息说:"皇上一向用心良苦,但事事焦急,顾前不能顾后,愈是困难,愈觉束手无策,也愈是焦躁难耐。他并不知道战场形势,只凭一些塘报、一些奏章、锦衣卫的一些刺探,自认为对战场了若指掌,遥控于数千里之外。做督师的动辄得咎,难措手足。近来听说傅宗龙已经释放出狱,授任为陕西、三边总督,专力剿闯。这个差使也不好办,所以他的日子也不会比学生好多少。"

刘子政感慨地苦笑一下,说:"傅大人匆匆出京,我看他恐怕是没有再回京的日子了。这是他一生最后一次带兵,必败无疑。"

"他到了西安之后,倘若真正练出一支精兵,也许尚有可为。"

"他如何能够呢?他好比一支箭,放在弦上,拉弓弦的手是在皇上那里。箭已在弦,弓已拉满,必然放出。恐怕他的部队尚未整练,就会匆匆东出潼关。以不练之师,对抗精锐之贼,岂能不败?"

洪承畴摇摇头,不觉叹口气,问道:"你说我今天出关,名义上带了十三万军队,除去一些空额、老弱,大概不足十万之众,能否与虏一战？"

刘子政说："虽然我已经离开辽东多年，但大体情况也有所闻。今日虏方正在得势，从兵力说，并不很多，可是将士用命，上下一心，这跟我方情况大不相同。大人虽然带了八个总兵官去，却是人各一心。虏酋四王子①常常身到前线，指挥作战，对于两军情况，了若指掌。可是我方从皇上到本兵，对于敌我双方情况，如同隔着云雾看花，十分朦胧。军旅之事，瞬息万变，虏酋四王子可以当机立断，或退或进，指挥灵活。而我们庙算决于千里之外，做督师者名为督师，上受皇帝遥控，兵部掣肘，下受制于监军，不能见机而作，因利乘便。此指挥之不如虏方，十分明显。再说虏方土地虽少，但内无隐忧，百姓均隶于八旗，如同一个大的兵营，无事耕作，有事则战，不像我们大明，处处叛乱，处处战争，处处流离失所，人心涣散，谁肯为朝廷出力？朝廷顾此不能顾彼，真是八下冒火，七下冒烟。这是国势之不如虏方。最后，我们虽然集举国之力，向关外运送粮食，听说可以勉强支持一年，但一年之后怎么办呢？如果一年之内不能获胜，下一步就困难了。何况海路运粮，路途遥远，风涛险恶，损失甚重。万一敌人切断粮道，岂不自己崩溃？虏方在他的境地作战，没有切断粮道的危险。他不仅自己可以供给粮食，还勒索、逼迫朝鲜从海道替他运粮。单从粮饷这一点说，我们也大大不如虏方。"

洪承畴轻轻点头，说："先生所言极是。我也深为这些事忧心如焚。除先生所言者外，还有我们今天的将士不论从训练上说，从指挥上说，都不如虏方；马匹也不如虏方，火器则已非我之专长。"

"是啊！本来火器是我们大明朝的利器，可是从万历到天启以来，我们许多火器被虏方得去。尤其是辽阳之役，大凌河之役，东虏从我军所得火器极多。况且从崇祯四年正月起，虏方也学会制造红衣大炮。今日虏方火器之多，可与我们大明势均力敌，我们的

---

① 虏酋四王子——指清太宗皇太极，为努尔哈赤第八子，因于努尔哈赤天命元年被封为四大贝勒之一，位居第四，故俗称虏酋四王子。

长处已经不再是长处了。至于骑兵,虏方本是以游牧为生,又加上蒙古各部归顺,显然优于我方。再说四王子这个人,虽说是夷狄丑酋,倒也是彼邦的开国英雄,为人豁达大度,善于用人,善于用兵。今天他能够继承努尔哈赤的业绩,统一女真与蒙古诸部,东征朝鲜,南侵我国,左右逢源,可见非等闲之辈,不能轻视。"

正谈到这里,忽然祖大寿派人给洪承畴送来密书一封。洪承畴停止了谈话,拆开密书一看,连连点头,随即吩咐亲将好生让祖大寿派来的人休息几天,然后返回宁远,不必急着赶回锦州,怕万一被清兵捉到,泄露机密。刘子政也看了祖大寿的密书,想了一想,说:

"虽然祖大寿并不十分可靠,但这个意见倒值得大人重视。"

洪承畴说:"我看祖大寿虽然过去投降过四王子,但自从他回到锦州之后,倒是颇见忠心,不能说他因为那一次大凌河投降,就说他现在也想投降。他建议我到了宁远之后,步步为营,不宜冒进,持重为上。此议甚佳,先生以为然否?"

"我这一次来,所能够向大人建议的也只有这四个字:持重为上。不要将国家十万之众作孤注一掷,……"

刘子政正待继续说下去,中军副将走了进来,说是太监想买一匹战马,回去送给东主爷曹化淳,还要十匹贡缎,十匹织锦,都想在山海关购买。副将说:

"这显然是想要我们送礼。山海关并非江南,哪里有贡缎?哪里有织锦?"

大家相视而笑,又共相叹息。

洪承畴说:"不管他要什么,你给他就是,反正都是国家的钱,国家的东西。这些人得罪不得呀!好在他是个小太监,口气还不算大。去吧!"

副将走后,洪承畴又问到张若麒这个人,说:"刘先生,你看张若麒这个人来了,应该如何对付?"

"这个人物,大人问我,不如问自己。大人多年在朝廷做官,又久历戎行,什么样的官场人物都见过,经验比我多得多。我所担心的只有一事而已。"

"何事?"

"房琯①之事,大人还记得么?"

洪承畴不觉一惊,说:"刘先生何以提到此话? 难道看我也会有陈陶斜之败乎?"

刘子政苦笑一下,答道:"我不愿提到胜败二字。但房琯当时威望甚重,也甚得唐肃宗的信任。陈陶斜之败,本非不可避免。只因求胜心切,未能持重,遂致大败。如果不管谁促战,大人能够抗一抗,拖一拖,就不妨抗一抗,拖一拖。"

"对别的皇上,有时可以用'将在外,君命有所不受'的话抗一抗。可是我们大明不同。我们今上更不同。方面大帅,自当别论;凡是文臣,对圣旨谁敢违拗?"

两人相对苦笑,摇头叹息。

洪承畴又说道:"刘先生,学生实有困难,今有君命在身,又不能久留,不能与先生畅谈,深以为憾。如今只有一个办法,使我能够免于陈陶斜之败,那就是常常得到先生的一臂之助。在我不能决策的时候,有先生一言,就会开我茅塞。此时必须留先生在军中,赞画军务,请万万不要推辞。"说毕,马上起身,深深一揖。

刘子政赶快起身还揖,说道:"辱蒙大人以至诚相待,过为称许,使子政感愧交并。自从辽阳战败,子政幸得九死一生,杀出重围,然复辽之念,耿耿难忘。无奈事与愿违,徒然奔走数年,辽东事愈不可为,只得回到关内。子政早已不愿再关心国事,更不愿多问戎机。许多年来自知不合于时,今生已矣,寄迹京师僧舍,细注'兵法',聊供后世之用。今日子政虽剩有一腔热血,然已是苍髯老叟,筋力已衰,不堪再作冯妇②。辱蒙大人见留,实实不敢从命。"

---

① 房琯——曾做唐肃宗的宰相。至德元年(公元756年)十月,房琯率大军与安禄山叛军战于咸阳的陈陶斜,大败。

② 再作冯妇——不自量力,重做前事。冯妇是寓言中的人名,寓言故事见于《孟子·尽心章》。

洪承畴又深深一揖,说:"先生不为学生着想,也应为国事着想。国家安危,系于此战,先生岂能无动于衷乎?"

刘子政一听,默思片刻,眼泪刷刷地流了下来,说:"大人!人非草木,孰能无情。国家兴亡,匹夫有责。子政倘无忠君爱国之心,缺少一腔热血,断不会少年从军,转战塞外,出生入死,伤痕斑斑。沈阳沦陷,妻女同归于尽。今子政之所以不欲再作冯妇者,只是对朝政早已看穿,对辽事早已灰心,怕子政纵然得侍大人左右,不惜驰驱效命,未必能补实际于万一!"

洪承畴哪里肯依,苦苦劝留,终于使刘子政不能再执意固辞。他终于语气沉重地说:

"我本来是决意回北京的。今听大人如此苦劝,惟有暂时留下,甘冒矢石,追随大人左右。如有刍荛之见,决不隐讳,必当竭诚为大人进言。"

洪承畴又作了一揖,说:"多谢先生能够留下,学生马上奏明朝廷,授先生以赞画军务的官职。"

刘摇头说:"不要给我什么官职,我愿以白衣效劳,从事谋划。只待作战一毕,立刻离开军旅,仍回西山佛寺,继续注释兵书。"

洪承畴素知这位刘子政秉性倔强,不好勉强,便说:"好吧,就请先生以白衣赞画军务,也是一个办法。但先生如有朝廷职衔,便是王臣,在军中说话办事更为方便。此事今且不谈,待到宁远斟酌。还有,日后如能成功,朝廷对先生必有重重报赏。"

"此系国家安危重事,我何必求朝廷有所报赏。"

中午时候,洪承畴在澄海楼设便宴为刘子政洗尘。由于连日路途疲乏,又多饮了几杯酒,宴会后,刘在楼上一阵好睡。洪承畴稍睡片刻,便到宁海城行辕中处理要务。等他回到澄海楼,已近黄昏时候。

洪承畴回来之前,刘子政已经醒来,由一位幕僚陪着在楼上吃茶。他看了壁上的许多题诗,其中有孙承宗的、熊廷弼的、杨嗣昌的、张春的，都使他回忆起许多往事。他站在那一首《满江红》前默然很久，思绪潮涌，但是他没有说出这是他题的词。那位陪他的幕僚自然不知。正在谈论壁上题的诗词时，洪承畴带着几个幕僚回来了。洪要刘在壁上也题诗一首。刘说久不做诗，只有旧日七绝一首，尚有意味，随即提起笔来，在壁上写出七绝如下：

> 跃马弯弓二十年，
> 辽阳心事付寒烟。
> 僧窗午夜潇潇雨，
> 起注兵书《作战篇》①。

　　大家都称赞这首诗，说是慷慨悲凉，如果不是身经辽阳之战，不会有这么深沉的感慨。洪承畴说："感慨甚深，只是太苍凉了。"他觉得目前自己就要出关，刘子政题了此诗，未免有点不吉利，但并未说出口来。

　　这天晚上，二更时候，洪承畴率领行辕的文武官员、随从和制标营兵马出关。他想到刘子政连日来路途疲劳，年纪也大，便请刘在澄海楼休息几天，以后再前往宁远相会。刘确实疲倦，并患轻微头晕，便同意暂留在澄海楼中。洪承畴又留下一些兵丁和仆人，在澄海楼中照料。

　　刘子政一直送洪承畴出山海关东罗城，到了欢喜岭上。他们立马岭头，在无边的夜色中望着黑黝黝的人马，拉成长队，向北而去，洪承畴说：

　　"望刘先生在澄海楼稍事休息，便到宁远，好一起商议戎机。今夜临别之时，先生还有何话见教？"

　　刘子政说："我看张若麒明日必来，一定会星夜追往宁远，大人短时期内务要持重，千万不能贸然进兵。"

　　洪承畴忧虑地说："倘若张若麒又带来皇上手诏，催促马上出战，奈何？"

---

　　①　《作战篇》——《孙子兵法》中的一篇。

"朝廷远隔千里之外,只要大人同监军诚意协商,无论如何,牢记持重为上。能够与建虏①相持数月,彼军锐气已尽,便易取胜。"

"恐怕皇上不肯等待。"

"唉!我也为大人担忧啊!但我想几个月之内,还可等待。"

"倘若局势不利,学生惟有一死尽节耳!"

刘子政听了这话,不禁滚出眼泪。洪承畴亦凄然,深深叹气。刘子政不再远送,立马欢喜岭上,遥望大军灯笼火把蜿蜒,渐渐远去,后队的马蹄声也渐渐减弱,终于旷野寂然,夜色沉沉,偶然能听到荒村中几声犬吠。

---

① 建虏——明朝从吉林到辽宁一带设置建州卫,又设建州左卫、右卫,治理军事。清肇祖
猛哥帖木耳在永乐时任建州左卫指挥官。明朝人称满洲人为建虏或东虏,表示蔑视。

第九章

当辽东紧急,洪承畴肩负着明朝国家的命运匆匆出关时候,中原局势正在酝酿着新的重大变化。

伏牛山一带数百里内虽然去冬缺乏大雪,今年春天雨水不足,庄稼人都发愁旱情严重,但比起平原地区,例如伏牛山和桐柏山之间的南阳盆地,旱情要好得多了。许多山头,依然草木葱茏,山花烂漫。愈往深山,离大军驻扎的得胜寨一带愈远,草木更加茂盛。站在得胜寨上放眼遥望,到处是黑绿绿的山头,仿佛那些被草木覆盖的、人烟稀少的连绵群山,偏不怕旱,敢与天公抗衡。

这是李自成进入河南后的第一个春天。这是一个不平常的春天。这是一个既有挫折也有胜利的春天。这是一个充满着希望和潜伏着殷忧的春天。但是总的看来,这是一个向胜利高峰前进的春天。

自从回到伏牛山中以后,李自成将他的大部分精力投入练兵。他在开封城下所受的箭伤不重,很快就完全治好,仅在左眼下留一个不很显著的伤疤。其余在激烈的攻城战斗中负伤的将士,除少数残废之外,大部分都陆续好了。尽管攻开封城暂时受挫,但不同于在战场上打了败仗,将士的伤亡也小,所以士气仍然很高,反而激起来将士们誓必攻破开封的决心。穷百姓依然不断地有人投军,骡马也不断增多,到了四月底,不仅全军在继续壮大,单就红娘子的健妇营说,全营五百多健妇都有战马,而且还有几十匹驮运辎重的骡子和大驴。在得胜寨附近的二十里内,这儿那儿,山坳深处常听见紧张练兵:金鼓动地,杀声震耳。张鼐所掌管的火器营每日炮声隆隆,硝烟腾起,散在林梢,遮住青苍的山色。

奔袭开封的没有成功和攻城受挫,在全军中产生了意想不到的鼓舞作用。在许多天里,七日夜攻打开封之战成了全军上下最爱谈论的话题。那些参加攻城战的人们都带着骄傲的感情谈他们的激烈战斗,那些不曾参加过攻打开封之战的将士们,尤其是那些投顺不久的大批新兵,常常怀着激动、羡慕和暗自遗憾的心情,听别人谈攻打开封的故事,然后自己对别人津津有味地转述故事。在伏牛山中的义军驻地,到处流传着一些惊心动魄的激烈战斗故事,可歌可泣的英雄故事。因此,仅从攻打开封受挫后的士兵心理看,大军的整个士气看,也分明可以看见李自成的义军正在等待着新的进军,酝酿着更大规模的新的战争。

小将张鼐是被大家谈论最多的一个人物。二月十二日清早,在距开封城六十里远的地方,他奉命率领一小队轻骑,扮做官军,离开大军速行,赶在开封城尚未知义军临近消息的时候混进开封,占领西门,迎接大军进城。宋献策深知开封城高土坚,所以定此奇袭赚城之计。张鼐于辰巳之间到了开封西关,休息打尖,等候大军。他身边只有三百骑兵,既要混进城去,杀散驻守西门官军,又不能进城太早,以免在孤军无援的情况下被城中官兵消灭。不料大军因三天来日夜行军,十分疲乏,步兵更是疲劳不堪,在最后的几十里路上耽误了时间。张鼐在西关人不解甲,马不卸鞍,等候大军。由于他的骑兵军容整肃,也不与老百姓说话,不向居民索取东西,使百姓不免奇怪,生了疑心。里甲借照料茶水为名,询问他们是哪里人马,何不进城。张鼐回答说是河南巡抚标营的官军,从洛阳回师,防守开封,只等候长官来到,即便进城。左等右等,仍不见大军踪影,简直要把张鼐的头发急白。将近午时,张鼐得到塘马禀报,言说六七里外出现了一千多骑兵。他同时觉察,西关的百姓们已经看出来他的三百骑兵不是官军,开始躲避,有的在忙着关闭铺门。张鼐决定提前进城,不再等候,再等候就晚了。他将几个头目叫到面前,目光严峻地看着大家,小声说:

"我们现在进城,占据西门洞和城楼。敌人军民众多,一定会将我们包围。弟兄们,我们拼着全部战死,也要坚持到大军来到。走!"

张鼐的轻骑兵正过吊桥,城上和桥上同时有人大呼:"贼来啦!贼来啦!快关城门!"吊桥上登时大乱,百姓惊慌奔跳,互相拥挤,有人被冲下城壕,有人将挑子扔下逃命。张鼐的骑兵没法迅速奔近城门。在混乱中有一个皮匠来不及逃进城去,回头抢一扁担,将最前面的骑兵打下马去,他自己也被第二个骑兵杀死。城上的人们因见义军人少,都从城垛上露出半截身子,呐喊着向吊桥射箭和投掷砖、石。

张鼐见城门已闭,喝令骑兵速退。他立马桥头,对纷纷落在身边的矢、石全不在意,向城头连射两箭,射中两个敌人,使敌人不敢再从城垛上露出头来。他的第三箭从城垛的箭眼里射中敌人,惊破了敌胆,迫使他们只能盲目地乱投砖、石和乱放箭,再不能伤害义军。随即,张鼐的骑兵退回来占领西关。他自己率领一部分骑兵揽辔仗剑,立马街心,神态镇静,怒目东望,而使另一部分骑兵下马登屋,面对吊桥,引弓注矢。他曾经想着官军会突然打开城门杀出,所以准备着随时厮杀。过了很久,由刘体纯和白旺率领一千多前队骑兵赶到;又过很久,全部大军才到。

……

高夫人、女兵们、孩儿兵们,都喜欢听人们讲说张鼐的这段故事。高夫人因为一向喜欢张鼐,眼看着他同双喜都是在戎马中长大,成了两员十分有用的小将,所以听到张鼐的这段故事就像做母亲的听到人们称赞她的儿子有出息。高夫人身边的女兵们喜欢听张鼐的这段故事,是因为张鼐常来老营,身为重要小将,在高夫人前仍带孩子气,同女兵们相见也是呼姐称妹,如同兄弟一般。孩儿兵们喜欢听张鼐的故事,是因为张鼐原是从孩儿兵营出来的,至今仍关心孩儿兵营的事。所有上述各种人物喜欢听张鼐在开封城下的故事,都是摆在明处的,大家公然谈论,称赞,为之欣然而笑。惟独有一个人却是在心中赞叹,高兴,但不肯在人前多谈。这就是慧梅。在闲时她常常不由地产生缥缈的胡思乱想:几年之后,闯王得了天下,张鼐也是开国功臣,封侯封伯,而她已经同张鼐……每次想到这里,她便沉浸在甜美的梦幻之中,暗暗心跳,眼神含羞,如有微醉,又泄露出若有若无的幸福的微笑。这其实不能说成笑,而是关不住的青春情怀。

但是在李自成的左右,却很少有谁谈到张鼐。他们经常谈论的是如何练兵,筹饷,再攻开封,以及各种军国大计。李自成按照不打仗时候的习惯,除亲自处理全军许多大事外,还经常请牛金星为他讲解经书和《资治通鉴》。

到了四月上旬,正是俗话所说的青黄不接时候,粮食困难的情况明显地出现了。虽然破洛阳时得到了很多金银财宝和粮食,但因为人马日众,还得救济百姓,粮食消耗很快。在普遍灾荒严重的情况下,有大批金、银、珠宝、古玩、玉器等都不能变为粮食,长久下去,必将坐吃山空。附近几县老百姓已经将地里的豌豆荚吃光了,稍嫩的豌豆秧也吃了。他们靠山中野菜过活,吃蕨类植物的根和芽,吃野苜蓿,吃光了榆钱、芦根和野藤的紫花,然后吃各种稍能下咽的树叶和嫩草。于是,开始有人剥吃榆树皮了,有人出外逃荒了,有老人倒毙在路边了。李自成本来就不断地拿出粮食赈济得胜寨周围二十里以内的饥民,如今不得不拿出更多的粮食了。从开封回师时候,虽然沿路打粮,但得到的数量不多。目前还在不断地派出小股人马去附近州县打粮,攻破几座县城。闯王和牛金星、宋献策等经常商议,必须攻下富裕繁华的开封,才能解决困难。

为准备第二次攻打开封,李自成采纳宋献策的建议,命令张鼐的火器营加紧训练。他每天出寨观操,必去火器营停留很久,有时还亲自点燃火炮。

四月下旬的一天上午,他请牛金星讲书一毕,便率领刘宗敏、牛金星、宋献策、李岩、田见秀、高一功等去火器营看试放新铸成的两尊大炮。因为这是第一次命匠人试制成的大炮,所以李自成特别关心,一定要择定今天黄道吉日,亲自观看试炮。每尊大炮前都摆好一张供桌,上有红纸牌位,上书"大炮将军之神位"。炮身上贴着红纸,上写"开炮大吉"。牌位前摆着纸糊的三牲供品,清酒一壶,香炉一只,瓦烛台一对。先由军师宋献策偕火器营主将张鼐,沐手焚香,向炮神虔诚三拜。宋献策默诵事前拟就的几句祷词,然后抓起酒壶,斟满杯子,浇在地上。随即,四名炮手全是十字披红,先向闯王等跪下行礼,然后走到炮前,每尊大炮两人,虔敬地跪下叩了三个头,暗诵祝词,站起身,以酒浇地。接着别的士兵撤去供桌,炮手们开始装药,一个人先从炮口装进几斤火药,另一炮手用长杆将火药捅进炮膛底部。向接近炮膛底部的炮眼儿插进用纸加火药做的引线,继续装药,捅紧,装入铁弹。张鼐请闯王等后退十丈之外,立身大石背后,其余众多将士也都退到远处,或藏身石背之后,或立在大树之侧,都做了万一准备。张鼐只后退三四丈远,将手中小旗一挥,说声:"点!"两尊大炮的引线同时点燃。四个炮手立刻退到张鼐身边,神情紧张,一齐注视迅速燃短的引线。刘宗敏叫道:

"张鼐速退!"

张鼐没做声,直立不动,仿佛没有听见。他的神情镇静,等候火线着完。火线原是边燃烧边发出哧哧微声,到炮眼外的部分着完时,微小的响声忽止,所有人的心都收缩了。在极其短暂的片刻,一切出奇地寂静。高一功猛叫一声:

"张鼐速退!"

张鼐似乎没有听见,继续凝神等候,担心引线有点潮湿,会在炮眼内熄灭。

突然,炮眼红光一闪,紧接着炮口喷出火光,轰然两声,脚下土地一跳,群山震动,霎时间大炮前一片硝烟。在大炮响时,所有在附近看试新炮的人们都本能地将腰身一猫,躲在大石或大树后边;四名炮手也往下猛一蹲,同时惊呼:"小张爷!"张鼐看见红光时赶快张开嘴巴,并不躲避。炮响之后,他迅速跑近大炮,用手摸一摸,放下心来,高兴地回头大声说:

"成功啦!成功啦!既没有炸裂,也没有热得烫手。好,弟兄们,再放一次!"

当炮手们又兴奋又快活地扫清炮膛,准备重新装药的时候,闯王和众文武都走近来了。检视炮身、炮架,不住称赞。过了一刻工夫,有一弟兄从对面二里外的小山脚下飞马驰回禀报:两颗炮弹都打到对面山腰,一颗弹打断一棵松树,一颗弹入地一尺多深。闯王更加高兴,对宋献策说:

"有几十尊这种大炮,下次攻开封不用愁了!"

刘宗敏正要说话,看见吴汝义带两个亲兵骑马奔来,便对汝义说:

"子宜,刚试了新炮,十分成功,可惜你晚了一步。你莫急,马上还要再来一次。"

吴汝义下马笑着说:"我听见了炮声。只要成功,下次攻开封就狠用炮轰。闯王,我有事前来禀报,真是意料不到!"

闯王愕然:"什么事意料不到?"

吴汝义引闯王离开围观大炮的众兵将六七丈远,小声向他禀明。李自成确实意料不到,起初感到惊奇,但随即就十分高兴,认为这是一件大大的好事。他对吴汝义说:

"等看过再试一次大炮,我就同军师和捷轩回老营。看来我们的大事该成功啦!"

于是李自成和吴汝义重回到大炮旁边,观看装药。

吃午饭以前,李自成偕刘宗敏、高一功、牛金星、宋献策、李岩等回到老营。在路上,刘宗敏等已经知道罗汝才从枣阳境内派专人前来得胜寨,带有书子一封和许多贵重礼物,向闯王问候并表示想念之意。在看云草堂坐下以后,大家将罗汝才的书子看了一遍,没有来得及仔细议论,午饭便摆了上来,而平时常同闯王一起用饭的老医生尚炯也进来了。李自成向吴汝义问:

"下书人是什么人?为何不请来吃饭?"

吴汝义说:"他刚来到的时候我问过他,他说是曹操的远房兄弟,比曹操小几岁,名叫罗汝明,起小跟曹操当亲兵,如今在曹营中管点杂事,不曾带兵。"

李自成眨眨眼睛,默思片刻,忽然说:"啊,我见过他,几年前见过他! 他脸上有几颗碎麻子,嘴唇厚厚的,是不是?"

"就是他。你的记性真好!"

"是的。他这个人略识几个字儿,我不知道他的表字,只记得他排行老十。既然是他,何不请来吃饭?"

吴汝义笑着说:"他说他虽是曹帅的本家兄弟,在义军中却是名微职卑,高低不肯前来。还说他同闯王坐在一个桌上吃饭,反而很受拘束。他要等闯王吃毕午饭,再来拜见。"

自成也忍不住笑起来,说:"岂有此理! 既然是奉曹帅之命远道下书,纵然是一名普通小校,我们也要以礼相待,何况他是曹帅的本家兄弟! 你再去请他一次,对他说:倘若他不肯来,我就要亲自去请啦。"

吴汝义又去请罗汝明。

宋献策对李自成说:"曹操着他的本家兄弟前来,必有重大缘故。闯王可猜想曹操的真意何在?"

自成说:"我同曹操虽是同县人,又烧过香,磕过头,八拜作交,可是后来我见他贪酒好色,总想投降朝廷,就同他逐渐疏远,遇事各不相谋。他在房、均一带驻扎时候,我们在商洛山中,正因此故,竟无书信往还。眼下差人前来见我,书信中说些思念的话,必是他一则见我们声势日盛,二则他跟敬轩相处得不甚融洽。至于别的缘故,猜不透,猜不透。要是他的心思我能全猜透,他就不是曹操了。"

牛金星说:"莫非曹操有意来就闯王?"

自成暂时不说出自己的想法,只说:"他近来已经有十几万人马,又没吃败仗,未必会来就我。看罗十怎么说。我想曹操除写了书信之外,一定会另外交代有话。"

高一功说:"倘若曹操同敬轩犯了生涩,肯来相就,当然很好。不过他这个人……"

看见吴汝义陪着罗十来了,高一功赶快将余下的半句话咽下肚里。李自成立即起身相迎,亲热地说:

"啊呀,老十兄弟,已经有五年不见啦!没想到汝才哥的心中还有个结拜兄弟李自成,差你前来伏牛山中看我!"

罗汝明一进门就要跪下去叩头行礼,被闯王一把抓住,说道:"在军中,老弟兄见面,何必多礼!"他介绍罗汝明同牛、宋、李岩认识,一一互施平礼,然后同刘宗敏、高一功、尚炯等也见了礼。坐下以后,宗敏等问候了罗汝才的好,并询问了破襄阳以后近三个月来曹营和西营的情况,眼下曹营驻扎何处,下一步将往何处,等等,都是些泛泛的闲话。李自成很想知道曹操差罗十来伏牛山见他的真正用意,但是他只是察言观色,并不明问,装得若无其事。

午饭端上来了。因为今天来了客人,加了两样菜和一壶黄酒。平时吃饭,闯王总是坐在主人位置上,而让牛金星坐在首席客位,宋献策第二,李岩第三,刘宗敏等将领和老神仙,可以随便。如今牛金星、宋献策和李岩的心中都明白闯王有意借此机会拉拢罗汝才,拆散西营和曹营的合伙,所以一致谦让,非要罗汝明坐首席不可。罗汝明自然是坚不就座,一定要坐在闯王身边。闯王起初望着大众互相谦让,拉扯,只是笑而不语,后来他看见老医生、吴汝义都不断望他,便说道:

"你们都这样谦让下去,我们日头偏西也别想吃饭。我是闯王,请大家听从我的将令照办:牛先生、军师、李公子,仍照平日就座。老十挨着林泉坐,其余的我不管,随便。"说毕,他抓着罗十的一只胳膊,硬往紧挨李岩的一把椅子上一按,不许这个名微职卑的客人起来。

大家已经问明了罗汝明的表字叫子亮,在吃饭时谈话更觉亲切。牛、宋和李岩等都称他的表字,而自成常叫他老十或十弟。以闯王身份之尊,竟然几次给他敬酒,别人自然也向他敬酒,十分热火。但到他有三分酒意时,闯王马上阻止别人再向他劝酒,说:"我们老十的酒量有限,大概同我的酒量差不多,你们都不要劝他多喝了。"随罗十来的有二百骑兵,都在附近的军帐中落脚。闯王向吴汝义问:

"随老十来的弟兄们有酒吃么! 谁在陪他们吃酒?"又嘱咐道:"他们连日路上辛苦,午饭后让他们好生歇息!"

罗汝才派其亲信罗汝明从枣阳境来到闯王这里,表面上只是下书问候,祝贺李自成攻破洛阳,在河南声势日隆,并表其思念之情,实际上曹操另有打算,只等汝明回去后便做出重大决策。汝明遵照曹操密嘱,只是处处小心,事事留意,而不肯将他来闯营的真心吐露。从他来到以后直到现在,处处感到闯营上下对他都很亲热,并没有因为闯营近来兵势强大就小看曹营,也没有因为闯王和汝才之间曾经犯过生涩就记在心上。特别使他满意的是,李自成并不因为近来兵力强大就流露出丝毫盛气凌人或对他这个下书人拿架子,这方面同张献忠大不一样。他已经略有酒意,看见李自成很少吃酒,侧着头向自成问道:

"李哥今日兵强马壮,打开了多好局面,何苦仍然像往日一样不饮多酒,不穿好衣,不吃美食,也不喜爱美女?"

自成笑着说:"十弟,我也是血肉之人呀,也有七情六欲。你说的这几样我并非不想要,可是万一我放纵了自己,沉湎酒色,就不能全心全意做事了。我栽过多次跟头,几乎完蛋,吃过大亏啊,都因为我不灰心,不放纵自己,咬着牙不倒下去,苦熬苦干,才有今日!"

罗十心中佩服,又说:"以你如今的兵力,还怕在河南站不住脚,再栽跟头么?"

自成说:"连开封都攻打不开,算得什么兵力强大! 两三年内不再受大挫折,才能说在河南站住脚步。"

罗十点头,不觉喝下去半杯酒,又说:"在我们曹营将士眼中,李哥在河南就算是站住脚步啦,不像曹营和西营东奔西跑。"

　　自成说:"我能在伏牛山安稳练兵,多半靠你们西、曹两营在湖广拖住丁启睿和左良玉等人的大军不暇来河南作战。我常在心里说:汝才哥近来可真是帮了我的大忙!"他替罗十斟满杯子,说:"请十弟喝干这杯酒,算是我敬汝才哥和曹营全体将士的。"

　　众人因见闯王敬酒,都跟着纷纷敬酒,全是称赞曹操和曹营的,当谈到张献忠时,刘宗敏忍不住对罗十说:

　　"子亮老弟,对敬轩你们可得留一手啊!"

　　罗汝明的心中一动,但马上笑着说:"没有啥,没有啥。西、曹两营是水帮鱼,鱼帮水①,谁也离不开谁。"

　　自成点头说:"老十说的很是。倘不是西、曹两营同心协力,也不会纵横四川,打败杨嗣昌,破了襄阳。平心而论,敬轩实有过人之处,比我强得多了。"

　　刘宗敏心中不服,问道:"他什么地方比你强得多?"

　　自成说:"就拿他与曹操同心协力结成一股绳儿说,我就不及。曹哥和我既是小同乡,又换过金兰谱②,可说是生死之交,在诸家义军中谁人不知? 可是曹哥能与敬轩并肩携手,不能与我并肩携手,岂不是敬轩有过我的长处么?"

　　宋献策瞟了罗十一眼,对闯王说:"这是机缘,机缘。机缘之来也有早有晚,逢时而至,非可强求。"说毕,哈哈大笑。

　　罗汝明也哈哈大笑,在心里说:"来了! 来了! 我没喝醉,别想掏出我的实话。君子不开口,神仙猜不透。"

　　午饭以后,李自成亲自将罗汝明送到客房休息,并到随他来的二百骑兵驻地,打了招呼,寒暄一阵,然后回到老营西偏院的清静书房。本来他半夜方睡,黎明即起,应该在午饭后小睡片刻,但是他不肯休息,在书房中长久地踱来踱去,猜想着罗汝才差罗十来究竟为着何事。今日上午,当他在试炮场边乍听到吴汝义的禀报,登时不用思索,认为是罗汝才有意脱离张献忠,前来就他。从他同罗

---

　　① 水帮鱼,鱼帮水——这两句俗话可能原来是"谁帮予,予帮谁",辗转流传,口语化了。
　　② 金兰谱——就是结义弟兄所换的帖。

十见面后的情况看来,没有露出来罗汝才有意前来相就的苗头。难道果真是泛泛地下书问候么?不会。莫非狡猾的曹操派人下书问候,仅仅是为将来走一步闲棋?……

他正在独自猜测,苦于不得其解,吴汝义和双喜进来了。双喜是上午奉命去几处兵营中办事,中午不在老营,所以刚才才知道罗十前来下书的事。李自成先向双喜问:

"几件事儿都办了?"

双喜恭敬回答:"是,都办了。我补之大哥得到从登封回来的细作禀报:新任河南巡抚高名衡派人到登封见李际遇,要给李际遇副将职衔,同我为敌。"

闯王忙问:"李际遇可答应了?"

"听说李际遇尚在犹豫。"

"军师可知道此事?"

"我刚才到花厅见了军师,已经向他禀报了。"

"军师没有回去休息?"

吴汝义回答:"他回到家中打一头又来了,说他有重要话想同你谈谈。他以为你在午睡,嘱咐我等你睡醒后告他一声,他好来书房见你。"

"别的还有谁在看云草堂?"

"别的人都不在,只军师自己在闲看兵书。"

"请他快来,我也正想找他。"

吴汝义没有马上走,迟疑一下,问道:"闯王,这个罗十你可很熟识?"

自成感到这话问得奇怪,说:"我只在曹营中同他见过一两次面,并不熟识。你知道他的底细?"

吴汝义使眼色叫站在门口的几个亲兵离开,低声说:"我们老营中有人知道他的底细,刚才告我说他前几年专替曹操做黑活,刺杀过两三个同曹操不合的起义首领。他是个不怕死的鬼,曹操叫他刺杀谁他就去干,心目中只有曹操。"

"唔,我也风闻,没想到竟然是他!"李自成并没有再说别的话,转过头去对双喜说:"你命人去请牛先生和李公子都来这里商议事儿。罗十休息以后,你陪他到各处看看。下午你就不要做别的事了。"

吴汝义说:"闯王,罗十这个人,你可得防着他啊!万一一时大意,冷不防被他……"

李自成淡然一笑,挥手说:"你去请军师和牛先生、林泉快来。吩咐老营司务,今晚我就在这里为罗十接风,只请牛先生和军师作陪。"

吴汝义说:"对罗十这个人,务请小心在意!"

李自成没有回答,又开始在屋中踱来踱去,低头沉思,等候密议要事。吴汝义不敢打扰他,赶快请宋献策等人去了。

李自成和谋士们在书房中先讨论了李际遇的问题。这是一个不容易对付的地头蛇,既然新任河南巡抚高名衡正在派人劝说李际遇受朝廷招抚,李自成就必须赶快想办法拖住他保持中立。可是两个月来,李自成已经派人破了嵩县城、密县城,还破了登封县城,义军威逼到李际遇的眼皮底下了。李际遇当然又害怕,又不高兴。这个问题,李自成早就明白,已经同亲信文武们议论过几次。如今经过商议,决定由李岩修书一封,派李侔携书信、礼物,连夜动身,前往登封玉寨,面见李际遇,劝说他不要受朝廷官职,并且答应今后只要官军不到登封,义军也不前去。因为事情紧急,商定之后,李岩就离开书房,为李侔今夜动身赴玉寨做准备去了。

李自成等李岩一走,随即向牛、宋二人问道:"据你们二位看,曹操派罗十来,究竟何意?"

牛金星沉吟说:"我想,决非泛泛地前来问候。定是曹操与张敬轩之间不甚融洽,有离开敬轩之心,前来试探。"

自成问:"试探什么?"

牛金星一时不能回答。张献忠与罗汝才之间的近来情况,究竟是否融洽,闯营中很不清楚。反之,罗汝才近几年与闯王虽未破脸,但是已经疏远,人所共知。今日忽遣罗十前来问候,当然必有用意。所以他猜想是前来试探。但来试探什么,很难说准。他想了一想,回答说:

"倘若曹操不见容于张帅,有意前来相就,此乃最好不过之事。纵然马上尚不致如此,但不妨遣罗十来看看情形,看看闯王对他的态度,所以我说是前来试探。"

李自成也有此猜想,但是他轻轻摇头,说道:"未必吧。曹操和敬轩一样,都是起义后自树旗号,不是高闯王部将,所以平日总认为他们的资望在我之上,见我继称闯王,有夺取江山之志,心中不服。况且,汝才同我是拜身,我自来称他为兄。按常情说,他很难屈身奉我为主。"

宋献策忽然笑着说:"我明白了。曹操同张帅合伙,也是万不得已,必有难言之苦。因此他有意来河南依靠闯王,以避左良玉的进攻。他来依靠闯王,却不是奉闯王为主。他与张帅合伙,就是如此。"

自成说:"如若他怀着这种打算,我们如何对他?"

献策说:"如他确是怀着这样打算,请闯王务必表示竭诚欢迎,请他前来,愈快愈好。"

闯王问:"他来了以后怎么办?"

献策说:"我们只忧其不来相就,不患其来到后同床异梦。目前大势,与三年前大不相同。三年以前,群雄扰攘,鱼龙未分,而如今群雄或死或降,局面已经分明。从朝廷方面说,确实到了山穷水尽地步,崩溃之势已近瓜熟蒂落。今春以来,两失名城,连陷亲藩,加上杨嗣昌在沙市自尽,大势已经分明。曹操在群雄中资望较高,近来听说又有了十几万人马。这十几万人马虽然大多是乌合之众,没有机会整练,但毕竟是一股较大的力量,强于革、左和老回回诸营。他或随张帅,或来就我,或投降朝廷,都是个举足轻重的人物。如果曹操有就我之心,派罗十前来试探,请闯王千万勿失良机。纵然曹操尚无此意,我们也不妨因势利导,在他同张帅之间略施离间。"

自成笑着说:"离间他们可以不必,不过曹帅派罗十前来,我们应该待之以诚,切不可当着他谈论敬轩的不是,更不可贸然劝汝才舍敬轩前来就我。"

牛金星说:"军师所言不妨因势利导,使曹帅离开张敬轩,来到闯王这边,十分重要。"

宋献策接着说:"旷观楚汉相争之际、王莽时候、隋唐之际、元朝末年,凡是群雄逐鹿①的年代,凡得江山者既要决胜于疆场,也要决胜于樽俎之间,拆散别人同党,张大我之声望与势力。这就是常说的'纵横捭阖'。其实一部战国史,除写诸国不断战争之事外,就是写国与国之间的纵横捭阖,不断分合变化。当今之世……"

宋献策话未说完,见高一功进来,便不再说下去,与牛金星起身让座。其实,李自成对他的意思已经清楚,用不着多说了。高一功先向闯王说了李公子同他商量了李侔给李际遇带去什么礼物,他已经吩咐备办,然后问道:

"曹操派遣罗十来下书问候,到底是什么用意? 相距数百里,还在打仗,仅仅是问候问候么?"

自成说:"我们也正在谈论此事,看来不光是闲来问候。"

"我听说罗十是曹操养的刺客,做过几次重要黑活。"

"刚才子宜对我一说,我也想起来了。"

"莫非他是来做黑活的?"

闯王摇头,说:"不会,不会。我同汝才之间往日无仇,今日无冤,他何故派人刺我? 况且罗十带着二百骑兵前来,难道刺了我之后,这二百骑兵能逃得走么?"

高一功仍不放心,想了片刻,又说:"会不会是出自敬轩的意思? 汝才跟敬轩合伙,处处听敬轩的。会不会是敬轩见杨嗣昌已死,认为朝廷对他莫可如何,急于夺取江山,妒忌你破了洛阳,杀了

---

① 逐鹿——争夺天下。以鹿比国家政权。

福王,声势大振,所以要对你下手?"

李自成很自信地说:"汝才别的事可以听他,这样事不会听他。汝才不是傻蛋,他为何肯为别人做伤天害理的事? 再说,汝才也会明白,罗十来行刺未必能够得手;纵然侥幸得手,他的二百骑兵必然逃不回去,而且他也永远成了闯营的死敌。他何苦啊?"

一功说:"倘能刺了一个李闯王,他们抛掉二百人算得什么! 没有了你,闯营也就完了。"

宋献策和牛金星对罗汝才派遣罗十的用意原是猜测不透,听了高一功的话,不能不觉得对罗十应该多加小心。牛金星说:

"凡事以小心为上。罗十前来行刺,闯王虽不必信其必有,也不可疏忽无备。我们表面上热情款待,暗中有备就是。"

高一功向自成问:"我在闲谈之中,问明罗十的真正来意如何?"

自成说:"何必要问? 一问就露出我们多心了。倘若汝才派他来果然另有用意,他必会自己说出,何必要问?"

关于罗十前来行刺的事,虽然大家在心上都留下一个疑问,却不再谈下去了。话题转到了罗汝才和张献忠的关系上。大家只知道罗汝才前年在房县境内随献忠重新起义,原是三心二意,后来又同献忠分开。也知道去年四月间罗汝才与惠登相、王光恩等共九股人马被逼到川东,那八股都投降了,到最后罗汝才正要投降,恰好张献忠赶到,没有让他投降,一起打进四川内地,今年正月出川,二月初破了襄阳。大家猜测:到底发生什么问题? 为什么罗汝才派人来找闯王重温结拜之情?

闲谈一阵,总不明白。高一功事忙,自去办事。李自成带着牛、宋和亲兵们出寨,往火器营观操练火器去了。

过了两天,李自成仍然不明白罗汝明来见他的真意何在。有时同宋献策等谈及此事,他忍不住笑着骂道:"妈的,罗汝才是有名的琉璃猴子,他差来的下书人也是个琉璃猴子!"但是他断定罗汝明决非无故而来,必定是曹操与张献忠有了不睦之处。他决计拆散罗汝才与张献忠合伙,将汝才拉到他这边来,所以他一再叮嘱老营将领:对罗汝明和随他来的二百骑兵要加意款待,切不可妄论曹营短长,尤其要紧的是谈到曹帅时务要格外尊重,多说赞仰的话。他自己时常带着罗汝明出寨看操,看各种兵仗作坊,还带他看了孩儿兵营和健妇营。有一次还带他进老营后宅见见高桂英,而桂英也以嫂子的身份赠送他一些礼物,包括上等绸缎和珠宝首饰,言明那首饰是给罗家"先后"①的。住了三天,罗汝明对闯王说明日要返回曹营复命,闯王也不强留,叫吴汝义拿出二百两银子赠送汝明,三百两银子和二百匹绸缎犒赏随来的士兵。

晚上,设宴为罗汝明送行。宴前,得到闯王同意,在酒席上宋献策和牛金星都说出希望曹帅来河南与闯王会合,以后同心协力,共建大业的话。刘宗敏等相陪诸将附和,十分殷切。罗汝明总是笑而不答,或者是来一个"王顾左右而言他"。李自成在烛光下对罗汝明暗观神色,心中不觉骂道:"琉璃猴子!"但是他对宋献策等人笑着说:

"你们急什么?我们汝才哥今年如不能来,明年来也可以,他何时愿意都可以,不要勉强。我这个人无德无能,只有一颗诚心,对曹帅不敢强邀,听其自然。"

晚宴以后,李自成将罗汝明邀进书房,要高一功也去,随便闲谈。他谈的多是家乡米脂一带的风土人情,人事变化,以及他同罗汝才的少年生活,后来如何成为结拜兄弟,如何各自起义,如何一起去攻打凤阳等等,对他同汝才之间的不和,一字不提。高一功不是米脂人,对罗汝才起义的事情不很清楚,但谈到起义后的事情,他也常常插话,说了不少称赞汝才和曹营将领的话。娓娓闲话,直到深夜,罗汝明拿话试探闯王:

"李哥,你同张敬轩也是朋友,你看敬轩如何?"

李自成笑着说:"敬轩嘛,长处很多,只有一个短处大概你也明白,不用我说。"

---

① 先后——米脂方言称兄弟的妻子为先后,即普通话的妯娌。

汝明问："什么短处?"

"不能容人。"他暗中打量汝明的神情,随即又添了一句:"不过他对我曹哥还是很尊敬的,对曹哥他不会有盛气凌人的架势,也不会嫉妒。"

汝明又挑逗一句:"李哥,倘若敬轩来河南,你肯容他么?"

自成说:"为什么不能容他? 朋友嘛,要多想着'和衷共济'四字,事情就好办了。"

"可是常言道:一个槽上拴不下俩叫驴!"

"我这里的槽上,三条叫驴也可以拴,越多越好。"

罗汝明哈哈大笑。又说了几句闲话,听见鼓打三更,便起身告辞说:"李哥,天色不早,我们该休息啦。明天我还要上路哩。"

李自成说:"休息也好。谈起我同汝才少年往事,不觉已到深夜! 汝明,不用回你的住处,惊动别人,就睡在这书房里吧。我平时也睡在这里,便于读书做事。这里有现成被子,你不妨跟我同榻而眠。"

汝明说:"可是李哥,你是闯王,我是曹营中的小人物,怎么敢睡在你的床上!"

"不要说这个话。既然汝才同我是拜身,你就如同我的兄弟,又是我的老朋友,说什么你是曹营中的小人物? 就同我睡在这张床上吧,不必外气!"

高一功几次向李自成使眼色,都没得到理会,到这时只好拉着罗汝明的手说道:"汝明,请你到我的住处睡觉,比这里舒服得多,何必挤在一个床上?"

自成说:"一功,你走吧。我同汝明同榻而眠,还可以多谈一谈。你快走吧!"

高一功见自成的主意已定,只好退出。到了外边,他对值夜的亲兵们暗嘱小心在意,但又不便言明。他叫醒了吴汝义和双喜,说了闯王留罗十同榻而眠的话,他们都觉吃惊。双喜要去书房守夜,一功摇头说:

"万不能惹怒闯王,只可在窗外常听动静。"

吴汝义抱怨说:"我说过几次,这个罗汝明原是专为曹操作刺客的,必须多多提防,他总是一笑置之!"

在书房中的那张床上,叠了两个被窝。罗汝明说他夜间有小解的习惯,为着上下榻自由,睡在外边。李自成头朝东,罗汝明头朝西。各人都按照军中习惯,内边的衣裤都未脱去,并且将宝剑和匕首都放在可以随时摸到的地方。到了四更时候,李自成仍未睡着,暗想着是否能够将曹操拉来,还想着天明后如何亲自给曹操写信……

忽然觉察到客人转动身子,李自成立刻抓紧枕边的匕首柄,刚才的一切思绪都停了。

继而觉察到客人已经从被中小心坐起,分明是不肯将他惊动。他故意发出轻微鼾声,装做自己确实是酣睡未醒。

继而觉察到客人披衣服,手碰剑柄。李自成一面继续打鼾,一面将匕首握得更紧,并且准备好随时可以一跃而起。

继而觉察到客人下床,穿好鞋子,似乎转身向床,李自成继续打鼾,心中暗问:"他要动手么?"悄悄用眼缝窥伺客人。

继而看见客人将落下的一半被子放在床上,向书房外走去。李自成放下心来,转身面对墙壁,但将匕首换个地方,握匕首柄的手仍未放松。等客人回来,重新上床睡下,他开始不再握匕首柄,打算趁天未明稍睡一阵。

李自成刚刚蒙眬一阵,寨中开始有头遍鸡啼。他习惯地一乍而醒,赶快下床,不注意将客人惊醒。客人问他:

"李哥,你夜里睡得好么?"

"很好。因为身上乏,一夜未醒一次! 天气还早,你只管睡吧,睡吧。"

但客人准备五更动身,也跟着他穿衣起床。一个亲兵送了半脸盆温水,李自成让客人先洗,然后自己用残水洗了。他正要坐下去给罗汝才写信,罗汝明走到他的身边,满脸堆笑,说:

"李哥,这几天,我看你待人确实一片真诚。我回到曹营,一定要将你的真心诚意告诉汝才哥。他有意来你这里,只是众将还在犹豫。倘若汝才哥决定来河南,我半月后再来一趟。"

李自成紧紧地抓住罗汝明的手,说:"老弟,你回去后千万告诉汝才哥,我诚心诚意等着他来! 我决不会亏待他,凡事多听他的。我的将士也都是他的将士,没人不听他的。罗十,我等你早日再来。你一定再来一趟!"

"我一定再来,一定再来!"

天色黎明,李自成写好书子,就陪着罗汝明吃了早饭。曹营的二百骑兵也都饱餐一顿。李自成骑上乌龙驹,将汝明送出五里以外,命双喜直送到十里远近。随着罗十去曹营代李自成回拜曹操的是刘体纯。他带了闯王的亲笔书信和许多贵重礼物,还有三百名骑兵跟随。

打发走罗汝明之后,李自成和宋献策一心挂念着李际遇的消息。过了几天,李侔回来了。李际遇答应不受朝廷职衔,不与闯王的义军为敌。这结果原在李自成和宋献策等的意料之内。只要李际遇不受朝廷招抚,在登封保持中立,李自成也就放心了。

半个月后,罗汝明果然跟刘体纯又来了。罗汝才已表示愿意来河南与闯王合营,只是有一些具体问题要进一步确定。从此闯、曹两营信使往来不断,都瞒着西营耳目。好在西、曹两营早已分开活动,常常相距数百里或千里之遥。为着今后大计,趁着曹操未来合营,在五月间就由牛金星和宋献策布置一番,李自成祭告天地,宣布正式称号为"奉天倡义文武大元帅"。到了七月间,合营事完全成熟,李自成亲自率一两万将士往淅川境迎接曹操……

第十章

罗汝才同张献忠的合作,有过不少值得纪念的时候,也有令他很不愉快的时候。当他两人齐心协力的时候,便能够克服困难,获得漂亮的胜仗。然而这样齐心协力的时候总是不能持久。而且就是在齐心协力作战的日子里,罗汝才也常常感到某种委屈,操心着有机会同献忠分手。前年五月,张献忠在谷城重新起义,将人马开到房县境内,劝说罗汝才跟着起义。罗汝才不但自己重新起义,以他为首的另外八营义军都在他的推动下同时起义。可是多数人都不愿同张献忠合兵一处。他们将人马从房县和均州一带往南拉去,徘徊于鄂西和川东的交界地方。他自己为着朋友义气,同献忠合兵作战,在房县以西的罗猴山设下埋伏,打了个大胜仗,使左良玉的人马伤亡惨重,左本人"仅以身免",河南总兵张任学全军覆没,有名的副将罗岱被活捉。可是打过这一大胜仗之后不久,罗汝才受不了张献忠盛气凌人,同献忠分手了。

罗汝才尽管是所谓"草莽英雄",却是一个通达世故的人,纵然怀着一肚子牢骚同献忠散伙,决不闹翻脸,也不出一句恶言。他一贯拿的一个原则是"朋友们好合好散,留下见面之情"。他同献忠经过好商好量,赔了不少笑脸,在竹山境内分开。张献忠往北走,转入川、陕交界一带,后来在玛瑙山因麻痹大意吃了败仗。罗汝才往南走,到了远安、兴山和秭归一带,在香油坪①打了一个胜仗,在秭归和巫山境内同惠登相、王光恩各营义军靠拢。

到了去年春末夏初,杨嗣昌用强大的兵力将逗留在川、鄂交界处的各股义军压迫到夔州府境内,后来罗汝才也到了夔东。从六

---

① 香油坪——在湖北远安县境内。

七月间开始,被逼到川东的各股义军陆续投降,到了八月间,没有投降的只剩下罗汝才了。他也决定投降,以求保全剩下的不到一万人马,将来看一看情况再说。恰在这时,张献忠找到了他。

张献忠受左良玉的压迫,辗转到了兴山和秭归一带。他在川、鄂交界的大山中稍作休息,补充了粮食和食盐,到巫山境内,寻找罗汝才。他只剩下几千人,偃旗息鼓,对百姓秋毫无犯,还拿钱救济百姓,所以官军得不到他的行踪。在八月中旬,他探听到罗汝才的驻地,还听说汝才已经决定投降。他十分焦急,先派马元利去见汝才,劝他不要急着投降;随即又派军师徐以显去,对汝才分析了官军的弱点,还说明杨嗣昌必败之理,要汝才同献忠见面。罗汝才因为营中住有劝降的两个人,害怕走了消息,就约会在献忠驻地秘密见面,决定大计。张、罗又一次并肩作战开始了。

如今罗汝才虽然又同张献忠分手,决定来河南同李自成合作,奉自成为主,但是他同献忠的最后一次合作在明末农民战争史上留下了光辉的篇章,值得后人称颂。现在让我们回顾一下这一段历史吧。

却说崇祯十三年,大概是阴历八月二十日。上午巳时左右,在四川巫山县境内,同大昌、奉节两县的交界地方,在一座被浓密的竹、树环绕的小小山村中,张献忠和罗汝才正在商议突破官军包围的重大计划,而且已经做出决定,忽然一阵爽朗的大笑,从一棵高大的黄桷树下的茅屋中飞出,混入村前奔腾的涧水声中。

这是张献忠的笑声。他的亲兵亲将们没有人不熟悉这种笑声。不但在局势顺利的时候他们常听见这种笑声,在事情很不顺利时也能够听到这种笑声。像今年二月间在玛瑙山大败之后,献忠的九个老婆被官军俘虏了五个,将士损失惨重,可是两天以后,他刚刚脱离险境,还没有完全摆脱官军的搜索,却对着跟在身边的少数将士们哈哈大笑,骂道:

"怎么,你们有点儿泄气么?哈哈,小事儿!他娘的,老子偶一疏忽,中了刘国能这王八蛋的诡计,吃了这个亏。他们搞的这一手能叫打仗? 这算是鸡巴打仗,是同俺八大王开玩笑! 还好,我的老本儿还在。以后,小心点就是,叫杂种们别想再跟老子玩这一手。老子不会叫杨嗣昌这老东西有好日子过,要不了多久就会叫他龟儿子栽倒在咱老子的手心里! 老子说到做到,可不是放空炮。不信? 你们骑驴子翻账本——走着瞧!"

尽管当时跟随他身边的将士只剩下几百人,多数挂彩,十分饥饿、疲惫和瞌睡,却因为听见他的爽朗的大笑和这几句话,突然增添了精神。

当前西营的将士们都知道处境不妙:杨嗣昌调集了湖广、陕西、四川三省的人马,从四面包围过来,还有京营人马驻扎在当阳以东,防备张献忠向东突围,重入湖广。跟罗汝才一起进入川东的各股起义人马,只剩下汝才一股了。罗汝才本人也很动摇,常有杨嗣昌差使的降将来到他的营中说降。左良玉的人马本来驻扎在兴山、房县、竹山和竹溪一带,近几天已经派出十六哨先头部队,进入川东,加上降将过天星、惠登相的三千精兵,向巫山、大昌境内迫近。另外听说杨嗣昌已经从夷陵启程,将亲自来巫山督催各路官军进兵。虽然近来张献忠手下将士的士气较旺,但是全部战兵不足五千人,同官军在数量上相差悬殊,而在这大山里边驻得久了,粮食也不易得到。所以西营将领们十分关心的是:首先,罗汝才断绝降意;其次,赶快同罗汝才决定趋向,不要等待着四面挨打。

由于献忠的军令很严,不叫谁走进屋去谁连门口也不敢走近,所有老营的亲兵亲将,包括他的养子张可旺等,都站在离茅屋几丈外或更远处等候呼唤。那些离茅屋较近的,只听献忠同曹操小声议事,有时似乎发生了争执,有时听见献忠在嘲笑什么,有时又听见军师徐以显劝罗汝才速拿主意。过了很久,有人听见罗汝才似乎带着无可奈何的口气说:"好的,就这样办吧。敬轩,你放心,我决不再三心二意!"随即人们就听见张献忠又说了一句什么话和他们平日所熟悉的爽朗笑声。听见这笑声,等候在茅屋附近的将领们的心头蓦一轻松,互相交换着微笑的眼色。

张献忠从茅屋中探出头来,一阵凉爽的秋风吹乱了略带黄色的长须。他招招手,呼喊张可旺和白文选等十几个重要将领进茅屋听令。当大家在茅屋中坐下以后,他习惯地用左手玩弄一下长须,然后望着大家说:

"咱们自从五月底来到这川东地面,一直休兵过夏,人养胖了,马也肥了。杨嗣昌和邵捷春只知道咱们从巴东白羊山来到川东,却没法知道咱们到底在什么地方。山中老百姓先受了官军的苦,咱们却给他们许多好处。穷百姓心中有秤,眼中清楚。他们只把官军的动静告诉咱们,不肯把咱们的动静泄露给官军。官军的哨探虽多,管个屁用,到了老百姓中间都变成了瞎子、聋子。杨嗣昌老混蛋纠集到夔东一带的人马虽多,都是摆在明处,咱们想打他们很容易;咱们的人马虽少,却是藏在暗处,他们想打打不着。整个夏季,他们不断在烈日下奔波,咱西营将士在深谷树荫里和竹林里睡觉乘凉。可是如今天气已经凉爽啦,咱们也该到战场上活动活动筋骨啦。咱们都是在马上打惯了仗的人,八字里没有命享这号清福。老子早就闲得心痒手痒。你们不觉得手痒么?"

众将领都笑了,纷纷要求赶快打仗,说他们早已急得手痒。献忠心中十分高兴,哈哈大笑,随即转向罗汝才,说:

"曹哥,你下令吧,你说说怎么打法。"

罗汝才比献忠只大一岁,但由于喜欢酒色,小眼角已经有了几条鱼尾纹,眼神也缺乏光彩。他狡猾地对献忠笑一笑,说:

"敬轩,刚才咱俩已经说定啦,两家人马全听你的将令行事。你在大家面前推让什么? 这不是六指儿抓痒,多一道子!"

献忠说:"刚才只商定咱两家兵合一处,生死同心打官军,也商定怎么打法,可是你比我年长,你是哥,我是弟,你的人马又比我多,自然以你曹哥为主帅,听从你的指挥,这才是天经地义。"他转向徐以显,狡猾地笑着问,"军师,我的话说得对么?"

徐以显笑望着罗汝才,说:"既然我们敬帅出自诚意,就请曹帅做主帅吧。"

汝才在心中骂道:"妈的,休在我眼前做戏,你们一撅尾巴,老子就猜到你们会屙啥屎!"他对献忠笑着说:"敬轩,你说的是屁话!我曹操同你八大王膀靠膀打仗不是一次两次了,哪一次不是看着你的马头走路?有本领不论哥弟。我肚子里能吃几个窝窝头,你不清楚?目前咱们的对手是杨嗣昌,他有个监军叫万元吉,不是吃闲饭的,还有从几个省调集的官军,另外又有一些能够帮他打仗的降将。咱们的困难不少,非你当家指挥不可。敬轩,你放心。你的令旗指到哪里,我的将士们杀到哪里,决不会有人敢三心二意,阳奉阴违。你要再推辞,不肯做主帅,咱们就不要合营,趁早各奔前程为妙。"

献忠用带有嘲笑意味的眼睛向罗汝才瞄了一瞄,大声说:"好家伙,老哥说的倒真是干脆利索,非要我老张暂时做主帅不可!好吧,既然曹哥如此诚意,我做兄弟的恭敬不如从命,只好代曹哥多当几分家啦。"他看见曹操的军师吉珪一直在笑而不言,便说道:"老吉,你头上有个主意包,足智多谋。既然曹帅推我做主帅,好比赶笨鸭子上架,我不上架也不行。怎么办?老吉,我只能全靠你们扶我啦。遇困难你可得多拿出锦囊妙计!"

吉珪字子玉,山西举人,今年四十五岁,原是仕途蹭蹬,困居郧阳,经友人介绍,暂做房县知县郝景春的西席。当罗汝才驻军房县时,他同汝才开始认识,暗相结交。汝才和献忠破了房县,他做了汝才的军师。曹操得到吉珪如获至宝,几乎是言听计从。为着笼络吉珪,他从营中掳的大批妇女中挑选两个较有姿色的姑娘送给吉珪作妾。他常说:"吉子玉就是我的子房!"吉珪怀着"士为知己者死"的思想,竭智尽虑地效忠曹操。他常说:"魏武帝足智多谋,得荀文若①如虎添翼,更能成其大业。然荀文若在要紧关头思虑糊涂,故不能得到善终,保其千秋功名,这一点颇不足取!"罗汝才自

---

① 荀文若——荀彧字文若,东汉末人,为曹操手下的重要谋士。后因不同意曹操进公爵和加九锡,被曹所忌,服药自尽。

从得吉珪之后，不管到什么地方去总把他带在身边。吉珪为想做一番大事，近来也不愿罗汝才向官军投降，但迫于形势困难，也很忧虑。幸好献忠及时赶到，罗汝才的投降事被献忠拦阻，他也出了力量。他昨天就为汝才拿出主意：一定要推献忠为盟主，一则避免在目前困难中与献忠争这把坐不稳的破交椅；二则留下日后与杨嗣昌之间的回旋余地。现在他之所以笑而不言，并非因为别的，只是因为他看着关于联军最高指挥权的推让简直像扮戏一样，不惟献忠和汝才心中明白，吉珪和徐以显也明白，将领们人人都心中明白。而且西营和曹营的将领们都看得很清，在今日局面下不合兵不行，合兵后不由献忠做全军主帅也不行。因此，经献忠一问，吉珪捻着胡须说：

"奉敬帅为盟主，实系众望所归，何必谦让？"

献忠哈哈一笑，望望汝才，又转向大家，说："杨嗣昌一心想把咱们包围在这一带大山中，一口吞掉咱们，咱们就得打乱他摆布的包围阵势，照他王八蛋的心窝里捅一拳，捅得他东倒西歪，眼冒金花。四川人骂杨嗣昌是湖广人，说他故意把咱们赶进四川，免得在湖广打仗。其实这话是胡嚼蛆，冤枉了杨大人。咱们都明白，杨嗣昌根本没有这个意思。他并不想咱们进川，倒是想连吃奶的劲儿都用上要堵住咱们不能往四川肚子里钻。他呀，老龟儿子，是想把咱们包围消灭在夔东这一带大山里边。咱们呢，一不做，二不休，索性趁机会到四川内地游山玩景，散散心去。如今湖广、河南、江北各省无处不连年水旱，灾荒极大，只有四川的灾荒较小，比较富裕。咱们到四川内地去，因地就粮，愿打就打，愿走就走，还不舒服？至于咱们过了夔州往西去怎么走法，今天我暂不说明。老子今天只告诉你们眼前的两仗怎么打。眼前这两仗打得干净利索，不拖泥带水，以后进到四川内地的仗就容易打啦。"献忠将左拳向桌上一摆，说："这是土地岭。"又将右拳一捶，说："这是大昌县城。杨嗣昌叫邵捷春驻在大昌，可是这龟儿子又胆小又不懂军事，躲在重庆不敢来，派些川兵把守大昌境内各处隘口，把兵力分散使用。

如今土地岭驻扎的官军较多,是湖广将领张应元和汪云凤这两个王八蛋副总兵率领的。他们手下有三千老兵,二千招募不久的新兵,没有上过战场。杨嗣昌知道土地岭十分重要,三次檄调驻扎在开县的贺疯子赶快把人马开到土地岭。可是贺人龙不买他的账,推说欠饷太久,将士不听命,硬是按兵不动。前几天他的将士们干脆来个全营鼓噪,拥着他往陕西去啦。咱们现在就先打土地岭,打垮这五千官军。刚才已经同曹帅商量好,打土地岭老子亲自去。西营出兵三千,曹营出兵两千。西营的将领只叫定国、能奇、文选、元利跟着老子去,其余的都跟可旺留在这儿候命。曹帅明天就率领曹营大军往东,回到兴山境内,大张旗鼓去攻占丰邑坪,使官军想不到咱们去攻打土地岭。等咱们去攻破土地岭,曹帅再从丰邑坪回师西来,在大昌会师,一起过大宁河,向夔州杀去。目前的仗就这么打法,准会使杨嗣昌和邵捷春惊慌失措。曹哥,你对大家讲几句吧。"

汝才笑一笑,说:"你把话都说清楚了,我还有屁的话说。下午我就交给你两千人马,一律给你精兵。"

献忠调皮地挤挤眼睛,问:"曹哥,杨嗣昌差来劝你投降的那个游击刘正国和降将伍林,你还舍不得杀掉么?"

汝才有点不高兴地说:"瞎说!我既然对你发誓说我决不投降,你不放心么?"他向门外叫了一声,立刻有他的一个亲兵进来。他说:"你立刻骑马回去,把刘正国和伍林斩了,把他们的头提到张帅这儿。"

徐以显望着吉珪说:"瞧,曹帅做事真干脆!"

张献忠笑着点点头,向亲兵吩咐:"摆酒!"又对众将说,"大计已定,咱们同曹帅痛快地饮上几杯!"

不过片刻,亲兵们就将预备好的酒菜摆上来了,并且替张、曹二帅和众将领斟满杯子。献忠端着杯子,站立起来。汝才坐在上首客位,也赶快端着酒杯站起来,满脸堆笑,心里却说:"敬轩今日这么讲礼,还站起来敬酒哩!"徐以显、吉珪和众将见两帅都站了起

来,也跟着站立起来,但没有看见献忠平日吃酒的快活神气,心中
觉得诧异。曹操也忽然觉得纳罕,收敛了脸上笑容。献忠脸色沉
重地对大家说:

"自从谷城起义以来,我们两营将士又有不少伤亡,真是痛心!
啥时候想起这些阵亡将士,我就想斩杨嗣昌的狗头,以报深仇大
恨。来,这头一杯酒,要供奠西营和曹营的阵亡英灵!"

屋子里气氛肃穆。献忠的眼睛有点红润,默默地将满杯酒浇
到地上。罗汝才和众将领以及两位军师都肃敬地将酒浇地。

在重庆东边大约三十多里的地方,驻扎着一支号称三万人的
部队。这支部队绝大部分都穿着破烂的农民衣服,武器各色各样,
显然是临时征召来的,没有经过训练。但是有三千人甲仗齐楚,旗
帜鲜明,军容甚整,美中不足的是中间夹杂着有不少三四十岁的老
兵。这三千人多数使用长矛。后带钩环,一律白蜡木杆,不用装
饰。因为这支部队曾经在万历年间参加过平杨应龙①叛乱的战争,
从天启初年起在长城内外参加过几次抵御清兵的战争,也参加过
讨平奢崇明②的战争,所以全国闻名,被称做白杆兵。它的主帅是
石砫宣抚司使、总兵官挂都督衔、钦赐二品冠服③、著名女将秦
良玉。

当张献忠和罗汝才在巫山县境商议军事的这天上午,秦良玉
正在陪一位从重庆来的文官巡视营垒。这个人名叫陆逊之,原任
绵州(今绵阳)知州,刚刚卸任,奉四川巡抚邵捷春之命,来看看重
庆附近的驻军情况。他前天和昨天已经看过了几处兵营,包括巡
抚的标营在内,都使他感到失望。如今他被秦良玉带到石砫白杆

---

① 杨应龙——明代播州(今遵义)宣慰使,是压在苗民头上的世袭土酋。万历时在贵州、
四川、湖广三省交界地区叛乱,历时十余年始被剿灭。秦良玉同丈夫马千乘于万历二
十七年参加平定杨应龙之战。

② 奢崇明——明代四川永宁宣抚使,彝族的世袭土酋。天启元年叛乱,占据重庆,围攻成
都,又占领遵义,自称大梁王,崇祯二年秋天始被剿灭。秦良玉曾参加讨伐奢崇明之战。

③ 二品冠服——明代的总兵官无一定官阶,一般视为武一品,但因为沿袭重文轻武的制
度,所以皇帝赐给总兵官二品文官冠服是难得的恩荣。

兵的营中,当然只是那三千训练有素的精兵驻地,看见营垒守卫森严,肃静无哗,临时平整的校场中有军官带领着士兵正在认真操练。这种在当时官军中少见的军容使他感到惊异,心中赞叹,对秦良玉更加敬佩,在马上拱手说:

"自从天启初年以来,都督大人的白杆兵天下闻名。今日下官有幸亲来观光,益信白杆兵名不虚传,周亚夫之细柳营不过如是!看来保卫四川,不受献贼蹂躏,端赖大人这一旅精锐之师。"

秦良玉已经是一个六十七岁的老妇人,从万历二十七年开始带兵打仗,如今已经有四十一年经历,不但见过很多朝中和封疆大臣,受到尊重,而且她还有众多大将们梦想不到的光荣:十年前曾蒙当今皇上在平台召见一次,赐给她四首褒美的御制诗,并且是御笔亲书,至今海内传诵。她明白陆逊之的话一半是真,一半是官场中常有的客套和奉承之词,所以她在马上拱手还礼,态度娴雅地微微一笑,回答说:

"先生过奖,实不敢当。我已经老了,手下将士也和往年不同。只是皇恩高厚,难报万一,今日正武将用命之时,不敢稍有懈弛。况献贼逼近夔关,老妇守川也就是守家,敢不尽力!"她突然轻轻地叹一口气,又说,"今日先生来得正好。我有些区区苦衷,在先生回重庆前当与先生一谈,或可转达邵公。"

陆逊之赶快说:"下官此来,除代抚台大人向贵营将士慰劳之外,也实欲亲瞻威仪,拜闻韬略。倘有珠玉之言,自当洗耳恭听,回渝①后代为转达。"

良玉点头说:"回行辕谈吧。"

十年以来,除非行军打仗,秦良玉总是在她驻军的行辕正厅中间悬挂着一副她自己用洒金橙红砑光蜡笺书写的"中堂",全续精工装裱,下坠两端镶玉楠木轴,用恭楷书写崇祯二年皇帝赐给她的四首御制诗之一:

---

① 渝——重庆的简称。

蜀锦征袍手制成,桃花马上请长缨。

世间不少奇男子,谁肯沙场万里行?

"中堂"两旁是高阳孙承宗写的对联,这说明秦良玉曾经与这位主持过对满洲军事的大臣有些关系。

陆逊之就坐以后,禁不住先看秦良玉手写的"中堂",心中佩服她虽然以武功著名,但确如传闻所说她"颇通翰墨",书法在娟秀中含有刚健。看过以后,他对秦良玉欠身说:"都督大人蒙当今圣上殊遇,御制诗如此褒美,真是旷世恩荣!"

秦良玉回答说:"正因老妇受今上特恩,万死难报,所以才……唉,不说了,吃过酒以后再与先生细谈。"

在秦良玉的行辕中,为陆逊之设了简单的午宴,有良玉手下的几位亲信将领和幕僚作陪。在左右侍候的全是青年女子,一律戎装打扮,短袖窄衣,腰挂宝剑。那些男将在良玉前十分肃敬,不敢随便言笑。在宴会中,秦良玉只随便谈一些打仗的事。她还告诉客人,她和她的儿子马祥麟和儿媳马凤仪①在崇祯初年就同"流贼"作战,媳妇在怀庆府地方同王嘉胤、王自用作战,孤军深入,死于阵上。所以不论为国为家,她都与"流贼"不共戴天,更不愿看见张献忠西过夔关一步。午宴以后,秦良玉将陆逊之让进她平日同几个亲信幕僚和将领们商议军事的地方,只留下两个女兵侍候。她微露一丝苦笑,叹息说:

"邵公不知兵。我这老妇人受国厚恩,理应以死报国,独恨与邵公同死!"

陆逊之吃了一惊,忙问:"都督何出此言?"

良玉说:"两个月前,我原是驻守巫山,扼流贼入川之路。后来,罗汝才等进犯夔州,我就由巫山驰援夔州。随后在马家寨、留马垭连败贼兵。仙寺岭一仗,夺了罗汝才的大旗,生擒他手下的重要头领副塌天。打仗嘛,应该多想着同敌人争险夺隘,先占好步,

---

① 马凤仪——本姓张,出嫁后穿男装,率领石砫兵作战,改从夫姓。

方能取胜。邵公不此之图,提弱兵两万坐守重庆,距夔州府一千一百余里。邵公又将张令一军和敝军调来重庆附近,作为倚靠,大失地利。倘若夔州有警,我同张令之师如何能够驰援?况且贼据归、巫万山之巅,休息之后,铁骑建瓴而下,张令必被击破。张令一破,就来打我。我给打败了,还能救重庆么?"

陆逊之不觉点头,说:"都督所言甚是。邵抚台如此部署兵力,恐有未当。"

秦良玉接着说:"况且督师是楚人,不愿有一贼在楚,用全力将贼逼往西来,不啻以蜀为壑①。督师用心如此,连三岁孩子都知道。邵公不趁此时争山夺险,抢占地利,令贼不敢前来攻我,反而等着挨打,这真是自取败亡之道!"

陆逊之深为同意,答应回去后就将她的意见转达巡抚。他又试着问道:

"夫人所言者不仅邵抚台前程攸关,亦全蜀安危所系。可否请大驾亲到重庆一趟,与抚台当面一商?"

秦良玉微微一笑,说:"老妇正在忙于练兵,以备一战,实在不克分身。请先生转达鄙意就可以了。"

陆逊之连连点头说:"一定转达。一定转达。"他早已听说秦良玉不惟武艺出众,而且胸有韬略,吐词娴雅,大非一般武将可比。今日初次见面,听了她的谈话,觉得果然不俗。他也看出来,这位年老的女将颇为骄傲,并不把邵巡抚放在眼里,所以不肯亲自去重庆见巡抚商谈。他曾风闻,四月下旬秦良玉和邵捷春都到了夔州,秦良玉拜见过邵捷春,因巡抚没有回拜,她便带着亲兵们驰回防地,连辞行也没有。陆逊之如今很担心张献忠与罗汝才合兵以后会越过夔州西来,使四川腹地饱受兵戎之苦,所以他要尽自己的力量劝这位著名的女将认真出力,使张献忠等不能过夔州一步。他一反文官的骄傲习气,欠身恭维说:

———

① 以蜀为壑——这是当时四川官绅们攻击杨嗣昌的话,认为杨嗣昌是楚人,故意将张献忠赶入四川为患。

"总镇大人平生战功烜赫，名驰海内。四川乃大人桑梓之邦，上自朝廷，下至愚夫愚妇，无不注目大人的旌旗所向，将大人看作是川东屏藩，全蜀干城。贺人龙率领的数千秦军已在开县鼓噪，奔往陕西，大人可有闻乎？"

秦良玉说："我是昨天晚上才接到塘报。"

陆逊之说："督师和抚台因献、曹二贼合兵，夔、巫军情甚为紧急，迭催贺镇进驻夔州、大昌之间，以为张应元的楚军后盾。不料贺镇将士因欠饷鼓噪归秦，致使川东守军益形单薄。所以今日是否能堵住献、曹二贼深入四川，惟恃夫人与张令将军两支劲旅耳。"

良玉微微一笑，谦逊地说："先生太过誉了。不瞒先生说，今日石砫白杆兵虽然尚堪一战，但也比往年差了。一则我自己虽然尚能骑马杀贼，但毕竟是年近七十的老妇，精力大不如前。二则先生谅也素知，我一家有几个战将，十余年来相继为国捐躯，如今手下得力的战将也少了。"

陆逊之说："虽然如此，但夫人威名素著，先声夺人，而贵军兵将都是来自石砫土司，上下一心，非他军可比。前去夔、巫，先占地利，必然稳操胜算。下官今日回渝，即将尊意转达，想邵抚台必会欣然同意。"

良玉说："倘若邵公肯使老妇与张令将军开赴夔、巫，先发制敌，则四川大局或者不致糜烂，督师'以川为壑'的想法也将落空。"

当天下午，陆逊之在客房稍作休息，便要赶回重庆，好即日将秦良玉的意见回禀巡抚。一位亲信幕僚负责陪陆逊之谈话，赶快走进去禀报秦良玉，并提醒要送给陆逊之一份"程仪"。秦良玉正在为新征召的兵士们的号衣和兵仗欠缺发愁，对着幕僚皱了皱眉头，小声问：

"送他五十两银子可以么？"

幕僚笑着说："大人，少了一点，目前虽然军中很穷，可是五十两银子恐怕拿不出手。"

秦良玉低头沉吟。虽然她在当时威名烜赫，论官阶比卸任的知州高得不能比,但是她十分明白,万不能得罪像陆逊之这样受巡抚信任的文官,他在巡抚耳边吹冷风或吹暖风,不可等闲视之。想了片刻,她吩咐中军取一百两银子用红纸封好,交给这位幕僚。一会儿,陆逊之进来辞行,行了礼,躬身说:

"下官此次奉抚台之命,晋谒大人。关于如何剿贼保川,亲聆韬略,实深敬佩。下官今日回到重庆,即当面禀抚台,不敢有误戎机。方才又蒙厚贶,实在不敢拜领,只是将军高情雅意,却之不恭,只得勉强收下。"

秦良玉笑着说:"区区薄礼,聊表敬意,先生何用挂齿。今日本镇因为国事忧心,酒后难免说几句牢骚的话,望不必让邵公知道。老妇身为武将,不惜为国捐躯,只等邵公指挥杀敌而已。"

陆逊之回到重庆以后,立刻将秦良玉的用兵方略禀报巡抚。恰好杨嗣昌的监军万元吉从夔州来了一封十万火急书信,催促邵捷春赶快在夔州屯驻重兵,防止张献忠和曹操联兵"西逃",批评他想同时守住大昌境内的各处隘口是分散兵力。万元吉还在书信中转告他杨嗣昌几句很有分量的话:"今流贼入川九股,相继就抚者七,惟献、曹二贼败逃巫山、大昌之间,局促穷山,势若游魂。倘残寇窥郧阳,走襄阳,左帅良玉当之;窥夷陵,走荆州,我自当之;窥夔关,走四川,蜀抚当之。歼灭巨寇,在此一举。国家封疆所系,各抚、镇切勿疏忽!"邵捷春深感开县兵噪之后四川的局势空前严重,如今又接到万元吉的书信,逼得他再也不敢逗留重庆。

邵捷春同亲信幕僚们经过一番仔细磋商,第二天亲自到秦良玉营中劳军,并同良玉商量石砫兵的开拔日期。因为粮饷困难,石砫兵和张令的川兵都不能即时开拔。过了五天以后,这两支人马才从重庆附近出发。而同一天上午,张献忠突然向巴雾河东岸的军事要地土地岭发动了猛烈进攻……

八月二十五日清晨,张献忠率领着两千步兵突然出现在土地岭的东边,而将大部分人马隐藏在一座山后的密林里。守土地岭的楚军将领张应元和汪云凤同张献忠和罗汝才打过多次仗,较有经验,也还勇敢;得到禀报之后,立刻商议应敌之策。他们都知道张献忠用兵狡诈,身边还有一个徐以显诡计多端,猜想献忠必定用一部分兵力从正面进攻土地岭,牵制官军兵力,而在鏖战正酣时潜用一部分兵力去抢渡巴雾河,只要夺到巴雾河的两岸渡口,土地岭不但失去了重要性,而且后路也被截断。根据这个估计,他们决定派出副将罗文垣和参将胡汝高率领一千精兵固守渡口,由主将张应元率领三百精兵和两千新兵守土地岭,居中指挥,而由汪云凤率领一千七百精兵出寨迎敌。官军所倚恃的是居高临下,先占地利,并且从七月上旬到此驻守,已经休息了将近五十天,真正是以逸待劳。

汪云凤立马营垒外一座小山头上,看见献忠的人马不多,只派出一千人马出寨搏战。张献忠将一千五百人马分作两队,轮番进攻,使官军不得休息。从早晨战到中午,汪云凤的人马没有经过恶战,已经消耗了两三百人,十分疲乏,不得不鸣锣收兵。献忠一看汪云凤鸣锣收兵,立刻将令旗一挥,战鼓齐鸣,喊声动地,两千将士一齐冲杀过来,而同时埋伏在树林中的两千人马也突然出现,从两翼包抄官军营垒。献忠冒着炮火和矢石,勒马阵前,手执大刀,对追随在他身旁的一个养子说:

"定国,小杂种,带着两百人从这儿冲过去,夺占那个山圪垯,叫龟儿子们不能再站在那里对着咱们乱打炮,乱射他娘的箭。去,谁在阵前不拼命,你就斩了谁!"

二十岁的张定国也看出来官军依靠那个雄据隘口的小山丘地势险要,架有两门大炮,簇聚着一两百官兵凭垒顽抗,在山丘下边已经死伤了不少义军弟兄。听了献忠的吩咐,他迅速地点齐两百将士,说了声"跟我来!"跃马向前,呐喊着向小山上冲去。献忠吩咐旗鼓官下力擂鼓,注视着张定国所率领的这支骑兵,跃过木栅,壕沟,却没法越过用大树枝布置的一道障碍,并且有几个弟兄中箭和中炮落马。他忽然看见这一支小部队全都下马,向前冲去。由于硝烟弥漫，献忠看不见张定国带着他的亲兵们如何前进，但看见原来被阻在木栅和壕堑外边的将士也都随着定国冲了过去，消失在硝烟中，而硝烟外只有很少人照料战马，并且略向后退。这时敌人的两门大炮已经失去作用，停止燃放，只拼命地放箭和投掷石头，而敌人也不断有人中箭倒下。过了片刻，献忠看见山丘上敌军大乱，有的还在抵抗，有的已经奔逃，而在将散的硝烟和纷乱的白刃厮杀中看见了他所熟悉的盔上的红缨，不禁高兴地说：

"定国，这孩子，有出息！"

很快地，义军从几个地方冲破了敌人营垒。汪云凤虽然是一员战将，但在义军排山倒海的进攻中，他的人马完全陷入混乱，各自逃生，无法阻止。他不得已率领三四百人退到通向土地岭老营的最后一个隘口，一面接连向张应元飞马告急，一面死守待援。

在土地岭寨中的张应元因见巴雾河渡口并没有张献忠的人马进攻，只有少数哨马窥探，所以已经将守渡口的官军抽调一半，向汪云凤的营垒增援。这几百人刚刚赶到，看见义军已经分几路攻破营垒，便不战而溃，有一部分逃回土地岭寨内。张应元估计土地岭老营万无一失，火速率领着留在身边的几百精兵，加上刚才逃回的一部分老将士，又抽调几百新兵，合起来约有一千人马，擂鼓呐喊，驰救汪云凤。他刚出寨门，忽听山上一声炮响，爆发出震天喊声。他勒马回头一看，大惊失色，说声"不好！"下令人马立刻退回寨中。但是守寨的新兵既不愿替官家卖命，也没有经过阵仗，正在被汪云凤的溃败和失掉营垒的消息震骇，忽然看见张献忠的一支人马从后山上呐喊而下，便谁也不再守寨，四散逃命。张应元刚刚退入寨内，马元利所率领的义军已经翻越寨墙，打开寨门，蜂拥而入。张应元连斩了几个溃兵，无奈山寨中已经陷入一片混乱，几处火起，连他左右的标营亲军也纷纷溃逃。他反身由原路出寨，却因寨门洞逃兵拥挤，将他的出路堵塞。马元利已经率领一支义军追杀过来，连呼"活捉张应元！活捉张应元！"张应元的中军游击见情势万分危急,策马冲到前边开路,向拥挤逃命的士兵们挥刀乱砍,杀开一条血路,保护张应元冲出寨门。有些士兵气愤不过,纷纷向他们射箭。张应元的亲兵有一个中箭落马,他自己的背上也中了一箭,但因为他穿着绵甲,只受了轻伤。他出寨后一边逃跑一边沿路收集溃兵败将,赶快驰往巴雾河的渡口。这时义军正在准备抢渡,两岸杀声震天,箭如飞蝗。张应元明白,倘若他在失去土地岭之后能够守住渡口,还可以不会杀头,所以他不顾死活,亲自点放大炮,打死对岸一个穿红衣的义军头目。因为巴雾河水深流急,而仅有的两只渡船又被官军弄到西岸,所以义军只好临时绑扎竹筏抢渡。尽管义军有一个头目中炮阵亡,但是抢渡的准备并不停止。一个义军将领立马河岸,督催一部分弟兄射箭掩护,一部分弟兄将竹筏运到水边,同时又指挥骑兵在岸边一字儿摆开,准备当竹筏被打沉时就率领骑兵跃马入水,泅渡过河。张应元看见义军的士气极旺,而守河官军人心惊慌,正在担心渡口不易守住,忽见有一骑兵驰到对岸,向敌将说了几句话,随即敌将将令旗一挥,鸣金收兵,率领人马离开了河岸退走。张应元莫名其妙地望着退走的义军,松了口气,用手揩了揩脸上的汗,开始感到背上疼痛。他一面命亲兵们帮他解甲敷药,一面命中军派人去打探汪云凤的生死下落。中军禀报说:

"回大人,刚才得到探报,汪大人已经突围,不知逃往何处。"

张应元问:"你知道献贼为什么不再抢这个渡口?是不是另有诡计?"

中军说:"卑职立刻派人打探。"

张献忠攻破土地岭,目的不在占领这个地方,也不是要马上渡过巴雾河,而是要先消灭官军的一支重要力量,打破杨嗣昌的军事部署,挫伤官军方面已经余剩不多的锐气,同时大大地振奋义军士气。他还希望,一举而打一次大的胜仗,可以坚定罗汝才跟随他深入四川内地的信心。攻破了土地岭之后,他的目的已达,立即下令

停止抢渡巴雾河,避免伤亡多的将士。他在土地岭休兵三天,将夺
得的大批粮食、骡马和各种军资运走,随后他自己也回到大昌和巫
山交界的大山中,派出一支骑兵去归州界上迎接曹操。虽然罗汝
才已经听从了他的劝告,发誓不再投降,并且杀了伍林,但是张献
忠对曹操不敢完全相信,所以必须赶快将曹操接回,在杨嗣昌来到
夔州之前,一起奔往川北,寻找机会回到陕西,免得被包围在夔、巫
之间的万山丛中。

过了十天以后,罗汝才才从归州境内回来。张献忠一见到他,
用左手抓住他的一只臂膀,右手照他的背上捶了两拳,快活地说:

"曹操,我的老哥,你今天才回来,可把咱老张等坏啦!你去了
这半个多月,夔东这一带的变动可大啦。咱们攻开了土地岭,打垮
了张应元和汪云凤这两个龟儿子的五千人马。汪云凤受了伤,逃
出战场,喝了很多凉水,死在山路上。可是到如今,嗨,这夔东一带
真够热闹,不但他娘的将星云集,连大人物也都到啦。"

曹操笑着问:"我在路上听到消息,杨嗣昌已经从夷陵到了巫
山,可靠么?"

献忠挤挤眼睛,笑着说:"咱们还没有下请帖,这老王八蛋自己
来啦。他对咱们用尽心机,步步紧逼,连做梦也想把咱们围困在这
搭儿一口吃掉。不过他晚了一步。他三天后才能到巫山,到了巫
山也不会有多大作为,咬不了俺老张的鸡巴。眼前咱们必须先动
手,打垮川军,离开这搭儿,冲进四川肚子里。我只等着老哥来,咱
弟兄俩好拧成一股绳儿,一齐行动。如今,过天星和小秦王们一群
混账王八蛋都向杨嗣昌投降啦,只剩下咱弟兄俩对付杨嗣昌调集
的几省官兵。其实,天塌不下来;天若塌下来,有咱们俩长汉顶着。
他杨嗣昌自称是'盐梅上将①',老子非要他变成带汁儿的上将
不可!"

汝才问:"怎么是带汁儿的上将?"

献忠说:"他打不胜咱们。迟早叫他败在咱俩手里。他对着尚

① 盐梅上将——盐梅指辅臣。杨嗣昌自称"盐梅上将"。详见第二卷二十、二十一章。

方剑抱头痛哭,可不是带汁儿的上将?"

罗汝才和众将领都忍不住哄笑起来。献忠也掀髯大笑,好像当时的督师辅臣和调来对他作战的四川、湖广、陕西、云南、京营共十几万官军全不在他的眼中。笑过之后,他拉着罗汝才走进屋里。他们的重要将领也都跟着进来,在凳子上和小竹椅上坐下,听他们决定下一步如何作战。献忠向曹操问:"四川巡抚已经到了大昌县城,你知道么?"

汝才说:"我知道。他是给杨嗣昌逼得硬着头皮来大昌的。他是文官,对打仗的事儿是外行。有点儿讨厌的是他把秦良玉和张令两个老家伙都调来了,看来是下狠心不让咱们从这儿往西,进入四川内地。"

张献忠轻蔑地一笑,说:"只要曹哥你回来,咱们两股劲儿用在一个拳头上,会把秦良玉这老寡妇打得晕头转向。起义至今,明朝的大将,多少公的都给咱们打败了,杀死了,何况母的!至于那个张令,什么鸡巴有名的神弩将,老子在柯家坪①领教过啦。那一仗,杀得这位神弩将毫无办法,一连几天把他包围在山沟里,他老杂种的将士们连水也没有喝的。要不是张应元、汪云凤、常国安这几个龟儿子都来救他,老子不把他活捉到也要打发他上西天。他是咱们手下败将,是他怕咱还是咱怕他?"

罗汝才狡猾地笑着说:"敬轩,你不要因为土地岭一战就又轻敌了。你知道秦良玉这次带来多少人马?张令有多少人马?单说他两个的人马,合起来比咱们多好几倍,何况邵捷春手下的川军将领还有哩,不止这两个老货!"

献忠回答说:"在柯家坪的时候,张令号称有五千人马,实际只有三千多,还有一千多只有名字没有人。如今他吃了苦头,会少吃点空名字②,补充几百人,顶多不会超过四千。至于那个老寡妇,一

---

① 柯家坪——在四川与陕西东南部交界地方,具体位置待考。此战发生在崇祯十三年三四月间。
② 空名字——书本上称为"空额",即按照编制的额定人数,花名册上报的名字有一部分是空的。

万多人!"

罗汝才面带微笑,不慌不忙,从怀中掏出来昨天在路上被他截获的一份官军塘报,递给献忠,说:

"你瞧瞧,比你估计的多两倍!"

献忠一看,果然这份塘报上是写着秦良玉亲率三万石砫将士从重庆星夜东来,驰援大昌和夔州,约于二十二日可以开到。献忠捋着长髯,心中琢磨片刻,忽然哈哈大笑,说:

"他妈的,塘报上准是写错了一个字儿,将千字写成了万字!"

汝才问:"你敢断定?"

献忠说:"我敢拿我的老婆同你打赌。"

汝才笑着摇摇头:"不行。你的几个长得顶俊的老婆如今都在襄阳坐班房哩。"

献忠又说:"好吧,拿我的坐骑同你打赌。我的黄骠马虽然算不得千里马,可是也差不多。要是秦良玉真有三万人马,我就将咱老张的黄骠马送给你!"

罗汝才忍不住哈哈大笑,说:"不用打赌,我也断定这母货不会有三万人马。夏天她在巫山境内跟我打仗时只有一万多人,后来开往重庆,路过忠州对岸时又差人从她的老窝里调出来几千人,合起来约有两万人之谱,或者稍多一点儿。咱不管这塘报上是不是将二字错写成了三字,还是秦良玉和官府故意虚张声势,反正咱们不在乎。在巫山县百子溪我捉到了她手下的几个小兵,摸清了石砫兵的一点儿真实底细。秦良玉这母货今年已经有六十七岁,精力衰啦,议事时常打瞌睡,打仗时很少亲临前敌,当年名将只剩下一个空名儿。像她这样年纪,最好留在家里抱重孙子,在战场上冲锋陷阵就受不了那个劳苦。"

徐以显接着说:"曹帅说的很是。如今秦良玉和白杆兵徒有虚名,远非昔比。从将领上说,她姓马的跟姓秦的两家,能够带兵打仗的将领死啦,剩下的都是些糠包菜。牡丹虽好,还得绿叶扶持。她如今是牡丹花谢,绿叶凋零,兴旺得意的时候早已经过完啦。从战兵上说,同样是有名无实,临时征集来的未经训练,不过是乌合之众。她如今不能够像往年那样自己冲锋陷阵,手中又无战将,白杆兵没有领头的,谁肯卖命?她马家几代做土司宣抚使就是世袭土皇帝,在石砫说句话就是王法,吐口唾沫叫谁趴地下舔起来谁不敢不舔。她一家人喝民血,吸民膏,骑在百姓头上过日子,动不动将欠租欠债或不听话的小百姓锁拿,非刑拷打,或是下监,或是扔进水牢,没有人敢吭一声儿,更别提反抗啦。她们一家人想杀谁,不眨眼睛。可是人心怎么能服?依我看来,只要我们大军猛力一冲,石砫兵同样也会溃不成军。目前四川官绅都把秦良玉和张令看成了两座长城,想着他们一定可以堵挡住我们不能够越过夔州。其实,他们这两个老货,一个六十七岁,一个七十挂零,土已经埋到下颏啦,越老越骄,要他们败在咱们手里不难。"

吉珪点头说:"徐军师所言,正是石砫兵今日的致命弱点。只要我们打得巧,打得猛,杀败秦良玉不难。目前秋高马肥,而我军以骑兵为主,此我军有天时之利。自夔、巫向西,地势自高而下,此我军占有地利。石砫兵多是乌合之众,且人人怨恨土司鱼肉残害,只是强迫征集而来,不像我们西营和曹营万众一心,士气甚高,深得人和。故从天时、地利、人和三方面看,我军战胜石砫兵,如操左券。"

曹操很有信心地说:"你们两位军师说得好。我们一定能够打胜张令和秦良玉。打不胜我曹操头朝下走路!"

献忠高兴地说:"曹哥,你今天的劲头很足,好!你说的话句句都落在点子上,跟俺老张想的差不多,好!这一仗十分要紧,应该怎么打,你一定有好主意。索性把你肚子里的妙计倒出来好不好?"

曹操笑着说:"急什么,还怕来不及明天出兵么?我已经饿啦,赶快把酒宴摆上来,等吃过你的接风酒宴以后再商议军事不迟。你破了土地岭,一定夺得了不少好酒。有什么泸州的,绵州的,快都摆上来吧!"

献忠拍着汝才的肩膀说:"好,好。咱们是老搭档,我晓得你是非酒肉不行。吃喝美了,你足智多谋,真不愧是曹操转世! 要是秦良玉减少四十岁,这一战给你活捉,该有多么如意!"

曹操说:"闲话少说,快摆酒宴!"

第十一章

　　张献忠和罗汝才利用四川巡抚邵捷春分散兵力防守许多隘口的弱点，在开过军事会议的次日，即九月初六，突然全力向官军进攻，连破几个都是只有三四百兵力防守的隘口，进至大宁河边，逼近大昌。邵捷春惊慌失措，将防守大昌的责任交给副将邵仲光，自己赶快逃到夔州，飞檄张令和秦良玉火速驰援。这两个人都是资历最深和威望最高的四川名将，而且他们的部队在一个夏季中补充训练，完整无损。如今不仅邵捷春把扭转川东战局的希望指靠这一对男女老将和他们率领的主力军，几乎整个四川的士绅们都抱着同样希望。张令的人马在石砫兵的前边，相隔一天多的路程。他一面催军前进，一面飞檄大昌守将邵仲光，说他正在星夜驰援，要邵仲光务必固守三日，等他赶到，将"流贼"消灭在大昌城下，共建大功。

　　大宁河的三个渡口，即上马渡、中马渡和下马渡，都是进攻大昌的必经之路。邵仲光原是分兵把守这三个渡口，每个渡口的岸上都迅速用石头修筑了堡垒，挖了陷坑，布置了鹿砦和铁蒺藜，并在堡垒中安放了火器和劲弩。虽然他很害怕张献忠，但希望凭仗大宁河水流湍急，河岸陡峭，岸上又有这些防御布置，可以固守到张令的援军赶到。他想，只等张令一来，张献忠就休想夺取渡口，进攻大昌；即使往最坏的方面说，到那时纵然大昌失守，责任在张令身上，与他邵仲光无干。不料当张献忠的前哨人马离大宁河尚有二十多里远时，守军便纷纷攘攘，不愿听从长官指挥，更不愿替朝廷卖命打仗，原因是欠饷太久，而从邵仲光起，一层一层的长官们克扣下级军官和士兵的粮饷养肥自己。邵仲光听到了不少从士兵中传出的风言风语,登时动摇了固守待援的心思。一见张献忠的人马来到大宁河边,擂鼓呐喊抢渡,他一面差人往夔州向巡抚谎报他正在督率将士们拼死抵御,杀得"流贼"伤亡数百,河水为赤,一面带着少数亲信丢掉堡垒逃跑。防守大宁河的川军将士们一听说主将先逃,不战自溃,大部分散成小股各自逃命,只有少数人追在邵仲光的后边往夔州逃去。张、罗联军几乎没有经过战斗就抢渡成功,分兵破了大昌,随即全师向夔州方向前进。

四川总兵、老将张令正在驰援大昌,得到大昌失守的消息就立即停止前进,在一个叫做竹困坪的地方凭险扎营,堵住义军西进的道路,并且以逸待劳,打算在这一战斗中建立大功。秦良玉的白杆兵也正在火速向这里开来,使张令更加胆壮。在他到达竹困坪的第二天上午,张、罗联军的前队两千骑兵来到了。他立马高处望了一阵,看见张、罗联军部伍整齐,旗帜鲜明,人马精强,便在心中决定了主意,吩咐将领们不许出寨,如敌来攻,只以铳炮和强弩硬弓射退便了。吩咐毕,他便回到寨中休息。左右将领纷纷向他建议:趁"贼兵"初到,一则疲劳,二则立脚未稳,赶快出击,可以获胜。但张令胸有成竹地说:

"你们净是瞎嚷嚷,乱弹琴!本镇活了七十多岁,一辈子打的仗比你们走的路还多,难道还不知道该如何对敌?你们不明白,今天来的有张献忠,不光是一个罗汝才!张献忠龟儿子是个狡贼,也是一个悍贼,今春在柯家坪,老子因为小看了他龟儿子,几乎吃了大亏。这一支悍贼新近打破了土地岭,前天又打败了邵仲光,破了大昌,锐气正盛。马上出寨去同他们厮杀,没有便宜叫你们拣。你们只守隘口,不出战,一天两天过去,等他们松懈啦,锐气消啦,狠狠地去整他们。全川父老的眼睛都在望着我们。这一仗我们必须打好,夺得全胜,方能上对朝廷,下对全川父老!"

张献忠的先头部队由张可旺率领,在离竹困坪大约五里远的地方据险下寨,埋锅造饭。随后张献忠率领大队人马赶到,让将士们吃饭休息。献忠因为张令是一个颇有阅历的老将,在川将中的声望仅次于秦良玉，所以他不许先头部队向竹困坪冒失进攻。打尖以后，他同徐以显率领一千骑兵走近竹困坪察看形势，看见川军的防守十分严密，除非攻破敌寨，无法长驱西进。他叫养子张文秀率领五百骑兵逼近寨外，佯装挑战，看寨中有什么动静。寨墙上开始肃静无声，只偶尔有人头在寨垛中间向外张望。张文秀的小部队继续擂鼓呐喊前进，声声辱骂张令是柯家坪的败将，叫他出战。寨墙上依然静悄，没有回答，只有很多大小旗帜随风飘扬。但等到张文秀的这一哨骑兵进入离寨墙一百步以内时，寨上突然鼓声和喊声大作，将士们从寨垛间露出半身，弓弩齐射，箭如骤雨，同时点燃了铳炮，铁子乱飞，硝烟腾起。张文秀的这一哨骑兵后退不及，有几十人受伤落马，幸而都救了回来。献忠以为张令必会趁此机会出寨追杀，但是竟没有一个官军出寨。他感到奇怪，用询问的眼色看看军师。徐以显嘀咕一句。献忠登时明白了张令的用意，轻轻地骂了一句：

"王八蛋，老贼，从柯家坪以后学乖啦！"

献忠同徐以显回到老营，将人马分作三队，轮流派一队走近竹困坪寨外骂阵，引诱张令出战，而经常有两队在山后树林中埋伏等待。但是直到日落黄昏，张令总不出寨。晚上，献忠叫张可旺等继续派将士轮番到寨边辱骂和骚扰，激起张令的愤怒。但张令对众将下一严令：除非敌人到离寨百步以内，不许呐喊放箭；除非敌人真正攻寨，不许向他禀报。他叫将士们轮番睡觉，好生休息，以备明日出寨厮杀。吩咐之后，他自己就和衣倒在床上，安心入睡，鼾声如雷。到了半夜，张献忠亲到寨外察看，但见寨上灯火稀疏，又听寨内人声不乱，愈发感到焦急，恨恨地骂道：

"张令这老杂种，硬是沉得住气！"

他回到老营，一面寻思主意，一面派人去十里外请曹操前来商议。忽报曹帅来到，他高兴得从凳子上跳了起来，而曹操已经进屋了。献忠笑着说：

"真是俗话说：'说到曹操，曹操就到。'曹哥，你来得正巧。咱们得想法儿激怒张令,使他明日非出战不可。这老家伙一向骄傲轻敌,如今忽然变得小心谨慎起来,真他妈的怪事!"

罗汝才说:"我猜到你正在焦急,所以连夜赶来看看。你放心,明天张令一定出战。"

献忠问:"你怎么断定他明日一定出战?"

汝才故意说:"我刚才观了天象,西北有黑气一道,横贯敌阵,主明日午后四川官军大败,大将阵亡。"

献忠捶他一拳,说:"放屁!老子正在纳闷,寻思诱敌之计,你却来开玩笑!"

汝才露出很有把握的神气说:"敬轩,你别发急。明天早饭以后,将我的人马换上去,诱张令出寨厮杀。我敢打赌:他不出战,我的头朝下走路!要紧的是,他一出寨,就要结果他老狗的性命。倘若杀不死他,放他退回寨中,咱们就别想过此往西。"

献忠说:"曹哥,你只要能诱他出寨,我就能截断他的归路。"

汝才说:"光截断归路不行,要在阵上结果他的狗命。他在这里路熟,不能让他落荒而逃,从别的路返回寨中。"

献忠说:"老子将他重重包围,使他插翅难飞,不愁杀不了他。看老子亲手斩他!"

汝才摇头说:"不行。这老家伙虽然年纪很大,却仍然十分慓悍,勇力过人,箭法百发百中。他身边有一百多名家丁,凶悍异常,都肯替他卖命,你很难近到他的身边。打他好比打虎,一上去打不着,反被虎伤。如果张令是容易杀死的,你早就在柯家坪将他杀了,何至将狗命留到今日?"

献忠问:"你有什么妙计?"

汝才笑着说:"我没有妙计。反正这活儿交给我好啦,准定将张令的首级给你。张令一死,咱们趁机夺占竹困坪,杀散张令的几千川军,长驱西进。"

献忠瞪着一双眼睛打量了汝才脸上的狡猾神气,用嘲笑的口吻说:"曹操,你在我张果老面前,葫芦里卖的什么假药,我还猜不透？快把你全部锦囊妙计亮出底儿来,咱俩商量定了,早一点分拨人马,做好准备,免得明日误事。"

汝才说:"急什么？离明天还早哩！伙计,该消夜啦,快把你的好酒好菜拿出来,咱们一边消夜一边商量。"

在吃酒消夜的时候,罗汝才将他想出的计策说了出来。献忠连声叫好,替汝才满满地斟了一杯,说:

"你呀,嗨,真是个曹操！"

徐以显也很赞赏汝才的主意,略微做了一些修改和补充。

献忠更加满意,伸着大拇指说:"高！高！曹哥,你怎么想出来这条妙计？"

曹操说:"天差我曹操做你的副手,拥戴你打进四川,我没有几个心眼儿你能要我？我刚才矇眬一阵,在梦中有神人指点我想出此计。"

献忠说:"老曹,你别逞能,越说你咳嗽你越发喘！我告诉你新的探报,你别当我们的事儿很轻松。秦良玉快到了,估量明日中午会来到竹困坪。百姓哄传万元吉亲自督率一万多人马从夔州赶来,明日也会到。前一条消息是千真万确的,后一条还没探实。不管怎么,明天必须在秦良玉来到前收拾了张令才行。倘若收拾不了他,咱们别想过竹困坪,插翅也飞不过去！"

徐以显也说:"能否进兵四川内地,在此一举,所以我们敬帅很急。"

曹操说:"敬轩,你别急。我的计策明天试试看,成败都看定国啦。"

罗汝才回到自己营中,已经鸡叫头遍,他唤起几个重要头目,吩咐他们依计准备。当他正准备睡一阵时,一个亲兵带着张定国进来了。定国恭敬地向他禀报:

"启禀伯父,小侄奉命带五十名弟兄前来伯父帐下,听候将令！"

汝才在灯烛下将定国打量一眼,笑着问:"贤侄,你明日在张令面前能够心不慌，手不颤，完全沉住气么？"

定国回答："能，能！小侄在几万官军中厮杀，尚不胆寒，何况在张令面前！"

汝才说："明天的情况不同啊，宁宇！明日，是要你单人匹马到张令面前，结果他的性命。他是有名的四川大将，人们称他是神弩将。不管老虎吃人不吃人，威名瘆人。何况明天是在敌军面前，他身边有众多亲兵亲将，却没有一个自家的将士跟你一道。你得十分沉着，心不慌，手不颤，把活儿做得干脆利索。你要是手一颤，就将我的妙计坏啦，你自己也得丢掉性命。我原想用五十个人干这个活儿，你老子信得过你的孤胆，主张叫你单人匹马去干，他说这样会使张令和他的左右人们毫不提防。明天这一妙着，全看你这个重要棋子儿。小伙子，你自己觉得完全有拿手么？"

定国带着腼腆地微笑说："我行，行，有拿手。请伯父放心。"

汝才又打量他一眼，满意地点点头，说："赶快睡觉去吧。好生睡一觉，明天可以晚点起来。吃过午饭，跟着我去到阵前。"

定国又说："刚才我来的时候，我父帅得到确实探报，秦良玉的人马明天中午一定会赶到竹困坪，他叫我顺便告诉伯父，准备明日恶战。"

汝才问："是秦良玉的先头人马，还是她的全军来到？"

定国说："听说中午有先头人马来到，下午全军都到，秦良玉在后督队。"

汝才拍着手掌，十分高兴地连说："好，好。"张定国有点莫名其妙，打算问他，他却挥手叫定国快去睡觉。定国退出以后，听见罗汝才在屋中自言自语地说：

"秦良玉这母货来得真巧，将一份厚礼送上门来。敬轩打算长驱入川，准定会顺利成功！"

第二天，辰牌时候，竹困坪寨上守军看见了攻寨的西营人马换成了曹营人马，部队不像西营严整。神弩将张令得到禀报，亲来寨上观看,心中说:"老子就在今天破贼!"左右将领都请他趁曹操扎营未稳,杀出寨去,可获大胜。张令摇摇头,严令将士们不许出寨,要像昨天一样。吩咐以后,他回到老营,同一个幕僚下棋,等候着决胜的时候到来。汝才的人马几次呐喊攻寨,官军全不理会。中午,张令吩咐将士们饱餐一顿,束扎停当,听候将令。

大约未初辰光,人们向张令禀报说罗汝才的人马已经十分懈怠,部伍散乱。他走到寨上望了一阵,看见罗汝才的将士东一团,西一团,坐下休息,有的在玩叶子戏,有的正在吃饭,有的等待吃饭,而有些人将鞍子卸下,让战马随意吃草。张令看过以后,眼睛里含着十分轻蔑的微笑,回头向跟在身边的一群参、游将领问:

"此刻怎样?你们各位随老子立功的时候到了吧?"

将领们精神振奋,请求立刻出战。张令又傲慢地笑着说:"不出老子所料,果然一过中午,罗汝才这龟儿子的军心懈怠,成了一群乌合之众!"他向中军问:"石砫兵啥时候可以来到?"

中军回答:"回大人,前队两千人离此地只有十里。秦帅率领大队在后,离此地大约不到二十五里远。秦帅正在催军来援,很快可到。"

一个将领问:"大人,还要等石砫兵么?"

张令用鼻孔轻笑一声,说:"算啦吧,不必等待啦。这一个胜仗咱们自己独得吧。"

随即他下了将令,留下一千人守寨,亲自率领三千将士,擂鼓呐喊,大开寨门杀出。

曹操的人马来不及整好队形,同张令在竹困坪寨外展开了一阵混战,抵挡不住张令的凌厉攻势,向后溃退。张令挥军掩杀,而自己身先士卒,望着曹操的大旗追赶。曹操后退了大约三里左右,重新占据地势,回头与张令厮杀,集中了强弩劲弓猛烈射箭。张令不能向前,立马在曹操阵地前面的山坡上,命他的将士们同曹兵对射。他自己手执强弩,在一百五十步左右几乎是百发百中,而他的身边的亲兵亲将差不多全是射箭能手,所以在对射中曹兵的死伤

201

较多。张令是身穿重甲,头戴铜盔,战马也披着铁甲,所以尽管也有几支箭射到他的身上,还有一支箭射中战马,却不能使他和战马受伤。曹操挥兵又退了大约三里左右,退入另一座事前准备好的营垒。张令率人马追赶过来,相距一里停下。左右将领请他下令乘胜向曹操的新阵地猛攻,但经验丰富的张令因看见曹操大营的旗帜和部伍不乱,又担心张献忠乘机杀出,冷静地轻轻摇头,下令说:

"不许再向前进,人马就地休息!"

这时,罗汝才立马在帅旗下边,向旁边骑在一匹白马上的小伙子望一眼,笑着说:

"宁宇贤侄,现在该你去收拾这老家伙了。祝你吉星高照,马到成功!"

张定国内穿铁甲,外罩红锦战袍,拍马而出,直往敌阵驰去。离敌阵不足半里,他勒住马缰,然后左手持弓,右手将鞭子一扬,高声叫道:

"谁是张将军?请张将军单独说话!"

张令和他的左右将士们从开始看见单人一骑离曹营向他们这边奔来,就心中感到奇怪,注目等候,不约而同地都猜想着大概是罗汝才派他的亲信前来转达愿意投降的话。等张定国驻马以后,恰是面向西南,一片深秋的斜阳照射在他的脸上。他虽然作战勇猛,却生得十分清俊,二十岁的人看上去只像十七八岁。张令平素听说罗汝才贪酒好色,想着他必定也好"男色",看着这"美少年"玉貌锦衣,银鞍白马,不禁从嘴角露出来一丝会心的笑意。他还没有来得及说话,听见那"美少年"在白马上又高声叫道:

"请张将军赶快到阵前说话!"

张令将镫子一磕,走出阵前。一个亲将在背后小声说:"请大人留神!"张令用鼻孔冷笑一声,神气傲慢地直向定国驰去。定国面带微笑,缓辔迎他。相距不到百步,两马同时停住。张令声音威严地问道:

"你求见本镇何事?"

定国说:"听说将军善射,今日敬以一箭相报,望乞笑纳。"

张令刚明白他说的话是什么意思,心中一惊,慌忙取弩。但张定国的动作快如闪电,箭已离弦,恰中张令喉咙。张令的亲随将士们一见大帅中箭落马,一齐奔来抢救,同时有几十个将士追赶定国。定国射死张令,勒转马头,伏鞍疾驰,又回身射中追在最前的三个敌人落马。罗汝才准备好救援张定国的一百名骑兵,一色是挑选的快马壮士,还有定国的五十名亲兵,在张令中箭落马的刹那间,冲出营门,好像疾风骤雨,势不可挡。转眼之间,这一百五十名精锐骑兵已同定国会合。定国抛掉罗汝才给他的锦袍,露出铁甲,回头来一马当先,率领着骑兵向敌人凶猛冲杀。张令的亲随将士们抵挡不住,不得不抛掉他的死尸溃逃,逃不快的就死在刀剑之下。义军营垒中一声号炮,战鼓雷鸣,忽见罗汝才亲率大军,紧跟着冲出营垒,掩杀敌人。几乎同时,张献忠听见号炮和战鼓声,埋伏在深谷密林中的人马从左右呐喊杀出。于是在刚才张令耀武扬威的战场上,到处刀剑闪亮,马蹄奔腾,鼓声动地,喊杀震天。侥幸逃脱的几百官军丢盔弃甲,奔进竹困坪寨内。他们还有一部分人尚未来得及进寨,张、罗的大军已经追到。守寨的将领立刻下令关闭寨门,同时寨墙上弓弩炮火齐发,使义军不能近寨。但是从溃逃回寨的溃兵中,突然有一部分人发出呐喊,向别的官军砍杀起来,大开寨门,同时一部分奔上寨墙,杀死寨上的川军将领,杀散守寨川兵。在寨壕外边的大队人马,像潮水一般地涌进寨中。刚才夺占寨门和登上寨墙的大约两百"溃兵"迅速脱掉了川兵号衣,露出西营本色,由张可旺和白文选率领,首先杀奔张令老营。

张献忠和罗汝才差不多同时来到了张令的老营门外,这时张定国也带着一支人马驰来,将张令和另外几个明军将领的首级扔在他们的马蹄前边。献忠的嘴角带着嘲笑,轻蔑地望着张令的首级说:

"这是神弩将张大人的吃饭家伙?啊,失敬!失敬!"他转向张定国,轻声吩咐,"快将张将军的首级挂到旗杆上,请他再看一眼他守的这竹困坪'固若金汤',然后他好安心往酆都城①去。"

他的话刚落地,探马来报:石砫兵前队已经来到离竹困坪五里左右,秦良玉因知竹困坪战事紧急,亲自督兵前来。献忠望着汝才笑着说:

"这位老母货,果然对张令不放心,急急忙忙赶来啦,曹哥,怎么办?"

罗汝才笑一笑,说:"这母货不早不晚,来得恰好。趁水和泥,趁火打铁,捎带着把她收拾啦吧。敬轩快下令!"

张献忠立刻将西营的主要将领们叫到面前听他吩咐:留下张定国和曹营的一个将领带着一千人马守寨,赶快清理敌人抛下的粮食、骡马、甲、仗等各种军资;他同曹操率领大军乘胜向西,迎击石砫兵。他吩咐以后,罗汝才也对大家说:

"大家多辛苦一点,收拾了秦良玉以后休息。这老母货如果早来,张令不至于轻敌败亡,竹困坪不至于失得这么容易;她若来得晚,可以停在离竹困坪远的地方,占据地利,凭险坚守,咱们就要费劲儿啦。如今她来得恰好。大家一定要努把力将她的白杆兵全数吃掉,机不可失!"

张献忠和罗汝才没有在竹困坪寨内多停留,率领着刚获大胜的精锐大军前去迎敌。将士们素日听说秦良玉一家人在石砫地方骑在百姓头上过日子,罪恶滔天,都巴不得一战将秦良玉消灭干净。许多将士一边催马前去,一边纷纷地说:

"活捉秦良玉,替石砫百姓报仇!"

秦良玉按原来行军计划,需要一天以后方能来到竹困坪。昨日中午,她得知张献忠和罗汝才合攻张令,深怕张令有勇无谋,轻敌致败,所以不顾将士连日行军疲劳,催促赶路。她自己本来在后督队,因估计到张令今日可能忍不住出寨厮杀,决非用兵诡诈的

---

① 酆都城——道教说,全国总城隍神住在酆都(今写作丰都),人死后鬼魂都往那里报到。

献、曹对手,就率领数百标营亲军来到前队,驰援张令,连中午也没有叫人马停下打尖。

大约离竹困坪不到五里远,秦良玉得到禀报,知道张令阵亡,竹困坪已经失守。她大吃一惊,立刻命令人马原地停步,整队待命,准备迎战。她带着一群亲兵和几个亲将勒马登上高岗瞭望,果然看见从竹困坪逃出的溃兵有一股沿着大路奔来。其余的四散乱窜,有的被张献忠的追兵杀死。她明白张献忠和罗汝才必然会乘胜前进,以锐不可挡之势,向她的人马冲杀。在目前情况下,她应该迅速退兵,占据一个险要去处,树立营寨,凭险死守,避开敌人锐气,再图反攻,然而她也明白倘若下令后退,她的人马在张、罗的骑兵追赶下很容易立即惊慌溃逃,不可收拾。所以这个办法只在她的脑海里一闪,没有采用。她用的是第二个办法:在原地布阵,迎击敌军,争取时间使后军占据险要地势,树立坚固营垒。于是她立刻从高岗驰下,就原地摆开阵势,同时向后队传下了十万火急将令,命他们以三千人马前来增援,其余大军据险下寨。她想着四川安危和她是否能保持一生威名,决于此战,所以她虽然内心震惊,却竭力保持威严镇定,立马阵前,对左右将士们说:"各位务须死战。我们守此处即是守家。过此一步,流贼就杀到我们的家门口了。"她还命令将这两句话传谕全体将士知道。

石砫兵虽然在全国有名,却根本不像戚家兵那样经过严格训练。要他们在此处比较空旷的丘陵地带立稳阵脚,抵挡张、罗的骑兵冲杀,本来是不可能的,何况将士们自从官军在土地岭战败和湖广副将汪云凤阵亡之后,就已经对张献忠感到害怕,此刻亲眼看见竹困坪失守,同时听说四川名将张令阵亡,越发心中恐慌。秦良玉也看出来将士们人人胆怯,遂下了一道严令:"接仗之后,有后退一步者斩!"她又重复了"守此处即是守家"的话,叫大家牢记莫忘。

从竹困坪逃出的溃兵来到了。尽管后边只有两三百骑兵追杀,而这大约二千左右的溃兵却沿路丢弃兵器,不敢回头抵抗。秦良玉立即号召张令的溃兵回身迎敌,并派出一队弓弩手向追赶的小队骑兵猛射,又斩了几个逃在最前的官军士兵。经过一阵紧张努力,总算制止了张令残部的继续溃逃,重新整队,面向敌人。然而当大家一看张献忠和罗汝才的大队骑兵赶到,如同鸟惊兽骇,立刻奔溃,无法阻止,并且冲动石砫兵,阵脚大乱。才经义军骑兵猛力冲杀,石砫兵便四散溃逃。多亏她的数百镇标兵将都有战马,比较精强,拼死救护,保她逃命,不管遇着义军或自家的溃兵阻住西去之路,就乱杀乱砍,冲开一条血路而去,大旗和印信全失。秦良玉狂奔疾驰数里,遇到奉命增援的三千将士。她匆匆询问一句,知道后队已遵令占据一处险要地方下寨,便稍微放下心来,立即将这三千人马带到两座夹路对峙的小山上,可以互为救应,更可以居高临下,控扼西去大路,使义军不能长驱前进,以便后队将营寨布置牢固。她召集将领们站立面前,激励大家奋发"忠义",为保卫四川桑梓,为保卫石砫大门,在此拼命迎战,万勿再后退一步。她因刚受挫折损失惨重,又想着她的一世威名说不定会在今日一战输光,所以在同部将们(绝大多数是她的家族和亲戚子弟)讲话时激动得声音打颤,眼睛里浮着泪花,加之铜盔下露出她的花白双鬓在西风中飘动,使她的将领们都十分感动,发誓要在此决一死战,一步不退。她刚刚对将领们说完了激励的话,张献忠和罗汝才的骑兵像怒潮般地冲到。

秦良玉据守的两座山头虽然不高,却因为地势很好,易守难攻。她为着阻止义军前进,将强弓硬弩和少量火铳集中在控扼大路的一边。虽然她口中鼓励将士们同她在此死守,却实际上打算守到黄昏撤退,估计到那时后队的营垒已经修筑得坚不可摧。她只用一千将士在山脚凭险迎战,五百将士搬运石头和向敌人投掷,其余一千五百人和她的数百标营亲军都留在半山坡上,以便随时向最紧急的地方增援。义军连攻两次,都被炮火矢石击退,损伤一些人马。张献忠同罗汝才来到近处,看见秦良玉被亲兵簇拥着立马山头,手执指挥作战的小红旗。他向汝才说:

"瞧见么?这老母货名不虚传,怪沉着哩!要是别的将领,一败阵就只有惊慌逃命的工夫,决不会立刻又凭险抵抗。嗨,今天老子一定要活捉这个丈母娘!"

张可旺在一旁问道:"父帅,让孩儿攻占这座山头吧?"

献忠向可旺看了一眼,又向秦良玉占据的小山察看一阵,转向徐以显问道:

"老徐,你有什么好主意?"

徐以显回答说:"破敌不难,但不可在此硬攻,使我将士多有死伤。应该出其不意,攻其无备。办法我已经想出来了,请大帅给我两千精兵,由我亲自……"

张献忠看见曹操驰马来到,说:"老徐,你等等说。曹哥,你看,这仗应该如何打好? 事不宜迟,必须赶快取胜。"

曹操笑着说:"依我看,至迟在今天黄昏以前,叫这老母货全军完蛋。"

献忠问:"你又有什么锦囊妙计?"

曹操说:"你在这搭儿縻住这老母货,使她不能退走。我装做回师竹困坪休息人马,却从……"他勒马与献忠靠得更近,小声对献忠咕哝几句,狡猾地笑着问:"敬轩,行么?"

献忠向徐以显问:"曹帅的妙计你听了么?"

徐以显回答说:"尚未听清。我想不过是派一支人马绕道奔袭石砫兵后边大营。"

"你也是这个主意?"

"我也是这个主意。"

"这主意不赖,真是英雄所见略同。可是老徐,你得留在我的身边,请曹帅去戳烂龟儿子们的老窝。"献忠将大胡子一捋,往胸前一抛,双目炯炯地望着曹操,点头说:"行,行。你赶快走吧!"

罗汝才随即下令:他的曹营人马回竹困坪寨内休息。这时暂时停止向两座小山上进攻,没有了呐喊和炮声。曹操的人马迅速集合,站队,向东开拔,并且在临离开战场时纷纷同张献忠的将士打招呼。秦良玉和石砫将士们都明白曹营是暂回竹困坪,晚饭后来替换西营。秦良玉脸色沉重,她担心张献忠和罗汝才有什么诡计。但是她想,只要能在此地坚守到黄昏以后,她就可以冲下山去,同后边的两万大军会合,而那时就可以凭着建立好的坚固营垒与敌人相持。

张献忠的人马虽然也几次擂鼓呐喊进攻,但都是扰乱性质。秦良玉吩咐在山上埋锅造饭,以便黄昏前使将士们饱餐一顿,然后趁着月色撤兵。她确实担心罗汝才有什么诡计,一再派人向后队传令,务必小心敌人绕道前去劫营,并督促后队将营垒修筑坚固,以备久守,使敌人不能再西进一步。她还传令后队主将在营垒的高处立一块大木牌,上书"守此即是守家"六个大字,鼓励士气。

阴历九月中旬的白天已经较短,在两军相持而暂时平静的战场上似乎更短。眼看着夕阳落下西山,附近两三里外一阵阵飞鸟投林,到处群山间晚烟流动,暮色苍茫,涧谷中暗影浓重,黑森森的,辨不出哪是草木,哪是丛竹,哪是岩石。黄昏的迅速来到,使秦良玉略觉放心。她向山下张望一阵,看见张献忠的人马已经懈怠,都已坐下休息,吃着干粮,便下令两山守军趁此时机赶快用餐,准备打仗。将士们刚刚用餐,义军开始向两边山上猛攻,一片喊叫"活捉秦良玉"。秦良玉立刻上马,率领两千将士下山迎敌,打算稍微打退义军的攻势,趁机撤兵。同秦良玉接战的是马元利和王双礼,他们只厮杀片刻,便佯装抵敌不住,向后撤退。秦良玉害怕中计,并不追赶,刚要下令撤退,张可旺与白文选率军喊杀而来,飞矢如雨。秦良玉只好挥兵迎战。刚才退走的马元利和王双礼回兵杀来,打算截断她的退路。秦良玉赶快且战且退,背靠山脚,借助山坡的弓弩和炮火掩护,奋力与义军鏖战。尽管她的人马在此处居于劣势,不断受攻却无反攻能力,但是她冷静,沉着,指挥有法,部伍不乱。然而她毕竟老了。往年在战场上她可以忘记疲劳,而如今感觉腰背困疼,只好勉强支持。忽然想到儿子、媳妇和往年的得力战将都已死去,由她一个老太婆抵挡强敌,不禁暗暗伤心。所好的是黄昏已临,使她多少也添了信心。张献忠尽管常常藐视敌人,

但是对秦良玉不禁心中佩服,小声对徐以显说:

"瞧这老母货,名不虚传,确非一般将领可比!"

忽然,一个小校从山头奔下,来到秦良玉的身边,禀报说后队扎营的山头上火光通天,并且隐约地传过来喊杀之声。秦良玉大惊失色,立即吩咐她的手下将领将人马撤退上山,而她自己率领数十名亲兵先走。她奔到山上一看,在后队立营的方向,火光映得半个天空发红,而呐喊声阵阵传来。她赶快点了一千精兵,亲自率领,驰援后队,令一位参将督率其余人马继续固守此地,没她的命令不准撤退。虽然她明白后队多是招集不久的士兵,乌合之众,又无得力将领,她此刻去救也未必来得及,但是她不能不怀着渺茫的希望拼命赶路。她已将生死置之度外,只想着她的一生威名和全川官绅士民的殷望,都将决于她今晚一战,决于她是否来得及赶回后队。

秦良玉一离开这两座夹道对峙的小山,石砫兵就陷于一片慌乱。张献忠策马向前,亲冒矢石,提刀督阵。西营将士下马力战,奋不顾身,势如潮涌,同时从几个地方冲开缺口,打开了被树枝堵塞的道路。转眼之间,石砫兵完全崩溃,大部分都在无抵抗的状况下被义军像砍瓜切菜一般地杀死。白蜡杆红缨枪抛弃满地。张献忠留下少数人马在这里继续搜杀溃兵并收罗骡马和辎重,亲自率领主力追赶秦良玉。秦良玉刚走了大约四五里路,回头看见那两座山头已失,并有张献忠的骑兵追来。在苍茫的月色中,虽然她看不清楚,但是从传来的马蹄声使她判断出,至少有两千多骑兵在向西奔腾而来。她当机立断,抛下步兵,只率领包括男女亲兵在内约三四百骑兵向西狂奔。

罗汝才率领他的三四千骑兵,由一名向导引路,绕道二十里,在黄昏时突然出现在石砫兵后队的营垒前面。他分派少数人在左右附近的山上放火,一则对敌人造成威吓气势,二则故意使秦良玉知道他已经抄了她的后路。他叫将士们大声喊叫:"秦良玉已经阵亡,石砫的将士们赶快投降!"喊叫之后,开始进攻,箭像飞蝗般射入石砫兵的营垒,喊杀声震动山野。

秦良玉一边向大营疾驰,一边在盘算着作战方略。她在几乎绝望中向好的方面想:大营还有两万将士,人数比"流贼"多几倍,其中还有一部分是经过战争的老兵,将领中虽没有很得力的人,却也有不少人尚有经验,一定不会使敌人的劫营得逞。她还想着,她的"守此即是守家"的一句"口谕"定能鼓舞士气,与敌死战。她永远不会明白,她的军事力量是建立在土司政权之上,这种政权近似上古的诸侯,在封建社会后期是比一般封建制度更为反动、落后的制度。十余年来各地风起云涌的农民起义,不断地对石砫地方产生巨大的影响和震动;特别是崇祯十年冬天,李自成进入四川北部到成都一带作战,今年从春天开始,农民战争的烈火又弥漫川东,而两三年来摇黄农民军①在川北十余县对地主阶级的无情打击,推动石砫地方的农民和农奴迅速觉醒。秦良玉只看见在她的残酷统治下的百姓们露在表面上的那种代代因袭下来的愚昧状态,而看不见他们精神方面已经不声不响地起了变化。当罗汝才开始猛攻以后,绝大部分石砫兵都不肯认真打仗,纷纷逃命,有的人还趁着混乱,杀死了平日骑在他们头上的土官。罗汝才没有费多大力气就攻破了石砫兵的所有营垒,分出一半人马追杀逃敌,自己率领一千五百骑兵往东,迎头去截堵秦良玉西逃之路。

秦良玉正在往西疾驰,转过一个山脚,忽然看见有大队骑兵迎面杀来,而背后追赶的骑兵也距离很近,前后一片声喊着"活捉秦良玉!"她勒住马缰,略一踌躇,慌乱中向北一拜,颤声说道:

"皇上,微臣不幸兵败,前后皆敌,只好在此……"

下边的话已经来不及说出口,便挥剑向自己的脖颈砍去。一位亲将用力夺住剑柄,同时大声叫道:"都督随我来,不要轻生!"于是这个亲将勒转马头向南,又说一句:"快随我来!"另一个亲将在秦良玉的马屁股上狠抽一鞭。秦良玉被少数亲将和亲兵保护着落

---

① 摇黄农民军——据说起于崇祯七年,其主要首领是黄龙、摇天动,后发展为十三家。明亡后,一部分与大顺余部联合,一部分降清。

荒而逃,三四百骑兵大部分追赶不及,张献忠的人马已经来到,有的死在混战之中,有的弃了战马,攀藤援葛,向山林深处逃命。

张献忠和罗汝才将两家将士分散成许多小股,像撒开一张大网,满山遍野追赶和搜索秦良玉,到处点燃着松枝火把,到处喊叫着:

"活捉秦良玉!活捉秦良玉!……"

秦良玉多亏她的那个亲将在这一带地理较熟,加上这一带岗陵起伏,地势曲折,林木茂密,道路复杂,所以她能够侥幸不被张、罗联军捉获。她骑马奔跑半夜,已经逃出三十多里,身边只剩下二十几名将士,每听着背后的松涛、瀑布或空谷中的水声和风声,都疑心是献忠和罗汝才的大队骑兵追近,甚且耳边总是仿佛听见使她惊心动魄的隐约喊叫:

"活捉秦良玉!……"

自从万历二十七年秦良玉开始带兵作战以来,依靠她和她的一家人的惨淡经营,石砫白杆兵在全国有了虚名,而她和她的兄弟侄辈也获得朝廷的高官厚禄。白杆兵虽然也打过几次败仗,她的亲属有被杀的,有受伤的,但是她本人却一直侥幸免于溃败,因此四川人都传说她是福将,是常胜将军。这一次她率领的两万多人马,未曾经过恶战就全军覆没,大旗和印信全失,几乎使她自刎。这惨败发生在她的暮年,使她的一生盛名毁于一旦,好像一个赌了一辈子的人最后输光了,根本没有捞回本钱的希望。然而一种刚强的性格和顽强的荣誉心,使这位将近七十岁的老妇人败而不馁,仍然想拼着老命再打一仗,挽回一点声望。逃出战场以后,她带着二十几名亲兵亲将,不顾疲劳,日夜赶路,向梁山县境内奔去。

邵捷春因为土地岭失守,张应元和汪云凤的湖广军一战溃败,估计到张献忠和罗汝才必然要深入四川,所以在督催张令和秦良玉驰援大昌去后,他自己仍不放心,赶快调集了两万川军,开赴梁山县境,扼高梁山隘口驻扎。他为着应付杨嗣昌的督催,奔往大昌城中,只住四天。看大昌不易守住,便星夜回到梁山,希望能阻挡张、罗联军不能够过梁山奔袭重庆。今天,张令兵败阵亡和秦良玉全军覆没的塘报接连而至,使他十分吃惊。他正在束手无策,忽报秦良玉来了。

邵捷春将秦良玉迎进行辕,在签押房坐下以后,屏退左右,问了问她和张令战败的详细经过,然后说:

"贺人龙从开县噪归陕西,左帅不听督师调遣,逗留兴、房一带,致使夔东战局糜烂至此。学生今日只能尽力扼守高梁山,使流贼不得西犯重庆。生死利钝,付之天命。夫人虽不幸战败,但川人对夫人仍爱戴如故,想朝廷亦不会即便严责。学生原是一介书生,军戎之事并非所长。时至今日,几乎一筹莫展。夫人经验宏富,素娴韬略,不知有何见教?"

秦良玉心情沉重,叹口气说:"我虽系败军之将,等候朝廷处分,不应有所妄陈。但老妇世受国恩,又是蜀人,时事至此,不能不竭尽全力,与贼周旋。纵然肝脑涂地,亦所甘心。目前一切空言无补实际,惟有火速整顿人马与流贼拼死一战。"

邵捷春沉吟说:"可惜一时无兵可调。"

秦良玉说:"如今事急了,我回去尽发我溪峒①之卒,还可得两万人,足以破贼。"

捷春问:"贵土司已经出了将近三万人,还能够再出两万人么?"

良玉回答:"土官家调兵时命人拿着一双筷子和一把笤帚向土民传谕,以示十万火急。筷子的意思是凡能吃饭的人都得报到,笤帚的意思是不论老少,扫境出战。我今天驰返石砫,就用这办法调兵,两万人在几天内可以调齐。"

"可是粮饷……"

"国家目前困难,我完全知道。我只请官府拿出一半粮饷,另

---

① 溪峒——古代泛指西南少数民族所居住的山区。汉族统治阶级对西南少数民族泛称溪蛮峒蛮;他们的丁壮被称为溪丁、峒丁。

一半由我自己设法。战局危急至此,请抚台不用犹豫!"

邵捷春不能立刻决定,请秦良玉先到下处休息,等他决定之后,就去同她面谈。送秦良玉走后,他再三考虑,又同几个亲信幕僚密商很久,都认为既然三万石砫兵未经恶战就全军覆没,倘若再调集两万老弱,又未经过训练,如何能够顶用?再者,邵捷春和他的几个亲信幕僚都看得出来,由于大昌的失守和张献忠、罗汝才的深入四川,杨嗣昌必会将责任推到邵捷春身上,所以他自己"前途莫卜",更不敢再使用不可靠的石砫兵去吃败仗,增加自己的罪款。

一个时辰以后,他去回拜秦良玉,只说官府缺乏现粮,婉言谢绝了她的建议。秦良玉摇摇头,长叹一声,没再做声。巡抚走后,她想着自己竟以这次惨败结束了一生,从此将蛰居石砫,打发余年,说不定要受朝廷处分。她的一家人在崇祯一朝驰驱战场,同农民军血战多年,立过功,受过赏,在川、黔和云南各地众多土司中从来没有一个土司家族同朝廷的关系如此密切,如此受皇帝信任和褒奖。如今眼看着明朝的国运都走上无可挽救的败亡道路,她禁不住在下处痛哭起来。第二天清早,她赌气不向巡抚辞行,带着零落从骑,洒泪离开梁山,奔往忠州,过江回石砫去了。

第十二章

　　从消灭了张令和彻底击溃了秦良玉两支川军以后，罗汝才同张献忠再也没有遇到大的战争。他们从达州往北，几天后突然向西，奔袭剑阁，随即出剑阁，到广元，知道通往陕西的关口都有重兵封锁，就折而向南，在梓潼打个胜仗，从绵州进袭成都不克，沿沱江顺流而下，似乎要去攻重庆，忽然从永川转而向西南，破了泸州。他们在泸州稍作休息，从南溪、荣县、仁寿……一路北进，绕过成都，在德阳、什邡、金堂一带稍作休息，补充了粮食，人马向东，进军神速，于除夕的爆竹声中破了巴中；休兵三天过年，然后偃旗息鼓，行踪诡秘，急趋开县，在开县的黄陵城杀败了前来堵截的猛如虎，扬长东去，毫无阻拦，出了四川，随即破了襄阳。……

　　如今在罗汝才的心中，这一段同张献忠联兵作战的历史永远过去了。他需要摆脱献忠，所以在退出襄阳不久就经过好商好量，同献忠分手了。趁着左良玉猛追献忠不放，他迅速扩充人马，加紧练兵。他担心左良玉在打败了张献忠之后，回头打他，所以同吉珪和一些亲信将领商议多次，决定派罗十到伏牛山中看一看李自成的态度。经过罗十的两次往返和刘体纯的一次前来，罗汝才决定了来河南与闯王合兵的大计，今天就要同闯王会面了。

　　李自成同罗汝才已经有五年不曾见面，所以今天罗汝才的前来相就，标志着战争形势发生了根本变化，开始确立了李自成在起义群雄中的中心地位。他和左右亲信文武很清楚曹操前来相投的重大意义，所以在事前研究了同曹操会师以后的一些问题，也充分做了一些欢迎的准备。

　　罗汝才因为急于同自成会面，所以离开大军，只带少数亲将和谋士吉珪率领标营轻骑数百人,随同到淅川境内相迎的刘宗敏和牛金星向邓州境内奔来。当他们由刘宗敏和牛金星奉陪到达李官桥和厚坡之间的一个荒凉的小山街外边时,李闯王已经在那里等候。自成命几千骑兵在路旁列队相迎,旗帜鲜明,甲仗耀眼,人强马壮,部伍整肃。这种军容,在当时各家农民军中都不曾有。吉珪在心中赞叹说:"李自成确实不凡!"在锣鼓与鞭炮声中,李自成率领军师和众将领将罗汝才和吉珪迎接到小街上休息,略叙闲话,然后驰往张村。尽管李闯王极其隆重地欢迎汝才,见面后握手话旧,十分殷勤,但吉珪的心中仍有一种沉重感觉;到张村之后,心情更为沉重。

酒宴散后李自成同罗汝才和吉珪在帐中继续深谈,只有刘宗敏、牛金星和宋献策相陪。自成问了问近两年革、左各营的情况,接着就说:

"曹哥,今日你来,我这里全军上下都是一片欢腾。你我齐心协力,不愁不能在两三年内打出个大好局面。我们俩原是拜身,你是哥,我是弟,不是泛泛之交。遇到军政大事,我俩商量着办,我要多听你的主见。你我事事推心置腹,咱闯、曹两营几十万人马就变成了一股绳儿,可以无敌于天下。我手下的人马也就如你自己的人马,决不会有谁将你曹帅当外人看待。我的手下将领倘有谁对你有不尊重的地方,我或罚或斩,决不姑息!"

汝才笑着说:"我知道你不会像敬轩那样待人。我虽然同敬轩也是多年好朋友,可是他常常盛气凌人,好像我非依靠他不能活下去。我倒是从大处着想,可以忍耐,小事不去计较;不好办的是我的手下将士常常憋了一肚子气,再合伙下去反而更为不美,所以率全军前来就你。我有言在先:我是来投你,奉你为首。你念起我俩原有拜身之谊,瞧得起我,叫我做你的帮手,我就心满意足了。今后用不着再说我是哥,你是弟。你是主帅,主帅就算是兄长吧!"

自成说:"也不能说以我为主帅,咱两人共同当家,有事一起商量。"

汝才说："话不能这么说,家有千百口,主事在一人。我们两家合营,人马几十万,就应该奉你为主,才好同心协力作战。你是元帅,我做你的帮手,天经地义。我手下的大小头目,没有人敢说二话。他们谁不听你的将令,我立斩不饶。"

牛金星笑着说："曹帅前来会师,要奉闯王为主,这话本来是早就说过的,也是人心所向,众望所归。今日请闯王不必谦让,还是商议大事要紧。"

宋献策接着说："曹帅此次前来会师,自然是诚心尊奉闯王为主。两家将士必能和衷共济,戮力杀敌。事成之后,共享富贵。自破洛阳之后,全军将士推戴闯王为奉天倡义文武大元帅。这是当前的正式名号,早已向全军宣布使用。一个多月前,特意在得胜寨筑坛拜天,大元帅坐在坛上受众将拜贺,好不隆重。今日曹帅来到,也需要有一个名号才好,不知曹帅意下如何?"

罗汝才在来之前已经知道李自成改称大元帅的事,却没有认真考虑他自己应该有什么正式称号。他抱的态度是"瞧瞧看"。现在听宋献策一问,他带着无可无不可的神气,点头微笑,偷偷地瞟了吉珪一眼,随即回答说:

"我虽然也造了十几年的反,目前手下有不少人马,可是我从来没有雄心大志,只能做个帮手,因人成事。跟张敬轩在一起我是敬轩的帮手,如今来跟着闯王,自然是闯王的帮手。做个帮手,有名号也好,没有名号也好。如今闯王的军制还没有定,捷轩他们也都还没有正式官衔,你们也不用急着给我安排什么官衔吧。将士们尊敬我的就称我曹帅,不客气的熟朋友也可以叫我老曹或叫我曹操。难道我来是争什么名号的么?"

自成赶快说："曹哥的话虽如此说,但是你在军中所处的地位与捷轩们不同。目前军制还没有定下来,别人可以暂时没有正式称呼,你不能没有正式称呼。不然你就不好同我一起统率全军。"

汝才笑着问："给我个什么官衔?"

牛金星说："既然全军以闯王为首,曹帅的称呼自然要在众将之上,比闯王略逊一等。全营将士已经推戴闯王为奉天倡义文武大元帅,并议定以后军中不再另设元帅。经鄙人与宋军师和捷轩将军等在闯王面前商议几次,拟推戴曹帅为代天抚民威德大将军。这个称号,不知曹帅心中以为如何?倘有不妥之处,容俟大家再议。"

罗汝才原来听说去年冬天有宋献策献什么《谶记》的事,心中并不高兴,也不相信。根据他同吉珪的看法,那"十八子主神器"的图谶大概是宋矮子弄的玄虚,替自成欺世盗名。现在他也不满意李自成自称是"奉天倡义"。他们也不十分相信明朝的气数真正将尽,将来的江山就是李自成的。他们来就李自成,只是因目前形势——既不能同张献忠继续合作,又不能单独对抗左良玉——迫使他与自成暂时结合,根本无意拥戴自成成就大业。他同吉珪原来料想李自成会给他个副元帅的称号,却未料到给他个大将军的头衔。在片刻之间,罗汝才笑而不言,向吉珪扫了一眼,却发现吉珪正在望他,分明是催他赶快说出同意的话。他欣然说道:

"承闯王和各位厚意,给我一个大将军头衔。我这个人无德无能,实不敢当。我只想跟捷轩们一样,辅佐闯王打天下。给我这么高的头衔,我这块料能受得了么?你们把我这块料抬得过高,岂不是硬要折我的福?"

宋献策赶快说:"曹帅在义军中资深望重,威信素孚,请勿谦辞,辜负闯营全体将士推戴之诚。目前军制草创,多有未备。大元帅之下不拟再设元帅,大将军实与副元帅相等。"

牛金星接着说:"曹帅原是早期义军十三家中一家之主,今日前来辅佐闯王,共建大业,自然位在捷轩、一功等众将之上。大将军既与副元帅相等,只有曹帅居此高位,众人心中才服。"

曹操哈哈大笑,说:"罢了,罢了!承咱们李闯王念起我是结拜兄弟,又承你们大伙儿瞧得起我,给我个大将军头衔,还加上'代天抚民'四字,'威德'二字,实在够尊敬我啦。在咱们李闯王面前,我曹操甘拜下风。别说大将军等于副元帅,就是比副元帅矮一个肩膊，我老曹也是受之有愧，心中只有感激的份儿，嘴里断无二话可说。只是我手下的将士们都叫惯我'大帅'，别营将士也都叫惯'曹帅'，怕一时改不过口来。"

刘宗敏知道曹操的话中有话，就说道："这没啥。正如我们闯营将士，大家向自成叫惯了'闯王'，那就还叫下去吧。如今只在发出的文告上使用'奉天倡义文武大元帅'这个称号。今后你的正式称号虽然是'代天抚民威德大将军'，我们大家仍不妨叫你'曹帅'，你的手下将士也不妨叫你'大帅'。暂时用不着勉强大家改口。大家只须心中明白，两营会合之后，全军中只有一个大元帅，就是闯王。闯王之外，不另设元帅，也不设副元帅。"

罗汝才虽然心中不愉快，但是他连连点头，说："这样好，这样好。理该如此。"

李自成笑向吉珪问："对曹帅的这个新称号，吉先生尊意如何？"

吉珪欠身回答："闯王与曹帅是小同乡，又是结拜兄弟，情谊非同一般。曹帅前来相就，实想助闯王一臂之力，早成大事，其他何足计较。今承宋军师与牛先生等议定，且蒙闯王同意，称呼曹帅为'代天抚民威德大将军'，不惟曹帅欣然拜受，我想曹营全体将士也将会感激鼓舞，更愿为闯王效命。"

自成说："曹帅的这个称号，当在两三天内向全军隆重宣布。至于合营后有一些重要事项，如关于粮饷分配、军纪军令等等，需要商议的，请吉先生同牛先生、宋军师在一起商议妥帖，规定办法，禀报我同曹帅，以后就按照你们商定的意见办事，不得违误。曹哥，你看如何？"

罗汝才点头说："我看这样很好，很好。"

闯王同他们又谈了些闲话，因见罗汝才等连日路途劳顿，便亲自带他们到准备好的军帐中，让他们睡下休息。

三天以后，罗汝才的人马都到了。李自成将文渠集让出来，给罗汝才安扎老营。罗汝才的人马就驻扎在文渠周围，东到十里铺，西南到半扎店。邓州的百姓本来很苦,如今凡是罗汝才部队驻扎的地方,鸡、羊、牛、驴,随便被曹营宰杀,奸淫妇女和掳掠丁壮的事情也不断发生,强奸不从的妇女常被杀害,遭到强奸的往往自尽。因此,老百姓纷纷逃避,而逃出去以后又往往被土匪洗劫和杀害。这种情况,自然都瞒不住闯王的耳目,也没有出他的意料之外。刘宗敏听到这些消息,虽然也在意料内,却忍不住大为生气。他走进闯王帐中,恰遇中军吴汝义正在禀报曹营扰害百姓的事,听了后更加生气,向闯王说:

"闯王,曹营这样下去可不行啊!如今曹操奉你为主,远近百姓都把曹营的人马也看作你的人马。他们这样搞法,不是往你的脸上抹灰么?咱们天天说闯王的人马是仁义之师,一向剿兵安民,秋毫无犯,却在你的大旗下来个曹营,将咱们的好名声败坏啦。闯王你得请老曹来商量商量,严申几条军纪,不许再这样下去!"

自成冷静地望他微笑,没有回答他的话,却转向吴汝义问:"子宜,我叫你派人去查听王吉元的老娘下落,查听到了没有?"

吴汝义回答说:"去的人还没回来。只要还没饿死,就会找到。"

自成沉吟说:"怕的是已经饿死或逃荒在外。我们既然来到邓州地方,总得用心找一找。倘若找到,要多给她一点粮食,再留下几两银子。"

吴汝义说:"我怕给她留下粮食和银子也是祸。"

闯王说:"你想的也是。你斟酌办,总得救她不饿死才是。要是这位妈妈还不太老,能骑驴子,就将她接到军中,随着老营。"然后他对刘宗敏说道:"捷轩,你坐下,急的什么?曹操能够率领他的全营前来投我,这一点比什么都重要。至于军纪,过几天是要同他谈的。如今他的全营人马刚到,一切事乱哄哄的,咱们也只能睁只眼合只眼。你想想,曹操出川的时候只剩下两三千人,破了襄阳之后,不过半年光景,手下增加了将近二十万人马。怎么能将纪律整顿得好?再说,曹操自己就嗜酒贪色,女人弄了一大堆,还有戏班子和女乐几部,对手下将士们就不好管得严紧。"

宗敏说:"真是上梁不正下梁歪!曹操为人很狡诈,如今他虽然奉你为主,我们还得多加提防。第一件,要防他在紧要关头再动了投降朝廷的混蛋念头。第二件,要防他在你的大旗下打仗不肯出力,却拼命地增添兵马。你看,破了襄阳之后,他虽然同敬轩继续合伙,却各自行事。丁启睿指挥左良玉只追敬轩不放,把曹操撇在一边。曹操趁机扩充了兵马,脱离敬轩来到咱们这里。怎知道他将来不拿对待敬轩的办法对待你呀?"

自成点头说:"你思虑的很是。不过咱们不像张敬轩,这一点他也清楚。他既然来了,明天拜受了'大将军'的名号,以后就得同咱们在一条路上走到底。"

他们刚谈到这里,忽然一阵马蹄声在帐外停住。随即牛金星和宋献策走了进来。李自成让他们坐下,急忙问:

"同曹帅商议定了?"

金星说:"我们奉闯王之命,到文渠后先同吉子玉谈了一阵,随后同吉子玉一起到曹帅帐中,当面将几件事定了盘子。曹帅设午宴款待我们,宴席间还叫出几个歌妓清唱侑酒,不免多耽搁了时光。曹帅还要留我们晚上看戏,我们说有公务在身,不敢久留,便告辞回来了。"

刘宗敏笑着骂道:"他妈的,曹帅老营中有歌妓,有戏班子,比咱们闯王老营中的局面排场多啦。真会摆阔气,也真会受用!"

宋献策用嘴角笑一笑,轻声说:"酒色之徒耳!"

金星接着对闯王说:"我们在曹操面前商定:第一桩,明日早饭后率领几十位重要头领来张村拜见闯王,请闯王拜授他'代天抚民威德大将军',由闯王设午宴款待。明日晚上,曹帅设宴回请闯王和我们这边的各位将领。第二桩,今后行军作战,攻城破寨,听从闯王将令行事,但也请闯王在重要事情上多同曹帅共商决定。第三桩,今后南征北战,曹营紧跟闯营一道,结为一体。除非闯王与曹操会商决定,曹营不离开闯营单独行事。第四桩,军资粮饷由闯王老营统筹安排,两营人马按闯六曹四比数。第五桩,今后如攻破重要城池或打了大的胜仗,所得粮食、财物、兵器、马匹,都按四六分账。"

李自成满意地说:"最要紧的是第二桩和第三桩,只要这两桩商议定了,以后的事情就好办了。能够一起走到底,当然再好不过。倘若走不到底,也得拉着他一路走几年,走到大局有了眉目的时候。"

宋献策说:"看来曹帅这个人虽然狡猾,却没有雄心远略,比较容易相处。他身边的那个'范增',却是用心很深的人,成事不足,坏事有余,需要在他的身上多加提防。"

牛金星笑着说:"不然。范增在项羽面前的身份很重,被尊为亚父。吉珪与曹帅相遇日浅,曹帅对他也只是以谋士待之,与范增的身份地位不能相比。再者,范增当时已经是七十岁的老人,对声色无所好,一心想使项羽能有天下。吉珪一到曹营,曹帅即赐给他两个美女,没听说他不要。今日在酒宴之上,我看他对声色二字也颇有兴致,可以说与曹帅气味相投。所以我敢断言,他在曹帅面前虽然颇受倚信,终必无所成就。"

献策说:"启东所言甚是,但我所言者是吉子玉在曹帅身边出谋划策,不可不多加留意。这两天同他在一起讨论两营会师以后的事,随时可以看出他替曹帅思虑甚深,总想又奉闯王为主,又使曹帅不失去独立地位,好像军中之军,国中之国。我们遵照闯王主意,略作让步,曹帅在有些事上也随和一点,才议定那几项条款。有一件事,吉子玉就提得很突然,足见其思虑之深……"

宗敏问:"他提了什么事儿?"

献策说:"他今日问我:看闯王目前用兵方略,必将扫荡中原,西连关中,建立根本,然后与明朝争夺天下。既定此远大方略,必将设官守土,抚辑流亡,为强兵足食之策。今后如发放府、州、县官,理应也按照四六比例,每十个府、州、县官,应有曹帅四人。"

宗敏骂道:"妈的,这明明是要从闯王的手里抢夺土地、人民!"

221

献策点头说:"是呀,谁说不是!"

闯王问:"你怎么回答?"

献策笑一笑,说:"我说:闯王因近几年在军事上屡受挫折,教训颇为惨痛,故目前只打算多打几个大的胜仗,打得官军只有招架之力,没有还手之能,其他都非急务,尚未考虑。恐怕只有到了那个时候,才能说到如何设官守土的事。吉子玉似不放心,沉吟片刻,说:'不论何时,倘闯王决定在所占之处设官守土,都理应与曹帅共商而行,方是和衷共济,有始有终。'我笑一笑,来个'王顾左右而言他',把这话岔开了。"

宗敏说:"他这话是要同咱们争地争民,算什么'和衷共济'!曹操既然情愿奉闯王为主,又要同闯王分土地、人民,难道土地、人民也是可以分的?"

闯王说:"近来我常想着林泉的建议,打算破几个城池,暂时放几个州、县官试试。如今曹操一来,这事只好暂缓去行。今后,为着顾全大局,凡是容易同曹营引起纠葛的事,务要避免。"

一直听大家谈话的吴汝义突然忍耐不住地问:"难道因为曹营来了,今后咱们破城略地,像狗熊掰包谷,全不牢牢地拿在手中么?那样如何能成就大事?"

闯王说:"眼下以紧紧地拉住曹帅,使他能够同我们一道共事为上策。至于固守城池,设官治民,虽也重要,不妨等到两三年以后去做。我看,同曹操一起再打两三年,大局就有眉目了。"

大家心中明白,闯王因为曹操的来到,处处从拉紧曹营不走着眼,所以就不再在这个问题上多说话了。

第二天,将近中午时候,罗汝才率领几十位重要将领和几百骑兵来到张村。李自成命中军吴汝义和双喜等在寨外二里处迎接,刘芳亮率领一部分将领走出寨门迎接,而他自己则率领牛金星、宋献策和刘宗敏、李岩等十余文武在辕门外相迎。如今李自成已经是大元帅身份,只有对罗汝才才这样礼遇隆重。因为张村寨中稍微宽大的宅子都在近几年被过路官军和土匪烧毁,所以宴会就设在一座关帝庙的前院中,在几棵高大的柏树间搭好布篷,以遮阳光。如今已是阴历七月下旬,就邓州一带的气候说,秋老虎已经过去,加上微风淡云,布篷下凉爽宜人。罗汝才、吉珪和汝才手下的几位亲信将领被迎到闯王的帐中休息,其余的都被款待在关帝庙中,而那几百士兵也都分开在庙附近的军帐中款待。所有来的战马,都在庙外解鞍休息,由闯王的马夫送来了草料和饮水。

李自成陪着罗汝才谈了一阵闲话,吴汝义来禀报说酒席已经摆上,请闯王陪曹帅去庙院中赴宴。当宾主来到关帝庙前时,闯王老营的大小将领一两百人在山门外整肃地列队恭迎。曹操看见有些从前认识的将领就微笑着点头或拱手招呼。张鼐和双喜站在一起。他先拍一拍张鼐的肩膀,笑着说:

"好小伙子,几年前你是个半桩娃儿,如今竟然是仪表非凡!听说你打仗很勇敢,这才不辜负闯王的亲手栽培!"

张鼐略微有点腼腆,说:"不敢当。多谢曹帅夸奖。"

闯王对汝才笑着说:"他现在掌管火器营。本来在伏牛山中训练炮兵,因有事前来禀报,昨天才到。"

曹操又望一眼双喜,边走边向闯王说:"我看见双喜,就想起张定国那孩子,很有出息。多亏他十分沉着,有孤胆,一箭射中张令的咽喉,结果了张令的狗命,才顺利杀溃了张令和秦寡妇的几万人马。闯王,射死张令的经过你听说了么?"

自成笑着说:"我去年在郧阳山中时就听说啦。虽是难得定国这后生十分沉着机警,箭法出众,可是归根结底还靠你是活曹操,足智多谋。那一个大胜仗多半靠你的锦囊妙计。"

汝才哈哈一笑,说:"我在你李闯王面前算得啥足智多谋!"

闯王说:"你的足智多谋是出了名的,所以大家才叫你曹操。"

"说是曹操,实是草包。"

左右将领和牛、宋一齐大笑,说道:"曹帅过谦,过谦。"

汝才望大家笑一笑,又对自成说:"闯王,说良心话,我同敬轩

在用兵上都不是笨蛋,也能想出一些鲜着儿,可是不敢同你李闯王
比。你有的是大智大勇,不是小聪明。要不然,我曹操能投奔你
来,甘心情愿替你抬轿子?"

自成谦逊地说:"我实际上是一个平平凡凡的人,所以自从高
闯王死后常受挫折,几乎连老本儿都折光啦。幸而有捷轩们一群
老伙伴舍命相随,死打不散。遇到困难,我想不出鲜着儿,更拿不
出锦囊妙计,全是靠大家一起商量,都出主意。加上我们都有一根
硬脊梁骨,不怕挫折,从不泄气。要不然,便没今日。自从来到河
南,破了洛阳,人马日众,又有牛先生、宋军师、李公子兄弟前来相
助,如今更得你曹帅前来会师,两股绳拧成了一股绳儿,这新局面
同往日大不同啦。咱们兄弟俩齐心协力往前干,天下大势在几年
内必见分晓。"

他们边走边谈,穿过庙院,到了最上一席。李自成将罗汝才让
到首座,吉珪二座,他同牛、宋、李岩和刘宗敏等相陪。其余各席,
由中军吴汝义同李双喜让曹营的将领坐在首位,闯营的将领相陪。
全院中设了二十席,每席坐八个人,被大小将领们坐得满满的。大
家坐定后,李自成暂不举杯让酒,望了军师一眼。宋献策立即起
立,向着众将大声说:

"各位将军,首领!今日之宴,一则为祝贺闯、曹两营会师,从
此后在大元帅统帅下矢勤矢勇,共建大功;二则为大元帅拜授曹帅
为'代天抚民威德大将军',颁给银印。从此曹帅即为大元帅之副,
位居众将之上。"他跟着向左右廊下一望,吩咐说:"奏乐!"

李自成的军中不像曹营,当时尚无乐部,只是临时招集乡下的
吹鼓手凑成了一个班子,在此侍候。这时,他们不用大锣大鼓,主
要使用管弦乐器,奏起乐来。闯王、曹操、全体将领,在音乐中离座
起立。一颗"代天抚民威德大将军"的银印是由随营来的匠人连夜
制成的,装在一个代用的红漆木匣中,外用红缎包裹,由吴汝义用
双手捧到闯王面前。李自成先向汝才一揖,然后接过来印匣。汝
才对自成深深三揖,双手捧过来印匣,转交给他背后随侍的一个中

军小将收下，又向闯王深深一揖。闯王还揖。然后闯、曹两营将领分班向曹操躬身叉手，表示祝贺，气氛庄严。这样简便的拜授礼仪，不是来自朝廷，而是事前由牛金星和宋献策商量定的，适合义军中的当前情况。罗汝才对于闯王授印一事原抱着逢场作戏态度，没料到如此郑重其事，使他不能不肃然认真，收了脸上笑意。授印仪式之后，酒宴开始。李自成举杯向罗汝才和全体将领敬酒，勉励大家从今后亲如兄弟，努力作战，严整纪律，解民倒悬，共建大功。罗汝才跟着举杯向闯王敬酒，表示他率领全营将士听从闯王驱使，以便早日扫荡中原，佐闯王成就大事。然后是闯、曹两营文武，一批一批地向闯王和汝才敬酒，大家也互相敬酒，十分欢洽。

酒宴过后，罗汝才和吉珪以及一部分重要头领被闯王留下谈话，曹营的其余头领都赶回各自驻地。在闯王的大军帐中，除汝才和吉珪等曹营的几位文武大员外，还有刘宗敏、牛金星、宋献策、刘芳亮和李岩奉陪。谈了几句闲话之后，自成向汝才问道：

"曹哥，你足智多谋。你看，咱们下一步应该攻打何处？"

曹操笑着说："你已经全局在胸，方略早定。我才到这里，能够想出来什么新鲜招儿？请你说出来下一步棋路如何走法，我的车马炮听从你调遣好啦。"

自成说："曹哥，几年不见，你怎么变得这样谦虚？你害怕我不能采纳你的高明主张么？别说是曹哥你，即令是你手下的一般将领，凡有可取建议，我都会认真听从。你知道我的秉性，用不着把好主意藏在心里！"

刘宗敏见罗汝才仍不愿爽快地说出来自己的主张，便开玩笑说："曹帅莫非因为同敬轩相处日久，常见敬轩盛气凌人，养成了遇事少作主张的习惯？"

大家扑哧一声笑了起来。罗汝才也跟着大笑，随即拍了拍宗敏的肩膀，点着头说："捷轩，你用的是激将法，用得真妙。"等大家笑过之后，他望着闯王说：

"我们下一步应当攻打何处？我的愚见是攻打开封。但在攻打开封之前,先打傅宗龙这只老狗。上次你攻打开封未下,那是因为你准备不够,兵力不足,也没有进攻坚固大城的经验。今日你已经有二三十万人马,我也有将近二十万人马,合起来有将近五十万之众,再去围攻开封,不患兵力不足。你这里已经建成了火器营,张罗了不少大小火器。再过几个月,准备得自然更为充足。上次你进攻开封,虽未得到城池,却得到了经验。听说你立下狠心要攻下开封,是么?"

李自成轻轻点头。

"对啊,咱们非攻下开封不可!"罗汝才略停一停,接着说:"可是,闯王,应该缓一时攻开封。目前听说新上任的陕西、三边总督傅宗龙已经来到河南,保定总督杨文岳也在河南。他们都是奉命来救河南。我们去围攻开封,不一定很快攻破。倘若屯兵坚城之下,日子稍久,士马疲惫,他们纠合左良玉等,凑成一支大军来救开封,使我腹背受敌,反而不利。我们眼下虽说人马有五十万之众,可是真正能战之兵不足十万,会陷于腹背受敌的大战最好莫打。对左良玉不要轻视。自从他受封为'平贼将军',手下有几个总兵和副将,人马日多。杨嗣昌活着时,他不肯卖力打仗,等着瞧杨嗣昌的好看。如今杨嗣昌已死,丁启睿不在他的眼中,他倒真卖力了。所以,我想,咱们不妨在他同傅宗龙等还离得远时,先杀败傅宗龙和杨文岳,然后再围攻开封。他们两个,能够都收拾掉最好,倘若只能收拾一个,剩下的那一个也成了惊弓之鸟,即令崇祯还逼着他救开封,他也是孤掌难鸣,一个跳蚤顶不起卧单。料他也不敢上前!到了那时,纵然老左奉旨去救开封,咱们也容易对付。"

自成高兴地说:"嗨,曹哥,不怪人们送你个绰号叫做曹操!你所说的,同我们商议的作战方略不谋而合。"他转向宋献策问,"军师,你没有将咱们商议的方略告诉曹帅吧?"

献策说:"我连半句话也没有告诉曹帅。这就是古人常说的:'英雄所见略同'。"

曹操笑一笑,说:"你们李闯王才算是真正英雄。我是胸无大志,跟着大流混混,算得屁的英雄!"

自成说:"曹哥,既然你也是同样主张,咱们下一步如何打法就算确定啦。让傅宗龙率领陕西兵马来河南吧。让他同杨文岳会师之后,咱们再打。目前咱们将人马拉到伏牛山中,等到秋收以后出动。趁此时机,加紧操练,整顿军纪。"

曹操说:"好,好!我正需要停下来操练人马,能拉到伏牛山中两三个月最好不过。"

自成又说:"我设法将傅宗龙和杨文岳引到一起,不用你多操心。等到打仗时候,咱俩一起前去,亲自督阵。"

决定了下一步作战方略以后,又接着商定了后天一早拔营,分两路从内乡和镇平两县境内穿过,再经南召县境,开往伏牛山脉的东部。而罗汝才的老营将设在得胜寨附近的一个小寨中,以便有事时闯王好随时找他商议。自成命亲兵将一匹赭黄色的骏马牵到帐外,赠给汝才。罗汝才同大家走出大帐,端相骏马,连声称好。自成说:

"曹哥,我知道你并不缺少好马。只是为着咱弟兄俩几年不见,初次合营,必得送你点什么才能表一表我的心意。你平日最喜欢名马、美女。美女,我这里没有,只能在我的老营马棚中挑一匹好马送你。这马因跑得快,又是全身赭黄,只四蹄和鼻上生有发亮的白毛,所以名叫追风骠①。千里敬鹅毛,礼轻仁义重。请你收下。"

汝才非常高兴,叉手齐额,说:"拜谢大元帅赏赐!"又说道,"我没有什么好东西奉献元帅,今晚命人送来一百匹上等锦缎和一点珠宝,供元帅赏赐之用。"

闯王叫亲兵将追风骠的鞍子鞴好,请汝才骑上一试。汝才接过缰绳和他自己的象牙柄马鞭,腾身上马。不需轻磕马镫,那马便平稳地向前走去,后蹄落地跨过前蹄蹄印,果然很快。汝才轻抽一鞭,那马四蹄腾空,在大道上奔出三里外又奔转回来。汝才跳下

---

① 骠——音 biāo,黄色马杂有一些白色,通称黄骠马。

马,收了缰绳和鞭子交给亲兵,望着自成说:

"果是好马!果是好马!"

李自成回到帐中,又赠送吉珪二百两银子、二十匹绸缎、一柄宝剑和一部从洛阳得到的万历刊本《武经总要》;对罗汝才的重要亲信将领和随在身边的每个头目都有适当赏赐,每一名来到张村的亲兵马夫也都有赏赐。大家都向闯王叩头谢赏,而当吉珪叩头时,自成却赶快将他搀起,说:

"我同曹帅是兄弟。曹帅以宾师之礼待先生,我当然也以宾师之礼待先生。今后万望不弃,多惠指教;事成之后,不敢相忘!"

他又吩咐随营总管速向汝才老营送去两万两银子和二十盒妇女用的珠宝首饰,三百匹上等绫罗绸缎,二百领极好的绵甲,请汝才代为分别赏赐。当时这件事使罗汝才和他的手下人十分满意,不少人在心中说:

"李闯王同八大王果然是大不相同!"

当罗汝才回文渠时,李自成拉着他的手,亲热地谈着往事,送了很远。汝才临上马时,忽然小声问道:

"自成,你的生日到底是哪一天?"

"万历三十三年八月二十一日。曹哥,你问这做什么?"

"实话对你说,我不是你的哥,倒是你的老弟,今后要把称呼改正过来。"

自成感到奇怪,说:"十几年来我都是叫你曹哥,还记得当年结拜的时候,在《金兰谱》上明明写着你是万历三十三年七月生的,怎么你又不是我的哥了?"

汝才笑一笑,说:"我那时为要当哥,当哥可以受到尊敬,故意将自己的生日提前了一个月。我实际上是八月二十五日生的,比你晚生四天。年轻时想当哥,在这件事上不老实,如今理应改正。从今晚起,你就是我的哥了。"

"可是两营将士都知道咱俩是拜身兄弟,你是哥,我是弟,怎么好突然改变?"

"你不用管,由我在大家面前改正。"

"啊,这真是出我意外!"

汝才上马,先向闯王拱手,又向闯王的文武大员拱手,说:"我今晚在文渠敝营中敬备薄酒蔬宴,恭候大元帅与各位朋友光临。请早命驾!"

李自成送罗汝才走后,一直奇怪着汝才隐瞒实际生日的事。但是他暂时没有告诉任何人,忙着处理要紧的军务去了。

将近黄昏时候,李自成率领牛金星、宋献策和李岩等一群将领来到文渠。罗汝才率领吉珪和老营将领在文渠寨外紧靠湍河西岸的大道上列队恭迎,然后鼓乐前导,将闯王迎进寨内。他同李闯王并马而行,故意骑着闯王今天送给他的追风骠,表示他对这一馈赠的满意和感激。追风骠已经换上了他平日使用的辔头和鞍镫,银饰和鎏金在夕阳的余晖中闪光。

尽管当时邓州一带的灾荒仍然严重,罗汝才的军粮也很缺乏,只能等他的人马开到伏牛山中后才能从得胜寨接济军粮,但在汝才的老营中却见不到有困难情形。从辕门到后院大厅中,到处灯烛辉煌。酒宴十分丰盛,山珍海味俱全。院中奏着细乐,丝竹之声盈耳。以汝才为首,轮番向闯王和众位客人敬酒。汝才对闯王说:

"常言道,治席容易请客难。你没有让捷轩和明远同来赴宴,真是美中不足。如今又不打仗,近处并无官军影子,请大家都来,开怀痛饮,岂不快乐?"

闯王笑着说:"平时虽不打仗,也无官军骚扰,但营中不可一刻无大将主持,在我们那里已经成了定规。当我不在营中时候,必有一两个大将留守老营,以备随时有事。"

汝才说:"大元帅,你这一点很像高闯王,实在不凡!张敬轩要是跟你一样,去年在玛瑙山也不会被刘国能赚进老营大寨,措手不及,被杀得落花流水!"

闯王说:"敬轩的长处也很多,最可贵的长处是败而不馁。胜败兵家常事,只要能吃一堑长一智就好啦。"

汝才点头称是,随即端起酒杯,转身望着大家说:"今晚大元帅光临,使我们全营上下,群情鼓舞。大伙儿都知道我同李闯王是小同乡,又是拜身,可是都不知道闯王是我的兄长,我是他的老弟。趁今晚酒宴之上,我将这事说明。在当年结拜时候,我为着想当哥哥,故意将自己的生辰多说了一个月。朋友们称我曹操,这就是我的曹操本色。从今以后,我将以兄长事闯王,不敢再弄虚作假,僭越称兄。常言道:'兄友弟恭'。我做老弟的,今后只有敬事闯王,竭尽手足情谊,替兄长驰驱效力,没有二话可说。来,请大家陪我干这一杯,祝我的兄长大业成功!"

大家都站起来跟着罗汝才干了一杯,每个人的心中都称赞他趁此时说出从前虚报生辰的实话非常好,既对闯王热诚坦白,也在奉闯王为主这事上合情合理。大厅中又是一阵纷纷地向李自成敬酒称贺,人人欢悦。

罗汝才使个眼色,他的亲兵头目来到他的身边,听他低声吩咐一句,随即从大厅中走了出去。跟着,院中的乐声停止了,从后宅中走出来几个十八九岁的歌妓,浓妆艳服,在筵前歌舞侑酒,另有细乐伴奏。汝才向闯王笑着说:

"李哥,我知道你一向不爱酒,不贪色,不好玩乐,可是你今晚来到愚弟营中,不妨与大家放怀同乐。倘若你不喜欢这些姑娘们歌舞侑酒,就叫她们走了吧。"

自成说:"我是因为身上的担子重,怕自己酒色误事,也不想使手下将领们沉迷酒色,所以在我的老营中严禁酗酒,也不蓄女乐。老弟这里既然有几部女乐,今晚盛宴,听她们弹弹唱唱,为大家助兴,有何不好?让她们将拿手的歌曲唱几段吧。"

到了二更过后,撤了宴席,李自成告辞回张村老营。罗汝才准备了灯笼火把,送到两三里外,刘宗敏也派出三百骑兵在半路等候。回到老营以后,大家谈到罗汝才向闯王称兄的事,都感到有趣,说曹操这一次可说了老实话。只有宋献策轻轻摇头,笑了

笑,说:

"我看,他今晚的话未必真吧?"

李岩问:"何以见得?"

献策说:"前天,我到曹营找吉子玉议事,曹帅将我请到他的帐中,要我替他批八字,明明白白告我说他生在万历三十三年七月二十三日。既要批八字,自然不会虚报生日。曹操为人诡诈,所以今晚在酒席宴上,我听了他的话一直心中不信。"

闯王问:"他为何要在这样小事上又说假话?"

献策笑着说:"其实也不是小事。据我想来,他认为既来依靠闯王,奉闯王为首,不便再以兄位自居,所以扯了这个谎话。虽系扯谎,却无坏意,我们大家不妨佯装信以为真,说穿了反而不美。"

大家又谈了一些问题,各自回去休息。李岩前日由文渠移驻张村附近,在回去的时候,宋献策送他步行了一箭之地,站住谈了片刻。他对李岩说:

"林泉,曹操来依闯王,这是一件大好事,大大地壮大了我军声势,使张敬轩莫想再同闯王并驾齐驱了。但我兄的分兵守土,设官理民的好建议也只好束之高阁,且看以后局势变化。"

李岩说:"我已听闯王说了,倘若我们设官理民,曹帅也要设官理民,所破府、州、县城按四六相分。这话可是曹帅自己提出来的么?"

"虽曹帅自己没说,但已经由吉子玉漏出口风。目前最重要的是紧紧拉住曹帅,凡可以引起双方意见相左的事,竭力避免。好事不在忙中取,东方日头一大堆。所以我和启东特意请示了闯王,在曹帅面前暂不提设官理民的话。"

李岩说:"我明白你们同闯王目前笼络曹操的苦心,自然不宜在这事上引起争议。看来闯王目前尚未决计据守河洛,作为根本,我的建议也只好不再提了。你看,同曹帅可以合军多久?"

献策说:"这话很难说。曹操既来投闯王,又不作闯王部曲,双方都明白并非长久之计,我们也只能因势利导耳。"

李岩微笑点头。又说："我看吉珪这个人……"

因闯王想起一件事，差亲兵请军师速去商议，所以没等李岩将话说完，他便转身而去，回头来对李岩小声说了一句："是的，我们对此人需要提防。"

这时候，罗汝才正在同他的谋士吉珪密谈，在旁边侍候的亲兵和爱妾都回避出去。汝才问：

"子玉，从昨日以来，你的心思好像有点沉重，什么缘故？莫非后悔我们来投自成么？"

吉珪回答："张帅虽然盛气凌人，难于共事，但他的心计并不深沉，容易提防。李闯王看来豁达大度，谦和待人，好像容易相处，但是他用心甚深，不像张帅那样露在外面，容易对付。一旦入其掌握，很难跳出他的手心。所以我有点担心……"

"老子有这么多人马在手里，又尊他为首，难道还担心他吃掉咱们？"

"半年之后，他的人马会大大增加，我们很难不处处受他的挟制。"

"他增添人马，咱也增添人马。他不放州、县官则已，他若放官，咱也放官。你要牢牢记住，我仍是曹营之首，不是他手下的一个将领。我是奉他做盟主，却不是将我的曹营编入他的闯营。他的军令，我该听就听，不该听就不听。我岂是他手下的刘宗敏和刘芳亮一流人物？"

吉珪摇摇头说："目前虽然言明只是两营联合，尊奉闯王为首，但怕日久生变。李闯王非他人可比，加上有牛金星和宋献策等辅佐，岂能长此下去容曹营存在？目前他巴不得有你的曹营同他的闯营合力作战，但日久必会成为他眼中的一根刺。古人说：'卧榻之侧不容他人酣睡。'请大帅千万时时提防，不要完全陷入李帅掌握！"

汝才说："要避免完全落入他的掌握，我们必须不断增添人马，练成一支精兵,使他没法吃掉,也不敢张口。"

吉珪又摇摇头说:"单如此也不行。"

汝才问:"你有什么善策?"

吉珪说:"我已经筹之熟矣。我们除不断增添人马和练成一支精兵之外,还必须造成一种局势,使我们永远不能完全任李帅摆布。"

汝才赶快问:"如何能造成这种局势?"

吉珪微笑说:"这不难。我们虽然脱离张帅,但毕竟是好合好散,未曾翻脸。请大帅速差一个亲信,去见张帅,说明同闯王只是暂时联合,在河南打开一个局面,使朝廷不能专顾张帅。日后如张帅有需要之处,定当尽心效力,决不有误。另外也请大帅差人联络回、革诸人,望以后经常互通声气,互为应援。愚见以为只要张敬轩和回、革诸人都在,互争雄长,李帅虽然雄心勃勃,也不敢吃掉曹营。只要成此三方鼎立局面,还要同朝廷不断作战,则麾下与曹营实有举足轻重之势,李闯王岂奈我何?"

曹操将大腿一拍,说:"子玉,我常说你是我的子房,一点不差!"

吉珪说:"大帅过奖,实不敢当。古人云:'士为知己者死,女为悦己者容。'珪碌碌无能,惟思竭智尽忠,保大帅立于不败之地,徐展宏图。大帅无意为汉高祖,珪何能望留侯项背!"

第二天清早,罗汝才差人分别往湖广去找张献忠,往英、霍山①中去找老回回和革里眼贺一龙。早饭后,他带着吉珪往张村去见李自成,商议向伏牛山开拔的事。距张村尚有数里,看见闯王差李双喜前来迎接。曹操心中高兴,扬鞭向双喜催马前驰。吉珪策马紧跟在他的马后,小声嘱咐说:"请大帅牢记,在闯王面前千万莫露出有何雄心大志!"

---

① 英、霍山——泛指英山和霍山地区,即今湖北省英山县境至安徽省霍山县境,均属大别山脉东部。

第十三章

　　罗汝才遵照李自成的指示,将他的人马开到伏牛山区,驻扎在鲁山西乡一带地方,他自己的老营设在离得胜寨不过十里的一个寨中。自从前年夏天离开房县境内以后,他的部队难得这样一个安然休整的机会。从这一点说,他和手下的将士们都认为来投李闯王这步棋走对了。而且军队所需粮食都基本上由李自成近来专设的粮秣总管供给,不必由他操心。他自己的手下将领有时也攻破什么山寨,那只是为增加外快,并非为搜集粮秣所必需。李自成这时由于罗汝才来投,声势更盛,方圆二三百里以内,乡绅大户都心惊胆战,向他输献粮食和银钱。倘有胆敢凭仗险要山寨顽抗的,多被李自成派人去攻破山寨,严加惩治。由于破洛阳所得的粮食和金银财宝尚多,加上士绅大户的源源输献,所以他乐意满足曹营的粮饷需要。一则借以笼络曹营将士的心;二则避免曹营过多地骚扰百姓。遇有重要问题,他不是请汝才到得胜寨来,便是他亲自去汝才老营,商量而行。罗汝才和他的亲信将领们过去常因张献忠的盛气凌人而心中不平,如今见李自成以礼相待,都觉满意。原来罗汝才和他的将领们尽管口头上说要拥戴闯王,但心里准备着倘不如意,随时离开闯王而去,自奔前程。如今在伏牛山中驻扎下来,日子稍久,背后没人再咕唧拉往别处的话了。

　　到了八月下旬,曹操正要同闯王将人马开往汝宁府附近时候,传来了张献忠因骄傲轻敌而被左良玉等官军打败的消息,又说他因大腿上受箭伤较重,不能驰马,在信阳附近遇到左良玉的追兵,又打一仗,败得更甚,献忠兵溃后下落不明。罗汝才很担心张献忠被官军消灭,会使他自己从此孤立无援,私下对吉珪说:

"敬帅上月破了郧西之后,饥民和土寇纷纷响应,本来局面很好,正可大有作为,不料连吃败仗,落到全军溃散的下场,实在可惜!"

吉珪说:"为我们曹营计,利于群雄并存,互相牵制,而不利于统一在一个人的旗号之下。敬帅是否从此败亡,还很难说。我们要派一些人去信阳和确山一带山中探听消息,倘能救他,必须火速相救。只要有敬帅这个人在,他的西营就灭不了,不难重振旗鼓。"

汝才点头说:"对,对。我已经命中军多派人打探消息,还可以加派些人。可惜咱们在此地只有三四天的时间,一旦离开这里,军情变化不定,想同敬轩互通消息就多些困难啦。"

关于闯、曹大军将开往新蔡和汝宁一带同官军作战的事,是前天夜间在闯王老营中会议决定的,但是只向重要将领中传了大元帅的军令,下边头目们尚不知道。据确实探报:新任陕西、三边总督傅宗龙和保定总督杨文岳准备在汝宁附近会师。闯王决定亲自同汝才前去,一举将这数万官军歼灭,然后去进攻开封。吉珪听了汝才的话,想了一下,说:

"估量傅宗龙同杨文岳在汝宁会师是在九月初间,所以闯王决定我们的出征大军将在西平和遂平之间休息数日,然后向汝宁官军进攻。遂平与确山相邻。倘若敬帅逃在信阳和确山之间山中,只要我们探明真实下落,到遂平以后设法救他,反较容易。如果他听说我们曹营到了遂平境内,也会前来寻找麾下,或者差人暗将他的消息告知。我看,敬帅尽管有脾气粗暴和盛气凌人的短处,但平日对部下恩情甚深,他那四个养子和白文选、马元利诸将断不会全部阵亡,不阵亡就必会始终相随。只要这一群亲信将领仍在,敬帅的事业就不会完。目前群雄纷争,四面八方都有战乱,而闯王声势日盛,最为朝廷所注目,丁启睿和左良玉断不会死死地穷追不放。敬帅倘得喘息机会,重振旗鼓将是指顾间事。麾下在敬帅困难时援他一把,他必将终身感激不忘。闯王纵然用心深沉,为当今枭雄,也不敢奈何麾下。"

　　汝才连连点头，同吉珪相视而笑。忽然一个亲兵进来，禀报说闯王的中军吴汝义来了。随即吴汝义进来，恭敬地向汝才行礼，又向吉珪行礼，然后对汝才说：

　　"大元帅命我来向曹帅禀报一件小事。另外，请曹帅同吉先生驾临得胜寨议事。闯王现在老营等候。"

　　汝才说："坐下，坐下。一件什么小事，小吴？"

　　吴汝义说："昨晚得到探报，张敬帅在郧阳西边吃了败仗，西营有八哨人马溃散在淅川边境一带，准备投降官军。大元帅来不及同曹帅商量，连夜差人飞马前往镇平境内，命谷子杰速往淅川去将这八哨人马招来。倘若他们不肯来，就将他剿灭干净，决不许他们投降官军，也不准他们打着张敬帅的西营旗号扰害百姓，在张帅的脸上抹灰。"

　　汝才虽然心中不悦，却赶快笑着说："闯王如此迅速决定很好。像这等事拖延不得，迟则生变。我昨夜才同闯王商定了去汝宁作战的事，今天又有什么重要大事儿商议？"

　　汝义说："要商议什么大事，闯王没有言明。得胜寨老营中每天都有各处细作和探马禀报军情。大概军情上有了新的变化，所以闯王请曹帅同吉先生即速驾临得胜寨老营议事。"

　　汝才问："是不是张敬轩那里有了什么重要消息？"

　　"也有探马回报了张帅的兵败消息和丁启睿、左良玉的行踪，但不知闯王请曹帅去是不是商议张帅方面的事。"

　　"好吧。你先回去，我同吉先生随后就到。"汝才掩藏着心中的一团疑云，又笑着说，"你得告诉你们的老营司务，替老子准备点好酒好菜。你们闯王是俭朴惯了，我可是不打算亏待自己！"

　　吴汝义笑着回答："请曹帅放心，除缺少女乐之外，老营司务会用心准备曹帅爱吃的好酒好菜。"

　　等吴汝义走后，罗汝才吩咐亲兵备马，脸上登时收起了笑容，露出来烦恼神色，望着沉默的吉珪说：

　　"敬轩的手下有八哨溃到淅川边境，大约有两万人马。群龙无首,谁给粮草就会归谁。遇到这样机会,自成连向我打个招呼也不肯,连夜派人去了。如此日久天长,只有闯营增添人马的机会,没有咱曹营增添人马的时候!"

吉珪点头,转动眼珠,右眉上边的那个黑痣和几根长毛动了几动,微微冷笑说:"这并不出我们所料。像这样事,以后还会再有。我们既奉闯王为首,就不能明的与他去争,也不可露出二话。天下事原无一定之规,贵在随机应变。把戏是假的,看谁玩得出色。难道咱就只会呆坐不动,看着他闯营不断地增添人马?"

"咱们曹营当然也要不断地增添人马。"

"对啦,闯王并没有捆住咱们的手脚!有此一件小事,正好提醒我们。麾下何必心中不快?"

"倘若我们也不断增添人马,难免不招自成之忌。"

"我们当然要尽量做得不招闯王之忌,但也不要十分害怕。将来他会不会吃掉我们,关键不在一个忌字上,倒要看咱曹营是一块软肉呢,还是一块硬骨头。倘若咱曹营是一块硬骨头,闯王纵然想吃,也没法吞下肚里。倘若咱曹营兵强马壮,外结西营与回、革五营为援,李闯王纵欲火并,岂奈我何?"

汝才笑着说:"你我都想在一个路子上!"停一下,他向吉珪问,"自从咱们遵奉自成为盟主,自成的声威日隆,羽翼更为丰满,俨然是救世之主。闯营上下,到处宣扬李闯王如何仁义,又宣扬宋孩儿献的《谶记》,很能蛊惑人心。子玉,请你说老实话,大明三百年江山真会灭亡在闯王和咱们的手中么?"

吉珪轻轻摇头,说道:"虽然自古无不亡之国,但大明既有三百年江山,纵然国运艰难,也不会骤然而亡。俗话说:百足之虫死而不僵,何况是万里江山?大帅难道也信李闯王能得天下么?"

汝才说:"我是想知道大明的气数是否已尽,好为咱曹营决定何去何从。倘若大明气数果真已尽,李闯王合当有天下之分,我不妨早日死心塌地,拥戴他成就大事,以后不愁无功名富贵可享。子玉,你是有学问的人,又懂风角六壬一类名堂,是个好军师。你说我的想法可是么?"

吉珪连连摇头,说:"大帅之言差矣。我常常夜观天象,虽有时荧惑犯紫微垣,帝星不甚明亮,狼星芒角动,其色赤,均是天下大乱之征,尚非改朝换代之兆。且大明开国于金陵,目今东南王气方盛,可见大明气运尚非全衰。何况麾下原是曹营主帅,声威原在李帅之上,目前虽奉李帅为盟主,实与张、李共成鼎足之势。今后如万一李帅称帝,众将领可以在李帅前三跪九叩,以头触地,匍匐称臣,麾下能甘心为之乎? 即令勉强能行,李帅怎能放心? 故若李帅能得天下,众将领可以在新朝随班拜舞,安享功名富贵,而麾下虽欲如今日拥兵自卫,歌舞饮酒,横行中原,不可得矣。"

罗汝才的心中猛然一惊,微笑点头,说:"子玉,嗨! 你真是我的良师益友!"

吉珪用阴沉的目光望着曹操,好像逼着他认真想想,停了片刻,接着说:"再说,莫看眼下李帅声势日盛,自命为'奉天倡义',好像来日的江山定然归他为主。他还在大元帅的称号上加'文武'二字。大帅可知道这'文武'二字什么意思?"

曹操随口回答:"这'文'么,指他平时喜欢读书,识文断字,并非粗人;这'武'么,指他能打仗,会治军,胸有计谋。"

吉珪捻须一笑,说:"非也,非也。这'文'啊,是指他能救民水火,治理天下;这'武'啊,是指他能够战胜明朝,削平群雄,统一江山。《书经》上称颂帝尧是'乃圣乃神,乃武乃文'。他李帅俨然以半个帝尧自居! 哼,我就不服!"

曹操心情沉重,说:"张敬轩、老回回、左金王贺一龙都不会心中点头。"

"大帅,你呢?"

"我? 无可无不可,随大流,等着瞧。"

"大帅等着瞧也是良策,但须得时有所备,善于应付方好。其实,大明气数未尽,莫说他进不了北京,纵然他打进了北京也是枉然。赤眉贼樊崇立刘盆子为帝,打进长安,终被汉光武除灭,仍是汉家天下。黄巢入长安,建国大齐,改元金统,不久也被除灭,过了十几年才改朝换代。怎见得大明会忽然亡国? 又怎见得会亡在李帅手里?"

曹操轻轻点头:"说的是,说的是……不过这北方到处义军蜂起,又有胡人南侵,崇祯的江山能坐得长么?"

"请大帅不要忘记崇祯另外还有一个家。"

"你说的可是南京?"

"是的。刘曜入长安,晋愍帝被掳,可是司马睿即位建康①,使晋朝国脉又延续了一百多年。北宋徽、钦被掳,高宗泥马渡江②,使赵氏江山又延续了一百五十年。何况南京本是大明留都,设有中央各衙门和文武百官,基础甚固。钟山为太祖陵寝所在,郁郁苍苍,依然如昔。万一北京不能固守,尚有南京龙盘虎踞,江南财富充盈,必能延续半壁河山。长江天堑,岂投鞭可以断流③?"

曹操心中满意,但仍想有更多把握,又问道:"虽然从天文和人事看,大明三百年江山未必会迅速亡,你可否再卜一卦看看?"

吉珪说:"往日已经卜卦一次,今日不妨测字一观。请大帅随便说出一字。"

曹操抬头看见门框上贴的旧对联,上句是"有书真富贵",便说:"我就说个'有'字吧。"吉珪轻捻短须,用右手中指在桌上画着,沉吟片刻,忽然嘴角含笑,频频点头,随即说道:

"对,对,果然不差! 大帅你看,"他用中指在桌上边画边说,"这'有'字上边是个'大'字缺了一捺,下边是个'明'字缺半边'日'字。对么?"

曹操点头。

吉珪接着说:"麾下问大明以后国运如何,是么?"

---

① 司马睿即位建康——建康即明朝的南京所在地。司马睿即晋元帝,为东晋第一代皇帝。
② 泥马渡江——宋朝的康王赵构,即后来的南宋高宗,听说金兵将至,从扬州逃到南京,不久做了皇帝。随后编造一个故事,说他仓皇中骑着庙中一匹泥塑的神马渡过了长江。
③ 投鞭断流——苻坚欲兴兵取江南,自以兵马众多,渡过长江不难,说:"以吾之众,投鞭于江,足断其流,又何险之足恃乎!"结果为晋兵所败。

曹操又点头。

吉珪说:"大明虽在残破之后,仍将留有一半天下,决不会亡!"

曹操略想一下,说道:"子玉,今后如何行事,我完全拿定主意啦,决不更有所疑!"

吉珪说:"深望麾下能够善处嫌疑之间,调和群雄之中,与李帅不粘不脱,不即不离,明哲自保,蓄养力量,以观大势演变。"

曹操点头:"这正是我的主意。"

吉珪问道:"闯王叫我们有什么紧急事儿商议? 是不是已经得到了敬轩的确实消息?"

"也许是,但又不像是。"

亲兵来禀:马匹已经备好。罗汝才同吉珪起身,一边低声谈着话,一边向外走去。

李自成在今天早晨得到了老营探报:傅宗龙和杨文岳两支敌军将在九月初五左右到汝宁境内会师,然后沿上蔡和沈丘之间北上,防备李自成去攻开封。根据这新的情况,李自成请罗汝才来得胜寨商议,去打傅宗龙等的东征人马提前在明日拔营,要赶在八月底开到西平和遂平之间的指定地方,等候战机。

从闯营中抽出的五万人马和从曹营抽出的三万人马,组成一支作战大军,还有几千专管运送粮秣的辎重兵,于第二天黎明分三路出发了。

八月二十八日,这八万多人马到达了遂平附近会合。李自成的行辕驻扎在玉山寨中,而罗汝才的行辕驻扎在与玉山相离十里左右的一座小寨中。八月三十日夜间,汝才突然被一个亲将叫醒,隔着帐子告他说八大王来了。汝才正在探听张献忠的下落,没有料到献忠会忽然来到,不免吃了一惊,睡意全消。他赶快问道:

"敬帅现在哪里?"

"正在前院客房休息。"

"他带来了多少人马?"

"他带来了不到一千人马,暂驻寨外。他进寨来只随身带了二三十名亲兵,还有徐以显和张定国随他同来。"

汝才将身边的爱妾一推,虎地坐起,一边穿衣服一边下床。在这突然之间,他暗暗庆幸张献忠平安,还剩有少数人马,同时也感到献忠的亲自来到,反使他不好处理。他深知李自成和他的将领们对献忠的成见很深。特别是去年四月间,自成侥幸从献忠的手中逃脱,这件很不愉快的事在大家的心中记忆犹新。但罗汝才又想着既然张献忠亲自来到,他不能让献忠躲避起来,致招自成疑忌。不管闯王如何恨献忠,他要尽自己的力量使献忠平安离开,再图恢复。他一面结扣子一面赶快往外走,一脚踏进客房门就掩饰了心中的担忧,装作惊喜过望地说:

"啊呀敬轩,我的好兄弟,你是从天上掉下来的?"

张献忠从椅子上跳起来,迎上去先拱拱手,随即拉住他的手,哈哈大笑,说:"你连做梦也没有想到我来到这里见你吧? 这就叫天不转路转,好朋友有散有聚! 要不是你同自成来到这儿停留,我老张兵败后暂住确山境内,相距不到两百里,咱弟兄俩还没有机缘会面哩。曹哥,分手后你干得好啊?"

曹操注意到他的右腿还有点瘸,问道:"敬轩,听说你中了箭伤很重,还没有好?"

"小事,小事。再过几天就可以完全好啦。我来见你是要商量今后大事,也想同自成见见面。只要我老张的老本儿在,我还会把天戳塌,吃几次败仗算得屁事!"

汝才大笑,说:"好,不愧是你西营八大王的英雄本色!"他转向站在献忠背后的徐以显,拱手说:"失迎! 失迎! 彰甫,我的好朋友,看见你这位智多星平安无事,真是高兴! 一点儿彩也没挂?"

徐以显笑着说:"托曹帅的福,在战场上冲杀数日,幸未挂彩。我也自觉奇怪,看来是天留我徐以显继续为敬帅效犬马之劳。"

"有意思,有意思。有福人神灵保佑。"他转向张定国,拍拍定国的肩膀,问:"宁宇,你没有挂彩吧? 我倒是常常挂念着你!"

定国说:"多谢伯父挂心! 小侄只是左臂上挂点彩,是刀伤,已经好啦。"

献忠说:"这孩子是好样的,在紧急时很能得力。在信阳西南,我给左良玉们率领的四万人包围起来。有些是你房、均九营的老朋友,在襄东投了官军,完全黑了心,在左良玉指挥下围攻老子。这些龟儿子们打起仗来像一群疯狗,比官军勇猛十倍。这一天,我因箭创溃烂,疼得躺在床上不能动弹,又加上过分劳累,浑身发烧,连坐在阵前指挥也不能。我叫可旺代替我指挥全营同左良玉死战,把定国留在身边。官军的人数比咱多几倍,又有那些降将肯卖命,咱的人马被截成几段,陷于一场混战。大约有两千官军向我驻扎的小村子冲来,十分凶猛。定国劝我上马速走。我想,敌人攻势正盛,咱的军心已经有点动摇,我身边只有四百人,一离开村子必被冲溃,何况我纵然被左右扶到马上,也不能奔驰,如何能走脱?我对定国说:'你是老子的养子,是在老子身边长大的,知道老子脾气。老子决不逃。你瞧着办,要怕死就离开我投降官军;要不怕死,就去将龟儿子们赶远一点,别打扰老子睡觉!'我说完这话就翻身脸朝里,闭起眼睛,故意扯起鼾声。定国二话没说,走出去飞身上马,留下一百骑兵守住我,带着三百骑兵向敌人冲去。这小子,很不错,没有丢我张敬轩的人。他一出小村子就箭无虚发,迎面前来的敌兵纷纷中箭倒下。他还射死了一员敌将,使敌人登时乱了阵势。定国将宝剑一扬,大喊一声,向敌人冲去。他手下的三百骑兵一个个勇气百倍,像一群猛虎一样跟随定国冲杀。定国左臂上中了一刀,不重,来不及包扎,冲向前去,一剑将一员敌将劈下马去,又一剑刺死了敌人旗手,夺得了大旗。敌军开始溃退,争路逃命,骑兵冲倒步兵,步兵只怨恨娘老子没有替他们多生两条腿。定国回来,天已黄昏啦,我从床上坐起来,说:'咱们走吧,我断定龟儿子们不敢来追。'我又派人到两军混战的热闹地方,给可旺他们传令,连夜往确山境内退兵。曹哥,这一仗打得真凶。定国虽是杀败了那两千敌兵,他身边的三百骑兵也折了大半!"

汝才说:"幸而你那时不离开村子走,一走就完啦。"

献忠说:"我知道定国这孩子能够杀退敌军,所以才那么沉着。打仗嘛,不担点风险叫什么打仗? 不管做什么事,都得有一股顶劲。咱们在川东时候,要是没有一股顶劲,也不会打败杨嗣昌,破襄阳,逼得他龟儿子在沙市自尽。打仗,往往谁能多顶片刻谁就胜利。连天塌下来也敢顶,这才是英雄好汉。"

汝才问:"茂堂①他们现在哪里?"

献忠说:"他们都同人马留在寨外,我只带徐军师和定国进寨。可惜,我的得力爱将有许多人战死啦,最叫我伤心的是马元利也死啦。"

汝才顿脚说:"嗨! 嗨! 可惜! 可惜!"他又望着定国说:"宁宇,我在两三年前就看出来你会成为一员虎将,从川东射杀张令到现在,证明了我的眼力不差!"

定国说:"小侄是初生之犊,只有一点傻胆,以后还得多听仁伯教导,学点智谋才行。"

汝才赞赏地点头说:"你立了大功不骄傲,好,好! 你想学我这个假曹操? 这不难。你识字,好办。你找一部《三国演义》,细心读一读,不但要学学曹操的谋略,也学学诸葛孔明。要学,你学真曹操,学我中什么用?"说毕,哈哈地大笑起来。

定国趁汝才高兴,笑着问:"仁伯,小侄心中藏了一句话,敢问么?"

"什么话? 你只管问,怕什么?"

"我看过《三国演义》,又看过三国戏,听过说三国故事,都骂曹操是个大奸臣。仁伯偏拿曹操作诨号,难道不知道曹操是奸臣么?"

献忠在座上捻着长须大笑,说:"曹哥,你起义后以曹操作诨号,有些不知道你的人都想着你是个阴险狡诈、心狠手辣的人,只有跟你共事日久的朋友们深知你不是三国曹操那号货,倒十分讲义气,肯救朋友之难,听了几句好话就心软,只有足智多谋有时像

① 茂堂——张可旺字茂堂。

243

三国的真曹操。"

汝才也笑起来,说:"宁宇伲呀,你这个后生,我看你是个十分聪明人,却没想到你看'三国'还缺少一个心窍。难道汉朝姓刘的坐天下就该永远坐下去,不应该改朝换代?那旧朝廷混蛋透顶,气数已尽,民心已失,还不许别人去建立新朝?要是都不许换新朝代,为什么几千年来换了那么多朝代?为什么谁去改旧朝,换新朝,就是奸贼?要是这道理说得通,为什么不把朱元璋称为贼?不把赵匡胤称为奸臣?要是只许旧朝无道,暗无天日,不许江山易手,改天换地,咱们何必提着头颅起义?"

定国回答:"咱们是起义,是义师。"

汝才接着说:"对啦,对啦。咱们革朱家朝廷的命不是贼,曹操革刘家朝廷的命也不是奸臣。何况曹操自己没有篡位,始终向汉献帝称臣,对刘家也算是仁至义尽。读书,看戏,听说书,你的耳朵要分辨真伪,切莫上当。曹操是真有本领,比刘备和孙权高明十倍,比袁绍和刘表高明百倍。至于说曹操的一些坏话,一定有些是误传,有些是偏见。写书和编戏曲的人谁没偏见?他们有许多话是对的,还有许多话是瞎嚼蛆。遇到瞎嚼蛆的话不要相信!"

大家听汝才说的有道理,哄堂大笑。罗汝才吩咐亲兵去催促老营行厨赶快预备酒饭,又吩咐中军去传知总管在天明前为驻扎寨外的西营将士送去几天的柴草、粮食、油盐、酒肉,务要丰富,而今夜先由曹营为客营一千将士火速备办夜饭。随后他又接着同献忠和徐以显闲谈,有时谈些破襄阳以后半年以来的旧事,有时谈些目前各处官军的情况,有时也谈些回、革五营的消息。由于罗汝才平日待人态度随和,献忠的亲兵们都坐在门口听他们闲谈,有几个还蹲在门内地上。汝才老营中几个亲信将领听说张献忠到来,都跑来看他,也留下陪着闲谈。献忠虽然新败,损失惨重,大腿上的箭创仍未十分痊愈,却像平日一样谈笑风生,毫无颓丧情绪。曹操并不问献忠来找他有什么打算,而献忠也不露任何口风。

吃过酒饭以后,已经四更了。曹操老营中已经替张献忠、徐以

显、张定国和随来的亲兵们安排了睡觉地方。汝才拉着徐以显的手离开众人,到院中一棵树下站定,小声问:

"彰甫,你们来有何打算?"

"曹帅,对真人不说假话。我明白李闯王很生我们敬帅的气,他的左右将领也恨我们,可是我们没有办法,一再盘算,还是决定前来找你。你心中斟酌:倘若自成能够容我们敬帅,我们就跟着你一起混两三个月到半年,使将士们养养伤,休养士气,把溃散出去的招集回来;倘若自成不能容我们敬帅,请你借给我们一点人马,我们只休息到黎明便走,也不必去见李帅啦。"

汝才早已思虑成熟,立即回答说:"你们既然来了,不要急着走,一定要见见李帅。你们既信得过我,现在你们就安心睡觉,我替你们安排以后,带你们去同李帅见面。至于可否留下,等见过李帅以后,看情形再说。我,为朋友两肋插刀,你们放心睡觉吧,明早晚点起来。"

徐以显担心罗汝才有时候虑事粗疏,又说道:"曹帅,我们此次来见你,不一定非见李帅不可。如果他与刘捷轩等人不忘前嫌,心怀旧怨,倒不如不见为好。敬帅一身系西营存亡,何必轻入危地?"

"你们既然来了,怎能不去见他?"

"我们敬帅说要见李帅,实是硬着头皮,为着解救西营的困难甘冒风险。我作为他的军师,士为知己者死,自己赴汤蹈火,粉身碎骨,义无反顾。可是,除非计出万全,我不能让敬帅以佛身入虎牢。"

曹操一边在心中嘲笑说:"佛我个屁!"一边又被徐以显的一片忠心所感动,轻轻点头,沉吟片刻,小声问道:

"老徐,你的意下如何?"

徐以显说:"以我的愚见,敬帅可以不必去见李帅。正因为我们不打算一定去见李帅,所以黉夜到此,避免招摇。倘若曹帅肯借给我们数百骑兵,给西营添一点重振旗鼓的本钱,我们今夜就走。此策最为安全,请赐斟酌,迅速决断,庶不走漏风声。"

　　曹操机敏地向徐以显的充满疑虑而神情阴沉的脸上瞅一眼，几乎是不假思索地回答说：

　　"此是下策，下策。蠓虫飞过都有影，世间没有不透风的墙。你们今夜来我曹营一趟，如何能瞒住闯王？你为敬帅打算很尽心，独不为我曹操打算！"

　　徐以显忽然惊悟，赶快说："啊，啊，请曹帅原谅我心思慌乱，计虑不周，几乎为麾下惹出后患。"

　　汝才微微一笑，说："彰甫，这就是俗话说的：智者千虑，必有一失！"停一停，他接着说："你同敬轩既然来了，就得听我的安排，不必过虑，请歇息去吧。"

　　安置张献忠和徐以显睡下以后，罗汝才立刻差一亲将骑马往玉山闯王老营，向闯王禀报张献忠来到，并说他天明后去见闯王。随后他去到吉珪住的地方，将他叫醒，将献忠来到的事向他说了。吉珪听了以后，说：

　　"唉，张敬帅不该前来！"

　　"可是他已经来了。"

　　吉珪又沉默片刻，说："目前能使敬帅平安无事，不久重振旗鼓，对我们曹营有利。敬帅亡，曹营孤立，孤立则危。敬帅既然来到，请麾下务必尽一切力量使他平安离去。在闯王面前，你估计力量，能确保敬帅平安么？"

　　"日子久了不敢说。我想在天明时候先见闯王，劝他不念旧怨，同敬轩见面，帮敬轩一些人马，使敬轩到湖广别作良图。如果他和捷轩等都仍然深恨敬轩，我也不勉强他们同敬轩见面，等我回来后就打发敬轩赶快离开。早饭前我不能回来。敬轩起来后，你代我陪他，告他说我一早就去见闯王，午前一准回来。"

　　吉珪说："麾下今日'赋得'的是个难题，限的韵也是险韵，但望能顺利做好这个题目。"

　　汝才笑笑说："题目虽难，总得在午前交卷。"

　　罗汝才回去稍作休息，趁天色微明便带着一大群亲兵骑马出发。

李自成四更三刻就起床了。漱洗一毕，走到院中，在鸡鸣声中舞了一阵花马剑，然后坐在灯下读了一阵书，天色黎明的时候，走出屋子，准备出寨观操。正在这时，亲兵报说罗汝才派的亲将来了。他叫亲兵将汝才的亲将带到面前，听了他的禀报，掩盖着胸中陡起的杀意，面露微笑，说：

"你回禀大将军，就说我听到张敬帅来到的消息很高兴。要为西营将士安排好驻的地方，让他们好生休息。所需粮秣，可来向行辕总管领取，我这里也派人前往照料。请张帅休息之后，早来相见。"

这时宋献策已经来到闯王面前，准备随闯王出寨看操。等罗汝才派来的亲将走后，他向闯王问道：

"张敬轩兵败前来，元帅将如何安置？"

"此事我正想找你商议，今早我们不去看操了吧。"

李自成同宋献策回到屋中，派人去将牛金星请来。李岩昨夜来老营议事，因有事未完，留下未走，也被请来。刘宗敏、高一功和李过都住在玉山寨中，自成索性派人把他们都请来了。自成屏退闲人和窗外亲兵，对大家说：

"今日已是九月初一，我们初三夜间向汝宁开拔，在此只有两天停留。没料到敬轩兵败前来，夜间到了汝才营中，今天要来见我。敬轩的为人你们清楚，去年春天我们从商洛山中出来，到房、竹山中找他。那时他在玛瑙山吃了败仗不久，咱们的力量也很弱。我原想同他合兵一起，并肩作战，对两家都有好处。不料他要乘我们兵少力弱，一口吃掉我们，用计十分毒辣。要不是王吉元拼死回营报信，我们的老八队今日已不存在，我同捷轩、一功等也早死了。请你们各位商量商量，对敬轩怎么办？"

刘宗敏首先说："不杀敬轩，必将成为后患；趁此杀掉，会使曹操离心。杀与不杀，各有利弊。"

李过说:"总哨说的很是,杀不杀各有利弊。去年在房、竹山中那件事,我们老将士至今仍旧痛恨在心。有人提起此事就说:此仇不报,死不瞑目。现在如趁机将敬轩除掉,并非没有罪款。古话说,'欲加之罪,何患无辞',何况他确实有罪。至于怕杀了他会使曹操寒心,那也不然。曹操本来同我们就不一心,早晚不是一条路上人,彼此心中清楚。目前他来相就,对他有利;离开我们,独树一帜,会给官军消灭。杀掉敬轩,可以使他失去外援,少存二心,老实地跟着我们。敬轩夜间到此,先见曹操,足见他二人结交之深。谁知他们密谈些什么话?"

高一功见李自成望他一眼,沉吟说:"如今就除掉敬轩,未免嫌早。"

李自成问:"牛先生和军师有何主见?"

牛金星说:"张敬轩不是肯屈居人下的人,他的左右也隐然对他以帝王相期。我曾在吉子玉那里看见潘独鳌和徐以显等写的几首诗,十分清楚。徐以显以敬轩手下的国士自诩,死心相从,为他出些阴险毒辣的坏点子,名之曰'六字真言';潘独鳌被俘未死,破襄阳后又回到西营,仍为张帅的亲信谋士。听说张可旺等人眼中只有张帅一人,愿效死力。所以不惟张帅自己不肯屈居人下,他的左右亲信也不会让他屈居人下。倘若大元帅不欲得天下则已,如欲得天下,请不要以小仁小义而遗后患。倘若大元帅认为杀敬轩尚非其时,暂时将他和张可旺等留在行辕,优礼相待,不使他们离去,也是一个办法。敬轩眼下创伤未愈,人马损伤殆尽,大概愿意暂时留下,但是不过数月,必将离开。他离开时候,不是私自逃走,便是玩弄阴谋诡计,甚至会勾引曹操一道离开。到那时,申其罪而杀之,连他的死党也一网打尽,不惟永除后患,且使各义军首领无话可说。曹孟德既知刘备是天下英雄,却放他走掉,使后来多一个争夺江山的对手,后悔无及。曹孟德之失策,可为殷鉴。张敬帅一时英雄失势,如鸷鸟铩羽,不能奋飞,忙中失算,来找曹操。趁此不除,更待何时?请大元帅切勿放他走掉。"

宋献策称赞说:"启东为大元帅筹划,实在是老谋深算,十分高明。愚意既然敬轩失败来投,不论其打算如何,都必须叫他奉闯王为主,为闯王麾下一员大将,这上下名分必须清楚。尽管闯王对他以优礼相待,但是在名分上他是部属,而非客人。"

宗敏问:"敬轩他肯么?"

献策说:"他为人狡诈,能屈能伸。像在谷城伪降,向朝廷和熊文灿总理衙门遍行贿赂,对林铭球卑躬屈节,这些事别人未必做得出来,他却做得出来。如今他兵败众溃,他自己和留在身边的将士多数负伤未愈,处境十分困难。我料他心中决不肯做闯王麾下部属,但表面上会奉闯王为主。这就是张敬轩的狡诈之处,而曹操也会怂恿他佯奉闯王为主,等待时机,另谋别图。"

李过说:"既然明知他阴一套,阳一套,以狡诈待我,何不趁早将他除掉,反要养虎为患?"

献策笑着说:"补之将军差矣。张敬轩原是闯王朋友,如今兵败来投,将他杀掉,纵然'欲加之罪,何患无辞',但毕竟难使回、革诸人心服,别人也会说闯王器量不广。倘若张敬轩一旦奉闯王为主,他如要阴谋离去,便以背叛之罪杀之,名正言顺,别人也无话可说。"

闯王望着李岩问:"林泉觉得如何才好?"

李岩欠身说:"这是一件大事,我正在想。"

牛金星说:"我看,军师之言甚是。张敬轩既来相投,必须奉闯王为主,如曹操一样……"

忽然闯王的一个亲兵到门口禀报:"大将军来到!"牛金星只得将未说完的话停住,用小声对自成说:

"请照军师之言行事,不可失此良机。"

却说张献忠虽然十分疲乏,但因为心中有事,到吃早饭时就起床了。知道曹操一早就去玉山见李自成,他一直在心中嘀咕,猜不透自成是不是会能容他。早饭由吉珪和曹操老营的几位重要将领相陪。从表面看,他大吃大喝,在谈话中嘲笑已死的杨嗣昌和熊文灿,时常发出爽朗的大笑,但是他准备一有不利消息,便率领他的残部逃往深山。他密嘱徐以显留心观察曹营动静,又暗对张定国说:"你吩咐将咱们的马匹备好,驻扎在寨外的全营将士都将马备好等候,随时听闯王招呼,前往玉山,片刻不许耽误!"张定国从他的眼色中完全明白他的真实意思,立刻将他的话暗传下去。吉珪和曹操的几个亲信将领暗中交换眼色,在心中称赞献忠机警。吉珪也暗中命人探看玉山闯营方面的动静,稍有风吹草动,随时飞报。

约摸巳时过后,罗汝才从玉山回来了。正在心中狐疑不安的张献忠和徐以显都从椅子上跳起来,迎上前去。本来他想赶快知道汝才见自成谈话的结果,但是他不愿在曹营的将领面前露出他的急迫心情,故意说:

"曹哥,我正想往玉山去见自成,你回来啦。你告诉他我夜间来到了么?"

汝才笑着说:"自成听说你来到了,十分高兴。他在玉山老营中等着见你,命李双喜和吴汝义前来迎接,一会儿就到。他要我陪你和彰甫去,中午在他的老营中替你们洗尘。捷轩和一功、补之们也都很高兴能够在这搭儿同你见面。"

献忠的心中很嘀咕刘宗敏和李过,但是他快活地叫道:"乖乖儿,真是天不转路转,老熟人们又碰到一起啦!"

罗汝才拉着张献忠的手,又向吉珪和徐以显望了一眼,一起到了后宅,在他的一个爱妾房中坐下,屏退闲人,说:

"我们赶快谈几句话,双喜快要到了。"

献忠问:"据你看,自成对咱老张是否有相容之意?"

曹操说:"自成这个人,你也清楚,平时深沉不露,有什么主张不轻易说出。一旦行事,果断异常。他的可怕之处就在这里。但此人处事冷静,思虑深远,没有浮躁行事的毛病,不因一时喜怒而轻举妄动。因他有这一长处,使我容易同他相处。我同他谈你兵

250

败前来,想要见他。他说他十分高兴,极盼同你见面,并说巴望你留下共事,一起建立大业。他还命老神仙在玉山老营等你,替你医治箭创。你今天必须见他,不要再同他生出隔阂。倘若他不能容你,那是将来的事,不是今天,也不是明天。有我曹操在,保你无事。什么时候你该走,我会替你打算。"

献忠感激地说:"曹哥,你真是我老张难得的患难朋友!捷轩和补之对我如何?"

"在自成身边,捷轩、补之、一功这三个人向来最为亲信,遇事密议而定。去冬来河南不久又添了牛举人和宋矮子,好像他身边来了陈平和张良。跟着又来了一位李公子,名岩字林泉,也受自成信任,参与密议,但不如牛、宋二人与自成关系最密。眼下我所顾虑的是他们这些人。他们只能替自成打算,不会替别人打算。今日你见了他们,对他们要善于应付,切不要当面顶撞。他们有意劝你留下来,奉自成为主,取消西营旗号。你要佯为答应……"

献忠不等曹操说完,骂道:"放他们娘的屁!咱老张虽然一时兵败,岂能是屈居人下的人?当我牵着杨嗣昌的鼻子,打得十几万官军五零四散的时候,天下人谁知道还有个李自成?老子拿竿子打枣树,他弯腰拾个蹦蹦枣,破了洛阳。他破了洛阳,咱随即也破了襄阳,戳了杨嗣昌的老窝,比他搞的还出色。老子是西营八大王,在十三家中也算得赫赫有名。平日咱兵马众多,也曾经说句话像打炸雷,一跺脚山摇地动,哈口气满天乌云,这,这,你曹帅是知道的。咱老张只是一时兵败,凭什么要我做李闯王的部下?我答应,我手下的大小头目也不会答应。他们都是铁脊梁骨的硬汉子,一百个不会答应!"

罗汝才微笑着,等他说完以后,神情严肃地说:"敬轩,我就猜到你会说出这些傻话。你要知道,我只是劝你假装答应,另作计较,决没意叫你真的留下来做自成的部将。我老曹并无大志,尚且不肯真做自成手下部将,如何能劝你做他的部将?你听我的话,决不会吃亏。如今你既然来了,就得同自成见面。见面之后,他自己不会说出要你奉他为主的话,可是他的左右人会提出来的。他们提出来,你将怎样回答? 你能当面说个'不行'? 你能骂他们几句?"他转向徐以显问:"彰甫,你看如何? 你说吧,敬轩对你是言听计从。"

徐以显说:"此事我也在心中想过,请敬帅务持冷静,万勿急躁。天下事,往往小不忍则乱大谋,故韩信甘受胯下之辱……"

吉珪点头插言:"舌以柔则存,齿以刚才亡。"

徐以显接着说:"我曾想过,万一大帅被闯王暂时强留,如何应付。"

献忠忙问:"你想过如何应付?"

徐说:"我想过。大丈夫能屈能伸,是真英雄。人行矮檐下,怎好不低头? 越王勾践兵败会稽,卑躬屈节以事吴王夫差。夫差有病,勾践尝了夫差的粪便,对夫差说他的病不重,快要好了。夫差深为感动,将他释放回国。他回去之后,十年生聚,十年教养,国富兵强,终灭吴国,报了会稽之耻。我想,倘若大帅万一被强留在闯营中,应以越王勾践为师,自可逢凶化吉。"

献忠一眼半闭,一眼圆睁,斜望着他,大有瞧不起他的神气,使汝才和吉珪都担心他不肯接受,不肯在闯王前低头服软,不料他忽然嘲讽地一笑,说:

"龙还有困在浅水的时候,虎也有被犬欺的时候。好! 大丈夫不争一时之气,咱俩见机行事吧。"

汝才的心中一宽,说道:"敬轩,你刚才说的那些不服气的话,我全想过。近三年来,朝廷差不多竭尽全力对付你张敬轩,谁重视他李自成? 在大家的眼睛中,他确实不能同你相比。可是,伙计,彼一时也,此一时也,局势有变化,英雄有屈伸,自古如此。人生处世,谁个尽走直路? 该转弯时且转弯,不要一头碰在南墙上。你只管答应他们愿意奉自成为主,以下的文章由我来做。"

吉珪从旁说:"请敬帅不必犹豫,免招凶险。敬帅虽败,威望犹存,故在当今群雄中举足轻重。曹帅与敬帅唇亡齿寒,利害与共,岂肯真的使敬帅屈居于闯王麾下？倘敬帅应付不当,露出本心,那便连古时候的越王勾践也不如了。"

张献忠经大家劝说,又想起来徐以显的"六字真言",将大胡子一甩,果断地说:"好,咱老张再低一次头! 可是,我的曹哥……"

忽然,罗汝才的一个亲兵带着李双喜和吴汝义走进二门,一声禀报,将献忠的话打断。因为双喜和汝义常来曹操这里,已经比较随便,所以不必等候传见便跟着走了进来。他们向献忠和汝才施礼。张献忠从椅子上跳起来,走上前去,一只手抓住一个,高兴地大声说:

"好小子们,你们来了! 我正要动身去玉山,你们可来啦,怕我跑了不成?"

吴汝义说:"末将奉大元帅之命,特来迎接张帅。今午在玉山老营中备有薄酒,为张帅、徐军师和西营各位将领接风。并请大将军与吉先生前去作陪。"

双喜接着说:"我父帅听说仁叔腿上箭伤尚未痊愈,十分挂念,已嘱老神仙在行辕等候,为仁叔尽快治好。另差一位外科大夫随小侄前来,为西营将士治伤,他到这里后已由宁宇哥派人带他往西营驻地去了。我父帅因有紧急军务,不能亲来相迎,与众位文武大员都在玉寨行辕敬候仁叔大驾光临。"

献忠说:"我马上去,马上去。你们不来请,我也要马上同曹帅去哩。"

吴汝义说:"大元帅吩咐末将,请西营各位文武,一同光临玉寨。"

献忠的心中发疑:是不是要来个一网打尽? 同时看见曹操用眼色暗示他不要全去。他对吴汝义和双喜说:

"闯王赐宴,本当全体头领都去,只是有的挂彩没好,有的近几日实在疲劳,还有几位得赶往确山、信阳一带山中招集溃散将士,实实不能如命。我看,就我和徐军师带着定国去吧,其余的就不去啦。"

　　吴汝义在心中微笑,想道:果然不出闯王所料,张敬轩留下一手。遵照闯王吩咐,吴汝义不作勉强邀请,笑着说:

　　"既然张帅不肯赏光,要留他们在此休息,我也不敢勉强,横竖等着闯王责备我不会办事好了。闯王也猜到贵营将领不会全去,已命行辕总管派人送来酒肉,慰劳贵营全体将士。另外,明日中午,在曹营这里置办酒席,为贵营将领洗尘。张帅,听说你的帐下有一位潘先生,我还没有见过,闯王说务必请潘先生赏光,同张帅一道驾临玉山一晤。"

　　献忠立即向一个亲兵吩咐:"快去寨外请潘先生马上来,同去拜见闯王。"

　　过了一会儿,潘独鳌骑马来了。于是张献忠偕同徐以显、张定国和潘独鳌,由罗汝才、吉珪、李双喜和吴汝义陪着,往玉山去了。在路上,潘独鳌的心中十分忐忑不安,故意将缰绳一勒,等候走在最后的吉珪,同他并马而行,小声问道:

　　"子玉,比鸿门宴如何?"

　　吉珪怕李双喜和吴汝义疑心,轻轻摇头作答,随即策马向前,向大家大声说:

　　"今天的天气真好!"

　　李自成率领亲信文武,在辕门外迎接张献忠。他没有出寨迎接,是有意将礼节压低一等。献忠在乍然间稍有不快,心中说道:"唉,我老张今日竟来求他!"但这种心情一闪就过去了,仍像平日一样热情豪放,大说大笑。在军帐中坐下以后,他对自成说:

　　"李哥,你兄弟在信阳打了个败仗,正想往伏牛山投奔宝帐,不料李哥与曹哥率领大军到此,真是天赐良缘,得能早日见面!"

　　自成说:"承蒙敬轩不弃,前来相见,使我说不出的高兴。至于打个败仗,算得屁事。常言道:'胜败兵家之常'。咱们谁没有打过几次败仗?崇祯十一年冬天,我在潼关南原吃败仗比你更甚。只要吃了败仗不泄气,吃一堑就会长一智。敬轩,你不要见外,就住在我这里吧,等你的将士们养好了伤,休息好啦,再找左良玉算账不迟。"

"对,左良玉这笔账非算不行。只要李哥肯做我老张的靠山,左良玉这龟儿子不难收拾。"

大家在大帐中谈了一阵,气氛十分融洽,看不出张献忠和李自成之间的交情曾有过严重伤痕。但罗汝才完全明白这只是一种表面上的融洽,很担心刘宗敏等人会拿言语讽刺献忠,或提起从前的事,献忠受不了,引起新的不快,事情就会糟了。他原希望张献忠一见李自成就说出来奉自成为主的话,但献忠竟然没说,这显然是献忠对说这句话尚不甘心。他感到很不放心,就在自成的耳边咕哝几句。自成点点头,随即对刘宗敏、牛金星和李岩等说:

"我同敬轩到后帐去谈一阵,你们陪着徐军师、吉先生和潘先生在这里坐坐。双喜,你带着定国……"他忽然偏转头去,笑向定国问:"啊,好像你的字是叫宁宇吧?"

献忠说:"定国这孩子在你的面前是小侄儿,别叫他的字儿,折罪了他!"

自成笑着说:"虽然他到你身边时是个半桩娃儿,我看着他在战场上滚大,可是他如今已经是你的得力爱将,立了不少功劳,就应该称他的字儿了。"他接着对双喜说:"你跟宁宇是小弟兄,带他出去玩玩吧,免得坐在这里不随便。张鼐的营里正在操演火器,带他瞧瞧去。敬轩,咱们同老曹到后帐谈谈。献策,你也来。"

这大帐是李自成处理军务和议事的地方,从后门出去,一丈外就是他住的军帐,小得多了。这作为大元帅住的军帐中,只有一张用单扇门板搭的小床,一张小的破方桌,几把白木小椅。坐下以后,献忠笑着说:

"李哥,你如今是大元帅,手下有几十万人马,还是这样过苦日子?"

自成含笑说:"如今在行军打仗,能够用门板搭个床铺,还有张小桌子和几把椅子,已经满不错啦,还要什么?"

献忠哈哈一笑,说:"你已经有这么大的事业,真是自找苦吃!"

罗汝才也笑起来,对献忠说:"这就是咱们李哥不同于你我之处,在当今群雄中确实是出类拔萃。"

献忠的心中奇怪:曹操同自成原是拜身,比自成大,怎么也对自成称起哥来了?但立刻心中恍然,不禁暗暗骂道:"真聪明,什么事都做得出来!"

"我们三个人差不多同时起义,"汝才接着说,"论交情我同李哥是拜身,同敬轩也是拜身。这位献策兄,是李哥的军师,同我也是极好的朋友,无话不谈。我们有些私话,在大帐中不便当着众人说,在这里无话不可出口。话,要说清楚。咱们三个人说清楚之后,就可以免除上下文武的猜测和议论。敬轩,李哥名在《谶记》,必得天下;几个月前,众将士推尊咱们李哥称奉天倡义文武大元帅。这些事儿,你也听到,不用细说。如今你兵败来投,理应奉李哥为主。今后你同我必须实心实意帮助李哥打江山。对于这事,你得当着大元帅的面说清楚。我想李哥是胸怀似海的人,决不会计较往日芥蒂。"

献忠赶快说:"曹哥说的是,说的是。我这次来,就是要奉李哥为主,实心实意帮助李哥打江山。刚才在大帐中,因见人多,我怕说出来李哥万一不肯收留我反而不美,所以没有敢直说出口。"

自成说:"你我是老弟兄,同心协力推倒明朝江山,用不着说奉我为主。只要敬轩肯留下共事,不管怎么说都好。遇着军国大事,你们的主见对,我就听你们的,不必说奉谁为主。"

汝才说:"虽然李哥这样谦逊,但是大家奉你为主,这是人同此心,心同此理。你不让敬轩留下,这话就不用说了;既然让他留下,今后他就是在你的大旗之下,依你的旗号做事。天无二日,国无二主,咱们的大军中也是如此。"

宋献策赶快附和说:"大将军所言极是。请大元帅不必过多谦让。我想敬轩将军这次前来会师,也必是决心相投,甘作部下。你不肯让他奉你为主,他怎么好留下做事?西营将士既来会师,就应当与大军成为一体。如果不能成为一体,岂不是军中有军,各自为谋,各行自己号令?"

献忠心中一惊,暗中瞟了曹操一眼,却见曹操满面春风,频频点头。他又看见李自成也是面带微笑,分明是他授意宋献策说出来这样的话。他在心中骂道:

"他妈的,这是明明白白地要吞掉我的西营!"

宋献策又接着说:"况且,大家共拥闯王为主,并非为的闯王一人私利,而是上应天心,下顺民意。献策向闯王献《谶记》的事,大将军十分清楚,想敬轩将军也必有所闻。古本《谶记》上写得明白:'十八子当主神器'。目前莫看天下扰攘,群雄纷起,应看到天心民意都在闯王一人。今日敬轩将军来此会师,愿奉闯王为主,正是知天命,识时务,将来富贵尊荣,自不待言。"

张献忠听着宋献策的话,心中极不舒服,几乎要露出嘲笑。但是想着"人到矮檐下,怎能不低头"的那句俗话,同时又想到"六字真言",就忍耐住了。他在心中骂道:"妈的,江湖术士,造谣惑众!"等宋献策说完以后,他看见罗汝才在望他,便哈哈大笑,说:

"宋军师,你真行,你把话都说到我老张的心眼儿里啦!你向我闯王哥献《谶记》的事,我也风闻。即令没有这回事儿,我也明白李闯王在我们一群人中是真正英雄。不真心实意奉他为主,我来此做啥?虽然打了败仗,可是天宽地广,难道我非要来闯王大旗下躲风避雨不行?我老张来,就是为着帮我李哥打江山!"

罗汝才说:"敬轩说得好,完全是一片诚心。"

李自成高兴地说:"我对敬轩信得过,信得过。"他转头向帐外侍立的亲兵吩咐:"请老神仙来!"

老神仙尚炯就在附近帐中等候,立刻来了。献忠跳起来,一把抓住他的肩膀,连晃几下,大声说:

"啊呀,子明!可看见你啦!你刚才不晓得我来了么?"

尚炯笑着说:"晓得,晓得。敬帅来是件大事,我怎么会不知道?天明不久,我就知道啦,心中可真高兴!"

"瞎说！你若真高兴,为什么不早来见面?"

"如今和往日不同。往日老八队的人马不多,局面小,所以我经常在闯王身边,像家人一样。如今他手下有几十万人马,文臣武将众多,军中事情也多,和从前大不相同。我虽系老八队的旧人,关系非同一般,但毕竟是一个外科医生,不管军国大事,所以闯王不叫我,我很少到闯王身边。敬帅来,有闯王带着文臣武将相迎,我这个外科医生不在其位,故未上前恭迎,然心中确实高兴。"

献忠哈哈大笑,用力拍一下医生的肩膀,说:"老神仙,说得有道理,我不怪你。快给我瞧瞧箭创,念着咱们的老交情,将你的神药妙丹拿出来,可别在闯王面前给我上烂药!"

大家听了献忠的话,都不觉大笑,同时也听出来献忠的最后一句话是双关语。尚炯开始替献忠医治箭创,看见伤口正在愈合,尚有余脓未净。他用手指按摩伤口周围,迫使余脓流出,然后用柔和的白绵纸捻成捻儿,蘸了红色药面,探进伤口,直到深处。他看见献忠的眉头微皱,问道:

"有点儿疼吧?"

献忠笑着骂道:"扯淡!你动刀子我也不会叫疼!"

在这片刻,李自成、曹操和宋献策都停止谈话,看老神仙替献忠治伤,所以小帐中显得很静。忽然大帐中的闲话声传了过来,十分清楚。

刘宗敏的声音:"说来也十分可笑,在北京城什么离奇荒唐的瞎话儿都编得出来!近来有一个探事人从北京回来,我们才知道北京的茶馆中盛传我们李闯王在去年冬天如何进入河南的故事。"

潘独鳌的声音:"这故事是如何说的?"

宗敏的声音:"他们说,我们李闯王的人马被围困在巴东的什么鱼复诸山中,粮食辎重隔断在赤甲山和寒山。我们的人马绝粮,将士纷纷出降。闯王没办法,两次到树林中上吊,都幸而被双喜儿看见,劝住啦。说闯王同我一起出帐去走走,只有张鼐一个跟着。看见路边有一个野庙,闯王叹口气说:'往日人们都说我当有天下,何不到庙中打卦问问？倘若打卦不吉，就是我不当有天下。捷轩，你砍掉我的头，投降官军去吧！'我说：'好，打卦问问！'我们就在神前跪下……"

袁宗第的声音："刘哥，你忘啦，还说你把双刀往腰间一插，就同闯王去打卦。说得活龙活现！"

众人一阵笑声。笑声一停，刘宗敏的声音又接着说："我们用筊子连打三卦，都是吉卦。我从地上跳起来，对闯王说：'李哥，我任死也要跟着你干！'我跑回帐中，先杀了自己的两个老婆。将士们听说了，也都纷纷地杀死自己的妻子。我们放火烧了营寨，杀出重围，直奔河南。哈哈！可笑，操他娘的，我刘宗敏什么时候杀过老婆呀？难道我刘宗敏非打了吉卦才肯下狠心跟随闯王打江山么？难道咱们李闯王竟是那样软弱没出息，动不动就要上吊？"

牛金星的声音："我同宋军师和林泉兄找到了一部夔州府志，又问了几个到过夔州府的人，知道鱼复山就在夔州府东边十来里处，白帝城也是鱼复山的一部分，根本不在巴东，那里也没有一个寒山。"

潘独鳌的声音："北京离四川甚远，人们说的'巴东'也许是'巴西'之讹？"

李岩的声音："这也不然。阆中古称巴西，在川东是没有巴西之称的。"

又是潘独鳌的声音："湖广既有巴东县，夔府以东不可称为巴西么？"

牛金星的声音："不然，不然。巴东县是因境内有小巴山而得名，所以川东一带不能称为巴西。我同林泉、献策都喜欢搞点杂学，对方域地志之学略有知识，故知所谓'巴东鱼复诸山'实在不通，换作'巴西'也是不通。"

宗敏接着说："我们去年只有千把人，一个鱼复山也占据不了，还说什么鱼复诸山？我们粮食辎重很少，都带在身边，怎么会被隔断别处？何况包围我们的是陕西官军，是陕西哪个将领？贺人龙和李国奇两个陕军大将的人马都没有到过夔东,他们去年七月间在开县鼓噪之后,就奔往川陕交界一带了。这些,都没踪影,顺嘴编造!"

大帐中的谈话暂时停顿,分明是刘宗敏的话引起人们深思。张献忠箭创已经贴上膏药,他一面结好裤带一面笑着说:

"李哥,我还不知道北京城中替你编出来这么一个故事,真是有趣。"

自成说:"朝廷上下,门户之争很凶。攻击杨嗣昌的人很多,有些人在他死后也不肯放过他。造谣说我是从四川来到河南,正是为加重他的罪责。"

"啊,原来如此!"

突然,从大帐中又传过来袁宗第的声音:"编造这个故事的人们全不想想,我们那时候只有千把人,并没有发疯,为什么要跑到夔州府城外?那地方大军云集,十分热闹,我们有什么便宜可捡?我们既怕被杨嗣昌吃掉,也怕被敬轩吃掉,所以才躲在郧阳大山中。假若真的去到那个热闹地方,我们早完事了,如何有今天这个局面?"

袁宗第说完话就发出来爽朗的大笑,许多人都大笑起来。张献忠有点儿感到尴尬,笑着摇摇头,说:

"汉举是个直爽性子,话如其人。可是,李哥,我敢对天发誓,在房、竹山中,我确实无意害你。不知怎么你听到谣言,起了疑心,突然拉走了。我派旺儿和元利去半路迎接你,也被你们误会。为这事,我心中一直难受。李哥,倘若我心中有鬼,今日也不敢前来投你!"

自成笑起来,说:"过去谁是谁非,都不要记在心上。只要敬轩今日不弃,愿来共事,过去纵有天大的误会也一风吹了。汉举有嘴无心,只是当笑话说的。其实,他心中对你也是满尊敬的。"随即向帐外吩咐:"快摆酒宴!"

他拉着献忠的手往大帐走去,对献忠和汝才说,酒宴以后还要同你们二位继续深谈,并说为着每天见面方便,已经替敬轩安排了几座军帐,就在寨内,以后敬轩同定国就不用再往曹营去了,西营将士也要移驻他的行辕近处。献忠和汝才都心中大惊,但不能说别的话。献忠心里说:"完了!落进他的手心啦!"他向罗汝才使个眼色,但汝才仿佛并不理会,对自成说:

"这样很好,很好。我就猜到,敬轩非等闲朋友,必会受到你的特别优待。"

献忠的心中冒出一串疑问:"难道咱老子被曹操卖了?……"

第十四章

午宴之后,张献忠和徐以显被闯王留在玉山寨中,身边还留有养子张定国和少数亲兵。潘独鳌因闯王没说留下,只得跟吉珪回到曹营。汝才对闯王如此处理,心中惊疑,感到张献忠凶多吉少,深悔自己处事孟浪,受了自成和宋献策的欺骗,对不起献忠和全体西营将士。献忠明知落入李自成的手心,却不能用话点破。从表面上看,李自成待他亲厚,丝毫看不出有想杀害他的意思,但献忠在刀尖上闯了十几年,什么尔虞我诈的事情都见过,自己也做过,所以他知道在这样危险关头必须故作不知,坦然处之,等待时机,想办法化凶为吉。他最担心的是曹操会不会变卦。他认为只要曹操不出卖朋友,定会想出办法救他,而李自成不同罗汝才商量好决不会就下毒手。

闯王的老营总管替献忠准备的军帐比闯王所住的军帐舒服得多。张定国和亲兵们住在左右相邻的帐中。闯王将吉珪和潘独鳌送走之后,命双喜将徐以显送入宋献策的军帐休息,又同献忠谈了一阵闲话,拉着献忠的手,亲自同罗汝才、宋献策送献忠到军帐休息。献忠一看帐中陈设干净,笑着说:

“李哥,早知你这里如此舒服,我应当把老婆带来一个。连着半个月,丁启睿和左良玉、方国安一群王八蛋缠着我不放,搅得我连一天安静觉也不能睡。如今到你这里,才能高枕无忧,睡个痛快!”

自成说:“你睡吧,好生休息。我已派人去接你的宝眷与西营全体将士都来,要在今日黄昏以前接到。”他回头对张定国说:“宁宇,你和弟兄们都快休息吧,睡到晚饭时候,双喜会叫醒你们。”

　　自成在献忠的帐中没有多停,因有紧急军务,就同汝才和宋献策返回大帐去了。献忠曾经使眼色要汝才留下,但汝才仿佛没有看见。张定国感到事情严重,不肯从献忠的帐中离开,也不许亲兵们睡觉。献忠明白他的意思,低声说:

　　"定国,你放心,快休息去吧。叫亲兵们也休息吧,不要在帐外守卫。"

　　"父帅,孩儿觉得这事情有点不妙。三十六计,走为上策。稍过一时,咱们跳上马就走吧!"

　　"胡说!到此地步,别说骑马逃不出寨,插翅也飞不出去!棋势虽险,老子心中有数:是活棋,不是死棋。你快同弟兄们去休息,没有事儿!"

　　"父帅,我害怕曹帅变心。他为着自家富贵,对父帅的安危袖手旁观。"

　　张献忠故作镇静地说:"定国,你经事浅,懂得个屁。曹帅是聪明人,为着他自己安危也得保我平安无事。去吧,不许你同弟兄们疑神疑鬼!"

　　打发定国出去以后,献忠便和衣躺下,将大刀放在手边。他有很长时候假闭双目,疑虑重重,不能入睡,只是在听见帐外有人说话或脚步声时,他才故意打起鼾声。但后来他一则实在疲乏,二则相信罗汝才不会卖他,定会有好的办法,便真的打起鼾声来了。

　　李自成因探知杨文岳和傅宗龙将到新蔡境内,而左良玉和丁启睿驻重兵于信阳以北,与傅宗龙、杨文岳遥相呼应,所以在大帐中商议军事,决定派李过率领人马出发,其中包括曹营的一支人马,准备在新蔡以北打败官军;他同曹操暂时按兵不动,牵制信阳一带的官军。会议结束时,刘宗敏问道:

　　"敬轩和西营人马随行辕一道?"

　　自成点头说:"等明日决定。"

　　曹操听到这话,心中一惊,但是也听出来闯王和他的亲信文武对如何处置张献忠这件事尚无最后决定。他对自成说:

"午后李哥虽然派人去接取敬轩宝眷,并叫西营将士前来,我
也派人随同前去,说明闯王关怀盛意。但恐西营将士必因事出突
然,敬轩未回,多生疑惧,未必就立时遵令前来。大战近在眼前,倘
有奸人趁机煽惑,制造事端,容易摇动军心。以弟管见,我此刻在
此没事,可以赶快回去,一则准备五千马步精兵随同补之于四更出
动;二则重新传下大元帅之命,只说大元帅因念西营将士连日疲
劳,今日不急于移营也可,可在原驻地等候待命。至于敬轩的宝
眷,今日如不愿来,明日来也不妨。这样不作勉强,就可免去西营
将士疑虑。至于是否将敬轩留在李哥行辕,究竟应该如何安置方
有利于李哥早日成就大业,等我今晚再来,说出一得之见,请李哥
斟酌定夺。"

宗敏问:"现下就说出来你的主张,岂不更好?"

汝才笑着说:"咱们不怕敬轩不辞而去,何必那么急?你得叫
我想得周到一点呀,捷轩!"

大家都笑了起来,随即将汝才送出大帐,望着他们上马走了。
李过因为要在夜间率军先行,要赶回自己的驻地料理。李岩和袁
宗第也要回营,起身告辞。自成对他们嘱咐几句话,叫李岩稍留一
步,望着宗第上马。袁宗第临上马时忽然转过身来,走到闯王面
前,屏退左右,小声问道:

"闯王,敬轩口说要奉你为主,究竟不是真心。据我看,留下不
如除掉,免得他日后重整旗鼓,羽毛丰满,再想除掉不易。去年在
房、竹山中那件事,老将士们至今人人切齿。当时要不是王吉元舍
死报信,咱们这些人都不会活到今天。要除掉他,今夜就下手,免
得夜长梦多。"

自成说:"这样事,要从多方面权衡得失,不可鲁莽从事。曹操
今夜要来,他说关于敬轩的事他有重要话说,等听了他的话以后再
做决定不迟。"

"唉,闯王,曹操一半心向你,一半心向敬轩,他出的主意能信
得过么?"

"他现在是大将军,我们应该尊重他的好主张。"

宗第又带笑说:"李哥,你要是不忍下手,把这事交给我吧。事后,任曹帅恨我,骂我,你也可以重重地处分我,我甘愿承担!"

自成严肃地责备说:"不要再说了,快上马去吧。得天下者不顾小节,要处处从大处着眼。要站得高,看得远,绝不可只求一时快意。"

袁宗第走后,李自成送李岩步行出寨。李岩的亲兵们明白闯王要同李岩谈话,都牵着马跟在后边,相离十步以外。自成说道:

"林泉,今天上午,大家商量敬轩的事,你没做声。后来我问你有何主见,你说你正在想。一天快过去啦,还没有想定主见么?"

李岩回答说:"我想起来曹操的一个故事,值得麾下深思!"

"汝才的什么故事?"

"我说的不是大将军,是三国的那个真曹操。吕布袭取下邳,刘备投奔曹操。曹操左右有人劝他杀刘备,说刘备是个英雄,又很得众心,终究不会屈居别人之下,不如趁早将他收拾,免留后患。曹操拿不定主意,问他的谋士郭嘉。郭嘉回答说:'主公起义兵,为百姓除暴;推诚仗信,招揽俊杰,还怕天下俊杰不能前来相投?今刘备有英雄之名,兵败来投,却将他杀害,落得个害贤之名。这样一搞,有智能的人们都自疑虑,离开主公,将来主公同谁一起定天下?杀一个人以除后患,反而损坏了四海的仰望,这是安危所系的事,不可不三思而行。'曹操笑着说:'你说对了!'随即替刘备添了人马,给他粮食,使他往东去到沛县一带,收拾他的散兵,牵制吕布。"

李自成拉着李岩的手笑着说:"林泉,你真是善于读书!经你这么论古比今,我的棋路看得更清楚了。"

李岩说:"也许大将军另有高明主见,不可忽视。"

自成微笑说:"倘若他有高明主见,我一定听从。"

关于应该维持好同罗汝才之间的关系,自成与李岩心照不宣。自成等待李岩上马去后,便往张献忠的军帐走去。听见献忠的鼾声如雷,他转身回自己的帐中去了。

晚饭以后,李自成同张献忠在大帐中闲话,刘宗敏、牛金星、宋献策、徐以显作陪。徐以显在午饭后被安置到宋献策的帐中休息,不能同献忠到一起计议脱身之计,表面镇静,心中十分焦急。虽然在晚饭时又同献忠到了一起,却没有机会与献忠单独谈话。他同宋献策坐在一起,竭力对献策表示殷勤。趁着闯王和献忠、宗敏谈到攻破凤阳、焚烧皇陵的旧事,大家兴高采烈,他向宋献策小声问:

"军师,敬帅既然留在闯王麾下,是不是也称大将军如曹帅一样?"

献策明白他是试探献忠安危,笑着说:"足下放心。大元帅做事总是高瞻远瞩,对敬轩必有妥当安置。"

停一停,徐以显又说:"敬帅今日来投闯王麾下,倘蒙重用,必能得敬帅死力相报。敬帅也知道闯王名在图谶,天命攸归,所以他甘心辅佐闯王早定天下。"

献策又笑着说:"敬帅也是当今英雄,终非寄人篱下的人。这一点,闯王和我们大家都心中明白。何况敬帅的左右文武,连足下在内,谁不想拥敬帅夺取明朝天下? 你们大家也不会甘心让敬帅久居人下。老潘在军中写的几首诗,还有足下的和诗,弟都拜读过。公等岂能甘愿敬帅屈居他人之下?"

以显心中大惊,只好掩饰说:"彼一时也,此一时也。今日敬帅及其左右的想法与往日大不同矣。"

"以后还会不同。"献策说毕,哈哈一笑。

张献忠已经知道李自成同意他的家眷和西营将士今晚暂时不来,摸不透李自成到底有没有杀害他的意思。他仍然放心不下,一边谈话,有时大笑,一边心中嘀嘀咕咕,等待着汝才回来,想一个脱身之计。约摸二更时候,罗汝才来了。他先向闯王禀报他那里的两千骑兵三千步兵已经做好准备,今夜四更以前来与李过会师,不误四更出发。又谈了片刻,他对闯王小声说了一句什么话,就同闯王起身往后帐去了。徐以显心中惊疑：曹操是不是会出卖敬帅？

李自成同汝才对面坐下，说道："老曹，我正在等你回来。请说出来你的主意：对敬轩应如何安置？"

汝才说："我知道敬轩有时候很对不起你，你手下有些人恨不得将他杀掉。但是他既然敢来投你，也有他的凭仗。他第一凭仗你处事光明磊落，以大局为重，不计小节，不报私怨；第二他凭仗我曹操在此地，必能保他平安无恙。我敢带他来见你，也是凭仗着你会以大局为重，并会看在我的情面上，必不加害于他。要不然，我昨夜可以暗中帮他一点人马，叫他赶快走掉，决不会让他来玉山见你。"

自成说："我心中全明白，这样话不用说啦。请赶快说出来你的主见：如何安置敬轩？"

汝才接着说："如今明朝的兵力尚多，在湖广的有丁启睿和左良玉等人的将近十万官军，加上驻扎郧阳、荆州、承天和襄阳的官军，单说散处长江以北的就约有二十万人。在江北庐州①到潜山、太湖一带，有黄得功和刘良佐两个总兵官，兵虽不多，却很能打仗。我想，最好的办法是帮助敬轩一些人马，叫他在汉水以东到皖西一带牵制官军，好使我们专力扫荡中原。虽说是叫敬轩去独当一面，可是他必须奉你为主，打着你的旗号。"

自成说："这办法很好，同我的意思正合。"

"既然大元帅认为可行，马上就同敬轩说明，免得多生枝节，引起西营将士疑惧。"

"莫急，汝才。我自己一直把敬轩当老朋友看待，不计前嫌。牙跟舌头还有不和的时候，何况朋友？一时牙咬了舌头，舌头疼了一阵，事后还是牙的好朋友，一起吃东西，谁也不想离开谁。敬轩好比牙，我好比舌头，我能对敬轩记恨在心么？你明白，我这个人胸怀开朗，不计小怨，所以几次失败，仍有今日，连你曹操也来跟我共事。"

----

① 庐州——今安徽合肥。

"李哥的这一长处，我当然清楚。其实，敬轩也很清楚，所以他才敢来相投。"

"我担心的是捷轩和一功等众位兄弟一时在心中转不过弯子，总不忘敬轩的心狠、手辣……"

汝才赶快插言："这说得太过分啦。其实敬轩不是这号人。"

自成笑着说："说得过分？其实，徐以显教他的'六字真言'比我说的更坏。"

曹操故意问："什么叫'六字真言'？"

闯王满脸含笑，却用锐利的目光直看着曹操的眼睛："你不知道？真不知道？别装蒜！"随即哈哈地笑了起来。

曹操的心中一寒，想着张献忠和徐以显都难走了，而他自己也受到怀疑。但是他神色如常，赔笑说道：

"我真是不知，并非装蒜。是哪六个字儿，请李哥告我知道。"

李自成说："不管你真不知，假不知，此事与你无干。他们的'六字真言'是：'心黑、脸厚、手辣。'你看他们说的是'心黑'，比'心狠'还坏！同这样的人如何能够共事？"

曹操听到这后一句不能共事的话，想着李自成变卦了，有意杀掉张敬轩和徐以显，以除后患。他决心保献忠平安离去，只好忍心抛掉徐以显，赶快说道：

"啊啊，原来是这六个字儿！我也仿佛听到过这六个字儿，却不知这就是'六字真言'。听说这是徐彰甫对敬轩说的六个字儿，敬轩还笑着骂他几句，并不赞成。敬轩有时手有点儿辣，有时很讲义气。说实在，他的心也不黑，倒是一个热心快肠的汉子。"

李自成点头说："敬轩的为人，我自然清楚。眼下我是真心诚意要帮敬轩一点人马，打发他高高兴兴地走，打着我的旗号到淮南或鄂东牵制官军。这是一件好事，我何乐而不为？只是，汝才呀，我的好兄弟，我的下边还有一群掌事的文武大员啊！他们对这事有意见，需得你去跟大家说说。他们很尊重你，你说啥他们都会听从。话是开心斧。你对他们说几句开导的话，劝他们别抓住旧事不放,敬轩就好走了。"

罗汝才明白李自成故意将扣留张献忠的担子推给他手下的众人挑,刘宗敏等并不是好说话的,突然感到心头沉重,更加后悔自己将张献忠带进玉山寨中。他说:

"元帅,我的好哥,你是全军之主,你说一句,捷轩们怎好不听?我罗汝才在他们的心上有几斤几两,我自己清楚。李哥你何必故意叫我去丢面子?难道我不怕丢面么?"

李自成流露出无可奈何的神情说:"无奈他们对轻易放走敬轩这件事心中不服,议论纷纷,另有主张。"

"李哥,是我带敬轩来的,作了保山。你,你得给我个面子呀!"

自成笑着说:"曹操,怪有趣,我从来没有看见你这样发急过。怕什么不给你面子?棋路不是死的,虽有困难,我相信你会一走就活。捷轩们虽是想起旧恨,心有不平,纷纷议论,可是他们会给你面子的。"

"闯王!千锤打锣,一锤定音。这定音锣提在你大元帅手里!"

"该到定音时我自然会敲锣定音。你快去同捷轩、一功们谈谈吧,商量个好办法送敬轩赶快离开。我现在陪着敬轩出去走走,随便说说闲话。"

罗汝才只好怀着一肚子的狐疑,起身往大帐中同刘宗敏等见面,而李自成去约着张献忠和徐以显在寨中各处看看。

张献忠和徐以显跟随着李自成在寨中各处走走,有牛金星相陪。吴汝义、李双喜和张定国跟在背后。为着谈话方便,闯王的亲兵不过十余人走在后边,相距数丈之外,其他亲兵都留在各人帐中。张献忠心中狐疑,不知道李自成设有什么圈套,不让曹操同来。他很想同徐以显说几句私话,但没有一点机会,使他心中焦急。他很想拿话试探闯王的心意究竟对他如何,但再三盘算,决定不要试探为妙,只能佯装坦然无虑。他在心中抱怨曹操:

"我操你个琉璃猴子,不管你如何精明圆滑,到底不是李自成的对手。老子指靠你帮一把,竟上了你龟儿子的大当!"

李自成带着献忠等看一处堆积如山的军资,看了做弓箭的、做刀剑的以及做各种军用物品的地方。每到一处,张献忠总是啧啧称赞。徐以显也随着称赞,但不像张献忠那样俨然是随遇而安,无忧无虑。路经尚神仙住的帐篷,有不少士兵和穷百姓在帐篷外等候治病。闯王说:

"敬轩,子明在这儿,我们顺便看看他。"

尚炯刚用温开水替一个中年农民洗完脖颈周围的脓疮,正要向烂疮处涂抹一种黑色药膏,看见闯王等人来到,有意停住手同他们说话。闯王用手势要他继续为病人涂抹药膏,并且问道:

"这是什么疮?"

医生边涂药膏边回答:"俗名叫做割头疮,很难听。这种疮将脖颈烂一圈,不及时治好也会要命。论毒性,跟搭背差不多。"

牛金星问:"你给他涂抹的什么药膏?"

医生说:"咱们军中眼下没有别的药。这是我用五倍子熬的药膏,医治这类疮很有效,是民间偏方。"

闯王说:"常言说,偏方治大病。"

献忠说:"老亲家,我原先只知道你是金疮圣手,没想到对各种杂病,无名肿毒,也可以妙手回春!"

尚炯说:"过蒙张帅奖誉,实不敢当。就以金疮来说,也常遇到一些忠勇将士,因伤势过重,流血过多,抢救不及,在我的眼前死去,使我自恨无活命之术。医道无穷,纵华佗复生,有时也会束手无计,不敢以圣手自居。"

李自成因尚炯很忙,正在专心治病,便带着众人离开,向他自己居住的军帐走去。刚走数步,自成叹了口气,问道:

"敬轩,王吉元这个人你忘了么?"

张献忠心中猛惊。关于王吉元死的经过,他完全清楚,如今冷不防自成竟提到这事,使他心中猛惊。但他故作镇静,流露出惊疑的神气,望着自成问道:

"吉元？他怎么了？"

自成说："他去年死了，身中三箭，流血很多。你的老亲家因为来不及救他，常常一想起吉元就心中难过。"

献忠问："吉元是怎么死的？我一点也不知道！"

自成笑着说："你大概不知道。请你知道以后也不要记在心上。"随即回头问："彰甫，你知道么？"

徐以显的脊梁已经发麻，心中惊慌，不明白李自成是要算旧账还是提一提拉倒。他虽然不能像张献忠那样神色镇静，装得若无其事，但也没有恐惧失色，只是左边小眼角的肌肉微微颤动，不曾瞒过闯王的眼睛。他赔笑说：

"此事是绝大误会，敬帅确实不知。我是事后才听说的，已将追赶王吉元的那个小头目斩首。那小头目是白文选部下，正在山路上巡逻，不明情况，有此误会，擅自鲁莽从事。因怕敬帅震怒，会将白文选严加治罪，所以我不许任何人将此事向敬帅禀报，至今将他瞒住。"

张献忠赶快说："嘿！嘿！这样大事，为什么一直将我瞒住？你们为什么不去见闯王说明原委，向闯王请罪？"

徐以显说："我听到以后，马上派人去见闯王，可是闯王已经拔营走了。真是天大的误会！"

李自成微笑不言。那微笑的眼神中含有气愤和鄙薄意味。吴汝义见徐以显如此蒙混狡赖，以为闯王马上就会忍不住大发雷霆，赶快向闯王靠近一步，怒目向徐以显看了一眼，心里说："你敢还手，老子先收拾了你！"双喜也紧走一步，靠近张献忠的背后，随时提防张献忠去摸剑柄。李强率领的十余亲兵见此情形，迅速紧走几步，向他们的背后靠拢。张定国精神紧张，左手摸着剑鞘，右手紧握剑柄，怒目横扫左右，注听背后声音，插在双喜和献忠中间。张献忠向背后望望，调皮地挤挤眼睛，突然哈哈大笑，接着骂道：

"我的乖乖儿！嘿嘿，都围拢来干什么的？难道你们都变成了喜欢斗架的公鸡？咱老张是来投奔闯王，甘心奉闯王为主，拥戴闯王打江山,可不是来唱一出单刀赴会!"

李自成面带微笑,挥手使众人退后,然后对献忠说:"请你们不要介意。将士们对往日有些不愉快的事记忆犹新,不像你我二人能够从大处着眼,不计小怨。只要你日后真与我同心协力,不生二心,过去种种,谁也不许再提。彰甫,你也不要多心。管仲原是保公子纠,射中桓公带钩,后来桓公不是用他为相么? 桓公不过是春秋时一国诸侯,尚且有此心胸气量,何况我李某志在天下,难道还记着宿怨不成? 你同茂堂俺两次想害我,我全知道,但那是各为其主啊。只要今后你们不生异心,我一定待如心腹。我李自成耿耿此心,敢对天日!"

徐以显赶快向闯王深深一揖,说:"大元帅宏量如海,高义薄天,古今少有!"

闯王说:"我应该如此,方能不辜负天意民心。倘若遇事斤斤计较,就不能招揽天下英雄共事。何况……"

忽然看见吉珪匆匆走来,李自成将话止住,打量吉珪的不安神色。吉珪到他的面前拱手施礼,说道:

"大将军在大帐中同众位将领谈了半天,无济于事。请大元帅速作主张。"

自成问:"捷轩们众位将领有何话说?"

"他们总是把已往的嫌隙记在心上,怕敬帅眼下说得很好,日后变卦。他们不想让……"

闯王用手势不让他再说下去,紧皱眉头,沉默片刻,回头对张献忠和徐以显说:

"请莫担心,跟我一起到大帐中一趟。"

张献忠和徐以显互相望一眼,跟李自成往议事的大帐走去。刚才李自成对他们说出几句有情有义的话曾使他们的心中忽觉宽慰,如今这宽慰之感登时消失。

当时闯营将领虽有地位高低之分,但在议事时还比较随便,地位低的也敢说话。今天不是议事，但因为所谈的是每人都关心的问题，不该来的将领暂时没有别的要紧事，也自动来了。闯王和张献忠进来时，大家都纷纷站起。献忠向大家拱拱手，抢先笑着说：

"好家伙，老熟人见到一大堆！你们是在议论我老张的？好，继续谈，我听听。"

李自成拉献忠在曹操和宋献策中间腾出的地方坐下，让徐以显和吉珪在宋献策的左边坐下。等众将都重新坐下以后，自成向宋献策问：

"大家都有些什么议论？"

献策回答说："总之大家愿意让敬帅走，只是对西营有些人不放心，另有主张。请你问问大将军。"

罗汝才说："众位之意，要将徐军师和张可旺暂留闯营。过一年两年，看看情况，如西营确是真心诚意拥戴大元帅，再放他们二人回西营。我不赞成，说这是扣留人质。他们说，这两个人两次想谋害闯王，吃掉闯营，叫人很不放心。看敬帅的面子，不杀他们。将他们留在闯营，以礼相待。众位将领还说：如果敬帅不肯将徐军师和张可旺留下作质，也断不能让敬帅走。大元帅，你说这事咋办？"

徐以显不等闯王开口，站起身望着大家说："请你们让敬帅赶快去江淮之间牵制官军，为闯王打江山助一臂之力。我徐某甘愿留下，作人质也好，为闯王效犬马之劳也好，决不会私自逃走。至于茂堂将军，他的秉性脾气你们知道。最好你们不要打算将他留下。他一旦听说此信，一准会率身边千余骑兵逃走。"

高一功冷冷地说："不怕逃走，我立刻派三千骑兵追赶，将他捉回。不过，到那时，大家撕破面皮，连敬轩的面子上也不光彩。"

张献忠说："可旺虽然脾气倔强，但是为我着想，他决不会率兵逃走。你们既然说出要将他留下，这事好办，我立刻叫他来。"他回头对张定国使个眼色，说："定国，你赶快派一可靠亲兵飞马回营，向你可旺大哥传老子口谕，叫他速来玉寨，不要耽误！"

张定国从义父的眼色知道是要他速派亲兵去告诉张可旺立即率兵逃走,他不免稍微一愣,但随即明白可旺逃走后闯王不愿逼曹操翻脸,他义父在闯营决无性命之忧,于是答应一声"遵命!"转身向帐外走去。忽然听闯王叫一声"宁宇回来!"张定国转回身来,望着闯王,等候闯王继续说话。

大帐中的气氛十分紧张,所有的眼光都集中在闯王的脸上。罗汝才神情悠闲,面带微笑,在心里说:该你一锤定音了。

李自成脸色严肃,带着责备口气说:"你们众位,只想着往日恩怨,没想到今日西营也拥戴我李闯王,同曹营差不多一样。既然如此,为什么还算旧账?从今往后,不论曹营、西营,同闯营只是一家人。兄弟之间,应该兄友弟恭,和睦相处。闯营是兄,西营、曹营都是弟。从前不在一起,不奉我为主,徐军师和茂堂贤侄只为西营着想,阴谋害我,想吃掉闯营,有何奇怪?今后既奉我为主,连敬轩也遵奉我的号令,他们断不会再做那样的事。再做那样的事,再起那样的主意,便是不忠,也是不义,人人得而诛之。过去的事,既往不咎,以后都不许再提一个字儿,全当给大风吹走了。"

他停一停,开始面露微笑,环顾众将。宋献策对曹操轻轻点头,又望着张献忠和徐以显微笑点头。曹操也微笑点头,但在心里说:"真厉害,真厉害!"张献忠挽着长须,伴装点头,笑着说:

"李哥,你这几句话全说到我的心窝里啦!彰甫,咱们西营的人马就是闯王的人马。你们是我的人,也是闯王的人,一定要忠心拥戴闯王!"

徐以显勉强说:"那当然。那当然。"

李自成接着说:"我已经同大将军商定,送敬轩走,去牵制鄂东和江淮一带官军。他眼下有困难,我给他一些帮助。莫说他今后奉我为主,我帮他重振旗鼓是责无旁贷;即令还像从前那样,各为其事,仅是朋友交情,当朋友有困难时我帮他一把,也是理所应该。我们做事,就应该有情有义,光明磊落!"

献忠和曹操不约而同地点头说:"大元帅说的是,说的是。"

牛金星说:"大元帅向来如此!"

李自成的脸上堆着开朗的笑容,又接着说:"你们不要光记着崇祯十一年冬天我去谷城见敬轩,他的左右亲信打算暗害我。你们不应该忘记,在生死交关的时候,我同双喜儿的性命系于敬轩的一个眼色,系于敬轩手中攥的一把大胡子。他如果有心害我,只须他使个眼色,或者轻轻点一下头,或者将他手中攥的大胡子往下猛一捋,马上会杀个人仰马翻,我同双喜儿,全部亲兵们,都完事啦。说不定还得赔进去一个老神仙!"

大家哄笑,都望一眼献忠的大胡子。

刘宗敏大声开玩笑说:"敬轩,那时候幸而你没有把大胡子往下猛一捋;要是猛一捋呀,高闯王传下的大旗我们还有人打,可是你就跟我们闯营结下了不共戴天之仇!"

李自成又接着说:"你们大家还要记着,敬轩那次听了我的劝说,果然在第二年五月间重新起义。也不要忘记,我们当时十分困难,敬轩送给一百骑兵,许多兵器。对朋友嘛,应该牢记人家的好处,少记人家的短处。现在既然决定送敬轩走,决不将徐军师和茂堂留下。我和大将军对敬轩信得过,为什么要留人质?糊涂想法!他们二人是敬轩的左右手,敬轩不能够一日离开他们。对他们二人,我也要不念旧怨,以礼相送!"

徐以显起身向闯王深深一揖,说:"以显有生之年,决不敢对大元帅更怀二心。必将矢尽忠勤,以报大元帅天高地厚之恩,以效犬马之劳!"

李自成命众人退出,以便与献忠们深谈。罗汝才趁着出去小解的机会,对跟在背后的吉珪说:

"你看,自成真有一手!有唱黑脸的,有唱花脸的,他自己唱红脸!"

吉珪说:"这出戏还没唱完,只要不变卦就好了。"

众将走后,李自成和罗汝才、张献忠、牛金星、宋献策、徐以显、

吉珪仍旧留在大帐,叫吴汝义、李双喜和张定国暂时退出。自成向张献忠含笑问道:

"敬轩,你在这里休息两三天,还去湖广好么?"

献忠心中惊喜,忙说:"请大元帅吩咐,我遵照你的将令而行。倘若李哥帮我一些人马,我一定会拖住左良玉等湖广官军,使他们不能北来,也使黄得功和刘良佐不能够离开江北。"

"你需要我帮你多少人马?"

"多的我不敢要,只请大元帅借给我五百精锐骑兵。我还有一些人马溃散在信阳一带山中,已经暗中差人招集。"

自成点头说:"好吧,你休息两三天,临走时我给你五百骑兵。还有一斗谷和瓦罐子两支人马,约有一两万人,你大概也知道他们。他们原是大的杆子,去冬我来到河南后,他们投了我,要我将他们收编成自己部下。我没有认真收编他们,只是暂时叫他们归我约束,不要扰害百姓。他们的人马现下都驻扎在确山以东,牵制汝宁官军。在打仗上,我用不着他们。你目前的人马很少,也把他们带走吧。"

献忠感激地说:"李哥,你待我这样好,真叫我永远难忘!没有得到你的话,一斗谷和瓦罐子肯跟我去么?"

"你拿我的令箭去叫他们也可以,请大将军差人随你去对他们说句话也可以。我因为事情忙,上月已经将他们交给老曹去管。"

罗汝才说:"遵照大元帅的吩咐,我传令给一斗谷和瓦罐子吧。敬轩,他们两个人都投了闯王,你是打着闯王的旗号率领他们去湖广,这一点要记清楚。以后闯王需要他们回来,你随时得放他们。"

献忠笑着说:"曹哥,你用不着多操心。倘若李哥需要人马,一个令下,连我也要星夜奔回,还敢说不放他们回来!"

徐以显插言说:"我们敬轩将军此去皖北、湖广,也是为闯王扫清中原效力,与往日各自打江山不同。敬轩将军如到英、霍一带会见老回回与革、左诸人,定将劝说他们都奉闯王旗号,共尊闯王为主。"

自成明知这是假话,却笑着说:"我同敬轩如同兄弟,望徐先生以后多多帮助敬轩,也就是帮助了我。"

徐以显欠身说:"大元帅钧谕,以显永记心上。"

罗汝才说:"闯王,你答应借给敬轩五百精骑,何时给他?"

自成说:"今夜不急。敬轩也不须马上就去湖广,等箭创痊愈以后动身不迟。等敬轩走时,就拨给他五百精骑。说不定,汝宁这一仗就打过了。"

汝才笑着说:"我的人马也就是大元帅的人马。现在西营将士住在我的营中,暂时从我的营中拨给敬轩五百骑兵,岂不方便?随后大元帅可以拨还我五百骑兵,不拨还也没什么。"

自成说:"也好。你先给敬轩五百骑兵,我明日吩咐总管照数还你。"

汝才说:"何必明天?等打过这一仗还我不迟。我还有一句话也想向大元帅说明:西营和老八队将士之间原来有些隔阂,这情形,咱们在座各位都心中清楚。敬轩住在大元帅这里纵然极受大元帅优礼相待,西营将士中仍不免有人疑虑不安。我想请敬轩回西营一趟,安抚众心。一旦西营将士得知大元帅如何不念旧嫌,以诚相待,赠给精骑五百,必定上下欢跃,感恩戴德,誓为大元帅效命。"

自成说:"敬轩当然可以回去。刚才接到探报:传说傅宗龙已飞檄丁启睿和左良玉往汝宁会师,未知确否。我们将暂时留驻此地,等待丁启睿和左良玉北上。明天将派出一支人马前往确山、信阳之间,将左良玉引诱过来。敬轩如等打过这一仗再走,可以住这里安心休息;如想早走,也不用太急。请明日中午光临,我略备薄酒钱行。你们回去商量,明早告我不迟。"

张献忠赶快告辞。李自成同刘宗敏等送献忠和汝才等一干人走出寨门。在上马以前,李自成拉着张献忠的手说:"今天下午我对你提到王吉元,可惜他已经死了。要是仍旧活着,我会将他同五百骑兵一起还你,就派他率领这一支骑兵。唉,真是死得可惜!"

献忠说:"我回去对此事非追究不可!"

"算啦,敬轩,既往不咎啦。三个月前,我去邓州迎接老曹,顺便派人查听他老娘的下落,后来……"

"李哥,你查听到了么? 要是她还在世,我要重重抚恤!"

"我已经给她送去银子了。"

"嘿! 嘿!"

又说了一阵话,李自成看着张献忠和罗汝才们上马走了。

今晚的事情完全出徐以显的意外,使他心中振奋,但又像做梦一样,怕不落实。当步行出寨时候,他对宋献策特别情谊殷勤,想从献策的嘴里掏出来一点私话。他携着献策的手说:

"军师,敬轩将军此去,就像韩信前往三齐,从侧面包围敌人,大大有利于闯王同朝廷争夺中原。老兄以为然否?"

宋献策笑着说:"倘若敬轩将军能作韩信,望我兄莫作蒯通①。"

徐以显一惊,赶快说:"军师真会说笑话。我何敢忘闯王今日恩义,像蒯通那样劝韩信自立为王!"

送走张献忠等人以后,李自成和牛金星、宋献策回到他住的军帐中密商大事,亲兵和亲将们都回避了。李自成有点遗憾地说:

"明天设宴为敬轩饯行,我看他未必来了。"

牛金星笑着说:"因为曹操夹在中间,也不得不如此处理,方是从大处落笔。闯王写的是大文章,敢做别人不肯做的事,此张敬轩之所以望尘莫及也。"

自成说:"曹操虽然与敬轩一鼻孔出气,处处为敬轩打算,但他说留下敬轩去皖西和湖广拖着官军,也确为我们目前所需要。倘若敬轩不辞而去,你们明天见到曹操,只可称赞他的主意高明,切不可露出一点别的话语。我决定放走敬轩,正为的拉紧曹操,也叫回、革诸人看看。"

大家不觉点头,都无别话,随即密议别的问题。

---

① 蒯通——本名蒯彻,《史记》因避汉武帝讳,写作蒯通。曾劝说韩信背汉自立,未被采纳。

罗汝才一回到自己营中,便吩咐老营司务预备夜饭。随即,他向张献忠悄悄问道:

"敬轩,你打算怎么办?"

献忠玩弄着略带黄色的长须,察看汝才神色,回问:"曹哥,你的主见呢?"

曹操严肃地说:"敬轩,这里不是你久留之地,最好你今夜天明以前就走。我已吩咐为你准备夜饭,略吃几杯酒,就该你远走高飞了。"

献忠问:"不向自成辞行么?"

"不用辞行。明天我见到自成,只说你想赶快拖住丁启睿和左良玉等人,使他们不能到汝宁同傅宗龙会师,不肯耽搁时间,已经走了。我担心,今夜自成可能失悔不该让你离开他的行辕,不该答应你往湖广和皖西去,说不定天明时候会派人来请你回去。夜长梦多。你以早走为妙。"

"好,天不明我就动身。借给我五百骑兵,请曹哥准备好,以便我五更带走。"

"这你放心,准会给你精兵良马。我为着不耽误你今夜动身,所以我对自成说由我这里拨给你五百骑兵,随后他再还我。他闯王手下将士,如何能对你放心?你多住一天就有风险,只有快走为上策。"

献忠说:"多谢曹哥想得周到。你这次帮我大忙,我老张永远不忘!"

谈完这几句话以后,汝才随即去告诉一个亲将挑选五百骑兵,三更用饭,待命出发。而献忠也同徐以显和张定国小声嘀咕几句,叫他们赶快回西营驻地,将天明前全营出发往英、霍的事告诉张可旺,立即做好准备。

四更过后不久,罗汝才送张献忠出寨,来到西营驻地。西营全体将士已经整队等候,粮食、帐篷和其他辎重都正在放到骡子身上。随即曹营的五百精锐骑兵开到,在西营人马的后边列队候命。

献忠在这五百骑兵前边走过去,同兄弟们说一些亲热的话,同几个认识的头目更为亲热。然后他回头望着罗汝才拱手说:

"曹哥,后会有期,多多保重。"

曹操也拱手说:"祝你一路平安,马到成功!"

献忠一声令下,全体将士腾身上马。他自己也准备上马,却被罗汝才拉住。汝才依依不舍地小声说:

"敬轩,我在自成这里虽称为大将军,实际上也是寄人篱下,终非长策。你此去,虽然暂时打一打自成旗号,但是一入大别山就可以独树一帜,不看他人颜色,将来定会有大的出息。一斗谷和瓦罐子二人,你只能暂用一时,到他们不听话时就踢开他们。革、左四营以革里眼为盟主,他同我的交情很好。你可以紧紧地拉住他。只要拉住他,就可以拉住四营,不会孤掌难鸣。伙计,请上马吧,恕不远送!"

张献忠扳鞍上马,不觉高兴地笑着骂道:"他娘的,老神仙确是有办法,老子大腿上的箭伤一点儿也不觉疼啦。"他正要下令启程,忽然从玉山方面传过来一阵奔腾的马蹄声,使大家不禁一惊。张可旺抓住剑柄说:

"果然有变!"

罗汝才态度镇静地说:"大家不要惊。有我在此,只能有文变,不会有武变。"

潘独鳌问:"何谓文变、武变?"

曹操说:"有我在此,纵然夜长梦多,闯王也不会派大军来追敬轩。你听,马蹄声也无多人。八成是闯王不愿敬轩离开,派人前来相留,请回玉山行辕。这也是突然一变,就是文变。"

张献忠同意曹操的推测,说道:"可旺,你率领人马启程,在十里之外等候。定国,你率领一百骑兵随我留下,稍等一时。"

说话之间,一小队骑兵到了,只有二十多人。在灯笼火把的照耀下,张献忠看出来那为首的年轻将领是吴汝义,大声叫道:

"小吴,你有什么急事赶来?"

　　吴汝义故意用诧异的口气问："张帅，闯王已经吩咐在行辕准备午宴为你饯行，尊驾为何不辞而别？"

　　献忠笑着说："闯王大军正要往汝宁剿灭傅宗龙和杨文岳两支官军，我听说丁启睿和左良玉要从信阳、罗山境内来救他们，军情似火，不敢稍误，所以我赶快出发，牵着他们不能驰援汝宁，也可为闯王稍稍效力。我已拜托曹帅明早代我见闯王辞行。你来得正好，请将我效力闯王的区区心意，回去转禀闯王知道。"

　　吴汝义已经勒马到了献忠面前，也笑着说："闯王料事真准！他想着张帅是个急性人，不会坐视左良玉往北来，必会不等天明就要离开这里，所以派我前来代他为张帅送行，并带来两千两银子相赠，以助张帅急需。"

　　献忠意外高兴地说："好家伙，小吴，你原来是送行的，还带来了两千两银子！定国，你收下银子。小吴，虽然我还不缺少银子使用，但既是闯王所赠，却之不恭，我只好收下吧。请你回禀闯王，就说我张敬轩在马上作揖感激。"说毕，他真的向北方作了两揖，使吴汝义只好在马上代闯王还礼。

　　两千两赠银交清之后，吴汝义在马上又拱手说："请张帅起驾，末将恭送一段路程。"

　　献忠还礼说："不劳远送，就此告别。请回玉山行辕，回禀闯王，就说我已经走了。"

　　"祝张帅旗开得胜，马到成功！"

　　张献忠又向曹操和吉珪等拱手告别，然后率领张定国和一百名骑兵动身，追赶张可旺率领的大队去了。

第十五章

　　当傅宗龙和杨文岳两位总督被崇祯督催着向汝宁府地方进兵时,洪承畴也被催逼着向锦州进兵。关外的和关内的两支人马的作战行动都牢牢地受着住在紫禁城内的皇帝控制,而洪承畴比傅宗龙等更为被动,更为不得已将援救锦州的大军投入战斗。

　　却说七月将尽时候,在宁远①城外的旷野里和连绵不断的山岗上,草木已经开始变黄。这里的秋天本来就比关内来得早,加上今年夏季干旱,影响了农事,田园一片荒凉,再加上四处大军云集,骡马吃光了沿官路附近的青草,使秋色比往年来得更早。

　　一日午后,申末酉初,海边凉风阵阵,颇有关内的深秋味道。虽然只有三四级风,海面上的风浪却是很大。放眼望去,一阵一阵的秋风,一阵一阵的浪涛,带着白色浪尖,不停地向海岸冲来,冲击着沙滩、礁石,也涌向觉华岛②,拍击着觉华岛的岸边,飞溅起耀眼的银花。这时候,运粮船和渔船,大部分都靠在觉华岛边的海湾处,躲避风浪,但也有些大船,满载着粮食,鼓满了白帆,继续向北驶去。这些大船结队绕过觉华岛,向着塔山和高桥方面前进,一部分已经靠在笔架山的岸边,正在卸下粮食。

　　从海边到宁远城,每隔不远,便有一个储存军粮的地方,四围修着土寨、箭楼、碉堡,有不少明军驻守,旗帜在风中飘扬。

　　洪承畴带着一群将军、幕僚和扈从兵士,立马海边,正回头向觉华岛和大海张望。他们是上午去觉华岛的,刚刚乘船回来,要骑马回城。因为风浪陡起,担心粮船有失,所以立马回顾。望了一

---

① 宁远——今辽宁省兴城。
② 觉华岛——在宁远东南海中,今写作菊花岛。

阵,他颇为感慨地说:

"国家筹措军粮很不容易,从海路运来,也不容易。现在风力还算平常,海上已经是波涛大作。可见渤海中常有粮船覆没,不足为奇。"

一个中年文官,骑马立在旁边。他是朝廷派来不久的总监军、兵部职方司郎中张若麒。听了洪承畴的话,赶快接着说:

"大人所言极是。正因为军粮来之不易,所以皇上才急着要解锦州之围,免得劳师糜饷。"

候补道衔、行辕赞画刘子政在马上听了张若麒的话,微微冷笑。正要说话,看见洪承畴使个眼色,只得忍住。洪承畴叫道:

"吴将军!"

"卑镇在!"一位只有三十出头年纪的总兵官在马上拱手回答,赶快策马趋前。

洪承畴等吴三桂来到近处,然后态度温和地对他说:"这觉华岛和宁远城外是国家军粮屯集重地,大军命脉所在,可不能有丝毫疏忽。后天将军就要前赴松山①,务望在明天一日之内,将如何加固防守宁远和觉华岛之事部署妥帖,以备不虞。有的地方应增修炮台、箭楼,有的地方应增添兵力,请照本辕指示去办。只要宁远和觉华岛固若金汤,我军就没有后顾之忧,可以大胆与敌人周旋于锦州城外。"

"卑镇一定遵照大人指示去办,决不敢有丝毫疏忽,请大人放心。"

洪承畴望着他含笑点头,说:"月所将军,倘若各处镇将都似将军这样尽其职责,朝廷何忧!"

"大人过奖,愧不敢当。"

在洪承畴眼中,吴三桂是八个总兵中比较重要的一个。他明白吴三桂是关外人,家族和亲戚中有不少人是关外的有名武将。

---

① 松山——原叫松山堡,在锦州西南三十里处。是明朝宣德年间为军事需要而建筑的一座小城,置中屯前千户所于此。今为松山镇所在地。

如果他能够为朝廷忠心效力,有许多武将都可以跟着他为朝廷效力;如果他不肯尽心尽力,别的武将自然也就会跟着懈怠。何况他是困守锦州的祖大寿的亲外甥,而祖家不仅在锦州城内有一批重要将领,就在宁远城内也很有根基。想到这里,洪承畴有意要同他拉拢,就问道:

"令尊大人①近日身体可好? 常有书子来么?"

吴三桂在马上欠身说:"谢大人。家大人近日荷蒙皇上厚恩,得能闲居京师,优游林下②。虽已年近花甲,尚称健旺。昨日曾有信来,只说解救锦州要紧,皇上为此事放心不下,上朝时也常常询问关外军情,不免叹气。"

洪承畴的心头猛一沉重,但不露声色,笑着问:"京师尚有何新闻?"

"还提到洛阳、襄阳的失守,以及杨武陵沙市自尽,使皇上有一两个月喜怒无常,群臣上朝时凛凛畏惧,近日渐渐好了。这情况大人早已清楚,不算新闻。"

洪承畴点点头,策马回城。刚走不过两里,忽然驻马路旁,向右边三里外一片生满芦苇的海滩望了一阵,用鞭子指着,对吴三桂说:

"月所将军,请派人将那片芦苇烧掉,不可大意。"

"是,大人,我现在就命人前去烧掉。"

在吴三桂命一个小校带人去烧芦苇海滩时,洪承畴驻马等候。监军张若麒向洪承畴笑着说:

"制台大人久历戎行,自然是处处谨慎,但以卑职看来,此地距离锦州尚远,断不会有敌骑前来;这海滩附近也没有粮食,纵然来到,他也不会到那个芦苇滩去。"

洪承畴说:"兵戎之事,不可不多加小心,一则要提防细作前来烧粮,二则要提防战事万一变化。平日尚需讲安不忘危,何况今日

---

① 令尊大人——此处指吴三桂的父亲吴襄,原为辽东总兵,居住北京。
② 林下——并非真的山野或乡下,而是指不再做官,闲居在家。

说不上一个安字。"

等芦苇滩几处火烟起后，洪承畴带着一行人马进城。快进城门时，吴三桂对刘子政拱手说道：

"政翁，请驾临寒舍小叙，肯赏光么？"

刘子政拱手赔笑说："制台大人原是命学生今晚到贵辕拜谒，就明日如何进军松山的事，与将军一谈。俟学生晚饭之后，叩谒如何？"

吴三桂笑道："何必等晚饭后方赐辉光，难道寒舍连蔬菜水酒都款待不起么？"

张若麒已经接受了吴三桂的邀请，在马上回头说："政老不必推辞，我们都去吴将军公馆叨扰，请不要辜负吴将军的雅意盛情。借此机缘，你我长谈，拜领明教，幸何如之！"

刘子政知道吴三桂是一个好客的人，看出他颇具诚意，同时也听出来张若麒有意同他谈谈对敌作战的看法。他讨厌这个年轻浮躁、好大喜功的人。怀着一种复杂的心情，他犹豫一下，便请洪承畴的一位幕僚转告制台，说他晚饭时要到吴公馆去，不能在行辕奉陪。

吴三桂的书房虽然比较宽敞，但到底是武将家风：画栋雕梁和琳琅满目的陈设，使人感到豪华有余而清雅不足。书房中也有琴，也有剑，但一望而知是假充风雅。作为装饰，还有两架子不伦不类的书籍，有些书上落满了尘埃，显然是很久没有人翻动。也有不少古玩放在架上，用刘子政的眼光一看，知道其中多数都是赝品，而且有些东西十分庸俗，只有少数几件是真的。倒是有一个水晶山子，里头含着一个水胆，晶莹流动。这样的水晶山子，水胆自然生成，不大容易得到。有几把圈椅蒙着虎皮。几幅名人字画挂在墙上，有唐寅和王冕的画，董其昌的字。当时董其昌的字最为流行，但刘子政看了，觉得好像也不是董其昌的真迹。有一副对联，是吴三桂的一个幕僚写的：

深院花前留剑影
幽房灯下散书声

正看着对联，马绍愉来到了。是吴三桂特意请他来吃晚饭的。

马绍愉原在兵部衙门做一个主事官，和张若麒同在职方清吏司。虽然张若麒是职方郎中，是主管官，马绍愉是他的部属，但是他两个人关系较密，可以无话不谈。自从张若麒受命监军之后，就推荐马绍愉也来军中，为的是一则遇事好一起商量，二则让马绍愉能够乘机立下一点军功，得一条升迁捷径。马绍愉对于车战本来一窍不通，由于张若麒一手保荐，说他可教练兵车，得到皇上钦准，同他一起来到关外赞画军务。他现在什么事也不做，就住在宁远城中，只等锦州解围之后，因军功获得优叙。

当下他同大家寒暄几句，话题就转到那副对联上。张若麒称赞这副对联的对仗工稳，十分典雅。马绍愉随声附和，赞扬不止。他们都是进士出身，又是朝中文官，在吴三桂及其幕僚、清客的眼中，说话较有斤两。吴三桂心中高兴，不住哈哈大笑。有一个幕僚说：

"这副对联恰恰是为我们镇台大人写照。镇台大人不但善于舞剑，也喜欢读书，所以这副对联做得十分贴切。"

吴三桂说："可惜裱得不好。下次有人进京，应该送到裱褙胡同墨缘斋汤家裱店重新裱一裱。"

于是有人建议最好送胡家裱店，说汤家裱店虽系祖传，但是近来徒有虚名，裱工实际不如胡家。吴三桂点头表示同意。这时他忽然发现刘子政一直笑而不言，仿佛心中并不称赞。他感到有些奇怪，就问道：

"政翁原是方家，请看这对联究竟如何？"

刘子政说："近世书家多受董文敏①流风熏染，不能独辟蹊径。这位先生的书法虽然也是从董字化出，但已经打破藩篱，直向唐人

---

① 董文敏——董其昌谥文敏公。

求法,颇有李北海的味道。所以单就书法而言,也算上品。可惜对联中缺少寄托,亦少雄健之气。军门乃当今关外虎将,国家干城。此联虽比吟风弄月之作高了一筹,但可惜文而不武,雅而不雄。"

吴三桂心中不快,勉强哈哈大笑。他每遇文官,必请书写屏联。今日已为张若麒和马绍愉准备了纸墨。现在见刘子政自视甚高,便先请刘写副对联,有意将他一军,使他不要随意褒贬。张若麒和马绍愉在旁催促,目的是想看刘的笑话。张若麒在心中说:

"一个行伍出身的老头子,从军前仅仅是个秀才,过蒙总督器重,不知收敛,处处想露锋芒,未免太不自量!"

刘子政看出来大家是想看他的笑话,特别是张若麒的神情令他极其厌恶。他胸有成竹,有意在这件小事上使张若麒辈不敢对他轻视。于是他摇摇头,淡淡一笑,表示推辞,说他少年从军,读书不多,未博一第,实不敢挥毫露丑,见笑大方。吴三桂说:"请政老随便写一副,留下墨宝,使陋室生辉,也不负此生良遇。"

张若麒也含着讽刺的语意说:"政老胸富韬略,闲注兵书,足见学养深厚,何必谦逊乃尔!"

刘子政不得已又一笑,说:"既然苦辞不获,只好勉强献丑了。"随即略一沉思,挥笔写成一联,字如碗大,铁画银钩,雄健有力,又很潇洒,不带半点俗气。一个幕僚摇头晃脑地念道:

常思辽海风涛急
欲报君王圣眷深

吴三桂大为叫好,众幕僚也纷纷叫好。张若麒心中暗暗吃惊,不敢再轻视刘子政非科甲出身。

吴三桂又请张若麒写副对联。张自知一时想不出这样自然、贴切、工稳,寓意甚佳的对联,只好写副称颂武将功勋的前人对联,敷衍过去。马绍愉坚辞不写,吴三桂也不勉强。

吴三桂问刘子政:"制台大人有何钧谕?"

"事关军机。"

众人一闻此言,自动退出。

张若麒问："我同马主事也要退出么？"

刘子政说："大人是钦派监军大臣，马主事赞画军务，自然都无回避之理。"他转过眼睛望着吴三桂，接着说："制台大人命学生向军门说的是两件事：一是要军门务必留下一位谨慎得力将领，防护粮草；二是请军门奉劝左夫人不要随大军去救锦州。"

吴三桂说："家舅母一定要去，实在无法劝阻。前天我多说了几句，她就将我痛责一顿，说我不念国家之急，也不念舅父之难。"

大家谈到左夫人，都觉得她在女流中是个了不起的人物。她虽然并不带兵打仗，却是弓马娴熟，性情豪爽，颇有男子气概。几年之前，她知道祖大寿在大凌河作战被俘，投降了满洲，被皇太极放回锦州。祖大寿假装突围逃回，答应将锦州献给清朝。左夫人坚决反对投降，劝祖大寿说："你既然回来了，投降之事可以作罢。我们死守锦州，你自己向朝廷上表谢罪，把你如何战败被俘，不得已投降建虏，赚回性命，仍然尽忠报国，这一片诚意，如实上奏，听凭皇上处分。事关千秋名节，万万不可背主降敌！"后来祖大寿果然听她的话，将被俘经过上奏皇上。崇祯特意赦免他的罪，仍叫他驻守锦州。这件事在辽东几乎每个人都知道，所以大家谈起左夫人，都带有几分敬意。张若麒和刘子政自从到宁远城以来，也经常远远望见左夫人，虽然年逾五旬，却能开劲弓，骑烈马，每日率领仆婢，出城练习骑射，也知道她家里养了二三百个家丁，成为死士，武艺精强。

张若麒赞同左夫人去，认为援锦必可得胜，此去并无妨碍。刘子政摇头表示不同意，认为援锦胜败现在还看不出来，前路困难甚多，不必让左夫人冒此凶险。张若麒说：

"政老未免过于担忧。我们这一次用兵与往日不同。洪总督久历戎行，对于用兵作战，非一般大臣可比。另外八个总兵官，俱是久经战阵，卓著劳绩。十余万人马，也是早已摩拳擦掌，只待一战。解锦州之围，看来并不如政老所想的那么困难。一旦大军过了松山，建虏见我兵势甚强，自会退去。若不退去，内外夹击，我军必胜。"

刘子政冷冷一笑说:"自从万历末年以来,几次用兵,都是起初认为必胜,而最后以失败告终。建虏虽是新兴的夷狄,可是在打仗上请不要轻看。古人说:知己知彼,百战百胜;不知己不知彼,每战必败。我们今日正要慎于料敌,先求不败,而后求胜。我军并非不能打胜,但胜利须从谨慎与艰难中来。"

张若麒力图压服刘子政,便说:"目前皇上催战甚急,我们只有进,没有退;只能胜,不能败。只要我军将士上下一心,勇于杀敌,必然会打胜仗。岂可未曾临敌,先自畏惧? 政老,吾辈食君之禄,身在军中,要体谅皇上催战的苦心。"

刘子政立刻顶了回去:"虽有皇上催战,但胜败关乎国家安危,岂可作孤注一掷!"

"目前士气甚旺,且常有小胜。"

"士气甚旺,也是徒具其表。张大人可曾到各营仔细看看,亲与士卒交谈? 至于所谓小胜,不过是双方小股遭遇,互有杀伤,无关大局。今天捉到虏军几个人,明天又被捉去几个人,算不得真正战争。真正战争是双方面都拿出全力,一决胜负,如今还根本谈不到。倘若只看见偶有小胜,只看见抓到几个人,杀掉几个人,而不从根本着眼,这就容易上当失策。"

吴三桂看他们二人你一言,我一语,相持不下,刘子政已经有几番想说出更厉害的话,只是暂时忍住而已,再继续争持下去,必然不欢而散。他赶紧笑着起身,请他们到花厅入席。

在酒宴上,吴三桂有意不谈军事,只谈闲话,以求大家愉快吃酒。他叫出几个歌妓出来侑酒,清唱一曲,但终不能使酒宴上气氛欢乐。于是他挥退了歌妓,叹口气说:

"敝镇久居关外,连一个歌妓也没有好的。你们三位都是从京城来的,像这些歌妓自然不在你们的眼下。什么时候,战争平息,我也想到京城里去饱饱眼福。"

下边幕僚们就纷纷谈到北京的妓女情况。张若麒为着夸耀他

交游甚广,谈到田皇亲府上喜欢设酒宴请客,每宴必有歌妓侑酒。马绍愉与田皇亲不认识,但马上接口说:

"田皇亲明年又要去江南,预料必有美姬携回。吴大人将来如去北京,可以到皇亲府上以饱眼福。"

吴三桂笑着说:"我与田皇亲素昧平生,他不请我,我如何好去?"

张若麒说:"这,有何难哉!此事包在我身上。我可以告诉田皇亲设宴相邀,以上宾款待将军。到那时红袖奉觞,玉指调弦,歌喉宛转,眼波传情,恐将军……哈哈哈哈!"

吴三桂也哈哈大笑,举杯敬酒。宾主在欢笑中各饮一杯,只有刘子政敷衍举杯,强作笑容,在心中感叹说:

"唉,十万大军之命就握在这班人的手中!"

吴三桂笑饮满杯之后,忽然叹口气说:"刚才说的话,只能算望梅止渴,看来我既无缘进京,更无缘一饱眼福。"

张若麒问:"将军何出此言?"

吴三桂说:"张大人,你想想,军情紧急,守边任重。像我们做武将的,鏖战沙场才是本分,哪有你们在京城做官为宦的那样自由!"

张若麒说:"此战成功,将军进京不难。"

马绍愉紧接着说:"说不定皇上会召见将军。"

吴三桂不相信这些好听的话,但是姑妄听之,哈哈大笑。

这时忽报总督行辕来人,说制台大人请刘老爷早回,有要事商议。刘子政赶快起身告辞。吴三桂也不敢强留,将他送出二门。席上的人们都在猜测,有人说:

"可能从京城来有紧急文书,不然洪大人不会差人来催他回去。"

张若麒心中猜到,必定是兵部陈尚书得到了他的密书,写信来催洪承畴火速进兵。但他对此事不露出一个字,只是冷言冷语地说:

"不管如何,坐失戎机,皇上决不答应。"

　　大家无心再继续饮酒,草草吃了点心散席。张若麒和马绍愉正要告辞,被吴三桂留住,邀进书房,继续谈话。

　　正谈着,左夫人派人来告诉吴三桂,说她刚才已面谒洪制台大人。蒙制台同意,她将率领家丁随大军去解锦州之围。并说已备了四色礼物,送到张大人的住处,交张大人的手下人收了,以报其催促大军援救锦州之情。张若麒表示了谢意。

　　吴三桂趁此机会,也送了张若麒、马绍愉一些礼物、银子。他们推辞一阵,也都收下。吴三桂平素十分好客,特别是喜欢拉拢从北京来的官僚,所以每逢有京官来此,必邀吃酒,必送礼物,这已成了他的习惯。

　　第二天早晨,洪承畴偕同总监军张若麒率领大批文武要员和数千名督标营的步骑精兵从宁远出发。吴三桂率领一群文武官员出城送行。

　　张若麒同马绍愉走在一起。马绍愉不相信能打胜仗,启程之后,转过一个海湾,看见左右并无外人,全是张若麒的心腹随从,就策马向前,与张若麒并马而行,小声嘀咕了一句:

　　"望大人保重,以防不虞。"

　　张若麒点点头,心中明白。昨晚从吴三桂的公馆出来后,他们就回到监军驻节宅中作了一番深谈。张若麒的心情轻松,谈笑风生,认为此次进兵,只要鼓勇向前,定能打胜。他好像完全代皇上和本兵说话,对马绍愉说,必须对"东房"打个大胜仗,才能使朝廷专力剿灭"流贼"。马绍愉认为对"东房"迟早要讲一个"和"字,目前皇上和本兵力主进兵,目的在能打出一个"和"字,在胜中求和。张同意他的看法,但对胜利抱着较大的侥幸心理。

　　八位总兵官除吴三桂外,都早已到了高桥和松山一带。吴三桂的一部分人马也到了高桥附近,只是他本人为部署宁远这个军事重地的防守,尚须到明天才能动身。从高桥到松山大约三十里路,众多军营,倚山傍海,星罗棋布。旌旗蔽野,刀枪如林,鼓角互应。自从辽阳战役以后,这是明朝最大的一次出师。刘子政看着这雄壮的军容,心中反而怀着沉重的忧虑。他在马上想到昨晚洪承畴收到的陈新甲的催战书信,深为洪承畴不断受朝廷的逼迫担忧,心中叹息说:

"朝廷别无妙算,惟求侥幸,岂非置将士生命与国家安危于不顾!"

自从来到关外以后,洪承畴驻节宁远,已经来塔山、杏山、高桥①和松山一带视察过一次。今天是他将老营推进到松山与杏山之间,顺路再作视察。他最不放心的是高桥到塔山附近屯粮的地方。这里是丘陵地带,无险山峻谷作屏障,最容易被敌人的骑兵偷袭,也容易被骑兵截断大路。他一直骑马走到海边,指示该地守军将领应如何防备偷袭。现在,他立马高处,遥望塔山土城和东边海中的笔架山②,又望望海面上和海湾处点缀的粮船和渔船,挥退从人,只留下辽东巡抚邱民仰、监军张若麒和赞画刘子政在身边,口气沉重地说:

"我们奉命援锦,义无返顾,但虏方士气未衰,并无退意,看来必有一场恶战,方能决定胜负。此地是大军命脉所系,不能有半点疏忽。倘有闪失,则粮源断绝,全军必将不战瓦解,所以我对此处十分放心不下。"

邱民仰说:"这里是白广恩将军驻地,现有一个游击守护军粮。看来需要再增加守兵,并派一位参将指挥。"

"好,今天就告诉白将军照办。监军大人以为如何?"

张若麒正在瞭望一个海湾处的成群渔船,回头答道:"大人所虑极是。凡是屯粮之处,都得加意防守。"

洪承畴本来打算到了松山附近之后,命各军每前进一步都抢先掘壕立寨,步步为营,不急于向锦州进逼,但是昨天晚上他接到

---

① 塔山、杏山、高桥——在宁远和松山之间,都是当时重要的军事据点,而塔山和杏山尤为重要,筑为要塞,称为塔山堡、杏山堡。
② 笔架山——在塔山附近海边,落潮时可以与陆地相通,为当时明军储粮重地。

兵部尚书陈新甲的密书,使他没法采取稳扎稳打办法。如今想到那封密书中的口气,心中仍然十分不快。

当天晚上,他驻在高桥,与刘子政等二三亲信幕僚密商军事。大家鉴于辽阳之役和大凌河之役两次大败经验,力主且战且守,并于不战时操练人马,步步向锦州进逼。他们认为与敌人相持数月,等到粮尽,清兵必然军心不固,那时全师出击,方可获胜。洪承畴又将陈新甲的催战书子拿出,指着其中一段,命一位幕僚读出。那位幕僚读道:

> 近接三协之报,云敌又欲入犯。果尔则内外交困,势莫可支。一年以来,台臺①麾兵援锦,费饷数十万而锦围未解,内地又困。斯时台臺滞兵松、锦,徘徊顾望,不进山海则三协虚单,若往辽西则宝山空返②,何以副圣明而谢朝中文武诸臣之望乎? 主忧臣辱,台臺谅亦清夜有所不安也!

洪承畴苦笑说:"我身任总督,挂兵部尚书衔,与陈方垣是平辈同僚,论资历他算后进。在这封书子中,他用如此口气胁迫,岂非是无因?"

一个幕僚说:"必定是皇上焦急,本兵方如此说话。另外,张监军并不深知敌我之情,好像胜利如操左券,也会使本兵对解锦州之围急于求成。"

刘子政说:"朝廷不明情况,遥控于千里之外,使统兵大员,动辄得咎,如何可以取胜!"

他们密议到深夜,决定给皇上上一道奏本,详陈利害,提出且战且守,逐步向锦州进逼的方略。同时给陈新甲写封长信,内容大致相同。因为刘子政通晓关外形势,且慷慨敢言,决定派他携带奏本和给陈新甲的书信回京,还要他向陈新甲面陈利害。

---

① 台臺——"台"字是一般尊敬的称谓。"臺"字是对尚书、总督一级官僚的尊称。洪承畴以兵部尚书衔实任蓟辽总督,所以陈新甲在书信中尊称他台臺。
② 宝山空返——意思是本来应该打胜仗却无功而返。这是从"如入宝山,空手而返"一句成语变化出来的。

第二天拂晓,刘子政来向洪承畴辞行。他深知几个总兵官大半怯战,而且人各一心,因此预感到大军前途十分不妙。他用忧虑的目光望着洪承畴说:

"卑职深知大人处境艰难,在军中诸事掣肘,纵欲持重,奈朝中与监军惟知促战何!望大人先占长山地势,俯视锦州,然后相机而动。只要不予敌以可乘之机,稍延时日,敌必自退。但恐大人被迫不过,贸然一战。"

洪承畴苦笑说:"先生放心走吧,幸而在我身边监军者尚非中使①。"

在刘子政起程回京的第二天,洪承畴又接到催促进兵的手谕。张若麒催战更急,盛气凌人。洪承畴害怕获罪,不得不向清营进逼。

明军八总兵的人马在洪承畴的指挥下拔营前进。八月初,有五万人过了松山,占领了松山与锦州之间的一带山头。步兵大军在山上树立木城,安好炮架。岭下驻扎的多是骑兵,环绕松山三面,设立营栅。两山之间,共列七处营垒,外边掘了长壕。

洪承畴偕巡抚邱民仰登上松山高处,俯瞰不规则的锦州城。房舍街巷,历历在目。辽代建筑的十三层宝塔,兀立在蓝天下,背后衬着一缕白云。适遇顺风,隐约地传过来塔上铃声。一道称做女儿河的沙河流经松山与锦州之间,曲折如带。包围锦州的清兵都在离城二里以外的地方安营立寨,外掘三重壕沟,以防城内明兵突围。另外,清军面对松山和左边的大架山上也有许多营垒,防御严密,多是骑兵。

仔细观察了一阵,洪承畴看不出清营的弱处何在。正在寻思,忽见一队骑兵约二三百人,拥着一员女将,从山后出来,直驰清营附近,张望片刻,等清兵大队准备冲出时,又迅速驰往别处。如此窥探了三处敌营,方驰返吴三桂的营寨。邱民仰不觉

① 中使——太监。

叹道：

"左夫人解救锦州心切，不惜自往察探敌兵虚实。今日上午，我到吴镇营中，她对我说，锦州樵苏断绝，势难久守，请我转恳大人，乘我士气方锐，火速进攻敌垒，内外夹击，以救危城军民。不知大人决定何时进兵？"

洪承畴说："锦州城内不见一棵树木，足见已经薪柴烧尽，恐怕家具门窗也烧得差不多了。解救锦州之围，你我同心。只是遍观敌垒，看不出从何处可以下手。不管如何，明日出兵，以试敌人虚实。"

第二天早晨，明军出动三千骑兵，分为三支，直冲清兵营垒，侦察虚实。马蹄动地，喊杀震天。在松山一带扎寨的各营人马，呐喊擂鼓助威。骑兵冲近清营时，清营三处营门忽开，驰出三支骑兵迎战，人数倍于明军。明骑兵稍事接杀，便向后退，进入步兵营中。清兵气势甚锐，追击不放，打算冲击明军的步兵营。明军故意放清军进来，火炮齐发，箭如雨下。清军死伤很重，赶快退回。

随即清军大队又来，多是骑兵，共约一万余人，从松山的西面向东进攻，争夺松山的高岭。明兵奋勇抵抗，使清军不得前进。明军反攻，也难得手。这时被围困在锦州城中的祖大寿乘机派兵呼噪出城，夹击清兵，但是遇到清兵掘的又宽又深的壕沟，越不过去，有很多人在壕沟外中了炮火弩箭，死伤满地。鏖战多时，锦州明军和松山明军终难会合。祖大寿只得鸣锣收兵回城。在松山西北面激战的明清两军死伤相当，各自收兵。

经过这次接战，洪承畴更确知清军防守坚固，一时难于取胜，与祖大寿在锦州城外会师的希望很难实现。他知道各总兵本来就存心互相观望，不肯向前，倘若原来就不旺盛的明军士气一旦受挫，则各营势必会军心动摇。从几个俘虏口中，他得知清营中传说老憨王①即将由沈阳启程，亲率满、蒙大军前来。他料想未来数日

---

① 老憨王——又称老憨、喝竿，满洲语音译，指满洲皇帝。北方民族自古称国王为"汗"，转为满洲语的憨、喝竿。

之后必有一场恶战。敌方等到老憨王的援军来到,一定会全力以赴,进行决战;而他麾下诸将恐怕没几个甘心为国家效死疆场。想到这里,他不再希望侥幸胜利,只求避免辽阳之役的那种败局再次出现。

当天晚上,他两次派亲信幕僚去吴三桂营中,劝左夫人速回宁远。因为他担心一旦决战不利,左夫人阵亡或被清兵所俘,祖大寿没有顾恋,就会向敌人献出锦州投降。

第二天上午,洪承畴在松山西南面的老营中召集诸将会议,以尽忠报国勖勉诸将,要大家掘壕固守,等候决战,并将如何保护海边军粮的事,作了认真筹划,特别将保护笔架山军粮的责任交给王朴,守高桥的责任交给唐通,而使白广恩全营驻守松山西麓,以备决战。送出诸将的时候,他将吴三桂叫住,问道:

“月所将军,令舅母已经动身回宁远了么?”

吴三桂回答:“家舅母已遵照大人劝谕,于今早率领奴仆家丁起身,想此时已过高桥了。”

“未能一鼓解锦州之围,使令舅母怏然返回,本辕殊觉内疚!”

“眼下情势如此困难,这也怨不得大人。昨日当敌人大举来犯之时,家舅母率家丁杂在将士中间,亲自射死几个敌人,也算为救锦州出了力量。她说虽未看见锦州解围,也不算虚来一趟。只是今早动身时候,她勒马高岗,向锦州城望了一阵,忍不住长叹一声,落下泪来,说她今生怕不能同家舅父再见面了。”

洪承畴说:“两军决战就在数日之内。倘若上荷皇上威灵,下赖将士努力,一战成功,锦州之围也就解了。”

吴三桂刚走,张若麒派飞骑送来书信一封,建议乘喝竿未至,以全力进攻清营。洪承畴看过书子,心里说:“老夫久在行间,多年督师。你这个狂躁书生,懂得什么!”但是他的脸上没有露出一点厌恶表情,反而含笑向来人问:

“张监军仍在海边?”

“是,大人,他在视察海运军粮。”

洪承畴笑一笑，说："你回禀监军大人，这书中的意思我全明白了。"

他希望在决战到来时，各营能固守数日，先挫敌人锐气，再行反攻，于是亲赴各紧要去处，巡视营垒，鼓励将士。

第十六章

　　清兵围攻锦州的主帅是多罗①睿郡王多尔衮。他是皇太极的异母兄弟。努尔哈赤有十六个儿子，多尔衮排行十四。他今年二十九岁，为人机警果断，敢于任事，善于用兵，深得皇太极的喜爱。皇太极于天聪二年（公元1628年）征伐察哈尔蒙古族多罗特部，多尔衮十七岁，在战争中立了大功，显露了他智勇兼备的非凡才能。皇太极赐给他一个褒美的称号墨尔根代青②，连封爵一起就称做墨尔根代青贝勒③。后来晋位王爵，人们称他为墨尔根王。在爱新觉罗氏众多亲王、郡王和贝勒、贝子中，都没有得过这样美称。去年在围困锦州的战争中他处事未能尽如皇太极的意，几个月前被降为郡王。他的副手是皇太极的长子肃亲王豪格，也同时降为郡王。

　　多尔衮从十七岁起就开始领兵打仗，建立战功，二十岁掌清国吏部的事，但以后仍以领兵打仗为主。崇祯十一年八月，他曾率领清兵由墙子岭、青山口打进长城，深入畿辅，在巨鹿的蒿水桥大败明军，杀死卢象升，然后转入山东，破济南，俘虏明朝的宗室德王。十二年春天，他率领饱掠的满洲兵经过天津附近，由青山口出长城。这次侵略明朝，破了明朝的几十座府、州、县城池，俘虏去的汉族男女四五十万。

　　从去年起，他奉命在锦州、松山、杏山一带与明军作战，围困锦

---

①　多罗——满洲语，一种美称，常加在爵号或称号前边，如多罗郡王、多罗格格。

②　墨尔根代青——墨尔根，满语为聪明智慧。代青原是蒙古语，意为统兵首领。后来多尔衮汉语称为睿郡王、睿亲王，睿字是墨尔根的汉译。

③　贝勒——清朝建国之初，满族贵族的封爵十分简单，贝勒等于王爵，其最贵者称为和硕贝勒。太宗崇德元年（公元1636年）重定制度，贝勒位在郡王之下，其次序为：亲王、郡王、贝勒、贝子。这种封爵也颁给蒙古贵族。

州。今年以来,对锦州的围困更加紧了,同时还要准备抵挡洪承畴统率明朝的援军来到。他和豪格统率的部队以满洲人为主体,包括蒙古人、汉人、少数朝鲜人,大约不到三四万,虽然比较精强,但人数上比明朝的援军差得很远。他不曾直接同洪承畴交过手,只晓得洪承畴在明朝任总督多年,较有战争阅历,也很有威望,非一般徒有高位和虚名的大臣可比。他还知道洪承畴深受南朝皇帝的信任,如今兵力也雄厚,粮草也充足,这些情况都是当年的卢象升万万比不上的。

最近以来,他一直注视着明朝援军的动向,知道明军在向松山一带集结,已经基本完成。这几天又哄传洪承畴已从宁远来到松山,决心与清军决战,以解锦州之围。他感到不可轻敌。为了探听明军虚实,他几次派出小规模的骑兵和步兵向松山附近的明军进行试探性的攻击,结果互有杀伤,清军没有占到什么便宜。

这天,他把豪格叫到帐中,屏退闲人,商议对明军作战的事。

豪格比多尔衮小两岁。他虽然是皇太极的长子,但满洲制度不像汉族那样"立嗣以嫡,无嫡立长",将来究竟谁是继承皇位的人,完全说不定,因此豪格在多尔衮面前没有皇储的地位,而只能以侄子和副手的身份说话。虽然他内心对多尔衮怀有忌妒和不满情绪,但表面上总是十分恭敬,凡事都听多尔衮的。他两人都喜爱吸旱烟,都有一根很精致名贵的旱烟袋,平时带在腰间。这时他们一边吸烟一边谈话,毡帐中飘散着灰色的轻烟和强烈的烟草气味。

他们从几天来两军的小规模接触谈起,一直谈到今后的作战方略,商量了很久。尽管他们都有丰富的作战经验,一向不把明军放在眼里,可是这一次情况大大不同,因此对于这一仗到底应该怎么打,他们的心中都有些捉摸不定。

多尔衮说:"几天来打了几仗,双方都只出动了几百人,昨天出得多一点,也不过一两千人。可以看出,南军的士气比往日高了,像是认真打仗的样儿。南朝的兵将,从前遇到我军,有时一接仗就溃了,有时不等接仗就逃了,总是避战。这一次不同啦,好像也能顶着打。豪格,你说是么?"

豪格说:"叔王说的是,昨天我亲自参加作战,也感到这次明军确非往日可比。"

"你估计洪承畴下一步会怎样打法?"

"我还不十分看得清楚。叔王爷,你看呢?"

多尔衮说道:"依我看啊,洪承畴有两种打法,可是我拿不准他用哪一种。一种是稳扎稳打的办法,就是先占领松山附近的有利地势,这一点他们已经做到啦。现在从松山到大架山,已经布满了明朝的人马。倘若明军在占领有利地势后,暂时不向锦州进逼,只打通海边的运粮大道,从海上向困守在锦州的祖大寿接济粮食,这样,锦州的防守就会格外坚固,松山一带的阵地也会很快巩固起来。那时,我们腹背受敌,很是不利。我担心洪承畴会采用这种打法。他不向我们立即猛攻,只是深沟高垒,与我们长期相持,拖到冬天,对我们就……就很不利了。"

说到这里,多尔衮向豪格望了一会儿,看见豪格只是很注意地听着,没有插话,他继续说下去:

"围攻锦州已经一年,我军士气不比先前啦。再拖下去,士气会更加低落。我们的粮食全靠朝鲜接济,如今朝鲜天旱,听说朝鲜国王李倧不断上表诉苦,恳求减免征粮。辽东这一带也是长久干旱,自然不会供应大军粮草,如到冬天,朝鲜的粮食接济不上来,辽东本地又无粮草,如何能够对抗明军? 我担心洪承畴在打仗上是个有经验的人,看见从前明军屡次贸然进兵吃了败仗,会走这步稳棋。"

豪格问道:"叔王刚刚说洪承畴可能有两种打法,另一种是怎样打法呢?"

多尔衮说:"另一种打法就是洪承畴倚仗人马众多,依靠松山地利,全力向我们猛攻,命祖大寿也从锦州出来接应。"

"我看洪承畴准是这么打法。"

"你怎么能够断定?"

"他现在兵多粮足,当然巴不得鼓足一口气儿为锦州解围,把祖大寿救出。听说南朝钦派一位姓张的总监军随军前来,催战很急。"

多尔衮摇头说:"我担心洪承畴阅历丰富,是一个很稳重的人。"

"不,叔王爷。不管洪承畴多么小心稳重,顶不住南朝皇帝一再逼他。他怕吃罪不起,只好向我进攻,决不会用稳扎稳打的办法。你等着瞧,他会向我军阵地猛冲猛打,妄想一战成功。"

多尔衮笑道:"你这么说还有点道理。要是洪承畴这样打法,我就不怕了。"

豪格轻轻摇头说:"他就是这样打,我也担心哪!他现在确实人马多,不同往日。叔王爷担心他稳扎稳打,我倒担心他现在拼命猛攻,祖大寿又从锦州出来,两面夹攻我军。"

多尔衮将白铜烟袋锅照地上磕了两下,磕净灰烬,说道:"你只看到他们人马多,这一次士气也比往日高,可是你忘了,我们的营垒很坚固,每座营寨前面都挖有很深的壕沟。如果我们坚守,他想攻过来同祖大寿会师很不容易。只要我们坚守几天,憨王爷再派一支人马来援,我们就必然大胜,洪承畴就吃不消了。"

豪格想了一下,笑着点头,说:"叔王爷说的有理。既然他会全力猛攻,我看现在只能一面坚守,一面派人速回盛京①,请求憨王爷赶快增援。"

"这是最好的主意。我们如有一二万人马前来增援,就完全可以打败洪承畴。"

商量已定,他们就立即派出使者,奔赴盛京求援。

几天以后,盛京的援兵来到锦州城外,却只有几千人。老憨王皇太极派了一名内院学士名叫额色黑的,来向他们传达口谕,说道:

"敌人若来侵犯啊,你们两个王爷可不要同敌人大打,只看准

---

① 盛京——即沈阳。清太祖努尔哈赤自辽阳迁都于此,改称盛京。

时机把他们赶走就算了。明军要是不来侵犯啊,你们千万不要轻动。你们要守定自己的阵地,不要随随便便出战。"

多尔衮这时明白了皇太极是在等待时机,以便一战把洪承畴消灭在松山附近。同时他也明白,皇太极是要亲自前来对付洪承畴,所以只给他派来几千援兵,又一再叮嘱他"坚守"。这不禁使他暗暗失望。

多尔衮是这么一个人,他有极大的野心,远非一般将领可比。首先,他希望从他的手中为清国征服邻国,扩充疆土,恢复大金朝①盛世局面。这样的雄心,在他年纪很轻的时候就已经有了,当他还只有二十二岁的时候,皇太极曾经问他:现在我国又想出兵去征服朝鲜,又想征服明国,又想平定察哈尔,这三件大事,你看应该先做哪一件? 多尔衮毫不犹豫地回答说:

"憨王,我看应该先征服明国为是。我们迟早要进入关内,要恢复大金朝的江山,这是根本大计。"

皇太极笑着问:"如何能征服明国?"

他胸有成竹地回答说:"应该整顿兵马,赶在庄稼熟的时候,进入长城,围困北京,将北京周围的城池、堡垒,屯兵的地方,完全攻破。这样长期围困下去,一直等待他力量疲惫,我们就可以得到北京。得到了北京,就可以南下黄河。"

皇太极当时虽然没有采纳他的意见,却很赏识他这恢复金朝盛世局面的宏图远略。皇太极曾经让他的懂得满文的汉人大臣,也就是一些学士们,将"四书"和《三国演义》翻译成满文。在满文的《三国演义》印出来后,他特地先赐给多尔衮一部,要多尔衮好好读《三国演义》,学习兵法韬略,借此也表示了他对多尔衮的特别看重。从那时起又过了两年,由于多尔衮战功卓著,便晋封为墨尔根代青贝勒,后来晋爵亲王。因为这时汉族的制度和文化已大量被满族学习采用,所以多尔衮的封号用汉文写就成了睿亲王。就在

① 大金朝——满族是我国女真族的后裔,所以努尔哈赤初建国号称金(史称后金),后改为清。清与金音相近。清太宗时的最大野心是恢复金朝局面,尚非完全征服明朝。

这一年,皇太极让多尔衮随着他带兵侵略朝鲜,占领了朝鲜的江华岛,俘虏了逃避在岛上的王妃和世子,迫使朝鲜国王李倧投降。班师回来的时候,皇太极命多尔衮约束后军,带着作为人质的朝鲜国王的世子李㵤①、另一个儿子李淏②和几个大臣的儿子返回盛京。在这一次战役中,多尔衮为清国建立了赫赫战功,那时他才二十五岁。

他曾经多次入侵明朝,深悉明朝政治和军事的腐败情况,也知道洪承畴目前虽然兵力强盛,但士气不能持久,所以他想只要再给他二万精兵,他就能够打败洪承畴的援锦之师。倘若由他一手指挥人马夺取这一重大胜利,他就将为国家建立不朽的功勋。因此想到皇太极将要亲自率军前来,他不免感到失望和不快。尽管如此,他表面上仍然装作没有领会憨王的用意,又将豪格叫到帐中,商议如何再请求憨王增兵。

豪格虽然不希望多尔衮独自立下大功,但也不希望他父亲皇太极亲自前来指挥战争。他希望能让他和多尔衮一起来指挥这一战争,打败明朝的十三万援兵,建立大功,恢复亲王称号。他们两人都互相提防,没有说出各自的真心话,不过却一致认为,只要有了援军,打败明军不难。援军也不需要太多,只要再增加二万人马就够了。经过一番商议,他们就又派使者去盛京,请求憨王派和硕郑亲王济尔哈朗率盛京一半人马来援。济尔哈朗的父亲是努尔哈赤的兄弟,他和皇太极、多尔衮是从兄弟。多尔衮认为,如果派济尔哈朗来,仍然只能做他的副手,而不会夺去他的主帅地位。所以他才提出了这一建议。

多尔衮今天忙碌了大半天,感到困乏。从一清早起,他就到各处巡视营垒,又连续传见在松山、锦州一带的各贝勒、贝子、固山额

---

① 㵤——音 wāng。
② 淏——音 hào。

真①，以及随军前来的重要牛录章京②等领兵和管事首领，当面指示作战机宜，刚才又同豪格议论很久，如今很需要休息一阵，再去高桥一带视察。他吩咐戈什哈③，除非有紧急重要的事儿，什么人也不要前来见他。自从他明白老憨王皇太极可能亲自来指挥作战，他的心中忽然产生了极其隐秘的烦恼。他本来想躺下去睡一阵，但因为那种不能对任何人流露的烦恼，他的睡意跑了，独自坐在帐中，慢腾腾地吸着烟袋。

他对皇太极忠心拥戴，同时也十分害怕。皇太极去年对他的处罚，他表面上心悦诚服，实际内心中怀着委屈。当时因许多人马包围锦州，清兵攻不进去，明兵无力出击，成了相持拖延局面。他同诸王、贝勒们商议之后，由他做主，向后移至距城三十里处驻营，又令每一旗派一将校率领，每一牛录④抽出甲士五人先回盛京探家和制备衣甲。皇太极大怒，派济尔哈朗代他领兵，传谕严厉责备，问道："我原来命你们从远处步步向锦州靠近，将锦州死死围困。如今啊你们反而离城很远扎营，敌人必定会多运粮草入城，何时能得锦州？"多尔衮请使者代他回话："原来驻扎的地方，草已经光了。是臣倡议向后移营，有草牧马，罪实在臣。请老憨王治罪！"皇太极又派人传谕："我爱你超过了所有子弟，赏赐也特别厚。如今你这样违命，你看我应如何治你的罪？"多尔衮自己说他犯了该死的罪。皇太极将他和豪格降为郡王，罚了他一万两银子，夺了他两牛录的人。这件事使多尔衮今天回想起来还十分害怕。他不免猜想：是不是会有人在老憨的身边说他的坏话，所以老憨要亲来指挥作战？……

一个四十多岁的、多年服侍他的叶赫族包衣⑤罗托进来，跪下一只腿问道："王爷，该用饭了，现在就端上来么？"

---

① 固山额真——管理一旗的长官，入关后改用汉语名都统。
② 牛录章京——原称牛禄额真，清太宗崇德八年（公元1643年）改称牛录章京，汉译"佐领"。
③ 戈什哈——简称戈什，即侍从护卫人员。
④ 牛录——满洲基本户口和军事组织单位，每牛录三百人。
⑤ 包衣——满语"包衣阿哈"的简称，即家奴。

多尔衮问道："朝鲜进贡的那种甜酒还有么？"

包衣罗托说："王爷，您忘了？今日是大妃①的忌日。虽说已经整整满十五年啦，可是每逢这一天，您总是不肯喝酒的。"

多尔衮的心中一动，说道："这几天军中事忙，你不提起，我真的忘了。不要拿酒吧，罗托！"

罗托见多尔衮脸色阴沉，接着劝解说："王爷那时才十四岁，这十五年为我们大清国立了许多汗马功劳。大福晋②在天上一定十分高兴，不枉她的殉葬尽节。王爷，这岁月过得真快！"

多尔衮说："罗托，你还不算老，变得像老年人一样啰嗦！"

罗托退出以后，多尔衮磕去了烟灰，等待饭菜上来。十多年来，他一则忙于为清国南征北战；二则朝廷上围绕着皇太极这位雄才大略的统治者勾心斗角；三则他自己不到二十岁就有了福晋和三位侧福晋，很少再想念母亲，只在她的忌日避免饮酒。今日经罗托提起，十五年前的往事又陡地涌上心头。那一年是天命③十一年，他虚岁十四岁。太祖努尔哈赤攻宁远不克，人马损失较重，退回盛京时半路患病，死在浑河船上。他临死前将大妃纳喇阿巴亥召去，遗命大妃殉葬。回到盛京后，大妃不愿死。可是皇太极已经即位憨王，催促她赶快自尽。她拖延了一两天，被逼无奈，只好自尽。在自尽之前，她穿上最好的衣服，戴了最名贵的首饰，人们很少看见她那样盛装打扮。她要看一看她的三个儿子：阿济格、多尔衮、多铎。皇太极答应了她的要求，命他们三人去见母亲，并且面谕他们劝母亲赶快自尽。他们到了母亲面前，不敢不照憨王的意思说话，可是他们的心中惨痛万分。特别是多尔衮同多铎的年纪

---

① 大妃——多尔衮的生母，姓纳喇，名阿巴亥，原为蒙古族，后为叶赫部。她是努尔哈赤的皇后纳喇氏的侄女。皇后死后，她被立为大妃。当时制度草创，大概都按满洲语称福晋，所谓后、妃这种名号，都是稍后时代加上去的。大妃的地位仅次于皇后，也算正妻，高于所谓侧妃和庶妃。

② 大福晋——即大妃。福晋称呼类似汉语的夫人，一般满洲贵族的妻子都可称福晋。后来学习汉族文化，封建等级制度严密化，皇帝的妻妾称后妃，亲王、郡王的正妻称福晋，妾是侧福晋。这制度直到清亡。

③ 天命——清太祖的年号。天命十一年为明天启六年（公元 1626 年）。

较小,最为母亲钟爱。她一手拉着多尔衮,一手拉着多铎,痛哭不止。他们也哭,却劝母亲自尽。在他们的思想中,遵照憨王的遗命殉葬,不要违抗,是天经地义的道理。但是他们又确实爱母亲,可怜母亲,不忍心母亲自尽。所以从那时以后,多尔衮当着别人的面,不敢流露思念母亲的话,怕传到皇太极的耳朵里,但是最初两三年,他在暗中却哭过多次,在夜间常常梦见母亲。

饭菜端上来了。多尔衮为着要赶往高桥一带去察看明军营垒,不再想这段悲惨的往事,赶快吃饭。可是不知怎么,他想到皇太极近来的身体不好,说不定在几年内会死去。他心中闲想:他会要哪位妃殉葬呢?他会要谁继他为憨王呀?他决不会使豪格和其他诸子袭位。如今最受宠的是关雎宫宸妃和永福宫庄妃。宸妃生过一个儿子,活到两岁就死了。庄妃生了一个儿子,名叫福临,今年五岁,最受憨王喜爱,可能憨王临死时会让这个小孩子承袭皇位。……他没有往下多想,只觉得这件事太渺茫了。但是他不希望豪格袭位;倘若豪格袭位,他的处境就十分危险了。

忽然,他的眼前现出来庄妃的影子,不觉从眼角露出一丝似有若无的笑意。他认为她确实生得很美,看来十分端庄,却在一双眼睛中含有无限情意。他又想到豪格的福晋,她也很美,神态不像庄妃高贵,眉眼却像庄妃……

他正在胡思乱想,一位侍从官员进来,打千禀道:

"王爷,憨王派三位官员前来传谕!"

自从七月下旬以来,皇太极就把自己的注意力集中在锦州战场,原来打算要去叶赫地方打猎,也只好取消了。他几乎每天都接到从围困锦州的军中送来的密报,对于洪承畴统率的明军如何向松山附近集中,兵势如何强盛,他都完全清楚。但是他不急于向锦州战场增援,也不向多尔衮等宣示他的作战方略。沈阳城中,表面平静,实际上逐日在增加紧张。不断地有使者带着他的密旨(多是口谕),夜间或黎明从盛京出发,分赴满洲和蒙古各部,调集人马。

　　他所任用的统兵作战的满族亲贵,都是富有朝气的年轻人,起
小就在战争生活中锻炼,不打仗的时候,就借助大规模的围猎练习
骑射和指挥战争。这些分领八旗的年轻贵族,从亲王、郡王到贝
勒、贝子,在重大事情上没有人敢向他隐瞒实情。有时倘若有小的
隐瞒,事后常有人向他禀报,他就分别轻重处罚。他一贯赏罚分
明,使人心服。他很欣赏多尔衮的统兵作战才能,几个月前将多尔
衮降为郡王,只是对其围困锦州不力暂施薄罚,打算不久后军事胜
利,仍恢复多尔衮的亲王爵位。他很重视这一仗,希望这一仗能够
按照他的想法打胜,为下一步进兵长城以南扫清障碍。如果能够
活捉洪承畴,那就更使他称心如愿。

　　近来,由于明军的大举援救锦州,在沈阳城中引起来很大震
动。民间有不少谣言说南朝的兵力如何强大,准备的粮饷如何充
足,还说洪承畴是一个如何有阅历、有韬略的统兵大臣,如何得南
朝皇帝的信任和众位大将的爱戴,不可等闲视之。在朝臣中,也有
许多满汉官员担心洪承畴倘若将锦州解围,从此以后,辽河以西就
会处处不得安宁。皇太极对于盛京臣民的担心和各种谣言都很清
楚。有一次上朝时,他对群臣说:

　　"我所担心的不是洪承畴率领十三万人马全力来救锦州,倒是
担心他不肯将全部人马开来。他将人马全部开来,我们就可以一
战成功,叫南朝再也没力量派兵来山海关外,连关内也从此空虚!"

　　这种充满自信的语言决不是故意对群臣鼓气,而确是说出了
他的真正想法。皇太极的这种气概是在长期的战争和胜利中形成
的。从三十六岁起他继承皇位,一直不停顿地开疆拓土,创建大
业,一个胜利接着一个胜利。他的父亲努尔哈赤以十三副甲起事,
凭着血战一生,将满洲的一个小小的部落变成辽河流域的统治民
族,草创了一个兵力强盛的小小王国,不愧为当时我国北部众多文
化落后的游牧部落中"应运而生"的杰出人物,这个"运"就是历史
所提供的各种条件。皇太极发扬了努尔哈赤的杰出特点,而在政
治才能和军事才能两方面更为成熟。他不断招降和重用汉人协助

他创建国家的工作,积极吸收高度发达的汉族封建文化为他所用。他继承努尔哈赤已经开始的各种具有远见的措施,努力发展生产。在他的统治时期,已经使他所属的游牧部落在辽河流域定居下来,变成以农业经济为主体,同时还发展了各种战争和生活所需的手工业,包括制造大炮的手工业在内。当然,在发展农业和手工业方面,要大量依靠俘虏的、掳掠的、投顺的和原来居住在辽河流域的汉人来贡献生产知识、经验和劳力,并且要将一部分家庭奴隶解放为农业生产力。从努尔哈赤晚年开始,经过皇太极统治的十六年,不过三十年的时间,满族社会以极快的速度从奴隶制演变为封建制,这是历史上罕见的进步。在军事上,他征服和统一了蒙古族的各个分散部落。居住在我国东北直到黑龙江以北的众多少数民族部落,都在开始叫后金国、后来改称大清国的统一之下,成为一个新的女真民族又称做满洲民族。他又派兵侵入朝鲜,迫使朝鲜脱离了同明朝的密切关系,成为清国的臣属,为清国提供粮食和其他物资,有时还被迫支付人力。这对朝鲜来说是侵略和压迫,但对清国来说,却巩固了他进行扩张战争所处的地位。当时清国所取得的成功,正如皇太极自己所夸耀的:"自东北海滨,迄西北海滨,其间使犬使鹿之邦,及产黑狐黑貂之地,不事耕种、渔猎为生之俗,厄鲁特部落,以至斡难河①源,远迩诸国,在在臣服。"②这样,他对明朝来说是一个崛起的强敌和大患;对以满族为主体的东北少数民族来说,是一个推动社会发展的杰出人物;对朝鲜来说是一个侵略者;对伟大中国的整体发展来说,则有不可磨灭的贡献。现在他刚刚五十岁,虽然已经发胖,也开始有了暗病,有时胸闷,头晕,但从外表看,精力十分健旺,满面红光,双目有神。因为他正处在一生事业接近高峰的时候,因此无论在行动上,谈话中,他都表现出信心十足、踌躇满志。

当他得到多尔衮和豪格的驰奏,知道洪承畴亲率八个总兵官

---

① 斡难河——黑龙江上源。
② "自东北海滨……在在臣服。"——这段话系崇祯七年六月,皇太极致明国皇帝书中语。

已经全部到达松山一带,越过了大架山,占据松山,正在向锦州进逼时,他认为时机已到,再不亲自前去,多尔衮等可能吃亏。于是他决定八月十一日,率领新召集到盛京的三万人马启程,星夜驰赴松山一带。

　　一个小小的意外发生了,就是他突然患了流鼻血的病症,流得特别多。尽管后妃们和王公大臣们为他求过神,许过愿,萨满①们也天天跳神念咒,他自己又服了几种草药,但流血仍然不止。本来选定八月十一日是个出征吉利的日子,却不能动身,只好推迟三天。十四日仍不行,又推迟到十五日。由于前方军情紧急,他不能再推迟了,不得已带兵启程。这天辰牌时候,皇太极带着随征的诸王、贝勒、大臣等出了盛京的抚近门,走进堂子,在海螺和角声中行了三跪九叩头礼,然后率领三万大军启程,向锦州进发。

　　随行的人除满、蒙诸王、贝勒和满汉大臣、医生和萨满之外,还有朝鲜国王的世子、大公、质子②以及他们的一群陪臣和奴仆。每次举行较大规模的打猎,皇太极总是命朝鲜世子等奉陪。这一次去同明军决战,他也要带着他们,目的是让将来要继承朝鲜国王位的李淯及其左右臣仆,亲眼看看他的烜赫武功。

　　他最宠爱的关雎宫宸妃博尔济吉特氏③独蒙特许,骑马送他出京,陪他走了一天的路程,晚上住宿在辽河西岸的一个地方,照料他服下汤药。第二天,宸妃又送他上马走了很远,才眼泪汪汪地勒转马头,在婢女和护卫的簇拥中返回沈阳。

　　皇太极的鼻血还没有完全止住,但不像前几天流得那么凶了。流的时候就用一个盘子在马上接住,继续行军。这样又断断续续

---

①　萨满——又译作"萨玛",即巫。有男女两种,宫中多用女巫。这是很多民族共有的巫风。中国从殷代就很盛行。屈原的《九歌》就是为男觋女巫们写的祭神舞蹈歌词。

②　质子——清太宗于天聪十年十二月率师侵略朝鲜,次年正月迫使朝鲜国王李倧投降,使李倧的三个儿子即世子李淯、凤林大君李淏、麟坪大君李㴭以及几个大臣的儿子作为人质,长期住在沈阳(凤林大君和麟坪大君可以轮换回国)。朝鲜大臣们送到沈阳的儿子被称为质子。

③　博尔济吉特氏——皇太极的妻子中有三个姓博尔济吉特的,都出自蒙古科尔沁贝勒一家。皇后博尔济吉特氏是姑母,两个侄女都是皇太极的妃子。这个早死的博尔济吉特氏是顺治生母的姐姐,死后追封为元妃。

流了三天,才完全病愈。他的精神开始好起来,心情愉快。为着赶路,晚上宿营很迟。那天晚上,诸王、贝勒、大臣照例到御帐中向他请安,祭神,看萨满跳神念咒,然后坐下来共议军国大事,主要是对明军的围攻之策。皇太极笑道:

"我但恐敌人听说我亲自来到,会从锦州和松山一带悄悄逃走。倘蒙上天眷佑,敌兵不逃,我必令你们大破此敌,好像放开猎犬追逐逃跑的野兽一样。获胜很容易,不会叫你们多受劳苦。我那些已经决定的攻战办法,你们都知道,可千万不要违背,不要误事,好生记着!"

随他出征的多罗武英郡王阿济格,多罗贝勒多铎等一齐向他奏道:

"请憨王慢慢儿走,让臣等先赶往松山。"

皇太极摇摇头说:"行军打仗嘛,为的是克敌制胜,越是神速越好。我若是有翅膀能飞啊,就要飞去,怎么要我慢走!"

一连走了几天。八月十九日黄昏,皇太极到了松山附近的卧龙山①。他打算在卧龙山休息半夜,再继续前进,插到明军背后,将他的御营摆在塔山北边不远的高桥。这样,就将十万明军的退路截断了。这是很大胆的一着。决定之后,他就派遣内院大学士刚林②、学士罗硕③去见多尔衮和豪格,传达他的口谕:"我马上就要到了。可令我以前派去的固山额真拜尹图、多罗额驸④英俄尔岱带的兵,还有科尔沁土谢图亲王的兵、察哈尔琐诺木卫察桑等带的兵,先到高桥驻营。等我到的时候,就可以把松山、杏山一起合围。"于是刚林等人骑马出发了。

围困锦州的诸王、贝勒、大臣和将士们听说老憨王御驾亲来,勇气陡然大增,到处一片欢呼。但多尔衮和豪格对于憨王驻兵高桥一事却很不放心,因此又让刚林等第二天返回戚家堡向憨王奏

---

① 卧龙山——在锦州城东南,松山东侧,仅一河(小凌河)之隔。
② 刚林——姓瓜尔佳氏,隶满洲正黄旗,崇德间授国史院大学士。
③ 罗硕——姓栋鄂氏,隶满洲正白旗。
④ 多罗额驸——多罗是一美称,额驸是驸马。

陈他们的意见,说:

"现在圣驾已经来到,臣等勇气倍增,惟有勇跃进击,为国家建立大功。靠着皇上天威,臣等决不害怕敌人。可是军中形势,不得不对皇上说清楚。目前明朝新来的人马众多,臣等几个月来围困锦州,屡经攻战,将士也有不少损伤。现在皇上说要先在高桥驻营,使臣等不敢放心。倘若敌兵为我们逼迫得紧,约会锦州、松山的兵内外夹攻,协力死战,万一我军有失,就不好办了。不如皇上暂且驻在松山、杏山之间,不要驻到高桥,这样就安全了。只要憨王万安,臣等作战也会有更大的勇气。"

皇太极听了,觉得他们的话有道理,就决定把他的御营驻在松山、杏山之间。随即又派刚林等去告诉多尔衮和豪格:

"我若在松山、杏山之间驻营,敌人一定很快就要逃走,恐怕不会俘虏、斩获得那么多。既然你们劝我不驻在高桥,也只好如此吧。"

之后,他就继续率领大军进发,往松山、杏山之间前去。沿路的诸王、贝勒、将士们看见他前边的简单仪仗队和前队骑兵,知道是憨王经过,人人欢跃,远近发出来用满洲语呼喊"万岁"的声音。

八月二十日凌晨,洪承畴还不知道皇太极已经来到。他继续指挥明军向北猛攻,企图与锦州守军会师。松山东南隔着妈妈头山、小凌河口的滨海一带是接济军粮的地方,前天他已经在妈妈头山和滨海处增添了三千守兵。昨天张若麒自请偕马绍愉等驻守海边,保护粮运。洪承畴欣然同意,额外拨给二百精兵作为他的护卫。送他走的时候,洪承畴拉着他的手,嘱咐说:

"张监军,风闻房酋将至,援兵也已陆续开到。我军既到此地,只能鼓勇向前,不能后退一步。稍微后退,则军心动摇,敌兵乘机猛攻,我们就万难保全。我辈受皇上知遇,为国家封疆安危所系,宁可死于沙场,不可死于西市。大军决战在即,粮道极为重要,务望先生努力!"

今天黎明时候,洪承畴用两万步骑兵分为三道,向清兵营垒进攻。祖大寿在锦州城内听见炮声和喊杀声,立即率两千多步兵从锦州南门杀出,夹击清军。但清营壕沟既深,炮火又猛,明军死伤枕藉,苦战不得前进。洪承畴害怕人马损失过多,只好鸣锣收兵。祖大寿也赶快携带着受伤的将士退回城内。清军并不乘机反攻,只派出零股游骑在明军扎营的地方窥探。下午酉时刚过,洪承畴正在筹划夜间如何骚扰清营,忽然接到紧急禀报,说是数万清兵已经截断了松山、杏山之间的大道,一直杀到海边,老憨王的御营也驻在松、杏之间的一座小山坡上。没有一顿饭的时候,又来一道急报,说是有数千敌骑袭占高桥,使杏山守军陷于包围,塔山也情势危急。大约一更时候,洪承畴得到第三次急报:清兵包围塔山,袭占了塔山海边的笔架山,将堆积在笔架山上的全部军粮夺去,而且派兵驻守。这一连串的坏消息使洪承畴几乎陷于绝望。但是他努力保持镇静,立即部署兵力,防备清兵从东边、西边、南边三面围攻松山。同时他召集监军张若麒和八位总兵官来到他的帐中开紧急会议,研究对策。张若麒借口海边吃紧不来。诸将因笔架山军粮被敌人夺去,松、杏之间大道被敌人截断,高桥镇也被敌人占领,多主张杀开一条血路,回宁远就粮。洪承畴派人飞马去征询监军意见,旋即得到张若麒的回书,大意说:

“我兵连胜,今日鼓勇再胜,亦不为难。但松山之粮不足三日,且敌不但困锦,又复困松山。各帅既有回宁远支粮再战之议,似属可允,望大人斟酌可也。”

接到这封书信以后,洪承畴同总兵、副将等继续商议。诸将的意见有两种:或主张今夜就同清兵决战,杀回宁远;或主张今夜休兵息马,明日大战。最后,洪承畴站起来,望一眼背在中军身上的用黄缎裹着的尚方剑,然后看着大家,声色严重地说道:

“往时,诸君俱曾矢忠报效朝廷,今日正是时机。目前我军粮尽被围,应该明告吏卒,不必隐讳,使大家知道守亦死,不战亦死,只有努力作战一途。若能拼死一战,或者还可侥幸万一,打败敌人。不肖决心明日亲执桴鼓,督率全军杀敌,作孤注一掷,上报君国。务望诸君一同尽力!"

决定的突围时间是在黎明,为的是天明后总兵官和各级将领容易掌握自己的部队,也容易听从大营指挥,且战且走。关于行军路线、先后次序、如何听从总督旗号指挥,都在会议中做了决定。洪承畴亲口训示诸将:务要遵行,不得违误。

诸将辞出后,洪承畴立即派人飞骑去接张若麒和马绍愉速回行辕,以便在大军保护下突围。他又同辽东巡抚邱民仰和几个重要幕僚继续商议,估计可能遇到的各种困难情况,想一些应付办法。正在商议之间,忽然听见大营外人喊马嘶,一片混乱。洪承畴大惊,一跃而起,急忙向外问道:

"何事? 何事? ……"

片刻之间,这种混乱蔓延到几个地方,连他的标营寨中也开始波动,人声嘈杂,只是尚未像别处那样混乱。中军副将陈仲才突然慌张进帐,急急地说:

"请诸位大人赶快上马,情势不好!"

洪承畴厉声问道:"何事如此惊慌? 快说!"

陈仲才说:"大同总兵王朴贪生怕死,一回到他的营中就率领人马向西南逃跑。总兵杨国柱见大同人马逃走,也率领他自己的人马跟着逃跑。现在各营惊骇,势同瓦解。情势万分危急,请大人赶快上马,以备万一。"

洪承畴跺脚说:"该杀! 该杀! 你速去传下严令,各营人马不许惊慌乱动,务要力持镇静,各守营垒。督标营全体将士准备迎敌,随本督在此死战。总兵以下有敢弃寨而逃者,立斩不赦!"

"是,遵令!"陈仲才回身便走。

辽东总兵曹变蛟带着一群亲兵骑马奔来,到洪承畴帐前下马,匆匆拱手施礼,大声说:

"请大人立刻移营! 敌人必定前来进攻大营。请大人速走!"

洪承畴问:"现在留下未逃的还有几营?"

曹变蛟回答:"职镇全营未动。王廷臣一营未动。白镇一营未动。其余各镇有的已逃,有的很乱,情况不完全清楚。"

"吴镇一营如何?"

"吴镇营中人喊马嘶,已经大乱。"

一个将领跑到帐前,接着禀报:"禀制台大人:杨国柱的逃兵冲动吴营,吴镇弹压不住,被左右将领簇拥上马,也向西南逃去。"

忽然,从敌军营中响起来战鼓声,角声,海螺声。接着,有千军万马的奔腾声,喊杀声。大家都听出来:一部分敌人在追赶逃军;一部分敌人正向松山营寨冲来。曹变蛟向洪承畴催促说:

"请大人火速移营,由职镇抵挡敌军。"

洪摇摇头,说:"刻下敌人已近,不应移动一步。倘若移动一步,将士惊慌,互相拥挤践踏,又无堡寨可守,必致全军崩溃。"他向侍立身后的几个中军吩咐:"速去传谕未逃的各营将士,严守营垒,准备迎敌。敌人如到近处,只许用火器弓弩射死他们,不许出寨厮杀。敌退,不许追赶。有失去营寨的,总兵以上听参,总兵以下斩首!"

他又转向曹变蛟,说:"曹将军,你随我作战多年,为朝廷立过大功。今日尚未与敌交战,王朴、杨国柱先逃,累及全军,殊非我始料所及。我们以残缺之师,对气焰方张之敌,必须抱必死之心,与虏周旋,方能保数万将士之命。倘若不利,你我当为皇上封疆而死,鲜血洒在一处,决不苟且逃生!"

"请大人放心。变蛟只能作断头将军,一不会逃,二不会降!"

"敌人已近,你赶快回营去吧!"

那天夜里,清兵听见明军营中人喊马嘶,乱糟糟的,知道发生了变故,但没有料到有一部分人马已经开始逃跑。多尔衮正在诧异,随即得到探报,知道确实有一部分明军已经向西南逃走,而且逃走的还不止一起,而是两起,后面还有人马在跟着。由于月色不明,没法知道人数多少。他判断洪承畴会随在这两批人马后边突围,一定还有很多人马断后。他同豪格略作商议,使豪格率领少数骑兵追赶和截杀已经逃走的明军,他自己亲率两万名步骑兵向洪承畴的大营进攻,希望趁洪承畴开始出寨的混乱时候一举将明军的主力击溃。

由于王朴、杨国柱、吴三桂等已经各率所部弃寨逃走,洪承畴的总督大营暴露在敌人面前,因此清兵毫无阻拦地来到了洪承畴寨外的壕沟前边。看见寨中灯火依旧,肃静无哗,没有一点准备要逃走的模样,多尔衮感到十分奇怪,不敢贸然进攻,只派出六七百步兵试着越过壕沟,而令骑兵列队壕外,以防明军出寨厮杀。

数百步兵刚刚爬过壕沟,寨中突然擂响战鼓,喊杀声起,炮火与弓弩齐射。清兵退避不及,纷纷倒下。有些侥幸退回到壕沟中的,又被壕沟旁边堡垒中投出的火药包烧伤。多尔衮看见洪承畴大营中戒备甚严,想退,又不甘心马上就退,于是继续挥动步兵分三路进攻,企图夺占一二座堡垒,打开进入大寨的口子。几千名骑兵立马壕外射箭,掩护进攻。

顷刻之间,明军情况变得十分危急。洪承畴和邱民仰一起奔到寨边,亲自督战。他们左右的亲兵和奴仆不断中箭倒地。

有一个亲将拉洪承畴避箭。他置之不理,沉着地命令向清兵开炮。

明军向敌人密集处连开三炮,硝烟弥漫。清兵死伤一片,多尔衮赶快下令撤退。

这时曹变蛟和王廷臣各派来五百射手和火炮手支援大营。大营已经转危为安,情况看来十分稳定。洪承畴拂去袍袖上的沙尘,望着部将们说:

"几次清兵入关,所到之处好像没有一座城池能够坚守的。其实仔细一想,凡是愿意坚守的城池,清兵总是避过。他能破的都是那些不肯坚守的城池。地方守土官畏敌如虎,城池也就很轻易地丢掉了。刚才这一仗,如果我们畏惧不前,自己惊慌,就会不堪设想。"

众将说："仰赖大人指挥若定,将士们才能够人人用命。"

这时,有人上前禀报说,马科和唐通两总兵在战事紧张时也跟在吴三桂等后面逃跑了。洪承畴听了,什么话也没有说,只吩咐大家做好向松山堡撤退的准备。有人站得离他较近,在暗夜中看出他的脸色很苍白,眉宇间交织着愤怒和愁闷。

天明时,有几起溃逃的人马又跑了回来,说昨夜五个总兵的人马逃跑后,前有皇太极的伏兵截击,后有多尔衮的部队追杀,起初明军还能支持,后来越逃越惊慌,越惊慌越乱,几乎成了各自逃生。他们看见有灯光的地方就避开,以为没有灯光的地方就是生路,其实没有灯光的地方偏偏有清方的伏兵。遇着伏兵,只要呐喊一声,明军就鸟惊兽窜,毫无抵抗。逃了半夜,有很多人被杀、被俘,但几个总兵官总算都各自率领一部分人马冲了出去。他们这几起人马未能冲破清兵包围,所以又跑了回来。

洪承畴立即下令总督标营和曹变蛟、王廷臣、白广恩三位总兵的大部分人马撤退到松山堡外,分立十来个营寨,赶筑堡垒、炮台,外边掘了壕沟。而在原来的驻守处留下曹变蛟的一部分人马,死守营寨,与松山堡互为犄角。逃回的几起人马由曹变蛟等收容在自己营里。退到松山堡外的人马连同原来驻守松山的和留驻笔架山的加在一起,共约三四万人。

这一天,洪承畴派出许多游骑,又放出许多细作,去侦察敌情。下午,游骑和细作陆续回来,知道吴三桂等率的人马虽然有很大损失,但尚有数万之众,都已退到杏山寨外扎营。清兵将他们包围起来,并不敢猛烈进攻。倒是那些溃散的人马,有的跑到海边,被清兵到处搜杀,死伤甚惨。海边情况也很混乱,已经被清兵插进去一支骑兵,攻占了妈妈头山,把海岸和松山隔断。

洪承畴急于要知道张若麒是否平安,但人们都说"不知道",只知道海边死了很多人。洪承畴心中非常担忧。他想,现在人马已经跑走那么多,损失这么重,如果钦派的张若麒再有好歹,如何向皇上交代?但事已如此,也只好听之任之。现在惟有赶快想办法,让大军不再遭受损失,平安退回宁远。

当晚,他吩咐松山附近的驻军饱餐一顿。一更以后,他派曹变蛟、白广恩率领二万多人马,向驻在松山和杏山之间的清兵大营,也就是皇太极的御营,突然猛攻。他想,清兵得了胜利后,正在追击搜抄那些逃散的明军,御营里的人马不会很多。如果突然攻进皇太极的营寨,那些逃在杏山附近的明军听见清兵御营中喊杀声起,一定会回过来两面夹击。只要松山、杏山这两股兵联成一气,就可以打败清兵。他亲自送白广恩和曹变蛟出发,把许多希望都寄托在这一仗上。

不久以后,只听见清营那边杀声震天,火光突起,他又派出一支人马前往增援。但是杀到半夜,白广恩、曹变蛟又率兵纷纷退回松山堡下。原来皇太极一到松、杏之间扎下御营,就将御营周围的炮台、壕沟筑得十分坚固,而且把精兵都摆在御营周围,有的在明处,有的在暗处,先立于不败之地。因此曹变蛟、白广恩前去劫营,反而吃了不小亏,混战半夜,只好退回。最可恨的是,吴三桂等五个总兵官,听见杀声突起,不仅没有率师来跟曹变蛟等合手,反而惊慌逃窜,直往高桥奔走,遭到高桥一带清兵的截杀,四下溃散。吴三桂等总兵官只带着少数亲随和很少的骑兵冲杀出来,逃往宁远。

洪承畴得到这些战报后,知道打通杏山这条路已经不可能了。现在聚集在松山周围的人马还相当多,如果都留在此地,粮食马上会吃光;如果都走,松山堡必然失守;松山堡失守,锦州也跟着完了。这天后半夜,他把重要武将包括总兵、副将、参将和道员以上的文官都召集到他的帐中,向大家说:

"不肖奉皇上之命,率八总兵官,将近十万人,号称十三万,来援救锦州,不意有今日之败!现在,如果我们大家都留驻此地,粮食马上要吃尽;如果都走,松山必然失守。我想来想去,今夜乘敌人不备,可以马上突围,但不能全走。我身为总督大臣,奉命援救锦州,大功未就,应该死守松山孤城,等候朝命。倘无援兵前来,不肖当为封疆而死。你们各位将领中,王总兵随我留下,其余人马都由白总兵、曹总兵率领,四更突围出去。到宁远以后,整编人马,等待皇上再派援军,回救松山、杏山,进解锦州之围。"

大家一听说洪承畴要留下,纷纷表示反对。都说:"大人身系国家安危,万不可留驻此地。宁肯我们留下,也要请大人今夜突围。"

洪承畴心里早已明白,如果他自己突围,纵然能够保全数万军队,也必然会被崇祯杀掉。与其死于国法,不如死于此地。但这种想法,他不愿说出来,只说道:

"我以十万之众来救锦州,丧师而回,有何面目再见天子?我决意死守此地!你们各位努力,归报天子,重整人马,来救锦州。倘若我在这里,能使松山坚持数月,必可等待诸君再来,内外夹击。只要诸君再来,解锦州之围仍然有望。"

众人见他主意坚定,不好再劝。只有曹变蛟站出来说:

"大人!我看还是让白将军一个人回去,我和王将军一起留下,随大人死守松山。"

"不必了,有一个总兵官随我留在这里就可以了。"

"大人,不然。战争之事,吉凶难说。如果只有一个大将留在这里,万一失利,或有死伤,就一切都完了。如果我同王总兵两人留在大人左右,即使有一个或死或伤,尚有一人可以指挥作战。请大人万万俯允!卑职追随大人多年,今日松山被困,决不离开大人!"

洪承畴未即答言,邱民仰又站起来说:"我也是封疆大吏,奉皇上旨意,随大人来救锦州。今日情况如此,民仰愿随大人死守松山,决不离开松山一步。"

还有许多文职道员、幕僚也都纷纷恳求,愿随洪承畴死守松山。洪承畴非常感动,想了片刻,说:

"目前情况这样紧急,不能争执不休。需要出敌不意,该走的人马四更必须出发。现在就请白将军率松山人马的三分之二突围出去，为国家保存这点力量。留下三分之一，由王将军、曹将军率领，随我死守松山，等待朝廷援军再来。"他又同意邱民仰和少数文官、幕僚也一起留下，而让其他文职官员和幕僚们一起随白广恩突围。

这样决定之后，他就根据敌人白天分布的情况，指示白广恩离开松山后，不要走敌人多的地方，可以走一条叫做国王碑的道路直往西去，远远地绕过高桥。他一再嘱咐白广恩，撤退时一定不要乱；几万人的部队，只要自己不乱，敌人必不敢贸然来攻；纵然来攻，也难得逞。

他又同几位总兵、副将、参将等官员一起，把留下来的部队人数合计了一下。知道松山堡内原有两三千驻军，为首的是副将夏承德，另外还有一位总兵官，是祖大寿的堂兄弟，名叫祖大乐，人马已经没有了，只有几百亲兵随在身边。洪承畴把松山的粮食和人马通盘计算一下，决定让白广恩带走更多的人马，只留下万把人防守松山，这万把人也包括夏承德的人马在内。

四更时候，洪承畴亲自送白广恩出发，又一再叮嘱他路上避免与敌作战，不要使人马溃散，回到宁远后，别的总兵官的人马，仍让他们回去归队，留下自己的人马，等候朝廷命令。

白广恩率着人马出发后，洪承畴又派出少数骑兵追随在后边，看他们能否平安突围，直到得知他们确已顺利突围出去，他才放下心来。随即他又同邱民仰、曹变蛟、王廷臣等商谈了一阵，决定让邱民仰带着少数标营人马和一些文职人员驻在松山堡内，他自己率领其余人马留驻城外，在一些重要地方扎下营寨，准备抵御清兵。现在解救锦州之围的希望已经化为泡影，他所期待的只是朝廷能够重整人马前来援救，但这种期待，在他自己看来也很渺茫。他在心中叹息说：

"朝廷怎能重新征召一支大军？从何处再征到众多粮饷？唉，望梅止渴！"

张若麒三四天前来到海边以后，并没有立即过问保护粮运的事。他干的第一件事是同马绍愉一起，找到一条很大的渔船，给了渔民一些粮食和银子，派几个亲信兵丁和家奴驻守船上，以备万一。早在他以前盛气凌人地催促洪承畴进攻的时候，他已经暗暗地同马绍愉商定，要从海上找一条退路。前晚，当他获知笔架山的军粮被夺，明军准备退回宁远的消息后，他更确信这条渔船就是他的救命船。昨天，当战事开始紧张起来，清兵攻夺笔架山以北的三角山时，他不是派兵抵抗，而是同马绍愉和一些亲信随从迅速登上了船，等待起锚。

那些溃逃到海边的部队和原来在海岸上保护粮运的部队，在清兵的猛攻下，纷纷往海滩败退。洪承畴派给张若麒的二百名护卫，也站在离渔船十几丈远的沙滩上，保卫着渔船。当清兵进行最后冲击的时候，明军继续往水边退去。因为正是潮落的时候，渔船起了锚，随着落潮向海里退去，但并没有撑起布帆。船，仍然在海上逗留着。而士兵们，不管是溃败下来的，还是保护张若麒的，也都跟着向水中一步一步地退。但是他们越退水越大，沙越软，行动也越是困难。

清兵骑在马上，直向退走的明军射箭。明军也用箭来回射。后半夜潮水涨了，涨得很快，加上风力，渐渐地漫到人的大腿上，又很快地漫到腰部，还继续往上涨，并且起了风浪。清兵趁这个时候，又猛烈地射箭。明军起初还回射，后来人站不稳了，弓被水浸湿了，弓弦软了，松了，箭射不出来了，纵然射出来，也射不很远。清兵的箭像飞蝗般地射过来，许多人已经中箭，漂浮在海面，有的淹死，有的呼救。一些将领还在督阵，预备向岸上冲去，但是已经不可能了。尽管在平时，这些将领和士兵之间有许多不融洽的事情，特别是有些将领侵吞了士兵的军饷，可是到了这个时候，这一切都忘记了，大家想的是如何共同逃命，如何不要被清兵杀死。还有些将领平时对士兵多少有些感情，这时士兵就成排成排地站在他们前面，企图用自己的身体挡住清兵射来的箭，保护自己的长官。许多士兵在将领前面一排一排地倒下去,被水冲走,而最后将领们也中箭身亡,漂浮海面。

张若麒直到最后潮水完全涨起的时候,才下令把船上的几个布帆完全撑起来,乘着风势,扬帆而去。有些士兵和将领多少识些水性,看见张若麒的渔船经过,一面呼救,一面游过去,但张若麒全然不理。有些人被海浪猛然推到船边,赶紧用手攀援船舷,一面呼救,一面往上爬。船上的亲随都望着张若麒。张若麒下令用刀剑向那些人的头和手砍去。霎时间船上落了许多手指头,还落下一些手。船就在漂荡的死尸和活人中冲开了一条路,直向东南驶去。

张若麒坐在船舱里,想着既然笔架山的军粮被夺,那里很可能会有清兵的船只,得绕过去才好。果然到拂晓时,他遥见笔架山插着清军的旗帜,也有船只停在那里。于是他吩咐渔船继续往东,深入海中,远远地绕过笔架山,然后再转向宁远方向驶去。他也准备着,如果宁远和觉华岛也已经被清兵占领,他就漂渡渤海,到山东登州上岸。他一面向着茫茫大海张望,一面已经打好一个腹稿,准备一到岸上,不管是在宁远,还是在登州,立刻向皇帝上一道奏本,把这一次失败的责任完全推到洪承畴身上,痛责洪承畴不听他的劝告,未能在皇太极到来之前,全力向清军进攻,坐失战机,才有此败。

这时,在夜晚发生过战斗的海边,潮水还在继续往上涨,由于风势,有些死尸已经开始向岸上冲来。后来,当潮水又退下去的时候,在海边,在沙滩上,几乎到处都是七横八竖的死尸。另外也有很多死尸又随着潮水退去,远远望去,好像一些漂浮在水面的野鸭子,这里一片,那里一团,在阳光下随着浪潮漂动。

清兵已经从海边退走,海滩上一片寂静,只偶尔有白鹤和海鸥飞来,盘旋一阵,不忍落下,发出凄凉叫声,重向远处飞去。

岸上,仍不时地有飞骑驰来,察看一番。他们是洪承畴派来打探张若麒的情况的。他们不知道张若麒已经乘着渔船平安逃走,疑心他也许是不幸被俘,也许是为保护粮草阵亡。

第十七章

　　八月二十二日黄昏以后，月亮还没有出来，松山堡周围一片昏黑，只有明军的营垒中有着灯火。炮声停止了。喊杀声没有了。偶尔有几匹战马在远处发出单调的嘶鸣。一切都显得很沉寂，好像战事已经过去。

　　洪承畴自从送走白广恩后，一直忙于部署松山堡的防务，打算长期坚守下去。他表面仍然很平静，说话很温和，但内心十分苦闷，感到前途茫茫。就在这种心境中，他忽然得到一个消息，使他的眼前一亮，登时生出来不小希望。原来将近黄昏时候，有人向他禀报，说房酋四王子刚刚移营到松山堡附近，离城不过四五里路。他的御营在中间，两边又各扎了两营人马，一个营是镶黄旗，另一个营是正黄旗。都是刚刚安下营寨，还来不及挖壕筑垒。

　　现在天色越来越暗。洪承畴想，马上派人去清营劫寨，倘能得手，将房酋活捉或杀死，整个战局就会大大改观。于是他马上派人将邱民仰、曹变蛟、王廷臣找来，商议劫营之事。大家认为，自从丧师以来，又经过第一次劫营失败，老憨绝对料不到明军以现在的残师会去劫营。如果现在迅速出兵，乘其不备，很可能得手。这是出奇制胜的一着棋，但要胆大心细，准备劫营不成能够全师而回。当下王廷臣要求派他前去，曹变蛟也要求前去。

　　洪承畴考虑了一阵，决定让王廷臣留守松山堡，而派随他转战多年，富有经验的曹变蛟前去劫营。但是目前松山堡的人马实在太少，那天从松山和大架山两处撤退时，留下了几千人马和十几门红衣大炮在几座营寨中，以便与松山堡互为犄角，抗击清兵。现在如果不把这两支人马调回，则劫营的兵力太单薄；如果调回，红衣大炮又一时来不及撤运。

洪承畴又同大家略一商量,决定还是立即将大架山的人马撤回,速去劫营,以求必胜,红衣大炮来不及撤运就扔掉算了。

大架山的人马撤回后,曹变蛟让大家饱餐一顿,立即出发。他自己率领精兵居中,一个参将带着人马在左边,一个参将带着人马在右边,另外一个游击率领一支人马在后,准备接应。曹变蛟命令大家不准举火,不准喧哗,在秋夜的星光下悄无声息地迅速向敌营奔去。

清兵营中正在休息,中间御营还在为胜利跳神。曹变蛟命两个参将各率人马去劫镶黄旗和正黄旗两座营寨,他自己率着精兵直往御营冲来。等到清兵发觉,大喊"明军劫寨!"曹变蛟早已挥动大刀,在喊杀声中冲进敌营。明军见人就杀,距离稍远的就用箭射。清兵一时惊恐失措,纷乱已极,有的进行没有组织的抵抗,有的大呼奔跑,有的拼命奔往老憨的御帐外边"保驾"。

皇太极正在御帐观看跳神,一听到明军劫寨,赶紧指挥他的御前侍卫,守住御帐前边,拼死抵抗。可是曹变蛟的人马来势极猛,皇太极的侍卫纷纷死伤。左右一些清兵将领看见御帐遭到猛烈冲击,赶快来救,但都被曹变蛟的人马杀败。眼看御帐已经无法守住,皇太极只得由侍卫们保护着,且战且退,等待两边的营寨前来救援。但这时镶黄旗和正黄旗的营寨也正受到明军两个参将的冲杀,特别是距离最近的正黄旗,受到的袭击格外猛烈,陷于一片混乱,无法分出兵力去援救御营。

皇太极周围的侍卫死伤越来越多,处境越来越危急,有时明兵冲到他的面前,逼得他自己也不得不挥剑砍杀,将突来的明兵杀退。正在抵挡不住之时,他忽然看见一个大汉,骑在马上,大呼着向他冲来。他知道这就是明军的主将,立刻吩咐左右侍卫,一齐向这个大汉射箭。

这个大汉正是曹变蛟,已经负伤,正在流血。他忽然发现了皇太极,不觉眼睛一亮,骂了句:"休想逃走!"便不顾一切地直往前冲,要将敌酋生擒或杀死。当他冲到离皇太极只有三四丈远的时候,被一支箭射中右肩,落下马来。

明军赶紧救起曹变蛟,停止了冲击,迅即向外撤退,昏暗中只听见短促而紧急的口令:"出水!快出水!"这时曹变蛟因两次负伤流血过多,已经昏迷不醒。明军冲出皇太极御营,进攻镶黄旗和正黄旗的两支人马也先后来到,汇合一起,向着松山堡退去。

皇太极因事出意外,惊惶初定,又不知明军究竟有多少,不敢派兵追击。他下令连夜整顿御营,同时调集人马在御营前驻扎,加强戒备,以防明军再一次前来劫营。

曹变蛟被抬回松山后,经过急救,慢慢醒来。他的伤势很重,但性命还不要紧。经此劫营不成,洪承畴已经不再幻想改变局面。他吩咐把曹变蛟送到松山堡内,好好医疗。过了几天,他为着避免损失,将大部分人马移驻到城内,一部分留驻城外的堡垒里边,准备从此受清军的围困,拼死固守,等待朝廷援兵。

经过一夜整顿,皇太极的御营前面又扎了一个营垒,在营垒前挖了两道壕沟,布置了不少火器,又为御营修筑了简单的土围墙和堡垒。由于昨夜清兵损失并不很大,而明军倒是大将曹变蛟身负重伤,所以第二天皇太极就断定洪承畴在松山不再会有所作为,他继续派骑兵到杏山周围,到处搜剿逃出来的明军,并继续派人在塔山、高桥一带埋伏,准备随时堵截明军。对于松山的敌人,他暂时不去进攻,只派大军四面包围,监视起来,还在重要的道路上掘了很深很宽的壕沟,使明军不能够再向清兵袭击。同时,明军在大架山的空寨和没有运走的红衣大炮也都落到清兵的手中。

皇太极十分得意,连着几天在松、杏和高桥之间一面打猎,一面搜剿逃匿的明军,在山野中又获得许多明军遗弃的甲胄、军器和马匹。到二十九日,这一次战役基本上结束了。

皇太极命内院学士替他草拟一份告捷敕谕,然后命学士罗硕、笔帖式石图等拿到盛京宣布。这敕谕是用满文写的,同时译成蒙文和汉文各誊写了一份。原来起草的稿子中,写道明军损失甚重,死伤一万余人,溃败十万人;清兵死伤两三千人;另外还写了他们获得的马匹、骡子、骆驼、甲胄、大炮和兵器的数目。皇太极看后十分不满,就亲自在满文的敕谕上重新写定,并要学士们用满、蒙、汉三种文字重新誊抄一遍。经过他的改定,就变成了明军十三万人马全部被击溃,杀死五万余人,只剩下万余人退守松山堡中,清兵则仅仅在一夜间误伤了八人。因为他要炫耀自己的武功,因此就把战果尽量地夸大,而不管这样的夸大是否合理。就这样,敕谕发到了盛京,通报整个大清国,包括蒙古在内。他又命人把敕谕用汉文再誊一份,送给朝鲜国王。在发出敕谕的同时,他又命人在御帐前面的东南角上立起神杆,他亲率诸王、贝勒、贝子和满洲大臣们对着神杆祭天,感谢皇天保佑他获得了大捷。

又过了几天,他把御营移到了松山堡北面的一座小山上,离松山堡不过数里路,从那里可以俯看城内的动静。他命令每天向松山堡内开炮,松山也照样向他这边打炮。他想进攻松山,又怕一时难以得手,因为松山堡的守卫很严密,城外还有几营明军。他终于放弃了立即攻破城池的想法,而准备将洪承畴长期围困下去。

他的心情始终很不正常。一方面由于胜利来得太快、太大,使他忽然觉得进入关内、占领北京、恢复金太宗的事业的抱负即将实现,因而激动不已。另一方面,也许是曹变蛟劫营给他造成的惊恐太大,事隔多日,回想起来还感到可怕。这两种感觉混合在一起,就使他的心绪烦乱,夜晚常常要做些奇怪的梦。

一天夜间,他梦见自己正在指挥军队列阵,突然有一只坐山雕从天上飞下来,飞下地后就一直向着他面前走来,他连发两箭都没有射中。旁边一个大将又递给他一支箭,他才射中。他正要命人将死雕取过来看个究竟,低头一看,忽又发现一条青蛇正从马蹄旁经过,跑得非常快,于是他赶紧策马去追,却怎么也追不上。仔细看去,才发现那条蛇还长着许多脚,所以跑得那么快。他正在着急,忽见天上飞下一只鹳来,猛地一嘴啄在蛇头上,蛇才动得慢了。

鹳又继续一嘴一嘴地啄蛇,蛇一动也不动了。他感到很奇怪,因想这大概是专门吃蛇的鸟,所以蛇看见它就害怕,不敢抗拒。正在胡思乱想,忽然惊醒。

第二天,他就把内院①大学士范文程、希福、刚林召进御帐,将自己的梦说给他们,然后问道:

"你们看,这是吉兆呀还是凶兆?"

大家纷纷说,这是吉兆,是大吉之兆。

皇太极问:"吉在何处?"特别望着范文程加问一句:"你要好生替我圆梦,不要故意将好的话说给我听!"

在汉人的文臣中,范文程最被信任,许多极重要的军国大计都同他秘密商议,听从他的意见。范是沈阳人,是宋朝范仲淹的后裔,相传他的祖先在明武宗时曾做过兵部尚书。他为人颖敏机警,沉着刚毅,少年时喜欢读书,爱好所谓"王霸大略"②。清太祖于天命三年③占领抚顺时候,范文程二十二岁,是沈阳县的秀才,到抚顺谒见努尔哈赤,愿意效忠。努尔哈赤因见他身材魁梧,相貌堂堂,谈话颇有识见,又知道他是明朝的大臣之后,遂将他留下,并对诸贝勒说:"他是有名望的大臣后代,你们要好生待他!"范文程看清楚明朝的政治腐败,军力不振,努尔哈赤必将蚕食辽东和蒙古各地,兴国建业,所以他不像当时一般汉族读书人一样存着民族观念,而是考虑他自己如何能够保全他的家族和建立富贵功名。他竭智尽忠,为爱新觉罗家族驰驱疆场,运筹帷幄,比有些满洲贵族还要卖力,还要有用。皇太极继位后对他极其信任,言听计从。每次商议政事,皇太极总是向大臣们问:"范章京④知道么?"倘若他感到王、公、大臣们商议的结果不能使他满意或尚不能使他拿定主意,便问道:"为什么不同范章京商议?"如果大家说范章京也是这

① 内院——清初因国家草创,未设内阁,将内阁和翰林院的政务合在一起,称为内院,又
　　称内三院,包括内国史院、内秘书院、内宏文院,各设大学士一人掌管。
② 王霸大略——关于建立王业和霸业的重大问题。略是方略、计谋。
③ 天命三年——明万历四十六年,即公元 1618 年。
④ 章京——满洲语的音译,各级负责的官员都可以称做章京。

样意见,他便点头同意。以清国皇帝名义下的重要文件,如给朝鲜和蒙古各国①的敕谕,都交给范文程视草②。起初皇太极还将稿子看一遍,后来不再看稿,对范说:"你一定不会有错。"现在皇太极很担心他的梦不吉利,所以希望有学问又忠诚的范文程如实地替他圆梦。

范文程在乍然间也没法回答,但是他转着眼珠略想一下,俨然很有把握地回答说:"啊,陛下此梦确实做得非常好。雕为猛禽之首,显然指的就是明军统帅。陛下两箭不中而第三箭射中,说明洪承畴在这次战役中虽然侥幸不死,困守松山,将来必定难逃罗网,不是被我军所杀,就是被我军所俘。"

皇太极听了高兴,说道:"我宁愿他被捉住,可不愿他死掉。"忽然想起这梦还只圆了一半,便又问道:"可是那条青蛇又是什么意思呢?"

"那条青蛇即指仓皇逃窜的明军,虽然跑得快,但因陛下早在要道埋下伏兵,所以仍被截住,一举歼灭。那只鹳便是陛下的伏兵。"

皇太极又问:"可是蛇为什么有脚呢?"

希福赶快解释说:"明军吓破了胆,没命地逃,都恨不得多生几只脚出来啊!"

众人听了都笑起来。皇太极更加高兴,随即命萨满跳神,感谢皇天赐此吉祥之梦。

就在当天夜里,他又做了一个梦,梦见他的父亲努尔哈赤命四个人捧着玉玺给他,他双手接住。玉玺很重,刚一接住,他便醒了。

于是他又将大学士范文程、希福、刚林等叫进御帐,要他们圆梦。他们都说,这个梦再明白不过。玉玺乃天子之宝,太祖皇爷把玉玺授给皇上,皇上将来必然进入关内,建立大清朝一统江山无疑。

皇太极越发高兴。连着两天,他不断地赏赐这一个,赏赐那一

---

① 各国——清朝建国初期,对"国家"的概念很宽泛,常常将散居东北的小部落和蒙古各部落也看成是国。

② 视草——唐宋以来,皇帝所下诏、敕,交翰林院官员审定草稿,称做视草,后来也包括代皇帝起草。

个,连朝鲜国来的总兵官和一些武将也受到他的特别赏赐。然而万万没有料到,就在他万分高兴之时,九月十二日那一天,从盛京来了两个满洲官员,一个叫满笃里,一个叫穆成格,向他禀告说关雎宫宸妃患病,病势不轻。皇太极一听,非常焦急,立刻召集诸王、贝勒、贝子、公、固山额真等前来,告诉他们,宸妃得病,他自己要马上回盛京探视。随即布置一部分人在多罗安平贝勒杜度、多罗饶余贝勒阿巴泰、固山额真谭泰等的率领下继续围困锦州,一部分人在多罗贝勒多铎、多罗郡王阿达礼、多罗贝勒罗洛宏等的率领下围困松山,还有一部分人分别驻守杏山、高桥等地。布置一毕,他就让大家退去,自己独坐御帐,想着宸妃的病情,感到无限忧虑。当天晚上,他辗转反侧,一夜没有睡好。

十三日一早,他就动身奔赴盛京。一连走了四天,来到一个地方住下。当夜一更时候,盛京又有使者来到,报说宸妃病危。皇太极无心再睡,立即吩咐启程。他一面心急如焚地往盛京赶路,一面遣大学士希福、刚林、梅勒章京①冷僧机、启心郎②索尼等先飞驰赶回盛京问候,一有消息,立即回报。将近五更时,希福等从盛京返回,说是宸妃已死。皇太极一闻噩耗,登时从马上滚下来,哭倒在地。随行的诸王、贝勒赶忙上前解劝。皇太极哭了一阵,在左右的搀扶下又骑上马向盛京奔去。

到了盛京,进入关雎宫,一见宸妃的遗体,他又放声痛哭,几乎哭晕过去。王、公、大臣们都劝他节哀,说:"国家事重,请陛下爱惜圣体。"哭了很久,他才慢慢地勉强止住哭泣,筹备埋葬之事。又过了几天,宸妃已经埋毕。他亲到坟上哭了一场,奠了三杯酒。

从此他心情郁闷,时常想着宸妃生前的种种好处。想到这么一个温柔体贴的妃子,又是那样美貌,竟然只活了三十三岁,便已死别,这损失对他说来简直是无法补偿。虽然不久前他刚刚在对明朝作战中获得大胜,但也不足以消释他内心的悲哀。同时他觉

---

① 梅勒章京——满洲八旗封爵名号,约等于副将或副都统一级的武将。顺治年间定为世职。
② 启心郎——清初因满洲诸王、贝勒掌管部、院事,设启心郎掌校理汉文册籍并备咨询。

得自己的身体仿佛也没有先前那么好,心口有时隐隐作痛。

王、公、大臣们看到皇太极这样郁郁寡欢,都非常担心,联名上了一个满文奏折,大意说:

> 陛下万乘之尊,中外仰赖,臣庶归依。今日陛下过于悲痛,大小臣工皆不能自安。以臣等愚见,皇上蒙天眷佑,底定天下,抚育兆民,皇上一身关系重大。况今天威所临,大功屡捷;松山、锦州之克服,只是指顾间事。此正国家兴隆,明国败坏之时也。皇上宜仰体天意,善保圣躬;无因情牵,珍重自爱。……

这是存档的汉文译本,文绉绉的,有些删节。皇太极当时看的是满文本,比这啰嗦,也比这质朴得多,所以更容易打动他的心。他把奏折看了几遍,虽然觉得很有道理,但他心中的痛苦仍然一时不能消除。于是他决定出去打猎,借以排遣愁闷。谁知出了沈阳城后,无意间又经过宸妃墓前,登时触动他的心弦,又哭了一阵,哭声直传到陵园外边。哭毕,奠了酒,才率领打猎的队伍继续前进。自从宸妃死后,她的音容始终萦绕在他的心头,不能淡忘,直到一年后他死的时候,那"悼亡"的悲痛依然伴随着他。

刘子政带着洪承畴给皇帝的一封奏疏和给兵部尚书陈新甲的一封密书,离开了松山营地后,一路上风餐露宿,十分辛苦。到了山海关后,他就因劳累和感冒病了起来。虽然病势不重,但毕竟是上了年纪的人,又加上心情忧闷,所以缠磨几天,吃了几剂汤药,才完全退烧。他正要赶往北京,忽然听到风传,说洪总督率领的援锦大军在松山吃了败仗,损失惨重。这传闻使他不胜震惊和忧虑,不能不停下来听候确讯。连着三四天,每天都有新的传闻,尽是兵败消息。到了第五天,山海关守将派出去的塘马自宁远回来,才证实了兵败的消息是真。除关于洪承畴的下落还传说纷纭外,对大军溃败的情况也大致清楚了。刘子政决定不去北京,只派人将洪承畴给皇帝的奏疏和给陈新甲的书信送往京城,他自己也给一位在朝中做官的朋友写了一封信,痛陈总监军张若麒狂躁喜功,一味促战,致有此败。

他想,既然援锦大军已溃,他赶回北京去就没有必要了。为着探清洪承畴的生死下落,他继续留在山海关。山海关的守将和总督行辕在山海关的留守处将吏,都对他十分尊敬。他仍然住在澄海楼,受到优厚款待。山海关守将和留守处的将吏们每日得到松锦战事消息都赶快告诉他,每一个消息都刺痛他的心,增添他的愤慨和伤心,也增添他对国事的忧虑和绝望。白天,他有时在澄海楼等候消息,或倚着栏杆,凝望着大海沉思,长嘘,叹息。有时他到山海关的城楼上向北瞭望。有时出关,立马在欢喜岭上,停留很久。有时他到城中古寺,同和尚了悟闲话,一谈就是半天。但每天晚上,他仍然在灯下注释《孙子兵法》,希望能早一点将这一凝结着多年心血的工作搞完。

又过了十天,许多情况更清楚了。他知道洪承畴并没有死,也不肯突围出来,退守松山堡中待援,被清兵四面围困。八位总兵有六位突围而归,只有曹变蛟和王廷臣留在洪的身边。他心中称赞洪的死守松山,说道:"这才是大臣临危处变之道。到处黄土埋忠骨,何必自陷国法,死于西市!"后来他听说有塘马从宁远来到,急急地赶赴北京,并听说是宁远总兵吴三桂向兵部衙门送递塘报,还带有吴三桂和张若麒的两封急奏。对于吴三桂的奏本他不大去想,而对于张若麒的奏本想得较多,忿忿地说:

"皇上就相信这样的人,所以才是非不明,如坐鼓中!"

一连数日,都是阴云低垂,霜风凄厉。刘子政心中痛苦,命仆人替他置办了简单的祭品,准备到欢喜岭上威远堡的城头上向北遥祭在松、锦一带阵亡的将士。主管总督行辕留守事宜的李嵩,就是春天到红瓦店迎接他的那位进士出身的文官,洪承畴的亲信幕僚,知道刘子政有遥祭阵亡将士之意,正合他的心愿,就同刘子政商量,改为公祭,交给行辕留守处的司务官立即准备。刘子政原想他私自望北方祭奠之后,了却一件心事,再逗留一二日便离开山海关往别处去,如今既然改为公祭,隆重举行,他也满意。在威远堡城中高处,临时搭起祭棚,挂起挽联,哀幛,布置了灵牌,树起了白幡,准备了两班奏哀乐的吹鼓手。除留守处备办了三牲①醴酒等祭品之外,刘子政自己也备了一份祭品,另外山海关镇衙门、榆关县衙门、还有其他设在山海关的大小文武衙门都送来了祭品。商定由李嵩主祭,刘子政读祭文。刘子政连夜赶写好祭文,将稿子交李嵩和两三位较有才学的同僚们看了看,都很赞赏,只是李嵩指着祭文中的有些字句说:

"政老,这些话有违碍么?"

刘子政说:"镇中先生,数万人之命白白断送,谁负其咎? 难道连这些委屈申诉的话也不敢说,将何以慰死者于地下? 我看不用删去。祭文读毕,也就焚化,稍有一些胆大的话,只让死者知道,并不传于人间,有何可怕?"

李镇中一则深知刘子政的脾气很倔,二则他自己也对援锦大军之溃深怀愤慨,而且他的留守职务即将结束,前程暗淡,所以不再劝刘子政删改祭文,只是苦笑说:

"请政老自己斟酌。如今朝廷举措失当的事很多,确实令志士扼腕!"

临祭奠的时候,各衙门到场的大小文武官员和地方士绅共有二三百人,其余随从兵丁很多,都站在祭棚外边。当祭文读到沉痛的地方,与会的文武官员和士绅们一齐低下头去,泣不成声。读毕,随即将祭文烧掉。回关时候,有些文官和本地士绅要求将这篇打动人心的祭文抄录传诵,刘子政回答说祭文已经焚化,并未另留底稿。大家知道他说的是实话,也谅解他焚稿的苦衷,但没人不感到遗憾。

山海卫城内的士绅们,近来都知道刘子政这个人,对他颇有仰慕之意。但因为他除了同了悟和尚来往之外,不喜交游,所以只是仰望风采,无缘拜识。经过这次在威远堡遥祭国殇,才使大家得到了同他晤面的机会。虽然大家不曾同他多谈话,但是都看出来他是一个慷慨仗义、风骨凛然的老人。

———————

① 三牲——牛、羊、猪。

三天以后的一个上午,有本地举人佘一元等三个士绅步行往澄海楼去拜望这位老人。他们正在走着,忽然前边不远处有人用悲愤的低声朗诵:

赵括①虚骄而临戎兮,

长平一夕而卒坑。

宋帝②慷慨而授图兮,

灵州千里而血腥。

悲浮尸之散乱兮,

月冷波静而无声。

恨胡骑之纵横兮,

日惨风咽而……

这声音忽然停住,似乎一时想不起来以下的词句。佘一元等的视线被一道短墙隔断,认为这墙那边行走的人必是刘子政在回忆烧掉的祭文稿子。迨过了短墙,两路相交,佘一元等才看见原来是山海关镇台衙门的李赞画在此闲步,背后跟着一个仆人。大家同李赞画都是熟人,且素知李赞画记性过人,喜读杂书③,对刘子政亦颇仰慕。互相施礼之后,佘一元笑着问道:

"李老爷适才背诵的不是刘老爷的那篇祭文么?"

李赞画说:"是呀,可惜记不全啦。我为要将这篇祭文回忆起来,两天来总在用心思索。刚才衙门无事,躲出城外,在这个清静地方走走,看能不能回忆齐全。不行,到底不是少年时候,记性大不如前,有大半想不起来。如此佳文,感人肺腑,不得传世,真真可惜! 诸位驾往何处?"

佘一元说:"弟等要去澄海楼拜望政老,一则想得见祭文原稿,

---

① 赵括——战国时秦攻赵,相持于长平(今山西省晋城县西北)。赵王以赵括代廉颇为将,大败。赵兵四十万,投降后为秦兵活埋。

② 宋帝——北宋皇帝遣将出征,常从宫中授给阵图,要将帅依图作战,借以遥控。灵州即今宁夏灵武县,为宋朝西北军事重镇,宋真宗咸平五年(公元1002年)为西夏攻陷。

③ 杂书——明、清科举盛行时代,读书人将五经、四书等直接与考试有关的书籍之外的一切书籍视为杂书,各种学问称为杂学。

二则想听他谈一谈援锦大军何以溃败如此之速,今后关外局势是否仍有一线指望。"

李赞画说:"啊呀,我也正有意去拜望政老请教。他说底稿已经烧掉,我总不信。既然你们三位前去拜访,我随你们同去如何?"

佘一元等三个人一齐说:"很好,很好。"

他们一起步行到了宁海城,先拜见主管留守事务的李镇中。李镇中同他们原是熟人,看了名刺,赶快将他们请进客厅坐下。当李镇中知道他们的来意之后,不胜感慨地说:

"真不凑巧,诸公来迟一步!政老因援锦大军溃败,多年收复辽左之梦已经全破,于昨日上午先将他的仆人打发走,昨晚在了悟和尚处剃了发,将袍子换为袈裟,来向我们辞行并处置一些什物。我们一见大惊,但事已无可挽回。大家留他在澄海楼又住了一夜,准备今日治素席为他饯行。政老谈起国事,慷慨悲歌,老泪纵横。今日清早,不辞而别,不知往哪里去了。可惜你们来迟一步!"

大家十分吃惊,一时相顾无言。李镇中接着说:

"近几天来,政老常说他今日既然不能为朝廷效力疆场,他年也不愿做亡国之臣。"

大家都明白他对国事灰心,但没有料到他竟会毅然遁入空门,飘然而去。

佘一元说:"世人出家为僧,也有种种。常言道,有因家贫无以为生而幼年送到寺中为僧的叫做饿僧,有因幼年多病而送入寺中为僧的叫做病僧,另外还有愤僧、悲僧、情僧、逃僧等等,各种原因不同。真正生有慧根,了然彻悟,一心想做阿罗汉的,并不很多。政老大概算是愤僧了。请问李老爷,传闻政老有《孙子新注》一稿,倘能传之人间,必有裨于戎事。此稿现在何处?"

李镇中摇头说:"可惜!可惜!此稿已经被政老暗中撕毁,投入大海了!"

"投入大海?!……镇老何不劝阻?"

"不知他什么时候就已经投进大海。今早有人从海滩上拾到

半页,显然是涨潮时偶然漂回岸边。弟已命贱仆将此半页稿子晾
干,珍藏勿失。另外颇值珍视的是,今早政老走后,同僚们在澄海
楼上看见他新填《贺新郎》一阕,留题柱上,旁边挂着他多年佩在腰
间的那把宝剑。"

佘一元等一听说刘子政临走时在柱上留词一首,都要去亲眼
看看,抄录下来。李镇中带他们下到海边,过了浮桥,登上高楼。
他们经李镇中一指,果然看见一根柱子上题有一首《贺新郎》,墨色
甚新。佘一元抢前一步,赶快念道:

> 海楼空挥泪。
> 叹三番雄师北伐①,
> 虎头蛇尾。
> 试问封疆何日复,
> 怕是而今已矣!
> 念往事思如潮水。
> 数万儿郎成新鬼,
> 决天河莫洗神州耻。
> 戎幕策,
> 剩追悔。
>
> 残秋岭上曾遥祭。
> 雾沉沉风号雁唳,
> 此情谁会?
> 塞外双城②犹死守,
> 望断天涯日暮。
> 欲解救睢阳③无计。

---

① 三番雄师北伐——这是指明对清作战较重大的三次溃败:一次是万历四十七年(公元
1619 年)杨镐出师大败。第二次是天启元年(公元 1621 年)袁应泰正议三路出师,清兵
先进攻,攻陷沈阳、辽阳。第三次即崇祯十四年(公元 1640 年)洪承畴援锦之役。

② 双城——指锦州和松山。

③ 睢阳——今河南商丘县南。唐朝安史之乱时,张巡在此死守,不获救援,城破被杀。

休论前朝兴亡事，

最伤心弱宋和金史。

千古恨，

《黍离》①耳！

　　佘一元读时，大家跟着他读，反复读了几遍，琢磨着每句含义，每个人都对"戎幕策，剩追悔"六个字暗中猜解。李镇中明白这六字所指何事，却不肯说出。大家正在议论，忽然起了狂风，天地陡暗，海涛汹涌，冲击着澄海楼的根基。大家停止谈话，奔出屋子，抓紧栏杆，向翻滚着白浪的茫茫大海张望，都觉得这座建筑在礁石上并以大石为根基的澄海楼在风浪中不住摇动。

----

　　① 《黍离》——《诗经》中一个篇名，写周大夫看见西周故宫长满庄稼，兴起亡国之痛。

第十八章

当明朝援救锦州大军在松山一带崩溃的时候,李自成已经准备好一次重大的军事行动,为第二次攻打开封,扫荡明朝调到河南的军事力量。

八月初旬,新任的陕西、三边总督傅宗龙在崇祯皇帝的一再催逼下,只好离开陕西,往河南进兵。当离开陕西的时候,新任陕西巡抚汪乔年给他送行。汪乔年也是一个多少懂得点军事的文臣,知道傅宗龙这次去河南凶多吉少,是不得已被逼出关。傅宗龙自己更是清楚:军队没有训练,将领骄横跋扈,军饷、粮草都非常匮乏,如此兵力,如何能够剿灭"流贼"?不但不能剿灭"流贼",就是保全自己,也困难万分。特别是李自成自从破了洛阳以后,大非昔比,不仅是人马众多,而且河南百姓望风归顺;七月间,又来了一个罗汝才,给他增加一二十万人马,更是如虎生翼。可是皇上是那样急于"剿贼",性情暴躁,不断有上谕和兵部檄文飞来,催他速赴河南作战,根本不考虑各镇官军情况,不允许他有整顿兵马的时间。他明知出潼关凶多吉少,却不敢违抗"圣旨"。当他和汪乔年在灞上相别的时候,两个人手拉着手,都滚出了眼泪。他对汪乔年说:

"我这次奉旨剿贼,仓促出关,好比以肉喂虎。"

汪乔年说:"大人只管放心前去。万一大人作战不利,乔年也就跟着出关。"

他们两人都明白这话中的意思,相顾摇头叹息,没有别的话说。

傅宗龙知道李自成在伏牛山中练兵,不敢从潼关出去经过洛阳,怕的是被李自成中途截住去路。但是他又必须同保定总督杨文岳在豫南会师,合起力量来共同对付李自成。因此他率领着三四万人马,不走潼关,而走商州、内乡、邓州,沿着豫南和湖广交界的地区,迅速东进,准备在光州(今潢川)以北,新蔡和汝宁一带与杨文岳会师。

李自成在伏牛山中得到探马禀报,赶快率领人马向豫南追赶前去。八月中旬,李自成的人马已经追到了西平、遂平之间,暂时驻下,准备决战。

傅宗龙和杨文岳已经通过密书往还,商定先在新蔡境内会师,再作计较。虽然这两个总督都是奉命专力"剿闯",皇上手诏和兵部催战檄文,急如星火,但是他们都不敢贸然同李自成作战。他们根据细作探报,知道李自成将要再攻开封,只是因为获悉他们要在光州以北会师,才暂缓向开封进兵,如今驻兵西平、遂平之间,准备同他们大战。他们商定会师后避开李自成的军锋,先到项城,尽快赶到陈州(今淮阳),从侧面牵制北趋开封的闯、曹大军。

正当傅宗龙和杨文岳在新蔡会师的这一天,黄昏时候,有数千轻骑兵从西北奔来。马身上流着汗,腿上带着尘土。骑兵部伍整齐,没有一队骑兵敢走入田中,践踏庄稼,同当时官军的所有骑兵大不相同。

秋收时节,夕阳特别艳丽,红彤彤的,落在平原尽头的树梢上。这里许多地方的庄稼还没有收完,有些庄稼已经干枯在地里。近几天来,人们因为听说官军要来,要在这里经过,都害怕受到骚扰,又怕打仗,所以很多人都离开了村庄,躲开了大路,地里的庄稼也就耽误了收割。这里的百姓和豫西的百姓情况不同。虽然他们也听说闯王的人马比官军好得多,但是他们却不相信人间真有仁义之师,更不相信李自成的人马果然会不骚扰平民百姓。

多少年来,他们一直听惯了把李自成的人马说成"流贼",所以他们想道,李自成的人马纵然好,好到天边儿也毕竟是贼,到底不是正经部队。老百姓既怕官军从这里经过,也怕李自成的人马从西边开来,几乎天天都在担心害怕。这一两天风声特别紧,所以沿着这条通向新蔡的大路,村庄里的人们几乎都逃空了。

可是正在这时候,有一群外出逃荒的饥民,在夕阳的余晖中,在大路的烟尘中,在渐渐浓起来的暮色中,从远处向西逃来。他们和刚才那大队骑兵迎面相遇,躲避不及,只好离开大路,站在田中。他们是一群无家可归的人。天已黄昏了,小孩子们早就饿得啼哭,老人正在呻吟。前途茫茫,偏又遇着打仗,使他们愁上加愁。

这群饥民想看看走过的骑兵,却又不敢正面去看,眼色中充满了畏惧、诧异和好奇。畏惧的是,不晓得这是哪里来的人马,会不会对他们使厉害,或者把他们中的年轻人裹胁走。诧异的是,从来没有见过这样整齐的队伍,经过时竟然没有对他们做任何可怕的举动,也没有辱骂他们,连凶狠的眼色也没有。因为他们的心中感到诧异,便更加忍不住用好奇的眼光偷偷地观察这支部队。

他们看见队伍中有一位将军,骑在马上,又见他的前边打的是"闯"字旗,恍然大悟:这就是李闯王的人马!那么,马上的将军难道就是闯王本人么?人们互相暗使眼色,却没有人敢说话。有的人不自禁地跪了下去,因为按照千百年来的习惯,老百姓见官,不论是文官还是武官,都要下跪,所以他们看见闯字大旗来到,看到那骑马的将军,不管是不是李闯王,都跪了下去。

队伍过尽了,人们开始议论起来。有人说这是去攻汝宁府城的;有人说,不一定,可能是去迎战官军的;有人说,这支人马与官军多么不同啊,队伍多么整齐,连一匹马都不踩到田里,真是纪律严明!有些年老的妇女,本来正在为自己的媳妇、闺女担心,但后来发现这队骑兵竟没有一个人跑来调戏妇女,忽然放下心来,暗暗念一句"阿弥陀佛"。

正在纷纷议论,有一名义军的小头目骑马奔回。到了灾民面前,勒住马,从马上扔下一大包粮食,说道:

"各位乡亲,你们不要害怕。我们是李闯王的人马,前来剿兵安民。我们的人马一向恤老怜贫,每到一个地方,开仓放赈,救济饥民。今天我们是从这里路过,所带粮食也不很多。刚才我们将爷看见你们都是很可怜的逃荒人,特地命我回来,将这一包粮食留给你们。你们谁是领头的,把粮食分一分,大家都分一点,救救急。等我们打败了官军,占领了这一带地方,就会从富豪大户的仓库里拿出多的粮食,分散给穷百姓。你们不要害怕,把粮食分一分,带走吧。天已经快黑了,赶快赶路!"

说完后,这小头目就勒转马头,准备离开。当下从灾民中走出一位老人,看来是个领头的,跪下去向小头目磕了个头,说:

"多谢闯王,真是我们的救命恩人。"说了这一句,他又问道,"那前边走在'闯'字旗下的是不是闯王本人?"

"不是,他是闯王的侄儿。"

几天以前,驻军于西平、遂平之间的李自成,探得傅宗龙、杨文岳将在新蔡会师,他和自己的军师、大将以及罗汝才在一起分析、研究,认为傅、杨会师之后,不外两个趋向:一是趋守汝宁。因为汝宁是一个府城,又是明朝的宗室崇王①分封所在,所以傅宗龙和杨文岳固守汝宁似乎是理所当然。可是大家也料想官军害怕一旦被围,死路一条,所以也盘算他们不守汝宁而趋守项城,这样可以使项城和汝宁互为犄角,互相声援,又有退路。经过商议之后,决定派李过率领三万人马,步兵骑兵都有,赶往新蔡以北截住明军北进之路,一举将其击溃。当时左良玉还在信阳、罗山之间,人马很多,而丁启睿也正驻在光山一带,意图不明。所以,李自成和曹操率领大军仍留在西平、遂平之间,以观动静,并继续向附近各州县催索军粮,征集骡马。这八千轻骑中有曹营杨承祖的两千轻骑。杨承祖是罗汝才的爱将,李过与他在几年前就相识,近来闯、曹合营,他两人相见的机会更多,成了很好的朋友。因为知道他们比较合得来,所以这一次让曹操出一部分人马协同作战,曹操就把杨承祖派遣出来。

当天晚上,李过驻兵射桥,下令部队不许骚扰民宅,只有逃走

---

① 崇王——明英宗第六子朱见泽封为崇王,现在传至第七代名朱由樻。

的大户人家的宅子可以驻扎。空地上搭了许多军帐。部分人马驻在寨外的旷野间,也是搭的帐篷。所有寨内寨外,严禁火光,不许走漏消息。

李过的老营驻扎在一座庙里。一住下就派人召集当地的父老乡约,来了十几个人。李过向他们说明闯王队伍的宗旨是奉天倡义,吊民伐罪,特别是目前到这一带来,是要剿兵安民,将残害百姓的官军斩尽杀绝,将踩在百姓头上的乡宦土豪除掉。他说完后,父老们半信半疑,但毕竟开始放下心来。有一位衣着破烂、面相斯文的父老说:

"我们久已听说李闯王的人马是仁义之师,在豫西如何行好事,对百姓如何好,百姓如何到处焚香祝愿,巴不得闯王前去解救苦难。今天得见将军亲率骑兵到我们这个地方,果然是军纪严明,秋毫无犯,真是从来没有见过的事。"

李过又说:"上天已经厌弃了明朝。朱家上边朝廷腐败,下边官贪吏滑;气数已尽,非亡不可。我们李闯王名在图谶。'十八子,主神器',还有'李代朱'那些话,图谶上都说得清清楚楚的,可见天意早就归于我们闯王。如今到了河南,百姓处处响应,焚香欢迎。说明我们闯王真是顺天应人,要不了三年五载,就会攻进北京,重整乾坤,建立新朝江山。"

父老们听得入神,不敢做声,但有的轻轻点头。他们过去也听说过《推背图》,但没想到朱家朝廷很快就要灭亡,救民水火的真命天子已经出世,原来就是闯王!一个父老在心里说:"咱原先总以为真命天子还没有出世,老百姓的苦难还长着呢!"如今父老们亲眼见到李过的人马,又听了李过的一番话,虽然不敢完全信以为真,但大多数人暗暗地抱着喜庆的心情,巴不得果然如此,早日得见清平世界。有些胆子大的人,向李过流露一些心里话,说老百姓年年磕头烧香,盼望能过太平日子,但是没有人敢说出那句大逆不道的话:等待着改朝换代。

李过随即当众宣布:将士们有骚扰百姓的,许大家随时来告,决按军律治罪,该杀的杀,决不轻饶。说了这话以后,他又把中军叫来,吩咐中军连夜赈济饥民。父老们一齐跪下磕头,说了些感恩不忘的话。有的滚出眼泪,有的泣不成声。过去这里也有不少官军和义军经过,杀戮、抢劫、奸淫,好像就是官军的家常便饭,而义军也不一定都好。只是比较起来,官军更坏。可是今天来的这支闯王人马,不仅军纪严明,还要当夜放赈,这完全出乎大家的意料之外。父老们虽是地方的管事人,可是他们本身也在受苦受罪,老百姓的苦难,他们深深明白。眼看着射桥这一带的百姓都要逃走,到明年春天究竟能剩下多少人不逃走,多少人不饿死,谁也说不准。今晚意外地受到赈济,虽然不是长久的救命办法,但毕竟是多年来很少有过的事,也是眼下的救命粮食,这就不由他们不掉下眼泪。

父老们退出以后,李过又嘱咐中军,一定要多拨出若干袋粮食,使大家都能分到。

中军说:"我们轻骑前来,粮食本来不多,只能维持两三天。放赈以后,粮食万一接济不上,如何是好?"

李过心中很有把握,笑着说:"三天以内,必有分晓。何况我们后面的大军明天一定可以赶到,他们带的粮食较多。你只管按我的吩咐去办。"

中军走后,李过率领少数亲兵亲将出去巡夜。他在寨内外走了几个地方,只见街道上冷冷清清,没有闲人走动,重要路口也都有步哨把守。偶然发现寨外有一处露出火光,他立即将那里的小头目叫来斥责了一顿。从射桥有两条路通向新蔡和项城,他特别嘱咐守路口的弟兄:要是有别处的人来射桥,就不许再离开;凡是射桥百姓,不管大人小孩,也都不许出去,以免泄露机密。然后他来到射桥西北杨承祖的驻地。杨承祖的士兵见是李过来到,赶快要通报。李过摆手示意,要他们不要禀报,随即缓步走进杨承祖的军帐。

杨承祖正在同他部下的一群头目饮酒作乐,忽见李过进来,都

觉不好意思,赶快起立让座。李过笑着拱手,让大家不要起来,该饮酒的还是饮酒,说他只是出来到处看看罢了。杨承祖说:

"补之大哥,你连日辛苦,驻下以后,不早点休息,又出来查夜?"

李过说:"我也是习惯了,每到一个地方驻军,我总是不查夜不放心。你们继续饮酒吧,我看一看就走。"

杨承祖拉着李过说:"大哥既然来了,也请喝一杯热酒解解乏。"

李过想走,但又觉着如果一走,杨承祖他们心中会留下疙瘩,便笑着坐了下去。大家向他敬酒,他喝了一杯,就坚决不再喝了。他又坐了一阵,说了几句闲话,起身告辞,嘱咐大家不要多饮,要早点休息,说不定明天会要打仗。杨承祖喏喏答应,带着头目们把他送出帐外,看着他走了。回进帐内,杨承祖望望大家,苦笑了一下。有个头目便说:

"如今跟闯营合伙,又多了一个婆婆。"

杨承祖摇摇头,不让他说下去,轻轻叹了口气,说道:"当日我们曹帅要来河南投靠闯王,我们都觉得不是办法。曹帅不听。如今受制于人,只好吃后悔药啦,有啥法儿呢?"

三更以后,李过正要睡觉,忽然中军来报,说是细作已经探知,明日官军要过汝河往北来,扬言要救汝宁。李过想了一下,说:

"大概不是汝河,是洪河吧?"

中军也想了一下,说:"是洪河,不是汝河,细作也搞不清楚,匆忙中说成汝河了。"

李过说:"我明白了,官军用意已经清楚。"

他不再马上就寝,赶快派一名骑兵小校带领几个骑兵,将新的军事情况和他的作战打算连夜飞报闯王。另外又派出塘马,催促后面大军连夜急速赶路,准备明日大战。等到把这些事处理完毕,已经听到头遍鸡叫,他这才身不解甲,躺到床上,矇眬睡去。

傅宗龙和杨文岳昨天在新蔡境内会师。由于新蔡城中绅民共议,紧闭城门,不让官军入城,所以他们只好在城南的岳城镇会师。他们的老营留驻岳城,令大军分散在汝河南岸的许多村落驻扎,另外派出一小部分人马来到新蔡城外,向知县勒索粮草。

知县站在城头上大声说:"请回禀两位总督大人,新蔡连遭兵荒天灾,城中十分困难,自救不暇,实在没有多的粮食供应大军,万恳见谅!"

城下将领厉声说道:"两位总督大人都有尚方宝剑,你这新蔡知县,胆敢违抗,定以尚方宝剑先斩后奏!"

知县听了,不敢过分抗辩,又回答说:"容我再同地方士绅乡宦商量,尽力而为。"说毕,下城回衙,再不露面。

却说傅宗龙、杨文岳会师之前,已经通过信使往还,确定了基本方略,以稳重为上策。无奈连日来崇祯催战甚急,就在昨天他们还分别接到手诏,限期剿灭李自成。崇祯皇帝由于心中焦急,只知催战,不管后果,使这两位带兵的方面大臣无所措手足。他们都很明白,皇上对目前中原大局很不清楚,对作战形势更是茫然无知,只是在宫中随便一想,就下手诏,就令兵部催战。他们如果遵旨进兵,实在没有把握战胜"流贼";如不遵旨,又要获罪。将人马安顿之后,傅宗龙便请杨文岳来到他的军帐,密商对策。商量的结果,仍然没有善策,还是按照他们原来的打算,暂不轻易作战,不往汝宁,以避敌锋。他们害怕一到汝宁,必被李自成大军包围起来。虽然左良玉、丁启睿就在信阳和光山一带,也很难指望他们前来救援。所以他们商定,还是向项城、陈州进兵。

对此决策,傅宗龙并不感到满意,但也无可奈何。近两年来,他一直在监狱中度过。如今明知局势不妙,但又想既然皇上把他释放出狱,又提拔他当了总督,不管死活,也应该尽自己的力量,上报皇恩。决定方略之后,他叹口气说:

"杨大人,贼在西北,我军反向东北,似此岂非避贼?倘若圣上见责,将如之何?"

杨文岳说:"我们是欲取之,姑予之;先退一步,然后再进两步。

打仗总要虚虚实实,不能一开始就同敌人决战。我们暂时避开敌锋,为的是替朝廷保存这数万人马,待敌有隙可乘,再求取胜之道,方为万全之策。"

傅宗龙无话可说,心中不能不认为杨文岳的话很有道理。但是觉得他自己纵然粉身碎骨,难报皇恩,所以又不免深深地叹了口气。

由于百姓见官兵即逃避一空,所以消息不明,粮秣十分困难。夜间傅宗龙拜表驰奏,说自己与保督杨文岳已经会师新蔡境内,即遵旨合力进剿,以纾朝廷腹心之忧。尽管表上这么说,他也明白全是虚话,所以心情十分沉重,感到前途茫茫,成功的希望甚微,拜表后在帐中彷徨,不禁又捻须长叹。

他虽然这两天鞍马劳顿,却因忧心如焚,不想去睡,走出军帐外面。

数里外,几个村落已经有了火光,房屋正在燃烧。他向跟在身边的家奴卢三问:

"为何村庄起火?"

卢三低声说道:"请老爷睁只眼合只眼吧。"

傅宗龙心中明白,想着又是欠饷,又是缺乏粮草,要禁止官兵抢劫、奸淫、烧房,怎么可能? 但如此军队,如此境遇,又如何对敌作战? 他看了一阵,无计可施,摇摇头,退回帐中。

次日黎明,傅、杨两军饱餐一顿,向北进发。傅宗龙立马汝河南岸,督催将士在汝河和洪河上搭两座浮桥。这本是昨夜下的命令,因将士拖延,加之需要木料较多,临时拆毁民房,所以到今日巳时左右才将浮桥搭好。等人马过完洪河,已经是午时以后了。

人马在洪河北岸打了尖,继续北进,当晚宿在龙口,这个镇离新蔡大约有五十里路。步兵十分疲劳,颇有怨言。这些怨言,杨文岳早就习惯,傅宗龙却感到可怕。人们告诉他,兵士们有的骂着欠饷,骂着行军辛苦;有的抱怨说,白替朝廷卖命,没有意思,哪龟孙愿跟敌人作战! 军官们平日喝兵血,对部下的怨言不敢多问,佯装不闻,怕的是招惹部下怨恨,在打仗的时候被部下杀死。实际上,连将领们也不乐意打仗,人人都希望保住性命,侥幸无事,所以一听说人马要开往项城,个个心中高兴。傅宗龙不能从将领中了解下边实情,只能靠自己的亲信来掌握部队情况。

在龙口住下以后,到处是火光,到处有哭声,使傅宗龙坐卧不安。当夜,汝宁知府又两次派人前来告急,说闯、曹人马将要大举进攻府城,请求火速救援。傅宗龙自己也得到细作禀报,知道敌人确实在射桥附近绑扎许多云梯。约摸三更时候,贺人龙也派人来禀报说:他的游骑向射桥方面哨探,看到流贼正在离此十里处的洪河上搭浮桥,约有一二万人马等待过河,确实要往汝宁。

傅宗龙感到无计可施,心想:既然李自成要攻汝宁,倘若汝宁有失,崇王被害,他就罪责难逃。于是他同杨文岳连夜召集诸将会议,商讨对策。诸将在会上默默无语,都不愿作出主张。贺人龙望望虎大威。虎大威是杨文岳的亲信大将,他知道自己的兵将以及整个保定的兵将都不能作战,而傅宗龙带出的陕西兵将更是士无斗志。但这些想法他不愿由自己说出来,就频频地向杨文岳使眼色,希望杨文岳能提出持重主张,不要贸然决战。

杨文岳明白虎大威的意思,也知道保定几个将领都不愿作战,而且他自己也深知官军决非义军对手。但像这样主张持重的话他不能随便说出。虽然他明晓得目前只有持重,暂避敌锋是上策,却怕此话如果由他口中说出,傅宗龙会在奏本中攻讦他"临战恇怯,贻误戎机"。皇上本是个多疑的人,脾气暴躁,那样一来,他必然获罪无疑。另外,他和傅宗龙都是总督,按说他比傅宗龙升任总督要早一年,但皇上要他与傅会师之后,听傅的节制,这使他心中很不服气。由于不服气,所以他就更希望这临敌决策的担子由傅宗龙承担起来。同时他也害怕,如果真的不救汝宁,一旦汝宁失陷,崇王遇害,他同傅宗龙都将获罪,可能下狱,甚至被斩。沉默片刻,他望着傅宗龙说:

"此事十分急迫,救与不救,请傅大人说出主张,众将再议。"

　　傅宗龙实际上也很为难，但他不能不拿出主张。他心情紧张，花白胡须在胸前索索乱抖，连手指头也颤抖起来，很慷慨地说：

　　"本督师在狱中两年，蒙皇上特恩赦罪，委以封疆重任。如今奉命剿贼，惟有以一死上报皇恩。宗龙已经是快六十的人了，一生没有当过逃帅，今日宁死不当逃帅。我的主意已定，明朝进兵决战，望诸君努力！"

　　大家一听傅宗龙这样决定，谁也不敢说另外的话，但各人心中怀着鬼胎。杨文岳见傅宗龙既已决定明日决战，他也是受命剿贼，决不能说出不同的意见，但又心想：明日决战，十之八九会吃败仗，但愿败得不厉害，那时可以再劝傅宗龙保存兵力。他没有多说别的话，起身告辞说：

　　"既然傅大人已经决定明日作战，我就回营去连夜准备。"他又望望虎大威说："虎将军，你也该回去赶快准备了。"

　　傅宗龙将杨文岳和虎大威等保定将领送出大帐，看见贺人龙、李国奇两个陕西大将也准备要去，便说："请二位将军稍留一步，本督还有话嘱咐。"

　　贺人龙、李国奇肃立帐中，听候训示。

　　傅宗龙说："自从剿贼以来，已有十余年矣。为将者都不能尽心协力，致使流贼日盛一日，国家大局日危一日。今日本督与杨督会师，不能再像往日一样避战，一定要全力以赴，为朝廷除中原心腹之患。二位将军随本督出兵，成败利钝在此一举，望明日努力一战，以赎前愆，争立大功，千万不要辜负朝廷，也辜负老夫的殷切厚望。"

　　贺人龙和李国奇虽然各怀打算，却装出感动神气，说道："是，是。一定矢尽忠心，报效朝廷。明日对贼挥兵作战，有进无退，请大人放心。"

　　傅宗龙感到心中满意，但是他很怕这两员大将言行不一致，只是对他敷衍，因此又说道："只要二位明日稍立寸功，过去纵然对皇上负恩，也就算以功掩过，既往不咎了。本督一定会上奏朝廷，对二位将军格外施恩,犒赏大功。"

贺人龙、李国奇又连声说:"一定遵命,死战杀敌!"

傅宗龙把他们送走以后,不知明日到底能不能决战,决战能不能胜利,感到心中茫然,毫无把握。他望望尚方宝剑,叹口气说:

"皇上,宗龙老矣。明日搏战,倘不成功,臣宁死沙场,决不作一个逃帅!"

两天来李过一直驻兵射桥附近,一面派人暗探官军动静,一面等候后边的大军来到。同时佯装将要进攻汝宁府城,命士兵们绑扎云梯和准备其他攻城用具,还向附近村镇大量征集火药以备放进,将城墙轰塌一个缺口。

今天是九月初五日,人马陆续到达射桥一带,都按照指定的地方,分驻在射桥周围。他一面派人向各地征集粮食,一面将军粮分出一部分救济饥民。由于他不断派出细作,深入新蔡城外,加上百姓们自己来送消息,所以他对于官军的动静相当清楚。

李过已经探明官军正从新蔡向龙口开去,他深怕官军向东北逃走,便派刘体纯、马世耀等偏将率领一万左右步兵和少数骑兵赶往龙口以西十余里的洪河渡口,限定黄昏以前到达,依计行事。

当天夜间,李过同杨承祖率领数千精锐骑兵和万余步兵,悄悄向孟家庄附近开去。所有骡马都摘去铜铃,不许大声说话,不许点灯笼火把。人马出动时尚有一牙儿新月照路。不久,月牙儿落去了,人马在晚秋的耿耿银河和繁星下匆匆赶路。

初六日黎明,官军饱餐一顿,沿着洪河北岸分两路向西进军,寻找义军作战。尽管官军的将领都心中怯战,但是因为傅宗龙坚持要向义军进攻,动不动就口称"圣旨",所以没有人敢说二话,连杨文岳也不敢多说。官军走了大约十里多路,前边探马来报:"贼快要渡河了。"过了片刻,又有探马来报:"贼已经过了一半了。"又过了片刻,第三次探马来报:"贼三停已经过了二停了!"这时傅宗龙确信义军是要过洪河往南去围攻汝宁府城,还以为义军并不敢同他和杨文岳的大军作战,而是避开了官军锋芒。于是他同杨文岳商量:是不是立即追击?杨文岳很犹豫,说:

"再看一看吧,傅大人!"

傅宗龙说:"现在不需要再看,乘他半渡而击之,使他首尾不能相顾。如果等他全部过了河,再想战胜就不容易了。"说罢,大声下令:"赶快追击,不要让流贼逃走!"

所有的将领都担心会中了李过的计,但他们只敢在私下议论,没有人敢公开向傅宗龙建议。谁都害怕落一个"临战惬怯"之罪。

当官军追到渡口的时候,才知道义军渡过洪河南岸的实际很少,大部分都驻在洪河北岸。可是使傅宗龙感到信心十足的是,这留在北岸的义军并不敢同官军作战,一望见官军来到即仓皇逃遁。已过南岸的义军也赶紧拆断浮桥,分明是害怕官军过河追击。由于浮桥已断,南岸和北岸的义军便不再能互相呼应。傅宗龙看到这一切,不管士兵仍然心存畏惧,传下严令:立刻向西追赶,不许"流贼"逃脱;至于南岸的少数"流贼",可以暂且不管,先拼全力追赶北岸的大股"贼军"。他勉励三军将士:

"务须乘贼惊慌,一举歼灭,为朝廷立大功,为中原除心腹之患!"

天气十分干旱。虽是深秋季节,但到了巳时左右,太阳依然相当毒热。官军数万将士在烈日照耀之下,在滚滚黄尘里边,步骑杂沓,向西追赶。大约追了三十里路,已是正午,到了孟家庄这个地方,人困马乏,又饥又渴。各营的战马由于经常克扣豆料,又加上这几天草也没有喂饱,所以一到孟家庄就钻到树林里边,低头啃着荒草,不想再走了。步兵更是不愿再走,到处都有闲言,有的怨天尤人,骂个不休。

虎大威和贺人龙都是同农民军作战多年,很有经验的将领,深知道如此军心,确实不能再往前进,万一遇到敌人,官军将一触即溃。他们商量以后,一起来见傅宗龙和杨文岳,对他们说:

"两位大人，现在马力已经困乏，步兵也很困乏。流贼离此不远，如果匆匆前去搏战，未必能够取胜。不如在此停留，休息兵力马力，明日一早向敌进攻。"

杨文岳听了觉得很有道理，也对傅宗龙说："暂在这里休息半日，明日向贼进攻，较有取胜把握，不知大人以为然否？"

傅宗龙面对这种情形，只好说："如今在这里扎营也好，可是各营必须小心，谨防流贼前来袭营，不许将士分散出去找粮。传谕立刻造饭，让将士们赶快吃饭，马也喂好。如果流贼不来，就在这里休兵待战；如果流贼敢来袭扰，就随时进剿，绝不使流贼得逞。"

说了以后，大家都连声回答"遵令"，舒了口气。

却说上午巳时以前，李过率领着前天随他来射桥的八千轻骑兵，到了孟家庄西边的一片树林中埋伏下来。另外三千多步兵和少数骑兵早已过了孟家庄，向龙口附近诱敌，此时正在依计退回，已经可以望见那些显得零乱的队伍。探马不时驰回，禀报情况。李过知道官军全军追来，放下了心，就退到树林背后，让八千将士赶快下马，都坐在地上休息，将战马拴在树上。闯营的将士一点声音没有，十分肃静。李过在营地上走了一巡，注意到将士们都在等待厮杀，一个个精力充沛，士气很高，同时也使他满意的是，他的部下没有人敢随便谈话，连小声谈话也很少，所以他常常听见树上有鸟的叫声，也听见当微风来时，树叶儿沙沙作响，还听到战马吃草的轻微声音。他走到一棵大树下边，那里坐着的士兵更多，没有人做声，倒是有一只啄木鸟，抓在粗树干上，用尾巴支持着身子，很有节奏地啄着木头，发出来类似敲小鼓的声音。一个大兵在仰头望着啄木鸟，欣赏它的羽毛。李过看见这种安静的气象，心中感到高兴。他对一位跟随在身边的亲将说："练兵就应该练成这个样子，令行禁止，全随主将意思。只有这样，才能够静若处女，动若脱兔。"随即他走到了曹营将士休息的地方，但没有深入里边，怕惊动了大家。他只从边上经过，却看见有人在玩叶子戏，有人在小声说笑话，有人在谈女人，还不时响起小声的群笑。杨承祖远远地望见他,向他打招呼。他笑一笑,点点头没有走过去。

诱敌的部队由白旺和白鸣鹤率领,没有往树林这边来,从南边二里外的大路上往西去了,免得敌人觉察到这树林里头藏有伏兵。

李过命人爬到高树上边,观看官军动静。他自己坐在地上,一群重要将领都围拢在他的身边,有的也坐下去,有的站着,有的在他的背后轻轻地走来走去。大家心中都很焦急,巴不得赶快向官军进攻。可是李过神色安静,若无其事。平时他惟一的娱乐是同人下盘象棋,这时他又命亲兵将象棋取出。棋盘是画在一块白布上的,已经很旧了。亲兵将白布棋盘摊在地上,四角用石头压住,以免被风吹动。棋子是石头的,那是一种用做砚台的石头磨成的棋子,虽然不大,但做得很光滑。亲兵将红色和黑色两种棋子摆好。李过向一个亲将微笑,点点头。那个亲将明白他的意思,赶快坐下来,同他下棋。

刚刚走了一步棋,从树上下来一个弟兄,来到李过面前,禀报说:"官军到了孟家庄了,有的走进寨内,有的留在寨外,好像不再往西来了。"

李过点点头,没有做声。旁边有的将领认为这时候向官军进攻正是机会,就向他轻声说:

"敌人既然到此不再前进,必定是要埋锅造饭了。趁他们眼下乱糟糟的,我军骑兵上去猛冲一阵,必可获得全胜。请将爷赶快下令。"

李过摇摇头,继续下棋。又走了几步棋,李过的棋势渐渐占了上风,一只马已跳过河去。这时又有一个兵从树上下来,向他禀报说:

"官军分散得更开了,有很多小队,奔往附近的村子去了,大概是去寻找食物。许多马匹已经卸掉鞍子。看起来官军是要在这里安营扎寨。"

将领们又向李过请求:"赶快下令吧,机不可失。趁现在进兵,准可以将敌人打个大败。"

李过拿起一个炮向对方的一个边卒打去，"叭哒"吃掉一个边卒，炮也就此过了河。然后他向大家扫了一眼，又轻轻地摇摇头，继续下棋。

又过了片刻，从树上又下来一个弟兄，向他禀报说："现在各个村子里到处都有官军出入，有的从村里牵出牛、羊，百姓哭着追出来，他们就毒打百姓。还有些官军向孟家庄运送喂马的稻草，正在互相争道。"

将领们听了这个禀报，越发焦急，个个摩拳擦掌，纷纷向李过请战。李过微微一笑，将马向前跳了一步，卧到槽里，说声："将！"对方赶快用一个炮别住马腿，说道："我就知道将爷会将我一下。"李过说："再将一个。"就让一个炮沉底了，对方飞起了一个象。

正在这时，又有一个兵跑来说："现在孟家庄到处都是官军，有的在运送粮草，有的出来打水，也有的正在饮马，比刚才更乱了。"

李过拿起一个车正要去将对方，忽然把车往边上一摆，说："今天的棋就下到这里为止，我们另外还有一盘棋，如今要开始了。"说着又回头吩咐一个亲兵，"将棋盘、棋子收好，不要留在这里。"

他站了起来，命人立刻将杨承祖和曹营的几个将领请来，然后他迅速地向大家分配了作战任务。将领们刚走，他威严地对旗鼓官说：

"下令擂鼓！"

突然，森林中鼓声大作，震天动地。八千轻骑兵从树丛中冲出，势如飙风。登时之间，马蹄声、喊杀声、战鼓声响成一片，几道烟尘向着孟家庄滚滚而去。

第十九章

当官军看见义军的骑兵从树林中冲出的时候，登时惊慌大乱，许多将士都想逃跑。幸而傅宗龙和杨文岳都还沉着，而傅是一出师就抱定必死决心。杨文岳陪着他立马孟家庄外，竭力使官军不要不战而溃。他对将领们大声说："今日在此决战，将领们有后退者立即斩首！"说话之间，他看见一个军官正策马向东北逃走，立刻命人追去捉回，当即命亲兵用尚方剑在他的面前斩了。这样一来，果然许多人都不敢再逃。那散在村落中的小股官兵听见号角声，只有少数逃走，多数都跑回来了。贺人龙、李国奇和虎大威三个总兵官也都把各自的人马在孟家庄外匆匆布成阵势，准备迎战。傅宗龙对贺人龙和李国奇说：

"你们两位大帅随老夫来到河南剿贼，今日在此与贼相逢，只能前进，不可后退。倘若后退，必然败北，不惟老夫将受国法，两位将军也不能幸免。宁为玉碎，不为瓦全。何况流贼只有数千骑兵，我们有数万人马，只要一鼓作气，不难将流贼杀败。立大功，报皇恩，在此一举。两位将军，机不可失！"

贺人龙和李国奇都唯唯称是。贺人龙甚至慷慨说道："请大人放心，人龙决意死战。"

后来李过的人马来近了，布成了一字长蛇阵，步步进逼，在大旗后面还跟着许多骑兵，显然准备在接战以后猛冲官军。这时官军只能赶快迎敌，不可犹豫，万一军心动摇，将成不可收拾之势。于是傅宗龙挥舞令旗，大呼："擂鼓！贺将军，李将军，上前杀贼！"同时杨文岳也驰到保定军中，在马上大呼："虎将军，上前杀贼！"

由于两位总督已经下令向敌人进攻，于是在官军阵地上战鼓齐鸣,喊杀震天。贺人龙、李国奇、虎大威都不肯作战,虽然也擂着战鼓,令旗却不向前挥动,更不策马冲出。他们一边眼望敌人,一边互相观望。在几镇官军中,贺人龙的骑兵比较多,大约有接近两千之数,也比较精锐,本来应该奉到总督将令后立即出阵迎战才是,可是贺疯子不惟按兵不动,还暗令他的骑兵和步兵列阵他的周围,一则保护他自己,二则避免他的精兵被义军冲散。富有经验的虎大威见此情状,照样行事。

傅宗龙和杨文岳眼看着义军步步进逼,而官军大将都不肯出战,十分焦急。在这种危急关头,他们都不敢再用尚方剑斩一个偏裨将领。他们的心中清楚,这时如果随便杀一个将领,不是立刻激起兵变,便是军心瓦解;不仅没法迎敌,连他们自己都会死无葬身之地。

经傅宗龙一再催促,李国奇不得已率领他自己的人马出阵去了。可是同李过的骑兵刚一接触,他的人马就立即乱了阵势,转身逃跑,不可阻止。贺人龙一见李国奇败下阵来,并不接应,也不顾总督死活如何,率领他自己的人马向东北逃走。虎大威见贺人龙走了,也赶紧率领自己的人马跟着逃走。李国奇败阵以后,本来还想设法收拢一些人马,退回孟家庄,现在一看贺人龙、虎大威都向东北方向逃走,猜到他们要逃往项城,也就率领自己的残兵向项城逃去。俗话说:"兵败如山倒。"三员大将带头先跑,整个战场就完全陷入崩溃局面。幸而傅宗龙和杨文岳都是有经验的统帅,他们各人都有自己的亲军,也就是督标营,大小将领多是他们物色的人。在这紧要关头,他们的督标营将士都能怀着一颗忠心,死保各自的总督不散,且战且退。在退的过程中,有一次竟被义军冲进来,发生混战,傅宗龙的尚方剑和皇帝的敕书在混战中丢失,他自己也险些儿被义军活捉了去。多亏亲兵亲将们死命保护,杀退了冲到身边的义军,才得逃脱。

李过在马上看见官军分成了两部分:一部分随着三个总兵官向东北溃逃,其中有不少骑兵;另一部分的队伍没有溃乱,还能鼓起勇气,在退走中轮番还击,看来无疑是两个总督的标营亲军和家丁将士。于是他率领自己的主力去追赶三个总兵官,而只派一小部分人马对两个总督尾追不放,并没有猛打猛攻,这样就避免使自己的人马在混战中死伤过多。他认为只要把三个总兵官消灭了,或者杀散了,两个总督是很容易对付的,只须截断孟家庄通往项城的道路,就可在某个地方将两个总督包围起来,全部消灭,说不定还可以将他们活捉到手。

傅宗龙和杨文岳一面抵挡,一面逃走。因见义军并不猛冲,他们就沿路继续收拢溃散人马。黄昏时候,队伍来到一个地方,名叫火烧店,距项城约二十里路,只有十分荒凉的一条小街,周围有一道寨墙。寨墙的许多地方已经倾塌,人马可以从缺口进出。看来近几年没有人再敢守寨,所以也不修理寨墙了。这寨中原有几十户人家,如今空荡荡的不见一个百姓。最后一批百姓因得知官军在孟家庄战败,正向这里奔逃,便赶紧从寨中逃走,将能够带的东西都带走,连鸡、鸭也都带走了,留下的都是不能带走的也不能吃的破烂东西。所以当官军逃到这里时,已见不到一个百姓。

进到寨中以后,傅宗龙和杨文岳倚马密商,不让将士听见。杨文岳还想再逃,但傅宗龙坚持不逃,他说:"这里离项城还有二十里路,如果再逃,走不到项城,我们就会被流贼杀散。如今人困马乏,纵然想走也实在不能再走,不如就在这里死守待援。"

由于傅宗龙一再坚持,杨文岳不好不听从,所以他们的人马就在火烧店停下来,坚决死守。他们有一个想法:贺人龙、李国奇和虎大威三员大将决不会逃得很远,大约就逃到项城为止。如果他们能在火烧店坚守一两天,三员大将必然会从项城回师相救。这样,内外合力对敌,他们进入火烧店的众多人马就不至于被义军消灭。

全部剩余的人马陆续到齐了,划地而守,一边休息,一边埋锅造饭。傅宗龙和杨文岳并辔巡视各处,问了问手下的将领,知道跟来的人马还有一万出头。这时追兵因为全是步兵,还在缓缓而来,尚在四五里以外。傅宗龙和杨文岳下了马,步入一座荒芜庙院中。这庙的殿庑有一半都毁坏了,院中长满荒草,断碑倒在地上。他们进去以后,让亲兵们站在远处,两个人密谈起来。傅宗龙说:

"杨大人,学生以戴罪之身,奉命出京,受任陕西、三边总督。皇上要学生率领关中将士,来河南剿灭流贼。不想今日一战,竟然溃不成军,实在无颜上对皇上,下对关中和中原百姓。"

杨文岳安慰他说:"胜败兵家常事,傅大人不必难过。数年以来,官军每遇贼兵,总是惊慌溃逃,所以学生常常主张持重,不敢轻易浪战。"

傅宗龙听出他的言外之意,叹口气说:"并非学生不肯持重,实在是皇上一再催逼,明知战也未必有功,不战则必然获罪,两难之间,必选其一,所以学生就决定一战,宁死于沙场,不死于西市,大丈夫岂能重对狱吏!"

杨文岳说:"大人苦衷,仆亦深知。事到如今,我们也只有在此地死守待援。幸而在混战中,我们身边的将士还没有溃散,尚有一万余人,只要你我二人镇静指挥,鼓励将士们奋发忠义,齐心一德,还可以固守数日。丁督师近在商城、潢川一带,左昆山也在信阳以东,料想他们会来援救。万一他们不来,我们再退不迟。何况贺人龙、李国奇、虎大威三帅逃走不远,今夜我们一面向皇上飞奏败军危急情况,一面飞檄三帅回师火烧店,另外也飞檄丁督师和左镇速来相救。"

傅宗龙说:"正是这个主意。我们现在部署军事去吧。部署以后,我们各自向朝廷飞奏,不用联名了。"

杨文岳说:"如今我们应该重新划清汛地。学生身边人马较少,这东南一带归学生防守,西北一带守寨之事请大人担负起来。"

傅宗龙说:"好吧,我们已经是大致这样分汛防守的,只再稍作调动就可。我们一面稍加调动,一面立刻命大家掘壕,寨墙缺口处连夜修补起来。"

正说着,外边杀声又起,有一股义军已经到了寨外。傅宗龙立即上寨观看,看见来的"贼兵"并不多,只有几百人,但与官军相距甚远,呐喊进攻。傅宗龙下令放炮。一时炮声震耳,硝烟腾起。只见一个义军将领在硝烟中将小旗挥动,随即响起了锣声,队伍缓缓退去。

乘此时机,傅宗龙命官军赶快掘壕,尽量把壕掘深掘宽;寨墙的缺口处,也用拆毁的房屋木料和砖头堵死,并用砍下的树枝塞断路口,使义军的骑兵不能直接冲杀过来。傅宗龙自己也亲自背土,亲自掘壕,与士卒同甘苦。这是他自从做官以来从未干过的事。今日情势危急,他为着鼓励士气,第一次放下了架子。

忙碌了一阵,他就回到自己的住处,准备给皇上草拟奏本。这时他才想起,在孟家庄混战的时候,他的尚方剑已经失去,背尚方剑的那个亲信中军死在乱军之中。皇上给他的敕书也一起丢失了。只有他的总督银印因绑在自己腰间,侥幸得以保存。对于这几件事,到底怎么措辞,怎么叙述得既不脱离实际,又不至于替自己加重罪责,很费踌躇,不禁长叹一声。

傅宗龙开始亲自草拟奏本。原来跟随他的几个掌文案的幕僚,有的失踪了,有的死在混战之中,还有一位带了重伤,所以尽管他老眼昏花,也不得不亲自提笔。

刚刚写了几句,杨文岳又匆匆来见,向他说道:"傅大人,据学生看来,目前我们还是不宜在此死守。刚才流贼冲杀一阵,又退了回去,必是等待大队后续人马。现已得知敌将是一只虎李过,此人是李自成的亲侄儿,十分勇猛,不可轻视。今天下午他正在忙于追杀三位逃帅。我看追杀之后,他必然回师包围我们,到那时候再想逃走就来不及了。听说敌人有数万之众,尚在后边。等敌人大军完全到来,我们四面被围,岂不是在火烧店坐以待毙? 走,走,速走为上!"

傅宗龙说:"我的主意已定,与其死在火烧店外,不如就死于火烧店内。如今杨大人不过想要奔往项城或奔往沈丘。据我看,我们奔不到项城,也奔不到沈丘,只要一离开火烧店,就会被击溃在旷野之中。所以我是宁死此地,不再逃走。"

杨文岳见他决心不逃,只得说道:"文岳身为保定总督,决不单独逃走。不管死活,我都同傅大人在一起,请大人放心。"说罢,他就回到自己驻地去了。

傅宗龙继续动笔写奏章。写完后,找不到人誊写,只得随便叫一个年轻的幕僚誊抄一遍。虽然他知道这个幕僚的小字并不好,但是也没有别的办法。同时他又亲笔写一封给贺人龙和李国奇的书信,叫他们火速回师,救援火烧店。写完之后,自己看了一遍,由于匆忙之中,心情很乱,虽是短短的一封信,却掉了好几个字,还错了一个最普通的字。他将掉的字补上,错的字改正,交给中军,让他速派人奔往项城或沈丘,寻找贺、李两帅。然后他又提笔,准备给丁启睿写一封信。正在这时,外边忽然人声嘈杂,十分混乱。他大惊失色,毛笔不觉落在地上。他迅速奔出屋子,观看情形,大声问道:

"什么事?什么事?"

原来,杨文岳从傅宗龙那里回来后,就发现他的人马这里一群,那里一股,喊喊喳喳地说话。他传令大家不许擅离防地。刚刚传令下去,营中乱得更甚。忽然有一股人马越出壕沟向东南逃跑,第二股又跟着逃跑。他知道这是生死关头,立刻传下严谕:有擅自逃跑者,为首军官,一律斩首。他的尚方剑没有失掉,赶快从黄缎套中取出,拔剑出鞘,以示令出法随。可是没有人听他的命令,也没有人害怕他的尚方剑。人马更乱了,逃走的人也更多了。他的中军张副将跑到他的面前,慌张地请求说:

"大人!快走,快走!军心已乱,不可收拾,不要徒然死在这里。"

杨文岳问道:"到底怎么回事?"

张副将说:"将士们都认为守在这里只有死路一条,所以不愿死守,纷纷逃走。请大人赶快上马。"

杨文岳说:"我不走!我刚才同傅大人商量好共守此地,以待援兵到来。如今话刚出口,我自己就先走,如何对得起傅大人? 如何上对朝廷?"

张副将说:"大人,如今事变突然,不能再守,稍迟一刻,想走也走不掉了。况且现在人马已动,再想阻止已经没法阻止。请大人赶快上马吧!"

"用尚方宝剑斩几个将官,我看谁还敢走?"

周围将领一听,都连声说:"斩不得,斩不得。军心已变,那样会激起更大的乱子。"

在纷乱中,几个将领同时围到他身边,互相使个眼色,张副将便上前挽住他,另外一个将领也从另一边挽住他。大家又一起催促:"请大人上马,上马!"一面劝,一面就把他抬起来硬往马上送。他一看大势已经如此,只得跨上马去,心里想:"这太对不起傅仲纶①了。"刚刚抓好辔头,后边有个将领就在他的马屁股上抽了一鞭,那马立即向东跑去。他的亲兵亲将和标营人马,簇拥着他,一起逃出了火烧店。数千保定将士一哄而逃。

傅宗龙听说杨文岳已经逃走,连连顿脚,大声叫道:"天乎! 天乎!"他没有再说什么话,心情混乱,两腿打颤,几乎站立不住。到底应该怎么办,他糊涂了。正在这时,监军任大人和中军副将陈将军一起走到他的身边,同时劝他赶快率军往陈州逃走。他仿佛没有听见,问道:

"你们说什么话? 什么话?"

他们又说了一遍,同时别的亲将也七言八语,劝他率军逃往陈州,不可耽误。他清醒过来,说道:

"我明白了,你们是怕死啊! 刚才我一时也拿不定主意:到底是做一个忠臣,还是做一个逃帅? 现在我已经决定了,我傅宗龙早就应该死了。蒙皇上把我从狱中赦出,并叫我督师剿贼。今日不幸陷于此地,我只能与诸君并力决战,不能像别人一样逃走。"

大家仍然纷纷劝他,说目前只剩下陕西人马,为数甚少,无法

---

① 仲纶——傅宗龙的字。

固守火烧店。他想了一下，说：

"你们把所有游击以上将领全部找来听训。"

立时三刻，所有的裨将都奔到他的面前，听他训话。有的人还抱着一些幻想，以为他会指挥他们逃走。傅宗龙忽然间落下泪来，对将领们说：

"如今情势危急，宗龙决心以一死上报国恩。你们大家愿意逃命的只管逃走，我自己决不离此地一步。"

大家听他这么一说，都觉得没有办法。这些将领，有的是他亲手提拔的，有的是故旧亲戚，有的与他有同乡关系，也有的虽然与他没有特殊关系，但确实被他的一片忠心所感动，还有的料想逃出火烧店，也会被追杀不放，所以一时竟没有人要求总督逃走。傅宗龙见大家不再说逃走的话，就接着说：

"既然诸君都不愿意作逃将，那就听我吩咐，共守此地。"

于是他把身边所剩的六七千人分出来一部分，填补了保定军的防地，将主要力量仍然摆在西北一带。部署完毕，他又安慰大家，说他相信贺人龙和李国奇二位，接到他的书信，一定会回兵相救；又说他马上还要给督师丁大人写信，给左将军写信，请他们赶快前来相救。最后他说：

"要死守此地，以待救兵。数日之内，必有救兵前来，望诸君不辜负朝廷……"

说到这里，他忽又想起皇恩浩荡，而自己尚未报答万一，不觉老泪纵横，泣不成声。将领们低下头去，深为感动。

今天李过使用较少的兵力，打败了傅宗龙和杨文岳的人马，他自己亲自追赶逃走的贺人龙、李国奇和虎大威，虽然没有将这三个大将杀死或者捉获，但是抓住了很多俘虏，许多官兵当阵投降，又夺得了很多骒马、辎重、火器。因为所向披靡，所以义军的伤亡非常轻微。像这样漂亮的胜仗，在以往许多年中也很少见到。

黄昏以后，他率兵转回，驻扎在火烧店西北方面。正在埋锅造饭,忽然得到禀报,说火烧店寨内人声嘈杂,似有逃跑模样。他赶快派出兵士继续侦察,并且吩咐几个将领做好追杀逃敌的准备。过了不久,又得到禀报,说是一部分官军已经从东南角逃走了。李过立即下令马世耀、李友等各率自己的人马去追赶逃敌,同时下令立刻截断火烧店周围的各个路口,防止官兵继续逃跑。

部署以后,他自己来到火烧店寨外,察看动静,发现寨中停留的官兵还相当多,并无逃意。他派人设法捉来一个官兵,略加审问,知道逃走的只是杨文岳,傅宗龙决意死守待援。于是他传令将火烧店四面严密包围,不许再逃走一股敌人。布置好以后,他又亲自到各处巡视一遍,命令将壕沟掘深,以便困死傅宗龙。然后他回到驻地,下了一道命令,要包围火烧店的将士务必小心在意,倘若傅宗龙从哪个将领的汛地上逃出,一定将该将领斩首。传下这一道严令后,他自己才开始吃饭。

当天夜间,他虽然疲劳,还是立刻把作战大捷的消息派人向闯王禀报,并说他在五天之内,将暂不攻寨,避免将士无谓死伤;五天之后,如果傅宗龙仍在死守,他就下令攻打进去。另外,听说丁启睿和左良玉都在豫南一带屯兵,有北来的意思,特别是从昨天到今早,谣言很多,都说是左良玉的军队要来救傅宗龙,而且正在北进。果然如此的话,他将提前猛攻火烧店,免得左良玉来时,傅宗龙乘机逃走。

以后两天,他果然按兵不动,只是向寨中打炮。寨里边也向外边不断打炮。为了消耗寨中火药,往往在寨中正想停止打炮的时候,义军又故意施放几炮,引起寨中还击。义军自己是不怕消耗火药的,就在几里之外,有些匠人正在日夜不停地制造火药。每逢夜间,义军总要不断派人佯攻,使官军一夕数惊,不得安宁,并且盲目地向外打炮放箭。有时炮弹也击中了义军,所以后来李过就命令将士们将壕沟掘得更深,在壕沟上面铺上木板,上盖薄土。寨中火器放出的铁子、铅子,达到壕沟时已经没有多少力量,所以只要铺上一层木板和薄土,就不至于被流弹杀伤,还可以夜间防寒。另外李过又抽调一部分义军,在白天去帮助老百姓收割庄稼,还让一部分义军天天在附近操练,故意让傅宗龙望见,使他相信义军确有久围之意,要等待官军粮尽投降。百姓们原来很怕义军,多数逃离本乡,少数留下也不敢同义军接近。后来看到李过的部队确实纪律严明,名不虚传,于是逃出去的纷纷回来,不再害怕义军了。

三天以后,从闯王那里来了口谕,嘉奖李过全军,特别是褒奖了曹营的杨承祖和几个将领。于是全营欢腾,敲锣打鼓,燃放鞭炮。闯王派来的人还告诉李过说:因为闯王大军驻屯西平、遂平之间,又派出一部分人马佯装向确山、信阳一带移动,所以左良玉和丁启睿已经不敢北来。闯王吩咐他不必担心丁启睿和左良玉,一心围困火烧店,务必将傅宗龙全军消灭,不许逃脱了傅宗龙。

又过了一天,将士们等不及了,纷纷请战,要求马上向火烧店进攻。李过亲自来到火烧店寨外察看,看到寨上官军虽然疲困,但弓箭炮火还是不断射出。他想,如果现在发起强攻,义军必然会有许多伤亡。他记得很清楚,闯王决定派他来的时候,曾经神色严肃地对他说:

"补之,我给你的这些人马,一部分是我们从商洛山带出来的老将士,一部分是我们到河南以后练出来的精兵。你一定要善于使用兵力,不许有多的伤亡!"

李过对闯王的命令一向执行惟谨,特别是对上面这番话,他更是牢记心中。所以,察看回来后,再有人向他请战,他只是摇摇头表示不同意。

闯营的将士明白李过的心意,也知道李过决定的事情很难更改。可是曹营的将士却受不住这样的单调生活,求战更急。最后,杨承祖也亲自来找李过,用半带玩笑半带嘲讽的口气说道:

"补之哥,打仗没有不死伤人的。我们死伤,官军更死伤。我们一攻开寨,官军就完了。我们死伤不多,换来的却是官军全部消灭。你为什么一定不听将士们的劝说,还是按兵不动呀?"

李过说:"老弟,你看我李过是不是胆怯的人? 我看你不会这么说吧?"

"谁不知道你的绰号叫'一只虎'?"

"不管我是不是一只老虎,我现在就是要按兵不动。如今官军好比牢中的死囚,断了粮食就会自己饿死。他们的死期既已近在眼前,我们何必一定要让自己的将士遭受伤亡?"他笑了一笑,继续说,"我知道贵营的将士和我们闯营的将士情况不同。倘若贵营的将士在这里耐不下去,急于想打仗,我就派你率领他们去攻破商水、扶沟两县,你看如何?"

杨承祖非常高兴。原来他就想着,傅宗龙的辎重已经丢得差不多了,这里既没有多的粮草,也没有多的金银珠宝,更没有女人。攻开了火烧店也只是消灭了这一股官军,油水很小。现在听见李过说要他去攻商水和扶沟这两座富裕的县城,喜出望外,马上答道:

"只要补之哥下令,小弟遵命而行,不敢怠慢。"

李过笑道:"我下令容易,只是贤弟须听从我三项嘱咐,不许违反。"

杨承祖赶快问道:"哪三项?"

李过说:"第一,不许骚扰百姓,奸淫妇女,妄杀平民。第二,要将掳获的粮食、财物,六成交公,四成归你的将士所有。我们闯营一向是全部交公,士兵不许私藏金银。对贵营我不苛求,只是嘱咐你交公六成好啦,这你都能办到么?"

杨承祖点头说:"能办到,能办到。第三项是什么?"

李过说:"第三项容易,你破了商水、扶沟之后,不许在外处逗留,立即率领你的全营人马返回元帅驻地。"

杨承祖说:"这第三项我更容易办到。我一定件件都遵照补之大哥的军令行事。"

这天夜间,杨承祖率领曹营的五千步骑兵,暗暗地离开了火烧店。临走的时候,他特意对李过说:

"倘若左军来救火烧店,弟必星夜赶回,决不误事。"

李过笑着说:"贤弟放心。老左是聪明人,已经不敢来了。"

杨承祖走后,李过手下的几员偏将抱怨说:"我们的将士在这里露宿旷野,围困官军,你却把杨承祖放走,让他们到商水、扶沟去快活!"

李过笑着说:"你们明白什么? 曹营将士和我们闯营人马不同。我们军纪森严,已经成了习惯;一声令下,什么苦都能吃。可是曹营将士跟着曹帅,一向自由自在,也已经习惯了,何必让他们留在这里说些抱怨的话? 好在攻破火烧店也只是三四天内的事情,用不着他们在这里帮忙。不如放他们走掉,使他们心情快活。对我们来说,攻破两个县城,又可以为老营打粮,于公于私都有好处。"

大家听李过这么一说,也都相顾而笑,没有别话可说。

到了十四日这一天,义军捉到了一个出寨来的官兵,经过审问之后,知道寨内早在十一日粮食就吃尽了,三天来依靠杀骡马充饥;还有的官兵被义军的炮火打死,别人就把他的死尸分吃。

李过问道:"像这样下去,官军还能支持几天?"

被捉获的官兵回答说:"骡马快要杀光了,树皮青草已经没有了,顶多还可支持三天。"

李过又问:"火药还有多少?"

"也不多了。营中没有硫磺,就是有,也没有人会自做火药,所以用一点,少一点。"

"箭呢?"

"也快完啦,将爷。"

李过命人把这个逃出来的官兵带走,给他东西吃,好生待他,不要杀害。当天夜里,他又派人不断佯攻,一直攻到寨壕边,使官军不得已又打炮放箭。

到了十七日五更,义军又发动一次佯攻,却发现寨内官军不再打炮,也不再放箭,只是发出呐喊之声。李过亲自走到寨壕附近,听那呐喊的声音,原来一点也不威武雄壮,有时零零落落,有时有

气无力。他微微一笑,对周围偏将们说:

"破寨的时候已经到了。"

天明的时候,他下令全军将士,今天白天好生休息,同时要多准备捉俘房的麻绳。一整天,他不断派小股骚扰敌人,并将包围在东边的义军撤走许多。晚饭以后,他将刘体纯叫到面前,小声授以密计。他自己又到官军寨壕前,细听动静,然后回到军帐内,召集诸将,说道:

"傅宗龙即将逃跑。我们要大获全胜,就在今天夜里。两天后我们就可以奏凯班师了。"说到这里,他站起来,声音威严地说:"众将听令!"

众将肃然起立,眼光集中在他脸上,等待下令。

傅宗龙在火烧店被围的当天夜里,趁义军的包围尚不十分严密,他派自己最忠实的家奴卢三,带着两名骑兵冲出,给贺人龙和李国奇送去一封手书,要他们火速还兵来救。他不知道卢三是不是冲了出去,也许没有冲出去就被杀了。

初九日黎明,天色开始麻麻亮。一阵炮声将傅宗龙惊醒。他焦急地向左右问:

"是贼兵来攻么?"

左右回答说:"不是,大人。是贼兵向我们打炮,并未进攻。"

"怎么呐喊声这么凶?"

"又是贼兵佯攻,不是真攻。大人实在太辛苦了,请再睡一阵吧。这里壕沟挖得深,上面盖有木板,板上还有土,不管怎么打炮,万无一失,请大人安心再睡一阵。"

傅宗龙又朦胧入睡。自从被围以后,由于义军不断打炮,寨中仅有的一些房屋都被打毁。起初官军还有些人住在屋子里,后来因为房屋被毁,也死伤了一些人,所以大家干脆都离开了房屋,在寨墙旁边挖些壕沟,睡在里面。傅宗龙起初不肯搬来睡,经不起将士们一再劝说,终于也从他的军帐中移出,来到壕沟。因有时壕沟里面落了炮弹,仍然有官军死伤,这才又改进了办法,把木板、门板,凡是能够找到的,都找来铺在壕沟上,有的在板上再盖一层土。近几天来,傅宗龙就在壕沟里睡眠,在壕沟里办公,在壕沟里筹划军事。过去他曾经多次统兵打仗,但像这样狼狈、这样辛苦和绝望的滋味,他还是第一次尝到。

现在他刚刚朦胧睡去,就梦见贺人龙、李国奇两支人马杀了回来,在东北角同义军作战,杀声震天。显然他们两位都增加了生力军,来势很猛。敌军正在招架不住,忽然从南边又有一支人马杀来。傅宗龙隔着寨墙望去,认出是左良玉的旗帜,大为兴奋,马上说道:"苍天在上!两支人马终于都来了!只要这次能把流贼杀败,河南局势就大有转机了。"刚刚说了这几句,果然看见东北和南边的两支人马都把流贼杀败,有的继续追杀逃敌,有的直往寨墙跑来。寨上和寨外的官军一片欢呼。他立刻跨上战马,带领他的标营亲军,驰出火烧店,追杀逃贼。这时前边有一个敌将,边逃边不断向后放箭。他在马上吩咐几位偏将:"赶快追上那个贼将,阵斩者官升两级,活捉者官升三级!"他的几员偏将都率领着人马追那个敌将,他自己也跟着向前追。正追之间,忽然马失前蹄,将他从马鞍上跌了下来。他刚刚从地上翻身起来,看见大股敌人返回,几个人同时用枪刺他。他又看见自己的部下都在近边,却没有人敢过来救他。他大叫一声:"快来救我!"忽然惊醒,出了一身冷汗。

几个亲兵和仆人听见叫声,奔到他的身边,说:"大人莫怕。大人莫怕。贼兵在寨外虚张声势,没有进来。"

这时天色更亮了一些,他突然发现卢三也夹在亲兵和仆人中间叫他。卢三衣服破烂,人已经很憔悴,好像变了个人一样。傅宗龙半信半疑地望了望他,问道:

"你是卢三?"

卢三扑通跪下,说:"奴才是卢三,老爷。"

傅宗龙问:"你回来了?"

"奴才刚才回来,因见老爷未醒,不敢惊动。"

傅宗龙又痴痴地打量他一眼："你没有死？"

"奴才活着回来啦，老爷。"

"你见到了贺、李二帅没有？"

"贺、李二帅那一天先奔到项城，没有多停，又奔到沈丘。奴才一直追到沈丘，才见到他们，递上老爷的手书。他们两镇的人马已经剩下不多，变成了惊弓之鸟。他们看罢老爷的手书，都说要先整顿人马，才能回救老爷，可是嘴里那么说，实际是面有难色。奴才在沈丘住了两天，不得要领，后来连见他们也见不到了。他们的手下人对我说：'你就住在这里吧，火烧店你也回不去了。反正现在无兵回救火烧店，火烧店也守不了多久，杨大人已经逃走，只剩下傅大人孤军死守，看来也是几天的事情。'奴才不管怎么一定要见见贺帅，没有见到，后来好容易见到李帅。李帅说：'我自己所剩人马不多，贺帅无心回救，我自己孤掌难鸣，实在没有办法。你就住在这里，等等消息。如果能够有新的人马来到，那时才能去救火烧店。'奴才没有想到这二位大帅竟如此害怕流贼，眼看火烧店就要被贼攻破，坐视不救，毫无心肝！奴才大哭一场，离开了沈丘。由于外边已经包围得很严，所以直等到今天夜里，才回到寨内，向老爷禀报。"

傅宗龙又问了杨文岳和虎大威的消息，对卢三叹口气说："这里也确实不好支持了，你其实用不着回来，何必死在一起呢？"

卢三哭着说："我是傅家的奴才，死也要死在老爷跟前。不管多么艰难，我现在到底回到老爷身边了。"

傅宗龙流下眼泪，摇摇头，挥手使卢三退出，说了一声："你好生休息去吧。"

为了安定军心，傅宗龙从壕沟中出来，到寨上巡视一遍，然后召集诸将到他的壕沟里边，向大家说明，贺人龙和李国奇都逃到了沈丘。两帅都观望怯战，不敢来救。又听说杨文岳逃到了陈州。虎大威原来逃到沈丘，又从沈丘往陈州去了。讲完这些情况以后，他愤愤地说：

"他们都怕死,当然不会来救,可是我岂能如他们那样怕死?"

有人建议:趁军粮未尽,早点突围。傅宗龙明白突围断难成功,说道:

"宗龙已经老了,今日不幸陷于贼中,当率诸君与贼决一死战,不能学他人卷甲而逃!"说罢声泪俱下,手指索索打颤,十分激动,也十分绝望。

从十一日起,官军开始杀骡马而食,也将他们偷袭时捉到的义军俘虏杀了吃。勉强又支持了几天,到了十八日,营中的火药、铅子、箭都完了,骡马也完了,一片绝望空气笼罩着火烧店。将士们有的已经饿得非常衰弱。傅宗龙知道最后的一刻到了。在二更时候,他召集诸将,部署如何突围。这时除死伤以外,大约还有六千人,马已吃光,全部成了步兵。

经过紧张的准备,三更时候,官军分三路杀出。傅宗龙本人居中。冲出以后,他们遇到义军掘的两道壕沟。第一道壕沟只有少数义军把守,冲的时候,官军死伤了一批人,但毕竟冲了过去。到了第二道壕沟,义军猛力截杀,官军饥饿疲困,不是对手,一部分跪下投降,一部分当场被杀死,余下的人全部溃散。战场上到处响起义军的呼喊声:

"活捉傅宗龙! 不杀陕西乡亲,只捉傅宗龙一人!"

傅宗龙所率领的两千人比较能战,将领也都是他的亲信,随着他且战且走,但人数也越来越少,有的投降,有的在黑暗中离开队伍,自逃性命。傅宗龙由忠实的家丁、奴仆和亲兵保护,不断地躲开追赶的和拦截的义军,只拣没有人声、没有人影、没有火光的地方逃命。

天明以后,离火烧店渐渐远了,杀声渐渐远了,火把渐渐远了。傅宗龙疲惫不堪,饥饿不堪,在旷野中休息了一阵,喝了一点冰凉的溪水,又从村中找来一点包谷充饥。过不了多久,听见追兵又渐渐地近了,赶快由亲兵护着,由两个奴仆,左右搀扶,继续逃跑。

到了中午时候,离项城还有八里。没有想到跑了半夜,竟然只跑了十里多一点,时间都在曲曲折折、东转西转的荒野上打发掉了。现在忽然遥遥望见项城的城楼,尽管傅宗龙身边只剩下十来个人,大家心中还是出现了新的希望。但这八里路能否最后走完呢?傅宗龙疲困得要死,对能否逃到项城感到困惑。这时大家又饥又渴,来到了一条小河边,坐在树下休息。忽然背后喊声又起,傅宗龙实在走不动了,对大家说:

"你们各自逃生去吧,不要管我!"

仆人卢三搀着他说:"老爷,你不能死在这里!这里离项城不远,到项城就有救了!"

傅宗龙还想留下不走,可是卢三搀着他,后边也有人推着他,使他跟跟跄跄地继续往前走。背后的喊声越发近了,并且已经看见人和刀枪的影子在阳光下晃动。傅宗龙身边的人再也顾不得他,四散逃走,只剩下卢三,继续搀扶着他。

傅宗龙的鞋子本来就在逃跑中丢掉了一只,现在另一只也丢掉了。他一辈子养尊处优,何曾有过不穿鞋子走路的时候?现在两只脚都磨出了血,疼痛难忍,走路更加艰难。卢三想把他背起来走,可是自己也饿得没有一点儿力气,早已心慌腿软,浑身冒汗,实在背不动,所以仍然只能搀着他的主人一步一步地往前挪。正在没有办法,忽然前边不到半里处的树林中有一队官军骑兵出现,号衣上有一"贺"字,旗帜上也有"贺"字。傅宗龙觉得惶惑,如在梦中:怎么贺人龙的人马会在这里迎接他呢?卢三年纪比较轻,眼睛比较尖,看清那号衣和旗帜果然是贺人龙的人马,不觉又惊又喜。可是他在沈丘时分明知道贺人龙是不会来救的,这一支人马究竟从何处冒了出来?他感到不放心。正在这时,有一名小校骑马来迎,驰到傅宗龙的面前,叉手行礼,大声禀报:

"我们是贺镇人马,在此迎接军门大人!"

傅宗龙问道:"贺总兵现在何处?"

小校回答说:"他与李镇大人正从沈丘前来。因探知大人昨夜突围,先派五百骑兵来寻找大人。"说毕,他与几个骑兵跳下马来,要将傅宗龙扶上马去。

傅宗龙心中发疑,不肯上马。正在迟疑,背后追兵更近,呼喊着:"杀散前面官兵,活捉傅宗龙!"小校强扶傅宗龙上马,一面扶,一面说:"大人速速上马,不可耽误!"

卢三也说:"老爷,事不宜迟,不要耽误!"

这时后边喊声又起:"贺镇的乡亲们,请留下傅宗龙。我们不杀乡亲,你走吧,请留下傅宗龙!"

可是这边的五百骑兵已经迎了上来,一个个控弦引矢,望着对面的追兵。有一个将领对追兵说道:"你们谁敢加害傅大人,休想逃掉我们的手!"他又对傅宗龙拱手说道:"请大人速往项城!"然后向手下一个小将下令:"将桥拆掉,带二百人断后,不能让一个流贼过河!"

到这时,傅宗龙方才相信来迎接他的确是官军,也确是贺人龙的人马。他听见这些人说话都是贺人龙的家乡延安府一带声音,而且看他们那样对待追兵,不像有什么诡计。他开始有点安心,在众骑兵的簇拥中直往项城的南门奔去。

离项城大约还有四里远,傅宗龙看出来这救他的一支骑兵有种种可疑,大概不是贺人龙的人马。虽然他做陕西总督只有几个月,可是出陕西以来,他对于贺人龙和李国奇手下的许多将士都是认识的,有的还说过话,怎么这五百骑兵中没有一个面孔是他熟悉的呢?另外,尽管他们的号衣是贺人龙的号衣,也不干净,也有破了的,可是他们的神气都很精神,不像官军样子。还有,这些人的战马都喂得比较好,不像官军的战马饿得瘦骨嶙嶙。他心中越想越感到怀疑,回头寻找卢三,看见卢三紧跟在马后,正对他使眼色。他忽然完全明白了,便向前来迎接他的将领问:

"你是谁?"

那将领拱手回答:"请傅大人不必多问,赶快随我逃命。"

傅宗龙怒目而视:"你果然是贼!到底你是谁?"

那将领忽然露出笑脸,说道:"实话告你:我是闯王手下的将领刘体纯。"

傅宗龙心中一惊,但立刻威严地说:"你既是流贼将领,何不赶快杀我?"

刘体纯说:"闯王有令,只要你叫开项城城门,饶你一条狗命。"

傅宗龙明白了暂时不杀他的原因,不再说话,心中盘算如何应付。

到了南门吊桥外,这五百骑兵马上停住,让傅宗龙的马站在前边,左边有人紧紧地拉着马缰。刘体纯向傅宗龙说:

"傅大人,请你亲自叫开城门,我们好赶快进城。"

傅宗龙一语不发。

刘体纯只好向城上大呼:"我们是跟随陕西总督傅大人的亲军!请赶快开城门,让总督大人进城!"

城头上站满守城的人,但没有一个人答话。有几个人似乎在商议。

城下又在叫门,并对城上说:"你们看得很清,这马上骑的就是傅大人。难道你们瞎了眼睛?"

城上人犹豫了,说道:"好吧,你们等一等,但不能全都进来。"有人好像离开了城头,准备下去开门。

刘体纯向左右使个眼色,准备城门一开,吊桥一放,立刻冲进城去。

正在这时,傅宗龙突然向城上大呼:"我是陕西总督,不幸落入贼手,左右全都是贼,你们切勿上当!"

刘体纯"呸"一声,向傅宗龙脸上吐了一口唾沫,将手一挥,全部骑兵迅速退到强弩的射程以外。刘体纯对傅宗龙骂道:

"老狗,我就猜到你不识抬举!"

傅宗龙倔强地说:"哼!我是朝廷大臣,要杀就杀,岂能为贼赚城以缓死哉?"

刘体纯将嘴一扭,那个牵着傅宗龙的马缰的壮士将傅宗龙拉下马来,抽刀向他的头部砍去。傅宗龙倒在地下,人们上前将他的耳朵、鼻子割掉,又在他身上连砍几刀。

城上开始发炮。刘体纯猜到城上会发炮,还没等炮声传来,先看到一点火光,赶紧挥军后退,离开了南门,继续向远处退走。

这时卢三从一个隐蔽处跑了出来,走到傅宗龙面前,将他背起来,一直跑到城下,大哭叫门。过了许久,城上人看见义军确实已经退远,赶快开门放入。傅宗龙在城门下边断了最后的一口气。

刘体纯回到李过那里,向李过禀报经过情形。李过称赞他做得干净,没有让傅宗龙逃脱,随后又告他说:

"闯王来谕,叫我们消灭傅宗龙之后火速班师,另外还有仗打。"

刘体纯问:"是第二次攻打开封么?"

李过说:"见了闯王方能知道。你快休息去吧。"

第二十章

如今是崇祯十四年的十月初,在中州地区,刚刚结束了一次战役,新的一次大战又要开始了。

杀死了傅宗龙以后,闯、曹两营人马休息十日,等待左良玉来战。但是左良玉借口革、左四营有骚扰湖广之意,在光山、高城一带按兵不动,还派出一支人马到英山、蕲春一带,使朝廷知道他正在同革、左四营作战。李自成看见左良玉怯战,甚至连驻在信阳的一部分左军也撤走了,便决定向开封进攻。他连开了几次会议,与罗汝才商定了进攻开封的作战方略。

十月上旬,李自成派少数人马连破扶沟等县,似有立即进攻开封模样,但大军却忽然向西南移动,声言要进攻南阳,然后从南阳、邓州出西峡口入陕西,经商州攻取西安。还放出谣言,说这是宋献策献的计策,闯王已经采纳了。

不久,大军破了舞阳县境内的军事要地北舞渡,杀了降将李万庆,然后分兵两支:一支南下,过裕州(方城),趋博望,游骑直到南阳东郊十余里处的白河岸上。另一支向西北,进攻叶县。同时,李自成以奉天倡义文武大元帅的名义驰书附近各州县,晓谕地方官绅百姓,凡投降献城者速献骡马、粮食,官吏照旧任职,百姓不论贫富,照常各安生业;如敢抗拒不降,必遭屠城之祸。

从叶县到裕州有一百二十里,中间有一个地方叫作保店。这保店距叶县和方城都是六十里,到清代发展起来,改称保安镇。保店西南二十里处有一个只有二十来户人家的过路店,因为这过路店的街旁只有一棵孤零零的大树,人们就将这地方叫做独树。这两个地方虽然都在宛、叶大道上,为行人必经之路,但是直到清朝中叶以后,太平日久,人烟逐渐增多,才修筑了坚固的土寨。又过了若干年,保安镇筑成了两座土寨,互为犄角。但在崇祯年间,这一带地方但见岗岭起伏,村庄残破,人烟稀少,满目荒草,狐兔成群,一片凄凉景象。

在保店和独树之间,二十里之内,大军云集。闯王的老营和曹操的老营都扎在保店附近,相距四五里路,但是李自成和罗汝才两天前已经离开了老营,到了旧县①以北,离叶县城不到十里的地方。刘宗敏以提营总哨的身份,驻在这里,指挥李过、袁宗第和曹营的将领孙绳祖围攻叶县。攻城尚未开始,正等候闯王前来。张鼐的火器营已经到了城边,安好了炮位。

叶县城已被四面合围,周围数里之内,处处兵营,星罗棋布,使守叶县的叛将刘国能无路可逃。闯营的游骑每日四出,远至襄城、鲁山附近。

十月初九日黎明时候,攻城开始了。在攻城开始以前,刘宗敏率左右亲将早已驰赴城外,准备亲自指挥攻城。李自成和宋献策仍然留在旧县附近的营中,等候高夫人、红娘子和慧梅到来。昨天黄昏,李自成派飞骑驰赴独树附近,召他们前来,限在天明以前赶到。什么事这么紧急?谁也不知道。昨天夜间他同曹操、宋献策、吉珪等商议军事,直至深夜。关于他要叫高夫人、红娘子、慧梅火速前来的事,连对曹操也瞒得一丝不漏。老营中许多亲将都感诧异:难道进攻叶县还要请高夫人督阵么?显然不会。自从破了洛阳之后,兵多将广,打仗的事情已经再不用高夫人出头露面了。至于红娘子和慧梅统率的健妇营,也不会让她们参加攻城作战,如今光李过、袁宗第的人马已经够多了,何必要红娘子来呢?所以就在闯王周围,大家也徒然纷纷猜测。夜间会商军事以后,曹操等人纷纷赶回自己的驻地,准备第二天攻城开始后,前往城边观战。李自成独留大帐,并未睡觉。正像每次打仗一样,他总是将作战方略反复推敲。尽管是必胜之仗,他也从不轻心大意。他将进攻叶县和

---

① 旧县——在叶县南三十里处,为元以前县治所在地,所以称为旧县。

南阳的计划重新想了又想,以求必胜而又不多损伤人马。他认为攻叶县可以万无一失,而攻南阳也许免不掉一场血战。尽管他希望不经过血战就破南阳,收拾掉猛如虎,但是他明白猛如虎和一般怯懦的将领是不同的,也和刘国能不同,不进行一场惨烈的战斗是没有办法的。想过之后,他就一边在灯下看兵书,一边等候着高夫人和红娘子等。天色将明,估计她们快要来到,他索性不再睡了。

进攻叶县的战斗开始了。李自成听见隆隆炮声不绝,呐喊声此起彼伏。他走出帐外,但见叶县周围有许多火光,城头上也有火光,又听见城外不断地传来战马的嘶鸣。他听出进攻部队的炮火愈来愈密,断定刘国能必难守住叶县城池,但是又担心刘国能会突围逃窜。他同刘国能原是拜把兄弟,刘原来在义军中时也是有名的首领,尽管如今人马很少,死守孤城,突围十分困难,但也可能会设法潜逃。万一不能将他捉住,不免留下后患。

这么想着,李自成很想亲自到叶县城外部署一番,使刘国能潜逃无路,插翅难飞。可是他必须等待高夫人、红娘子和慧梅,如果她们天明时赶不来,也许会误了大事。他站在高岗上瞭望攻城炮火,不时回头向西南大路望去,看是否有人从西南飞马前来。看了一阵,不见踪影,也听不到马蹄声。他回到帐中坐下,心中暗暗焦急。

过了一阵,果然有马蹄声从西南奔来,听那声音,至少有五十匹战马。李自成心中高兴地说:"来了! 来了!"他赶快走出帐外,站立在星光下等候,并且派双喜带几名亲兵往大路上迎候。

高夫人、红娘子和慧梅被引到大元帅的大帐中,男亲兵和女亲兵都分别安置在旁边的帐中休息。高夫人坐下以后,便赶快问道:

"闯王,有什么紧急事儿把我们连夜叫来?"

自成笑着说:"自然有紧急差遣,才把你们叫来。有件事儿很重要,非你们办不好,迟了也不行,所以叫你们连夜赶来,我好面授机宜。此计万万不能泄露。"

高夫人说:"到底是什么妙计? 你快说出吧,我们好依计而行。"

李自成正要对高夫人说出时,吴汝义进来,说大将军要到城边去观看攻城,在营外大路上差人来问:大元帅是否此刻也去?李自成不想叫罗汝才看见高夫人此刻赶来,又不愿怠慢了汝才,便说:"我去跟他说吧。"随即站起来,带着吴汝义和几名亲兵出营盘往半里外的官马大路走去。

高夫人向红娘子问道:"你能猜到大元帅对咱们有什么重要差遣?"

红娘子摇头说:"我也是丈二的和尚,摸不着头脑。"

慧梅小声问道:"难道破叶县城用上我们?"

高夫人摇摇头,小声说:"我看不会。闯王同刘国能原是拜把兄弟,我同刘嫂子也很熟。倘若闯王差我带着你们进城去见刘嫂子,劝说刘国能夫妇开门投降,岂不是将咱们送到叛将手中做了人质?何况讲到结拜一层,刘国能是兄,咱们大元帅是弟,天底下哪有弟媳妇儿去见阿伯子哥说话的道理?"

她们都笑了,随即在一团疑云中沉默,等候闯王回帐。

李自成同曹操站在大路上说了一阵话,无非是说他自己还有事需要处置,等天明以后再赶往城边。他嘱咐曹操劝说刘国能赶快投降,免得双方将士们无辜死伤,又殃及城中百姓。曹操虽然口中答应到城下相机行事,将刘国能叫到城头说话,但心中实不愿同刘国能见面,怕的日后事情中变,反叫自成生疑。等曹操重新上马走后,吴汝义向闯王小声问道:

"大元帅,我有点担心:曹帅独自前去,会不会私自将刘国能放走?他们原来也是结拜兄弟,也很有交情呀!"

闯王眼珠转了一转,说:"不会吧,玛瑙山之事,平时说起,汝才也很痛恨。"

在转回军帐的路上,闯王的心中也不免发生疑问。真的,汝才会不会暗中将他放走?……

李自成一路想着,回到帐中。坐下以后,他向高夫人和红娘子笑着问道：

"你们可猜到我叫你们来有什么紧要事儿？"

高夫人说："我们也想了想，猜不透有什么重要事情，大概与进攻叶县无干吧？"

闯王点头说："自然与进攻叶县无干。如今让你们来，是为着南阳的事情。这次没有马上进攻开封，来到这里，进攻南阳是个正题，叶县不是正题，好文章要在南阳做。驻在独树、保店一带的大军，有一部分明天就要开往南阳，原来在南阳附近已有一万多人马，再去两万人马，合起来有三万之众，一起围攻南阳。另外，要邢大姐同慧梅一起，从健妇营中抽出五百名健妇，也往南阳立一大功。"

红娘子一听，忙问："攻城？"

闯王笑着摇头说："不，去迎接左小姐，就是左良玉的养女，把她接到我们老营来。"

高夫人平时只听说左良玉的养女在开封，不晓得已经到了南阳，便问："左小姐怎么到了南阳？"

红娘子也忍不住问："我还不晓得有这位左小姐，她真的在南阳？"

闯王说道："这个左小姐原是一个叫丘磊的将军的女儿。丘磊是左良玉的结拜兄弟。左良玉从前犯罪当斩，丘磊代他坐牢。后来左良玉做了总兵，拿钱把丘磊赎了出来。现在丘磊在山东，听说已经当了副总兵，不过手下兵将很少。丘磊入狱之前生了一女，妻子病故，由左良玉将这个女儿抚养起来。因为左良玉自己没有女儿，所以把她看得像亲生女儿一样。据说这姑娘长得不错，人也聪慧，左良玉夫妇爱如掌上明珠，给她起的名字也就叫左明珠。"

高夫人说："这个名字倒很好听，她是怎么到了南阳呢？"

闯王说："崇祯十一年，左良玉把家眷寄在许昌，因为兵变，左夫人和女儿失散。此女当时只有十一岁，由乳母带着，失落民间，为土寇刘扁头得到。"

红娘子问："是不是遂平一带的那个刘扁头？"

闯王说："就是此人。起初，左小姐和她的乳母都不敢说出她的真实姓名，两年后才被左良玉探到下落。刘扁头知道她是左良玉的养女，礼遇甚重，遵从左良玉的意见，将她送到开封暂住。第一次我们进攻开封的时候，左小姐刚到开封不久，后来因为左良玉远在四川、陕西、湖广三省交界的地方作战，左小姐就仍旧留在开封。一个月前，左良玉命人接左小姐到南阳，准备让她到武昌去住。到南阳后，因为路途上土寇蜂起，怕中途出事，便停留在南阳城内。最近本已决定离开南阳前往襄阳，因为我们的人马突然到了南阳周围，由卧龙岗附近，一直到新野附近，都有我们的游骑，所以未曾走掉。"

高夫人问："她既在南阳城内，我们只能等破城之后，把她找到，接她来我们大军之中安身。如今城还没有攻打，健妇营如何接她？"

闯王笑着说："我们宋军师足智多谋，派人将左小姐的行踪探听得十分清楚。他建议我将左小姐弄到手，好生优待，日后必有大的用场。至于如何接她来，也有详细办法。"

高夫人问："到底什么办法？左小姐在南阳城内，不破南阳，如何能够接来？"

红娘子说："这倒是个难题。必须把左小姐诱出南阳，方能接她。"

慧梅也插进来说："南阳周围大军云集，左小姐必然不敢出城。"

闯王说："我们只能在进攻南阳之前将左小姐接来。一旦攻城开始，就来不及了。因为南阳有猛如虎防守，必会死战，城破之后，必定玉石俱焚，那时再接就晚了。"他又放低声音补充说："等破了南阳，万一左小姐落入曹操手中，事情就难办了。"

红娘子问道："如何到城内去接？要扮作逃荒的人混进去么？"

闯王微笑摇头："猛如虎守城，混不进去；纵然能够混进去，十来个人既近不得左小姐身边,也杀不出来。"

慧梅焦急地问:"那怎么办呢?"

闯王说:"你们先休息、吃饭,军师马上就从城外回来。我吃过饭要去城边指挥作战,接左小姐的事,让军师向你们面授妙计。此事万分机密,连双喜们都不知道。怕的是此计不成,不惟左小姐接不来,你们也会吃亏。不管是谁,倘若泄露机密,要按军法从事。"

大家心里都觉纳闷,高夫人不相信会让她去南阳城边,又问道:"你要我来还有什么事?"

闯王说:"自然这事情少不得你。邢大姐她们接到左小姐,立刻送到你面前,由你亲自照料,不要委屈了她。"

随即,他吩咐亲兵们拿洗脸水,准备早饭,并吩咐飞马去城外请军师回营,同时让高夫人带着红娘子、慧梅去旁边一座帐中休息。这时天色已经大亮了。

红娘子和慧梅在休息时互相询问,都不晓得如何接左小姐,猜不透军师有何妙计。可是她们在疑问中感到十分兴奋,因为这个差使很有意思,而且接到了左小姐,确实将来大有用处,也算是她们为闯王立了一功。她们都望着高夫人,心想高夫人经验多,许会猜到军师的妙计。但是高夫人只是摇头,笑着说:

"我也不知道这宋矮子的葫芦里卖的什么药。"

从叶县城方向继续不断地传来攻城的炮声和呐喊声,使她们渴望立功的心情更加兴奋。后来红娘子说:

"咱们不用猜了。马上军师就会回来,一切就会清楚的。"

果然,大家匆匆地吃过早饭,宋献策也回来了。李自成留下宋献策向高夫人等面授密计,他自己带着亲兵和吴汝义、李双喜等亲将,向城边奔去。临走时候,他对宋献策说:

"军师,你要仔细把计策说给她们,要她们听清楚、记在心里,临时随机应变。"他转向红娘子和慧梅说:"不管如何,纵然会遇到一场混战,你们不能使左小姐受伤。一定要保护她平安无事。接来左小姐才算你们立了大功,比你们杀死几百官军还重要!"

　　大炮声已经停止了。将士们在轮流吃饭。南城外有一个小小的土城,先被义军占领;北城外也有一个小土城,随后也被义军占领了。如今刘国能的人马退守在砖城里边。因为他的人马不多,一共不到两千人,所以他没有力量出城反攻。义军中不时地有将士向守城的军民喊叫,劝他们将刘国能绑来投降,可以免遭屠戮。有的将士站在南门外土城上对着砖城上喊叫,有的跑出土城,一直走到城壕边喊叫。砖城上的百姓不打炮,也不放箭,有时看见刘国能的将士不在身边,便伸出头来看义军将士,胆子大的还跟义军将士搭腔说话。

　　刘国能知道自己身处危城,断难突围,决心死守。可是他也知道,百姓并不同他一心,所以他出了布告:有敢擅自勾引城外流贼的,全家斩首;同时严禁守城百姓同城外义军说话。可是他的兵丁都害怕城内百姓有变,使他们死无葬身之地,所以当他们在城上发现有百姓与城外说话时,尽管不断地斥骂,甚至以砍头相威胁,却并不真的动手。

　　李自成和罗汝才也并马来到南门城壕外,呼喊刘国能答话。刘国能这时正在城上,不肯露面。他的左右亲将劝他答话,听听闯王的口气,他说:"老子不同他说话。有什么话可说呢?能战就战,不能战就死,横竖同闯贼已经没有交情了。"

　　一个亲将劝他说:"虽然如今各行其是,但我们都是延安府人,将军同闯王又是结拜兄弟,同曹操也是,总还有一点旧情。也许他们还念点旧情,讲点义气。"

　　刘国能摇头叹息说:"你们说的什么傻话呀,嗨! 自从我刘国能归顺朝廷,已经成为王臣,跟他们车行车路,马行马路,各行其是,泾渭分明,情谊早已断绝,他们对我姓刘的还会讲什么义气!"

　　一个亲将说:"尽管如此,你并没有坑害过他们。我们受了招安后,也没有同他们打过仗,并无仇恨。"

　　刘国能冷笑说:"怎么没有仇恨? 玛瑙山那次作战以后,我再不能同这般流贼讲什么交情了。虽说打的是张献忠,可是曹操跟献忠当时是拧在一起的,他们难道不记仇?"

又一个亲将说:"可是闯、献两人素来不和,我们打了张献忠,与李自成何干?"

刘国能说:"你们真是糊涂!他虽然跟张献忠不和,可是对我这样效忠朝廷的人,他们却穿一条裤子,恨我不肯再跟他们做贼到底。"

左右又说:"打玛瑙山时,曹操虽跟献忠拧在一起,可是后来又不和了,与李自成合了起来。曹操过去与将军交情还不错,今日我们有危急,他也许能帮忙说话。只要他能使李自成暂缓攻城,我们就容易想出突围的办法。"

刘国能叹口气说:"你们好不明白!曹操今日听命于闯贼,受闯贼挟制,何能替我们说话?今日只有死守,别无善策。城破之后,你们自便,我刘国能甘愿以身殉国,做大明的忠臣,流芳百世。"说罢他向左右一望,把脚一顿,说:"赶快点炮!"

左右还在迟疑,刘国能大怒:"快点炮!"

李自成看见城头上炮口移动,望了罗汝才一眼,将手一挥,要大家躲避,同时笑着说:

"果然不出所料!"

大家随着他避到房屋后边。他向大约相距二十丈远的张鼐大声下令:

"张鼐,开炮!"

城上的炮先响了,但只打坏两间房顶,未曾伤人。张鼐在夜间已经修好炮台,天明时打过十余炮,将城楼打塌一半,城垛打坏数处。现在三座大炮同时点燃,向着城上打去。

刘国能在城上看见火光一闪,立即一挥手,要大家赶快散开,伏身躲避。炮弹又打坏两个城垛,有一颗炮弹飞入城内,打毁一家百姓的草房,燃烧起来。

闯王命令停止打炮,免得误伤百姓。

由南城外边开始,义军从四面纷纷将响箭射入城中。响箭上

系有闯王的"晓谕",内容是这样写的:

> 闯王剀切晓谕,仰尔军民遵行。限于两日之内,焚香开门献城。大军秋毫无犯,保全一城生灵。义师进入叶县,只诛叛将国能。

城中百姓一听见响箭声音,就知道必有闯王的"晓谕"射进城来。凡是响箭落下的地方,立刻就有许多人跑去捡拾。尽管刘国能的士兵吆喝着"不许拾响箭!"但在叶县城中,刘国能并无威信,谁也不肯听从,争拾响箭,传阅"晓谕",还把"晓谕"藏了起来。

官绅们都看到了这些"晓谕",兵丁们也有人看到了。大家私下纷纷议论,无法禁止。因为叶县同襄城是邻县,襄城投降的消息已经在昨天传到了叶县。大家听说襄城知县曹思正接到李闯王的"晓谕"之后,在县衙门连夜召集士绅会商,纷纷主张投降,换取阖城平安,只有举人张永祺一个人不肯投降,听其带着家属出城逃走。还听说士绅们在讨论是否投降时,有人拿出一部叫做《皇明通纪》的书,指出成化年间,刘六、刘七兄弟二人率领人马来到河南,也是"晓谕"州、县:投降者免攻。当时襄城表示投降,献出一些骡、马、粮食,果然一城保全,事后朝廷并不深责。大家又听说,两天前襄城向李闯王投降之后,闯王果然不派人马入城。

城中绅民都愿投降,到处纷纷议论,刘国能完全清楚。他召集几位亲信商议,大家不但都拿不出什么主意,反而告他说,军心也有些不稳了。有人甚至用委婉的话劝说他出城投降,认为李闯王不会加害于他。刘国能命亲信们退出,一个人留在屋中,反复愁思,想不出好的办法。城外又在打炮了。他不禁顿脚长叹,绕柱彷徨,自言自语说:

"唉,没料到我刘国能竟落到这个下场!"

将近中午时候,城中官绅父老来到辕门求见。刘国能将大家迎进议事厅中。今日厅中的情景与往日大不相同。两三个月前刘国能初到叶县,将他的副总兵衙门设在这里,那时厅中好不威风。仅仅十天以前,刘国能在这里召集官绅,会商加固城防事宜。会后酒宴,宾主尽欢。当时大家认为李自成暂不会来,且喜刘国能带来了两千人马,叶县可以无虞。官绅们谈笑风生,盛称他的部伍整肃,地方倚为长城。然而曾几何时,局势突然一变,今日大厅中一片愁眉苦脸,气氛沉重,好像就要破城的样子。

大家坐下以后,一个为首的士绅先说道:

"现在一城官绅父老来见大人,不为别事,只是为请大人设法保全一城官绅军民的性命。"

刘国能心中明白他们的来意,却故意说:"本镇正在竭力守御,准备与流贼死战,这就是为的保全一城官绅百姓的身家性命。"

另一位士绅说:"死战决不能取胜,守城断无把握。如若坚守,不但不能保全官绅百姓性命,反而将遭屠城之祸。将军可曾想过?"

刘国能慷慨激昂地说:"我什么都想过。我身为王臣,又为大将,绝无投降之理,我所想的只是如何坚守,如何死战,其他概不过问。"

有一位士绅年纪较大,原是本县有名的一位举人,也做过外县教谕的官,如今回家住在城中,听了刘国能的话,很不以为然,问道:

"将军独为自己的一个忠字着想,可曾为全城百姓的身家性命着想乎?"

刘国能无言对答,只是叹了一口长气,说:"我身为武将,只有三个字,在我心中。"

举人问:"哪三个字?"

刘国能说:"不怕死。"

另一位士绅马上愤愤不平地说:"单有'不怕死'三个字不够,应该还有三个字:'爱百姓'。"

刘国能说:"我因为爱百姓,所以来到这里。驻守叶县后,士兵从不敢骚扰百姓,这是各位都看到的。"

有位士绅说:"昨日的事情大家都清楚,将军来到这里,确实不怎么骚扰百姓。但今日不同于昨日，今日或降或战，必须决定。降则一城保全，战则满城屠戮，将军到底如何想的？"

刘国能说："我看叶县可以久守，闯贼决不会逗留此地过久。"

知县张我翼本不想多说话，可是现在士绅们已经同刘国能冲突起来，他也不得不说道："请将军三思，目今人无固志，孤城无援，断无不破之理。我也是朝廷命官，承乏来此，守土有责。将军对朝廷具有忠心，难道我就没有忠心么？我也是进士出身，幼读圣贤之书，受孔孟之教，这忠君爱国几个字自幼就牢记心中。然而，然而，现在一城百姓都在等待我们做出决定，安危系于将军一言。如果将军和我能从百姓着眼，暂时投降，救了百姓，也算做了一件好事。"

刘国能冷笑说："县父母既然也有投降之念，我不敢奉劝你不投降，可是你也应想到，你是身蒙国恩、食皇上俸禄的人，日后你如何对待皇上？纵然百姓体谅你，国法岂能体谅你？"

张我翼说："前日襄城已经投降了。襄城知县曹思正顺从士民之意，向李闯王投降，献出骡马粮食，遂得一城保全。我想此时应当通权达变，不能死守一个忠字。闯王人马退走之后，我们仍然为朝廷守土，岂不两全其美？"

刘国能摇头冷笑："恐怕到那时你就悔之晚了啊！"

正在争论不休，忽然有人送进来闯王的第二次"晓谕"。有一个坚决主张投降的陈姓士绅，不顾刘国能和知县在场，首先把"晓谕"抢到手中，看了一遍，脸色大变，大声说道：

"各位不必再争，请听我念一念！念一念！"

众士绅纷纷嚷道："快念！快念！"

于是姓陈的士绅手指微微打颤，捧着李自成的"晓谕"，大声念道：

> 本帅救民伐罪，恫瘝无辜百姓。
> 再次晓谕尔等，提前明早破城。……

大家不等他将"晓谕"念完，纷纷议论起来。有的说："哎呀，明

早就要攻城！原说限两天,如今只限一天了!"另一个说:"哎呀,这
怎么好! 这怎么好!"又一个喃喃地低声说:"恫瘝无辜百姓,还要
提前攻城!"……姓陈的士绅接下去念道:

速议开门出降,保尔鸡犬不惊。

国能如肯归顺,依例宽大优容。

前罪一概不问,望汝效忠立功。

念完之后,大厅中鸦雀无声,大家面面相觑,后来目光都集中
到刘国能的脸上,等待他说话。刘国能仍存着侥幸心理,认为李自
成原限两天投降,忽然减去一天,必是左良玉的人马来救南阳,使
他不敢在此逗留过久,他既然不会久留叶县城外,还是以齐心固守
为上策。可是刘国能刚刚把这些想法说出,姓陈的士绅立刻驳道:

"我看不然。依我看来,必是李闯王明白城中军民无心守城,
所以限令今日决定降与不降。"

大家同声附和。刘国能见自己处境十分孤立,沉默一阵,长叹
一声,说:

"晚上再议吧,我刘某决不连累一城官绅百姓!"

散会以后,刘国能登上北城,想察看突围道路。他看见城外到
处都是义军的营盘,无隙可乘。这时正值高秋季节,天气晴朗,万
里无云,一眼可以望见十八里以外的卧羊山,隐隐约约可以看到卧
羊山上也有不少旗帜。他明白逃走的道路已经没有了。

黄昏以后,他正感到束手无策,知县张我翼和一群士绅父老又
来见他,请他速做决定,免使一城生灵涂炭。他们一再对他说,如
果今晚不做决定,明天一早攻城,一切就都迟误了。刘国能听了以
后,在大厅中不住走动,连声叹气。尽管他已毫无办法,但是仍不
肯说出投降的话。这时攻城义军忽然从南边打了三炮,有一颗炮
弹从空中隆隆响来,越过屋脊,落在他的老营后院,幸未炸开,不曾
伤人。他得到中军校尉惊慌禀报,立即同官绅父老们跑到后院观
看,但见炮弹打入地下足有半尺多深。大家面面相觑,有人摇头,
有人吐舌,有人啧啧连声。

刘国能同众人回到大厅中。大家又纷纷催促他速做决断。他对一位亲将说：

"你到南门城头，向城外喊叫，说我刘将军明日辰时出城，亲自与闯王见面。请闯王明早不要攻城，以免一城无辜百姓遭殃。"

亲将问道："说大人已经决定投降么？"

刘国能将眼睛一瞪："你照我的话说，何必多问？我只是去亲见李自成，什么投降！"

"遵令！"亲将迅速转身，退出大厅。

刘国能对众人说道："你们各位都走吧，传谕阖城百姓放心，贼兵不会再攻城了。我刘某不能为皇上守城尽忠，当以一身救百姓免遭屠戮。"

大家默默退出。有的人心中暗暗称赞刘国能毕竟是一个慷慨忠义之人；有的人想到他今日被逼投降，可能仍然去作"贼"；有的猜想他见到闯王之后，会被闯王杀掉；也有人认为闯王会放走他。但这些想法，大家都没有说出来。

知县张我翼正欲同大家一起退出，刘国能又把他叫住，嘱咐说："明日贼兵进城，望乡前辈忍辱负重，不可辜负百姓。"

张我翼听了此话，料定刘国能将在今夜自尽，便劝他说："听说李闯王心胸宽大，况将军与他有金兰之谊，必然以优礼相待。只要将军一颗忠心不泯，日后再图报效朝廷不迟。"

刘国能冷笑一声，没有说话，拱拱手，走回内宅。

十月十二日早晨，阳光特别鲜艳，大地略有霜冻。

早饭以后，刘宗敏立马城外，但见各处云梯都已经准备停当，十几尊大炮架在南关土城墙上和城外高处，对准砖城。

将士们在等候刘国能出降。如不出降，就要开始攻城。

辰时刚到，城头上出现一面白旗，连连挥动。随即刘国能带着他的十岁儿子缒下城来，越过干的壕沟，直往刘宗敏立马的地方走去。他远远地拱手一揖，问道：

"可是捷轩么？自成在哪儿？"

刘宗敏略展微笑，拱手还礼，随即跳下马来，说："我正是宗敏，在此迎候。闯王在前边不远，请随我前去相见。"

李自成昨天已经移驻离城二里多远的高阜上。这里军帐甚多，在方圆两三里以内星罗棋布。他坐在帐中，一边与宋献策商谈进攻南阳和接着去围攻开封的事，一边等候刘国能前来投降。他虽然料就刘国能必会前来，但也防备他耍一个花招，来一个缓兵之计，所以已经吩咐刘宗敏，如果到时候刘国能没有出城，就先用大炮猛轰一阵；如再不见他出城，就四面一起攻城。同时他也知道这城中百姓是愿意投降的，只是刘国能十分顽固，所以又一再嘱咐宗敏传令全军，入城之后，只杀刘国能一人，不许妄杀百姓；对刘国能手下将士，凡愿意投降者一概不杀，妥为安置。

罗汝才断定闯王必杀刘国能，他既不愿救刘国能，也不愿落一个杀朋友之名，所以假称身体不适，留在他自己的帐中不来，同亲信们玩叶子戏消遣。李自成也不勉强他来。

一个亲兵进来禀报说："刘副将前来投降，已经走到帐外。"

李自成用嘴角向双喜示意。双喜马上向亲兵吩咐："请他进来。"登时大帐外一声吆喝：

"请！"

刘国能随着刘宗敏走进大帐，后边紧紧跟着他的十岁儿子。吴汝义奉命在营门外迎候，也一起进入大帐。

李自成和宋献策起身相迎，同刘国能互相施礼。李自成走前一步，拉着刘国能的手，叫着他的字，说：

"俊臣，与仁兄一别数年，没想到在此地重又相见。过去的事，一笔勾销，我决不记在心上，但愿与仁兄重新共事。"

刘国能说："自成，与你分别之后，各奔前程，不想今日兵败，在此相遇。愚兄前来受死，并无别的想法。"

自成赶快说："仁兄何出此言！快快坐下叙话。我确实不念旧恶，说与你共事，实是出自真心。坐下，坐下。"

大家坐下以后,李自成又劝刘国能投降。刘国能说:"自成,我是对真人不讲假话,请你不要再劝啦。大丈夫敢作敢为,既然已经投降朝廷,就不能再做流贼。一切劝我的话都是白搭。我这次走进宝帐,只求速死,并不希望活着回去。"

刘宗敏在旁说道:"俊臣,你说的算个屁!你本来也是受苦的人,一时糊涂,降了朝廷,如今回头就是。你又不是崇祯的孝子贤孙,犯不着为他去死。"

刘国能不高兴地说:"捷轩,你怎能这么说呢?皇上是我的君,我是他的臣,为臣的尽忠,义所不辞。"

刘宗敏轻蔑地哼了一声,看见闯王在对他使眼色,下边骂人的话没有说出。

闯王说:"俊臣,你虽是愿意为明朝尽忠,但明朝气数已尽,何不另寻出路?"

刘国能说:"愚兄奉母命受招安,今日如不尽忠,将何面目见先母于地下?"

宋献策插话说:"请将军三思而行。刚才闯王已经说了,明朝气数已尽。将军如能与闯王共事,将来必为开国元勋。为新朝做开国元勋,比为桀纣做忠臣,好得多了。"

刘国能说:"当今皇上并非桀纣,也无失德,只是群臣昏聩,才有今日。何况大明气数是否已尽,不得而知,请宋先生不要把话说得太早。"

闯王知道刘国能不肯投降,叹口气说:"俊臣,我们既是同乡,又是结拜兄弟。你既要为明朝尽忠,我没法阻止,你还有什么话要嘱咐的,我一定尽力照办。"

刘国能说:"但愿你进城之后,对官绅百姓不要妄杀一人。"

李自成笑笑说:"这话何用你嘱咐呢?"说着,他将刘国能的儿子拉到面前,抱在膝上,爱抚了一番,对刘国能说:"俊臣,你自己不惜一死,难道不为这个孩子着想?"

刘国能说:"我同你闯王原是八拜之交,后来虽然各行其是,却不曾有私人仇怨。倘若你果真宽厚,请你杀我之后,留下这个孩子,让我的妻子带他返回延安家乡,也不使我绝了后代。"

李自成带着感情回答说:"如果你必定要死,后事请你放心。你的妻子也就是我的嫂子,你的儿子如同我的儿子。我一定派人护送他们离开叶县。你的亲兵亲将我都不杀,就让他们护送嫂子和侄儿返回延安,沿途旅费和他们以后谋生需要的钱,我都替你安排。"

刘国能站起来深深一揖说:"这样我就死而瞑目了。"

李自成望望左右,见刘宗敏怒形于色,宋献策也向他频频使眼色。他含着眼泪说道:

"俊臣,我不能留你了。论私情我们是八拜之交;论军法我不能容你叛投朝廷,又不肯回头。请你出帐去吧。"

他向吴汝义使个眼色。吴汝义带着一名亲兵将刘国能押出帐外。李自成又抚摸着刘国能儿子的头说:

"这是公事,实不得已。你不用害怕,我会像父亲一样将你抚养成人。"

说话之间,吴汝义转了回来,向闯王禀报说已经将叛将刘国能斩讫。刘国能的儿子一听说父亲已经被斩,大哭起来,从李自成的怀中跳下,奔出大帐。李自成命亲兵们随着这孩子出去看他父亲的尸首,并说,看过之后,要替刘将军装一棺木,好生埋葬。说罢又对一个亲兵说:

"速唤张鼐进帐。"

张鼐匆匆赶到,趋近闯王面前,问:"要炮兵进城么?"

闯王还未回答,忽然一个亲兵跑进帐中,向他禀报说:"大元帅,那小孩出我们意外,已经在他父亲尸首旁自尽了。"

闯王大惊,出帐去看,看见那小孩果然已用短剑割断喉咙自尽。闯王问:

"怎么这孩子会自尽呢?"

亲兵说:"他看了父亲尸首,哭了几声,乘大家不防,从腰间拔出短剑就往自己脖子抹去，一下子就割断了喉咙。"

闯王连连顿脚，叹息几声，说："想不到这小孩竟然像大人一样。"过了片刻，他又叹口气说："唉，其实也不奇怪。必定是国能投降明朝以后，经常以忠君的话训教小孩，使小孩也同他一样迷了心窍。"

他回到帐中，传令刘芳亮率二千人马进城，大军即日整军开赴南阳。又吩咐对刘国能的家眷要加意保护，由刘国能的亲随心腹护送回延安家乡。对待刘的将士，一个不许杀害，愿留的留下，不愿留的给银钱遣散。他略停一下，又想起来一件事，对刘芳亮说：

"明远，知县张我翼虽是我们的陕西老乡，也愿意投降，可是他这个人在叶县两年，贪赃枉法，民怨很大。你进城后要将他抓起来，当众斩首，为民除害。军师同你一起进城安民。张我翼的重大罪款，军师全知。"

刘芳亮走后，闯王转向张鼐，暂不说出正题，含笑问道："这次攻破叶县城，杀了叛将刘国能，你的火器营打炮不多，也不叫你认真向城中打炮。听说你抱怨这一仗不够味道，可是真的？"

张鼐笑着回答："是的，闯王，带来十几尊大炮不曾好生使用，还故意打几次不炸开的炮弹。像这样打法，远不如在火烧店打得热闹。"

李自成笑着说："你得好生学习'兵法'①！'兵法'上的道理，我对你和双喜讲过多次，你全没有吃进去。我们这一仗，就是'兵法'上所说的'不战而屈人之兵'。'兵法'上说：'屈人之兵，而非战也；拔人之城，而非攻也。'我们这个胜仗，不损伤一兵一卒，这才是真正有味！"他收起了脸上笑容，接着说："我们正在准备一次大战，比围攻火烧店那一仗要大得不能比，猛烈得不能比。破叶县，只是一出大戏刚刚敲打锣鼓。现在我命你去南阳，立刻动身，在马上打盹休息。这里距南阳二百四十里，限你明天后半晌赶到，不可

---

① "兵法"——指我国最流行的一部兵法书《孙子》，或称《孙子兵法》。下边引用的话见于《孙子·谋攻篇》。

迟误!"

张鼐说:"大炮拖运不会那么快。"

闯王说:"我明白大炮拖运不会那么快。张鼐,你将火器营交给黑虎星率领,开赴南阳,准备攻城。你自己只率领二百轻骑,火速驰赴南阳附近,面见夫人,听她吩咐,不可耽误。"

张鼐问道:"夫人现在南阳何处?"

闯王说:"你玉峰伯现驻在新山铺指挥大军,见了他便知夫人何在。"

张鼐又问:"为什么这样紧急?"

闯王说:"你见到夫人便知,不必多问。猛如虎是一个很有经验的老将,我担心红娘子和慧梅会轻视了他,吃他的亏。你快走吧!"

张鼐不知慧梅会遇到什么事儿,但不敢多问,转身便走,心中七上八下。

第二十一章

南阳是豫西南的军事重镇,城墙特别高厚,南边不远就是白河,形成一道天然屏障。城的四面又有城壕,经常灌满了水。四门外边也有些不相连贯的土城,居住着从各州县逃来的百姓。

如今这南阳城被战争气氛所笼罩,各城门白昼紧闭,只有西门每日开放几个时辰,也只开半边门,使柴禾担子能够进城。瓮城门口站着一群兵丁,随时都可以先将瓮城门关闭,然后关第二道城门。沙包就堆在瓮城门里边。一旦有警,关上城门,不仅要上腰杠,还要用沙包堵住。除非是用大炮,否则休想用人力将瓮城门撞开。然而瓮城门不对西关,斜向西南,大炮很难打中。何况第二道城门是主城门,更为坚固,纵然打毁瓮城门也是枉然。四面城头上准备了滚木、礌石、火器、石灰罐儿等防守的东西。

白天夜间,街上都有步兵和骑兵巡逻。每到黄昏,除有官军上城之外,家家户户都有丁壮上城,彻夜梆子声敲个不停。

大街上、十字路口、各衙署的照壁上、寺庙门前、酒饭馆中,到处张贴着镇守南阳的总兵官猛如虎的戒严告示。连日来已经查出了几个混进城中的奸细(是不是奸细,谁也不知道),在城中斩首,首级就挂在府衙门前。按照一般规矩,这首级应该挂在城门外边。但现在城门紧闭,百姓不能出城,也不能进城,所以首级就挂在府衙门门前的照壁两边,向城内示众,使城内家家户户不敢再窝藏坏人。尽管当时知府空缺,府衙门外边仍是城中比较热闹的中心。

情况确实紧急,连日来闯、曹大军云集南阳附近。东边从博望到新山铺一带,直到白河东岸,北边到独山脚下,都有闯王的人马安营扎寨,游骑经常出没于离城四五里处,有时也突然进到离城二三里处侦察。从南阳去邓州、镇平和新野的道路都被闯营的游骑截断，所以虽然西门还可以通行，但是人们除非因有急事，万不得已，不敢走出城外。

昨日下午，忽然盛传左良玉有一支人马到了新野，督师丁启睿也率领大军到了邓州，两支人马都要往南阳开来，在南阳同闯、曹义军会战。城中官绅军民对此事半信半疑。人们非常希望有官军前来援救，所以这消息使他们意外地欣慰。但因为连年战乱，加之他们也早已知道，官军对义军畏之如虎，所以虽然听说是来了，究竟是否属实，仍很难说。为着祈祷官军来到，许多人，特别是重要地方官绅都去府城隍庙烧香许愿，也到最著名的关帝庙烧香许愿。总兵猛如虎不断派人出城打探。据探子回来禀报，从卧龙岗直到离城三十里的潦河岸上，果然全无"流贼"踪影。当地的百姓说，官军确实到了邓州和新野，要来救南阳；因为官军来得很多，所以李闯王的人马全数退往白河东边，连离城十八里的独山一带也成了空营。可是还没有人敢往独山近处侦探，只是远远看见独山一带已经没有义军的旗帜了。

城中居民，一时还不敢随便出城。慌乱年头，人心惊惶多疑。到底义军退走了没有，大家继续在等待消息。到了黄昏以后，又有探报，说是卧龙岗往西，确实平安无事，这样，才开始有人出西门往乡下躲避，也有人反而往城内送家小。从近乡送柴火和蔬菜进城的人更多一些。

由于西城门门禁稍宽，南阳府的人心也开始稍稍放宽了，都认为左镇和丁督师的大军到达邓州和新野的消息大概不虚。但官府仍然十分警惕，继续清查户口，继续巡逻，继续捉拿奸细，继续严禁谣言，继续日夜守城不懈。据富有经验的猛如虎看来，闯、曹大军在白河东岸有增无减，攻城之事决难幸免，说不定一二天内等李自成本人从叶县来到，就会指挥大军突然来到城边，四面猛攻。为着利于固守，猛如虎准备禁止绅民再出城逃走，可是城中有一位客人使他心中为难：

"难道也不让她趁这时赶快走么?"

在南阳城西门内一所乡宦的大宅子中,分出一座三进的清静偏院,寄住着左良玉的养女左梦梅。她同乳母陈氏、两个贴身的丫环住在上房,还有四名丫头和两个粗使仆妇分住在东西厢房,李管家和二百名护卫住在前院。马匹拴在后院。轿夫和马夫也住在后院。

这天,乳母陈妈妈带来了一个大好的消息,说街上纷纷传说,李自成的部队已从城西撤走,左军和丁大人的人马到了新野、邓州。左小姐听了,登时破愁为喜。她在这里几天来真是忧愁万分,度日如年。她一则急于到湖广和她的养父见面,二则怕万一落入义军手中,如何是好? 现在知道有离开南阳的机会,她比任何人都要高兴。丫头们也都围了上来,有的继续向陈妈妈打听外面的消息,有的劝小姐赶快拿定主意,离开南阳。

陈妈妈又说:"李管家已亲自去猛大人那里打听消息,请示猛大人,小姐是否可以乘此机会离开南阳,前往湖广。只要等李管家回来,便好做出决定。"

左小姐站起来,走到堂屋中的关帝像挂轴前烧香许愿,要关帝保佑她主仆们平安离开南阳。陈妈妈和丫头们也跟着跪在地上磕头许愿。站起来以后,陈妈妈对左小姐说道:

"小姐,自从崇祯十一年到如今,你已经有三年没有见到咱家老爷了。"

这句话触动了左小姐的感情,不觉流下两行热泪,叹了口气,说道:"但愿上天和关帝爷保佑,明日一早能够平安离开南阳。"

说话之间,李管家匆匆进来,向小姐禀报说:"镇台衙门得到确实探报,去新野的路上已无贼兵,猛镇大人劝小姐明早就动身前往襄阳,免得局势有变,再想走就迟了。"

隔了一会儿,猛如虎的中军前来传达他的嘱咐,就在前院客房里与李管家坐下叙话。中军说,猛大人希望小姐速做准备,明日一早离开南阳,有什么困难,都由他去办。然后他们一起商量了如何护送、如何代觅轿子的事。左小姐自己原有二乘轿子,是她和乳母乘坐的。如今尚须八乘轿子,给她的丫头和仆妇乘坐。中军对此满口答应照办,说:

"这好办,我着人传知姚知县,速雇八乘小轿今晚送来就是了。抬轿的人我自然会选老实可靠的。"

至于护送的兵丁,中军说,只能派一百步兵护送,因为南阳守城的兵力不足,如果派多了,就会影响守城。经过李管家一再要求,才答应再加一百步兵。

中军走后,又有一个总兵官刘光佐亲自来见李管家。他是十来天前路过南阳,被唐王留下帮助守城的,虽然有着总兵的职衔,实际手下却只有千把人。他本来要到湖广去,现在便想乘此机会向左小姐献点殷勤,为的是将来好让左良玉对他加意照顾。他修书一封,请左小姐带给左帅,并答应派五十名步兵护送。这样,连同左小姐原来的二百名亲军,共有四百五十人护送。既然义军已经撤到白河以东,往新野去并无大股土寇,有这四百五十人护送,完全可以平安到达。沿途万一仍有土寇出没,只要他们听说是平贼将军左大人的小姐经过,大约也没有谁敢出来拦截。

刘光佐辞出之后,李管家向左小姐禀报了情况。左小姐感到十分欣慰,说道:"既然有四百多人护送,我看路上也不会有什么风险了。"

可是陈妈妈仍很担心。她怕离开南阳城后,万一遇到闯兵,护送人马太少,临时各自逃生,会使小姐落入贼手。她把自己的顾虑说出后,左小姐想了一下,问道:

"近处有没有算卦的先儿?"

李管家听说,便退了出去,不一会儿,从知府衙门附近请了一个算卦的孙半仙来。他先向小姐禀明,随即将算卦先儿带进了内宅。左小姐隔着帘子问算卦先儿用什么来卜卦。孙半仙信口答道:

"山人奇门遁甲,六壬风角,无所不通。小姐愿怎么卜卦都可以。不过以山人之意，拆字最为简单，不妨请小姐说出一字，让山人拆解拆解。"

左小姐想了一下，说了一个"辰"字。

孙半仙在帘外用右手食指在左掌心上画了几画，问道："小姐要问何事？"

左小姐说："你不要向我打听，你自己拆解便是。"

孙半仙眨眨眼睛，沉思片刻，说道："我看小姐要问的是，是否可以离开南阳，走往别处。如果是问这件事，山人就好拆解了。"

左小姐说："算是被你猜到了。你看明天走，吉利不吉利？"

孙半仙说："走，十分吉利，而且要早走为好，日出时走最为吉利。"

陈妈妈在一边问道："今日早晨有雾。倘若明日早晨也有雾，怎么办？"

孙半仙说："有雾就吉，赶早就吉，雾散则不吉，晚走一时则龙化为蛇。"

左小姐问："这话怎讲？"

孙半仙说："这话好讲。辰在十二属相里是龙。常言道：云从龙，风从虎。龙离开云雾不行。在雾中出城，正是神龙见首不见尾，大好机会。雾散之后，就晚了一个时辰，变成巳时，巳在十二属相中是蛇。龙化为蛇，当然不如龙了。蛇在地上走，随时都有风险。所以山人说赶早则吉，迟则不吉。另外，'辰'字上面加个'日'字，便成早晨的'晨'字，所以最好日出就走，清晨就走。山人在南阳城中是有名的孙半仙，无人不知。凡事我说吉就吉，我说不吉就不吉。我一向为人决疑，从不敢有半句谎言，请小姐不必犹疑。"

左小姐感到宽慰，说："只要我们能平安到达湖广，我一定派人来南阳找你，重重赏赐。"

说罢，吩咐丫头送他二钱银子，打发他走了。

这时唐王妃差两名女仆送来了礼物及路上点心。唐王先已致书左良玉，催他发兵来救，尚无回音。现在希望左小姐早日见到父亲,替他催促发兵来救,因此送了一份厚礼。

晚饭以后,南阳知县姚运熙亲自送来八乘小轿,每一乘都是两班轿夫,全是本城的人。他也求托左小姐将一封由本城官绅联名呼救的书子转给平贼将军。

夜间,左小姐早早就寝,以备明日一早登程,但因为陈妈妈和李管家同仆妇们忙着整理各种东西,她也迟迟地不能入睡。她想着从母亲左夫人病故以来,自己寄居开封,除奶妈和随侍身边的丫头之外,可算是举目无亲,而现在终于要回到湖广,同父亲见面了,不觉在枕上流出热泪。月光照在窗纸上。她用泪眼凝望月光,心事重重,越发难以入睡。

天色麻麻亮的时候,左小姐一行人众已经到了西门。总兵猛如虎差遣一位中军前来送行,照料出城。中军叫开城门,将左小姐一行人众送过吊桥以后,对护送的军官和李管家一再嘱咐路上小心,随即退回城内。城门当即锁上,因为这时开始起雾了,驻守西门的千总便下令在雾散以前不开城门。

他们顺着坎坷不平的道路走了八里,来到卧龙岗下。这时太阳已经升上城头,但是雾更浓了,朝东边望去,太阳只是淡白色的,朦朦胧胧看不清楚。前面卧龙岗上也是雾气腾腾,只看见有一个石牌坊的影子横在路口。再往前去,树木屋脊都隐在雾中。从岗坡上传来钟磬声和木鱼声;再仔细听去,还有诵经的声音从雾中传来。岗势并不高。左小姐的轿子很快来到了卧龙岗半腰,那里离武侯祠不过一箭之地,房屋可以稍微看得清楚一些,横在路上的石牌坊就看得更清楚了。当轿子经过这里时,左小姐从轿窗中望去,看见这牌坊原来修得相当简单,但却相当高大,牌坊上边刻着"千古人龙"四个大字,在正面朝东的石柱上刻着一副对联,用的是杜甫的诗句:"功盖三分国,名成八阵图。"当轿子转弯穿过牌坊时,左小姐又从轿窗中望见这牌坊的后面,也就是朝西的方面,也刻着一副对联:"淡泊以明志,宁静以致远。"

　　左小姐很想去武侯祠看一看,但这念头只是在心上闪了一闪,没有做声,因为她知道情况很吃紧,不敢在此耽搁,而孙半仙所说的"龙非云雾不行"的话仍记在她的心上。

　　轿子沿着武侯祠南面的大道继续上岗。武侯祠的大门朝东,一片瓦房从雾中隐隐约约地显现出来。祠的西边和北边,是一片很大的树林,但究竟是松树,还是柏树,却看不清楚,只知道这树林望不到边。在石牌坊近处,有两个道童在路边放羊。这时已是初冬天气,草已枯黄,羊就吃着岗坡上的枯草,有时"咩咩"地叫几声。路旁已经有人在摆摊子。摊上除香表之外,还有纸扎的猪、羊,都是还愿的东西。山门前边也出现两个道童,正在扫路上的落叶。又走了几丈远,看见在庙左边的树林中有一些火光和人影。李管家是一个非常机警的人。他紧紧地跟在轿子后边,骑着一匹骏马。这时他向路旁的道童问道:

　　"什么人在树林中?"

　　道童回答说:"都是饥民。他们昨日不能进城,就住在树林中。"

　　左小姐看见这个道童,眉目清秀,十分英俊,大约有十五六岁,但因为轿子走得很快,一下子就过去了。走了几步,左小姐忍不住,叫轿夫停一停,然后问李管家:

　　"可不可以到武侯祠抽签许愿?"

　　李管家恭敬地答道:"请小姐赶快赶路,趁着雾气未散,多走十里二十里路,就应了昨日孙半仙的话,是个吉兆。"

　　左小姐听了也不坚持。轿子继续匆匆上岗。武侯祠所在的卧龙岗,是越往西去越高,十几里路尽是慢坡,道路坎坷。因为是黄土岗,多年来大车往返,大路被压成了深沟,这在河南就叫做大路沟,又经雨水冲刷,往往很深。在两道车迹中间,有一尺多宽的地面,被牛蹄踏得稍平,是人行路。而真正人行的路是在大路旁边的高处。仆人、轿子、骡驮子、左小姐的护卫亲军走在大路沟中。从南阳派来的步兵走在大路上边。走到离南阳城大约十五里处,正在岗脊上,有一段大路沟特别深,里边停着二三十副柴火担子,堵塞了道路。挑柴火的农民正在用干草弄成火堆,围着烤火。看见轿子和士兵前来,他们只顾烤火,也没有让路。士兵们吆喝辱骂,挑柴火的农民仍不理会,只是问:

"城门今日开么?"

士兵骂道:"什么城门开不开,快走,别挡路!"见农民仍不让路,他们就骂出粗话,动手就要打人。卖柴草的农人忽然都跳起来,抢起扁担还击。一个骑马的官军军官大叫:"反了!反了!"可是农民们不管三七二十一,只顾用扁担打来。因为大路较窄,人马不能够展开混战,登时前边的官军措手不及,已被农民打倒了好几个。

正在这时,从路北边一里外的荒村中传来一阵紧急锣响,锣声中约有二百个穿"闯"字号衣的士兵从村中冲出,喊杀着向大路奔来。轿夫们一看是闯王的人马,早将轿子扔下,爬出大路沟,各自逃生。跑不出大路沟的,便被前边来的扁担打倒。护送的官兵虽有四五百之众,但一听说闯王的人马来了,刘光佐的士兵首先逃散。猛营的二百名将士还想抵抗,单救左小姐一人回城,不料从南边的茫茫白雾中也响起了呐喊声,传过来大声的呼叫:

"我们是闯王的人马,留下轿子不杀!"

猛营官兵不知道闯兵有多少,害怕被四面包围杀光,因此有一半人也随着刘营的溃兵落荒而逃。左小姐的两百名护卫都是左良玉平日豢养的亲军和家丁,十分忠心。在危急时刻,他们在侍卫官和李管家的督率下死不溃散,扔下丫头、仆妇和骡驮子,抬起被轿夫们扔下的小姐和奶妈所乘的两顶轿子,且战且退。他们的箭法很好,使义军不断伤亡,而他们自己都是身穿铁甲,头戴铜盔,所以义军的箭对他们伤害不大。李管家向全体左营、猛营官兵悬出重赏,要他们死保小姐退回南阳城中,说是只要左小姐能够平安退回城中,为官的官升三级,当兵的升成军官,每人赏纹银五十两。

义军一则只有二三百人,二则都是步兵,三则怕伤了左小姐和奶妈,所以并不十分猛攻。那些在战斗开始时逃散的官兵,遇到在南边、西边埋伏的义军,有些被杀,有些被捉,大部分反身逃回,重新同且战且退的官军结合。由于他们一则知道别无逃走的路,二则听到李管家叫出的重赏,都突然变得勇猛起来。

眼看离武侯祠不过一里多远,背后的义军已不再追赶。李管家开始有点放心,勒马到左小姐的轿子旁边,说:

"请小姐不要害怕,到武侯祠就好办了。"

李管家同护卫军官有一个共同的想法:万一另有大股贼兵追到,就退入武侯祠中,凭着垣墙死守,等待城中救兵前来。

正走着,前边又遇到大群逃荒的饥民,惊骇的人群、担子和小车子拥塞道路。左营的护卫军官一马当先,大声吆喝,同时挥动大刀开路。不提防被一个逃荒的妇女一棍子打落马下。所有的灾民男女突然大变,大声喊杀,有的挥动棍棒,有的从破衣服中拔出宝剑、腰刀,在官军中乱打乱砍。

李管家武艺精熟,十分勇敢。他没有辜负几个月前左良玉交给他的重任,拼死也要把左小姐保住。他率领剩下的上百名左营护卫和一百多名猛营士兵左冲右突,不使乱民夺去两乘轿子,继续向武侯祠且战且走。接替抬轿的人都是左府的忠心奴仆,死不丢下轿子。倘有一个受伤,立即有另一人从旁接替。

乔装成难民的男女义军并不拼死抢夺轿子,也不拦住去路,战斗得十分灵活,尽可能避免不必要的损伤。这样就使得李管家多了保护左小姐和奶妈且战且走的机会。

李管家已经身带两处轻伤,仍在前边开路。猛营军官刘千总在后边抵御追兵。

浓雾已经大半消散,距武侯祠只有半里远了。前边出现了一队骑兵,虽只两百之谱,却是军容甚整,打着"猛"字旗,一字儿排开,缓缓前来。李管家心中叫道:"好了!好了!猛帅的救兵到了!"他还看见,在卧龙岗下大约二里处,有数百官军,打着猛营旗帜,全是步兵,只有当官的骑着战马,呐喊着向西奔来,显然是第二批救兵已到。

李管家同前来的骑兵相距不到百步,清楚地看见为首的将军年纪很轻,生得极其俊秀,正沉着地从背上取下劲弓,搭上羽箭。其他骑兵也跟着张弓搭箭。李管家兴奋地大叫:

"请将军射退追兵,保护小姐进城!"

忽然众箭齐发,李管家第一个中箭落马,左军和猛军纷纷中箭。李管家明白箭中要害,自己快要死去,但仍不明白是怎么回事儿,睁开眼睛打量着到了他面前的面貌俊秀的青年将领,问道:

"你是谁?"

青年将领用轻蔑的口气回答:"你想不到吧?我,李闯王手下女将红娘子便是!"

李管家浑身一颤,恳求说:"请将军勿伤害我家小姐!"随即死了。

抬轿的人们也中了箭,两乘轿子落在地上。

眨眼之间,骑兵驰到轿子附近,杀散了已经丧胆的官军。

青年将军勒马轿前,一看轿夫们或死或散,大声说道:"请左小姐和奶妈不要惊慌。前边路上土寇很多,万不可行,我特来保护你们!"

陈妈妈已经出轿,站在小姐轿前,说:"你们杀了我,你们杀了我,不要伤害小姐!"

马上的青年将领说:"请妈妈放心,我们是奉闯王和高夫人之命,前来以礼相迎,既不伤害小姐,也不伤害妈妈。"

到这时左小姐才明白自己已经成了李闯王的俘虏。她将害怕的情绪丢开,变得高傲而沉着。论年纪她只有十四五岁,但毕竟是将门之女,性格刚强,而且几年来也经历了一些兵荒马乱,与深闺养成的小姐不同。她武艺不精,但也略知一点。这次离开南阳,她身挂短剑,以为防身武器,随时准备以自尽保护一身清白。现在她只有一个念头,就是决不辜负养父的教育,决不受辱,不得已时只有自尽。她竭力保持镇静,带着高贵神态走出轿子,说:

"你们既然以礼相迎,为何杀死我的管家和众多家丁奴仆?"

青年将领答道:"这是万不得已,战场之上,只能如此,多请小姐见谅。轿夫尚未找到,速请小姐骑上牲口!"

左小姐说:"我是当今名将之女,千金之体,决不落入流贼之手!"说罢突然拔出短剑,就要自刎。不意旁边一个乔扮灾民的女兵眼疾手快,一把将短剑夺去。

左小姐冷冷一笑,似乎胸有成竹。

青年将领明白了她的笑意,也在心中盘算。此时有人牵来了两匹骡子,鞍镫俱全。青年将领向一个少年军校使个眼色,说:"你抱左小姐骑在骡子上,倘有失误,闯王的军法不容!"又吩咐说:"你们先回夫人营中,我还要等候张鼐和慧梅。"

左小姐不愿上骡子,可是那个少年军校不容分说,自己先跳上骡子,然后弯腰用手抓住左小姐的两只肩膀,也不用别人帮忙,只轻轻一提,好像并不用力,就把左小姐提上骡来,放在自己怀中,紧紧搂住。陈妈妈看见左小姐已被放到大青骡上,自己也赶快上了另一匹骡子。

左小姐万没料到会这样上了骡子。她想着自己是一位千金小姐,竟然被一个少年流贼当众搂在怀中,实在是对她极大的侮辱。她挣扎起来,使出全身力气想挣脱搂抱着她的一只胳膊,投身地面碰死,但是搂着她的手是那么有力量,使她不管怎么挣扎,都毫无效果。当骡子走了一段路之后,她忽然疑惑搂着她的士兵不是真的男人,可是她又望望那只抓着缰绳的右手,确实像男人的手一样结实,中指和食指长着老茧,特别粗壮。她断定"他"确实是个少年男贼,一种受侮辱的感觉又涌上心头。

当混战进行的时候,猛如虎有五百人马正在城外附近巡逻,听见百姓说卧龙岗上有喊杀声,急趋而来。但到了岗下,见武侯祠前边有不少骑兵,而西边的杀声已经停止,他们害怕吃亏,赶快退回城中。

　　那立马卧龙岗武侯祠前的两位青年将领,一个是张鼐,一个是慧梅。他们各率一百骑兵,女兵们都是男装打扮。看见城中来的官兵走到岗前退回,他们也不追赶,赶快前去迎接红娘子。见了面后,知道左小姐已经接到,他们不多耽搁,只留下张鼐带着他的骑兵站在卧龙岗上,以防万一有猛如虎的人马前来追赶,而红娘子和慧梅一起率领女兵向北驰去。

　　在卧龙岗北边五六里处,是连绵不断的岗岭。在两条高岗之间,有一片深而宽广的谷地。在这谷地的北边,也就是靠着北边高岗的南坡,背风向阳,有一个十分残破的大村庄,村中房屋十之七八不是被烧毁,便是因为长久没人居住,已经倒塌。村中居民稀少,满目荒凉景象。从前天黄昏以后,忽然来了一千多闯王的人马,尽是骑兵,男女都有,悄悄地隐藏在此,不许老百姓走漏消息。因为在这远离官路的丘陵地带,平常很少来过官军,也很少来过义军,所以见了这一支神不知鬼不觉的人马突然来到,连当地老百姓都觉得出乎意外。如果说是进攻南阳,不必在这里驻扎军队;如果说是要截断从南阳到邓州和新野的大道,也不必来到此地。在这一带,卧龙岗和岗西边的辛店才是截断大道的重要地方,而这儿离卧龙岗有六七里,离辛店有二十里开外!

　　义军来到以后,立刻在村里村外搭起许多军帐和马棚,同时拿出一些杂粮和银钱,周济村中百姓。因为这道谷地的东南面还有一个高岗,所以无论是从南阳城头望过来,或是从卧龙岗上望过来,都望不见这儿的军营。

　　左小姐被挟持在大青骡上,不知道这些人要把她送到何处。一路上,她想着不管她被送什么地方,一定会受侮辱,而她宁可死在刀刃下,也决不能受辱。堂堂平贼将军的女儿,怎么能失节于贼呢?在半路上,她几次注视着从黄土中露出来的石头,心想只要能从骡子上栽下去,头触石头,一定可以立刻死去。有一次,趁那只紧紧搂着她的左手稍微松劲,她向路旁猛一扑,就要往石头上栽去,却没有想到这"贼"少年是那样迅速,猛一下子又把她搂到鞍子上,而且更紧地把她搂在怀中,使她挣扎不得。她想用牙齿咬那只手,可是那只手搂在她的腰上,使她无法咬到。她非常生气,却没有任何办法。但是想,不管到哪里,反正总有寻死的机会。

大青骡驮着她走上了岗头,她向下一看,看见了谷中的村庄和帐篷。使她奇怪的是,那帐篷十分整齐,有一些人在空地上练武,有少数人在谷中打柴,整个营地十分清静。各个路口,包括较远的路口,都有人戒备,军容整肃。她十岁以前曾跟着养父的大军走过许多地方,也看过许多人的军营,现在她觉得这军营虽然不大,可是那整齐劲儿竟然超过了她见过的官军的军营,简直可以和她养父的军营相比。忽然她疑心闯王就住在这个地方,许多关于闯王的传说忽然从她脑海里出现。她听说闯王到处杀人,到处劫掠,可是从眼前这军营来看,却不像是乌合之众。她又听说闯王名字应着《谶记》,要同当今皇上争江山,看看这军营一副正经的样子,莫非他真不同于寻常的"流贼"么?当然,即使他不同于一般的"流贼",也毕竟还是"贼",她身为大明朝平贼将军的养女,自己的亲身父亲也是副总兵官,决不能在李自成面前失节,也不能失去她的身份。可能李自成会杀她,以泄私愤,如果这样,她将毫不畏缩,任"流贼"杀死好了。倘若李自成是个好色之徒,她也会骂"贼"而死,决不受辱。如果李自成既不杀她,也不奸淫她,她就要求速速放她回南阳去;如不放她,她就死在李自成面前,而且要骂他犯上作乱,祸国殃民。……

左小姐就这么一路胡思乱想,心中理不出一个头绪。大青骡已经走下高岗,走进谷地,走到兵营的前边。那里有十几个人似乎正在等候着,她一眼看出她们都是戎装打扮的姑娘,心中感到奇怪:这里怎么会有这么多的姑娘?她知道皇上的宫女众多,有三宫六院,难道李自成现在也有这么多的侍妾?还是他准备做皇上,已经挑选了许多宫女?这些疑问刚刚在脑中一闪,一个为首的高挑个儿的戎装姑娘已经面带微笑迎了上来,说道:

"小姐受惊,请下骡子。我是奉夫人之命,特意带着姐妹们在此恭迎。"

左小姐没有答话,心中正在惶惑,身后的"少年"已把她抱离鞍子,轻轻放在地上,然后自己也跳下来,便要拉她与高挑个儿的姑娘相见。当"少年"的手快要拉着她胳膊的时候,她把胳膊一甩,怒骂道:

"贼小子,休得动手动脚,对我无礼!"

骑青骡的"少年"冷不防受到她的抢白,不觉转向高挑个儿的姑娘,不好意思地说:

"英姐,她说我是个'小子'。"

高挑个儿的姑娘笑了,拉着"少年"的手说:"你在两军阵上,不比小子弱。哟,左手背怎么了?"

"少年"用嘴角向左小姐一扭说:"她用指甲挖的!"

"看,挖破了,还在流血,快去上药!"

左小姐觉得茫然,随即发现那"少年"的耳朵有窟眼,与前来迎接的那些姑娘一个样。再听她说话声音也是姑娘的声音,看她的眼神也是姑娘的眼神。尽管个子比较大,可是走起路来仍是姑娘的身段。于是她心中恍然,对这个骑青骡的"少年"不再讨厌,甚至可以说有了些好感。

陈妈妈已经从另一匹骡上下来,注视着这些情况,心中也在盘算,这时便向高挑个儿的姑娘问道:"你是何人?"

高挑个儿的姑娘回答:"我是闯王夫人身边的女兵慧英,特奉夫人之命在此恭迎小姐。"

陈妈妈问道:"何人在此驻扎?是不是闯王在此?"

慧英答道:"闯王并不在此,只有夫人率领亲军在此,等候与小姐见面。"

"为何将我家小姐拦劫到这里?"

"为了搭救你们小姐。"

"什么?我们好端端地要到湖广去,被你们劫来此地,还说是搭救!"

慧英笑道:"妈妈不知,你们原是被困在南阳,马上攻破城池,玉石俱焚,小姐也难免不在兵荒马乱中受到伤害。所以闯王与夫人商量,一定要把小姐救出来。如何救法,由咱们宋军师想了一条妙计。你们小姐出城的事,我们事前都知道。我们是按照宋军师的妙计把你们请出城来的。"

左小姐和陈妈妈听了这话,才恍然明白。陈妈妈说:"事到如今,我们也没有别的想法。你们要知道,我家小姐是将门之女,千金之体,不得对她无礼。"

慧英说:"请妈妈一百个放心,我们一定以礼相待。"

左小姐忍不住又问:"既然你们怕我在南阳城中不能平安无恙,为什么你们不在破城之后,派人到我的住宅保护?何苦一定要把我赚出城来,还杀死我的管家和亲兵亲将?"

慧英说:"小姐不知,将来攻进南阳城的不仅是我们老营人马。"

"什么老营人马?"

慧英不觉笑了,说道:"老营就是我们闯营的人马。攻南阳,另外还有曹营的人马。我们闯营的人马可以保护小姐,万一来不及,曹营的人马先到了小姐住宅,岂不糟了?所以闯王同军师计议,还是在攻城之前,把小姐救出为妙。"

左小姐又问:"你们把我送到这里,有什么打算?"

慧英说:"听夫人说过,只请小姐随同我家夫人暂住一时,并不久留。"

左小姐半信半疑。陈妈妈听了慧英的话,感到有些安心。她觉得,在目前的处境下,只要能够使小姐一不受辱,二不被杀,已经是天大的侥幸,至于以后如何离开这里,回到湖广,那只能再作计议了。同时她又觉得慧英态度大方,举止端庄,对左小姐和她都很有礼貌,如果是这个姑娘照料,想必不至于让那些"男贼"接近小姐。想到这里,她试探着问道:

"你果然是闯王身边的女兵头目?"

　　慧英又笑了，似乎猜到了陈妈妈的心思，说道："妈妈如何还不相信？说实话吧，我确实是夫人身边的女兵，以后左小姐同妈妈有什么事情要办，或遇到什么小小的困难，只管告诉我。这老营中上上下下，我都很熟，大家也不把我当外人看待。因为我在夫人面前管事较多，人们都说我是夫人的女兵头目，其实夫人并没有这样封我。不管怎么说，你们以后有什么困难，都找我好了。"

　　这时慧剑已匆匆地上完药走了回来，陈妈妈又指着她问道："她是何人？她倒很有力气，真像个小子一样，不过眼睛比小子秀得多，嘴唇也不像小子。"

　　慧剑咻咻地笑着，有点不好意思。慧英回答说："她原是我们夫人身边的一个女兵，现在健妇营中当一个头目。她哥哥是老营中一个重要首领。女兵在我们这里又叫健妇。你看，你身后这些穿'猛'字号衣的姑娘，全是我们这位姐妹手下的女兵。"

　　陈妈妈说："哦，我心中一直发疑，果然全是女的！"

　　慧英又说："夫人正在大帐中等候，请左小姐和妈妈进去相见。"

　　左小姐因大腿被木鞍子磨破，如今刚走几步便觉疼痛，猛然一瘸。慧剑赶快搀扶着她。她并不拒绝，倒把身子倚靠在慧剑的手臂上。慧剑和慧英想起刚才她下骡后甩手的情景，不觉交换了一个微笑的眼神。

　　李自成用计将左梦梅劫到军中以后，过了三天，他同罗汝才从叶县来到南阳城外，下书劝猛如虎献城投降。

　　却说猛如虎这个人，并非贪生怕死之辈。在三年前，他因事牵连获罪，被朝廷削去军职，赋闲在家，郁郁无聊。杨嗣昌知道他有大将之才，去年特向崇祯皇帝保荐，将他起用，带兵进川作战。嗣昌因为左良玉、贺人龙、李国奇等大将骄横跋扈，不易驾驭，其他统兵作战的总兵和副将虽然不少，但一则资望不高，二则均非大将之才，所以对猛如虎特别倚重，任他为"剿贼总统"。他感激杨嗣昌的知遇之恩,发誓不惜以一死报答。今年正月十三日,他率领少数部队,在四川开县的黄陵城堵截张、罗联军。他的儿子猛先捷、部将刘士杰和郭开等战死,全军覆没,他自己被亲将拼死救出。张献忠乘胜出川,破了襄阳。杨嗣昌自尽以后,猛如虎顿失靠山,归丁启睿节制,很不得意。一个月前,因为唐王告急,朝廷将他从湖广调来南阳,作为南阳的镇守总兵。

李自成为着南阳防守比较坚固,不想多损伤攻城将士,明知猛如虎不会投降,还是采取先礼后兵的办法,射书劝降。因此将南阳围困三天,才开始攻城。

李自成命张鼐和黑虎星用六尊大炮轰击南门,打毁了半个城楼和许多城垛,还将月城的高处打开了一个缺口。猛如虎用大炮还击,有时在夜间派出小股将士缒下城来,袭扰义军。打了两天,互有死伤。忽然盛传督师丁启睿率领大军从随州来救南阳,已到唐河以北,太监刘元斌的禁旅跟着前来。李自成想将丁启睿包围吃掉,突然下令将主力撤离南阳,往唐河境去捕捉大鱼。丁启睿一味避战,迅速往枣阳方向退去。李自成扑了个空,回师再围南阳,这时已经到十一月初了。

李自成用大炮向城中和城上轰击,打死打伤了许多军民,打毁了许多房屋。经过三天炮轰,守城军民人心涣散。义军因城外西北角地势较高,又连夜在高处筑成了三座炮台,安放了大炮,其中有两尊炮是从项城战役中夺获的西洋大炮。到十一月初四日五更,南阳城四面都有炮声,引起了城中几处起火,并且有响弹①射入城内。这种响弹尽管杀伤力不强,但当时南阳军民还没有经受过这样的炮战,它的巨大的响声给他们造成不能想象的恐怖。当太阳从东方露头的时候,城外西北角的大炮开始猛轰,那两尊西洋大炮特别发挥了强大威力,将城墙打得不断倾圮。知县姚运熙正俯伏在北城上督率丁壮死守,看见西北角城墙即将攻破,想下城逃跑,刚一抬头,被流弹打倒地上,挣扎了一会儿,很快死去。城上军

① 响弹——这种炮弹是空的,有洞,利用从洞口进去空气,发出巨响,恐吓敌人。

民一见知县阵亡,更加丧胆,纷纷逃命。义军预备在土丘背后的两千步兵,突然冲出,呐喊着从城墙的倾圮处攻进城中。一部分义军杀死城上逃跑不及的军民,一部分占领北门,放骑兵和步兵进城。一时间,诸门都被义军占领了。

义军进入城中以后,猛如虎和刘光佐的人马已经崩溃,有的被杀死在城头上,有的被杀死在街巷中。刘光佐不知下落,有人说他死于乱军之中,有人说他趁着混乱逃出城了。猛如虎从西城下来,身边只有二百多人,一面巷战,一面向唐王府逃跑,想凭借宫城再抵抗一阵。未到唐王府,他的身边只剩几个人了。他的战马突然中箭,将他跌落地上。他已经受了几处伤,满身带血,既不投降,也无意自尽,仍然步行往唐王府走去。离宫城门尚有一箭之地,忽然从街道两头来了闯王的义军。他知道无路可逃,便向北跪下,叩了一个头,用嘶哑的声音喘着气说:"皇上,臣的力量已经尽啦!……"他刚刚站立起来,一群义兵到了他的身边。他正要用无力的右手举起刀来抵抗,却被人一枪刺中心窝,登时倒下,呻吟一声,在血泊中死了。

城中的零星抵抗已经停止,但杀戮仍在继续……

大约过了一个多时辰,李自成才同罗汝才从独山南边的大营出发。罗汝才带着军师吉珪和一群亲兵亲将,直接由北门进城,而李自成却绕道由东门进城。陪同他的有刘宗敏、宋献策、牛金星、李岩以及吴汝义、李双喜、李强。李强已升为护卫中军,比去年当亲兵头目时,地位高得多了。现在,李自成等一行人由李强率领二百名亲兵前后保驾,威风凛凛地前往东门。一路上,李自成不觉想起以前,每当攻破一个城池,他常常随着先头部队,挥着宝剑,冲进城门。而自从攻破洛阳以来,他再也不需要自己冒矢石,犯白刃,亲临危地。进洛阳,是他生平第一次采用入城仪式,在百姓的夹道欢迎中,威武雄壮地整队入城。那时他骑在乌龙驹上,首次想到将来建国,国号可用"大顺"二字。如今南阳因是经过血战才攻克的,杀戮甚众,所以不能像进洛阳时那样大事铺排。但是,入城的时间和从哪个门入城,却不能马虎。早在攻破南阳之前,宋献策已经用占卜的办法,择定要在巳时三刻进入东门。只有按照这个时间从东门进城,才能够趋吉避凶,大吉大利。

当他们来到东门时,曹操带着吉珪、谷英已在那里迎候。田见秀正在处置城中诸事,不能分身,便由谷英前来代他迎接。曹操先进北门,然后从城内来到东门迎候闯王的主意是吉珪出的。自从张献忠兵败来投,经曹操建议将他放走之后,在闯营将领中时常传出闲话,说大元帅上了曹操的当,为此吉珪经常劝说曹操,要他尽量做得卑躬屈节,使闯王相信他曹操决无意与他分庭抗礼,也无意离开闯营。曹操听从吉珪的建议,做得十分自然。今天他又把自己的身份降得和部将差不多,同吉珪、谷英等一起先来东门迎候。

李自成来到东门,看见曹操和吉珪以及曹营的几个重要将领都在城门口立马恭迎,心中十分高兴。

东门内尚有火光,有些房子还在燃烧。城门楼已被大炮轰塌,砖石碎瓦落了一地。街上到处都有死尸,还有许多重伤未死的人,正在发出呻吟。鲜血流在地上,凝结成冰。还有的死尸靠在墙上,墙上也沾满血迹。这景象使随在闯王后面的李岩怵目惊心。尽管他在一年前就起义了,但像这样杀戮,他还是第一次看到。他当然很清楚:自古以来,都是用屠城的办法来惩治那抗拒不降者,但以前他只是听说,只是从书本上见过,如今则是亲自目睹。他感到十分难过,但是他望望身边的人,发现大家脸上都充满胜利的喜悦,没有一个人同他一样。

吉珪也看到了这一切,却掩盖着内心的真实思想,在马上向李自成说道:

"今日大元帅从东门进城,也就是古人所说的'紫气东来'①,实

---

① 紫气东来——古人迷信,说紫色的云气是祥瑞之气。据传说老子西行,守函谷关的小吏尹喜于事前在城关四望,看见有紫气东来,说道:"应该有圣人从这里经过!"果然老子来到。

在是南阳万民之福！"

李自成听了这话，起初感到很高兴，对吉珪连连点头，随即意识到这话里含有嘲讽之意，不觉暗恨，但是他隐忍不发，只是淡然一笑。

他们马踏血迹，向唐王府宫门走去。当李自成看见猛如虎的尸体时，询问了杀死猛如虎的情况，心中称赞猛是一个勇敢的人，随即吩咐找一口棺材将猛装殓，寄在宫城附近的关帝庙中，免得被野狗吃了尸体。宫城四门已由谷英派兵把守，不准闲人入内，只待运出财物，就要放火烧毁。李自成在端礼门下马，走进宫城，各处看看。王府中也有许多尸体，男尸体多是被杀的，横七竖八地躺在地上；女尸体多是在屋中和后花园中，显然是在破城时惊惧上吊，或投入池中淹死。唐王躲藏在后花园假山背后的石洞中，已经被义军找到，绑在钦安殿的红漆柱上，等闯王审问发落。自成用十分蔑视的眼光看了看，对跟在背后的谷英说："不用审问，斩了算啦。"谷英马上命人将唐王拉到麒麟阁门前斩讫。恰巧那里有一条狗在巷战时中流矢而死，唐王的尸体同狗尸都躺在麒麟阁的石阶下边。李自成又对谷英吩咐了几句话，特别嘱咐如何看管和清查王府的库藏要紧，然后出宫。亲兵们已经将马匹从宫城外牵到东华门外等候。

上马以后，他回顾王宫，又看看后花园中高耸的石头假山。这王宫和假山虽然不如洛阳的福王宫那样富丽堂皇和壮观，但也不愧是亲王府第。李自成对牛、宋等说：

"到处封王，修造王府，不知耗尽了多少民脂民膏！"

牛金星说："历代唐王，荒淫者多，百姓恨之入骨。这座假山，百姓称之曰王府山。传说上两代唐王，闲暇无事，登上假山，看到城中谁家娶媳嫁女，就派人拦阻花轿，把新娘抢进宫中，过两天才放出宫去。所以南阳各县都是白天拜堂成亲，只有南阳城内和四郊，是在黄昏以后拜堂成亲，为的是怕被唐王在假山上看见。"

李自成问道："果真如此么？"

牛金星笑了笑,说:"历代唐王荒淫是实,至于这个传说,也无非是说明他的民愤很大。其实古人拜堂成亲多在晚上,后来有些地方才改为白天,而南阳城则尚存古风耳。"

曹操忽向谷英问道:"子杰,我嘱咐你的事,忘记了么?"

谷英笑道:"大将军命我办的事,我怎敢忘记。我进得宫来,很多宫女已经逃出宫去,有的死在街上,有的藏在民间。我找到了一些,挑选十来个比较俊俏的,已经交给孙绳祖,让他派兵护送出城,先在城北等候,随后会送到大将军营中。"

曹操点点头,说:"可惜没有看到王妃,王妃可能长得很俊。"

谷英说:"王妃年纪已大,虽然也有年轻的,但已逃出,不知死在什么地方,也有自尽了的。"

李自成问道:"子杰,你见到孙本孝了么?"

谷英说:"孙本孝前几日已经被杀了。"

"怎么被杀了?"

"自从我们劫走左小姐,猛如虎就觉得奇怪:为什么我们算得那么准? 他就派人四出查访。后来有人告密,说是去年冬天,我们驻在白土岗一带,孙本孝曾经来见大元帅。又有人告密说,当左小姐动身的前一天,曾将孙本孝请去算卦,当晚西城头有人在守城时把灯笼举了三次。猛如虎先查出那个举灯笼的人,抓到以后,酷刑拷打,供出了孙本孝,这样就将孙本孝抓到了,前几天已在十字街口斩首示众。"

李自成听了连声叹息道:"可惜! 可惜!"

他们又到知府衙门看了看。李自成向谷英嘱咐了几句话,随即从北门出城,回独山南边老营。

几天以后,田见秀已将南阳城内诸事处理完毕,拆毁了城墙。李自成一面扬言要从武关入陕西,一面分兵四出,攻破邓州、内乡、镇平、唐河、泌阳等州县,征集粮食和骡马,准备了大量火药。过了腊八,十二月初九是一个黄道吉日,闯、曹大军离开南阳一带,分成数路,浩浩荡荡向开封进军。沿路百姓,都来向大军送粮。有的地方，义军未到，百姓早将城门打开，绑了知县，前来迎降。人人都说，此去开封，必然破城无疑，因为从来还没有这么大的部队去围攻过这座古城。人人都在等着听开封被攻破的消息，等着看李自成在攻破开封以后，还有什么大的举动。

第二十二章

李自成和罗汝才率领义军主力,于十二月十三日到达许昌。路过襄城时,因为襄城已于上月投降,所以李自成下令不许将士入城,让城中官绅百姓各安生业,不必惊慌;只是接受百姓控告,派一小校率领二十名骑兵进城,将平日贪赃枉法的知县曹思正逮捕,带往许昌斩首。

大军到了许昌之后,因为李自成在路上患病,临时改变计划:大军停留在许昌一带,等候他的病愈,同时向附近州县征集骡马、粮食、豆料、柴草等项,并将一部分随军的老弱妇女和在南阳受重伤未愈的弟兄,暂时寄屯在许昌城南六十里远的临颍城内,命红娘子率健妇营和童子军(即孩儿兵)留驻临颍保护。过了数日,李自成才继续往开封进兵。

二十三日夜间,正是农历小年,李自成到了开封城外。按着事前商定的计划,他将老营驻扎在曹门正东大堤外的应城郡王花园,距曹门大约不到五里。曹操随后到达,将老营扎在城东南角三里外的繁塔寺,离禹王台很近。李自成到达应城郡王花园时,已是三更时候。高一功和李过是在黄昏后就到达的,已经预先在帐篷内烧起木炭,所以李自成一到,马上就召开军事会议。

一个月来负责刺探开封军情的是李侔。李侔在开封住过多年,情况比较熟悉,部下又多是杞县人,所以他担负起刺探军情的重任后,就不断派人进入开封,探明省城的各种动静。从许昌出发时,他奉闯王之命,率领两千人马先行。今日正午过后不久,他命李俊率领三百骑兵,绕道潜至应城郡王花园,埋伏在大堤外边;又单派七名骑兵飞驰曹门,在吊桥外的木栅上粘贴两张大元帅告示,晓谕城中军民,从速将周王和抚按众官扣押,献城投降。这七名骑兵贴好告示,并不急于离去,向曹门关外大街上的百姓大呼,说他们是闯王的人马,派来攻占开封,只杀贪官污吏、亲王郡王,不杀百姓。曹门关临街的两侧铺户,人人屏息,听他们说话,却没有人敢捉拿他们。等守曹门的官军追赶出来,他们便策马飞驰而去,转眼间到了大堤之外,无踪无影。同时,李俊又派人捉获了住在北关的三名小贩,是今日上午封闭城门之前才从城中出来的。向他们详问了北门一带的守城情况,然后放走。

当晚的重要军事会议一开始,李自成便向李侔询问开封的动静。李侔恭敬地站起来,说道:

"由于我们的游骑近三四天来出没于朱仙镇一带,朱仙镇的人常常看见我们的人马来来去去,因此城中以为我们大军将攻南门,就把守城的主要兵力都放在南门一带。守南门的是新任巡抚高名衡,他的副手是总兵官陈永福。陈永福的将士有一半驻扎在南门大街。城上滚木礌石摆得极多,百姓家家户户早晚轮流登城。"

李自成又询问了其他各个城门的防守情形。李侔将各城门担负镇守的官绅名字,一一说了出来,并把官兵的数目也说了个大概。对于城中所存的粮食、柴火约有多少,能支持多久,也都谈了自己的看法。

这是李自成第一次派李侔单独去完成这么重要的任务。听完李侔的禀报后,他频频点头,连说:"很清楚,很清楚。"接着又问道:"为什么要让祥符知县王燮镇守北门?"

李侔说:"让王燮镇守北门,不为别的,只为第一次我们来攻开封时,此人颇有胆略,年纪又轻,深得抚、按各封疆大吏的赏识,周王也很赏识。他本来已经升为御史,只因开封情况紧急,不得不暂时留下。现在让他镇守北门,是因他们认为北城外面的护城河无水,城墙稍低,容易受攻。虽有大官分守北门,并不得力,需要派一个真能做事的官员在那里督率军民守城才行。"

李自成点了点头,又问道:"城中百姓是否十分惊慌?"

李侔说:"百姓自然是人心惶惶,不过没有人想到投降。"

"为什么百姓跟官府如此一心?"

"官府造出谣言,说几个月以前,开封人射伤了大元帅的一只眼睛,我们的将士发誓赌咒:下一次攻进开封,不但活人要杀光,连死人也要剁三刀。"

大家听了都笑起来。闯王也笑着骂道:"他妈的! 他们竟如此造谣煽惑,无怪百姓们要拼命守城。"

会议决定从明日起,按照预定方略,从宋门到曹门和北门,全面猛攻。各个大将重新分了任务,主要力量放在曹门和北门之间。会议之后,诸将退出。刘宗敏也退出了老营,到曹门外他自己的驻地,重新召集大小诸将,部署明日攻城事项。李自成留下牛金星、宋献策和李岩,又谈了很久,然后各自休息。

李自成十分困乏,坐到干草铺上,准备就寝,却看见高一功又走了进来,在火边坐下。自成问:

"你还有什么事儿?"

高一功说:"我们老营将士自来不许多饮酒,跟曹营不同。可是如今天气寒冷,又在黄河边上,尖风刺骨,号衣单薄,都冷得吃不住,所以各营都求我向你要求,像曹营一样发酒挡寒。"

"有酒么?"

"酒准备了不少,还可以继续准备。"

"好吧,发给大家酒喝,比曹营减半。可是一功,你替我严申军令,不管是谁,不许喝醉;有喝醉的严厉处罚!"

"是。我一定严申你的军令。"

高一功仍不马上走,嘴唇动了动,分明有什么话欲说又止。李自成问道:

"还有什么事儿?"

高一功笑一笑,说:"李古璧打今年春天回营,已经几个月啦。他总是暗中抱怨没有派遣他重要差事……"

自成截住说:"给他三百人照料粮草,这差事还不重要?"

一功说："我也说很重要,可是他想带兵打仗,认为打仗容易立功,照料粮草使英雄无用武之地。"

李自成用鼻孔冷笑一声,问道："他向你请求过给他另派差事?"

"他向我求过多次,我始终没吐口。"

自成说："此人不可重用。你知道,他虽然也姓李,可是并非一族。他是清涧县人,上一代才搬到米脂城附近住。可是他平日对不知底细的人七吹八吹,说他是我堂兄弟,没出五服;背后同别人谈话,提到我就称'我二哥'如何如何,提到你姐就称'二嫂',也真糊弄住了不少人。他又喜欢吹从前的战功,吹我多么赏识他。真他妈的!"

高一功笑着说："这些情况我全清楚,别人也清楚。人们说他是卖狗皮膏药托生的,所以不叫他李古璧,给他起个绰号叫李狗皮。"

李自成接着说："他实际没有多大本领,却喜欢争功。做表面活儿他上前,有好处的事儿他把头削得像竹签子,遇困难活儿他托故向后缩,只恐怕派到他头上。潼关南原大战之前他掉队了,回到米脂家中,咱们破了洛阳之后,他又来了。像他这样人,怎么敢指靠他带兵打仗?"

高一功说："他对我说,请你派他带兵打仗试试。如他不卖力,甘当军令。他还说,这一次攻打开封,他宁死也要为你出力。"

自成说："真想出力打仗,也是好事,叫他找总哨刘爷去请求吧。小事何必问我?"

一功说："他知道捷轩不喜欢他,所以不敢见捷轩,总是缠住我,请我在你面前说说。"

自成想了想,说："把他派到谷子杰的营中吧。你告他说,他若犯了军规,可休想因为他姓李就宽容了他!"

高一功一走,李自成赶快睡觉。可是他刚刚脱去外边衣服,躺了下去,忽然听到远处杀声暴起。他重新披衣,奔出屋外,看见北

门的方向有火光,又听见炮声、杀声也是从那儿传来。他不知出了什么事故,向身边的亲兵吩咐:

"赶快鞴马!"

丁启睿近些日子来总在奔波。本来奉了皇帝手诏,催他去救南阳,他已经过了唐河,只因畏怯避战,又退回河南和湖广交界地方。南阳失守后,他受到朝廷申斥,又奉诏来救开封。他虽然很害怕同李自成作战,可是开封又不能不救,这使他日夜都生活在忧患之中。他是河南永城县人,开封是河南的省会,也就是桑梓之地,首府所在。开封如果失去,他将国法难逃。为着自己的性命,也为着桑梓父老对他的期望,他不得不跟在闯王大军后面,往开封奔来。他本来是个胖乎乎的中年人,自从担任了督师,特别是奉命去救南阳和开封以来,变得面色黧黑,须发斑白,满脸憔悴与忧戚神色。他手下一共有两三万人,由于急着要奔进开封,所以只抽调了部分他认为可用的精兵,连同幕僚、亲将、亲兵、家丁、奴仆,一共约有三千五百人之谱,多是步兵,轻装赶路。

当李自成大军完全离开许昌以后,他隔了大半天才进入许昌。他的人马一进城,就到处掳掠、奸淫,无恶不作。

第二天,丁启睿的人马在黎明时离开许昌。他刚刚在行辕外跨上战马,忽然吴巡捕走到他面前,躬身禀道:

"启禀大人:照壁上有一张无名招贴。看来这城中显然仍有流贼。"

丁启睿一惊,问道:"招贴上如何写的?"

吴巡捕说:"请大人亲自过目。"

本来丁启睿只要把缰绳一提,或把镫子轻轻一磕,他的坐骑向前走上十步八步,他就可以亲自来到照壁前观看;但是多年来在官场养成的习惯,使他处处要摆出架子,所以他并没有驱动坐骑,只是威严地吩咐说:

"将招贴撕下来,呈给我看!"

吴巡捕不敢怠慢,赶快跑去撕照壁上的招贴。好在那招贴才贴上不久,糨糊尚未全干,他小心地撕下来,双手呈给督师大人。

丁启睿匆匆一看,原来是一首七言古体,写道:

> 伤心拄杖出门望,一夜之间变沧桑。
>
> 不见薨檐连街巷,空余瓦砾伴颓墙。
>
> 可怜魏家①宫阙地,悠悠千载同渺茫。
>
> 耳边唧唧居人语,道非贼毁为兵殃。
>
> 贼来不闻鸣铁马,贼去徒见兵鸱张。

丁启睿看了以后,又气又怕。气的是,写这招贴的人并非市井之徒,倒是读书人,看来读书人"从贼"已经成了一个风气。怕的是,他的人马到许昌后,确实纪律很坏,不如"流贼",万一父老百姓向朝廷控告,言官也在朝中弹劾,他身为督师,剿贼无功,反而受过,前途恐怕有点不妙。

但转念一想,目今也不仅是他的人马如此,天下老鸹一般黑,连京营人马,有皇帝亲信的太监刘元斌率领,纪律比别的官军更坏,有什么办法呢?于是他觉得心头轻松了些,一把将无头招贴撕得粉碎,投到马蹄下,也没有说别的话,就把缰绳一提,镫子一磕,在亲兵亲将和幕僚的簇拥中向城门走去。

闯、曹大军离开许昌以后,沿着扶沟、鄢陵、尉氏分两路奔向开封。东西二三十里之内都有闯、曹的人马和游骑。丁启睿不敢同闯、曹的人马交战,但又急着要赶到开封。起初,他跟在闯、曹大军后面,后来觉得这样太慢,而且很危险:万一义军派出一支部队埋伏中途,他就会吃大亏。所以他后来改变了路线,从长葛以西向北方向走去,以急行军走了两天一夜路程,然后绕过中牟西边,继续向北,快到黄河南岸时,他才突然向东转去,预备抢在闯、曹大军到达之前,从北门进入开封。但是闯、曹大军走的路比较直,而且骑

---

① 魏家——指三国时的魏。建安时,洛阳残破不堪,曹操挟汉献帝建都许昌。曹魏建国虽都洛阳,但魏明帝仍在许昌大修宫殿。

兵很多,当丁启睿的人马到达开封北关时,李自成已经在开封周围安下营寨,仅仅北门一路尚未合围。丁启睿一到北门,就发现情况十分不妙,万一闯、曹人马来攻,他的三千多人马必然溃于北门之外。于是他赶紧叫城,希望迅速进入城内。城里听说督师大人的人马已到,就打开城门,先将丁启睿和他的亲信幕僚以及两百名标营亲军放进去,然后再让他的大队人马入城。

正在这时,由袁宗第率领的一部分人马刚好来到北城,看见官军正在进城,认为这是大好时机,便随在官军后面,向城内拥去。官军见义军来了,更急着要进城逃命,不愿作战;义军想混进城去,也不同官军作战。双方都争先恐后地往瓮城内拥去。

镇守北门的王燮是个十分机警的人,他发现挤进瓮城的,既有丁启睿的官军,也有李自成的"贼军",瓮城门已经没法关闭,便立即下令将主城门关闭,而且用石头顶了起来;还怕顶不牢,又将事先预备好的沙包也垛在门内。他自己立在城头,俯视瓮城,指挥兵丁百姓向下射箭,投掷砖石。

这时进入瓮城的已有几百官军,还有几百义军,他们都拼命向城上呼喊,要他们打开城门。王燮不理,继续命人向下射箭、扔砖头和石头。瓮城外面的官军,看到这种情况,立刻崩溃,各自逃命。袁宗第的人马也开始动手,有的官军被杀死,有的跪下投降,只有少数逃脱。丁启睿的三千多名援军,只有二三百人进入城中,其余的没有经过战斗,就轻易地被消灭了。

丁启睿进城以后,下令将他的人马全放进城内。王燮置之不理。丁启睿非常愤怒,以督师的身份命令说:

"如不让我的人马进城,有皇上的尚方剑在,你这个知县休想逃避罪责!"

王燮无奈,一面指挥将士作战,一面派人向巡抚请示。高名衡立刻禀报周王。很快,周王就派一个内臣来北门传了周王的令旨:

守城要紧。一切军民,凡困在城外的,一律不许入城!

丁启睿这才不敢说话。同时,他也知道,留在城外的三千多官军已经不存在了。

袁宗第将瓮城外面的官军消灭以后,就专心指挥将士来抢夺瓮城。他的人马又有几百人冲进瓮城,一部分人不断地向城上放箭;一部分人抬来了云梯,靠在瓮城上。有几十个人登上了瓮城城墙,直向大城奔去,眼看就要夺得大城。王燮立即悬出重赏:凡是能将"流贼"打下城去的,赏元宝一锭。当时就有一个大汉,手持长棍,几棍子打下去几名义军。别的官军一拥而上,义军被打退回来,有的被打下城去,受了重伤;有的摔死;也有的被杀死在城上。夺城的战斗很短促,但十分激烈,城头的军民也死伤不少。

在义军被打退之后,王燮立刻命书吏将立功人员的姓名记下,每人发给一个元宝,大大地鼓舞了士气。他又悬出重赏:凡是能把瓮城城门堵塞住的,赏给重金。于是,守城军民纷纷抬着沙包,从瓮城城门上边向下投去。一个一个沙包将城门堵了起来。在这种情况下,义军只好赶快退出瓮城。王燮又命人点着火药和柴草,从大城上投下瓮城。霎时间,瓮城之内,又是火光,又是黑烟,加上弩箭齐下,砖石横飞,未及退出的义军和没有逃出的丁启睿的官军,一批一批地死在瓮城里边。单单丁启睿的官军就死了一二百人。

袁宗第看见北门攻不进去,又损失了一些弟兄,连连顿足。这时,李自成带着亲兵飞马赶到,看见这种情形,命令袁宗第停止进攻。他见袁宗第一脸懊恼,便笑着对他说:

"丁启睿的三千多人马都被你消灭了,你不过损失了一二百人,有什么好生气的?何况今天本来没有让你进攻北城,只是碰上偶然机缘,你想混进城去。既然这机缘没有用上,也就算了,还是准备一二日内攻城要紧。看来城中防守很严,苦战还在后边,你赶快休息去吧!"

十二月二十四日,闯、曹大军全数到达开封城外,各部队都按照指定的地方扎营,搭好了窝铺,立好了帐篷。那些距城门较近的营盘,还挖掘了壕沟,以防官军夜间出城来偷袭骚扰。

这一天,因义军需要做攻城准备,城周围几乎是平静无事,只偶尔互相打几炮,破一破紧张中的特殊沉寂。

午饭以后,李自成骑马出营,打算从北门外巡视到曹门和宋门,察看攻城部署,也看一看城上的防守情形。为着提防城上打炮,只能在离城二里以外的地方走。即使二里以外,仍是危险区域,因为当时的大炮,已经可以打得很远。可是如果他们走得离城太远,就不容易看清城头上守城军民的动静了。

随着他一起巡视的,有刘宗敏、田见秀、牛金星、宋献策、李岩、张鼐,还有丁国宝、牛万才、黑虎星马重喜等人。命张鼐和黑虎星马重喜跟着,是为了选择和布置攻城的炮兵阵地。命丁国宝和牛万才跟着,是因为这次攻城需要用掘城的办法。掘城的义军大部分是伏牛山的矿兵①,也有陕西来的善于挖窑的农民。这支掘城队伍分别交给丁国宝和牛万才二人率领。

李自成鉴于八个月前第一次攻开封失败,不再指望依靠奇袭成功,也不指望他的将士们能够用云梯爬上城头。半年来,他在军师宋献策的协助下筹划这一次进攻开封,曾做了充分准备。他当然很希望这一次能够成功,他认为成功的希望很大,但是他没有把事情看得很容易。从多次细作禀报,他知道开封城中的官绅军民自从他第一次攻城之后,一则有了守城经验,二则不断地增强了守城力量,决不可等闲视之。起义以来他身经百战,什么惨烈的战斗他都见过,但像这一次要进行的攻城战,他没有经验。他想着从明天起,就在他的面前,双方开始血战,炮声震天,硝烟盖地,他的将士们在炮声与喊杀声中,一批一批地在城墙下和城壕边倒了下去,一批一批地越过自己弟兄的尸体和鲜血冲向前去,而且什么时候他不挥动蓝旗,没人敢敲响锣声,攻城也不会停止,不管死伤有多么惨烈。他还想着,在这从来没有经见过的血战中,他也将在炮声和喊杀声中走向前去,立马壕边督战,很可能,他的亲兵爱将在他的身边纷纷倒下,许多匹战马倒下,连他自己和他的乌龙驹也有中

---

① 矿兵——伏牛山中挖煤窑的人从军,称为矿兵。

炮和中流矢的可能。万一此战不能成功,岂不徒然死伤了众多将士?……这样想着,他忽觉心头紧缩起来了。

周围的人们,没人知道这位从战争中磨练出来的大军统帅此刻的沉重而激动的心情,但见他神色从容,缓辔徐行,当他认为需要仔细观察时便轻勒丝缰,暗示乌龙驹暂停前进。在一个地方,李自成立马沙丘,注目城头,左手揽辔,右手举鞭,用鞭子指指点点,与左右文武们交谈一阵。城头上有许多大炮和火铳露出城垛,还有不同颜色的大小旗帜在城头飘扬。守城的军民从一个个的城垛缺口处露出头来,观察他们的动静;也有人指指点点。看来,守城的军民很多,大炮也不少,从旗帜可以看出来,他们的部伍整齐,决非临时凑集的乌合之众。

李自成勒马下了沙丘,继续一面走一面看,指点着地势,同宋献策等商量着什么地方最利于掘洞,什么地方最适宜安置大炮。张鼐、丁国宝、黑虎星等注意地倾听着闯王和军师、刘宗敏等的计议,牢牢地记在心中。

城头上忽然出现了一群骑马的人,后边还跟着许多步行的兵丁。这一群骑马的人是从北门上城,向东走来,很可能是因为听到城外有人察看地势,才登上城墙的。开封的城墙很厚,城头宽阔,有时武将们可以在上边骑马。那些人不断地向李自成这边张望,也是指指点点。骑马走在前边的是一条大汉,虽然看不清他的面孔,但从他的衣服、头盔,可以看出他是一个主要将领。他骑着一匹高大的枣红马,在下午的阳光下毛色闪光,显得特别威武。

这时,李自成故意让马走得离城近一点,想看清这个骑枣红骏马的将领。当相距一里左右时,双方都看得比较清楚了。宋献策忽然"啊"了一声,赶快告诉李自成说:

"这个骑枣红马的大汉就是总兵陈永福。他今日故意骑马巡城,显示威风。"

李自成凭直觉感到这人不是泛泛之辈,随即问道:

"可真是陈永福么?"

宋献策说："我在开封时见过他几次，还被他请到镇台衙门，为他批过八字，看过相，对他很熟。林泉也见过他。林泉，你说，他难道会是别人？"

李岩说："确是陈永福。我跟他不熟，可是也见过几次。"

李自成说："他亲自登上北城，看来会猜到我们要从北城进攻。"

宋献策说："是的，他现在正往东城去，分明是猜出我们要从北城和东城同时进攻。"

牛金星说："既然他这么重视北城和东城，必会从南城移镇北城，看来南城倒会放松一点。"

宋献策摇头说："按道理说应该这样，但陈永福这人颇有阅历，他也不会在南城露出多少漏洞。况开封兵民众多，不会使南城力量单薄。"

李岩说："他们原以为我们从许昌来，进攻南城比较方便，所以陈永福亲自守南门。如今见我们把重兵放在北城和东城，而把曹营留在南城，就知道我们要从北城和东城进攻。倘若曹营在南城也能认真进攻，我们在北城和东城就比较容易得手。"

李自成听了没有说话，刘宗敏也不说话。对曹营的事情，大家都感到不是那么好办。

当李自成等人在城下议论的时候，陈永福一直在城上监视。因为距离不远，他很快从乌龙驹的毛色和那个人的蓝衣、斗篷、毡笠等装束特点，断定那中间骑马的人就是李自成，而在李自成右边的矮个子就是宋献策，还有那戴幞头、穿长袍的必是牛金星。他的身边有一个巡抚衙门的官员说道："看来，流贼是要进攻北城和东城无疑。我们不妨夜间派兵从南门杀出，先杀溃曹营，然后全力防守北门和宋门，闯贼的进攻就不足忧虑了。"

陈永福回头望他一眼，摇摇头，说："现在不谈此事，等我们到了曹门再商议。"

他有较多的打仗经验，在目前紧要关头，不敢作侥幸想法。他自己的人马只有数千,纵然城中可以出动的丁壮不少,毕竟不似他手下久经训练的官军。因此,出城作小的骚扰则可,要想打败曹操或给曹操以重创,如同做梦一般。

祥符知县王燮见李自成等仍在驻马观望,忽然计上心来,对陈永福说:"军门大人,何不趁此机会下令开炮,将闯贼一伙打死?"

陈永福笑笑,说:"我们的大炮现在并没有瞄准,他们离城又很近。我们炮口一动,他们马上就会散开逃走。开炮没有用,反而会打草惊蛇。我们可以置之不理,看他们如何窥探,就知道今夜或明天他们将会如何攻城。"

大家听了陈永福的话,都佩服他的老练和持重。可是,过了片刻,陈永福忽然有了把握,回头吩咐一个亲兵快奔往转角的地方,传谕那里的守城军官,快准备三四尊大炮,将炮口瞄准城外转角的路上,等李自成一干人到了转角的地方停留观看时,突然众炮齐放。

大家都称赞此计甚妙,对陈永福更加佩服。

李自成等继续策马前行。

他们也想到城上可能打炮,所以吩咐亲兵们密切注意城上炮口是否移动,一旦有炮口移动,不许大意。快到城墙转角的地方时,宋献策十分机警,远远地看见三四尊大炮正对着转角处的大路,猜到守城官军会在这里打炮,便对李自成说:

"请大元帅不必再看。我们往玉峰将军营中速议大事要紧。"

李自成会意,笑着点头说:

"好,不用看了。"

于是,他们绕过一片洼地,朝着应城郡王花园附近的一座营盘驰去。

陈永福来到转角地方,看见李自成等人已经改变方向而去,在心里骂道:

"狡贼,不该亡命!"

他在转角处的城头上停留了一阵,观察了城外地理形势,对王燮、黄澍等人说道："应该把重兵和防守器械集中此处,东城有急,救援东城;北城有急,救援北城。这转角地方十分重要,要派得力人员指挥防守。"于是他指派一个最亲信的游击将军主持东北城角的防守诸事。指示以后,他们继续往曹门走去。

李自成一群人到了田见秀营中,将一般的将领留在帐外,然后几个人密商了一阵,便由宋献策带着少数亲兵策马向繁塔寺曹营奔去,传达闯王的决定。闯王一行随即离开田见秀的营盘,奔向应城郡王花园。

这时陈永福到了曹门,那里已经集中了一些重要将领和担负守城重任的地方官吏和士绅。文官中的大官都没有来,因为负责实际守城的不是大官,而是几个年轻力壮、精明强干的官吏,特别是祥符知县王燮、开封府推官黄澍等人。陈永福主持这次军事会议。会议一开始,他先说道:

"本镇奉抚台大人之命,从今天起移镇北门。从宋门经曹门到北门,这一段守城十分重要,看来李贼攻城必在这一段。只要有我陈永福在,决不使闯贼得手。本镇忝为河南镇将①,驻守省城,决不怕死;城存与存,城亡与亡。各位或世受国恩,或为现任官吏,或为本城绅衿,或出身名门望族,守城之事,责无旁贷。请各位与本镇同心协力,共守这一段城墙,打退流贼进攻,保全城官绅百姓与周王殿下平安无事。不知各位有何主张?"

一位官员说:"将军如此忠心,实是全城官绅士民之福。可是曹操精兵屯在繁塔寺,人马众多。如果曹操进攻南门,而军门不在南门,岂不危险?"

陈永福淡然一笑,说:"请你们各位放心。以本镇看来,虽然曹操也要在南门进攻,但他决不会真心死拼。闯、曹二贼同床异梦,人所共知。这次攻城定将死伤惨重,曹操决不愿使自己的人马为闯贼卖命。"

---

① 忝为镇将——镇将即总兵官或负责镇守一镇(军区)的副将。"忝"是谦词,有惭愧和不配的意思。

又有一人说道："风闻他们每攻下一个城池，所掠子女玉帛，按四六分赃。开封如此繁华，曹操难道不会为了四六分赃，猛攻南城？"

陈永福摇摇头说："曹操比我们圆滑得多，所以才叫曹操。他纵然不猛攻南城，只要闯贼从北门和曹门攻入城中，他同样可以四六分赃，何必让他自己的人马死伤惨重？人马是他的本钱，他不会做蚀本生意。"

大家觉得他的话很有道理，心情略觉宽慰。黄澍说道："我协守曹门，定当以一死报效朝廷。"

王燮说："我守北门，只要镇台大人也坐镇北门，我想北门可以无虞。"

陈永福说："两位老爷如此忠心，本镇自然也不甘落诸位之后。我无德无能，只因几个月前同大家一起打退了闯贼攻城，朝廷将我由副将擢升总兵。本镇深荷国恩，感激涕零，无以图报。此次流贼来攻开封，正是本镇报效朝廷之时，纵然粉身碎骨，也无丝毫犹豫。何况本镇在开封驻兵数年，将士们家眷多在开封。开封存亡不仅是官绅百姓性命所系，也是本镇数千将士及他们的家眷存亡所系。我说这话别无他意，只是深望诸位官绅能同我的将士们和衷共济，齐心协力。"

官绅们都说："请镇台大人放心。别处官兵与绅民不和，我们不管，这开封城中却是军民一心，风雨同舟，共济时艰。"

陈永福又说："据本镇看来，明日五更必有大战。闯贼这次纠合曹操一起围攻开封，志在必得。我们防守开封，不能有丝毫松懈。我们食君之禄，以身许国，要时时不惜为国捐躯，万勿存半点侥幸之心。要准备大战，准备苦战，准备久战。"

官绅们都感到心情沉重，默默不语，独有王燮说道："请镇台大人放心，不管苦战多久，我们一定与敌周旋到底。"

黄澍也说道："只要坚持下去，相信朝廷必来援兵。"

这时陈永福手下的一个年轻将领说道："我们不指望援兵，丁督师的援兵没有打仗就全军崩溃。我们还是指靠自己一双手和军民齐心来保住开封。"

陈永福严厉地瞪了那个年轻将领一眼:"不要胡说!督师虽然三千人不战而败,可是今日督师驻在城内,也还是我们的依靠。"

大家听了心中暗笑,但都明白陈永福的苦衷,也就不再说下去了。

陈永福又说:"今日曹门会议,本镇是奉抚台大人之命前来主持。如今既然各位都有一片忠心,愿为皇上尽力守城,本镇备有薄酒,与大家同饮起誓如何?"

大家都说:"遵命!"

随即由中军将领端来一大盆酒和二十几只碗,又提来一只白公鸡,当场将公鸡杀死,鸡血洒在酒中。陈永福先舀了一碗酒,对天发誓:

"我陈永福深受国恩,誓愿以死相报。今日守城,倘若爱惜性命,天诛地灭!"说完以后,将酒一饮而尽。

然后各个文武官员和士绅都喝了酒,说了大同小异的誓词。

陈永福说:"今日会议到此为止,本镇还要去禀报抚台大人。周王殿下也在等候抚台大人的消息。我们各自干事去吧。"

大家怀着苦战的决心和紧张的心情离开了曹门城楼。

十二月二十五日,约摸四更过后,从黄河上刮来的阵阵寒风,像刀子一样刺痛了将士们的脸孔。大家的耳朵、鼻子都冻木了。天上堆着浓云,好像要下雪的样子。但偶尔移动的云块也出现破缝,乍然露出来几点寒星,不久隐去。夜色昏暗。城头上有很多火把和灯笼,因为城墙看不见,那望不尽的灯笼、火把就像是悬在空中。

这时,在夜幕的笼罩下,有一千多义军,分为两支,一支由牛万才率领,等候在东城的城壕外面,一支由丁国宝率领,等候在北城的城壕外面。他们带着镢头、锤子、铁钎子,肃立不动。尽管风冷如刀,他们却忘了严寒,心情振奋而紧张,等待着约定的动手信号。过了一阵,只见远处射出一支火箭,这两支人马同时飞奔,过了城壕,随即把背负的门板举起来,遮住头顶,迅速向城根跑去。到了城根,他们先用铁锤将铁钎子打进砖缝,将每一块砖的上下左右都打遍,然后再用铁钎子往外撬。砖与砖几百年互相挤压,当年修筑时又用石灰抹缝,结得石头一般,十分难掘。

他们刚刚开始掘城,城上的人们就拼命往下扔砖头和石头。砖、石有的落在门板上,有的直接落在人身上和头上,登时伤了许多人。与此同时,城上还抛下了火药包和"万人敌"①。最可怕的是"万人敌",抛下之后,一炸开,就会死伤一片。所以掘城的义军,一面掘城,一面有人准备好,将刚抛下的火药包和"万人敌"迅速拾起再抛向远处,这样虽然十分危险,但可以减少伤亡。

为了掩护掘城的部队,另有上万名义军将士站在城壕边上,向城头猛烈射箭。城上军民不断地中流矢死伤,使他们藏在城垛里边,不敢探出头来,所以他们抛掷的砖、石、火药包多数不很准确。他们也向城外射箭,但因为很难从城垛之间露出头来,只能从箭眼里边往外射,而在昏暗之中又看不清目标,射高射低,全无把握。城下的义军仰望城上,虽然也比较朦胧,可是城头的灯笼、火把,给了他们很大方便。在射箭的同时,双方都大声呐喊。城上城下,喊杀震天。

掘城的义军分成很多小队,每个小队大约二十人左右,负责掘一个洞。另外还有许多后备的小队埋伏在干城壕中,准备随时接替那些死伤的弟兄,并把死伤的弟兄尽可能拖回城壕外边。有的伤号刚拖出几丈远,就被城上的箭射死了。但是,不管城上的箭、砖、石和火药包多么猛烈,不管死伤多重,掘城的工作都不停止。

城上军民对于义军的夜袭十分警惕。他们对如何对付掘城,保护城墙,也做了各种准备。陈永福是一个很有经验的总兵官,王

---

① "万人敌"——一种用泥土作外壳,晒干,内装火药和铁屑的土炸弹。用时将引线点燃,抛向敌人,爆炸后可以杀伤许多敌人。

爕和黄澍都很精明强干。在第一次开封守城战中,李自成主要是
用的掘城办法,使他们增长了许多经验。昨天白天,当义军在城外
秘密准备时,城中官绅百姓也在加紧准备。城里的绅民早就料到
李闯王必来报仇,特别是不久前南阳城破的消息传来,杀戮情形被
夸张得很厉害。他们十分担心:万一闯王人马攻进城来,必会杀戮
甚惨,妇女受辱,无人能够幸免。由于他们抱着这种心情来守护城
墙,所以尽管守城的人不断被义军的箭射死射伤,他们还是不停地
向城下投掷各种能够杀伤敌人的东西。

　　陈永福在二更时候,将南门守城的责任交给他的儿子、挂游击
将军衔的陈德,自己移驻到铁塔旁边的上方寺。为怕曹操诡计多
端,他到了上方寺后,又把陈德唤来,再三嘱咐他小心谨慎。陈德
走后,陈永福不脱衣甲,坐在一把圈椅上,闭着眼睛假寐。他实在
疲倦,正要昏昏入睡,忽被城头和城外的一片呐喊声惊醒。他双目
一睁,心中骂道:"他妈的,果然来了!"随即带着一群亲将、亲兵、家
丁,迅速奔上城头。

　　陈永福先上了东城,看见从曹门向北,很多地方都有义军掘
城,情况十分危急。他从城垛中间探头下望,"嗖"的一声,一支箭
正好射中他头盔的上部,把盔缨射下城去。一个亲将将他的袖子
扯了一下,说:"大人,小心!"他没有理会,亲自抓起一块砖头,砸了
下去。正在这时,又一支箭从他头上飞过,射中了他背后一个守城
的壮丁。黄澍慌忙跑来,对他说:

　　"军门大人,目前东城、北城,到处都在掘城。下官守的这一
段,共有十五六处正在掘,不管如何抛掷砖、石、火药,贼兵就是
不退。"

　　陈永福对他说:"不要惊慌,要沉着,我自有办法。"

　　他立刻命令一名亲兵在城上传谕,说他亲自在城上督战,要将
士和百姓们沉着杀敌,不要慌乱。这道口谕很快从东城传到北城,
各处守城官绅军民听了,突然间勇气倍增,响起一片杀声。一个偏
将跑来激动地向陈永福请求:让他带三百人缒下城去,赶走某处掘

城的流贼。陈永福摇摇头，说："不到时候。"然后他对黄澍和一个亲将说：

"命人快去取柴，越多越好，棉被棉絮都要，油也挑几担来。"

他这道命令一下，立刻有许多人跑下城去。在城下有许多专供守城军民睡觉用的窝铺。为着取暖和做饭，在窝铺旁堆放了许多干柴。这时，人们在紧急中不管三七二十一，把干柴纷纷运上城去，甚至把一些窝铺也拆了，将棉被、棉絮也抱上城头。又有人从上方寺取来了许多香油。陈永福命令把干柴点着，扔下城去，烧死掘洞的人。于是，干柴纷纷点着，对着掘洞的人扔了下去。有的干柴不点就扔了下去，然后再扔下在油里浸过的着火的棉絮，将干柴很快点燃，烧了起来。不一会儿，从曹门到北门，十五里路的城根，处处大火，活像一条火龙。陈永福又对一个亲将说：

"再传本镇口谕：本镇现在城上，与守城军民共安危，望军民协力杀贼，有敢擅自下城者斩！"

这道口谕又迅速地传遍了城头。人们知道陈永福在城上督战，又看见一条火龙在保护城根，都感到胆壮，士气振奋，于是，在喊杀声中夹杂着欢呼声、呼哨声、得意的谩骂声。

这时，李自成来到北城外边，立马在离城壕不到半里远的地方。刘宗敏从东城驰马赶来，同他立在一起，把东城掘洞的情形简单说了几句。他们又并马往城壕边走了一段路，在离城壕不到十丈远的地方，仔细观看城根的苦战。看见城上用火攻的办法杀伤义军，李自成心中十分激怒，恨不得立刻指挥大军用云梯爬城。但他并没有被自己的激怒搞得手忙脚乱。他很明白用云梯爬城的办法，对这样高而且又有这么多人守卫的城墙，是无济于事的，只会徒然牺牲大批将士。

他继续观看。在火光中，他看见他的将士一面继续挖城，一面用锨头将燃烧的木柴和棉絮推向远处。不断地有人倒下去，又不断地有人从城壕里边跳出来，飞奔前去，接替死伤的人。

在北城外负责指挥的李过跑到他的面前。他不等李过向他禀报,先问道:"还得手么?"他的语调十分平静,好像他很有把握。

李过回答说:"各个洞都已挖进去二三尺深,只是将士们死伤很重。"

刘宗敏对李过说:"补之,除非重伤,一个人不准退回,要死也死在城根。有擅自退回者,立即斩首!"

李过回答说:"我已经传令了。"

李自成问:"国宝呢?"

李过说:"国宝已经挂了两处彩,我派人换他下来,他不肯,仍在城根指挥掘城。"

李自成点点头,表示赞许,随即望了刘宗敏一眼,问道:"东城情况究竟怎样?"

"有几个洞挖进去了。将士死伤很多,没有一个后退。"

"牛万才呢?"

"受了重伤,已经将他背下来;换了人去,马上死了;如今又换上第三个人在指挥掘洞。"

李自成不再说话,带着吴汝义、李双喜和部分亲兵,策马奔到东城。他一边看将士们苦战掘城,一边倾听南城的动静。听了一阵,只听见有稀疏的炮声和呐喊声从南边传来,显然是曹操怕损伤自己的将士,没有用力牵制南城的守军。他没有流露出他的不满意。表面上他似乎专心在看东城的苦战,心中却狠狠地骂道:

"妈的,终究是两条心啊!"

在掘城开始之前,宋献策已经到了东城,同田见秀一起部署掘城。现在见闯王来了,他便策马来到闯王身边。

李自成问道:"献策,城上用火攻的办法杀伤我们许多将士,你看有没有什么破法?"

宋献策说:"我昨天下午已经猜到城内会用火攻办法对付掘城,派人在附近村庄找了五百把铁叉和桑叉,刚刚运到,如今正在派人分送各个掘城地方。他们有了铁叉和桑叉,就可以很容易地将木柴和棉絮掷到远处去。"

　　李自成又问:"我们的箭压不住守城官军,能不能沿城打炮试试?"

　　宋献策说:"炮火威力当然很大,可是如今洞只挖了两三尺深,还有大半将士不能进洞,打炮十分危险。炮打得高,越过城头,便没有效力;炮打得低,恰恰打上城头或城墙高处,崩下的砖头会打伤我们自己的将士;万一有几炮打得稍低,炮弹就会在城根落下,更增加我们的死伤,反而会动摇掘城将士的士气。所以目前不是打炮的时候,必须等天明之后,掘城将士都进入洞中,那时就好办了。"

　　李自成说:"好!那时再用大炮向城上狠打!"

　　李自成知道曹操在南城并不卖力进攻,就命令李双喜驰赴繁塔寺,要曹操一定派一万精兵来城东北角大沙堆处听候刘宗敏的调遣。他又命吴汝义速去寻找田见秀前来商议军事。

　　这时,田见秀正在曹门北边不远处。他没有骑马,站在城壕外同将士们一起向城头射箭。他身边的将士不断有人中箭倒地。他自己外边穿的冬衣也被箭射穿了几个洞,好在内穿绵甲,未曾受伤。吴汝义来到近处,跳下马来,走到他身边说道:

　　"玉峰哥,请赶快退后一步!"

　　田见秀没有望他,说:"将士们处境都很危险,我不能后退!"他不晓得同他说话的是吴汝义,还以为是自己的亲将。像这样的话,他刚才已听到多次。

　　吴汝义大声说:"大元帅请你有紧急事儿相商!"

　　田见秀这才回头望了一眼,将督战的责任交给别人,跟着吴汝义走去上马。

　　天明以后,双方都看得很清楚,城上城下,互相打炮。在炮声中,守城军民和城外义军都不断死伤,但炮声不绝,愈打愈猛。

　　曹操不敢公然违抗李自成的军令,果然在天明前派他的亲信将领孙绳祖率领一万人马来到东北城角,听从调遣。刘宗敏将他

们分为两支,五千人马去城东,五千人马去城北,参加攻城战。宗敏原来对于曹营夜间的表现十分气愤,这时在心中暗笑说:

"由不得你曹操圆滑,莫想高抄手坐山观虎斗!"

孙绳祖本人倒是一员猛将。他和他手下的将士,为要替曹操争面子,不管是参加掘城,参加炮战,或与城上对射,都很认真卖力,不避伤亡。这使刘宗敏十分满意,拍着孙绳祖的肩膀说:

"好!这才像个攻城的样子!"

二十六日这一天,有三十多处掘洞的工作都在艰难和不断死伤中继续进行。由于义军的大炮比较多,威力很大,给城上造成很大的威胁,城根的义军又有了铁叉和桑叉,可以随时把燃烧着的棉絮和柴火叉走,因此城上只能靠投掷砖、石、火药包和"万人敌"给义军造成伤亡,但没有什么有效的办法可以阻止义军掘洞。义军极为勇敢,不管多么危险,他们都奋不顾身地掘啊,掘啊,向纵深挖掘。

在曹门以北,接近转角的地方,已经掘了一个大洞。虽然死伤十分惨重,但毕竟是最成功的。二十六日下午,在几尺宽的洞口中已经向左右掘了两丈多宽,向里边掘了一丈多深,又向上掘了一人多高。从洞中刨出的碎砖和土块,与死尸一起,堆在洞口的左右两边,也有一人多高,像两座小山一样。

陈永福本想缒下一批人去抢夺这个大洞,但是他又一想:洞中已有二三十个义军,城外炮火又很猛烈,缒下的人少了,无济于事;人多了,会在着地以前就被炮火打中,或被箭射死,因此他放弃了这个打算。

整个下午,从宋门到北门,长达十五里的城墙上,硝烟一阵阵腾起,又慢慢散去,经过多次的硝烟腾起和散去,黄昏渐渐来了。野外流动着灰暗的暮霭。陈永福这时站在城垛背后,看见义军又从远处向城边运来新的大炮,少说也有十几尊。他传令城上的官兵和丁壮,一半留在城上,一半赶快去窝铺休息,但不许远离。他自己也随即下城,回到上方寺,召集亲信将领、幕僚和守城官绅,秘密商议。会开得不长。会后,各自去准备明日的大战和苦战。除他的十几个武将之外,那些守城的文官和士绅,在离开的时候,一个个面带沉重之色。大家担心:开封的命运也许就决定在明天了。

当陈永福在上方寺召集会议的时候,李自成同宋献策来到开封城外,巡视了几个要紧的地方。晚饭以后,他在应城郡王花园的老营中召开军事会议。除他自己的重要将领及牛、宋等人外,曹操和吉珪也到了。会议开得很久,把明日攻城的事商量妥帖,又商量了进城的事。什么人首先进城,如何占领城内各大衙门和重要街道,如何禁止将士们抢劫和伤害百姓,这些事项本来早就商量过,只是因为明日有可能破城,大家又商量了一遍,重新确定,一体遵守。

散会后,李自成留下宋献策,问他明日究竟能否将开封攻破。当日是丁卯日。宋献策掐着指头,小声喃喃自语,推算了干支,然后抬起头来,回答说:

"明日辰时猛攻,巳时破城。"

"巳时果能破城么?"

"虽然推算明日巳时可以破城,但卦理从易,易者变也,常常会有变化。倘若明日不能破城,那就要等到明年正月中旬才能攻破。"

李自成不再多问,打了一个哈欠,送走宋献策,和衣就寝。

次日,也就是十二月二十七日,黎明时候,大军开始行动。炮声阵阵响了起来,一直响到辰时。从宋门和曹门之间到北门,开始全线猛攻。首先在北城,义军用许多大炮猛轰城墙,将士呐喊,实际是迷惑官军,并没有真攻。

在曹门北边的大洞中,义军在黎明时已经退了出来。退出时,装了两万斤的火药,安下了引线。辰时整,将引线点着;不久,只听得震天动地一声巨响,火药爆炸了。趁着火药爆炸,大约有十五尊大炮,包括一部分从官军手中夺来的西洋大炮,同时对准大洞崩塌的地方猛轰。也有些炮打上城头,城垛一个一个被轰碎,转角处的敌楼也被打塌。守城的官军,有的死在敌楼中,有的逃了出来。大洞上面的城墙本已崩溃了一部分,在猛烈的炮火中又一块一块地塌下来,形成了一个缺口。

早在昨天黄昏以后,袁宗第、刘芳亮和郝摇旗已经集中了五六千精锐的步、骑兵,在距东北城角三里外扎下一座新的营盘,叫将士们好生休息。四更以后,都被叫醒,饱餐一顿。五更时候来到城外,骑兵、步兵分别摆好阵势。快交巳时,城墙已被大炮轰成了几丈宽的一个缺口。忽然间,所有的大炮都停止再向缺口轰击,只向缺口两边打去。刘宗敏将红旗一挥,郝摇旗和袁宗第率领的两支步兵便直向缺口冲去,准备从缺口处占领城墙。随即,刘芳亮的骑兵也来到干涸的城壕岸上,准备一旦步兵占领城墙,骑兵就越过城壕,从缺口冲进城去。

这时,对准缺口的地方已经没有守城军民。守城军民在缺口两边,相隔数丈,都被大炮打得无法抬起头来。陈永福和黄澍都在缺口附近,用斩首相威胁,强制守城军民抬起头来,向攻城的义军放箭,投掷火药和砖石。可是那些守城军民几乎一露头,就被打死和打伤。

陈永福眼看缺口很快就要被义军占领,他大声呼叫:

"我陈永福就死在这里,大家赶快杀贼!"

他率领自己的亲兵和家丁,亲自向攻城的义军射箭和燃放火器。突然有一杆火铳炸裂,火器手的手和脸被炸伤,引起一阵自乱,火器停止再放。但是陈永福的这些亲兵和家丁都是优秀射手。一阵箭射下缺口,十分凶猛,使攻近缺口的义军纷纷死伤。

别的守城军民看见总兵官这样不顾性命危险,也都勇气倍增。刚才几乎要崩溃的士气,被陈永福重新挽回。有的人向缺口扔下砖头,有的人扔下火药包,更多的人向缺口下边放箭。第一批已经攻上来的义军,纷纷死伤,滚了下去。随即第二批上来,又纷纷死伤,滚了下去。接着第三批又攻了上来。在紧张时候,有时忽然战场上变得奇怪的沉寂,只是拼死混战。忽然间呐喊声、战鼓声又震天动地。原来是郝摇旗发了性子,挥着宝剑,杂在将士们中间,向缺口攻去。就在这时,陈永福又带头探出身子,与官兵们一起猛烈射箭。郝摇旗的身上和腿上都中了箭伤,倒了下去。左右的人也纷纷倒下。这一次攻势又被打退。幸而袁宗第接着攻上来,把郝摇旗救走。

刘宗敏看见几次进攻都被击退,挥动蓝旗,锣声一响,进攻暂时停止。随即他吩咐张鼐把大炮掉转头来,重新向缺口猛烈打炮。

陈永福和黄澍等人不敢离开缺口太远,就伏在城头躲避炮弹。尽管如此,左右官兵仍不断死伤。趁着一颗炮弹刚刚在附近炸开,第二颗炮弹还未发出,满面硝烟和尘土的总兵官陈永福双目闪光,从躲避的地方爬起来,弯着腰跑到城上一个安置大炮的墩台上,又偷偷从侧面看了缺口的地势,用已经半嘶哑的声音吩咐火器手:速向缺口处暗暗地移动炮口,瞄准缺口外边。同时,他又命火铳手将火铳也向着那里瞄准。

正在这时,巡抚的一个随从爬到城上,告诉他,巡抚大人要上城督战。陈永福赶快说:"千万劝阻抚台大人,不要上城,请抚台大人就在城下督战。有我陈某活着,贼兵绝难进城!"巡抚的那个随从听了这话,赶快下城。

却说巡抚高名衡本来要上城督战,听随从回来一说,又被众官员一劝,就暂时来到离城很近的铁塔下边,坐在那里。他已经做好准备:如果城破,他就进入上方寺,在墙上题几句话,然后自尽。他不肯离开城下,一会儿坐在铁塔下边,一会儿又跑到城根,不断询问:"贼兵可曾又在爬城?"城外打来的大炮,多次越过城头,打到铁塔附近,也有些弹片落在高名衡左右。高名衡脸色苍白,腿脚无力,颓然坐在城根的一个窝铺旁边,心中想道:"不能离开这里,一离开便会动摇了守城的军心、民心。"有时城外打进来的炮弹发着隆隆响声从城头飞过,落到铁塔北面,距他不过二十丈远。他坐的地方因为有城墙掩护,反而平安。但是左右亲信们都没有炮战经验,不明白他们同巡抚坐的地方正是城外炮弹落不到的"死角",所以一个个吓得面无人色,频频劝巡抚速到别处躲避。高名衡一则明白外城的炮弹只能从头顶的高处飞过,二则他确实比一般大官员沉着一些,当左右劝他走时,他都置之不理。后来被劝得急了,他叹口气说:

"本院是封疆大臣,守土有责,安能贪生怕死!"

李自成和刘宗敏、宋献策下马立在城壕外一里处的一个大沙丘旁边,观看攻城,等待将士们攻进城去。李自成心情焦急地向右边不远处的架设大炮的堡垒处望望,看见张鼐、黑虎星正在亲自点炮,他们的面孔被硝烟熏黑,衣服也都破了,只是还没有负伤。他又看见很多义军将士倒在缺口下边,有的人还没有完全死去,正在那里挣扎。他的心中十分激动,传令再调来三尊大炮,猛烈轰打,一定要把开封攻破。突然,城上也打来一颗炮弹。刘宗敏看见城上火光一闪,赶快把李自成向土丘后边猛地一推,宋献策跟着把腰一猫,炮弹隆隆地从头上飞了过去。

转眼之间,张鼐们的炮声又停止了。袁宗第督率步兵,成群结队,向缺口冲去。到处是呐喊声和呼叫声,战鼓也猛烈地响了起来。许多人一面冲一面喊着:

"攻进去啦!攻进去啦!灌呀!灌呀!"

眼看着步兵冲上了缺口,刘芳亮的骑兵也做好了向缺口冲去的准备。人人都以为缺口要夺到手了。李自成连声说:

"好,好!快了,快了!"

忽然间,城上的炮声响了,一片硝烟腾起。那些快要爬进缺口的义军将士纷纷倒下,继续爬上去的也被炮弹打中,死的伤的一个压着一个。还有人继续向缺口冲去,但终于又被炮弹和火铳打中,滚落下来。这样冲了好几次,都未成功。李自成因将士死伤惨重,攻不进去,已有收兵之心,向宋献策问道:"收兵如何?"

宋献策也看出来城上有陈永福亲自督战,防守坚固,今天义军锐气已挫,不可能攻进城去,但是因为他说过"巳时破城"的话,没有立即回答,抬头仰望天空。李自成知道他是在望气,也跟着仰望天空。这时日色惨淡,城头上硝烟弥漫,但硝烟上有一片浮云受到炮火影响,微带赤色,而天空高处却有一缕薄云,十分洁白,慢慢向南移动。宋献策先从高空观望,随后又望低空云气,脸色严肃,默默点头,若有会心。闯王问道:"云气如何?"

宋献策说:"书上①说:'霄云精白者,其将悍,其士怯。'守城军民已经胆寒,本来可以攻进城去,但遇到陈永福是一员悍将,力挽败局,致我军死伤甚众,不能攻进城去。"他指着离城头不远的一片浮云,接着说:"请大元帅看,那一块罩在城头的云彩,正如书上所说:'其前赤而仰者,战不胜。'天象如此,且巳时已过,可以收兵,等十天以后破城。"

李自成看不清近城的一片浮云是否上仰,也不暇细看,对刘宗敏说:

"捷轩,收兵吧,不必再攻了。"他又对宋献策说:"军师,你同捷轩留在这里。"

他怀着沉重的心情,在大沙丘背后跳上乌龙驹,向东边大堤外集中受伤将士的一座村庄驰去。

刘宗敏吩咐张鼐用大炮向城缺口左右两边猛轰,同时对马世耀下一严令:立刻亲自带领一支步兵,将城下的受伤将士全数抢回。大约过了一顿饭时候,马世耀将所有躺在城下尚未死去的将士都抢回来了,他自己也受了两处伤,跟着他去的士兵也有死伤。刘宗敏等马世耀完成了任务以后,将一面蓝旗一挥,锣声一响,炮声停止了,在城壕半里处准备攻城的步兵有一部分留下,一部分缓缓后撤。骑兵全部撤退到三里以外。张鼐和黑虎星的火器营有一部分带着大炮和火药向大堤退去,一部分留下来掩护掘城的将士。掘城仍在继续,所以从曹门到北门仍不时有喊杀声。

在这一次攻城战中,义军损失惨重,单在主攻的大洞外边就死伤了三四百人。刘芳亮的骑兵没有用上去,却也被城头的炮火打

---

① 书上——指《史记·天官书》和《汉书·天文志》。霄云在《史记》中作"稍云",《汉书》中作"捎云",都是借字。

中了二十来个人。

　　当天晚上,李自成召集一些重要将领和宋献策等秘密商议,决定下一次进攻的办法和时间。他怀着沉重的心情说:

　　"我们的将士如此奋不顾身,开封必会攻破。倘若不将开封攻破,我决不甘心!"

第二十三章

　　经过二十六日夜间到二十七日上午的激战,攻城暂时缓和下来。

　　李自成的计划受了挫折,损伤相当严重,但没有影响到义军的士气。经过这次攻城之战,他又取得了一些经验,至少是弄清了城中军民的守城力量和防御部署。这一次来开封,他是下定决心要将城攻下的,所以二十七日大战停止以后,他仍在积极地准备下一次攻城恶战。

　　在官军方面,虽然打退了义军的进攻,但兵丁和百姓死伤也很多。他们不抱任何侥幸思想。在大战停止以后,他们日夜准备着应付李自成的下一次更加猛烈的进攻。城墙炸开的缺口并不太严重,已经在二十七日下午和夜间用土袋堵好。又从别的地方调来了许多大炮、鸟铳、弓弩、礌石和"万人敌"。身体弱的和受了轻伤的守城丁壮都已撤退下去,换上来另一批身强力壮和年轻勇敢的人。

　　掘洞的义军仍留在城墙洞中。那些受伤的、疲惫的都趁着黑夜换了下去,把生力军调了进来。又送进一些柴火让大家烤火御寒。还送进了棉被、棉衣、食物和汤水。掘洞的工作仍在进行,但比较缓慢。原来掘洞的多为矿兵,现在换上来的生力军对工作不像矿兵那么熟练,但是他们都有势必破城的决心,不怕牺牲。

　　另外,整个战场都在进行调整,所以闯王也不急于完成掘洞的工作。他想,已经到了年节,应当让将士们休息一下,过了大年初一再加速掘洞不迟。

　　守城军民知道义军仍在继续掘洞,因此不敢放松,不时地向下边投去燃烧的干柴。但现在这办法已经没有作用了。义军已经深深地藏在洞中。

守城的军民按照第一次守城经验,在城根里侧,对着每一个正在掘洞的地方平放下一口空缸。这种缸又叫做瓮,瓮口朝外,经常有一个人去听一听。只要义军开始掘洞,就会从瓮口传出声音,掘深掘浅都能从声音辨别出来。守城军民根据从瓮口传出的声音判断,知道义军掘城并不急,又常常停顿,所以略觉放心。

崇祯十五年元旦这天,开封城内现任官吏除在城上守城不能离开的以外,文官七品以上都来到巡抚衙门大堂,布政使、按察使、知府、同知等都到了。武将因为军情紧急,来得较少,但陈永福和河南都指挥使也都到了。

他们都按品级穿着朝服,在鼓乐声中进入大堂。由赞礼官赞唱,向供奉在中间的皇帝牌位行五拜三叩头礼,然后由高名衡跪着朗读贺正旦的表文。表文前面是几个领衔的封疆大吏的名字,后面是正文:

> 兹遇正旦,三阳开泰①,万物咸新。恭维我皇上神文圣武,勤政爱民。……

刚刚念到这里,忽然从北城和东城方面传过来连续炮声,有的炮弹显然是从城外飞入城内,隆隆声响得震耳。高名衡不由地停一停,然后继续念下去,无非是老一套歌功颂德、"再见中兴"的话。在今日这个不同往年的元旦早晨,开封城正在被围攻之中,大家都担心李自成的下一步行动,听见从北城和东城传来的阵阵炮声,谁也无心去听这一年一度的应景文章。好在这颂词只有十几句,很快就在鼓乐声和炮声中结束了。

按照往年惯例,向皇帝牌位行过贺正旦礼以后,趁着这机会,大家要向巡抚拜年,然后稍进点心,由巡抚和布、按二使率领,同去

---

① 三阳开泰——旧时祝贺一年开始的吉祥语。年年使用,但一般人都不究其义。泰是《易经》的一个卦名。据说正月是泰卦,乾下坤上,三阳生于下,冬去春来,阴消阳长,有吉亨之象。

朝拜周王贺年。但今天很特别,高名衡读完表文后,抢先向众官躬身作了一揖,说道:

"今日省城被围,情势吃紧。守城军民,露宿城上,浴血对敌。我们或为文臣,或为武职,值此艰危时日,正要我辈竭忠尽虑,与军民同甘共苦,为皇上保此一座危城,保此数十万生灵。官场中拜年之事,今日全免了吧。"

大家默默相看,不敢说出异议。布政使梁炳事先知道高名衡的这个主张,附和说:"免了吧!免了吧!"

高名衡又说:"昨晚周王殿下命内臣来向学生传谕:省城危急,务望文武众官用心守城,不必进宫朝贺。既然殿下已有此谕,我们只好谨遵。请各位回去,各守职责,不可疏忽大意。"

众文武正在退出,忽然从东北城角又传来一阵密集的炮声,好像又开始攻城了。高名衡忙向院中问道:

"城上有何动静?"

随即巡抚衙门的一个巡捕快步进入大堂,在巡抚面前跪下,说:"禀大人:城上尚未来人禀报。不过百姓都在哄传,说今日李自成要再一次大举攻城,比二十六日那一天还要猛,扬言今日非攻进城中不可。"

高名衡心头狂跳,腿脚发软,但表面上仍竭力保持镇静。他向布、按二使及尚离未去的官员们看了看。众文武一个个大惊失色,相顾无言。他转向陈永福徐徐问道:

"陈将军有所闻乎?"

陈永福说:"此是无根谣言,请抚台大人和各位大人、各位老爷不必听信……"

布政使梁炳截住问道:"将军何以知是谣言?"

陈永福回答说:"城内城外隔绝,消息不通,果真闯贼今日攻城,城内百姓如何晓得?何况前日闯贼攻城受挫之后,掘洞已经缓慢,昨天夜间也没有看见在城外调集更多的大炮,不像是要在今日大举攻城的模样。"

高名衡仍觉放心不下,说道:"陈将军所见甚是,但今日不可不加倍小心,请王知县和黄推官马上辛苦一趟,分头到北城和东城看看。"

王燮和黄澍同时躬身回答:"是,大人。"

天明时候,守城的人们望见北城外不远处有不少义军正在向一个沙丘方向运送木料。有的木料用牛车运送,有的用人抬,四个人抬一根或六个人抬一根。这沙丘离城壕只有一里多路,所以从城上看得十分清楚。那些木料都是柏树,有的柏枝还没有砍掉,分明是从各处村庄的坟园中砍伐来的。

大家正在观看,纷纷议论,忽然有两名义军的骑兵从沙丘附近飞驰而来,到了城壕外边,轮流向城上喊话:

"今日过年,互不相犯。倘若城上打炮,老子十倍奉还!"

他们声音高亢,带着陕北口音,喊叫几遍之后,也不等城上回答,勒转马头,扬鞭而去。

城上守军明白义军运送木材是要在沙丘那里修筑高的炮台。他们商量是否要向那里打炮。有人主张打几炮,因为相距不远,准能打死一批义军。有人反对,因为城外许多地方都有义军的大炮,他们也会向城上打来,何苦惹麻烦呢?正在争论不休,有一个小伙子冒冒失失地点了一炮。只听轰隆一声,炮弹打了出去,一片硝烟腾起,但是炮口偏低,刚刚打过城壕,炮弹就落了下去。

这一炮打过之后,义军的大炮从不同方位纷纷打来,有不少城垛被打坏,一些守城军民中炮,有的当场死在城头,有的带了伤。有一颗炮弹越过城头,打进城内,落在上方寺西南的空场上,幸而没有伤人。义军打了一阵,又高声叫骂,问城上还敢不敢打炮。

城头上的人互相抱怨,说:"我们何苦惹是生非,今天大家在城头安安生生地过个年吧。"

火器营头目不敢勉强大家,只好点头。于是有三尊大炮,火药装了一半就不再装了;还有一尊大炮,火药虽然装满了,但没有撞实,也没有装炮弹,就停了下来。炮手们都各人找一个地方躲起来。城头上很冷,大家冻得脸色乌青,浑身瑟缩。

早饭以后,王燮奉高名衡之命,从北门登城,一路巡视过来。快到转角地方,他看见义军正在搬运木料,准备修筑高的炮台,责问管火器的头目为什么不向城外打炮。众人不敢说实话,心想,反正伤不了城外的人,瞒官不瞒私,瞒上不瞒下,打几炮应应景,打发王知县走开算了。于是大家装作十分听话的样子,匆匆忙忙将引线点着。奇怪的是,连点三尊大炮,都没有响声,只听见"出——"了一阵,喷出硝烟。还有一尊大炮,虽有响声,也将城头震得一动,可是铁子打出去只有十几丈远,落在干城壕中。

王燮心中大怒,严厉地扫了管火器的头目和炮手们一眼,喝道:

"拿绳子捆起来!"

一时间气氛紧张,人人失色,不敢做声,一起跪在他的面前。随同王燮来的衙役头目一面大声嚷叫"拿绳子",一面向衙役们使眼色,又向众炮手使眼色,要他们不要惊慌。他在王燮面前跪下一条腿,说:

"请老爷息怒,说不定我们的炮被邪气魇了。"

王燮也失悔自己不该此时暴怒,向火器头目厉声问道:"是不是被魇了?快说!"

火器头目吞吞吐吐地说:"老爷不提醒,小人一时想不起来,果然我们这几尊炮都被邪气魇了。天色麻麻亮时,小人看见贼兵押了十来个妇女,来到城壕外约二三百步远处,脱光裤子,对着城上叫骂。打这以后,我们的炮就打不响了。"

一个炮手接着说道:"宋献策善于奇门遁甲,这准是用的阴门阵。"

王燮问:"什么叫阴门阵?"

炮手答道:"这炮可是神物,要是有妇女脱光裤子对着炮口站一阵,这炮就点不着了;纵然点着也不会响了,炮弹也打不出去。"

王燮半信半疑,他正想借楼梯下台,又问道:"如何破法?"

火器头目胆大起来,说道:"回禀老爷,不必发急。这阴门阵破之不难,只用阳门阵就可破它。"

"何谓阳门阵?"

"找几个和尚,拉到城头上来,将他们衣服裤子脱光,对着城外照样骂一顿,我们的炮就可打响,这叫做以阳克阴。"

"有这个办法么?"

"自来都听说用这个办法可以破阴门阵,使炮打响,我们不妨试一试。"

王燮又问:"哪里有和尚?"

众人答道:"下边铁塔前的上方寺就有和尚。"

王燮忽然想到上方寺的方丈跟他来往颇密,怎么好去抓他庙里的和尚呢? 当时没有说话,寻思找和尚的办法。衙役头目看他低头不语,明白他的心思,马上说道:

"请老爷放心,这事交小人去办。"

王燮沉吟说:"上方寺长老是一位高僧,在官绅中颇有脸面,不可对他无礼。"

衙役头目笑着说:"何用上方寺长老出来,连稍有头面的和尚也不需要。寺中有好多粗使和尚,有挑水的、磨面的、打杂活的、做豆腐的、种菜的,随便拉十个八个来就够了。有头面的和尚一个不敢惊动。"

王燮点头说:"快去找来。"

当下衙役头目带着几个衙役,加上守城兵丁,下城飞奔而去。到了上方寺,他们没有进入后院,就在大门口和前院捉到十来个做粗活的和尚,不管三七二十一,只说"县太爷找你们上城有事",就推推拉拉地往城上带去。和尚们莫名其妙,但不敢反抗。一个管事的和尚听说以后,从内院赶了出来,询问是怎么回事。衙役头目赔笑说:

"让他们到城上帮帮忙,马上回来,请师父不要操心。"

十来个和尚被拉到城上以后,果然看见知县老爷在城头站着,就赶快躬身,双手合十,问有什么吩咐。有一个和尚说:

"我是挑水的。老爷叫我念经,我可不会。"

王燮说:"你们听他们吩咐。他们叫你们怎么做,你们就怎么做。做完马上放你们回去。"

和尚们就问衙役头目,要他们做什么。这时旁边的炮手和衙役们一起嚷起来:"快脱衣服!快脱裤子!"

于是不容分说,大家上来七手八脚地把和尚们的袈裟解开,脱了下去,然后又叫他们自己脱里边的衣服和裤子。和尚们不断地双手合十作揖,说天气太冷,会冻坏的。但那些衙役兵丁根本不听,一面骂一面威胁:

"快脱裤子,脱光再说!"

有几个和尚觉得不好意思,抵死不肯。有一个兵丁上去就要动手打人,被别人劝住。和尚们害怕,只好都把下身脱得精光,在冷风中冻得上牙磕着下牙。这时兵丁们又过来把他们推到城头缺口处,命他们面朝城外,对着义军叫骂。在这滴水成冰的天气,和尚们本来已经冻得浑身打战,哪里还叫得出来?嘴巴一张,舌头就硬了,勉强叫骂了几声,引得周围一阵哄然大笑。大家帮他们向城外叫骂,骂得十分肮脏,然后一边对他们取笑,一边叫他们赶快穿裤子,穿衣服。穿好以后,一个个脸都青了,嘴唇乌紫,哆嗦得不能说话,还有人连连咳嗽,清鼻涕流出很长。

衙役头目过来对他们说:"你们的事完了,赶快回去吧,好好烤一烤火,烧点姜茶喝下去,免得真的冻病了。"

和尚们觉得自己被耍了一顿,又气愤又羞愧,踉跄地下城而去。他们都是些没有脸面的小和尚,平时天天受气,干粗活,伺候大和尚,什么利益都摊不到他们身上,今天又无缘无故被弄到城上来,冻得要命,还要出丑。他们一肚子难过和不平,闭着嘴谁也不说话,向上方寺走去。

当和尚们被脱光衣服在城上叫骂的时候,城外的义军忽然望见了,起初还莫名其妙,后来就笑了起来。有人来到城壕附近,张弓搭箭,高声骂道:"我们都是男子汉,你们这样出丑,真是不要脸的秃驴!"然而和尚们的事情已经完了,走了。义军骂了几句,不敢停留,随便放几箭就走了。

王燮向炮手们问道:"现在放炮如何?"

火器营头目赶快回答说:"回老爷,现在我们用阳门阵破了敌人的阴门阵,大炮准能放响了。"

他一声吩咐,炮手们赶紧装药装弹,把药装得满满的,撞得很结实,然后告诉王燮说:

"请老爷退后几步,现在就要点炮。"

果然点了几炮,都发出震耳欲聋的声音,炮弹射得很远。

王燮微笑点头。

衙役头目在一旁凑趣说:"我就知道阴门阵非阳门阵破不行,要不,我们的炮还是打不响的。"

王燮心中明白这些人都在捣鬼,可是如今开封危急,他不好拆穿,只得点头说:

"你们做得好,做得好,要不断向流贼打炮,不能让他们把炮台修好。"

说了以后,他又巡视了一段城墙,赶快下城,骑马去向巡抚禀报城上情况。

城外义军见城上打来几炮,起初还不怎么理会;后来见炮弹打得很远,直向沙丘打来,一个头目便将小旗一挥,登时十几尊大炮连续向城上打去,使城上大炮不敢再放。

过了不久,李自成、罗汝才带着刘宗敏、宋献策、牛金星、吉珪和几员大将出现在沙丘附近,引起城上守军纷纷猜测。城上人都知道,今天早晨城中哄传,昨夜某郡王宅中扶鸾,吕洞宾降坛,预言今明两日内李自成将再一次猛攻开封。如今李自成同这么多文武大员到城边巡视,必与攻城有关。

黄澍正在东城巡视。当他走到东北城角时,看到李自成等一大群人正在城外很近的地方立马察看。他感到奇怪："莫非闯贼下一次就从这一段猛攻么?"过了一会儿,他又在心中说道:"开封存亡,决定于一二日内,可得小心哪!"

　　三天前对开封猛攻过后,李自成同他的帐下文武两次密商对策。在二十九日晚第二次会议之后,仍然没有商议出好的办法。李自成为此事十分揪心,原来他也知道开封防守坚固,非其他城市可比,但没有料到竟然如此顽强。在二十九日的会议之后,他独自整夜筹划,几乎不曾睡眠。昨天是年三十,他叫高一功亲自给曹操送去五千两纹银,供他新年犒赏将士之用。另外因孙绳祖一营人在二十六日到二十七日的攻城战中出了力,有不少伤亡,特别赏赐一千两银子。今天大清早,罗汝才率领手下重要文武数十人,来应城郡王花园给大元帅拜年。自成留下罗汝才和吉珪吃早饭,顺便商议攻城之事。

　　饭后,李自成、曹操率领一大群文武大员一起来城边察看,在东城看了一阵,又转往北城察看。然后罗汝才、吉珪回繁塔寺去,李自成同刘宗敏、牛金星和宋献策回应城郡王花园,其余重要将领和李岩等也各回各营,准备攻城诸事。

　　应城郡王花园大半已经荒废,但往年修建的小巧的亭台楼阁还没有毁坏。李自成、牛金星和宋献策就住在花园里边。花园旁边是一个村庄,有几十户人家,都是应城王府的佃户。这个村庄,老百姓称作王庄。围绕着这个村庄大约有二三百大小不等的军帐,住着大元帅的标营亲军。另外还搭有许多马棚。李自成领着众人走进花园厅堂。坐下以后,他向大家望了望,一边烤火,一边问道:

　　"你们昨天回去之后,是否想出好的主意?"

　　大家沉默,都望着宋献策,等候他先开口。宋献策好像昨夜曾经深思熟虑,所以他胸有成竹地说道:

　　"围攻开封之战,只可速胜,不可久屯坚城之下。从敌人方面看,守城颇有准备。我们停留日久,城中准备就更为充分。这是因为,开封有人口数十万,十分富裕。如果是弹丸小城,人力物力都很容易消耗完,可是像开封这样的城市,即使围上一月两月,人力物力仍然充足,反而使我们师老兵疲。古人说:一鼓作气,再而衰,三而竭。所以久屯坚城之下对我军颇为不利。何况开封是河南省会,又是周王藩封之地,朝廷必然要派救兵来,那时我们既要同救兵作战,又要防备城中出兵,腹背受敌,难免不有失着。所以我们必须在救兵到来之前速战取胜,不可拖延过久。"

自成问道:"下次攻城应在什么时候? 前两天军师曾说,二十七日如不能破城,就要等待中旬了,难道非到中旬才能破城么?"

宋献策说:"按卦理,中旬破城比较有指望。但事在人为,倘在最近几天攻破开封,也不是全无可能。打仗的事情瞬息万变,总要时时刻刻存着胜利的念头,才好下定决心。"

刘宗敏问道:"你看用什么办法可以早日破城?"

宋献策说:"目前我军从宋门到北门已经掘了三十多个地洞,大小深浅不等。我的意思是今日让弟兄们休息一天,从明日起继续加紧掘城。等到城洞全部掘好,运进火药,同时放进,使守城军民顾东不能顾西,处处防守,处处慌乱。我们事先把兵力准备好,只要有两三处城墙轰塌,火器营众炮齐放,步兵拼死夺占缺口,就容易攻进城去。"

刘宗敏接着说:"我估计了城中的兵力,陈永福是个强敌,现在他专力守曹门至北门一段,不可轻视。要迅速攻破开封,必须使用调虎离山之计,将陈永福调离北门。"

李自成问道:"如何用调虎离山之计?"

刘宗敏说:"请大元帅严令曹营先从南面进攻,不惜死伤,将陈永福逼得去救南城。"

牛金星问道:"南城城壕有水,城墙又高,恐怕陈永福不会害怕南城有失。"

刘宗敏说:"只要曹营肯出力,事情就好办。如今冬季水枯,又有厚冰，将士攻城，可以踏冰而过。或者还有一个办法，让每一个将士背一个土袋，两千将士就有两千个土袋，在城壕中可以垫出三四条大路，不怕城壕挡住攻城。"

牛金星又说："城高也是个困难。"

刘宗敏冷冷一笑，说："打仗的事，怕死怕伤就不能取胜。曹营可以先用大炮打得城头上站不住人，然后有二三十架高的云梯靠上城墙。下一道严令，命将士一鼓作气，奋勇爬城。前面人倒下来，后面人立刻补上去；一批批倒下来，一批批补上去。另外命数千弓弩手站在城壕岸上，齐向城头射箭，保护将士爬城。爬城将士有功的受重赏，畏缩不前者立时斩首。将领们必须不怕死伤，亲临城下督战。这样，纵然攻不进城，也会吓得陈永福分兵来救。等陈永福分兵救南城的时候，北城开始猛攻。这样南北夹攻，纵然陈永福有天大的本领，也会顾南不能顾北，顾北不能顾南。再说，城中知道曹营也在拼命攻城，定会人心惊慌，军心动摇。我们再在北城多摆一些大炮，二十尊、三十尊，甚至四十尊大炮，集中一段城墙，猛轰不止，不愁开封拿不下来！"

刘宗敏越说越激昂，不停地做着手势，语气坚定有力。倘若这是在平时对众将说话，一定会使听者动容，群情振奋。可是今天他的听众是李自成、宋献策、牛金星，三个人没有一个对他点头，更没有说出附和的话。他的话只是引起一阵沉默。过了一阵，牛金星才轻轻摇了摇头，说了一句："我看曹大将军未必会如此认真卖力吧？"又沉默了。

李自成从火盆前站起来，在屋里踱来踱去。

这时，从曹门到北门，传来稀疏的炮声。忽然，随着一阵西南风，又传来锣、鼓、铙钹、胡琴和梆子的声音，隐隐约约还可听到人们的喝彩声和哗笑声。大家感到奇怪。李自成唤了一个亲兵进来，问道：

"什么地方在唱戏？"

亲兵回答说："从宋门到南门，城头上有几个地方都在唱戏。

曹营将士站在城壕边上看戏,看入了迷。城上城下互不放箭,也不打炮,谁也不伤害谁。城上唱的多是酸戏①,逗得曹营的将士们常常忍不住大笑起来,大声叫好。"

李自成听了以后,挥手使亲兵退出,对大家苦笑一下说:"竟有这样打仗的! 一边炮火连天,互相杀伤;一边敌我同欢,共度佳节!"

宋献策笑着摇头说:"我平日留心古今战史,还没有在书上见过像今日这样打仗的!"

刘宗敏接着说:"说不定曹操也会立马城下看戏,叫几声好哩。"

李自成说:"我昨夜也反复想过,命曹营从南边攻城以牵制守军兵力,是一个好办法,但此计万不可行。"

刘宗敏问:"为什么万不可行?"

李自成皱着眉头,又沉默一阵,徐徐说道:

"曹操虽然奉我为主,可是并不愿为我出力。我们要睁只眼合只眼,不可逼他过紧。如今天下未定,曹操举足轻重;如果逼他太紧,他或则投降朝廷,或则离我们而去,重新与敬轩合伙,都于我们大大不利。听说敬轩不久前用计攻破了庐州府,声势大振。曹操一天在此,不管怎么说,都比离开我们好得多。纵然他不卖力打仗,朝廷也不能不有所顾忌,好比我们平添了十万人马。倘若他一旦离开我们,不是给朝廷添了力量,就是给敬轩长了声势。因此我昨夜想来想去,宁肯曹操不卖力气,也不能逼他过紧,化友为敌。"

宋献策说:"大元帅所虑甚深。对曹操,既不能不用他,也不能当成一般部将来用。逼得过紧,他会另谋出路。只有不逼他,让他自己卖力,方才稳妥。"

刘宗敏说:"不逼他,他能卖力?"

宋献策说:"让他不惜死伤,猛攻南城,那是办不到的。不过我想,下次攻城,请他多出一二万精兵,倒不为难。"

① 酸戏——淫戏。

李自成点头说:"我也是这么打算,下次攻城可以请他多出一二万人马。今日曹操已经率领他手下文武前来给我拜年,我不能亲自回拜,请捷轩、献策现在就到繁塔寺曹操老营去,代我和闯营文武给大将军拜年,顺便看看曹营情形。攻城出兵之事,倘若方便,你们也不妨先同他当面谈谈。"

刘宗敏和宋献策走出花园,同亲兵们骑上马,向繁塔寺奔去。

牛金星仍留在火盆旁边,向闯王问道:"大元帅整年辛苦,今日新春佳节,夫人又不在此地,打算如何消遣?"

李自成说:"我已经打算好啦,午后听你讲《通鉴》一段,便是最好消遣。"

牛金星说:"我已料到,果然不错。此大元帅之所以非他人可比也!"说罢哈哈大笑。

牛金星的笑声刚刚停止,李双喜匆匆进来,向李自成小声说道:

"禀父帅,刚才我去给二虎叔拜年,恰巧他那里出了事。他正在暗中部署兵力,叫我回来向父帅禀明。"

闯王一惊,问:"出了什么事?"

"有人告密,那新降的两千多官军正在密谋哗变。"

"什么人告的密?"

"降兵中有人告密。"

"你二虎叔如何处置?"

"他马上就要来向父帅亲自禀报。"

闯王向牛金星说:"三天前我军攻城不克,这两千多该死的畜生就认为我军受挫,起了哗变的心!"

牛金星说:"请大元帅不必生气。此系小事,容易消弭于乱萌。等德洁一来,便知究竟。"

一阵马蹄声向老营奔来。双喜说:"一定是二虎叔来了!"随即迎了出去。李自成和牛金星不再说话,一齐向外望去。

午饭以后,李自成听牛金星讲《通鉴》。他命高一功、李过、双喜都来听讲。今天讲的是第一百九十三卷中唐太宗与房玄龄、萧瑀①评论"隋文帝何如主也"这一节。因为李自成在前代帝王中最佩服唐太宗李世民。前几天他嘱咐牛金星多讲一讲李世民如何使用人才和善于纳谏的事迹,所以今日牛金星就选了这一段讲给他听。

按照往日惯例,牛金星将整节文字串讲一遍,稍作发挥,然后进行讨论。所谓讨论,就是由闯王说出他自己的评论,往往联系到当前和今后的一些问题;旁听的人们也可随时插言,互相议论。今天他们正在讨论的时候,吴汝义匆匆走了进来,闯王见他分明有急事模样,便停下了自己的议论,问道:"子宜,有事么?"

吴汝义说:"投降官军密谋哗变的事,我同二虎已经遵照大元帅的意思办了,只杀了有牵连的三十多个人,然后把全部降兵分散编入各营效力……"

李自成看出他还有别的事,没等他说完,就问道:

"没有别的事儿?"

吴汝义接着说:"刚才得到细作禀报,左良玉率领十多万人马来救开封……"

李自成赶快问:"可靠么?"

"消息看来很可靠,已经派人继续打探。"

李自成又问:"左良玉不是在麻城和商城一带对革、左四营和老回回作战么?"

吴汝义说:"据细作禀报,他接到崇祯的火急手谕,命他火速来救开封。他不敢怠慢,立刻把人马整顿一下,就往开封而来。"

高一功问:"现在到达何处?"

吴汝义说:"据说已经到了光州以北,可是我们的探马又走了三天路程,所以实际上恐怕已经过了光州,至少有一二百里。"

李自成望着牛金星说:"原来料定朝廷必要救开封,可是没料

---

① 房玄龄、萧瑀——当时房玄龄是左仆射,萧瑀为御史大夫。

到左良玉受老回回、革里眼的牵制，竟会来得这样快。"

高一功说："对左良玉不可轻视。他这几年总在同敬轩作战，敬轩不是他的对手。他的人马众多，也较精锐。我们必须全力对付。"

李自成点点头说："他现在确实和一般大将不同，自从他受封为平贼将军，已经不是原来总兵官的地位了。他手下有好多总兵、副将，人马超过了十万之众。过去当总兵官时，他的公公婆婆多，常常受总督、总理①、督师这班文臣掣肘，如今他可以更多地按自己的意思作战。此人行伍出身，颇有阅历，有勇有谋，善于笼络将士。我们不怕他来，不过也不可轻敌。目前必须准备好赶快攻破开封，然后专力对老左作战。打败了老左，在中原就不会再有劲敌啦。"

李过说："对付老左，现在就需要着手准备。"

牛金星说："对，对，必须未雨绸缪。依我愚见，目前就抽出一支精兵，开赴陈留附近，或陈留与通许之间，以逸待劳，使左军不能直达开封城外。这样我们才能够放心攻城。"

李过又说："要立即派人到临颍去，通知夫人和红娘子，火速将临颍的人马撤来开封。"

李自成点点头，略微想了片刻，说道："补之，这到通许和陈留的事交给你了。今晚我从攻城人马中抽出一万五千人，至少要抽出一万二千人，让你带去。曹营的孙绳祖，也让他带一万人马随你前去，受你节制。明天白天准备一天，夜间暗暗启程，不要惊动各营将士。到了陈留、通许之间，你们要占好地势，深沟高垒。左军来到，只可死守，不可出战。只要能够拖延十天八天，使他不能直到开封城外，你们的事就算成了。"

他转过头又吩咐吴汝义："你派人去火药厂，让做火药的工匠们从今日下午就开工，不要休息了。对他们多多赏赐。我们带来的火药，前几天打炮用了很多。猛攻开封，必须有几十万斤火药才能够用，要日夜不停地制造火药。各种材料都有吧？"

---

① 总理——崇祯年间，为着对农民军作战方便，特设总理官职，类似总督。

吴汝义回答说:"我们到开封以后,在附近村镇和邻县到处搜罗硫磺炭①硝,还有干的柳木②,一车一车不停地往这里拉,看来差不多够用了。"

李自成点点头说:"你派人火速往临颍去,传我的话,命临颍人马火速回来,一切粮食军资,不许抛掉。"

吴汝义说声"遵命",退了出去。

李自成又对李过说:"你去准备吧,一功同你一起去商量一下。商量以后,夜里来向我禀明。"

李过和高一功也站起来走了。

牛金星问道:"我们精兵抽掉一万多,孙绳祖的人马也被派去,攻城兵力岂不单薄了么?"

李自成说:"这个,须得你去走一趟。你去把这情况向曹操说明,也把调动孙绳祖跟补之一起去防备左军的事告诉他,请他另外派两万或一万五千精兵参加攻城。今天夜间请他来这里商议重大军事。"

牛金星说:"好,我现在就去。献策、捷轩还没有回来,可以一起在那里同大将军谈一谈。"

牛金星离开应城郡王花园,上马而去。

李自成带着双喜和亲兵们前往医治受伤将士的村庄和火药厂去。在路上,他心中问道:

"十天之内能够攻破开封么?"

---

① 炭——指木炭。明末制造各种火药,几乎都离不开将木炭研碎,掺入硝、磺,配方多寡略有变化。特殊用的火药,另加别的配料。
② 柳木——有的火药需要加入极干的柳木屑或柳木炭。

第二十四章

　　经过二十六日到二十七日上午的血战,守城军民虽然也死伤惨重,但因为杀退了李自成的一次猛攻,保住了城墙,增加了勇气和信心。到了正月初二,李自成新修的几座炮台已经完成。这些炮台用柏木架成,长约十几丈,宽约五丈,高约三丈。因为架在土丘上边,连土丘加炮台,高过城墙很多。城上守军见了,感到威胁很大,赶快也在城上架起高三丈的炮台,用大木料架成,比义军的炮台又高出很多。那时的炮战,人们还不能利用抛物线的原理向目标瞄准,不能使炮弹准确地落上城头。李自成的部队必须在高处架起炮台,这样,炮弹才能顺利地打到城头上,但有时也越过城头,远远地打入城内。守城部队也必须居高临下,才能有效地打毁义军的炮台。

　　从初一到初二,双方都在抓紧架筑炮台,寻找办法摧毁对方的炮台,实际上是一场争夺制高点的战斗。城上的高台搭成以后,立即同义军进行炮战。义军的炮台虽然用比较坚固的柏木搭成,又压上沙袋,但毕竟受不了大炮的轰击,还没有发挥威力,就被打毁,死伤了不少人。同时城上的高炮台也就没有什么特别的用处了。虽然双方都不再利用高炮台,但炮战仍在断断续续地进行。城中军民很明白:李自成正在准备下一次猛烈攻城,时间就在几天之内。

　　初三日,阴云密布,天气十分寒冷。守城军民望见大约有二十尊大炮从曹营驻扎的禹王台一带运出来,经过宋门的东边向北运去。城中谣言纷纷,说李自成下次攻城将比上次猛烈数倍。李自成的大炮一年来增加了很多,包括一些西洋大炮,有些是从傅宗龙、杨文岳手中夺来的,有些是从南阳夺来的。总之,李自成每打一次大的胜仗,每到一地,遇着好的铳、炮,都要收集来充实张鼐的火器营。守城军民通过十二月二十六、二十七两天大战,对于李自成的炮火已经深深领教,现在看见曹营的大炮也运到宋门以北使用,更增添了恐惧。另外,义军的掘城工作并没有停止,还在继续深挖,也许在几天之内,城洞一个一个都将挖好,那时放进火药,轰塌城墙,大炮同时猛烈施放,守城就会十分困难。

明朝时候,开封城内的巡抚衙门、布政使衙门、按察使衙门、都指挥使衙门,还有道、府、县衙门,都集中在周王府西南一带。在布政使衙门西街路北有一座高大的牌坊,上书"总宪"二字。进入牌坊,过了一箭之地,正北有大门三间。中间一块竖牌,写着"河南等处提刑按察使司";左边有一块牌子,上书"拿问贪酷官吏";右边也有一块牌子,上书"伸理冤枉军民"。这就是俗称的臬台衙门。

今日是正月初四,漫天大雪,使衙门显得更加气象森严。巡抚高名衡先从侧门进入臬台衙门,随后又有许多官员包括总兵陈永福和布政使、知府等人都陆续来到。绅士中也有不少人来了。由于今日风雪严寒,文官、绅士们都乘着暖轿。只有陈永福要显出武将风范,不肯乘轿,骑着战马。随从他的武官和亲兵也都骑着战马,在风雪中蜂拥而来。

臬台衙门的大堂后边,过了一进院落,便是二堂。二堂除中间大厅之外,两边还有暖阁,也就是聚会议事的地方。今日巡按大人任浚就在东边的暖阁里同守城官绅密商军事。自从李自成攻城以来,任浚还比较有勇有谋,敢于任事,所以高名衡和别的封疆大吏逐渐对他增加了信任和尊重。

今日这会没有在巡抚衙门召开,而请任浚在他的巡按衙门召开,就是对巡按表示尊重和依赖的意思。主要的官绅都到了以后,任浚仍请高名衡主持会议。高名衡自从前几天守城激战之后,劳累过甚,又受了惊骇,加上风寒,咳嗽感冒,喉咙发哑,精神委顿,今日是勉强莅会。这时他竭力振作,慢慢地用嘶哑的声音说道:

"今日大家商议守城之事，十分吃紧。流贼有几十万人马，围攻省城到今日整整十天了。我们早已知道闯贼攻南阳不是他的真正用意，而是声东击西，用意在迷惑我们。我们已经几次向朝廷飞奏，请求派兵援救开封，也给左昆山将军和保督杨大人发了十万火急的文书，请他们火速驰援，然而现在各路救兵毫无消息。"说到这里，他忍不住连连地咳嗽几声，向痰盂里吐了一口浓痰，轻轻摇摇头，然后接着说，"估计在数日之内闯贼必将第二次大举攻城，较上次更为猛烈。城中人心已经有些浮动。开封存亡，是我们官绅的职责所在，断不能使朝廷封疆重镇失于我辈之手。为了上报朝廷，下救一城生灵，我们必须打退流贼，保省城万无一失。请诸位各抒高见，以便未雨绸缪，做好迎敌准备。"

众人互相看了一看，还没有来得及说话，忽然听见外边有一个仆人传禀：

"祥符知县王老爷、开封府理刑厅黄老爷来到！"

听见这一传禀，大家索性暂不发言，等待着他们来到。高名衡也正盼望着他们来禀报今日城上情况。有的人不觉向门外望去，只听见他们两人在廊下由仆人打去帽上和袍子上的雪花，他们自己又跺去靴上的积雪，还有不知是黄澍还是王燮，擤了一把鼻涕，甩到阶下。

陈永福趁他们还没有进来，对高名衡说道："抚台大人说的很是，我们必须不惜肝脑涂地，保住开封。以敝镇看来，要鼓励民心士气，加强东、北二城的守御，眼下最吃紧的是……"

他的话没有说完，仆人打开帘子，王燮和黄澍进来，简单地向各位上官行了礼。高名衡命他们赶快坐下，随即问道："你们二位巡视情况如何？"

黄澍欠身说道："贼兵掘城甚急，共掘了三十六个洞，愈掘愈深，情况十分吃紧。以下官看来，一二日内就会掘成大洞，到那时他们将火药运进洞中，轰塌城墙，事情就糟了。我们一定要火速想出办法，非破敌掘城之计不可。"

陈永福说:"我刚才正要同各位大人说到此事,决不能让流贼掘城成功。"

王燮接着说:"军心民气,一定不能懈怠。开封能不能固守,要看军心民气是否能固。如今城上风雪很大,冷得刺骨,看来军民在私下已有怨言。"

巡按任浚问道:"有何怨言?"

王燮说:"当然下官不会自己听到,可是卑职手下有人听到。如今在城上的都是贫家小户的丁壮;有身份的都不在城上,住在城下的窝铺里边,只偶尔派人上城问一问,看有没有什么动静。所以城上百姓发出怨言,说他们在城上受风雪寒冻,做官的、为宦的、有钱有势的却住在家中烤火取暖。这话是人们常听到的,也是可以想得到的。要说怨言,这就是怨言,流露了有些人心中的忿忿不平之气。据下官看来,如今巩固民心军心,更为吃紧,不知列位上宪钧意如何?"

任浚又问:"如何救此紧迫情势?"

王燮说道:"眼下最急迫的是赶快征集毡和被子两万条,送到城上,让东城和北城守城的人都有一条被子或羊毛毡披在身上,可以略御风雪。"

知府知道这事要落在他的身上,就说:"如今仓促之间……"

话还没有说完,黄澍望望坐在附近的一位绅士李光壂,对巡按和知府说道:"事在燃眉,非本城有声望士绅不能赶办出来。"

知府恍然明白,赶快向李光壂说道:"熙亮先生,此事须由你来想法了。"

任浚也说:"李总社①,此是急事,须烦足下设法。"

李光壂站起来说:"事关守城的军心民气,光壂自当尽力筹办,然而情势如此紧迫,倘若逐户寻找,缓不济急。如要立时办到,恳请抚台大人或巡按大人严饬总社立办。有了大人牌示,今日上午

---

① 李总社——当时城内基层组织分为八十四坊,每坊成立一社。八十四社分属五门总社。李光壂是曹门左所总社社长,被称为李总社。

办妥不难。"

任浚赶快点头说:"好,好,马上就给足下牌示!"随即唤来一个仆人,吩咐数语,仆人赶快退出。

高名衡向陈永福问道:"陈将军,有何法破贼掘城?"

陈永福尚未回答,街上传过来一阵锣、鼓、唢呐、鞭炮之声,好像有什么吉庆之事。大家都觉诧异,侧耳倾听。陈永福好像不大关心街上喜事,说道:"只要军心稳,民气固,纵然流贼掘城甚急,破敌不难。"

他这话是回答巡抚的,但巡抚并没有认真去听,因为那锣声、鼓声、唢呐和鞭炮之声越来越近,已经到了巡按衙门外边。任浚向外问道:"街上何事如此热闹?"

一个仆人从外边奔跑进来。他是从街上奔来的,到了台阶上边,连连地跺去脚上干雪,又拍去身上干雪,这才喘着气走进屋来,跪下说道:

"禀大人,外边有大大的好消息,许多绅民都在说,省城不要紧了。这真是意外的好消息! 众绅民来报喜,已经到这儿来了! ……"

任浚问:"什么好消息? 慢慢说,不要慌。"

仆人接着说道:"原是今早南门修城挖土,没想到从土中挖出两尊大炮,还有一块很大的青砖,砖上刻了两句话。"

知府忙问:"刻了两句什么话?"

仆人说:"我亲自前去看了看,两句话刻的是:'造炮刘伯温,用在壬午春。'"

众人听了,皆大惊喜。一位绅士说:"唉呀,刘青田①果然是未卜先知,能够预算几百年的事,如今可不正是壬午春么? 唉呀,有这么神妙的事儿,可见得数由天定,开封断不会失守了!"

仆人接着说:"守南门的高守备老爷,看见了这两尊大炮和青砖,立刻约同守南门的众官绅,将两尊大炮抬放在牛车上,青砖也放在牛车上,用红绸包着,敲锣打鼓,前来报喜。他们听说抚台大

---

① 青田——明朝开国功臣刘基(伯温)是浙江青田人。

人、藩台大人、臬台大人和列位大人、老爷都在这里,所以牛车就径直往这里拉来,已到了牌坊下边,马上就要进来叩见列位大人。"

众官绅越发惊喜过望,纷纷议论,说开封有神保佑,万无一失;况刘伯温确是能够后看数百年,既然他留下两尊大炮,可见他在二百几十年前就知道开封壬午春天有流贼围城,需要用大炮杀退贼兵。因恐开封火器不足,特留下大炮两尊备用,今日从地下掘出来,实是天意。

高名衡立即吩咐:"唤高守备速速进来。"

仆人立刻退出,随即听见二堂外一声传呼,前院里、大堂外接着传呼,洪亮的声音一直传出大门:

"抚台大人传谕,请高守备进见!"

在众官绅兴高采烈的时候,李光壂心中有些疑惑。他偷偷瞟了陈永福一眼,看见陈永福拈着短须,面带微笑,这微笑好像是高兴,又好像是嘲笑。他不明白陈永福到底如何想法,只好随着众士绅恭敬地站起来,向抚台、藩台、臬台贺喜,特别加了一句:

"此乃周王殿下洪福,也是合城官绅军民之福啊!"

守备高尚智匆匆进来,向巡抚跪下磕头。高名衡问他是如何掘出大炮的,他就把刚才那个仆人所说的经过重新禀报一番,接着说道:

"不仅南门掘出大炮,刚才听说西门内关帝庙的道士们也在神像后找到几担铁子,卑职已命人用牛车拉往北城。可见得不惟刘伯温助开封军民守城,关圣帝君也在此时显圣,恩赐铁子数担。"

大家越发高兴。高名衡拈着胡须,频频点头,对高尚智说:"你做得好!做得好!"他心中也有怀疑,觉得这事情未免太蹊跷了,但他不肯向下猜去,立即命令将大炮周游全城,使官绅百姓人人知道。

高尚智磕下头去,连声说道:"遵命,遵命。"又向藩、臬和总兵各文武大员磕头,然后恭恭敬敬地退出。

这时巡按的虎头牌已由师爷们办好送来,上面写着简单的官

衔,下面接着写道:

> 仰总社即刻取棉被毡条两万件,为守城兵民御寒。倘若
> 迟误,定以军法从事!

下面是年、月、日,在年、月上盖了关防。李光壂双手捧着牌子,躬身退出。

高名衡正想接着同陈永福谈破敌之策,忽然巡抚衙门的刘巡捕躬身进来,向高名衡跪禀:

"禀大人,保定总督杨大人有蜡丸书送到!"

众官绅猛然吃惊。这意外的消息使大家不觉愣了起来。

高名衡接过蜡丸,破开来取出字条,匆匆看了一眼,连声说好,随即向大家读出书中的话。有人激动得流出眼泪。有人哽咽得说不出话。有人说:

"这就好了! 不过数日之内,救兵必可来到!"

高名衡向刘巡捕问道:"下书人何在?"

刘巡捕恭敬地答道:"下书人如今在巡抚衙门。我把他安置在那里休息,赶快跑来向大人禀报。"

高名衡问道:"他是怎样来到开封的?"

刘巡捕说:"他绕道躲开了流贼的巡逻,一直绕到中牟县境,由城西二十里外,乘黄昏以后往西门悄悄走来,中途几次迷失了道路,幸而后来遇到一个百姓替他引路,才在天明时候到了西门附近。流贼平时对西门一带巡逻不严,加上昨夜天气寒冷,开始落雪,巡逻队更为稀少,所以他到了西门外边,就向城上呼喊。城上看他只有一人,把他系了上来,已经冻得浑身麻木。如今正在让他烤火,喝热酒取暖。"

高名衡又问:"你没有问他杨中丞现在何处?"

刘巡捕说:"杨中丞现在到了陈州,不日即从陈州北来。"

"有多少人马?"

"据下书人说,约有二三万人马,骑兵也有两千。"

"你好生款待下书人,多多赏赐他。也不必让他急于回去,万

一被流贼捉到,会泄露军机。就让他住在巡抚衙门等候,我今天还要传见问话。"

刘巡捕磕了个头,起身退出。

高名衡望着大家说:"杨中丞仅有二三万人马,未免兵力单薄了。左平贼①何以尚无消息?"

陈永福立刻说道:"请大人且不管救兵如何,应速将蜡丸书的消息向守城军民宣布,鼓舞士气。"

高名衡点点头,转向王燮,说:"王知县,这事情……"

王燮不等他说完,躬身回答:"如此重大消息,宜由抚台大人、藩台大人或臬台大人亲自登城宣布,更能振奋人心。"

因为高名衡身体不适,今日是勉强莅会,以安众心;而布政使又年老体弱,守城之事并不依靠他。所以巡按任浚赶快说道:

"请抚台大人不必操心,藩台大人也不必冒雪登城,由学生去向守城军民宣布吧。除学生登城宣布之外,也要出一告示,使全城官绅军民,咸知此事。"

陈永福说:"我同臬台大人一起登城吧。"

大家都表示赞同。有人说:"这样好,既有封疆大吏,又有军门大人,文武同上城头宣布,更能鼓舞守城军民士气。"

任浚吩咐一位掌管文案的幕僚去起草安民告示,自己便去内宅更换衣服。高名衡乘机带着陈永福转入内间,挥手使一个跟在身边伺候的仆人退去,小声问道:

"陈将军,贼兵在城下掘了三十六个洞,无法阻止。倘有一两处轰塌城墙,则一城生灵不堪设想。你我辈文臣武将一死不足惜,奈朝廷封疆与亲藩②何!将军有无御敌之策?"

陈永福说:"请大人不必担忧,敝镇已有御敌之策。今日需要挑选一两千敢死之士,做些准备,过了明日,与敌争夺地洞,使流贼无机会放进火药轰城。"

---

① 左平贼——指左良玉,他于崇祯十二年受封为"平贼将军"。
② 亲藩——一般指封在各处的亲王,此处指开封的周王。

"这样的敢死之士容易征集么?"

"俗话说,重赏之下,必有勇夫。"

高名衡点头,又问:"你看,杨中丞果能于数日之内来救开封?"

陈永福轻轻摇头,微微一笑,说:"大人,请恕敝镇直言。以目前情势看,纵然全城望救心切,不过是望梅止渴而已。杨中丞于数月前败于项城,畏贼如虎,实不敢前来相救。纵然前来,无济于事,白给闯贼送份厚礼。我看他是被朝廷催逼太急,敷衍一下,必不敢真来相救。"

高名衡心中一凉,沉默片刻,又问:"平贼将军何以竟无消息?"

陈永福说:"大人,目前求人不如求己。只要军民上下齐心,不怕死伤,血战杀敌,省城必可保全。"

高名衡不再说话,几天来一切望救的心思都被这位阅历较多的将军拿冷水浇灭了。

巡按已经换好衣服出来。高名衡和陈永福也走出里屋,随即向大家宣布:

"今日会商到此为止。"

说毕,高名衡同众官员一起走出二堂。大家先送他上轿起身,然后纷纷进了各自的暖轿,离开按察使衙门。送走了众官员以后,任浚坐进绿色大暖轿,陈永福骑上马,在一群兵丁和奴仆的簇拥中冒雪往曹门而去。

事先得到传知,守东城的文武官员和士绅都齐集曹门城楼等候。关于从南门内地下掘出两尊大炮和西门内关圣庙找出数担铁子的事,正在守城的军民中到处哄传,人心振奋。刚才又听说杨文岳有蜡丸书到,救兵不日前来,更是喜上加喜。本来战场上礼仪从简,如今破了常例,不断有兵丁将登城的砖阶和城楼前边扫出一条宽路。雪花不断飘,兵丁打扫不停。巡按任浚虽然穿的官便服,却不失封疆大臣派头,和前几天战争吃紧时的狼狈相大不相同。他穿着狐膝官便服红罗袍,外罩半旧青缎面紫羔披风,耳戴出风暖耳,软脚幞头上加一顶红缎貂皮风帽,帽前缀一块长方碧玉,由仆人搀扶着走上城头。守城的官绅们一齐在城楼的前边迎接。

任浚与陈永福拱手还礼,走进城楼。任浚面向西,立在正中,背靠神桌。陈永福在他的右边并肩而立。城楼中站满了东城的守城官绅。任浚和所有人的表情都非常激动,只有陈永福表情严肃而冷静,似乎在想着什么心事。任浚从袖中取出所谓蜡丸书的小字条,激动得声音打颤地念道:

> 保督杨传知豫抚高及开封守城官绅共鉴:本督克日亲统大军驰援,望坚守勿懈,以待解围。

> 壬午元日

众官绅有的听清了,有的没有听清,纷纷请求重读一遍。任巡按提高声音重读一遍。有人流泪,有人哽咽,有人说出感谢上苍的话。有人偷看陈永福,认为他的守城担子轻了,为他高兴。

陈永福望着大家,面带微笑,却无激动神情,眉宇间仍有忧郁神色。

任浚又向众官绅勉励数语,下城上轿,转往北门。

陈永福晚走片时,在曹门城楼向几位比较负责的守城官绅详细询问了今日义军掘城情况,然后下城,骑马回他的镇台衙门。

刚吃毕午饭,黄澍、王燮和李光壂同来求见。李光壂向他禀告,两万件毡、被已经办足,正在向城根运送。他们三位官绅因义军今日掘城较快,十分焦急,特来商量如何破敌。

陈永福说:"办法我已经想好了。我们不能坐等流贼用火药轰城,非夺占诸洞不能救此危城。"

王燮和黄澍同时问:"如何夺洞?"

陈永福说出他的打算,王燮等一齐点头。陈永福将大手用力一挥,说道:

"事不宜迟。请诸君今日帮本镇准备,明日血战!"

今日是破五。

天明以前,雪已经停止了。随着黎明到来,云彩慢慢消散,太

465

阳出现在东方,像车轮一样大,红得像熔化的铁汁那样鲜艳耀眼,慢慢地从树梢上升起来,照得城头上、房坡上、旷野里一片银光。从城头向东、向北瞭望,是无边无际的茫茫白雪,但在十里之内,到处有义军的宿营地。因为帐篷内生着火,所以帐篷上的雪随下随化。在茫茫雪原里,这里那里一片片军营,一座座灰白色的帐篷散布在高高洼洼的地方。义军将士纵然在下雪的时候也没有完全休息。特别是城东北角,离城大概五六里远,有一大片庙宇和房屋,是制造弓箭和火药的作坊。那里日夜不停地从各地运来制造火药的材料。还有三个碾盘,用驴子牵着,碾碎柳炭;有许多义军在那儿"咚、咚"捣碎灰烬,还有许多义军在筛灰烬,筛出细的黑色的粉末。又有人按着规定的比例,在柳木灰中加进硫磺、硝等东西,制成火药。稍远处,骑兵小队在雪地上不断地巡逻。

连日来李自成为攻城的事心情焦急。昨天晚上,又同牛、宋和重要将领们会商下一步攻城之计,直到深夜。今天早晨天不明,他乍一醒来,心情就十分烦躁。他很清楚:开封城中对于守城之事准备得十分充分,上自封疆大吏和总兵陈永福,下至众多军民,都在尽力守城,上下齐心,这和洛阳、南阳完全不能相比。起床之后,他想读一阵书,就把《资治通鉴》翻出来,打算将前几天牛金星对他讲的那一段重新再看一遍。但看了几行,心情很乱,看不下去。正想出外去看看将士们如何,高一功走了进来。高一功因为总负着全军的军资供应,所以对许多困难比别人更为清楚。他进来以后,坐在火盆旁边,一面烤火,一面对闯王说道:

"大元帅,这次攻城,能够攻下就好;万一攻不下,不能长久在此屯兵。"

闯王点点头说:"我明白,左良玉的人马正在往这里来,我们不能一边屯兵坚城之下,一边与左良玉对阵。"

高一功说:"这只是一个方面。开封附近,一片黄沙平川,平常老百姓就靠着庄稼秆子烧火,没有木柴。如今我们几十万大军来到这里,把所有的树差不多都砍光了,老百姓的柴火垛也差不多烧完了,有些地方只好拆房子烧。这样下去,不惟老百姓的日子十分困难,我们大军烤火做饭也十分困难,不是长久之计。眼下天气很冷,点水滴冻。大军必须烤火,不烤火就冷得不能忍受。现在不说做饭,光每天烤火的柴火也十分不易张罗,再过半个月,还不知怎么困难呢。"

李自成说:"我们原指望十天八天就可以把城攻破,没料到开封如此坚固。二十六日那一天,城墙已经炸了一个缺口,可是城内拼命抵抗。像这样双方不顾死伤地鏖战,十几年来还是第一次。幸而我们军纪很严,士气很高,换了别家义军,经过二十六日那一战,军心士气就不能保持了。"

高一功说:"虽然我们士气很高,军纪很严,可是将士们有时也有抱怨的话。"

李自成心中暗暗吃惊,问道:"将士们有什么抱怨的话?"

高一功说:"我们搭了几座炮台,又高又大,每座炮台都可容纳百把人。将士们搭炮台可不容易啊,附近几十里内的柏树都锯光了,运到开封城下也不容易。原指望攻城便利,不料城上也架起了炮台,我们的炮台一个一个被城上打毁,白白死伤了许多弟兄。所以弟兄们都抱怨军师计虑不周,离城这么近,怎么能搭炮台呢?"

李自成沉默片刻。对于宋献策建议在那里搭炮台,张鼐曾说过离城太近,别的将领也说不妥。但宋献策说:"我们的炮火猛,可以打得城上抬不起头来,如果城上打炮,我们就对准他打炮的地方放炮,把他的炮台打毁。"没想到城上的炮也不少,而且打得很准,结果义军吃了大亏。李自成也看出来宋献策的许多想法并不是亲身经验的,但他不肯在任何人面前露出他对宋献策的不满。于是他对高一功说:

"这事情责任在我身上,是我嘱咐献策在那个地方搭炮台的。你要告诉将士们,不能抱怨军师半句话。什么事情都难免有差错。连诸葛亮还有失误的时候,何况别人。"

高一功明白李自成的苦心,没有再说话,站起来出去了。

　　过了一阵,李自成吩咐备马,然后带着双喜和二十几个亲兵先往制造火药的地方察看一番,又来到医治受伤将士的村庄,先问老神仙药够不够。好在老神仙已经配好了许多医治炮火创伤和火药烧伤的药,暂时没有什么困难。而且过去每攻开一座县城,就有些贫苦的医生从军,老神仙从中挑了些年轻的医生,教他们如何治烧伤、金创,如今医生也不很缺了。然后闯王进入军帐探望彩号,他每到一个地方,都向大家问寒问暖。将士们十分感动,大家在心里说:

　　"一年来闯王人马不断增多,想同闯王见面都很不容易了,如今地上这么大的雪,天气这么冷,闯王不在帐中烤火,却早早地跑来看望咱们,闯王毕竟还是闯王。"

　　有一个重伤号,当闯王问他疼不疼的时候,他若无其事地淡淡一笑,说:"不疼,不疼。再过几天我还要去攻城呢!"

　　闯王听了,也很感动。周围的将士更是感动,有人知道此人活不成了,不禁感动得流出了眼泪。

　　约摸近午的时候,闯王同刘宗敏、宋献策带领少数亲兵,骑马来到曹门以北,离城壕半里处察看。他们不敢在一个地方久站,看一下,立刻转一个地方,看了几处以后,又来到北城外察看。有几次城上守军向他们立马的地方打炮,但不知道他就是李闯王,所以炮火并没有集中打来,而且他们总在移动地方,炮火也没法瞄准。在近城处察看后,他们退到城东北四里左右的一个村庄,进入刘宗敏指挥作战的军帐中,一面烤火,一面商议。

　　城上和城外仍在继续稀疏的炮战,但互相都不能做大的伤害。

　　军帐中,李自成向刘、宋问道:"今日城头情形与往日不同,你们看清了么?"

　　刘宗敏说:"大清早我就到城边看了一趟,看见有人在城头扫雪,有人好像在堆土袋,将城垛的缺口堵实,这些地方正是我军在下面掘洞的地方,可是后来就没有动静了。我看,必是想破坏我军掘洞的事,到黄昏时就可以明白了。"

李自成将目光转向军师,等他说话。

宋献策说:"去年我们第一次攻开封,守城军民从城头挖洞,杀伤我洞中弟兄。如今必是仍用这个办法破我掘城。去年我军尚无火器,故敌人大白日在城上向下挖洞,并不怕我,如今他们白天不动,黄昏后用力挖,不到一夜工夫,即将与我军在城下所掘之洞相通。看来恶战将从明日黎明前开始。"

李自成也正是这么猜想,宋献策的判断证实了他的想法。他尽管暗中担心,表面上却十分冷静,问道:

"献策,有何办法?"

宋献策说:"我军已经掘了三十余洞,敌人要想一个一个将我军逐出,岂是容易的事? 只要我军手中能够保留一半地洞,继续掘大,一齐放进,就可以将城墙炸开几处缺口。当然,如今守城军民人心尚固,决心死守,又有陈永福指挥,不可轻视。况且敌人在头上,我军在脚下,对我掘洞之兵十分不利。但我们一定要鼓励掘洞将士,寸步不让,使敌人每攻入一洞必死伤枕藉。我掘洞将士一定要洞存身存,洞亡身亡,有轻易离洞逃出者斩勿赦!"

刘宗敏接着说:"如今守城军民把城中大炮都运到宋门到北门这一段城上,好的弓弩手也都派在这里。我们白天向各洞增援很难,暂且不忙。黄昏以后,开始向各洞增援,送进干粮、开水,到那时传下严令:不许丢失一洞,丢洞者惟小头目是问!"

李自成点头,正要说话,忽见吴汝义策马来到,直到帐外,迅速下马,分明有紧急事儿。自成等他进帐,问道:

"子宜,有何急事?"

吴汝义说:"夫人差塘马前来飞报,左营前队人马离临颍已经很近,只有一天路程。留在临颍的粮食和彩号正在向开封撤退,她率领健妇营、童子军、临颍的义勇百姓守城,等粮食和彩号撤退完毕,她就离开临颍。"

自成惊问:"没有请我派骑兵前去迎接?"

吴汝义说:"没有。"

刘宗敏说:"她知道我们这里攻城不利,不肯说出要我们派人马接济的话。我们必须立刻派一支骑兵,星夜奔往临颍,将夫人接回,万万不可失误。"

宋献策说:"夫人差人来时说左营距临颍只有一天路程。临颍到此地,骑兵最快得两天,一般得三天,想来左营已经于前天到达临颍了。倘若左营前队人马众多,夫人退兵不及,在城外御敌或在路上被敌人追上,必将吃亏。纵然退守城中,无奈临颍弹丸小邑,城墙不高,城壕窄浅,又无大炮助守,亦甚危险。请大元帅立即派骑兵前去接应,使夫人与健妇营能够保护老弱妇女与彩号平安撤回。"

李自成问:"捷轩,派谁去合宜?"

刘宗敏说:"派二虎去如何? 他的心里窟眼儿多,不是个有勇无谋的人。"

李自成说:"好吧,命他将手下的一千二百骑兵全数带去,步兵留下攻城。再从曹营抽调五百骑兵,随同前往,听从他的将令。"

刘宗敏说:"为着赶快启程,我一面告诉曹操,一面径直从协助玉峰攻打东城的曹营人马中抽调数百骑兵随往。"

李自成思索一阵,摇头说:"还是不抽调曹营的骑兵,免得汝才多心。只是帮助从临颍撤退,光用二虎的骑兵就够啦。捷轩,你将二虎叫来,当面下令。我同军师回应城郡王花园,召集玉峰等重要将领商量商量,做好血战准备。你吩咐过二虎以后,也速去行辕议事。"

李自成同宋献策上马走了。

当天夜间,李自成在行辕中得到禀报,果然从黄昏开始,守城军民从城头上向下挖洞很急。到了三更左右,进展更快。

城上挖洞,都是先挖一个大洞,直径至少一丈,然后逐渐缩小,最后缩小到直径二三尺,人往下跳可以不受阻碍。

李自成骑马到了东城,将东城指挥掘洞的将领丁国宝叫来,详细问了情况,嘱咐他们做好争夺地洞的准备,然后回到行辕休息。

忽然,李过派飞骑前来禀报:谣传临颍发生战争,不知胜败,他已派李友率八百骑兵前往增援,保护高夫人从临颍撤退。

李自成听了这个消息,确实吃惊:如今临颍义军人马不多,而左良玉的目的,显然是要俘虏桂英和老营眷属并救出他的养女,所以人马轻装疾进,十分迅速。到底吉凶如何,李过所作的禀报并未说清。

他嘱咐吴汝义留在行辕,自己带着双喜又到了曹门北的城壕外边。在他看来,不管临颍多么吃紧,有高夫人率领健妇营和孩儿兵,还有少数亲兵在那里,二虎和李友又分头带了两千骑兵驰援,估计不会被俘。他必须把全副心思用在开封这边,力求早日破城。这时夜色昏黑,北风刺骨。他立马沙堆旁边,正对着"心"字楼①。田见秀也在那里。

李自成问道:"玉峰,有什么情况?"

田见秀说:"敌人从上边挖洞很急,不到天明就会挖透,从上边攻打我兵。"

李自成问:"有无办法保护地洞?"

田见秀说:"所有的地洞都换上了得到休息的精兵,准备一边死守,一边向左右继续掘大。在洞中再坚持一天,就可装满火药,轰塌城墙。"

李自成又问:"能不能保住地洞?"

田见秀说:"至少可以保住'心'字楼下的大洞。这个洞里面掘得很大,有两间房子那么大,已经进去了四五十人。"

李自成想起了丁国宝,问道:"国宝在哪里?"

田见秀说:"国宝亲自进入'心'字楼下的大洞里边。"

李自成沉思片刻。正在这时,吴汝义骑马找来,请他进田见秀的帐中,有要事密禀。李自成点点头,对田见秀说:

"现在北城掘洞的事交给白鸣鹤在指挥,东城掘洞的事全交国宝指挥,他不应当只在一个洞中。"

---

① "心"字楼——"心"是星宿名称,叫做心星。开封城上,按照二十八宿建筑敌楼。

　　田见秀明白闯王还有一层不肯说出的意思，即不想使丁国宝过早阵亡，于是说道：

　　"我马上叫国宝出来，商议要事。"

　　李自成同吴汝义进入田见秀帐中，屏退闲人，只留双喜站在一边。吴汝义向闯王小声禀报：今日黄昏，李过的游骑先后捉到两名细作，搜出两封密书，如今飞马送来。

　　闯王先看左良玉的蜡丸书，上面只说他"奉旨率大军驰援开封，约于本月十五日左右可到。望城中整备兵马，内外夹击，以奏肤功"。随即又看杨文岳的书信，那是藏在细作棉衣中的一张字条，内容是：

　　　　元月二日已与左帅在陈州会师，克日北来，左帅已派轻骑驰赴临颍，倘能俘获闯、曹两营眷属，则流贼军心必乱。彼如回师救临颍，则汴围自解。

　　李自成看完后，将两张字条放在烛上点着，烧毁，没有说话。吴汝义问：

　　"要不要往临颍再派一支人马？"

　　闯王略一停顿，说："不用了。从今夜五更开始，三四天之内，攻开封之战将见分晓，精兵不能再分了。火药准备得够用么？"

　　吴汝义说："我问了，火药够用，仍在日夜赶制。"

　　闯王点点头，说："我再去东城外察看一下，你回行辕去吧。"

　　吴汝义先出帐篷。闯王若有所思。双喜小声问道：

　　"父帅，不派大军驰援，临颍不要紧么？"

　　闯王说："左良玉正想分我兵力，我为什么要按照他的想法走棋？"

第二十五章

　　正月初七日早晨,争夺城洞的战斗开始了。

　　守城官绅特别害怕曹门北"心"字楼下的巨洞。黄澍和李光壂整夜都在城上"心"字楼附近,鼓励军民,拼死将竖洞挖通,以便破坏城下的大洞。当时他们还没有考虑将大洞夺到手中,只希望从上边将洞中的义军赶出,至少使义军不能继续顺利地向内深挖,也不能将火药送进洞中。到黎明时候,城头的竖洞已经同城下义军的大洞接通。竖洞是一层一层往下缩小的,最上层的直径有一丈开外,上面可以站立许多人,往下变成八尺,再往下变成六尺、四尺,到最下面与大洞接通的地方,最初的直径只有一尺。这时竖洞就十分难挖了。义军在大洞里面抵抗很凶,同上边互相对打。城上不断地向下投掷石头,又用长枪向下戳;而下边也准备了弓箭手,向上边放箭。后来城上用很长的把子装着铁锹,人站得远远的,从洞周围将土铲下去,终于使洞继续扩大,可以自由地跳下去人。到这时,城上才考虑到如何派兵夺取地洞。由于这个地洞特别大,估计里边有几十个义军,城上人跳下去,还没有站稳脚步,就会被义军杀死。因此,尽管竖洞已经挖好,却没有人愿意下去送死。

　　这个大洞里面的义军头目名叫王成章,原是豫西伏牛山中的挖矿人。崇祯十三年李自成驻军得胜寨的时候,他率领几十个煤黑子前来投军。后来投军的人越来越多,就编成了一支矿兵,由丁国宝率领,他成了丁国宝手下的重要头目。他还有一个副手,名叫尹黑牛,也是挖矿的煤黑子。去年二月第一次进攻开封的时候,他俩率领一群矿兵,在开封西门的南边挖了一个大洞,当时城上人也是从高处向下挖洞。矿兵们一面挖洞,一面同城上战斗,已经有了不少经验。正在向前掘进,不料遇着成排的大石礅,只得半途而废。现在,根据去年二月边挖洞边战斗的经验,王成章事前准备了六个弟兄。三个弟兄拿着弓箭,吩咐他们站成鏊子脚形①,专等上边的洞挖通后随时向上射箭。另外三个弟兄一面同大家一起向里挖洞,一面随时准备着替换那三个射箭的弟兄。还有几个弟兄也站在附近,准备随时将上面扔下来的火药包或"万人敌"迅速扑灭。

竖洞挖通后,上面开始向下扔石头,但因为下边洞大,对下面的义军威胁不大;用长枪往下戳,也戳不到什么人。有一次,长枪刚戳下来,尹黑牛眼疾手快,猛然一夺,反而把长枪夺了下来。上边持枪的人身子一晃,扑到洞口上,被下边一箭射死。以后,在微弱的灯光和星光下,只要看见上边有人影晃动,下边就立刻射箭。他们看不清自己的箭是否射中对方,但从上边发出的声音可以明白一切。当他们的箭射出后,上边常常传来一声"我的妈呀!""不好!""唉哟!"每逢这种时候,下边就发出快活的骂声。

王成章和他的弟兄们都知道这个大洞的重要,所以下了决心,不管死伤多么严重,也不停止他们的挖洞工作。他不断地鼓励大家说:

"好好挖,赶快挖,等到装进上万斤火药,引线一点,城墙轰塌,到那时候,咱们的人马像潮水一样涌进城去,这一座东京汴梁就拿下来了。弟兄们,快挖!快挖!"

城上的守军发现扔石头、砖头都毫无效果,用长枪戳反而吃了大亏,便开始向下边扔火药包。王成章突然看见从上边扔下一个包子,燃烧的引线在黑暗中发出一点红光,并发出哧哧的声音。他大叫一声:"倒!"两三个弟兄迅速将撮箕里的碎土倒在火药包上,将引线压灭。然后王成章一个跳步,用一只脚踏住引线,双手抓起火药包,扔出洞外。城上知道这个火药包无效,就连着点了两个火药包扔进洞中。王成章连叫两声:"倒!""快倒!"两个火药包都被

---

① 鏊子脚形——三角形。河南的烙饼鏊子有三条腿。

碎土压灭了引线。城上原指望两个火药包中会有一个奏效，会有一些义军被烧伤，另一些逃出洞外，已经准备了弓弩手从城头将逃出洞外的义军全部射死。现在投下的火药包竟然没有作用，感到很奇怪。他们又同时扔下了三个火药包。这一次果然有一个火药包没有扑灭，突然火药燃烧，烧伤了两三个义军。这个教训使王成章赶快想了新的主意。洞中本来有水桶，里边存着凉开水。这时他赶紧把水桶提在手里，当上边又投下三个火药包时，他大叫一声："倒！"几只撮箕的土同时倒下去。王成章仔细地看着，发现有一根引线的火未被扑灭，立刻浇了一点水，火马上熄灭了。城上的人感到惊奇，他们围在最下边的洞口议论，想弄清楚下边怎么竟如此眼疾手快地把全部引线扑灭。这最下边的洞口，土层只有四尺厚，他们议论的声音虽然不大，王成章却听得清清楚楚，而且看到洞口有黑影晃动，知道上面有人在偷偷向下察看。本来洞中点有两盏小灯笼，这时他命令将灯光完全吹熄。挖洞人凭着经验、凭着感觉，继续进行。同时他暗暗地把昨晚带进洞中的一支鸟铳拿到手中，偷偷地将铳口对准洞口。他的右手拿着纸煤，已经点燃。为了不使上边发觉，他将右手藏在身后，只用左手举着鸟铳。这鸟铳中装满了火药，火药上面是一把黄豆大的铁沙。当他感到时机正好的时候，突然将拿纸煤的右手从背后转出，很快点着了火门上两寸长的引线。王成章双手将铳瞄准洞口，只见火门外红光一闪，从铳口冒出火光，照得头上的暗洞猛然一亮，同时听见了一声巨响，随即又听见上边惊叫："我的妈呀！"一个人从洞口上边头朝下栽了下来。下边的一个矿兵一弯腰将他拖到一边，用腰刀连剁两刀，一脚将死尸踢到洞外。洞上还有几个人显然也受了伤，一面叫着，一面没命地爬上城头。这时天色已经微明，王成章吩咐弟兄们赶快掘洞，不要耽误。

　　刘宗敏知道城上在破坏各处城洞，天不明就来到城外观看。后来他到了"心"字楼附近，将战马藏在一个沙丘背后，他只带着大约二十几个亲兵亲将，立在城壕外半里远的地方。这样的距离最为危险,随时都得小心城头上打炮,所以他和亲兵们都穿着铁甲,戴着铜盔。他们左后方二十丈外摆着三尊大炮,右后方一里外也摆着三尊大炮。张鼐立在他的背后,随时等候他的吩咐。另外,近城壕的地方散立着数百名弓弩手,都有挡箭的盾牌。从宋门到北门十几里远也都有弓弩手,但不似"心"字楼的城壕外这样密集。

丁国宝知道"心"字楼下的地洞战斗激烈,骑马从别处奔驰而来。他在刘宗敏面前下了马,请刘宗敏赶快后退,说天色已亮,不要被城头的敌人望见。刘宗敏微微露出冷笑,没有后退,急问他各处战况如何。他禀报说,从宋门到北门的全部地洞都在争夺,每个地洞的上边都被敌人挖了竖洞,与地洞接通。只有"心"字楼附近的一个大洞,因为洞口曲折,转向左边,所以敌人不曾觉察出来。

刘宗敏问道:"'心'字楼下的地洞十分要紧,谁在里边指挥?"

丁国宝说:"头目是王成章,副手是尹黑牛。"

刘宗敏点点头,有些放心了。去年二月攻开封的时候,他已经认识了这两个矿工出身的头目,当时对他们的作战忠勇十分称赞。他说:

"你派人去告诉王成章,今日白天不管敌人如何从城头猛攻,不能离开地洞一步!"想了一下,他又说,"你速速派二十个弟兄去洞中增援。我想洞里边定有死伤,把受伤的弟兄们想办法抬回来,死了的暂时不管。"

丁国宝立刻派二十名矿兵站在城壕东岸。这时谷英也来了,他是负责从宋门到北门这一段掩护掘洞的主将。他将手中的三角小红旗一挥,城外的弓弩手立刻向城上连续射箭,火铳也猛烈地向城上打去。趁着这股攻势,二十名矿兵越过城壕,向城洞奔去。"心"字楼上和附近城头,立刻有乱箭射下,并有砖石乱飞。二十个人尚未奔到城根,已经倒下去三分之一。刘宗敏向张鼐看了一眼,命令说:

"把'心'字楼给我打塌!"

张鼐立刻退到左后方安设大炮的地方,亲自瞄准,亲自点炮。

连点了两炮,第三炮还没有点,已经把"心"字楼打塌了。楼中兵丁有许多受伤,也有被打死的。受伤的一哄逃出。趁这个时候,增援的一小队人进入"心"字楼下的地洞。

恰在这时,李自成派一名亲兵来见刘宗敏,请他速去高一功帐中议事。刘宗敏点点头,走去沙丘后边上马,同时向两个亲兵吩咐:

"你们分头传谕,就说我有严令:将士们务要拼死保住各洞,准备今夜送进火药,明日五更一齐放进,有失去地洞者斩!"

城上开始受了一点挫折,但没有泄气。官绅军民都知道地洞非争夺不可,守城胜败系于地洞。一阵慌乱过后,黄澍同李光壂决心将一个"万人敌"从洞口投下去。原来他们也曾经害怕将"万人敌"投入洞中,会使城墙受损伤太大。现在是万不得已,只得如此。于是他们就从守城百姓中挑选了两个勇敢的人。黄澍亲自吩咐:

"你们一定要胆大心细,药线一点着,立刻投下去,必须投准。万一投得不准,'万人敌'在洞口上边爆炸,我们这些人就要同归于尽。只要你们投得准,投下之后炸死炸伤许多流贼,就是你们立下了大功,我会重重地赏你们!"

这两个人一个抱着"万人敌",一个拿着火绳,蹲在最下层的洞边,向洞下偷看一眼,紧张地等候命令。黄澍吩咐:

"点引线!"

那个拿火绳的人立刻把引线点着。

黄澍说:"投!"

那个抱"万人敌"的人立刻对准洞口,将"万人敌"投了下去。

黄澍连声叫道:"好!好!好!"

他和许多人都露出了紧张和高兴的表情,等候着下边轰然一声,将大批敌人炸死炸伤。

却说王成章昨天遵照宋献策的指示,事先在地洞中挖了一些可以躲人的地方。他听见上面的响动和说话声,明白敌人要将"万人敌"投下来,不禁骂了一句:

"他妈的,要使用杀手锏了!"

他督促大家赶快躲起来,只留下他自己和尹黑牛。他将弟兄们准备好的一大撮箕细土提在手中,眼睛朝上望着,聚精会神地等候。看见头顶的洞口一暗,他立刻将撮箕提高,右手托住了撮箕底部。"万人敌"咚的一声落了下来,向前滚动,引线上的一点火光,迅速燃烧。在这千钧一发之际,王成章准确地将一撮箕细土倒了下去。几乎同时,尹黑牛扑过去,将仅剩二指长的引线拔掉。他们两个的动作是那么麻利,神情又是那么沉着,连躲在暗处的一些义军都看得呆了。等尹黑牛将"万人敌"抛出洞外,他们都从躲的地方跑了出来,高兴地说着俏皮话。王成章叫大家赶快继续挖洞,他和尹黑牛又站回原处,准备随时头顶上再有"万人敌"投下来。他抬头叫道:

"城上的好汉们听着:把你们的法宝都摔下来吧! 老子们在等着呢。告诉你们的周王和巡抚,明天在城里同你们算账!"

昨夜三更以后,李自成接连得到两处来的军情急报,知道了左良玉人马的确实行踪:主力大约有十万人马,已经过了陈州向北来,直趋太康,看来第一步是要占领杞县,第二步再从杞县援救开封。杞县自古是开封附近的军事重镇,兵家必争之地。救开封必须首先在杞县站稳脚跟。另外,左军还有三千人马向西北直奔临颖,算作一支偏师,目的是要袭占临颖,夺取义军的家属和部分辎重。特别是高夫人和重要将领的夫人都在临颖,他自己的养女也在临颖,所以这一支偏师虽然只有三千人,却都是他的精兵,骑兵也不少。前日高夫人已经从临颖向北撤退,临走时设下埋伏,又得到临颖百姓帮助,消灭了左军的尖队数百人。临颖百姓关起城门,抗拒左军。左军如今正在围攻临颖。

等刘宗敏赶到应城郡王花园高一功的军帐时,李自成同高一功、牛金星、宋献策、李岩等已经商量了一阵。不待吃早饭,自成就偕同牛、宋、李岩往繁塔寺找曹操议事去了。

高一功将四更以前得到的紧急军情告诉了刘宗敏,并说大元帅决定再派去两万人驻扎陈留附近,李过移驻朱仙镇附近,两军互为犄角,对左军以逸待劳。

高一功还转达了闯王对刘宗敏的嘱咐:首先是要总哨刘爷赶快休息。他已经一天一夜不曾睡觉,务必在早饭之后好生休息一阵,再去城边指挥作战。另外,今夜一定要运火药进洞,明早各洞一起放进,炸毁几处城墙,至少"心"字楼下的城墙要炸开缺口。不管如何困难,要在三天以内攻破开封,如果不顺利,也必须在五天以内破城。一旦破了开封,大军全力去打左良玉,就不难把他包围消灭。

刘宗敏说:"今日城上必将出死力争夺地洞,我不能片刻休息。好了,一功,我也不回自己帐中,就在你这里用早饭吧。用过早饭,还得马上赶回城边。一功,如今要紧的是大军粮草,你是总管,粮草情况如何?"

高一功轻轻摇摇头,低声说:"粮食很困难。这里一片黄沙地,土地不好,所有大军用粮用草都是从附近各县征集运来。柴火也欠缺,弟兄们有时没有柴火烤火,已经有不少人冻伤了手脚。至于喂骡马的干草……"

刚说到这里,吴汝义匆匆来到,随即挥手使闲人退出。高一功看见吴汝义的不平常的神情,赶快问道:

"子宜,有什么紧急事情?"

吴汝义说:"总哨在此很好,我向你们两位禀报吧。刚刚从西安来了我们的一个坐探,向我禀报了西安的消息。"

刘宗敏忙问:"西安有什么重要消息?"

吴汝义说:"陕西、三边总督汪乔年很快就要率领人马出关,来救开封。"

刘宗敏冷冷一笑:"子宜,这已经算不得重要消息了。汪乔年来河南,就同傅宗龙一样,不会有更好的下场。他送上门来,还免得我们去找他,岂不省事?"

高一功也笑着说:"汪乔年顶多率领贺疯子、郑嘉栋、李国奇这三个总兵,而这三人都是败军之将,加上他们人心不齐,士无斗志,纪律败坏,根本不堪一击。"

吴汝义又压低声音说:"还有一个消息,我先向你们二位禀明,是否就让大元帅知道,请你们二位斟酌。"

高一功见吴汝义神色凝重,不觉奇怪,忙低声问道:

"还有什么重大消息? 子宜,快说!"

吴汝义又向帐外望一望,低声说:"汪乔年奉崇祯密旨,下令米脂县边大绶这个昏官,将大元帅的祖坟全都掘了。"

高一功大吃一惊:"这事可真?"

吴汝义说:"我们从西安来的坐探说得千真万确。此事在西安已经传得家喻户晓,有人在汪乔年的制台衙门看到塘报,确是将李家祖坟全都掘了,撒骨扬尘!"

刘宗敏将脚一跺,骂道:"他妈的,打仗打不过我们,却下此毒手!"

吴汝义说:"朝廷也知道这一手并不光彩,所以崇祯下的密旨,不许外传。可是西安城中人人都知道是崇祯下的密旨,汪乔年遵旨奉行。崇祯眼看着我们李闯王要得天下,所以赶快挖了李家祖坟,泄了李家祖坟上的王气,斩断了龙脉,这样好保住他的江山不被李家夺走。"

高一功说:"你把坐探叫来,我亲自问个明白。"

吴汝义出去片刻,带进一个小商人模样的男子来。那男子向刘宗敏、高一功行过礼后,站在他们面前。高一功问了他的姓名和在西安的营生,他都一一回答清楚。高一功对义军在西安的坐探的姓名记不甚清,但在什么商号、什么衙门有义军的坐探,大体是知道的。听了以后,他点点头,问道:

"汪乔年如何掘了李家祖坟,照实说来吧。"

据坐探说,汪乔年奉旨掘李闯王的祖坟。米脂知县边大绶找到一个叫做艾昭的人,也是双泉堡附近人氏,叫他密访李家祖宗的葬地。可是哪是闯王父亲和祖父的坟，所有李家的人都宁死不说，连小孩都不肯说。边大绶亲自前去，也问不出来。一共掘了十六个坟墓，才算找到一个祖坟，据说是李家的世祖，掘了以后，把骨头乱扔地上。后来传说世祖坟里有一盏铁灯，灯光还没有熄灭，灯前一块木牌上写了一行字："此灯不灭，李氏长兴。"边大绶把灯吹灭了。又传说棺盖撬开后，看见尸体遍体长了长的黄毛，脑骨后有一小洞，有铜钱那么大，里边盘了一条小赤蛇，约有三四寸长，长着两只角，飞了出来，飞了一丈来高，向着日光吐着舌头，连吐几次，又落下来死了。边大绶腊干了小蛇，连头颅骨送到西安。汪乔年又派人秘密送往北京。别的坟中的骨头都被抛散，有的被焚烧，有的被撒上猪屎猪尿，再扔到各处。现在这事已经在西安哄传开来，人人皆知。

刘宗敏听了以后，恨恨地骂道："崇祯实在可恶，这个汪乔年也可恶万分。老子有朝一日抓到此人，必将他碎尸万段！"

高一功和刘宗敏都感到这消息实在重要。在那个时代，不仅掘祖坟是不共戴天的仇恨，而且更重要的是这关乎一家一族的命运，如果李自成的祖坟中真点着一盏灯，还有一条小赤蛇，如今灯被吹灭了，赤蛇被弄死了，又被汪乔年送往北京，这龙脉岂不是斩断了？这想法他们都不敢说出口来，但心里都感到可怕。高一功对西安来的坐探严厉地说：

"这件事你不能漏出一个字。漏出了，你休想活命！"

刘宗敏也说："汪乔年要出兵来河南的事，可以向闯王禀报。至于掘祖坟的事，你不许向闯王说出，更不许对别人漏出一个字。你漏出一个字，我总哨刘爷会剥了你的皮。你记清楚！"

坐探连声说："小人记清楚了，决不敢泄露一字。"

刘宗敏还不放心，又对吴汝义说："这不是小事情。要是他说出一个字，我就找你算账。"

吴汝义说："请刘爷放心，我不会让他露出一个字。"

高一功说："好，你给他安顿一个地方，让他随军一道，好生休息。带他走吧。"

吴汝义将坐探带了出去。

高一功望望刘宗敏。刘宗敏不想再说话,心里很沉重,随即说道:

"快拿东西来,我吃了以后,好去准备攻城的事。"

到了下午,守城官绅看见要夺取地洞的努力很不顺利,而义军在各个地洞中一边抵御一边继续向深处和宽处挖掘。大家十分害怕,都担心这样下去,要不了多久洞就会挖成,义军会趁着上半夜月色朦胧,将火药运进洞中,也可能在下半夜月亮下去后,在昏暗的星光中运进火药,而到明天一齐放进。

巡按御史任浚负责守曹门,"心"字楼正是在他的防守地段之内,所以他特别害怕。现在他勉强保持着表面的沉着,带着随从来到"心"字楼城墙里边,亲自侧着头将耳朵对准空瓮,听一听掘城的声音。他听见掘城的声音很急,而且显然有许多人在同时挖掘。那种沉闷的"咚、咚、咚"声音,一声声吓得他心惊胆战。昨天他也曾来听过,而今天的声音比昨天更响,分明又挖近了许多。他不动声色地问旁边的人:

"你们都听见了么?"

大家恭敬地说:"听见了。"

他冷静地说:"你们不要害怕,本院自有破敌之策。"

回到上方寺后,任浚命人将陈永福、黄澍和李光壂请了来。他把自己的担心告诉大家,要大家赶快出谋献策,先将"心"字楼下的大洞夺到手中,至少得把洞中的义军杀伤,使他们不能继续掘城。黄澍和李光壂相互看看,都想不出好的办法。黄说:

"要是派人跳下洞去,恐怕脚还没有落地,就会被贼兵杀死。"

李光壂也说:"我们一次只能跳一个人,而洞中现在估计有几十个贼兵,我们是一个一个往下跳,而贼兵准备好,就会一个一个将我们的人杀死。"

任浚点头说:"这不是办法。我也想过了,不能一个一个往下跳。"他转眼望着陈永福:"陈将军阅历甚深,必有破敌之策。据你看,如何才能将大洞夺到手中?"

陈永福胸有成竹地说:"夺洞不难;夺了洞,守洞更不难。但有一条:需要悬出重赏。俗话说:'重赏之下,必有勇夫'。在这样生死关头,谁不怕死? 但有重赏,就会有人卖命。"

任浚说:"赏钱我不心疼。现在官库里边还有钱,巡抚衙门、布政使衙门也有银子,何况开封府有钱的大户甚多,谁家不可出钱? 倘若贼兵进城,玉石俱焚,有钱又有何用? 只是光有重赏,没有善策,也是不行。刚才已经说到,我们的兵只能一个一个往下跳,而贼兵站在下边等待,下去一个,杀死一个。这却需要有办法对付才好。"

陈永福说:"我也想官库银子很多,开封又有众多富豪大户,如今正是需要大家出钱的时候,只要大人说出一句话,事情就好办。"

任浚说:"陈将军请放心,赏赐的事由我主持,也不须禀明巡抚。请将军赶快说出夺洞之计。"

陈永福先不说办法,却先说了左军北来的消息。这消息本来大家都知道,尚在半信半疑。现在据他看来,必是左良玉接到皇上严旨,不能不来。而左军北来的事,李自成必然也很清楚。所以李自成要赶在左军到来之前攻破开封,一二天之内情势最为危急。今日倘能将各个洞夺到手中,敌人要想破城就办不到了。说到这里,陈永福停了一停,神情更加严重,接着说:

"这是一场生死血战,胜负决于一二日内。我守城军民既有地利,又有人和,必能取胜。如今夺取地洞最为重要,最为重要。"

大家很少看到陈永福脸色如此严厉,口气如此果断。他们的心情更觉沉重,想着全城官绅百姓的生死存亡都决于城下地洞,互相交换眼色,默默无言地等着他继续往下说。

陈永福用威严的目光示意几个在旁伺候的仆人退出,然后把声音放得很低,开始说出他的办法。其实如今即使公开谈论也不会有人将他的话传到城外,只不过他多年为将,养成了一种习惯,遇着重要军事计议,决不许闲杂人听见。

任浚和黄澍等听了他的办法,都纷纷点头,说:"好,这办法好!陈将军果然经验丰富!"

陈永福说:"我的办法也是别处用过的,按台大人悬出重赏后,如有人揭榜,说不定还有更好的办法。"

任浚当即派一名官员到城上传谕:有能夺地洞者,赏银一千两。一时城上议论纷纷,都说一千两银子不算少,可是谁也不敢试一试,因为都晓得大洞中敌人很多,跳下去等于送死。人们互相观望,轻轻摇头。大约到了吃午饭的时候,仍然没有人敢出头揭榜。那个派去传谕的官员奔回上方寺,向巡按作了禀报。任浚满心忧愁地问陈永福:

"陈将军,一千两银子不算少了,可是没有人鼓勇夺洞,如何是好?"

陈永福说:"一千两银子在平时确实不能算少,但在今日不能算多。这是生死交关的事情,请大人不妨再出重赏。"

黄澍和李光壂都建议巡按加倍赏赐。黄澍说:"一城安危要紧,银子究竟是身外之物。"李光壂也说:"反正羊毛出在羊身上,暂时银子由巡按衙门拿出,马上就可从富商大户处收回。"

任浚考虑片刻,提起朱笔,写了一张手谕:"有夺此洞者,赏银二千两。"随即交给那个官员,让他再到城上传谕。

黄澍说:"如今光有大人钧谕恐未必济事,最好立刻派人到衙门中取二千两纹银,摆在城头,以示决不食言。"

任浚心中也明白,官府往往失信于民,光有他的牌谕,人们未必相信。于是他立即命人骑马回到衙门,取来了二千两银子,连同他的牌谕都送到城头。

本来,在第二次传谕之前,人们已经在纷纷商议,想出各种主意。等到第二次传谕和二千两银子送到城头以后,很快地有一个三十多岁的军官走到牌子前,将任浚的手谕揭下,拿在手里,回头对大家说：

"我朱呈祥包下了！"

周围的人先是一惊，随即投来敬佩的目光。这一带守城的军民都知道这朱呈祥是陈永福手下的一个把总，从十八岁开始当兵，很有阅历。

朱呈祥在揭榜之前，已经同他的亲信商量过，这时他不在城上多耽误，就带着揭下的巡按手谕大步流星地走下城去。来到上方寺后，他向任浚、陈永福跪下说：

"卑职愿意夺取'心'字楼下大洞，已将巡按大人钧谕揭下。"

任浚还未说话，陈永福先问道："你用什么办法夺洞？"

朱呈祥把他的办法说出后，陈永福笑着点头说："正合我意。你一定能够夺洞成功。所有你需要的东西，我立刻吩咐人帮你准备。你打算挑选多少人随你下洞？"

朱呈祥说："太多也用不着，请军门大人给我一百个精壮弟兄。有五十个下去就行了，另外五十个准备好，随时需要，随时下去。占据大洞之后，贼兵必来争夺，那时还要准备厮杀、伤亡，所以另外准备五十个弟兄是不能少的。"

陈永福说："好吧，我给你一百个弟兄。你可以随便挑选。除你手下人之外，你愿挑什么人就给你什么人，只等你马到成功。"

任浚也鼓励他说："你的为国忠心十分可嘉，只要夺洞成功，除银子赏赐之外，叙功时一定将你破格提升。你赶快准备去吧。"

朱呈祥磕了头起来，匆匆退出。然后他一面将人员挑选好，一面做好夺洞的准备工作，大约花了不到一个时辰。在这段时间内，任浚和陈永福一直在上方寺等候，不时地派人到城头询问、察看。最后，只听朱呈祥一声令下，就有两三个弟兄把一捆柴火扔下洞口，当柴火还未完全落下的时候，又把大包烘药①扔到柴火上，随即又将一捆柴扔了下去。洞中顿时着起了大火。烘药也发了威力，整个洞中一片黑烟弥漫，还有令人窒息的硫磺气味。因为是用大

---

① 烘药——起燃烧作用的火药，以硝、硫磺、木炭粉三种原料配合研磨制成。

捆柴火加上大包烘药,洞中义军用原来的办法不能扑灭,加上柴火和烘药还在不断地投下,洞中火光熊熊,浓烟滚滚,硝和硫磺熏得人不能呼吸。义军无处躲避,有的被烧伤,有的被熏得倒地,一部分弟兄冲着洞口的大火逃了出来。城上趁这时候扔下砖石砸伤逃出洞外的人。

这样,经过一顿饭的时候,城上估计洞中已经没有敌人,纵然还有没逃出的人,也一定被烧死或熏死了。朱呈祥向他的一百个弟兄一挥手,大家立刻将准备好的水一桶一桶倒下地洞。洞中浓烟慢慢地浇熄了。随后硝和硫磺的气味也淡了。朱呈祥首先跳下洞去,在下边吹个唿哨,五十名弟兄一个一个跟着跳下去,把大洞占了。

洞中很昏暗,看不清楚,只看见那没有逃出洞的义军,大部分已经被烧死,少数没有被烧死的,也已经昏迷过去。朱呈祥和他的兵丁不管三七二十一,看见一个义军就砍一刀,扔出洞口。

突然,一个官军大叫一声,倒了下去。大家一看,发现在那官军身旁有一个义军,一只手撑在地上,另一只手拿着一柄宝剑,剑上滴着鲜血。大家正在愕然,说时迟,那时快,只见那个显然受了重伤、刚刚苏醒过来的义军,右手一挥,又砍断了身旁另一个官军的一条腿。朱呈祥和几个兵丁一拥而上,乱刀砍死了这个义军。朱呈祥将他的头颅割下来,连死尸扔出洞外。

这个义军就是王成章。

朱呈祥见洞中再也没有活着的义军,便向上大声呼喊道:"请上边的人代我禀报总兵大人和巡按大人,此洞已经被我占领,洞中没有逃出的贼兵已全部杀死。"

城头上响起一片喝彩声,有人敲锣打鼓,有人放起鞭炮。

这时,丁国宝正站在城壕外。他明白大洞已经被官军占领,立即挑选了三十个弟兄,将被子浸了水,蒙在头上。他自己跑在前边,三十个弟兄跟着他,一边呐喊着,一边跑过了城壕,直向大洞奔去。

城上见义军来夺大洞,立即弓弩齐发,砖石乱飞,还扔下一个"万人敌",正在丁国宝的脚边爆炸。他被炸成重伤,倒在地下。他身边的人死了一片。没有死的人把他背了回来。夺洞失败了。

经过这一仗,守城军民顿时士气高涨,各个地方都仿照朱呈祥的办法夺洞。不过半日时间,三十六个地洞都陆续被夺到官军手中,挖洞的义军死伤惨重。

当争夺地洞的时候,李自成、刘宗敏、宋献策、田见秀、谷英等立马城外,却没有一点办法。李自成的脸色阴沉,考虑着新的打算。他考虑一阵,策马回应城郡王花园,临走时对刘宗敏说:

"不必争夺洞了。我们用另外办法攻破开封,免得弟兄们白白死伤。"

费了半个月的时间,好不容易掘了三十六个洞,在半日之内都被守城军民夺去,这件事使第二次进攻开封又遇到很大挫折,也使李自成和他的将领们大为失意。但李自成并没有撤离开封的打算,据他和宋献策估计,左良玉十三日才能到达杞县一带;到达杞县后未必敢贸然向开封逼近。何况他已经命李过率领闯营和曹营的两万人马移驻朱仙镇和水坡集附近,昨日又派刘芳亮率领两万人马去陈留附近驻扎。这两支人马足以挡住左良玉,使他不能逼近开封。他们想,只要能在元宵节以前攻破开封,左良玉不但无能为力,而且非赶快逃走不可,不然的话,义军以得胜之师直趋杞县,左良玉就招架不了。这些看法李自成同曹操和吉珪也谈过,大家都觉得合乎道理,所以就决定再一次猛攻开封,只是必须采取另外一种办法,这办法他们已经想好了。

初八这一天,李自成下令全部攻城将士都在城外休息。近城壕处的义军为躲避城上的大炮,也为了抵御寒冷,不是住在帐篷中,而是在近城壕半里处挖了四尺多深的壕沟,里边铺些干草,上边盖着木板,木板上铺着高粱秆子,高粱秆子上又压了一层土,大家就住在里边,帐篷都不用了。

初八日夜间三更时候,开始下起了鹅毛大雪。李自成偕同刘宗敏和宋献策来到火药厂,督促工匠们加紧制造各种火药。他们黄昏后一直在开军事会议,三更时将领们散去了,曹操和吉珪也回繁塔寺老营去了,他们不肯休息,便来观看制造火药的情形。根据宋献策择的日子,在十二日黎明攻城,需要很多火药,而一旦攻下开封,还要同左良玉大战,那时也需要火药,因此李自成深感此事不能疏忽。他一面看,一面鼓励工匠们多多制造,同时又派亲兵回去告诉老营总管,送一些酒肉到这里来,让大家夜间消寒。

正在观看之时,忽然听见城边发出来一阵阵喊杀声音,他们猜到必是敌人趁着黑夜出城偷营。但他们没有将这事放在心上,继续巡视,过了好久,才离开制造火药的地方,转到制造炮弹的作坊中巡视。那时李自成的部队还不会制造开花弹,只能制造实心的铅弹和铁弹,也制造供小铳用的铁子儿。

他们看完以后,已经交五更了。刚回到应城郡王花园,谷可成骑马来到,向他们禀报敌人偷营的经过。原来,敌人趁着雪夜,从曹门旁边的水门派出五百兵丁,越过城壕偷袭义军兵营。义军发现之后,偷营的人迅速退走。义军追过城壕,那五百人沿城而走,向水门奔去。义军不知是计,继续追赶。快到水门时,那五百人突然回头抵抗,而占据各个城洞的官军也纷纷出来,有的从中间冲杀,有的从背后掩杀。义军情况不熟,又遇着大雪,弄不清官军有多少人马,一时之间退避不及,死伤了好几百人。

李自成听过禀报,心中十分恼怒,但是事已如此,无可奈何,恨恨地叹了口气,说道:

"越发增添了城中的气焰!"

天明以后,雪停了,天晴了,一轮红日照着城头。守城军民在夺得三十六洞之后,昨夜又用计杀死杀伤了数百义军,这是围城以来的空前大捷。但他们也看得出来,义军并无退走模样,这使他们在高兴之余不得不上紧加固城防。首先要多备柴草,以便城上将士御寒,同时还准备再用火攻,于是下令在全城收集柴草,一天之内就收集到十几万担干柴。另外,因为东城从曹门到转角之间有一段地方城墙较薄,需要赶快加厚,附近民宅几天来已经拆光,所以巡按下令,将上方寺拆去一部分,观音寺拆去大部分,用拆下的砖石加厚城墙。

从初九到十一日,城内天天紧张地准备;城外义军也在准备,但多在夜间活动,白天按兵不动。城内官军知道在离"心"字楼不远的地方,义军挖了一个大的地洞,洞口是从城壕里岸挖进去的,而且挖得很长,据估计有十丈以上,因此用原来的火烧办法,已经没有效果。连着两三天来,义军每天夜间在朦胧的月色中或在后半夜昏暗的星光下,将火药背过城壕,运进洞中。由于义军事先做了很好的准备,到处埋伏了弓弩手,城上稍有动静,立即有成千支箭一起射来,因此守城兵丁无法阻止他们运送火药。十一日这天夜间,城中十分惊慌,据他们估计,连着三天来义军已经向洞里边运进几十担火药,很可能在十二日黎明时开始放进,轰塌城墙。

十一日夜三更以后,情况更加紧急了。城上军民听见东城外曹门以南、宋门以北义军人声嘈杂,马蹄声不断,这显然是攻城前的人马部署。周王在宫中如坐针毡,向天地许愿,又向祖宗许愿。巡抚、布政使、巡按使也都向天地和关圣爷许愿。官绅们不断会商,寻求对付办法。陈永福将他的主要兵力调在东城等候,准备一旦城被炸开缺口,就在缺口处拼力血战。义勇大社也调来许多精健丁勇,在上方寺附近守候,一旦紧急,立刻登城。

十二日黎明来到了。从城上可以望见城壕外半里处,有很多义军步兵已准备好攻城,还有骑兵分列两翼,部伍整肃。

过了一阵,天色更亮了一点。守城的人们又看见有许多大炮摆在城壕外步兵的前边。一共分三个地方,中间约有六七十尊大炮,两边相离几十丈远,各有二十多尊大炮,总数约在一百尊以上。大家这才恍然大悟:今日不是用火药炸毁城墙,而是用炮对着去年二十六日攻城的地方猛轰。那一次曾把城墙炸开一个缺口,现在虽经修复,到底不太坚固,所以李自成选择了这个地方,打算用群炮轰毁城墙。

城上人正在纷纷议论,忽然义军阵地上一面红旗一挥,几尊大炮响了。接着炮声越来越密,震天动地,三个地方的大炮,不断燃放。铁的炮弹,铅的炮弹,从炮口射出,有很多打在城墙上,有一些从空中越过城头,射进城内。炮弹互相交织,发出令人丧魂失魄的声音。更多的炮弹打在原来缺口的地方,城墙不断颓倒,成为一个陡坡,又变成慢坡。

打过一阵大炮之后,义军的步兵蜂拥出动,跃过城壕,沿着慢坡向上冲。城上拼命向外边打炮,施放弩箭,投掷砖石,但是义军决死进攻,毫不退避,死了一批,又爬上一批。攻了一阵,义军在城墙缺口处死伤很多,暂时停止冲杀,退到城壕下边。一百多尊大炮趁这时候又一齐向城上打来,很多炮弹继续打在缺口地方。城上也用炮火还击,但没有城外的炮火厉害。打了一阵之后,城外的炮火又忽然停止,伏在城壕下的义军步兵又像潮水般汹涌而上。

这时双方都在争夺缺口。有几十个义军已经爬上缺口,到了城头,又被守城的官军杀死。眼看着义军死不后退,城上怎么用砖石打,用弓弩射,都无济于事,官军只得用大炮向义军的后续部队打去。但是城上的大炮已经有三尊炸裂了,炸死炸伤了一些自己人,而城外义军的大炮忽然又响了起来,炮弹飞上城头,向左右打守城的人。城垛一个一个被打得粉碎,守城的人一批一批死伤。中间缺口处,双方仍在肉搏交锋,死伤惨重,都不退让。

陈永福眼看形势越来越危急,城快要守不住,就大声呼喊:"放炮! 放炮!"可是守城兵勇因为连着炸裂了三尊大炮,不敢再放,只用弓箭和砖石向敌人射去、打去。陈永福跳上一尊大炮,骑在炮上,又大声喊道:

"忠臣不怕死。你们快点炮,我和炮一起炸碎! 快点!"

他的亲兵将他猛一拉,拉下大炮。同时铜炮也被点燃了,轰然一声,打到义军中间,接着几尊大炮都响了,加上万弩齐发,义军几乎在同一个时间倒下去几百人。这时城外一声呼叫,所有攻城的步兵暂时都伏了下去,大炮又向城上猛烈轰击,炮弹交织在城头

上。趁这个时候,陈永福大呼:

"将城墙缺口堵起来!"

城内连日来已经准备了几百扇大门,一部分从周王宫中运来,一部分是寺庙的大门。这时守城军民赶紧用这些大门将被义军轰开的缺口重新堵住。

可是突然间大炮停止,攻城的义军又呐喊着向城上爬来。陈永福又用大炮、弓弩抵挡。有些炮弹越过城壕,打到义军排列在城壕外的骑兵和步兵阵上。有的步兵中炮倒下,有的骑兵中炮后连人带马倒下去。但是旁边的步兵和骑兵如同不曾觉察,挺立不动。他们只等待一声令下,就要向缺口冲去。这样,许多在城壕外摆着阵势的步、骑兵被白白地打死,但阵势始终不乱。

将近中午的时候,义军又发起多次猛攻,将士们奋不顾身地冲向缺口,在缺口处进行白刃交锋,双方互相对砍,人挤得密不透风。城上用门板将缺口堵了七次。义军死伤惨重,守城军民死伤也很重。鲜血沿着缺口处的慢坡流得像河一样,尸首滚在城下,一堆连着一堆。城头上也堆满了死尸,运送不及。

后来闯王看见攻城很难得手,徒然死伤了许多精兵和将领,而摆在城外预备的步兵和骑兵也白白地中炮死伤。于是他下令停止进攻,队伍退到离城壕二里以外。城上的守军早已精疲力竭,这时也赶快休息,只留下部分人修补缺口。双方的炮都有被敌炮打坏的,有自己炸毁的,没有炸毁的也都发热烫手。虽然炮战还在继续,却是稀稀落落,最后连稀稀落落的炮战也停止了。双方各自救死扶伤,整顿兵将。义军方面指挥炮战的两个将领,黑虎星阵亡了,张鼐受了伤。虽然张鼐的伤势不重,却被震晕了,不省人事。李自成看见那么多将士死伤,心中感到痛苦,跳上战马,驰回老营,吩咐人们将受伤的将士抬回去尽心医治,又亲自嘱咐了老神仙几句话。

刘宗敏没有回自己帐中,只带四名亲兵到各处巡视,为的鼓舞已经受挫了的士气。不管他到什么地方,都不让将士迎送,嘱大家好生休息。对作战出力的人,他都亲切慰问。后来他经过一群军帐,看见帐中的弟兄都因为疲劳已极,呼呼大睡,却从一座军帐中传出来说话声音。他叫身后的亲兵停下,自己下马,走到帐门口。军帐中为保持充足明亮,向南的帐门开着。刘宗敏探头一望,不料看见李狗皮正拿着骑马冲锋的架势,叫一个画师替他画像,他的身后画许多弟兄呐喊跟随,对面城墙露出缺口,硝烟滚滚。李狗皮看见刘宗敏,脸色刷地灰白,一时手足无措,也不知说什么好。画师也慌张万分,退后几步,躬身屏息而立,等候挨骂。如今老府中三教九流的人物来了不少,刘宗敏认识这个破南阳后新来的画师,对他说:"我猜到是他叫你画的。你走吧,不干你的事!"画师走后,刘宗敏一把抓起那幅将要完成的画,将李狗皮叫到帐外。李狗皮一出帐就双膝跪下。宗敏骂道:

"李狗皮,你想在众人前冒充英雄,拿这张画儿到处传名么?死不要脸!"他一把将画撕得粉碎,抛在李狗皮的脸上,接着说:"围攻开封至今,许多将士阵亡,许多将士受伤,你可流过一滴血?几次攻城最激烈时我都看不见你,啊,原来你是躲在帐篷里装英雄!"他向亲兵们点头示意,命令说:"来,打他四十鞭子!"

李狗皮伏地求饶,但刘宗敏只是冷笑。许多将士都来观看,却没人敢替李狗皮讲情。看着打过鞭子以后,刘宗敏又说:

"我打你是为着处罚你。你想带兵打仗,我仍然让你带兵打仗,等着立功赎罪。你日后立了功,我照样赏你!"

刘宗敏不再耽搁,骑上马走了。

黄昏以后,张鼐从朦胧中醒来,睁开眼睛,忽然看见慧梅立在他睡觉的地铺前边。他以为自己在做梦,却听见一个亲兵站在铺边说:

"小张爷,慧梅姑娘来了。刚才你没有醒,不敢惊动你。她在这儿站了一大阵了。"

张鼐想说话,一时却不知说什么好,想了半天,方说道:

"慧梅,慧剑的哥哥阵亡了。"

慧梅噙着眼泪,说:"我已经知道了。慧剑还不知道哩。"

张鼐问道:"你怎么来了?"

慧梅本来是自己向红娘子请求,要来看张鼐受伤情形的,可是她没有说实话,却说:"夫人听说你受了伤,命我来看一看。要是不要紧,我得赶快向夫人禀报,免得她为你操心。"

张鼐一听说是高夫人特地派慧梅来看他的,感动得流出眼泪,说:"感谢夫人,你回去向她回禀:我的伤势不重,只是两天来忙得不曾睡觉,今天又不断地点炮,被大炮震晕了。"停了一会儿,他又问:"夫人现在哪里?"

慧梅说:"我们的人马已从临颍撤回来,现在朱仙镇北边扎营。夫人到了应城郡王花园,在同闯王叙话。我同红娘子姐姐率领少数健妇也来到应城郡王花园,所以夫人命我来看你。"

半个多月来她一直在想念张鼐,没想到在张鼐受伤时见面,一时感情激动,几乎流出眼泪。她害怕被张鼐的亲兵们看见,所以一面说话一面低下头去。说完以后,又马上添了一句:

"我走了。既然你伤势不重,夫人就可以放心了。你好生养伤吧,明天夫人也许会亲自来看你的。"

张鼐想起来送她,可是头脑一阵晕眩,又躺下了。慧梅头也不回,快步走出帐外。张鼐忽然想唤她回来再说几句话,可是帐外响起一阵马蹄声,分明是慧梅和她的亲兵们已经策马而去。

张鼐心里有一种说不出的幸福感觉。可是后来,他想到黑虎星,想到火器营许多阵亡将士,又一阵难过,眼眶中充满热泪,却未滚出。过了很久,他才重新闭起了眼睛,朦胧睡去。等他又一觉醒来时,已是第二天早晨,忽然听到天崩地裂的一声巨响,他一跃而起,问是怎么回事。亲兵告诉他说:

"一定是我军放进,炸毁了城墙。"

张鼐不顾身上疼痛,喊道:"备马!"

他的马一时备不及,就拉过一匹亲兵的马,跳上去直往东城轰毁城墙的地方飞奔。他的亲兵们也纷纷上马,随在他的背后飞驰而去。

可是等他们来到城外时,却看到一幅奇怪的景象。原来刚才义军点了引线后,猛然间火药爆发,十来丈的城墙,顿时炸开了口子,砖石横飞,垫在城下的一些磨盘也被炸成小块。可是偏偏这些砖石和磨盘碎块都向城壕外飞来,而留下城里边薄薄的一层墙,兀立不动。砖石和磨盘碎块打死打伤了不少准备向城内冲去的步兵和骑兵。有些骑兵和战马一起被打死,有些骑兵被打死后,受惊的战马驮着死人向旷野狂奔。

当火药放进的时候,闯王、曹操和许多大将都在一里外立马等待攻城,也几乎被飞起的砖石砸伤。看见这种情况,闯王对刘宗敏说:

"今日收兵吧,不要攻城了。"

李岩策马到闯王前边说:"大元帅,城墙只剩薄薄一层了,趁此机会,调动数十尊大炮猛打,很容易把城墙打开缺口,我军就可以冲进城去。"

闯王摇摇头说:"昨日我军死伤很多,今日砖石都向城外飞来,又平白地打死了很多将士,看来这一次天意不让我们攻进开封,算了吧。"

曹操也附和说:"看来天意确实如此,过几个月再来攻取开封吧。"

于是闯王和曹操怀着失望的心情,策马而去。刘宗敏命人鸣锣收兵。

城上守军正准备等义军炸开缺口后进行血战,看见这种奇怪现象,起初大为诧异,后来觉得这是神在冥冥中相助,于是乎满城人奔走相告,烧香敬神,鞭炮声响彻了各处街道。

辰时以后,双方面只进行稀疏的炮战。义军的大炮深深地打进城内,射程有的达到十里以上。铁弹和铅弹有的打塌了房屋,有的将墙壁打出大洞,有的打断了树木。

　　到了十五日五更,李自成和曹操的老营先走。攻城的人马留在城外暂时不动。快到中午时候,义军的骑兵飞奔传呼,催促各营快走,于是大股大股的义军,绕过南城,向西南而去,浩浩荡荡,黄尘蔽天。经过朱仙镇时,稍作休息。朱仙镇上有经验的人在路边一面供应茶水,一面暗暗地数了数,发现重伤的有二千八百七十三人,都用方桌抬着。

　　到了十六日,巡按任浚命总社打开城门。李光壂遵命率人打开了城门。于是由李光壂在前引路,黄澍、王燮、周王府的方太监、丘太监,还有几个士绅,一起骑马出城巡视义军老营驻扎的地方。

　　他们先到繁塔寺,看见曹操驻兵的地方,约有八里宽,二十里长。寺内是聚粮之所,留下的粮食约有三尺深。牛、驴的头、皮、肠子和肺,还有人的尸首,到处都是。营内营外,十分肮脏。还有许多准备宰杀的耕牛,退走的时候来不及带走,留在繁塔寺。此外还留下很多被掳掠来的妇女,一共有三千多口,走散一部分,到中午时候还剩二千二百余口。李光壂命人将她们送到南门的月城内暂且收容。

　　他们又一起到了应城郡王花园来看李自成的老营,发现那里一切静悄悄的,地也扫得很干净,既没有驴、牛遗留下来,也没有妇女遗留下来,和曹操的老营完全两样。大家感到十分惊奇。有人在心中感叹说:

　　"李自成果然不凡!"

　　虽然省城解围了,但是看来李自成还会再来,局势不容开封的官绅军民放心。这几十万大军究竟往哪里去了?左良玉如今在哪里?李自成是不是要去同左良玉作战?

　　这是城中正在纷纷议论的问题,大家都在等待着细作探明消息。

第二十六章

崇祯十五年二月十八日晚上,月亮刚升上皇极殿的琉璃甋棱①。

崇祯皇帝心烦意乱,六神无主,勉强耐下心看了一阵文书,忽然长嘘一口闷气,走出乾清宫,在丹墀上徘徊。春夜的寒意侵人肌肤,使他的发涨的太阳穴有一点清爽之感,随即深深地吸了一口凉气,又徐徐地将胸中的闷气呼出。他暗数了从玄武门上传过来的云板②响声,又听见从东一长街传来的打更声,更觉焦急,心中问道:"陈新甲还未进宫?已经二更了!"恰在这时,一个太监轻轻地走到他的身边,躬身说道:

"启奏皇爷,陈新甲在文华殿恭候召见。"

"啊……辇来!"

上午,陈新甲已被崇祯帝在乾清宫召见一次,向他询问应付中原和关外的作战方略。陈新甲虽然精明强干,无奈明朝十多年来一直陷于对内对外两面作战的困境,兵力不足,粮饷枯竭,将不用命,士无斗志,纪律败坏,要挽救这种危局实无良策,所以上午召见时密议很久,毫无结果。崇祯本来就性情急躁,越是苦无救急良策就越是焦急得坐立不安,容易在宫中爆发脾气,吓得乾清宫中的太监们和宫女们一个个提心吊胆,连大气儿也不敢出。晚膳刚过,他得到在山海关监军的高起潜来的密奏,说洪承畴在松山被围半年,已经绝粮,危在旦夕,并说风传清兵一旦攻破松山,即将再一次大举入关,围困京城。虽然松山的失陷已在崇祯的意料之内,但是他

---

① 甋棱——宫殿转角处的瓦脊。
② 云板——乐器的一种。明代在紫禁城的玄武门上,以鼓声报时,云板声报刻。

没有料到已经危在旦夕,更没有料到清兵会很快再次南来,所以高起潜的密奏给他的震动很大,几乎对国事有绝望之感。高起潜在密奏中提到这样一句:"闻东虏仍有议和诚意。倘此事能成,或可救目前一时之急。国事如此,惟乞皇爷圣衷独断。"崇祯虽然不喜欢对满洲用"议和"一词,只许说"议抚"或"款议"①,但是他的心中不能不承认实是议和,所以在今晚一筹莫展的时候并没有因为高起潜的用词不当生气。关于同满洲秘密议和的事,他本来也认为是目前救急一策,正在密谕陈新甲暗中火速进行,愈快愈好,现在接到高起潜的密奏,不觉在心中说道:"起潜毕竟是朕的家奴,与许多外廷臣工不同。他明白朕的苦衷,肯替朕目前的困难着想!"他为辽东事十分焦急,不能等待明天,于是命太监传谕陈新甲赶快入宫,在文华殿等候召对。

崇祯乘辇到了文华殿院中。陈新甲跪在甬路旁边接驾。崇祯将陈新甲看了一眼,不禁想起了杨嗣昌,心中凄然,暗想道:"只有他同新甲是心中清楚的人!"龙辇直到文华前殿的阶前停下。皇帝下辇,走进东暖阁,在御座上颓然坐下,仿佛他感到自己的心情和身体都十分沉重,没有精力支持。陈新甲跟了进来,在他的面前跪下,行了常朝礼,等候问话。崇祯使个眼色,太监们立即回避。又沉默片刻,他忧郁地小声说:

"朕今晚将卿叫进宫来,是想专商议关外的事。闯、曹二贼猛攻开封半个多月,因左良玉兵到杞县,他害怕腹背受敌,已经在正月十五日撤离开封城下,据地方疆吏奏称是往西南逃去。左良玉在后追剿,汪乔年也出潼关往河南会剿。中原局势眼下还无大碍,使朕最为放心不下的是关外战局。"

陈新甲说:"关外局势确实极为险恶。洪承畴等被围至今,内无粮草,外无救兵,怕不会支持多久。祖大寿早有投降东虏之意,只是对皇上畏威怀德,不肯遽然背叛,尚在锦州死守。倘若松山失陷,祖大寿必降无疑。松、锦一失,关外诸城堡难免随之瓦解。虏

---

① 款议——关于外番前来归服的谈判。

兵锐气方盛,或蚕食鲸吞,或长驱南下,或二策同时并行,操之在彼。我军新经溃败,实无应付良策。微臣身为本兵,不能代陛下分忧,实在罪不容诛。"

崇祯问道:"据卿看来,松山还能够固守多久?"

"此实难说。洪承畴世受国恩,又蒙陛下知遇,必将竭智尽力,苦撑时日,以待救援。且他久历戎行,老谋深算,而曹变蛟、王廷臣两总兵又是他的旧部,肯出死力。以微臣看来,倘无内应,松山还可以再守一两个月。"

崇祯问:"一两个月内是否有办法救援?"

陈新甲低头无语。

崇祯轻轻叹了口气,说:"如今无兵驰往关外救援,只好对东房加紧议抚,使局势暂得缓和,也可以救洪承畴不致陷没。"

陈新甲说:"上次因虏酋对我方使臣身份及所携文书挑剔,不能前去沈阳而回。如今马绍愉等已经准备就绪,即将动身,前往沈阳议抚。全部人员共九十九人,大部分已经暗中分批启程,将于永平会齐,然后出关。"

"马绍愉原是主事,朕念他此行劳苦,责任又重,已擢升他为职方郎中①,特赐他二品冠服,望他不负此行才好。"

陈新甲赶快说:"马绍愉此去必要面见虏酋,议定而归,暂纾皇上东顾之忧,使朝廷得以专力剿灭流贼。"

崇祯点头,说:"卿言甚是。安内攘外,势难兼顾。朕只得对东房暂施羁縻之策,先安内而后攘外。朕之苦衷,惟卿与嗣昌知之!"

陈新甲叩头说:"皇上乃我朝中兴英主,宏谋远虑,自非一班臣工所能洞悉。然事成之后,边境暂安,百姓得休养生息,关宁铁骑可以南调剿贼。到那时,陛下之宏谋远虑即可为臣民明白,必定众心咸服,四方称颂。"

崇祯心中明白陈新甲只是赞助他赶快议和,渡过目前危局,至

---

① 职方郎中——兵部衙门分设四司,其一为职方清吏司,简称职方司,主管官称郎中,正五品。

于这件事是否真能使"众心咸服,四方称颂",他不敢奢望,所以他听了陈的话以后,脸上连一点宽慰的表情也没有,接着问道:

"天宁寺①的和尚也去?"

陈新甲回奏:"天宁寺和尚性容,往年曾来往于辽东各地,知道虏中情形。且东虏拜天礼佛,颇具虔诚,对和尚与喇嘛亦很尊重,所以命性容秘密随往。"

崇祯又问:"马绍愉何时离京?"

陈新甲说:"只等皇上手诏一下,便即启程,不敢耽误。"

"这手诏……"

"倘无陛下手诏,去也无用。此次重去,必须有皇上改写一道敕书携往,方能使虏酋凭信。"

崇祯犹豫片刻,只好说:"好吧,朕明日黎明,即命内臣将手诏送到卿家。此事要万万缜密,不可泄露一字。缜密,缜密!"

陈新甲说:"谨遵钦谕,绝不敢泄露一字。"

"先生请起。"

陈新甲叩头起立,等候皇上问话。过了一阵,崇祯忽然叹道:"谢升身为大臣,竟然将议抚事泄于朝房,引起言官攻讦,殊为可恨。朕念他平日尚无大过,将他削籍了事。当时卿将对东虏暗中议抚事同他谈过,也是太不应该的。不过,朕对卿恩遇如故,仍寄厚望。既往不咎,以后务必慎之再慎。"

一听皇帝提到谢升的事,陈新甲赶快重新跪下,伏身在地。他对于崇祯的多疑、善变、暴躁和狠毒的秉性非常清楚,尽管他得到皇帝倚信,却无时不担心祸生不测。他明白皇上为什么这时候对他提到谢升,感到脊背发凉,连连叩头,说:

"谢升之事,臣实有罪。蒙皇上天恩高厚,未降严谴,仍使臣待罪中枢,俾效犬马之劳。微臣感恩之余,无时不懔懔畏惧,遇事倍加谨慎。派马绍愉出关议抚之事,何等重要,臣岂不知? 臣绝不敢

---

① 天宁寺——在北京广宁门外,相传创建于隋朝,原名弘业寺;唐开元年间改名天王寺;明正统年间始改名天宁寺,为京师名刹之一。

泄露一字,伏乞陛下放心。"

崇祯说:"凡属议抚之事,朕每次给你下的手谕,可都遵旨立即烧毁了么?"

"臣每次跪读陛下手诏,凡是关于议抚的,都当即亲手暗中烧毁,连只字片语也不敢存留人间。"

崇祯点头,说:"口不言温室树①,方是古大臣风。卿其慎之!据卿看来,马绍愉到了沈阳,是否能够顺利?"

"以微臣看来,房方兵力方盛,必有过多要求。"

"只要东房甘愿效顺,诚心就抚,能使兵民暂安,救得承畴回来,朕本着怀柔②远臣之意,不惜酌量以土地与金银赏赐。此意可密谕马绍愉知道。"

"是,是。谨遵钦谕。"

崇祯又嘱咐一句:"要救得洪承畴回来才好!"

召对完毕,陈新甲走出文华门,心中七上八下。他深知道皇上对东房事十分焦急,但是他不能够预料这议和事会中途有何变化。忽然想起来昨日洪承畴的家人到他的公馆求见,向他打听朝廷是否有兵去解救松山之围,于是他的耳边又仿佛听见了皇上的那一句忧心忡忡的话:

"要救得洪承畴……"

同一天晚上,将近三更时候。

洪承畴带着一名中军副将、几名亲兵和家奴刘升,登上了松山北城。松山没有北门,北门所在地有一座真武庙,后墙和庙脊早已被清兵的大炮打破,有不少破瓦片落在真武帝的泥像头上。真武帝脚踏龟、蛇,那昂起的蛇头也被飞落的瓦片打烂。守北城的是总兵曹变蛟的部队。将士们看见总督大人来到,都赶快从炮身边和

---

① 口不言温室树——西汉时长乐宫中有温室殿。孔光是汉成帝的大臣,为人十分周密谨慎,每次回家休息,兄弟妻子在一起闲话,一句不谈及朝中政事。或有谁问他:"温室殿院中种的是什么树?"他默然不应,或答以他语。

② 怀柔——招来远方异域,使之归附,古人把这种政策叫做"怀柔"。

残缺的城垛下边站立起来。洪承畴挥手使大家随便,用带着福建口音的官话轻声说:"赶快坐下去,继续休息。夜里霜重风冷,没有火烤,你们可以几个人膀靠膀,挤在一起坐。"看见将士们坐了下去,他才抬起头来,迎着尖利的霜风,向城外的敌阵瞭望。

几乎每夜,洪承畴都要到城上巡视。往年带兵打仗,他都是处于顺境,和目前完全两样,这使他不能不放下总督大臣的威重气派,尽力做到平易近人,待士兵如对子弟。长久被围困于孤城之内,经历了关东的严冬季节,改变了他在几十年中讲究饮食的习惯。他熟知古代名将的所谓"与士卒同甘苦"是非常可贵的美德,能获得下级将官和广大士卒的衷心爱戴,但是他从来不能做到,也从来没有身体力行的打算。被围困在这座弹丸孤城以后,特别是自经严冬以来,城中百姓们所有的猪、羊、牛、驴和家禽全都吃光,军中战马和骡子也快杀完,粮食将尽,柴草已完,他大致上过着"与士卒同甘苦"的生活。如今在他的身上还保持着大臣的特殊地方,主要是多年养成的雍容、儒雅和尊贵气派,以及将领们在他的面前还没有失去敬意。另外,他平生爱好清洁,如今虽受围困,粮尽援绝,短期内会有破城的危险,别的文武大官都无心注意服饰,但是他的罩袍仍然被仆人洗得干干净净。别的官员们看见他这一点都心怀敬意,背后谈论他不愧是朝廷大臣,单从服饰干净这一点也可以看出来他身处危城,镇静如常,将生死置之度外。今晚城上将士们看见总督大人神情仍然像过去一样安闲,对目前的危急局势就感到一点安心。曹变蛟的部队过去在明军中比较精锐,又因为完全是从关内来的,全是汉人,所以处此危境,都抱着一个血战至死的决心。这种最简单的思想感情压倒平日官兵之间的深刻矛盾,连他们同洪承畴之间的关系也变得亲近起来。

一连几天,敌营都很平静,没有向街上打炮。这平静的局面使洪承畴觉得奇怪,很不放心。他猜想,清兵可能正在做重大准备,说不定在两三天内会对松山城进行猛攻。如今敌人对松山城四面层层包围,城中连一个细作也派不出去,更没有力量派遣人马进袭敌营,捉获清兵,探明情况。城中不仅即将断粮,连火药也快完了,箭也快完了。倘若敌人猛力攻城,要应付也很吃力。他没有流露自己心中的忧虑,继续瞭望敌营。在苍茫的月光下,他望不见敌营的帐篷和营地前边的堡垒、壕沟,但是他看见二三里外,到处都有火光。有很长一阵,他默默地向北凝望。大约有四里远近,横着一道小山,山头上火光较多。小山北边,连着一座高山,火光很少,山影昏暗,望不清楚。这浅山和高山实际是一座山,就是松山;松山堡就因为这座山而得名。登上那座高山,锦州城全在眼底。今夜因洪承畴预感到情况十分危急,所以望着这一带山头更容易逗起来去年兵败的往事,仍然痛心,不禁在心中感慨地说:

"唉,我可以见危授命①,死不足惜,奈国家大局何!"

他正要向别处巡视,曹变蛟上城来了。曹变蛟驻在不远地方,听说总督上了北城,匆忙赶来。洪承畴见了他,说道:

"你的病没好,何必上城来?"

曹变蛟回答说:"听说大人来到北城,卑镇特来侍候。患了几天感冒,今日已见好了。"

洪承畴向曹变蛟打量一眼,看清楚他的脸上仍有病容,说道:"你赶快下城,不要给风吹着。明天上午你去见我,有话面谈。城上风紧,快下城吧。"

"是,是,我就下城。明天上午到大人行辕,听大人吩咐。大人,你看,那个火光大的地方就是虏酋四王子去年扎营的地方,现在是敌军攻城主帅豪格在那里驻扎。就是那座小山头②!去年八月,四王子驻西南那座山下,立营未稳,卑镇已经杀进虏酋老营,不幸身负重伤,只好返回。过几天,四王子就移驻这座小山上,我军就无力去摸他的老营了。要是那一次多有一千精兵前去,截断敌人救兵,活捉老憨这个鞑子,死也瞑目。如今,嗨!"曹变蛟向洪承

---

① 见危授命——遇到危险时献出自己的生命。语出《论语·宪问》。

② 小山头——皇太极在松山的小山头上驻扎的地方有几块大石头,如今当地人称那个地方为憨王殿。当时必有较大的黄毡帐篷,称为殿,实际上应该称为帐殿,就是古书上说的黄幄。

畴叉手行礼,车转身,走下城头。

洪承畴走到真武庙前,向沉默的全城看看,又看看东、南两面山头和山下的敌营火光。城内全是低矮的、略带弧形屋顶的灰白色平房,还有空地方的旧军帐,在月色下分不清楚,一片苍茫。他随即转往西城巡视。西门外地势比较开阔、平坦。北往锦州和南往杏山、塔城、宁远,都得从西门出去。由总兵王廷臣陪着,他站在西城头上看了一阵,望着原野上火光不多。但目前已经无力突围了。

走下寨墙,他回到坐落在西街向左不远的一家民宅中。这里从围城时起就成了他的行辕。他的枣骝马拴在前院的马棚里。马棚坐西向东,月光照在石槽上和一部分马身上。在被围之前,洪承畴很爱惜他的骏马,曾在一次宴后闲话时对左右幕宾们说过一句话:“骏马、美姬,不可一日或离。”掌牧官为这匹马挑选最好的马夫,喂养得毛色光泽,膘满体壮。行辕中有两位会做诗的清客和一位举人出身的幕僚曾专为这一匹骏马赋诗咏赞;还有一位姓曹的清客原是江南画师,自称是曹霸①之后,为此马工笔写真,栩栩如生,堪称传神,上题《神骏图》。但现在,这马清瘦得骨架高耸,腰窝塌陷,根根筋骨外露。

洪承畴顺便走进马棚,看看他的往日心爱之物。那马无精打采地垂头立在空槽边,用淡漠的眼光望望他,好像望一个陌生的人,随即又将头垂了下去。洪承畴心中叹息,走出马棚后回头对掌牧官说:

“不如趁早杀了吧,让行辕的官兵们都吃点马肉。”

掌牧官回答说:“为老爷留下这匹马以备万一。只要我和马夫饿不死,总得想办法让它活着。”

洪承畴刚回到后院上房,巡抚邱民仰前来见他。邱是陕西渭南县人,前年由宁前兵备道升任辽东巡抚,驻节宁远城中。洪承畴

---

① 曹霸——唐开元、天宝年间的著名画家,尤长于画马。因为他做过左武卫将军,故又被称为曹大将军。

奉命援锦州,他担负转运粮饷重任。去年七八月间大军溃败时他同洪承畴在一起,所以同时奔入松山城中。洪承畴知道今夜邱巡抚来见他必有要事商量,挥手使左右亲随人一齐退出。他隔桌子探着身子,小声问道:

"长白兄,可有新的军情?"

邱民仰说:"今日黄昏,城中更加人心浮动,到处有窃窃私语,并有流言说虏兵将在一二日破城。谣言自何而起,尚未查清。这军心不稳情况,大人可知道?"

洪承畴轻轻点头,说:"目前粮草即将断绝,想保军心民心稳固,实无善策。但学生所忧者不在虏兵来攻,而在变生肘腋。"

"大人也担心城中有变?"

"颇为此事担忧。不过,两三日内,或不要紧。"

邱民仰更将头向前探去,悄声问:"大人是担心辽东将士?"

洪承畴点点头。

邱问:"有何善策?"

洪承畴捻须摇头,无可奈何地说:"目前最可虑的是夏承德一支人马。他是广宁①人,土地坟墓都在广宁。他的本家、亲戚、同乡投降建虏的很多;手下将士也多是辽东一带人,广宁的更居多数。敌人诱降,必然从他身上下手。自从被围以来,我对他推心置腹,尽力笼络,可是势到目前,很难指望他忠贞不变,为国捐躯。另外,像祖大乐这个人,虽然手下的人马早已溃散,身边只有少数家丁和亲兵相随;可是他还是总兵身份,又是祖大寿的兄弟,在辽东将领中颇有声望。他们姓祖的将领很不少,家产坟墓在宁远,处此关外瓦解之时,难免不怀有二心。夏承德虽非他的部将,可是他二人过往较密,互为依托,使我不能不疑。足下试想,外无救兵,内无粮草,将有二心,士无斗志,这孤城还能够支撑几日?"

邱叹道:"大人所虑极是。目前这孤城确实难守,而夏某最为可虑。我们既无良法控驭,又不可打草惊蛇,只好听其自然。"

————————

① 广宁——今辽宁省北镇。金和清为广宁府,明为广宁卫。

洪说："打草惊蛇,不惟无益,反而促其速降,献出城池。我打算明日再召祖大乐、夏承德等大将前来老营议事,激之以忠义,感之以恩惠,使此弹丸孤城能够为朝廷多守几日。倘若不幸城陷,我身为大臣,世受国恩,又蒙今上知遇,畀以重任,惟有以一死上报皇恩!"

邱民仰站起来说："自从被围之后,民仰惟待一死。堂堂大明封疆大臣,断无偷生之理。民仰将与制台相见于地下,同以碧血上报皇恩,同作大明忠魂!"

洪承畴说："我辈自幼读圣贤书,壮年筮仕①,以身许国,杀身成仁,原是分内之事。"

将邱民仰送走之后,洪在院中小立片刻,四面倾听,听不到城内外有什么特别动静。他回到屋里,和衣就寝,但是久久地不能入睡。虽然大臣为国死节的道理他很清楚,也早已将生死置之度外,但此刻他的心情仍不免有所牵挂。原来心中感到丢不下的并不是老母年高,也不是他的夫人,更不是都已经成人的子女(他明白,当他为国殉节以后,皇上会对他的家人特降隆恩,厚赐荫封)。倒是对留在北京公馆中的年轻貌美的小妾陈氏,尚不能在心中断然丢下。他凝望着窗上月色,仿佛看见了她的玉貌云鬟,美目流盼,光彩照人。他的心头突然一动,幻影立刻消失,又想到尽节的事,不觉轻叹一声。

就在这同日下午,将近黄昏时候,清朝皇帝皇太极从叶赫②回到了盛京。他是在十三天前去叶赫打猎的。虽然不是举行大的围猎,却也从八旗中抽了两千骑兵,另外有三百红甲和白甲巴牙喇③在皇帝前后护卫。去的时候,皇太极出盛京小北门,直奔他的爱妃博尔济吉特氏即关雎宫宸妃的坟墓看了看,进入享殿中以茶、酒祭

① 筮仕——开始做官。
② 叶赫——在今辽宁省开原旧城东北,吉林省四平市之南。
③ 巴牙喇——巴牙喇是满洲语,为皇帝的亲军,比较精锐。各固山额真之下也有巴牙喇。清朝入关之后,巴牙喇成为护军之前身。

奠,并且放声痛哭,声达殿外;过了一阵才出来重新上马,往叶赫进发。今日回来,又从宸妃的坟墓经过,下马徘徊片刻,不胜怅惘哀思。到了城外边,两千随驾打猎骑兵各回本旗驻地,留下诸王、贝勒、贝子、公和固山额真等亲贵以及巴牙喇,护驾进城。进了地载门,清帝命朝鲜世子回馆所①休息。于是随驾出猎的朝鲜世子李淐、次子凤林大君李淏,几位朝鲜大臣质子,以及朝鲜世子和大君的大小侍臣下马谢恩,等清帝过去稍远,重新上马,和奴仆共一百多人,由武功坊穿文德坊,回大南门内的馆所。皇太极一行到了大清门②外下马,被跪在御道两侧的亲贵和文武大臣们迎进宫院。他的眉毛上和皮靴上带着征尘,先到崇政殿接受亲贵和群臣朝见。人们望见他的眼皮松弛,眼睛里流露着疲倦神情。因为宸妃之死,他的心中常常痛苦和郁闷,只好借打猎消愁。这次去叶赫地方打猎,本来预定二十天,携带了足够的粮食和需要物品。但是他一离开盛京往北,就挂心着锦州等地的战事消息,尤其挂心的是围攻松山的军情。四天前他在围场中接到了指挥松锦一带清兵的多罗肃郡王豪格等的飞骑密奏,说明朝守松山的副将夏承德在夜间将一个姓蔺的卖豆腐的人缒下城墙,传出愿意投降的意思,此事正在暗中接头,数日内可见分晓。接到密奏之后,他匆匆停了打猎,驰回盛京。等朝见礼毕,他用满洲语向王、公、大臣们问道:

"松山有消息么?"

内院大学士范文程跪下去用满洲话回答:"松山方面尚无奏报。"

皇太极不再问话,暗中担心夏承德献城投降的事会遇到波折。他吩咐诸亲王、郡王、贝勒、贝子和公们都留下,等一会儿到清宁宫去,随即走下御座,往后宫去了。

后宫的规模很小,和并不壮观的崇政殿合在一起,是一个简单而完整的建筑群,还不如江南大官僚地主的府第富丽堂皇。原来,

① 馆所——简称馆,俗称高丽馆。
② 大清门——盛京的皇宫大门。

爱新觉罗·努尔哈赤这一家族只是中国境内女真民族中的一个部落,尽管从永乐年间以来就不断接受明朝封号,但是力量衰微,从努尔哈赤的兴起到现在也只不过三十多年的历史。从辽阳迁都沈阳,改称盛京,也只有十七年,宫殿建筑的简陋正是反映着一个文化落后的民族正当国家草创时期的特色。在较早时候,满洲人不懂得应该把这一较大的建筑群称做王宫或皇宫。他们一代代和汉族接触,认为管理国家事务和统治百姓的地方叫做衙门,而这一建筑群要比一般州、县衙门占地要大,权力要大,所以就叫它为"大衙门"。然而在汉族文臣的影响下,所有主要建筑都仿照汉族的宫殿取了名称。这座建筑群的第一道大门名叫大清门,是仿照北京的大明门,内宫的大门名叫凤凰楼,是来自唐朝的丹凤楼。凤凰楼进去是一座简单的天井院落,既无雕梁画栋,也无曲槛回廊。坐北向南的主要建筑是皇帝和皇后居住和祭神的地方,名叫清宁宫,好像北京的坤宁宫。东边两座厢房叫做关雎宫、永福宫,西边两座厢房叫做麟趾宫、衍庆宫。这四座宫住着皇太极的四个有较高地位的妃子,其余的那些所谓"侧妃"和"庶妃"都挤在别处居住。

　　这清宁宫俗称中宫,东首一间占全宫四分之一的面积,是皇帝和皇后住的地方,又分前后两间,各有大炕。其余四分之三的面积是祭神的地方。宫门开在东南角。南北各有两口很大的铁锅,一年到头煮着猪肉。接着大锅是大炕。按照满洲风俗:神位在西边,坐人处南边为上,北边为下。南炕上的鹿角圈椅是准备皇上坐的,北炕上的鹿角圈椅是准备皇后坐的。靠西山墙的大炕是供神的地方,摆着祭神用的各种法物。山墙上有一块不大的木板,垂着黄绸帷幔,名叫神板。神板前边的炕上设有连靠背的黑漆座,上边坐着两个穿衣服的木偶,据说是蒙古神祇。神板两边墙上悬挂着彩色画轴:释迦牟尼像、文殊菩萨像、观世音像、七仙女像(即吞朱果的仙女佛库伦①在中间,两个姐姐和别的仙女夹在左右),另外还有枣红脸、眯缝双眼的关法玛②像。各神像画轴,不祭祀的时候都卷起来,装进黄漆或红漆木筒。墙上还挂着一支神箭,箭头朝下,尾部挂着一缕练麻;另一边挂着盛神索③的黄色高丽布袋。清宁宫门外东南方不远处有一个石座,遇到祭天的日子,前一日在上边竖着一根一丈三尺长的木杆,称做神杆,上有木斗。今日不祭天,所以石座空立,并无神杆。

当皇太极穿过凤凰楼,走进后宫时候,各宫的妃子都在两边向他屈膝恭迎,而永福宫庄妃的身边有一个五岁的男孩,也就是他的最小和最钟爱的儿子,汉语名叫福临④。皇太极因为心中有事,只向他看一眼就走过去,被皇后迎进清宁宫了。

太阳完全落去。清宁宫点了许多蜡烛。有的牛油烛有棒槌那么粗,外边涂成红色。香烟、烛烟、灶下的木柴烟,从大肉锅中冒出的水蒸气,混合一起,使清宁宫中的气氛显得朦胧、神秘、庄严。皇太极已经听皇后说今日挑选的两头纯黑猪特别肥大,捆好前后腿,抬进清宁宫扶着它们朝着神案,用后腿像人一样立着。等萨玛跳神以后,将热酒灌进它的耳朵,它挣扎动弹,摇头摆耳,可见神很高兴领受。皇太极正在期待松山的好消息,听了皇后这么一说,心中也觉高兴。他洗过手,同皇后从东间走出来,开始夕祭⑤。夕祭的时间本来应该在日落之前,因为等候皇帝打猎回来,今日举行迟了。

他面向西,对着神像跪下行礼。然后皇后行礼。他们行礼以

---

① 佛库伦——满洲人传说长白山下有池名布尔湖里。一日天女姊妹三人,大的叫恩古伦,二的叫正古伦,小的叫佛库伦,到池中洗澡。洗毕,有神鸟衔朱果放在佛库伦衣上。佛库伦将朱果含在口中,不觉入腹,生一男孩就是满洲人的始祖。
② 关法玛——即关老爷。法玛是满洲语老爷的意思。
③ 神索——用黄、绿色棉线捻成绳索二条,夹系各色绸片,代表幸福。经过求福祭祀,萨玛将一条神索给皇帝悬挂,一条给皇后悬挂。过了三天,夕祭之后,皇帝、皇后将神索解下,交萨玛放回袋中。
④ 福临——即后来的顺治皇帝。
⑤ 夕祭——清宁宫每日祭神二次,分朝祭、夕祭。北京的坤宁宫是按照满洲祭神需要而改造和布置的。

后,在大炕上的鹿角圈椅中坐下。五岁的福临也被叫来行礼。随后,萨玛头戴插有羽毛的神帽,腰部周围系着腰铃,摇头摆腰,手击皮鼓,铃声鼓声一时俱起,边跳边唱诵祝词①:

　　上天之子。年锡之神。安春。阿雅喇。穆哩。穆哩哈。纳丹。岱珲。纳尔珲。轩初。恩都哩。僧固。拜满。章京。纳丹。威瑚哩。恩都。蒙鄂乐。喀屯。诺延。……

　　萨玛诵祝至紧处,若癫若狂。诵得越快,跳得越甚,铃声和鼓声越急。过了一阵,诵祝将毕,萨玛若昏若醉,好像神已经凭到她的身上,向后跟跄倒退,又好像站立不住,要向后倒。两个宫中婢女从左右将她扶住,坐在椅子上。她忽然安静,装做瞑目闭气的样儿。婢女们悄悄地替她去了皮鼓、神帽、腰铃,不许发出一点响声。又过片刻,萨玛睁开眼睛,装做很吃惊的神情,分明她认为对着神座和在皇上、皇后面前坐都是大大无礼。她赶快向神叩头,又向皇上、皇后叩头,然后恭敬退出。

　　皇太极和皇后博尔济吉特氏又向诸神行礼,然后命人传谕在外等候的亲王、郡王、贝勒、贝子和公等进来。

　　今晚被叫进来的都是贵族中较有地位的人。他们鱼贯而入,先向神行礼,再向皇帝和皇后行礼。御前侍卫给每人一块毡,让他们铺在地上。他们在毡上坐下以后,侍卫在每人面前放一盘白肉、一杯酒、一碗白米饭、一碗肉汤。当时关外不产大米,大米是向朝鲜国李氏朝廷勒索来的。各人从自己的腰间取出刀子,割吃盘中猪肉。虽然贵族们将皇帝赐吃肉看成莫大荣幸,但是又肥又腻的白猪肉毕竟难吃。幸而御前侍卫们悄悄地在每位大人面前放一小纸包的盐末,让他们撒在肉上,自然他们事后得花费不少赏银。

　　吃肉完毕,贵族们怀着幸福的心情谢恩退出。皇太极同皇后回到住宿的东间屋中。他本来出外打猎十几天,感到疲倦,应该早点睡觉;但是正要上炕,忽然从松山送来了豪格的紧急密奏,说夏

---

　　① 祝词——满洲人早期用的祭神祝词和祷词,许多话到乾隆年间已经没人懂得。

承德投降献城的事已经谈妥,定于十八日五更破城。皇太极突然跳起,连声叫道:"赛因!扎奇赛因!"("好!好哇!")他立刻发出训示:破城之后,如洪承畴被捉到,无论如何要留下他的性命,送来盛京。对其他明朝大批文武官员的处置他来不及思考,要豪格等待他以后的上谕。飞使出发以后,他仍然很不放心。因为飞使需要两天的时间才到达松山军营,万一洪承畴被杀,那就太可惜了。

将近三更时候,防守松山南城的明军副将夏承德亲自照料,将他的弟弟夏景海和他的十七岁的儿子夏舒绱下城去。几天前由那个卖豆腐的老蔺向清营暗通了声气之后,就由夏景海三次夜间出城,与清营首脑直接谈判投降条件和献城办法。清方害怕万一中计,要夏承德送出亲生儿子作为人质。现在距约定向清兵献城的时间快要到了。

夏景海护送侄儿夏舒下城之后,过了城壕不远,向一个石碑走去。清营的一个牛录额真带领四个兵在石碑旁边等候,随即护送他们到三里外的多铎①营中。多罗肃郡王豪格、多罗郡王阿达礼②、还有罗洛宏③等,都在多铎营中等候。夏舒叔侄向满洲郡王和贝勒等跪下叩头,十分恭敬,深怕受到疑惑,使投降事遭到波折。多铎询问了夏舒的年龄、兄弟行次,并无差误;又将一个去年八月被俘投降的明兵叫来。他原在夏承德的部下,见过夏舒,证明确系夏副将的次子。随即他们被带进另一座毡帐,派几名清兵保护,给他们东西吃。正是三更时候,清军开始行动。

清兵原来在城壕外不远处准备了云梯和登城的将士,现在趁着天上起云,月色不明,左翼云梯一架和右翼云梯一架走在前边,八旗云梯八架紧紧跟随。十架云梯静悄悄地靠上南城。夏承德和

---

① 多铎——努尔哈赤第十五子,后封豫亲王。清朝入关后担任从潼关进攻李自成和从扬州下江南的统帅。
② 阿达礼——代善(努尔哈赤第二子)的孙子。他的父亲名叫萨哈璘,是代善的第三子。皇太极死后,他与其叔硕托阴谋拥护多尔衮继承皇位,同被处死。
③ 罗洛宏——或译作罗洛浑,代善的孙子,岳托的长子。

他手下的守城将士探头向下望望,没有做声。清军总怕中计,事前
挑选了两名不怕死的勇士,靠好云梯以后,首先爬上城头。他们回
身往下边一招手,众人才利用十架云梯鱼贯上城,迅速地上去了一
千多人,占领了夏承德防守的南城和东城的一小段,而大部队还在
继续上城。曹变蛟和王廷臣的守城部队开始察觉,但由于在城上
的人数不多,又都长期饥饿,十分虚弱,在匆忙中奋起抵抗,经不住
清兵冲杀。东城很快地被清兵占领,而东门和南门也被打开,准备
好的两支清兵蜂拥入城。曹变蛟和王廷臣听见城头喊杀声起,赶
快上马,率领各自的部下进行巷战,同时通知洪承畴速从西门
逃走。

　　洪承畴听见杀声陡起,知道清兵入城,赶快骑上瘦骨嶙嶙的坐
骑,在一群亲兵、亲将、幕僚和家丁的簇拥中奔到街上,恰遇着曹变
蛟和王廷臣派来的人催他从西门逃走。他早已考虑过临危殉节的
问题,所以这时候确实将生死置之度外,还能够保持镇静。他问
道:"邱抚台现在何处?"左右不能回答,但闻满城喊杀之声。他在
行辕大门外的街心立马片刻,向东一望,看见曹变蛟正在拼死抵抗
清兵。他知道自己未必能够逃走,要自刎的念头在他的心上一闪。
忽然王廷臣来到他的面前,大声说:

　　"制台大人快出西门!西门尚在我们手中,不可耽误。我与曹
帅在此死战迎敌,请大人速走!"

　　洪说:"我是国家大臣,今日惟有与诸君死战到底,共殉此城!"

　　"大人为国家重臣,倘能逃出,尚可……"

　　王廷臣的话未说完,看见曹变蛟已抵敌不住,清兵从几处像潮
水般杀来,同时西城上也开始混乱。他大叫一声:"大人快走!"随
即率领随在身边的将士向来到近处的一股敌兵喊杀冲去。洪承畴
立马的地方也开始混乱,他被身边的亲兵亲将簇拥着向西门奔去,
幕僚多被冲散。有一股清兵突然从一条胡同里冲出来,要去夺占
西门。洪承畴的一个亲将带领十几个弟兄冲了上去,同时王廷臣
的一部分将士也赶快迎击敌人,在西门内不远处发生混战。仆人

刘升见主人的马很不得力,就在马屁股上猛拍一刀。

把守西门的将士看见总督来到,赶快打开西门,让洪承畴出城。他们不再去关闭西门,也向前来夺占西门的清兵杀去,投入附近街上的混战漩涡。

出松山城西门几丈远,地势猛然一低,形成陡坡①。洪承畴从西门奔出后,不料瘦弱的枣骝马在奔下陡坡时前腿一软,向下栽倒,将他跌落地上。仆人刘升把他从地上搀起,刚刚跑了几步,那埋伏在附近的清兵呐喊而出,蜂拥奔来,砍死刘升,将他捉获,并杀散了保护他突围的少数将士。敌人当时就认出他来,用满洲语发出胜利的欢叫:

"捉到了!捉到了!洪承畴捉到了!"

---

① 陡坡——松山城西门外的陡坡地形一直保持到解放初未改。公社化以后因为要通汽车,才将高处铲低,低处垫高,变成缓坡。

第二十七章

二月二十一日午后不久,突然盛京八门击鼓,声震全城,距城十几里全都听见。随即全城军民人等,都知道松山城已于十九日黎明前攻破,俘获了洪承畴等明朝的全部文武大员。

皇太极在接到围守松山的多罗肃郡王豪格、多罗郡王阿达礼、多罗贝勒多铎、罗洛宏等自军中来的联名奏报以后,立即将赍送奏报的一个为首官员名叫安泰的叫进清宁宫问话,同时命人传谕八门擂鼓,向全城报捷。他详细询问了夏承德的投降和破城经过,将送来的满文奏报重看一遍,心中感到满意。他原来担心洪承畴会在混战中被杀或在城破时自尽,现在知道不但洪承畴被活捉了,而且明朝的辽东巡抚邱民仰,总兵王廷臣、曹变蛟、祖大乐,游击祖大名、祖大成,总兵白广恩的儿子白良弼等,全被活捉。清兵入城后杀死明朝兵备道一员、副将十员、游击以下和把总以上官一百余员,以及士兵三千零六十三名。这些官员和士兵都在城破后进行巷战,英勇不屈;后来巷战失败,溃散到各处住宅,继续进行零星抵抗,坚不投降。有一部分人身带重伤,被俘之后,仍然骂不绝口,直到被杀。另外有一千多城中百姓包括少年儿童因同明军一起抵抗,也被杀死,但奏报中只是轻描淡写地提到一笔,另外提到俘获了妇女幼稚一千二百四十九口。皇太极用朱笔抹去了满文奏报中关于明朝军民进行巷战和坚不投降的情况,然后问道:

"洪承畴捉获之后,有意降么?"

安泰回答说:"憨王!你不用想他投降,那是决不会的!奴才听说他被捉到以后,把他拉到多罗肃郡王爷的面前,他很傲慢,是个硬汉,宁死不跪;也不答话,只是乱骂。那个姓邱的巡抚、姓王的总兵、姓曹的总兵，也都跟他一样，在王爷前毫不怕死，骂不绝口。这两个总兵都是受了几处重伤，倒在地上，才被捉到的。还听说那个曹总兵原就有病，马也无力，马先倒下，他又步战了多时才倒了下去。"

皇太极挥手使跪在面前的安泰退出宫去，心里说道："幸而明朝的武将不都像王廷臣和曹变蛟一样！"

关于如何处置洪承畴等人，在皇太极的心中一时不能做最后决定。倘若照他原来想法把洪承畴留下，那么邱民仰和王廷臣、曹变蛟等人怎么处置？他召见了范文程等几位大臣，也没有一致主张，于是他暂且派人传谕松山诸王：将俘获之物酌量分赐将士，一应军器即于松山城内收贮，洪承畴等人暂羁军中候命。

到了三月初四，皇太极得到围攻杏山的多罗武英郡王阿济格自军中来的奏报，知道明朝派来的议和使者即将来到，杏山和锦州很快就会投降，他想着只有留下洪承畴最为有用，便派人往谕驻在松山的多罗肃郡王豪格、多罗郡王阿达礼、多罗贝勒多铎等：将明总督洪承畴和祖大寿的堂兄弟祖大乐解至盛京；将明巡抚邱民仰、总兵王廷臣和曹变蛟处死；将祖大寿的另外两个堂兄弟祖大名、祖大成放回锦州，同他们的妻子完聚，并劝说祖大寿赶快投降。果然到了三月初十，祖大寿献出锦州投降，杏山也跟着投降，只有塔山一城不降，经过英勇苦战失守，全城军民包括妇女在内，几乎全部战死或被俘后遭到残杀。

三月十日，虽然锦州投降的奏报尚未来到盛京，但是皇太极知道锦州已经约定在初十投降，他谕令朝廷即做准备，择定明日去堂子①行礼，感谢上天。十一日辰刻，陈设卤簿②，鼓吹前导，皇太极率领礼亲王代善③、多罗饶余贝勒阿巴泰④、朝鲜世子、大君和文武诸

---

① 堂子——满族皇帝祭天的地方。
② 卤簿——皇帝的仪仗。
③ 代善——努尔哈赤的次子，皇太极的哥哥。
④ 阿巴泰——努尔哈赤的第七子。

臣,出了抚近门①,前往坐落在大东门内偏南的一座庙院。到了堂子的大门外边,汉族大臣、朝鲜国的世子、大君和他们的陪臣以及满族的一般文武官员都不能入内,只有被皇帝许可的少数亲贵和满族大臣进去陪祭。这是保存满族古老风俗和原始宗教最浓厚的一座庙宇,因为汉族和一般臣民不能进去一看,所以被认为是满洲宗教生活中最为神秘的地方,连敬的什么神也有各种猜测和传说。其实,如今清朝皇帝率领少数满族亲贵们进去的地方只有两座建筑,一座四方形的建筑在北边,名叫祭神殿,面向南,是皇帝祭堂子时休息的地方,并且存放着祭神的各种法物;另一座建筑在南边,面向北,圆形,名叫圜殿,就是所谓堂子。祭堂子就是在圜殿里边,而里边既不设泥塑偶像,也没有清宁宫那些神像挂图。圜殿的南院,正中间有一个竖立神杆的石座,其后又是石座六行,为皇子、王、贝勒等致祭所用。

皇太极在祭神殿稍作停留,祭堂子的仪式开始了。满洲和蒙古的海螺和画角齐鸣,那些从汉族传进来的乐器备而不用。皇太极在海螺和画角声中进入圜殿,由鸣赞官赞礼,面向南行三跪九叩头礼,少数陪祭的满族亲贵大臣分左右两行俯首跪在他的后边。虽然使用鸣赞官赞礼和三跪九叩头都是接受汉族文化的影响,但面向南祭神却保持着长白山满洲部落的特殊习俗,不但和汉族不同,也不同于一般女真族的习俗②。在他行礼之后,四个男萨玛头戴神帽,身穿神衣,腰间挂着一周黄铜腰铃,一边跳舞,一边用满洲语歌唱古老的祝词,同时或弹三弦,或拍神板,或举刀指画,刀背上响动着一串小铃,十分热闹而节奏不乱。

拜过堂子,皇太极走出圜殿,为着他的武功烜赫,又一次获得大捷,面向南拜黄龙大纛。虽然皇家的旗纛用黄色,绣着龙形图案,是接受的汉族影响,但祭旗纛不用官员鸣赞,仍用萨玛祝祷,也是一代代传下来的满族旧俗。

---

① 抚近门——盛京内城东门之一,即南边的东门。
② 一般女真族的习俗——金朝是面向东祭神。

祭拜完毕,皇太极仍由仪仗和鼓吹前导,返回宫中。朝鲜国世子和大君在进入抚近门后,得到上谕,就返回他们的馆所去了。

第二天,多罗饶余贝勒阿巴泰率领固伦额驸祈他特①、巴牙思护朗②、朝鲜国世子李㴰以及满洲、蒙古、汉人诸臣上表祝贺大捷,汉文贺表中称颂皇太极"圣神天授,智勇性成,运伟略于寰中,奏奇勋于阃外"。过了四天,洪承畴解到盛京,被拘禁在大清门左边不远的三官庙③中。皇太极一面命文臣们代他拟出诏书,满、蒙、汉三种文字并用,将松、锦大捷的武功大加夸张,传谕朝鲜国王李倧和蒙古各部的王和贝勒知道,一面命汉族大臣设法劝说洪承畴赶快投降。但是两天之后,劝说洪承畴投降这一着却失败了。洪承畴自进入盛京以后就不断流泪,不断谩骂,要求赶快将他杀掉。过了三天,洪就绝食了。皇太极在清宁宫心中纳闷,如何能够使洪承畴不要绝食,也不要像张春④那样宁教羁留一生,也坚不投降。用什么法儿使洪承畴这个人回心转意?

洪承畴在两三个月前就断定朝廷再也无力量派兵为松、锦解围,松山的失陷分明难免,而他的尽力坚守也只是为朝廷尽心罢了。由于他心知孤城不能久守,所以早已存在城亡与亡的决心。当城上和街上喊声四起的片刻间,他正要悬梁自尽,不意稍一犹豫,竟被一群亲将拥出行辕,推扶上马,后来又在亲兵亲将的簇拥中冲出西门。在马失前蹄之前,他也曾在刹那间产生一线希望:倘能逃出,就奔回山海关收集残众,继续同敌人周旋。被俘之后,他深深后悔松山失陷时不曾赶快自尽,落得像今天这样身为俘囚,只有受辱一途。在被解来沈阳之前,他同邱民仰曾被关押在一座帐

---

① 固伦额驸祈他特——蒙古科尔沁部达尔汗亲王的从子,清太宗皇太极的女婿。按清制:皇后所生的女儿称固伦公主,驸马称额驸。
② 巴牙思护朗——蒙古科尔沁部土谢图汗巴达礼的儿子,也是固伦额驸,皇太极的女婿。
③ 三官庙——清朝入关后改建为太庙。
④ 张春——陕西同州人。崇祯四年八月奉命监总兵吴襄、宋伟两军,驰救大凌河,与清兵激战于长山,兵败被擒,拒不投降,被拘禁多年,至死不屈。

篷里边,二人都能将生死置之度外,以忠义相勉。过了一段日子,三月初,在豪格派一满洲将领来宣布清朝皇帝上谕,要将洪承畴解往盛京和将邱民仰处死时候,邱民仰镇定如常,徐徐地对清将说:

"知道了。"转回头来对洪淡然一笑,说:"制台大人,民仰先行一步。大人此去沈阳,必将与文文山①前后辉映,光照史册。民仰虽不能奉陪北行,大骂虏廷,但愿忠魂不灭,恭迎大人于地下。"

洪承畴说:"我辈自束发受书②,习知忠义二字。身为朝廷大臣,不幸陷于敌手,为国尽节,分所当然。况学生特荷皇上知遇,天恩高厚,更当以颈血洒虏廷,断无惜死之理。"

邱民仰不顾清将催促,扶正幞头,整好衣襟,向西南行了一跪三叩头礼,遥辞大明皇帝,起来又向洪承畴深深一揖,然后随清将而去。洪承畴目送着邱民仰被押走以后,心中赞道:

"好一个邱巡抚,临危授命,视死如归,果然不辱朝廷,不负君国!"

洪承畴被解往盛京途中,清将为怕他会遇到悬崖时从马上栽下自尽,使他坐在一辆有毡帏帐的三套马轿车上边。车前,左边坐着赶车马的士兵,右边坐着负责看守他的牛录额真。车前后走着大约三百名满洲骑兵,看旗帜他明白这是正黄旗的人马。洪承畴并不同那位牛录额真和赶车的大兵说话,而他们也奉命不得对他无礼。多半时候,洪承畴闭起眼睛,好像养神,而实际他的脑海中无一刻停止活动,有时像波浪汹涌,有时像暗流深沉;有时神驰故国,心悬朝廷,有时又不能不考虑着到了沈阳以后的事,不禁情绪激昂。当然他也不时想到他的家庭、他的母亲(她在他幼年就教育他"为子尽孝和为臣尽忠"的道理)、他的夫人和儿女等等亲属。特别奇怪的是,他在这前往沈阳赴死的途中,不仅多次想到他的一个爱妾,还常常想到两个仆人,一个是在松山西门外被清兵杀死的刘

① 文文山——文天祥号文山。
② 束发受书——指男孩子开始将头发束扎起来,入学接受读书教育。按古人对束发的年龄并无一定说法,大约指六七岁以后。

517

升,另一个是去年八月死于乱军之中的玉儿。每次心头上飘动玉儿的清秀姣好的面孔和善于体贴主人心意的温柔性情,不禁起怅惘之感。然而这一切杂念不能保持多久,都被一股即将慷慨就义的思想和感情压了下去。

他自从上了囚车就已经在心中决定:到了沈阳以后,如果带他到虏酋四王子面前,他要做到一不屈膝,二不投降,还要对虏酋破口大骂,但求速杀。他想象着虏酋可能被他的谩骂激怒,像安禄山对待张巡那样,打掉他的牙齿,割掉他的舌头,然后将他杀掉。他想,倘若那样,壮烈捐躯,也不负世受国恩,深蒙今上知遇。他又想到,也许虏酋并不马上杀他,也不逼迫他马上投降,而是像蒙古人对待文天祥那样,暂时将他拘禁,等待很久以后才将他杀掉。如果这样,他也要时时存一个以死报国的决心,每逢朔、望,向南行礼,表明他是大明朝廷大臣。有时他睁开忧愁的眼睛,从马头上向前望去,看见春色已经来到辽东,河冰开始融化,土山现出灰绿,路旁向阳处的野草有开始苏醒的,发出嫩芽,而处处柳树也在柔细的枝条上结满了叶苞,有的绽开了尖尖的鹅黄嫩叶。洪承畴经过漫长的秋天和冬天被围困,忽然看见了大地的一些春色,在心头上便生出来一缕生活的乐趣,但是这种乐趣与他所遭遇的军败身俘,即将慷慨殉节的冷酷现实极不调和,所以片刻过去,便觉得山色暗淡,风悲日惨,大地无限凄凉。他再一次闭起眼睛,在心中叹道:

“这辽阔的祖宗山河,如今处处破碎,一至于此!”

锦州城已经投降,再也听不见双方的炮声。当锦州投降之前,清朝大队人马不敢从离城两三里以内的大路经过,害怕城上打炮,也害怕误中地雷。如今押解洪承畴的三百骑兵和一辆马车从小凌河的冰上过去,绕过锦州继续前进。因为知道是经过锦州,正是他曾经奉命率大军前来援救的一座重要城池,所以他不能不睁开眼睛一望。他望见了雄峙的不规则的城墙,稍微被炮火损伤的箭楼,特别使他注目的是那座耸立云霄的辽代八角古塔,层层飞檐,历历入目。忽然,一阵冷风吹过,传来隐约的铃声。他怔了一下,随即明白了这是从塔上来的铃声,觉得一声声都含着沧桑之悲。

过了锦州,囚车继续向前奔驰。他的心情十分单调、忧闷,总是想起来邱民仰临刑前的镇定神态和对他说的几句话,也时时在心中以文天祥自诩。他在最苦闷时就默诵文天祥的《过零丁洋》①诗,越默诵心中越充满了慷慨激情。他虽然不是诗人,但正如所有生活在唐、宋以来的读书人一样,自幼就学习做诗,以便应付科举,并且用诗来从事交际应酬,述志言情。因此,对于做诗一道,他不惟并不外行,而且对比较难以记熟的诗韵,他也能不翻阅韵书而大体不致有误。默诵了几遍《过零丁洋》诗以后,他趁着囚车无事,感情不能抑制,在心中吟成了《囚车过锦州》七律一首:

> 万里愁云压槛车②,
> 封疆处处付长嘘。
> 王师已丧孤臣在,
> 国土难全血泪余。
> 浊雾苍茫就死地,
> 慈颜凄惨倚村间。
> 千年若化辽东鹤③,
> 飞越燕山恋帝居。

从松山出发走了四天,望见了沈阳城头。自从望见沈阳以后,他的心情反而更加镇定,只有一个想法:"我是天朝大臣,深蒙皇上知遇,任胡虏百般威逼利诱,决不辱国辱身!"他判定皇太极定会将他暂时拘留,不肯杀害,命大臣们向他轮番劝降,甚至会亲自劝他,优礼相加。他也明白,自来临阵慷慨赴死易,安居从容就义难,所以必须死得愈快愈好。为着必须赶快为国尽节,他决定一俟到了

---

① 《过零丁洋》——零丁洋在今广东中山县南。文天祥被元兵所俘,舟过零丁洋,做七律一首,慷慨悲壮,末二句为:"人生自古谁无死,留取丹心照汗青。"
② 槛车——古代押解犯人的车子,四面有围栏。此处借用。
③ 辽东鹤——古代神话:有个辽人名叫丁令威,学道千年,化为白鹤,飞返家乡,后又飞到天上。

沈阳拘留地方,必须采取三项对策:一是谩骂,二是不理,三是绝食。这么想过之后,他在心中冷笑说:

"任你使尽威逼利诱办法,休想我洪某屈膝!"

皇太极并不急于看见洪承畴,也不同意有些满、汉大臣建议,将洪杀掉。他吩咐将洪拘留在大清门外的三官庙中,供用好的饮食,严防他自尽,同时叫汉人中的几个文武官员轮流去劝洪投降。三天以后,他知道劝说洪承畴投降的办法行不通,不管谁去同洪谈话,洪或是谩骂,或是闭目不理,一言不答,还有时说他不幸兵败被擒,深负他的皇上知遇之恩,但求速速杀他。他在提到他的皇上时,往往痛哭流涕,悲不自胜,而对劝降的汉人辱骂得特别尖刻。这时,有人建议皇太极将洪杀掉,为今后不肯投顺的明臣作个鉴戒。皇太极对这样的建议一笑置之,有时在心中骂道:"蠢材!"到第四天洪承畴因见看守很严,没有机会自缢,开始绝食了。不管给他送去什么美味菜肴,他有时仅仅望一眼,有时连望也不望。经过长期围困,营养欠缺,他的身体本来就很虚弱,所以到第五天,绝食仅仅一天多,他的精神已经显得相当委顿,躺在炕上不起来了。

洪承畴一连绝食三天,使皇太极十分焦虑。在他继承努尔哈赤的皇位以来,已经使草创的满洲国家大大地向前发展。他用武力征服了朝鲜,又用文武两种手段臣服了蒙古各部,下一步目标就是将他的帝国版图扩展到长城以内,直到黄河流域,全部恢复金朝极盛时期的规模。努尔哈赤所建立的国号本来是后金,到皇太极崇德元年(1636年)改国号为大清。清与金音相近,却避免刺伤汉人的民族感情。就此一事,也可以说明他的用心之深。为着这一宏图远略,他十分需要吸收汉族的文化和人才。凭着自己以往的经验,他深知明朝的武将容易招降,惟独不容易使文臣投降。过去他曾经收降了耿精忠和尚可喜,目前收降了祖大寿等一大批从总兵、副将到参、游的明朝将领,而且还在加紧招降明朝的宁远总兵吴三桂。他已经给驻守锦州诸王、贝勒们下一道密谕,叫他们速从祖大寿部下挑选一些忠实可靠、有父母兄弟在宁远的人,放回宁远。祖大寿是宁远人,如今他的妻子也在宁远。祖氏家族活着的武将共有三个总兵官,从副将到参、游有十几人,全部降顺,所以从他们部下放一批人回宁远,对招降吴三桂和吴的部将大有作用。他打算过不久就亲自给吴三桂送去劝降诏谕,也叫祖大寿等新旧降顺的武将,都给吴三桂去信劝降,看来吴三桂的归顺只是迟早的事。可是倘若没有明国的重要文臣投降,要恢复金朝的旧业就不容易。何况,倘若洪承畴为明国绝食尽节,受到明朝朝廷褒扬和全国赞颂,会大大鼓励明朝的文臣与大清为敌,而光靠兵力决不能征服和治理明朝的土地、人民。他在清宁宫中越想越焦急,感到对洪承畴无计可施。尽管近来他的身体不如以前,今天又感到胸口很闷,有时胸口左侧有些疼痛,应该躺下去休息或叫萨玛来跳神念咒才是,但是他忍着病痛不告诉任何人。晚上,约摸已经一更天气,他命人去叫内院大学士范文程来见。

自从努尔哈赤开始建国不久,就注意招降和任用一些汉人为他工作。到了皇太极继位,更重视使用有才能的汉人。今晚因洪承畴已经绝食三天,躺在炕上等死,精神很是委顿,所以皇太极考虑汉人中文武群臣只有范文程可以解此难题,便连夜将他叫进清宁宫来。

当时清朝的君臣礼节远不像入关以后完全学习汉人,搞得那么森严和繁琐。皇太极等范文程叩头以后,命他在对面坐下,用满洲语忧虑地问道:

"洪承畴坚不归降,已经绝食三天啦。你看这事怎办?"

范文程立即起身用流利的满洲语答道:"请陛下不必过于焦虑。洪承畴虽然身体原就虚弱,今又绝食三日,情况不佳,但他每日饮开水数次,看来一两天内尚不至绝命。以臣看来劝他回心转意,尚非毫无办法。"

皇太极问道:"别人都去劝说他投降,你为何不去劝他?"

范文程说:"前几天凡是去劝他的都被他无礼谩骂,臣因此违背陛下旨意,未曾前去。"

皇太极心中不快,问道:"为着国事,你何必计较他骂你几句?"

范文程躬身微笑说:"臣为陛下开拓江山,不辞粉身碎骨,自然不在乎洪承畴的辱骂。但臣是清国大臣,暂不见他,也不受他的辱骂与轻视,方能留下个转圜余地。据微臣看来,这转圜的时候快到了。"

"倘若你能使洪承畴回心转意,归我朝所用,正是我的心愿。我近来常读大金太宗①的本纪,想着建立太宗的事业不难,要紧的是善于使用人才。洪承畴在明国的大臣中是很难得的人才,只是明国皇帝不善使用,才落到兵败被俘的下场。如今他已绝食三天,你怎么知道他能够回心转意?"

范文程回答说:"陛下用兵如神,臣即以用兵的道理为陛下略作剖析。洪承畴原来确不愿降顺我国,他必然会将他解来盛京看成是最后一战。古人论作战之道,曾说临阵将士常常是一鼓作气,再而衰,三而竭。洪承畴初到盛京,对前去劝降的我国大臣或是肆口谩骂,或是闭目不理,其心中惟想着慷慨就义,以完其为臣大节,名垂青史,流芳百世。这是他一鼓作气。后来明白陛下不肯杀他,他便开始绝食。但绝食寻死比自缢、吞金难熬百倍,人所共知。正因绝食十分难熬,所以洪承畴绝食到第二天,便一日饮水数次,今日饮水更多。往日有满人进去照料,洪偶尔一顾,目含仇恨之色。今日偶尔一顾,眼色已经温和,惟怕不给水饮。这是再而衰了。此时……"

皇太极赶快问:"此时就能劝说他回心转意么?"

范文程摇头说:"此时最好不要派人前去劝说。此时倘若操之过急,逼他投降,或因别故激怒了他,他还会再鼓余勇,宁拼一死。"

---

① 金太宗——金朝第二代皇帝,本名完颜吴乞买,汉名改为完颜晟。在位十二年(1123—1135),对于扩大金朝的武功和版图起了重大作用。在他统治时期,灭了辽国,臣服了西夏和高丽,占领中原,俘虏了北宋的徽、钦二帝,一度打到杭州,迫使宋天子称为侄皇帝,贡纳岁币,处于臣服地位。皇太极曾命汉族文臣将《金史》中的《太宗本纪》译为满文,供他阅读。

"那么……"

"以臣愚见,此时应该投之以平生所好,引起他求生之念。等他有了求生之念,心不愿死而自己不好转圜,然后我去替他转圜,劝他投降,方是时机。"

"你知道他平生最好的是什么? 金银珠宝,古玩玉器,锦衣美食,我什么都肯给他,决不吝惜。"

范文程微笑摇头。

皇太极又问:"他多年统兵打仗,可能像卢象升一样喜爱骏马?"

范文程又微笑摇头。

皇太极默思片刻,焦急地说:

"范章京,到底这个人平生最爱好的是什么?"

范文程回答说:"松山被俘的文武官员中,不乏洪承畴的亲信旧部,有一些甘愿投降的来到盛京。臣从他们的口中,得知洪承畴平生只有一个毛病,就是好色。他不但喜爱艳姬美妾,也好男风。"

"什么?"

范文程尽力将男风一词用满语解释得使皇太极明白,然后接着说:"近世明国士大夫嗜好男风不但恬不为耻,反以为生活雅趣,在朋友间毫不避忌。福建省此风更盛,甲于全国。洪是福建人,尤有此好。他去年统兵出关,将一俊仆名唤玉儿的带在身边,八月间死于乱军之中。自那时起,洪氏身处围城之中,无从再近美女、佼童。目前洪深为绝食所苦,生死二念必然搏斗于心中。此时如使他一见美色,必为心动,更会起恋生怕死之念。到那时,为他转圜,就很容易,如同瓜熟蒂落。"

皇太极问:"美女可有?"

"臣今日正在派人暗中物色,尚未找到。此时并非将美女赏赐洪承畴,侍彼枕席,仅是引动他欲生之念耳。"

皇太极说:"盛京中满汉臣民数万家,美女不会没有。另外有朝鲜国王去年贡来的歌舞女子一队,也有生得不错的。"

范文程说:"有姿色的女子虽不难找,但此事绝不能使臣民知道,更不能使朝鲜知道。此系一时诱洪承畴不死之计,倘若张扬出去,传之属国,便有失上国体统。"

"何不挑一妓女前去? 使一妓女前去,也不会失我清国体统。"

"臣也想到使用妓女。但思洪承畴出身名族,少年为宦,位至尚书,所见有姿色女子极多。盛京妓女非北京和江南的名妓可比,举止轻佻,言语粗俗,只能使洪承畴见而生厌。"

皇太极说:"洪承畴在松山被围日久,身体原已虚弱,经不起几天绝食。明日一定得想出办法使他回心转意,不然就迟误了。"

范文程躬身回答:"臣要尽力设法,能够不拖过明天最好。"

皇太极沉吟片刻,叫范文程退了出去,然后带着疲倦和忧虑的神色又坐了片刻,想起了庄妃博尔济吉特氏。自从她的姐姐关雎宫宸妃死后,在诸妃中算她生得最美,最得皇太极宠爱。她能说汉语,略识汉字,举止娴雅,温柔中带着草原民族的刚劲之气,所以近来皇太极每次出外打猎总是带她一道。今夜皇太极本来想留在清宁宫住,但因为心中烦闷,中宫皇后对他并没有什么乐趣,便往庄妃所住的永福宫去。

上午,天气比较温和,阳光照射在糊着白纸的南窗上。洪承畴从昏昏沉沉的半睡眠状态醒来,望望窗子,知道快近中午,而且是好晴天。他向窗上凝望,觉得窗上的阳光从来没有这样可爱。他想到如今在关内已是暮春,不禁想到北京的名园,又想到江南的水乡,想着他如今在为皇上尽节,而那些生长在江南的人们多么幸福! 今天,他觉得身体更加衰弱,精神更加委顿,大概快要死了。昨天,他还常常感到饥肠辘辘做声,胃中十分难熬,但今天已经到第四天,那种饥饿难熬的痛苦反而减退,而最突出的感觉是衰弱无力,经常头晕目眩。他平日听说,一般强壮人饿六天或七天即会饿死,而他的身体已经在围困中吃了亏,如今可能不会再支持一二日了。于是他在心中轻轻叹道:

"我就这样死去么?"

因为想着不久就要饿死,他的心中有点怆然,也感到遗憾。但是一阵眩晕,同时胃中忽然像火烧一般的难过,使他不能细想有什么遗憾。等这阵眩晕稍稍过去,胃中也不再那么难过,他又将眼光移到窗上。他多么想多看一眼窗上的阳光!过了一阵,他听见窗外有轻轻的脚步声和人语声,但很久不见有人进来。他想从他绝食以后,头一天和第二天都有几个清朝大臣来劝他进食,他都闭目不答。昨天也有三个大臣来到他的炕边劝说,他依然闭目不答。过去三天,每次由看管他的房兵送来饭菜,比往日更丰美,他虽然饥饿难熬,却下狠心闭目不看,有时还瞪目向房兵怒斥:"拿走!赶快拿走!"他很奇怪:为何今日没有房兵按时给他送来肴馔,也不来问他是不是需要水喝?为何再没有一个人来劝他进食?忽然他的心中恍然明白,对自己说:

"啊,对啦,房酋已经看出我坚贞不屈,对大明誓尽臣节,不再打算对我劝降了。"

他想着自己到沈阳以来的坚贞不屈,心中满意,认为没辜负皇上的知遇之恩,只要再支持一二日,就完了臣节,将在青史上留下忠义美名,传之千秋,而且朝廷一定会赐祭,赐谥,立祠,建坊,厚荫他的子孙。想着想着,他不禁在心中背诵文天祥的诗句:

读圣贤书,
所学何事?
而今而后,
庶几无愧!

背诵之后,他默思片刻,对自己已经做到了"无愧"感到自慰。他想坐起来,趁着还剩下最后的一点精力留下一首绝命诗,传之后世。但他刚刚挣扎坐起,又是一阵眩晕,使他马上靠在墙上。幸而几天来他都是和衣而卧,所以背靠在炕头墙壁上并不感到很冷,稍有一股凉意反而使他的头脑清爽起来。挨炕头就是一张带抽屉的红漆旧条桌,上有笔、墨、纸、砚,每日为他送来的肴馔也是摆在这张条桌上。他瞟了一眼,看见桌上面有一层灰尘,纸、砚上也有灰尘，不觉起一股厌恶心情。他平生喜欢清洁，甚至近于洁癖。倘若在平时，他一定会怒责仆人，然而今天他只是淡漠地看一眼罢了。他不再打算动纸、笔，将眼光转向别处。火盆中尚有木炭的余火，但分明即将熄灭。他想着自己的生命正像这将熄的一点余火，没人前来过问。他想到死后，尽管朝廷会给他褒荣，将他的平生功绩和绝食殉国的忠烈宣付国史，但是他魂归黄泉，地府中一定是凄凉、阴冷，而且是寄魂异域，可怕的孤独。他有点失悔早入仕途，青云直上，做了朝廷大臣，落得这个下场。忽然，从陈旧的顶棚上落下一缕裹着蛛网的灰尘，恰落在他的被子上。他看一眼，想着自己是快死的人，无心管了。

　　洪承畴胡乱地想着身后的事，又昏昏沉沉地进入半睡眠状态。他似乎听见院中有满洲妇女的小声说话，似乎听见有人进来，然而他没有精神注意，没有睁开眼睛，继续着半睡眠状态，等候死亡。好像过了很久，他的精神稍稍好了一些，慢慢地睁开眼睛，感到奇怪，不相信这是真的，心中自问："莫非是在做梦？"他用吃惊的眼光望了望两个旗装少女，一高一低，容貌清秀，静静地站立在房门以内，分明是等候着他的醒来。看见他睁开眼睛，两个女子赶快向他屈膝行礼，而那个身材略高的女子随即走到他的炕边，用温柔的、不熟练的汉语问道："先生要饮水么？"

　　洪承畴虽然口干舌燥，好像喉咙冒火，但是决心速死，一言不答，也避开了她的眼睛，向屋中各处望望。他发现，地已经打扫干净，桌上也抹得很净，文房四宝重新摆放整齐，火盆中加了木炭，有了红火。他的眼光无意中扫到自己盖的被子上，发现那一缕裹着尘土的蛛网没有了。他还没有猜透这是什么意思，立在炕前的那个女子又娇声说道：

　　"这几天先生吃了大苦，真正是南朝的一大忠臣。先生纵然不肯进食，难道连水也不喝一口么？"

　　洪承畴断定房酋已对他无计可施，只好使用美人计。他觉得可笑，干脆闭起了眼睛。过了一阵，洪承畴听见两个满洲女子轻轻

地走了,才把眼睛睁开。盆中的木炭已经着起来,使他感到暖烘烘
的;他的心上还留有她们的影子,那种有礼貌的说话态度和温柔的
眼神使他的心头上感到了一股暖意。自从被俘以来,那些看守他
的清兵,有时态度无礼,有时纵然不敢过分无礼,但也使他起厌恶
之感。今天是他第一次看见了不使他感到厌恶的人。他知道清宫
中没有宫女,只有宫婢,猜想她们定然是庒酋派来的宫婢,但仔细
一想,又不像是用美人计诱他复食。这两个女子并没有劝他复食,
只是简单地劝他饮水,也不多劝,而且丝毫没有在他的面前露出故
意的媚态。他心中暗问:

"这是什么意思? 下边还有什么文章?"

他虽然猜不透敌人的用意,却断定必有新的文章要做。想着
自己已经衰弱不堪,再撑一二日便可完成千秋大节,决不能堕入敌
人诡计,在心中冷笑说:

"哼,你有千条计,我有一宗旨,惟有绝食到底而已!"

为着不使自己中了敌人的美人计,他拿定主意:倘再有女人进
来,他便破口谩骂,叫她们立刻滚出屋子。

忽然,房门口脚步响动,他看见刚才那个身材稍矮而面孔特别
白嫩的宫婢掀开门帘,带一个美丽的满洲少妇进来,后边跟随着刚
才那个身材稍高的苗条宫婢,捧着一把不大的暖壶。洪承畴本来
准备辱骂的话竟没有出口;想闭起眼睛,置之不理,但是一股强烈
的好奇心使他不能不注视着在面前出现的事情,特别有一股不可
抗拒的力量使他要看看进来的满洲少妇。虽然这进来的少妇也是
宫婢打扮,却带着一种高贵神气,并不向他行屈膝礼,直接脚步轻
盈地走到他的炕前,用不很纯熟的汉语说道:

"先生为明国大臣,不幸兵败被俘,立意为明国皇上尽忠,绝食
而死,令我十分钦敬,特意送来温开水一壶,请先生喝了,减少口干
之苦。"她亲手接过暖壶,送到洪的面前,又说:"这温开水不能救先
生的命,只能略减临死前的痛苦,请赶快喝下去吧。"

洪承畴坚决不理,闭起双眼。房间里片刻寂静。一股名贵脂

粉的异香和女人身上散出的温馨气息扑入他的鼻孔,一直沁入心肺。他心中奇怪:"她不像宫婢。这是谁?"随即告诫自己:"不要理她!不要堕入虏酋诡计!"忽然他又听见那清脆而温柔的声音问道:

"先生不是要做南朝的忠臣么?"

洪承畴不说话,也不睁眼。那富有魅力的声音又说:

"我愿意帮助先生成为南朝忠烈之臣,所以特来劝先生饮水数口,神志稍清,以便死前做你应做的事。先生为何如此不懂事呀?"

洪承畴睁开双眼,原想用怒目斥骂她快滚出去,不料当他的眼光碰到她的眼光,并且望见她的眼神和嘴角含着高贵、温柔又略带轻视的笑意时,他的心中一动,眼睛中的怒气突然全消,不自觉换成了温和神色。这位满洲女子接着说道:

"不是今天,便是明天,你为南朝尽节的时刻就到。倘不投降,必然饿死,或是被杀,决不能再活下去。你是进士出身,又是大臣,不应该在糊涂中死去。我劝你喝几口水,方好振作精神,趁现在留下绝命诗或几句什么话,使明国朝野和后世都知道你是如何为国尽节。说不定还有重要的事儿在等待着你,需要你坚强起来。快喝水吧,先生!"

洪承畴迟疑一下,伸出苍白的、衰弱的、微微打颤的双手,接着暖壶,喝了一口,咽下喉咙,立时感到无比舒服。他又喝了一口,忽然一怔,想吐出,但确实口渴,喉干似火,十分难过,终于咽下,然后将壶推出。满洲女子并不接壶,微笑问道:

"先生为何不再饮了?"

洪承畴简单地说:"这里有人参滋味。我不要活!"

满洲女子嫣然一笑,在洪的眼睛中是庄重中兼有妩媚。他不愿堕入计中,回避了她的眼睛,等待她接住暖壶。她并不接壶,反而退后半步,说道:

"这确是参汤,请先生多饮数口,好为南朝尽节。听说憨王陛下今日晚上或明日就要见你。倘若先生执意不降,必然被杀。你到了憨王陛下面前,如果十分衰弱无力,别人不说你是绝食将死,反而说你是胆小怕死,瘫软如泥,连话也不敢大声说。倘若喝了参汤,有了精力,就可以在憨王面前慷慨陈词,劝两国罢兵修好,也是你替南朝做了好事,尽了忠心。听说南朝议和使者一行九十九人携带敕书,几天内就会来到盛京。你家皇上如不万分焦急,岂肯这样郑重其事?再说,倘若你不肯投降被杀,临死时没有一把精力,如何能步往刑场,从容就义?"停一停,她看出洪承畴对她的话并无拒绝之意,接着催促说:"喝吧,莫再迟疑!"

洪承畴好像即将慷慨赴义,将人参汤一饮而尽,还了暖壶,仰靠壁上,闭了眼睛,用斩钉截铁的口气说道:

"倘见老憨,惟求一死!"

他听见三个满洲女子开始离开他的房间,不禁将眼睛偷偷地睁开一线缝儿,望一望她们的背影。等她们完全走出以后,他才将眼睛完全睁开,觉得炕前似乎仍留下脂粉的余香未散。他心中十分纳罕,如在梦中,向自己问道:

"这一位丽人是谁?"

他感到确实有了精神,想着应该趁此刻写一首绝命诗题在墙上,免得被老憨一叫,跟着被杀,在仓猝间要留下几行字就来不及了。但是他下炕以后,心绪很乱,打算写的五言八句绝命诗只想了开头三句便不能继续静心再想。在椅子上坐了一阵,他又回到炕上,胡思乱想,直到想得疲倦时蒙眬入睡。

直到下午很晚时候,没有人再来看他,好像敌人们都将他遗忘了。自从被俘以来,他总是等待着速死,总是闭目不看敌人,或以冷眼相看。现在没有人来看他,他的心中竟产生寂寞之感。到了申牌时候,他心中所称赞的那个"丽人"又带着上午来的两个宫婢飘然而至。她用温和的眼光望着,分明给他的心头上带来了一丝温暖。但是他没有忘记他自己是天朝大臣,即将为国尽节,所以脸上保持着冷漠神色。那位神态尊贵的满洲少妇从宫婢手中接过暖壶,递到洪承畴的面前,嘴角含着似有似无的微笑,说道:

"先生或生或死,明日即见分晓,请再饮几口参汤。"

洪承畴一言不发,捧过暖壶,将参汤一饮而尽。满洲少妇感到满意,用眼色命身边的一个宫婢接住暖壶。她的眼神中多了几分嘲讽的味道,但是她的神态是庄重的、含蓄的,丝毫没有刺伤洪承畴的自尊心。她问道:

"憨王陛下实在不愿先生死去。先生有话要对我说么?"

洪承畴回答说:"别无他言,惟等一死。"

她微笑点头,说:"也好。这倒是忠臣的话。"随即又说:"先生既然神志已清,我以后不再来了。从今晚起,将从汉军旗中来一个奴才服侍你,直到你为南朝慷慨尽节为止。"

洪承畴问道:"你是何人?"

满洲女子冷淡地回答:"你不必多问,这对你没有好处。"

望着这个神气高贵的女子同两个宫婢走后,洪承畴越发觉得奇怪。过了一阵,他想着这个女子可能是宫中女官,又想着自己可能不会被杀,所以老憨命这三个宫中女子两次送来参汤救他。但是明天见了老憨,他决不屈膝投降,以后的事情如何?他越想越感到前途茫然,捉摸不定。他经此一度绝食,由三个女子送来参汤救命,希望活下去的念头忽然兴起,但又不能不想着为大臣的千秋名节,皇上的知遇之恩,以及老母和家人的今后情况。他左思右想,心乱如麻,不觉长叹。过了一阵,他感到精神疲倦,闭起眼睛养神。刚刚闭起眼睛,便想起劝他喝参汤的"丽人"。他记起来她的睛如点漆、流盼生光的双目,自从督师出关以来,他没有看见过这样的眼睛。他记起来当她向他的面前送暖壶时,他用半闭的眼睛偷看到她的藏在袖中的一个手腕,皮肤白嫩,戴着一只镂花精致、嵌着几颗特大珍珠的赤金镯子。他想着满洲女子不缠足,像刚才这个"丽人",步态轻盈中带着矫健,不像近世汉族美人往往是弱不禁风,于是不觉想起曹子建形容洛神的有名诗句:"翩若惊鸿,婉若游龙。"他正在离开死节的重大问题,为这个"丽人"留下的印象游心胡想,忽闻门帘响动,随即看见一个姣好的面孔一闪,又隐在帘外。

门外有一阵细语,然后有一个满洲仆人装束的青年进来。

进来的青年仆人不过十八九岁,身材苗条,带有女性的温柔和腼腆表情。他走到洪承畴的炕前跪下,磕了一个头,起来后垂手恭立,躬身轻叫一声:"老爷!"说的是北方普通话,略带苏州口音,也有山东腔调。洪承畴将他浑身上下打量一眼,问道:"你是唱戏的?"

"是的,老爷。"

"你原来在何处唱戏?"

"小人九岁时候,济南德王府派人到苏州采买一班男孩和一班女孩到王府学戏,小人就到了德王府中。大兵①破济南,小人被掳来盛京,拨在汉军旗固山额真府中。因为戏班子散了,北人也不懂昆曲,没有再唱戏了。"

洪承畴又将他打量片刻,看见他确实眉目清秀,唇红齿白,眼角虽然含笑,却分明带有轻愁。又仔细看他脸颊白里透红,皮肤细嫩,不由地想起来去年八月死于乱军中的玉儿。他又问:"你是唱小旦的?"

"是,老爷。老爷的眼力真准!"

"你来此何事?"

"这里朝中大人要从汉人中挑选一个能够服侍老爷的奴才,就把小人派来了。"

洪承畴叹息说:"我是即将就义的人,说不定明天就不在人间,用不着仆人了。"

"话不能那样说死。倘若老爷一时不被杀害,日常生活总得有仆人照料。况且老爷是大明朝的大臣,纵然明日尽节,在尽节前也得有奴仆照料才行。像大人这样蓬头垢面,也不是南朝大臣体统。大人不梳头,恐怕虱子、虮子长了不少。奴才先替大人将头发梳一梳如何?"

---

① 大兵——指清兵。清兵于崇祯十一年十月第三次入长城南侵,深入畿辅、山东,于次年正月破济南,掳德王。

　　洪承畴的头皮早已痒得难耐,想了一下,说:"梳一梳也好。倘若明日能得一死,我还要整冠南向,拜辞吾君。你叫什么名字?"

　　"小人贱姓白,名叫如玉。"

　　洪承畴"啊"了一声,心上起一阵怅惘之感。

　　如玉出去片刻,取来一个盒子,内装梳洗用具。他替洪承畴取掉幞头、网巾,打开发髻,梳了又篦,篦下来许多雪皮、虱子、虮子。每篦一下,都使洪承畴产生快感。他心中暗想:倘若不死,长留敌国,如张春那样,消磨余年,未尝不可。但是他忽然在心中说:

　　"我是大明朝廷重臣,世受国恩,深蒙今上知遇,与张春不同。明日见了虏酋,惟死而已,不当更有他想。"

　　如玉替他篦过头以后,又取来一盆温水,侍候他洗净脸和脖颈上的积垢。一种清爽之感,登时透入心脾。如玉又出去替他取来几件干净的贴身衣服和一件半旧蓝绸罩袍,全是明朝式样的圆领宽袖,对他说:

　　"请老爷换换内衣,也将这件罩袍换了。这件罩袍实在太脏,后襟上还有两块血迹。"

　　洪承畴凄然说:"那是在松山西门外我栽下马来时候,几个亲兵亲将和家奴都抢前救护,当场被虏兵杀死,鲜血溅在我这件袍子上。这是大明朝忠臣义士的血,我将永不会忘。这件罩袍就穿下去吧,不用更换。我自己也必将血洒此袍,不过一二日内之事。"

　　"老爷虽如此说,但以奴才看来,老爷要尽节也不必穿着这件罩袍。老爷位居兵部尚书兼蓟辽总督,身份何等高贵,鲜血何必同亲兵家奴洒在一起?请老爷更换了吧。听说明日内院大学士范大人要来见老爷。老爷虽为俘囚,衣着上也不可有失南朝大臣体统。"

　　"不是要带我去面见老憨?"

　　"小人听说范大人来见过老爷之后,下一步再见憨王。"

　　"你说的这位可是范文程?"

　　"正是这位大人,老爷。他在憨王驾前言听计从,在清国中没有一个汉大臣能同他比。明日他亲自前来，无非为着劝降。同他一见，老爷生死会决定一半。务请老爷不要再像过去几天那样，看见来劝降的人就破口大骂或闭起眼睛不理。"

洪承畴严厉地看仆人一眼，责斥说："你休要多嘴！他既是敌国大臣，且系内院学士，我自有应付之道，何用尔嘱咐老爷！"

"是，是。奴才往后再不敢多言了。"

如玉侍候他换去脏衣，并说今晚将屋中炭火弄大，烧好热水，侍候他洗一个澡。洪承畴没有做声，只是觉得这个仆人的温柔体贴不下死去的玉儿。过一会儿，如玉将晚饭端来，是用朝鲜上等大米煮的稀饭，另有两样清素小菜。洪承畴略一犹豫，想着明日要应付范文程，跟着还要应付虏酋四王子，便端起碗吃了起来。他一边吃一边想心思，心中问道：

"对着范文程如何说话？"

第二十八章

　　民间有句俗话:祸不单行。这不是迷信,常常是各种具体因素在同一个时间内,促成不同的倒霉事同时出现。从表面看来是偶然,实际一想也并不偶然。崇祯连做梦也不会想到,在同一天里,他在乾清宫中接到了两封飞奏:上午收到河南巡抚高名衡奏报,陕西、三边总督汪乔年在襄城兵败,李自成于二月十七日攻破襄城,将汪乔年捉到,杀在城外。下午收到宁远总兵吴三桂的飞奏,说松山城于二月十九日失守,洪承畴生死不明,传闻死于巷战之中,又云自尽。

　　几天以前,崇祯知道左良玉同李自成在郾城相持,汪乔年要到襄城和左良玉夹击李自成。没有料到,他会失败这么快,竟然死了。不明白:左良玉到哪里去了?汪乔年的人马到哪里去了?在襄城一战溃散了么?倘若在往年,他得到这奏报会十分震惊,震惊后会到奉先殿痛哭一阵。然而自从杨嗣昌死后,他在内战中已经习惯于失败的打击,只觉得灰心,愁闷,忧虑,而不再哭了。几个月前得到傅宗龙的被杀消息,他也没有落泪。另外,傅宗龙和汪乔年这两个总督,在他的心目中的分量较轻,压根儿不能与杨嗣昌、洪承畴二人相比。

　　当得到吴三桂的飞奏后,他却哭了。他立刻命陈新甲设法查清洪承畴的生死下落,他自己也给吴三桂下了手谕,要他火速查清奏明。

　　自从松山失守的消息传到北京后,北京朝野就关心着洪承畴的下落,一时间传说不一。有的说他在松山失守时骑马突围,死于乱军之中。有的说他率领曹变蛟和王廷臣诸将进行巷战,身中数

534

伤,仍然督战不止,左右死伤殆尽,他正要自尽,敌人拥到,不幸被俘,以后生死不明。过了几天,又有新消息传到北京,说邱民仰、曹变蛟和王廷臣都被杀了,其余监军道员十余人、大小将领数百人,有的战死,有的被俘后遭到杀害,而洪承畴被俘后一看见"敌酋"就骂不绝口,但求速死,已经被解往沈阳。

朝廷命宁远总兵吴三桂"务将洪承畴到沈阳就义实情,探明驰奏",同时崇祯也叫在山海关监军的高起潜探明洪承畴是否果真不屈,已经就义。

到了四月下旬,吴三桂和高起潜的奏报相继来到,而洪承畴在北京的公馆中得到的消息更快。首先是洪承畴老营中的一个士兵,被俘后从沈阳逃了回来,说他临逃出沈阳时确实在汉人居民中哄传洪承畴绝食身死,是一个大大的忠臣。随后高起潜密奏,说闻洪承畴确实自缢未遂,继以绝食,死在沈阳。

吴三桂给兵部衙门的一封秘密塘报说,洪承畴确实到沈阳后,对劝降的满洲官员骂不绝口,每次提到皇上知遇之恩,便痛哭流涕,惟求速杀。塘报最后说:

> 闻洪总督已绝食数日,一任敌人百般劝诱,只是不理,闭目等死。虏方关防甚严,不许消息外传。洪总督是否已死,传说不一。一俟细作续探真确,当再飞报。须至塘报者![1]

京师士民连日来街谈巷议,都认为洪承畴必死无疑。那班稍有历史知识的人们都把他比做当今张、许[2];甚至少年儿童,也都知洪承畴是一位为国尽节的大忠臣。朝廷之上,纷纷议论,都是赞许的话。有的人在朝房中说:"唉,当世劳臣[3],强敏敢任,志节之坚,殉国之烈,孰如洪氏!"那些平日弹劾过他的言官,或因门户之见平

---

[1] 须至塘报者——这是明代塘报最后一句话,成为定式。它的原意是对办理和递送塘报的官员说的。

[2] 张、许——张巡和许远。唐朝安禄山叛乱时,二人坚守睢阳,被围数月,城陷被执,骂贼不屈而死。

[3] 劳臣——为国事辛苦有功的臣。

日喜欢说他短处的同僚,这时都改变腔调,异口同声地说:

"古人说盖棺论定,洪亨九大节无亏,可谓死得其所!"

恰在这时候,洪府的管事家人陈应安等因京师朝野如沸,洪府故旧门生都在关心朝廷荣典,大少爷尚未回京,事情不能再等,便共同给皇帝上了一道奏本,陈述洪承畴确已就义,其中有这样感人的话:

> 去岁八月战溃,家主坐困松城。城中粮绝,杀马饷兵,忍饥苦守。不意逆将夏承德暗投胡虏,开门献城。家主犹督兵巷战,大呼杀敌,血染袍袖;迨家主身负重伤,左右死亡枕藉,乃南向叩头,口称"天王圣明,臣力已竭"。被执之后,骂不绝口,惟求速死。后以虏兵防守甚严,自缢不成,绝食毕命。从来就义之烈,未有如臣家主者也!

崇祯皇帝将这道奏本看了两遍,深深地叹了口气。乾清宫的管家婆魏清慧轻轻地掀开半旧绣龙黄缎门帘,走进暖阁,本来有事要向他启奏,但是看见他在御案前神色愁惨,双眉紧皱,热泪盈眶,便吓得后退半步,不敢做声,也不敢退出。过了片刻,崇祯转过头来,望她一下,问道:

"你去承乾宫刚回来?"

魏清慧躬身回答:"是,皇爷,奴婢刚从承乾宫回来。"

"田娘娘今日病情如何?"

"田娘娘仍然每日下午申时以后便发低烧,夜间经常咳嗽,痰中带血。她自觉浑身无力,不思下床。她经常想着自己的病症不会治好,又思念五皇子,心中总是郁郁寡欢,还时常流泪。这样一天一天下去,病情只有加重的份儿。"

崇祯骂道:"太医们每日会诊,斟酌药方,竟然如此无能,全是饭桶!"

魏宫人说:"太医们虽然悉心为田娘娘治病,巴不得田娘娘凤体早日痊愈,早宽圣心。可是他们只能在行经、清脾、润肺、化痰、止咳上用心思,能够用的药都用了,无奈对田娘娘的病都无效应。

如今田娘娘的病确实不轻,经血已经有几个月不来了,人也一天比一天消瘦。以奴婢看来,不能专靠太医,也需要祈禳祈禳才是。"

崇祯点点头,用眼色命宫女退出。随即一个御前太监进来,启奏说兵部尚书陈新甲奉召进宫,在乾清门外等候召对。崇祯忧郁地问道:

"那个张真人还在京么?"

御前太监回奏:"听说张真人因奏恳皇上特降隆恩,按照衍圣公为例,将真人改为二品俸禄,并在京城中赐官邸一处。此事尚未蒙皇爷恩准,所以仍留京师,住在长春观中,未曾回龙虎山①去。"

崇祯说:"他请求的这两件事,朕已批示礼部衙门详议。后据礼部衙门复奏,本朝无此故事②,碍难同意。礼部衙门的意思很是,张真人为何还在京城滞留? 唉,且不管这些小事,你今日替朕传旨:命张真人就在长春观中建醮,为皇贵妃的病虔心祈禳。你再传谕僧道录司,京师各有名寺观,都要为皇贵妃诵经祈禳三日。南宫中的僧道,还有英华殿、大高玄殿等地方,不管是名德法师,或是习道礼佛宫女,从明天起都为皇贵妃诵经祈禳七天。"

太监叩头说:"遵旨!"

崇祯想着国事和家事如此不幸,不禁摇头叹气,随即命传谕陈新甲进来。他近来因为对李自成作战着着失败,已经对这位兵部尚书很不满意,只是遍观朝臣,没有一个比陈新甲做事更干练的人,加之同"东虏"秘密议和的事正在依靠此人,所以他的不满意并没有表露出来。等陈新甲进来行过一跪三叩头礼以后,他望着跪在地上低头等待问话的兵部尚书问道:

"洪承畴为国尽节的事,卿可有别的消息?"

陈新甲回答说:"臣部别无新的塘报。洪宅家人陈应安昨日曾到臣部见臣,说洪承畴确已慷慨尽节,言之确凿,看来颇似可信。"

---

① 龙虎山——在江西贵溪县西南。东汉张道陵在此修炼,为后来道教起源。其后人世居龙虎山,元末封为天师,明洪武初改称真人,世袭至民国年间。
② 故事——前例。

崇祯说:"朕也见到陈应安等奏本,所以将卿叫进宫来商量。既然洪承畴为国尽节,实为难得的忠烈之臣,朝廷应予褒荣,恤典从优。卿可知道洪承畴在京城有何亲人?他的儿子现在何处?"

陈新甲说:"洪承畴长子原在京城,一个月前因事离京。昨天据陈应安等对臣面禀,彼已星夜赶回,大约一二日内即可来到。洪家在京城如何发丧成服①,如何祭奠,如何受吊,都已准备就绪,只等洪承畴的长子回京主持。"

崇祯的思想已经转往别处,沉默片刻,突然发问:"马绍愉是否已经到了沈阳?"

"按日期算,如今可能已到沈阳。"

崇祯叹息说:"目前流贼未灭,中原糜烂。长江以北,遍地蝗旱为灾,遍地饥民啸聚,遍地流贼与土寇滋扰。凡此种种,卿身当中枢重任,知之甚悉。虏势方张,难免不再入塞。内外交困,如之奈何!"

陈新甲知道皇上要谈论议和的事,赶快叩头说:"微臣身为本兵,不能为陛下安内攘外,实在罪该万死。然局势演变至今,只能对东虏暂时议抚,谋求苟安一时,使朝廷全力对付中原危局,剿灭闯贼。舍此别无善策。马绍愉已去沈阳,必能折冲虏廷②,不辱使命。望皇上放心等候,不必焦虑。"

"朕所担心者虏事未缓,中原已不可收拾。"

"河南方面,微臣已遵旨檄催各军驰赴援剿。至于东虏方面,只怕要求赏赐过奢。臣已密嘱马绍愉,在虏酋面前既要宣扬皇上德威,启其向化之心,也要从我国目前大局着想,不妨稍稍委曲求全。臣又告他说,皇上的意思是只要土地人民不损失过多,他可以在沈阳便宜行事;一旦有了成议,火速密报于臣,以释圣念。"

崇祯心情沉重地说:"但愿马绍愉深体朕之苦衷,将抚事办妥;也望虏酋不要得寸进尺,欲壑无厌,节外生枝。朕欲为大明中兴之

---

① 发丧成服——向亲友宣布丧事,开始穿孝。服指丧服。
② 折冲虏廷——在敌方朝廷上进行外交谈判。

主,非如宋室怯懦之君。倘虏方需索过多,朕决不答应。只要土地人民损失不多,不妨速定成议,呈朕裁定,然后载入盟誓,共同遵守,使我关外臣民暂解兵戎之苦。"

陈新甲说:"是,是。皇上圣明!"

"马绍愉如有密报来京,万不可泄露一字。"

"是,是。此等事自当万分机密。"

"朕已再三嘱咐,每次给卿手谕,看后即付丙丁①。卿万勿稍有疏忽!"

陈新甲说:"臣以驽钝之材,荷蒙知遇之恩,惟望佐皇上成为中兴英主,所以凡是皇上此类密旨,随看随焚,连一字也不使留存于天壤之间。"

"先生出去吧。关外倘有消息,即便奏朕知道!"

陈新甲连声说"是",随即叩头辞出。

几天以后,礼部关于洪承畴的各项褒忠荣典已经题奏皇帝,奉旨火速赶办。这些荣典事项,包括赐谥忠烈,赠太子太保,赐祭九坛,在京城和洪的福建家乡建立祠堂。礼部与工部会商之后,合奏皇帝,京城的祠堂建立在正阳门月城中的东边。明朝最崇奉关羽,敕封协天大帝,全国到处有关帝庙,建在正阳门月城中的西边的关帝庙在京城十分有名。如今奉旨在月城中的东边建一"昭忠祠",分明有以洪氏配关羽的意思。

祭棚搭在朝阳门外、东岳庙附近,大路北半里远的一片空地上,坐北朝南。面对东关大路,贫民房舍拆除许多,很是宽大。临大路用松柏枝和素纸花扎一牌坊,中间悬一黄绸横幅,上书"钦赐奠祭"。牌坊有三道门,中门是御道,备皇帝亲来致祭,所以用黄沙铺地。从牌坊直到一箭之外的祭棚,路两旁竖着许多杆子,挂着两行白绸长幡和中央各衙门送的挽联。路两旁三丈外搭了四座白布棚,每边两座,三座供礼部主祭官员及各衙门陪祭官员临时休息之

---

① 即付丙丁——立即用火烧掉。按五行说法,丙丁是火。

用,一座供洪氏家人住宿休息。还有奏乐人们的小布棚,设在祭棚前边,左右相对。其余执事人员,另有较小布棚两座,都在祭棚之后。祭棚门上悬一黄缎匾额,四边镶着白缎,上有崇祯御笔亲题四个大字:"忠魂不朽"。祭棚内就是灵堂,布置得十分肃穆庄严。灵堂内正中靠后设一素白六扇屏风,屏风前设有长几,白缎素花围幛,上放洪承畴的灵牌,恭楷写着"故大明兵部尚书、蓟辽总督、太子太保、赐谥忠烈、洪公之灵位"。前边,左右放着一对高大的锡烛台,中间是一个白铜香炉。紧挨灵几,是一张挂有白围幛的供桌。灵堂四壁,挂着挽幛、挽联。灵堂门外和松柏枝牌坊的门两旁都有对联,全是写在白绸子和细白葛布上。所有对联和挽联,都称颂洪氏忠君爱国,壮烈捐躯。京城毕竟是文人荟萃的地方,遇到皇帝为殉国大臣赐祭的难得机会,各大小衙门,各洪氏生前故旧,以及并无一面之缘的朝中同僚,有名缙绅,都送挽联,自己不会做挽联的就请别人代做,各逞才思,各显书法,真是琳琅满目,美不胜收。且看那牌坊中门的一副楹联,虽然不算工稳,却写出了当时的朝野心情:

> 十载汗马,半载孤城,慷慨忠王事,
> 老臣命绝丹心在;
> 千里归魂,万里悲风,挥涕悼元老,
> 圣主恩深恤典隆。

如今且放下朝阳门外的"赐祭"地方不去详述,让我的笔尖转到热闹非常的正阳门。在正阳门月城内,正在日夜动工,为洪承畴修建祠堂。这项工程,由礼部衙门参酌往例,议定规制,呈请皇帝钦定,批交工部衙门遵办,然后由工部衙门的营缮清吏司①掌管施工,限期建成。该司原有工役多调作别用,乐得将工程交给最有面子和愿意出较多回扣的包工商人承建,趁机伙同分肥。尽管层层剥削,木匠和泥瓦匠仅仅至于不饿着肚皮,大批徒工是白干活儿,

---

① 营缮清吏司——简称营缮司,掌管修建宫殿、陵寝、城郭、牌坊、祠庙等事项。

但是大家干活的劲头从来没有这样高过。洪氏的"壮烈殉国"的传说深深地打动了大家的心,连平日喜欢偷懒的人也不好意思偷懒了。由于这祠堂是皇帝"敕建"的,又是建在正阳门的月城之内,所以每天前来观看的人很多。有些人看过后心情激动,回去后吟诗填词,一则颂扬洪氏忠义,一则借以寄慨。据说有许多佳作,都是有名气的文人写的,后来都自己烧掉稿子,不曾有一篇收入文集,甚至对曾经做过这样的诗词也讳莫如深。

五月初四按历书是黄道吉日,也是择定的昭忠祠正厅上梁的日子。上午巳时整,正阳门月城中放了一阵鞭炮,随即奏起鼓乐,工部衙门营缮司派一位七品文官行礼上香,另一位八品官员跪读了上梁文,然后焚化。尽管有五城兵马司派兵丁弹压,驱赶拥挤的人群,但看的人还是将路边围得水泄不通。许多上了年纪的人,想着从前几个经营辽东的大臣,如王化贞、熊廷弼、袁崇焕三个人,都落个被朝廷诛戮的下场,如今洪承畴却是困守孤城,城破被擒,骂敌不屈,绝食而死,忍不住小声议论,赞叹不止。

当昭忠祠上梁时候,崇祯皇帝正在平台召见群臣。他坐在御座上,脸色忧愁,眉头紧皱,白眼球因过分熬夜而网着血丝。臣工们看见他的双脚在御案下不住踩动,知道他常常因心情焦急上朝时都是这样,所以大家捏了一把汗,屏息无语,等候问话。他将御案上的一叠军情文书拿起来又放下,轻声叫道:"陈新甲!"

兵部尚书陈新甲立刻答一声,走到御案前跪下去叩了个头。但崇祯没有马上问话,又叫了礼部尚书和工部尚书到面前跪下。有几件要紧事情他都要向大臣们询问,但是他的心中很乱,一时不知道先问哪一桩好。停了片刻,他又将户部尚书也叫到面前跪下。他将御案上的文书看了一眼,然后向陈新甲问道:

"自从汪乔年在襄城兵败以后,两个月来闯贼连破豫中、豫东许多州、县,连归德府也破了,风闻就要去围攻开封。卿部有何援剿之策?"

陈新甲叩头说:"臣已檄催丁启睿、杨文岳两总督统率左良玉等总兵,大约有二十万之众,合力援剿,不使流贼窥汴得逞。”

崇祯对丁启睿、杨文岳的才干并不相信,也不相信左良玉会实心作战,叹口气,又问道:

“倘若援剿不利,还有兵可以调么?”

陈新甲回答说:“陛下明白,目前兵、饷两缺,实在无兵可调。倘若万不得已,只好调山西总兵刘超、宁武总兵周遇吉驰援河南。另外,陛下将孙传庭从狱中放出,命他总督陕西、三边军务。他已经于一个月前到了西安,正在征饷集粮,加紧练兵。倘若能在短期内练成数万精兵,也可救援开封。”

崇祯转向新任户部尚书傅淑训问道:“筹饷事急,卿部有何善策?”

傅淑训战战兢兢地回答说:“目前处处灾荒,处处战乱,处处残破,处处请赈、请饷,处处……”

崇祯几年来听熟了这样的话,不愿听下去,向工部尚书刘遵宪问:“为洪承畴设祭的地方可完全布置就绪?”

刘遵宪回答:“前几天就已经完全就绪。因为陛下将亲临赐祭,又将附近几家贫民破旧房屋拆除,加宽御道,铺了黄沙。”

崇祯又问:“命卿部在正阳门月城中为洪承畴修建祠堂,工程进行如何?”

“工程进展甚速,今日已上梁矣。”

崇祯转向礼部尚书:“明日开祭,烦卿代朕前去。数日之后,朕必亲临致祭。子曰‘祭如在’。《礼记》云‘祭祀主敬’。望卿与陪祭诸臣务须斋戒沐浴,恪尽至诚,献飨致祭,感格忠魂。昨日朕看到承畴的儿子所刻承畴行状①,对承畴殉国经过叙述较详。朕看了两遍,深为感动。”崇祯热泪盈眶,喉头壅塞,停了片刻,接着说:“朕为一国之主,没有救得承畴,致有今日!……”

皇帝突然热泪奔流,泣不成声。大臣们都低下头去,有的也陪着皇帝落泪。过了一阵,崇祯揩干眼泪,向大家问道:

---

① 行状——叙述死者爵里和一生行事的文字。

"你们还有什么话需要面奏？"

礼部尚书林欲楫赶快奏道："臣部代陛下所拟祭文，已进呈两日，不知是否上合圣心？如不符圣心，如何改定，伏乞明谕。"

崇祯说："朕心中悲伤，几乎将此事忘了！卿部所拟祭文，用四言韵语，务求典雅，辞采亦美，然不能将朕心中欲说的话说得痛快，实为美中不足。朕今日将亲自拟一祭文，交卿明日使用。"

林欲楫叩头说："臣驽钝昏庸，所拟祭文未能仰副圣衷，殊觉有罪。陛下日理万机，宵衣旰食，焦劳天下，岂可使陛下为此祭文烦心？臣部不乏能文之士，请容臣部另拟一稿，进呈御览。"

崇祯说："不用啦。承畴感激朕知遇之恩，临难不苟，壮烈殉国，志节令名①光照史册。朕为他亲拟祭文，以示殊恩，也是应该的。"

陈新甲说："陛下为忠臣亲拟祭文，实旷代所未有之殊恩，必能使天下忠君爱国的志士咸受鼓舞。"

崇祯没再说话，起驾回乾清宫去了。

二更过后，崇祯坐在乾清宫的御案前改定祭文。当时，翰林中有不少能文之士，宫内秉笔太监也有一两个可以代为拟稿的，但是他平日不大相信别人，习惯于"事必躬亲"，尽管他要处理许多重要文书，还是亲自动笔写祭文稿子。晚饭前他已经将稿子写成，晚饭后因东厂提督太监曹化淳进宫来向他禀奏一些事情，包括一些朝臣的家庭阴私琐事。通过曹化淳当面密奏，他知道洪家所刻的洪承畴行状在京城散发极广，有些人与洪家毫无瓜葛，没有资格收到行状，也要想法借到一份，誊抄珍藏。曹化淳还说，京师臣民因听说皇上将亲写祭文并将亲临东郊致祭，人人为之感动，口称圣明，都说有这样圣君，故有洪承畴那样忠臣。崇祯平时自认为是英明之主，对曹化淳并不完全相信，惟独今晚对他的密奏句句信以为真。曹化淳走后，他本来已很疲倦，但不肯休息，将祭文稿摊在御

———

① 令名——美名。

案上进行最后修改。他首先默诵一遍,精神集中,心情激动,疲倦全消。

这篇祭文不长,在下午写成后就经过两遍修改,所以现在只改了几个字,便成定稿。对着这篇改定的祭文稿子,他噙着两眶热泪,用悲痛的低声读了一遍:

维大明崇祯十五年五月,皇帝遣官致祭于故兵部尚书、都察院右都御史、蓟辽总督洪承畴之灵前而告以文曰:

呜呼!劫际红羊①,祸深黄龙②。安内攘外,端赖重臣。昊天不吊③,折我股肱。朕以薄德,罹此蹇剥④,临轩洒涕,痛何如之!

曩者青犊⑤肆虐于中原,铜马⑥披猖于西陲,乃命卿总督师旅,扫荡秦、蜀。万里驰驱,天下知上将之辛劳;三载奋剿,朝廷纾封疆之殷忧。方期贼氛廓清,丽日普照于泾、渭;讵料虏骑入犯,烽火遍燃于幽、燕。畿辅蹂躏,京师戒严。朕不得已诏卿勤王,星夜北来。平台召见,咨以方略。蓟辽督师,倚为干城。海内板荡⑦,君臣共休戚之感;关外糜烂,朝野乏战守之策。卿受命援锦,躬亲戎行;未建懋功,遽成国殇。呜呼痛哉!

自卿被围,倏逾半载。孤城远悬,忠眸难望一兵之援;空腹坚守,赤心惟争千秋之节。慷慨誓师,将士闻之而气壮;擂鼓督战,夷狄对之而胆寒。大臣如此勇决,自古罕有。睢阳义烈⑧,堪与比拟。无奈壮士掘鼠,莫救三军饥馁,叛将献城,终至一朝崩解。然卿犹督兵巷战,狂呼杀敌;弱马中箭,继以步

---

① 红羊——即迷信所谓红羊劫,谓国家遭受厄运。
② 黄龙——即黄龙府,在今吉林省农安县,金初国都。今吉林全境及辽宁省北部均其辖地。
③ 昊天不吊——上天不肯怜悯。
④ 罹此蹇剥——遭到倒霉运气。《易经》中蹇卦和剥卦都不吉利。罹音 lí。
⑤⑥ 青犊、铜马——王莽时两支农民起义军名称。此处泛作农民起义军的代称。
⑦ 板荡——《板》和《荡》都是《诗·大雅》的篇名,本是写周厉王无道的诗,后世引申沿用,成为世乱的代词。
⑧ 睢阳义烈——唐张巡与许远共守睢阳,对抗安禄山,殉国甚烈。

斗;手刃数虏,血满袍袖;两度负伤,仆而再起;正欲自刎,群虏涌至,遂致被执。当此时也,战鼓齐喑,星月无光,长空云暗,旷野风悲,微雨忽零,淅沥不止,盖忠贞格于上苍,天地为之愁惨而陨泣!

闻卿被执之后,矢志不屈,蓬头垢面,骂不绝口。槛车北去,日近虏庭,时时回首南望,放声痛哭。迫入沈阳,便即绝食。虏酋百般招诱,无动卿心。佳肴罗列于几上,卿惟目闭而罔视;艳姬侍立于榻前,卿惟背向而怒斥。古人云:慷慨赴死易,从容就义难。慷慨与从容,卿兼而有之矣。又闻卿绝食数日,气息奄奄,病不能兴,鼓卿余力,奋身坐起,南向而跪,连呼"陛下! 陛下!"气噎泪流,欲语无声,倒地而死,目犹不瞑。君子成仁,有如是耶? 呜呼痛哉!

年余以来,迭陷名城,连丧元臣,上天降罚,罪在朕躬。建祠建坊,国有褒忠之典;议谥议恤,朕怀表功之心。卿之志节功业,已饬宣付史馆。呜呼! 卿虽死矣,死而不朽。死事重于泰山,豪气化为长虹;享俎豆①于百世,传令名于万年。魂其归来,尚飨!

崇祯将祭文改好之后,又忍不住反复小声诵读,声调凄苦,热泪双流。关于洪承畴如何进行巷战,负伤被俘,以及如何绝食而死,他都是采自洪家所刻的行状,不过在他的笔下写得特别富于感情。祭文中有些话因为有"潜台词",在执笔者自己诵读时,比旁人更为感动。对于那些打动自己感情的段落,他往往在诵读时满怀酸痛,泣不成声。

玄武门鼓打三更了。一个宫女用托盘端来一碗银耳汤和一碟虎眼窝丝糖放在他的面前,躬身轻声说道:

"皇爷,已经三更啦。请用过点心就休息吧,明日一早还要上朝呢。"

---

① 俎豆——俎(zǔ)和豆都是古代祭祀用的器皿,引申为祭祀之意。

崇祯叫一个太监将祭文送到司礼监值房中连夜誊缮,天明时送交礼部。喝了银耳汤,便去养德斋就寝。但是刚刚睡熟不久,就做了一个凶梦,连声呼叫:

"嗣昌!承畴!……"

他一乍惊醒,尚不知是真是幻,倾听窗外,从乾清宫正殿檐角传过来铁马丁冬。一个值夜太监匆忙进来,躬身劝道:

"皇爷,您又梦见洪承畴和杨嗣昌啦。这两位大臣已经为国尽忠,不可复生。望皇爷不要悼念过甚,致伤圣体。"

崇祯叹息一声,挥手命太监退出。

在洪承畴开始吃东西的第二天,范文程到三官庙中看他。范文程同他谈了许多关于古今成败的道理,说明明朝种种弊政,必然日趋衰亡,劝他投降。但是他很少回答;偶尔说话,仍然说他身为明朝大臣,决不投降,惟求速死。为着保持大臣体统,他对范文程来时不迎,去时不送。范文程对他的傲慢无礼虽不计较,但心中很不舒服。同他见面之后,范文程去清宁宫叩见皇太极,面奏劝说洪承畴投降的结果。

皇太极问道:"洪承畴仍求速死,朕自然不会杀他。你看,他会在看守不严的时候用别的法儿自尽么?"

范文程说:"请陛下放心。以臣看来,洪承畴不会死了。以后不必看守很严,让他自由自在好了。"

皇太极面露笑容,问道:"你怎么知道他不会再自尽了?"

"洪承畴被俘之后,蓬头垢面,确有求死之心。昨晚稍进饮食,即重有求生之意。今日臣与他谈话时虽然他对臣傲慢无礼,仍说受南朝皇帝深恩,惟愿速死,但适有梁上灰尘落在他的袍袖上,他立刻将灰尘掸去。洪承畴连袍袖上的清洁尚如此爱惜,岂有不自惜性命之理?"

皇太极哈哈大笑,说:"好,这话说得很是!"想一想,又说:"他一定会降,但不要逼他太紧,不要催他剃头。缓些日子不妨。"

几天以后，洪承畴已有愿意投降表示。清朝政府就给他安置到有两进院落的宅子里，除曾在三官庙中陪伴他的颇为温柔体贴、使他感到称心的姣仆白如玉仍在身边外，又给他派来两个仆人、一个马夫、一个管洗衣做针线的女仆、一个很会烹调的厨师，还有一个管做粗活的仆人。一切开销，都不用他操心。日常也有官员们前来看他，但他因身份未定，避免回拜。他有时想起老母和家中许多亲人，想起故国，想起祖宗坟墓，尤其想到崇祯皇帝，心中感到惭愧、辛酸，隐隐刺痛。但是近来在平常时候，有满洲官员们前来看他，他倒是谈笑自若，没有忧戚外露。有时忠义之心，忧戚之感，重新扰乱他的心中平静，但是他强颜为欢，不想在满洲臣僚面前流露这种心情。他对于饮食逐渐讲究，对于整洁的习惯也几乎完全恢复。

几天前他风闻张存仁曾经给清国老憨上了一道奏本，建议将祖大寿斩首，将他留用。随后有人将张存仁原疏的抄件拿给他看，关于留用他的话是这么说的：

> 洪承畴虽非挺身投顺，皇上留之以生，是生其能识时势也。……洪承畴既幸得生，必思效力于我国，似不宜久加拘禁。应速令剃发，酌加任用，使明国之主闻之寒心，在廷文臣闻之夺气。盖皇上特为文臣归顺者开一生路也。且洪承畴身系书生，养于我国，譬如孤羊在槛阱之中，蝇飞无百步之力耳。纵之何所能？禁之何所用？此恩养之不宜薄者也。

张存仁的这几句话，充分说明了清方必欲使他投降的深心，就是要他为明朝文臣树立一个投降清朝后受到优养和重用的榜样。他对自己自幼读圣贤之书，受忠义之教，落到这个下场，感到羞耻，不禁发出恨声，不断长叹。然而奇怪的是，这时如果他有心自尽，很容易为国"成仁"，然而他根本不再有自尽的想法了。

今天午饭后不久，正当崇祯在乾清宫为洪承畴写祭文的时候，范文程差一位秘书院的官员前来见洪，告他说明天上午皇上要在大政殿召见他同祖大寿等，请他今天剃头，并说一应需用衣帽，随后送到。虽然这是洪承畴意料中必有的事,却仍然不免在心中猛然震动。这位官员向他深深作揖致贺,说他必受到皇上重用。他赶快还礼,脸上的表情似笑似哭,喃喃地不能回答出一句囫囵的话。刚送走这位官员,就有人送来了衣、帽、靴、鞋,并来了一个衣服整洁、梳着大辫子的年轻剃头匠。那剃头匠向洪承畴磕了个头,说:

“大学士范大人命小人来给大人剃头。”

洪承畴沉默片刻,将手一挥,说道:“知道了。你出去等等!”

剃头匠退出之后,洪承畴坐在椅子中穆然不动,过了好长一阵,仍然双眼直直地望着墙壁。虽然他已经决定投降,但剃头这件事竟给他蓦然带来很深的精神痛苦。这样的矛盾心情和痛苦,也许像祖大寿一类武将们比较少有。他在童年时候就读了《孝经》,将“身体发肤,受之父母,不敢毁伤”的话背得烂熟。如果是为国殉节,这一句古圣贤的话就可以不讲,而只讲“尽忠即是尽孝”。但如今他是做叛国降臣,剃头就是背叛了古圣先王之制,背叛了华夏之习,背叛了祖宗和父母。一旦剃头,生前何面目再见流落满洲的旧属?死后何面目再见祖宗?然而他心中明白:既然已经投降,不随满洲习俗是不可能的,在这件事情上稍有抗拒,便会被认为怀有二心,可能惹杀身之祸。他正在衡量利害,白如玉来到他的身边,凑近他的耳朵低声说:

“老爷,快剃头吧。听说范大人马上就要来到,与老爷商量明日进见憨王的事。”

洪承畴嗯了一声,点一下头。白如玉掀开一半帘子,探出头去,将手一招。随即满洲剃头匠把盆架子搬了进来,放在比较亮的地方。这架子,下边是木架子,有四条腿,都漆得红明红明的;上边放着铁炉,形似罐子,下有炉门,燃着木炭,上边接一个约有半尺高的黄铜围圈。他端来盛有热水的、擦得光亮的白铜脸盆,放在黄铜围圈上。脸盆背后的朱红高架旁挂着荡刀布,中间悬着一面青铜镜。剃头匠本来还有一只特制的凳子,同盆架子合成一担,可以用扁担挑着走。因为洪承畴的屋中有更为舒服的椅子,所以不曾将那只凳子搬进屋来。剃头匠将一把椅子放在盆架前边,请洪承畴坐上去,俯下腰身,替他用热水慢慢地洗湿要剃去的头发和两腮胡须。洪承畴对剃头的事完全陌生,只好听从剃头匠的摆布。洗过以后,剃头匠将盆架向后移远一点,取出刀子,在荡刀布上荡了几下,开始为洪剃头。刀子真快,只听刷刷两下,额上的头发已经去了一片,露出青色的头皮。洪承畴在镜中望见,赶快闭了眼睛。剃头匠为他剃光了脑壳下边的周围头发,剃了双鬓和两腮,又刮了脸,也将上唇和下颌的胡须修剃得整整齐齐,然后将洪承畴留下的头发梳成一条辫子,松松地盘在头上。洪对着铜镜子看看,觉得好像比原来年轻了十年,但不禁心中一酸,赶快将眼光避开镜子,暗自叹道:

“从此‘生为别世之人,死为异域之鬼!①’。”

洪承畴正要起身,剃头匠轻声说:“请老爷再坐一阵。”随即这个年轻人用两个大拇指在他的两眉之间轻巧地对着向外按摩几下,又用松松的空拳轻捶两下,转到他的背后,轻捶他的背脊和双肩。捶了一阵,又蹲下去捶他的双腿,站起来捶他的两只胳膊。剃头匠的两只手十分轻巧、熟练,时而用实心拳,时而用空心拳,时而一空一实,时而变为窝掌,时而使用拳心,时而变为竖拳。由于手式变化,快慢变化,使捶的声音节奏变化悦耳,被捶者身体和四肢感到轻松、舒服。洪承畴以为已经捶毕,不料剃头匠将他右手每个指头拉直,猛一拽,又一屈,使每个指头发出响声,然后将小胳膊屈起来,拉直,猛一拽,也发出响声。再将小胳膊屈起来,冷不防在肘弯处捏一下,使胳膊猛一酸麻,随即恢复正常,而酸麻中有一种特殊快感。他将洪的左手和左胳膊,同样地摆弄一遍。剃头匠看见洪承畴面露微笑,眼睛半睁,似有睡意,知道他感到舒服,便索性将他放倒椅靠背上,抱起他的腰举一举,使他的腰窝和下脊骨也感到柔和,接着又扶着坐直身子,在他肩上轻捶几下,冷不防用右手大

---

①　生为……之鬼——出自西汉投降匈奴将领李陵的《答苏武书》。此书可能是伪托。

拇指和食指在他的下颏下边按照穴位轻轻一捏。洪承畴蓦然昏晕,浑身一晃,刹那苏醒,顿觉头脑清爽,眼光明亮。剃头匠又替他仔细地掏了耳朵,然后向他屈了右膝打千①,赔笑说:

"老爷请起。过几天小人再来给老爷剃头刮脸。"

洪承畴刚起身,白如玉就将一个红纸封子赏给剃头匠。剃头匠接到手里,猜到是一两银子,赶快向洪承畴跪下叩头,说:

"谢老爷的赏！要不是老爷今日第一次剃头,小人也不敢接赏。这是讨个吉利,也为老爷恭喜。老爷福大命大,逢凶化吉;从此吉星高照,前程似锦;沐浴皇恩,富贵无边。"

白如玉等剃头匠走后,用一绸帕将剃下来的长发和以后不会再用的网巾包起来,放进洪承畴床头的小箱中,然后侍候主人更换了衣服。洪承畴平日认为自己生长在"衣冠文物之邦",很蔑视满洲衣帽,称之为夷狄之服。他常骂满洲人的帽子后边拖着豚尾,袍袖作马蹄形,都是自居于走兽之伦。现在他自己穿戴起来,对着镜子看看,露出一丝苦笑,正要暂时仍旧换上旧服,外边仆人来禀:内院大学士范大人驾到。洪承畴赶快奔出二门外相迎,心里说:

"幸好换上了满洲衣帽！"

洪承畴本来要迎出大门,但看见范已经进到大门内,就抢到范的面前深深作了一揖,说道:"辱承枉顾,实不敢当！"范文程赶快还揖,赔笑说:"九老是前辈,今后领教之处甚多,何必过谦。"并肩走到二门阶下,洪又作了一揖,说声"请！"范还了一揖,登阶入门。到了上房阶下,洪又同样礼让;上了台阶以后,到门口又作揖,让范先走一步,到了上房正间,洪又作揖,请范在东边客位坐下,自己在西边主位坐下。仆人献茶以后,洪承畴稍微欠欠身子,赔笑说:

"学生以戴罪之身,未便登门拜谒,务请大人海涵。"

范文程说:"不敢,不敢。老先生来到盛京,朝野十分重视。皇上恩情隆渥,以礼相待,且推心置腹,急于重用。明日召见之后,老

---

① 打千——满洲风俗,男子向人请安行礼的一种姿势,名叫打千,即左膝前屈,右腿后弯,上体稍向前俯,右手伸直下垂。

先生即是皇清大臣,得展经纶①矣。"

随即他将明日朝见的礼节向洪承畴嘱咐一番。正说话间,一个仆人匆匆进来,向洪承畴禀道:

"请老爷赶快接旨!"

洪承畴不知何事,心中怦怦乱跳,赶快奔出迎接。范文程趁此时避立一边。那来的是一位御前侍卫,手捧黄缎包袱,昂然走进上房,正中面南而立。等洪承畴跟进来跪在地上,他用生硬的汉语说:

"皇上口谕:洪承畴孤身在此,衣物尚多未备,朕心常在念中。目前虽然已交五月,但关外还会有寒气袭来。今赐洪承畴貂皮马褂一件,以备不时御寒之需。"

跪在地上的洪承畴呼叫:"谢恩!"连叩了三个头,然后双手捧接包袱,恭敬地起身,将包袱放在八仙桌后的条几正中间,又躬身一拜。

御前侍卫没有停留,随即回宫。洪承畴送走了御前侍卫,回进上房,对范文程说:

"皇上真乃不世②之主也!"

这天晚上,洪承畴的心情极不平静,坐在灯下很久,思考明天上午跪在大清门外如何说自己有罪的话,然后被引到大政殿前跪下,大清皇帝可能问些什么话,他自己应该如何回答。虽然他做官多年,身居高位,熟于从容应对,但是明天是以降臣身份面对新主,不能说半句不得体的话,更不能有说错的话。当他在反复考虑和默记一些重要语言时候,虽然不知崇祯皇帝正在反复诵读修改好的祭文而哽咽、饮泣,终至俯案痛哭,但是他明白大明皇帝和朝野都必以为他已慷慨尽节,所以他的心中自愧自恨。白如玉每到晚上就薄施脂粉,在他们这种人叫做"上妆",别人也不以为奇。这时他轻轻地来到洪承畴的身边,小声说:

---

① 经纶——治国的学问、本领。
② 不世——非常的、少有的。

"老爷,时候不早了,您快上床休息吧,明日还要上朝哩。"

洪承畴长叹一声,在白如玉的服侍下脱衣上床。但是他倚在枕上,想起来一件心事,便打开床头小箱,取出那张在"槛车"上写的绝命诗稿,就灯上烧了,又将包着网巾和头发的小包取出,交给如玉,说道:

"你拿出去,现在就悄悄烧掉。"

如玉说:"老爷,不留个念物么?"

洪承畴摇摇头,语气沉重地说:"什么念物! 从此以后,同故国、同君亲、同祖宗一刀两断! 过去种种譬如昨日死!"

当白如玉回到床边坐下时,洪承畴已经将灯吹熄,但仍旧倚在枕上胡思乱想。如玉知道他的心中难过,小声劝慰说:

"老爷,大清皇上很是看重您,今日赏赐一件貂皮马褂也是难得的恩荣。老爷应该高兴才是。"

洪承畴紧抓住白如玉的一只柔软的手,小声说:"玉儿,你不懂事。旧的君恩未忘,新的君恩又来,我如何能不心乱如麻?"

"是的。老爷是读书人,又做过南朝大臣,有这种心情不奇怪。"沉默一阵,如玉又说:"过几天,老爷可奏准皇上,暗中差人回到南朝,让家中人知道您平安无恙。"

"胡说! 如今全家都以为我已尽节,最好不过。倘若南朝知我未死,反而不妙。从前张春被俘之后,誓死不降,被南朝称为忠臣,遥迁①右副都御史,厚恤其家。后来张春写信劝朝廷议和,本是好意,却惹得满朝哗然,就有人劾他降敌,事君不忠。朝廷将张春二子下狱,死在狱中。我岂可稍不小心,连累家人?"

白如玉又说:"听说老夫人住在福建家乡,年寿已高,倘若认为老爷已尽节死去,岂不伤心而死?"

"不,你不知道老夫人的秉性脾气。老夫人知书明理,秉性刚强。我三岁开始认字,就是老夫人教的。四岁开始认忠孝二字,老夫人反复讲解。倘若她老人家知道我兵败不死,身事二主,定会气

---

① 遥迁——升官叫做迁。因张春被满洲所俘,所以给他升官叫做遥迁。

死。唉,唉!……"

　　洪承畴想着老母,不禁抽泣。过了一阵,他轻轻推一推白如玉,意思是要他到小炕上去睡。白如玉用绸汗巾替他揩去脸上的纵横泪痕,站起来说:

　　"事已至此,请老爷不必过分为老夫人难过。好生休息一夜,明日要起早梳洗穿戴。第一次见大清皇上,十分要紧!"

第二十九章

次日五月端阳，辰牌时候，正当北京城朝阳门外，明朝的礼部尚书林欲楫代表崇祯皇帝，偕同兵部尚书陈新甲和文武百官，在庄严悲凄的哀乐声中向洪承畴的灵牌致祭时候，在北京东北方一千四百七十里的沈阳城中，举行隆重的受降仪式，一时间八门击鼓，大清门外响起来一阵鼓声和号角之声。然后从大清门内传出来一派皇帝上朝的乐声。随着乐声，满、汉群臣，在盛京的蒙古王公，作为人质的朝鲜世子和大君兄弟二人以及世子的几位陪臣，都到了大政殿前，向坐在大政殿内的清朝皇帝皇太极行礼，然后回到平日规定的地方，只有满、蒙王公和朝鲜世子、大君可以就座，其余都肃立两行。大清门外，跪着以明朝蓟辽总督洪承畴为首的松、锦降臣，有总兵祖大寿、董协、祖大乐，已经革职的总兵祖大弼，副将夏承德、高勋、祖泽远等，低着头等候召见。当时清朝的鸿胪寺衙门尚未成立，有一礼部汉人官员向大清门的降臣们高声传宣：

"洪承畴等诸文武降臣朝见！"

洪承畴叩头，高声奏道："臣系明国主帅，将兵十三万来到松山，欲援锦州。曾经数战，冒犯军威。圣驾一至，众兵败没。臣坐困于松山城内，粮草断绝，人皆相食。城破被擒，自分当死。蒙皇上矜怜，不杀臣而恩养之。今令朝见。臣自知罪重，不敢遽入，所以先陈罪状。许入与否，候旨定夺。"

礼部官将洪承畴请罪的话用满语转奏清帝之后，皇太极用满语说了几句话。随即那位礼部官高声传谕：

"皇上钦谕：洪承畴所奏陈的话很是。然彼时尔与我军交战，各为其主，朕岂介意？朕所以宥尔者，是因为朕一战打败明国十三

554

万人马,又得了松、锦诸城,全是天意。天道好生,能够恩养人便合天道,所以朕按照上天好生之心意行事,留下你的性命。尔但念朕的养育之恩,尽心图报,从前冒犯之罪,全都宽释不问。从前在阵前捉到张春,也曾好生养他。可惜他既不能为明国死节,也不能效力事朕,一无所成,白白死去。尔千万莫像他那样才是!"

洪承畴伏地叩头说:"谨遵圣谕!"

祖大寿接着高声奏道:"罪臣祖大寿谨奏!臣的罪与洪承畴不同。臣有数罪当死:往年被陛下围困于大凌河①,军粮吃尽,吃人,快要饿死,无计可施,不得已向皇上乞降。蒙皇上不杀,将臣恩养,命臣招妻子、兄弟、宗族来降,遣往锦州。臣到锦州之后,不惟背弃洪恩,而且屡次与大军对敌。今又在锦州被围,粮食已尽,困迫无奈,方才出城归顺。臣罪深重,理应万死!"

随即礼部官员传出皇帝口谕:"祖大寿所陈,也算明白道理。尔之背我,一则是为尔主,一则是为尔的妻子、宗族。可是得到你以后决不杀你,朕早就怀有此心了。朕时常对内院诸臣说:'祖大寿必不能杀,后来再被围困时仍然会俯首来降。只要他肯降,朕就会始终待以不死。'以前的事儿你已经追悔莫及,也就算啦。"

明朝副将祖泽远也跪在大清门外奏道:"罪臣祖泽远伏奏皇帝陛下:臣也是蒙皇上从大凌河放回去的,臣的罪与祖大寿同,也该万死!"

皇太极命礼部官员传谕:"祖泽远啊,你是个没有见识的人。你蒙朕放走后之所以不来归降,也只是看着你的主将祖大寿行事罢了。往日朕去巡视杏山,你不但不肯开门迎降,竟然明知是朕,却特意向我打炮,岂不是背恩极大么?尔打炮能够伤几个人呀?且不论尔的杏山城很小,士卒不多,就说洪承畴吧,带了十三万人马,屡次打炮,所伤的人究竟有多少?哼哼!……朕因尔背恩太

---

① 大凌河——大凌河城,在辽宁省锦州东北数十里处。崇祯四年八月,明军大败,总兵祖大寿等被围于大凌河城中。至冬,城中粮尽,食人、马。满洲招降。祖大寿同意投降,副将何纲反对。大寿杀何纲,与副将张存仁出城投降。大寿说他的妻子在锦州,请放归设计诱降守锦州的将领,清方遂将他放走。

甚,所以才说起这事。朕平日见人有过,明言晓谕,断不念其旧恶,事后再加追究。岂但待你一个人如此?就是地位尊于你的祖大寿,尚且留养,况尔是个小人,何用杀你!你正当少壮之年,自今往后,凡遇战阵,为朕奋发效力就好啦。"

祖泽远和他的叔父祖大乐都感激涕零,同声说道:"皇上的话说得极是!"

文武新降诸臣都叩头谢恩,然后起立,进入大清门,到了崇政殿前,在鼓乐中行了三跪九叩头的朝见大礼。乐止,皇太极召洪承畴、祖大寿、祖大乐、夏承德、祖大弼五人进入殿内。等他们重新叩头毕,清帝命他们坐于左侧,赐茶,然后靠秘书院的一位官员翻译,向洪承畴问道:

"我看你们明主,对于宗室被俘,置若罔闻;至于将帅率兵死战,或阵前被擒,或势穷力竭,降服我朝,必定要杀他们的妻子,否则也要没入为奴。为什么要这样?这是旧规么?还是新兴的办法?"

洪承畴明白清帝所问的是出于传闻之误,只好跪下回答说:"昔日并无此例。今因文臣众多,台谏①纷争,各陈所见以闻于上,遂致如此。"

皇太极接着说:"今日明国的文臣固然多,遇事七嘴八舌议论,可是在昔日,文臣难道少么?究竟原因只在如今君暗臣蔽,所以枉杀多人。像这种死战被擒的人,还有迫不得已才投降了的人,岂可杀戮他们的老婆孩子?即令他们身在敌国,可以拿银子将他们赎回,也是朝廷应该做的事,何至于将他们的老婆孩子坐罪,杀戮充军?明国朝廷如此行事,无辜被冤枉滥杀的人也太多啦。"

洪承畴显然被皇太极的话打动了心事,流着眼泪叩头说:"皇上此谕,真是至圣至仁之言!"

这一天,降将祖大寿等献出了许多珍贵物品,有红色的和白色的珊瑚树,有用琥珀、珊瑚、珍珠等做的各种数珠,还有珠箍、珠花、

---

① 台谏——泛指谏官。明代的都察院在东汉和唐、宋称为御史台,或称宪台,故谏官称为台谏。

沉香、玉带、赤金首饰、玉壶,以及用玉、犀牛角、玻璃、玛瑙、金、银制成的大小杯盘和各种精美银器;皮裘一类有紫貂、猞猁狲、豹、天马皮等,另有倭缎、素缎、蟒衣,各种纱、罗、绸、缎衣料,黄金和白金,氆氇和毡毯、红毡帐房,骏马、雕鞍、宝弓和雕翎箭,虎皮和豹皮,精巧的琉璃灯和明角灯,各种名贵瓷器,各种精工细木家具,镀金盔甲,镶嵌着宝石的苗刀,等等。皇太极命洪承畴和祖大寿等坐在大清门外,将降将们献的东西看了一遍。洪承畴因为是仓猝中突围被俘,所以无物可献。但是心中明白,皇太极是要他看一看祖大寿等许多将领的降顺诚心,意不在物。

看过贡献的名贵东西之后,有官员传出上谕:"祖大寿等所献各物,具见忠心。朕一概不纳,你们各自带回去吧。"祖大寿等降将赶快跪在地上再三恳求说:"皇上一物不受,臣等实切不安。伏望稍赐鉴纳!"皇太极念他们十分诚恳,命内务府酌收一二件,其余一概退还。

大政殿前击鼓奏乐,皇太极起身还宫。礼部官吩咐洪承畴和祖大寿等下去休息,但不能远离。过了半个时辰,宫中传出上谕,赐洪承畴、祖大寿等宴于崇政殿,命多罗贝勒多铎、固山贝子博洛、罗托、尼堪,以及内大臣图尔格等作陪。宴毕,洪承畴等伏地叩头谢恩,退出大清门外。忽然,皇太极又命大学士希福、范文程、刚林、学士罗硕等追了出来,向洪承畴和祖大寿等传谕:

"朕今日召见你们,并未服上朝的衣冠,又不亲自赐宴,并不是有意慢待你们,只是因为关雎宫敏惠恭和元妃死去还不满周年的缘故。"

洪承畴和祖大寿等叩头说:"圣恩优异,臣等实在愧不敢当,虽死亦无憾矣!"

回到公馆,洪承畴的心中一直没法平静。从昨天起,他剃了头,改换了满洲衣帽;从今天起,他叩见了清国皇帝,正式成了清臣。虽然皇太极用温语慰勉,并且赐宴,但是是非之心和羞耻之念还没有在他的身上完全消失,所以他不免暗暗痛苦。这天下午,有几位内院官员前来看他,祝贺他深蒙皇上优礼相待,必被重用无疑。他强颜欢笑,和新同僚们揖让周旋,还说了多次感激皇恩的话。到了晚上,当白如玉服侍他脱衣就寝时候,看见他郁郁寡欢,故意偎在他的胸前,轻声问道:

"老爷,从今后您会建大功,立大业,吉星高照,官运亨通。为何又不高兴了?是我惹老爷不如意么?是我……"

洪承畴叹了口气,几乎说出来自己是"赧颜苟活",但是话到口边就赶快咽了下去。在南朝做总督的那些年月,他常常小心谨慎,深怕自己的左右有崇祯皇帝的耳目,将他随便说的话报进东厂或锦衣卫,转奏皇上;如今来到北朝,身居嫌疑之地,他更得时时小心。尽管这个白如玉是他的爱仆,同床而眠,但是他也不能不存戒心,心中的要紧话决不吐露。白如玉等不到主人回答,体会到主人有难言心情,便想拿别的话题消解主人的心中疙瘩,说道:

"老爷,听说朝廷要另外赏赐您一处大的公馆和许多东西,还要赏赐几个美女,要您快快活活地替皇上做事。听说老爷您最喜欢美女……"

忽然有守门仆人站在房门外边叫道:"启禀老爷,刚才内院差人前来知会,请老爷明日辰牌以前到大清门外等候,大衙门中有事。"

洪承畴一惊,从枕上抬起头问:"宫中明日可有何事?"

"内院的来人不肯说明,只传下那一句话就走了。"

洪承畴不免突然生出许多猜疑,推开白如玉,披衣坐起。

第二天辰时以前,洪承畴骑马到了大清门外。满、汉官员已经有一部分先到,其余的不过片刻工夫也都到了。鼓声响后,礼部官传呼:满、蒙诸王、贝勒、贝子、公、内院大学士和学士、六部从政等都进入大清门,在大政殿前排班肃立,朝鲜国的世子、大君和陪臣也在大政殿前左边肃立。礼部官最后传呼洪承畴和祖大寿一族的几位投降总兵官也进入大清门内,地位较低的群臣仍在大清门外肃立等候。洪承畴刚刚站定,凤凰楼门外又一次击鼓,清国皇帝皇太极带着他的只有五岁的儿子福临,由一群满族亲贵组成的御前侍卫扈从,走出凤凰门,来到大政殿。他没有走进殿内,侍卫们将一把鹿角圈椅从殿中搬出来放在廊檐下。他坐在圈椅中,叫福临站在他的右边。大政殿前文武群臣,包括朝鲜国的世子和大君等,一齐随着礼部官的鸣赞向他行了一跪三叩头礼。他用略带困倦的眼睛向群臣扫了一遍,特别在洪承畴的身上停留一下,眼角流露出似有若无的一丝微笑,然后对大家说了些话,一位官员译为汉语:

"洪承畴和祖大寿等已经归降,松山、锦州、杏山、塔山四城都归我国所有。感谢上天和佛祖保佑我国,又一次获得大捷。上月朕已经亲自去堂子祭天。今日朕要率领你们去实胜寺烧香礼佛。明国朝政败坏,百姓到处作乱,眼看着江山难保。我国国势日强,如日东升,战无不胜,攻无不克。上有上天和佛祖保佑,下有你们文武群臣实心做事,朕不难重建大金太宗的伟业。今去烧香礼佛,你们务须十分虔诚。午饭以后,你们仍来大政殿前,陪洪承畴观看百戏。朕也将亲临观看,与你们同乐。"

洪承畴伏地叩头,流着泪,且拜且呼:"感谢皇恩!万岁!万岁!万万岁!"

皇太极望着洪承畴诚心感激,心中欣慰,又一次从眼角露出微笑。随即他率领满、蒙贵族和各族文武大臣,骑马往盛京西城外的实胜寺烧香礼佛。他和满、蒙大臣都按照本民族习俗脱掉帽子,伏地叩头,而汉族大臣和朝鲜国世子、大君及其陪臣则按照儒家古制,行礼时冠带整齐。在这个问题上,皇太极倒是胸襟开阔,并不要求都遵守满洲风俗。礼佛完毕,回到城中,时届正午,皇太极自回皇宫。满、蒙、汉各族文武大臣和朝鲜世子等将他送至大清门外,一齐散去,各回自己的衙门或馆舍。

午后不久,朝中各族文武大臣、满、蒙贵族、朝鲜国世子、大君和陪臣,都到了大清门内,按照指定的地方坐下,留着中间场子。洪承畴虽然此时尚无官职,却被指定同内三院大学士坐在一起。

大家坐定不久,听见凤凰门传来咚咚鼓声,又赶快起立,躬身低头,肃静无声。忽然,洪承畴听见一声传呼:"驾到!"他差不多是本能地随着别人跪下叩头,又随着别人起身,仍然不敢抬头。在刹那间,他想起来被他背叛的故君,不免心中一痛,也为他对满洲人跪拜感到羞耻。但是他的思想刚刚打个回旋,又听见一声传呼:"诸臣坐下!"因为不是传呼"赐坐",所以群臣不必谢恩。洪承畴随着大家坐下,趁机会向大政殿前偷瞟一眼,看见老憨已经坐在正中间,左右坐着两个女人。当时清朝的朝仪远不像迁都北京以后学习明朝旧规,变得那么繁杂和森严,所以大臣们坐下去可以随便看皇帝,也可张望后、妃。但洪承畴一则尚不习惯清朝的仪制,二则初做降臣尚未泯灭自己的惭愧心理,所以低着头不敢再向大政殿的台阶上观看,对皇帝和后、妃的脸孔全未看清。

大政殿院中,锣鼓开场,接着是一阵热闹的器乐合奏,汉族的传统乐器中杂着蒙古和满洲的民族乐器。乐止,开始扮演"百戏",似乎为着象征皇帝的"圣躬康乐",第一个节目是舞龙。这个节目本来应该是晚上玩的,名叫"耍龙灯"。如今改为白天玩耍,龙腹中的灯火就不用了。洪承畴自幼就熟悉这一玩耍,在军中逢到年节无事,也观看士兵们来辕门玩耍狮子和龙灯。现在他是第一次在异国看这个节目,仍然感兴趣,心中愁闷顿消。锣鼓震耳,一条长龙鳞爪皆备,飞腾跳跃,或伸或屈,盘旋于庭院中间,十分活泼雄健。但是他偶然觉察出来,故国的龙啊,不管是画成的、雕刻的、泥塑的、纸扎的、织的、绣的、玩的布龙灯,那龙头的形状和神气全是敦厚中带有庄严,不像今天所看见的龙头形象狞猛。他的心中不由地冒出一句评语:"夷狄之风!"然而这思想使他自己吃了一惊。自从他决意投降,他就在心中不断告诫自己:要竭力泯灭自己的故国之情,不然就会在无意中招惹大祸。他重新用两眼注视舞龙,特别是端详那不住低昂转动的龙头,强装出十分满意的笑容,同时在心中严重地告诫自己说:

"这不是'胡风',而是'国俗'!要记清,要处处称颂'国俗'!

满洲话是'国语',满洲的文字是'国书'。牢记！牢记！"

接着一个节目是舞狮子。他从狮子头的形状也看出了狞猛的"国俗"。他不敢在心中挑剔，随着左右同僚们高高兴兴地欣赏"狮子滚绣球"。他开始胆大一些，偷眼向大政殿前檐下的御座张望，看见皇帝坐在中间，神情喜悦。他不必偷问别人，偷瞟一眼就心中明白：那坐在皇帝左边的中年妇女必是皇后，坐在右边的标致少妇必是受宠的永福宫庄妃。他继续观看玩狮子，心中又一次感叹清国确是仍保持夷狄之俗，非礼乐文明之邦。按照大明制度，后妃决不会离开深宫，连亲信大臣也不能看见。即令太后因嗣君年幼，偶尔临朝，也必须在御座前三尺外挂起珠帘，名曰"垂帘听政"。她能够在帘内看见群臣，臣下看不见她，哪能像满洲这样！他不敢多想，心中警告自己务要称颂"国俗"，万不可再有重汉轻满的思想，致惹杀身之祸。

以下又扮演了不少节目，有各种杂耍、摔跤、舞蹈。洪承畴第一次看见蒙古的男子舞蹈，感到很有刚健猛锐之气，但他并不喜爱；满洲的舞蹈有的类似跳神，有的模拟狩猎，他认为未脱游牧之风，更不喜欢。后来他看见一队朝鲜女子进场，身穿长裙，脚步轻盈，体态优美，使他不觉入神。他还看见一个身材颀长的美貌舞女在做仰身旋体动作时，两次偷向坐在西边的朝鲜国世子送去眼波，眼中似乎含泪。他的心中一惊，想道："她也有故国之悲！"等这一个节目完毕，这个朝鲜女子的心思不曾被清朝皇帝和众臣觉察，洪承畴才不再为她担心。

朝鲜的舞蹈显然使皇太极大为满意，吩咐重来一遍。趁这机会，洪承畴略微大胆地向大政殿的前檐下望去，不期与永福宫庄妃的目光相遇。庄妃立刻将目光转向重新舞蹈的朝鲜女子，似乎并没有看见他，神态十分高贵。洪承畴又偷看一眼，却感到相识，心中纳罕。过了片刻，他又趁机会偷看一眼，忽然明白：就是她曾到三官庙用人参汤救活了他！他在乍然间还觉难解，想着清主不可能命他的宠妃去做此事,但是又一想,此处与中朝①不同,此事断无可疑。他再向庄妃偷看一眼,看见虽然装束不同,但面貌和神态确实是她,只是那眼神更显得高傲多于妩媚,庄重多于温柔,惟有眼睛的明亮光彩、俊俏和聪颖,依然如故。洪承畴想着自己今生虽然做了降臣,但竟然在未降之时承蒙清主如此眷顾,如此重视,如此暗使他的宠妃两次下临囚室,亲为捧汤,柔声劝饮,这真是千载罕有的恩幸,真应该感恩图报。然而他又一想,清主命庄妃做此事必然极其秘密,将来如果由他泄露,或者他对清朝稍有不忠,他将必死无疑;而且,倘若清主和庄妃日后对此事稍有失悔,他也会有不测之祸。这么一想,他不禁脊背上冒出冷汗,再也不敢抬头偷望庄妃了。

洪承畴庆幸自己多年身居猜疑多端之朝,加之久掌军旅,养成了处事缜密的习惯,所以一个月来,他始终不打听给他送人参汤的女子究系何人。尽管白如玉服侍他温柔周到,夜静时同他同床共枕,小心体贴,也可以同他说一些比较知心的私话,然而他一则常常提防这个姣仆是范文程等派到他身边的人,可能奉命侦伺他的心思和言行,二则他对妓女和娈童一类的人向来只作为玩物看待,认为他们是生就的杨花水性②,最不可靠,所以闭口不向白如玉问及送人参汤的女子是谁,好像人间从不曾发生过那回事儿。

洪承畴继续观看扮演,胡思乱想,心神不宁。后来白日西沉,"百戏"停止,全体文武众臣只等待跪送老憨回宫,但是鼓声未响,大家肃立不动。忽然,皇太极望着洪承畴含笑说了几句话,侍立一侧的一位内院官员翻译成汉语传谕:

"洪承畴,今日朕为你盛陈百戏,君臣同乐,释汝羁旅之怀。尔看,尔在本朝做官同尔在南朝做官,苦乐如何?"

洪承畴伏地叩头谢恩,哽咽回答:"臣本系死囚,幸蒙再生。在

---

① 中朝——洪承畴思想中的"中朝"指明国的朝廷,不是一般意义的"朝廷之中"。
② 杨花水性——或作水性杨花。杨花随风飘荡,流水随地流动,在封建士大夫眼中比喻妇女中轻薄易变、感情不专的品性。

南朝,上下壅塞,君猜臣疑;上以严刑峻法待臣下,臣以敷衍欺瞒对君父。臣工上朝,懔懔畏惧,惟恐祸生不测,是以正人缄口,小人逞奸,使朝政日益败坏,不可收拾。罪臣幸逢明主,侧身圣朝,如枯草逢春,受雨露之滋润,蒙日光之煦照,接和风之吹拂。今蒙皇上天恩隆渥,赐观'百戏',臣非木石,岂能不感激涕零。臣本驽钝,誓以有生之年,为陛下效犬马之劳,纵粉身碎骨,亦所不辞!"

谁也不知道洪承畴的话是真是假,但是看见他确实呜咽不能成声,又连连伏地叩头。皇太极含笑点头,对他说了几句慰勉的话,起身回宫。

洪承畴回到公馆,在白如玉的服侍下更了衣帽。晚饭他吃得很少,只觉得心中很乱,无情无绪,仿佛不知道身在何地。临就寝时候,白如玉见他心情稍好,轻声对他说:

"老爷,南朝的议和使臣快到啦。"

洪的心中一动,沉默片刻,问道:"何时可到?"

"听说只在这近几天内。为首的使臣是兵部职方司郎中马绍愉大人,老爷可认识么?"

洪承畴不想说出马绍愉曾同张若麒在他的军中数月,随便回答说:"在北京时他去拜见过我,那时他还没有升任郎中。我同他只有一面之缘,并无别的来往。"

白如玉又问:"他来到盛京以后,老爷可打算见他么?"

"不见。不见。"

洪承畴忽然无意就寝,将袖子一甩,走出房门,在天井中徘徊。白如玉跟了出来,站在台阶下边,想劝他回屋去早点安歇,但是不敢做声。他习惯于察言观色,猜度和体会主人心思,如今他侍立阶下,也在暗暗猜想。他想着主人的如此心思不安,可能是担心这一群议和使臣会将主人的投降禀报南朝,连累洪府一门遭祸?也许洪怕同这一群使臣见面,心中自愧?也许洪担心两国讲和之后,那边将他要回国,然后治罪?也许他亲见清国兵强势盛,想设法从旁促成和议,以报崇祯皇帝对他的知遇之恩?也许是他既然投降清国,希望和议不成,好使清兵去攻占北京?……

白如玉猜不透主人的心事,不觉轻轻地叹了口气。庭院中完全昏暗。他抬头向西南一望,一线月牙儿已经落去。

北京朝廷每日向洪承畴的灵牌致祭,十分隆重。第一天由礼部尚书主祭,以后都由侍郎主祭。原定要祭九坛,每日一坛,已经进行到第五天。每日前往朝阳门外观看的士民像赶会一样,人人称赞洪承畴死得重于泰山,十分哀荣。从昨天开始,哄传钦天监择定后天即五月十一日,上午巳时三刻,皇帝将亲临致祭,文武百官陪祭。这是极其少有的盛事,整个北京城都为之沸腾起来。随着这消息的传出,顺天知府、同知等官员偕同大兴知县,紧急出动,督率兵役民夫,将沿路街房仔细察看,凡是破损严重,有碍观瞻的,都严饬本宅住户连夜修缮;凡墙壁和铺板上有不雅观的招贴,都得揭去,用水洗净。当时临大街的胡同口都放有尿缸,随地尿流,臊气扑鼻。各地段都责成该管坊巷首事人立即将尿缸移到别处,铲去尿泥,填上新土。掌管五军都督府的成国公朱纯臣平日闲得无事可干,现在要趁此机会使皇上感到满意,就偕同戎政大臣①,骑着骏马,带着一大群文官武将,兵丁奴仆,前呼后拥,从东华门外向东沿途巡视,直到朝阳门外二里远的祭棚为止,凡是可能躲藏坏人的地方都一一指点出来。他同戎政大臣商定,从京营中挑选三千精兵,从后天黎明起沿途"警跸"。至于前后扈驾,祭棚周围侍卫,銮舆仪仗,全是锦衣卫所司职责,锦衣卫使吴孟明自有安排。吴孟明还同东厂提督太监曹化淳商量,双方都加派便衣侦探,当时叫做打事件番子,在东城和朝外各处旅栈、饭馆、茶肆、寺庙等凡可以混迹不逞之徒的场所,严加侦伺防范。另外,大兴县从今天起就号了几百辆骡、马大车,不断地运送黄沙,堆在路边,以备十一日黎明前铺在路上。工部衙门正在搭盖御茶棚,加紧完工,细心布置,以备皇上

---

① 戎政大臣——五军都督府例由一位勋臣掌管,但这种人多系纨袴子弟,不练达政务,所以朝廷另派一位兵部侍郎协理戎政,简称戎政大臣或戎政侍郎。

休息。

今天是五月初十。崇祯皇帝为着明天亲去东郊向洪承畴致祭,早朝之后就将曹化淳和吴孟明召进乾清宫,询问他们关于明日一应所需的法驾、卤簿以及扈驾的锦衣卫力士准备如何。等他们作了令他满意的回奏以后,他又问道:

"近日京师臣民对此事有何议论?"

曹化淳立刻奏道:"近来京师臣民每日纷纷议论,都说洪承畴是千古忠臣,皇爷是千古圣君。"

崇祯点点头,忽然叹口气说:"可惜承畴死得太早!"

吴孟明说:"虽然洪承畴殉国太早,不能为陛下继续效力,可是陛下如此厚赐荣典,旷世罕有,臣敢信必有更多如洪承畴这样的忠烈之臣闻风而起,不惜肝脑涂地,为陛下捍卫江山。"

曹化淳接着说:"奴婢还有一个愚见。洪承畴虽然尽节,忠魂必然长存,在阴间也一样不忘圣恩,想法儿使东房不得安宁。"

崇祯沉默片刻,又叹口气,含着泪说:"但愿承畴死而有灵!"

一个长随太监进来,向崇祯启奏:成国公,礼、兵、工三部尚书和鸿胪寺卿奉召进宫,已经在文华殿中等候。崇祯挥手使吴孟明和曹化淳退出,随即乘辇往文华殿去。

今天的召见,不为别事,只是崇祯皇帝要详细询问明白,他亲临东郊致祭的准备工作和昭忠祠的修建情况。倘若是别的皇帝,一般琐细问题大可不问,大臣们对这样事自然会不敢怠忽。但是他习惯于事必躬亲,自己不亲自过问总觉得不能放心,所以于国事纷杂的当儿,硬分出时间来召见他们。他问得非常仔细,也要大臣们清楚回奏。有些事实际并未准备,他们只好拿谎话敷衍。他还问到洪氏祠堂的石碑应该用什么石头,应该多高,应该命谁撰写碑文。礼部尚书林欲楫很懂得皇上的秉性脾气,跪下回答说:

"洪承畴为国捐躯,功在史册,流芳百世,永为大臣楷模。臣部曾再三会商,拟恳皇上亲撰碑文,并请御笔亲题碑额。既是奉饬建祠树碑,又是御撰碑文,御题碑额,故此碑必须选用上等汉白玉,毫无瑕疵,尤应比一般常见石碑高大。"

崇祯问:"如何高大?"

礼部尚书回奏:"臣与部中诸臣会商之后,拟定碑身净高八尺,宽三尺,厚一尺五寸,碑帽高三尺四寸,赑屃①高四尺。另建御碑亭,内高二丈二尺,台高一尺八寸,石阶三层。此系参酌往例,初有此议,未必允妥,伏乞圣裁!"

崇祯说:"卿可题本奏来,朕再斟酌。"

召对一毕,崇祯就乘辇回乾清宫去。最近,李自成在河南连破府、州、县城,然后由商丘奔向开封。崇祯心中明白,这次李自成去攻开封,人数特别众多,显然势在必得;倘若开封失守,不惟整个中原会落入"流贼"之手,下一步必然东截漕运,西入秦、晋,北略畿辅,而北京也将成孤悬之势,不易支撑。他坐在辇上,不知这一阵又有什么紧急文书送到乾清宫西暖阁的御案上,实在心急如焚。等回到乾清宫,在御案前颓然坐下,他一眼就看见果然有一封十万火急文书在御案上边。尽管这封文书照例通政司不拆封,不贴黄,但是他看见是宁远总兵吴三桂来的飞奏,不由地心头猛跳,脸上失色。他一边拆封一边心中断定:必是"东虏"因为已经得了松、锦,洪承畴也死了,乘胜进兵。他原来希望马绍愉此去会有成就,使他暂缓东顾之忧,专力救中原之危,看来此谋又成泡影!等他一目数行地看完密奏,惊惧的心情稍释,换成一种混合着恼恨、失望、忧虑和其他说不清的复杂心情。他将这密奏再草草一看,用拳头将桌子猛一捶,恨声怒骂:

"该死! 该杀!"

恰巧一个宫女用双手端着一个嵌螺朱漆梅花托盘,上边放着一杯新贡来的阳羡春茶,轻脚无声地走到他的身边,蓦吃一惊,浑身一震,托盘一晃,一盏带盖儿的雨过天晴暗龙茶杯落地,哗啦一声打成碎片,热茶溅污了龙袍的一角。那宫女立刻跪伏地上,浑身颤栗,叩头不止。崇祯并不看她,从龙椅上跳起来,脚步沉重地走

---

① 赑屃——音 bì xì,驮石碑的龟,有耳朵。传说中龙生九子之一,最有力气。

出暖阁,绕着一根朱漆描金云龙的粗大圆柱乱走几圈,忽然又走出大殿。他在丹墀上徘徊片刻,开始镇静下来,在心中叹息说:"我的方寸乱了!"恰在这时,王承恩拿着一叠文书走进来。看见皇上如此焦灼不安,左右侍候的太监都惶恐屏息,王承恩吓了一跳,不敢前进,也不敢退出,静立于丹墀下边。崇祯偶然转身,一眼瞥见,怒目盯他,叫道:

"王承恩!"

王承恩赶快走上丹墀,跪下回答:"奴婢在!"

崇祯说:"你快去传旨,洪承畴停止祭祀,立刻停止!"

"皇爷,今天上午已祭到五坛了。下午……"

"停!停!立即停祭!"

"是。奴婢遵旨!"

"向礼部要回朕的御赐祭文,烧掉!"

"是,皇爷。"

"洪承畴的祠堂停止修盖,立即拆毁!"

"是,皇爷。"

崇祯向王承恩猛一挥手,转身走回乾清宫大殿,进入西暖阁。王承恩手中拿着从河南来的十万火急的军情文书,不敢呈给皇上,只好暂带回司礼监值房中去。崇祯重新在龙椅上颓然坐下,长叹一口气,又恨恨地用鼻孔哼了一声,提起朱笔在一张黄色笺纸上写道:

> 谕吴孟明:着将洪承畴之子及其在京家人,不论男女老少,一律逮入狱中,听候发落,并将其在京家产籍没。立即遵办,不得姑息迟误!

他放下笔,觉得喉干发火,连喝了两口茶。茶很烫口,清香微苦,使他的舌尖生津,头脑略微冷静。他重新拿起吴三桂的密疏,一句一句地看了一遍,才看清楚吴三桂在疏中说他差人去沈阳城中,探得洪承畴已经停止绝食,决意投敌,但是尚未剃发,也未受任官职,并说"虏酋"将择吉日受降,然后给他官做。崇祯在心中盘算:洪承畴既不能做张巡和文天祥,也不能做苏武,竟然决意投敌,实在太负国恩,所以非将洪承畴的家人严加治罪不足以泄他心头之恨,也没法儆戒别人。但是过了片刻,崇祯又一转念:如今"东虏"兵势甚强,随时可以南侵。倘若将洪氏家人严惩,会使洪承畴一则痛恨朝廷,二则无所牵挂,必将竭力为敌人出谋献策,唆使"东虏"大举内犯,日后为祸不浅,倒不如破格降恩,优容其家,利多害少。但是宽恕了洪的家人,不能够释他的一腔恼恨。有很长一阵,他拿不定主意,望着他写给吴孟明的手谕出神。他用右手在御案上用力一拍,霍地站起,推开龙椅,猛回身,却看见几尺外跪着刚才送茶的宫女。原来当他刚才走出乾清宫时,"管家婆"魏清慧赶快进来,将地上收拾干净,另外冲了一杯阳羡春茶,放在御案,而叫获罪的宫女跪远一点,免得正在暴怒的皇上进来时会一脚踢死了她。这时崇祯才注意到这个宫女,问道:

"你跪在这儿干吗?"

宫女浑身哆嗦,以头触地,说:"奴婢该死,等候皇爷治罪。"

崇祯严厉看她一看,忽然口气缓和地说:"算啦,起去吧。你没罪,是洪承畴有罪!"

宫女莫名其妙,不敢起来,继续不住叩头,前额在地上碰得咚咚响,流出血来。但崇祯不再管她,焦急地走出大殿。看见承乾宫掌事太监吴祥在檐下恭立等候,他问道:

"你来何事? 田娘娘的病好些么?"

吴祥跪下回答:"启奏皇爷,娘娘的病并不见轻,反而加重了。"

崇祯叹口气,只好暂将洪承畴的问题撂下,命驾往承乾宫去。

为洪承畴扮演"百戏"之后,不过几天工夫,除赐给洪承畴一座更大的住宅外,还赐他几个汉族美女,成群的男女奴婢,骡、马、雕鞍、玉柄佩刀,各种珍宝和名贵衣物。洪承畴虽然尚无职衔,但他的生活排场俨然同几位内院大学士不相上下。皇太极并不急于要洪承畴献"伐明"之策,也不向他询问明朝的虚实情况,暂时只想使洪承畴生活舒服,感激他的恩养优渥。洪承畴天天无事可干,惟以下棋、听曲、饮酒和闲谈消磨时光。原来他担心明朝的议和使臣会将他的投降消息禀报朝廷,后来将心一横,看淡了是非荣辱之念,抱着听之任之的态度。范文程已经答应不令南朝的议和使臣见他,使他更为安心。

以马绍愉为首的明国议和使团,于初三日到塔山,住了四天,由清国派官员往迎;初七日离塔山北来,十四日到达盛京。当时老憨皇太极不在盛京。他保持着游牧民族的习惯,不像明朝皇帝那样将自己整年、整辈子关闭在紫禁城中,不见社会。皇太极主持了洪承畴一群人的投降仪式之后,又处理了几项军政大事,便于十一日午刻,偕皇后和诸妃骑马出地载门,巡视皇家草场,看了几处放牧的牛、马,还随时射猎。但是在他离开盛京期间,一应军国大事,内院大学士们都随时派人飞马禀奏。关于款待明朝议和使臣的事,都遵照他的指示而行。五月十四日上午,几位清国大臣出迎明使臣于二十里外,设宴款待。按照双方议定的礼节:开宴时,明使臣向北行一跪三叩礼,宴毕,又照样儿行礼一次。这礼节,明使臣只认为是对清国皇帝致谢,而清方的人却称做"谢恩"。明使臣被迎入沈阳,宿于馆驿。皇太极又命礼部承政满达尔汉①、参政阿哈尼堪②、内院大学士范文程、刚林、学士罗硕同至馆驿,宴请明国议和使臣。明使臣仍遵照初宴时的规定行礼。宴毕,满达尔汉等向明使臣索取议和国书。马绍愉等说他们携来崇祯皇帝给兵部尚书陈新甲敕谕一道,兵部尚书是钦遵敕谕派他们前来议和。满达尔汉等接过崇祯给陈新甲的敕谕,看了一下,说他们需要进宫去奏明皇上知道,然后决定如何开议。说毕就离开馆驿。

第二天上午,辽河岸上,小山脚下,在一座黄色毡帐中,皇太极席地而坐,满达尔汉、范文程和刚林坐在左右,正在研究明使臣马绍愉携来的崇祯敕书。皇太极不识汉文,满达尔汉也只是略识一

---

① 满达尔汉——姓纳喇,满洲正黄旗人。
② 阿哈尼堪——姓富察,满洲镶黄旗人。

点。他们听范文程读了敕书,又跟着用满洲语逐句译出。那汉文敕书写道:

> 谕兵部尚书陈新甲:昨据卿部奏称,前日所谕休兵息民事情,至今未有确报。因未遣官至沈,未得的音。今准该部便宜行事,遣官前往确探实情具奏。特谕!

皇太极听完以后,心中琢磨片刻,说:"本是派使臣前来求和,这个明国皇帝却故意不用国书,只叫使臣们带来他给兵部尚书的一道密谕,做事太不干脆!这手谕可是真的?"

范文程用满语回答:"臣昨日拿给洪承畴看过,他说确系南朝皇帝的亲笔,上边盖的'皇帝之宝'也是真的。"

皇太极笑了一笑,说:"既是南朝皇帝亲笔,盖的印信也真,就由你和刚林同南朝使臣开议。刚林懂得汉语,议事方便。哼,他明国皇帝自以为是天朝,是上天之子,鄙视他人。上次派来使者也是携带他给兵部尚书的敕书一道,那口气就不像话,十分傲慢自大……"他望着范文程问:"你记得今年三月间,他的那敕书上是怎么说的?还记得么?"

范文程从护书中取出一张纸来,说道:"臣当时遵旨将原件退回驻守锦州、杏山的诸王、贝勒,掷还明使,却抄了一张底子留下。那次敕书上写道:'谕兵部尚书陈新甲:据卿部奏,辽沈有休兵息民之意,中朝未轻信者,亦因从前督、抚各官未曾从实奏明。今卿部累次代陈,力保其出于真心。我国家开诚怀远,似亦不难听从,以仰体上天好生之仁,以复还我祖宗恩义联络之旧。今特谕卿便宜行事,差官宣布,取有的确音信回奏!'"范文程随即将后边附的满文译稿念了一遍,引得皇太极哈哈大笑。

满达尔汉也笑起来,说:"老憨,听他的口气,倒好像他明国打败了我国,是我国在哀怜求和!"

皇太极说："上次经过我的驳斥①，不许使者前来。南朝皇帝这一次的敕书，口气老实一点，可是也不完全老实。我们且不管南朝皇帝的敕书如何，同南朝议和对我国也有好处。我的破南朝之策，你们心中明白。你们留下休息，明日随我一起回京。"

两天以后，即五月十六日，皇太极偕皇后、诸妃、满达尔汉和范文程等进盛京地载门，回到宫中。第二天，围攻松山和锦州的诸王、贝勒等都奉召回到盛京。皇太极亲自出城十里迎接，见面时，以多罗饶余贝勒阿巴泰为首，一个一个轮流屈一膝跪在他的面前，抱住他的腰，头脑左右摆动两下，而他则松松地搂抱着对方的肩背。行毕这种最隆重的抱见礼，一起回到京城，先到堂子祭神，然后他自己回宫，处理紧要国事。

目前首要的大事是如何对明国议和问题。关于议和的事，有一群满、汉大臣，以从前降顺的汉人、现任都察院参政祖可法、张存仁为首，主张拒绝南朝求和，趁此时派大军"南伐"，迫使崇祯逃往南京，纳贡称臣，两国以黄河为界。

皇太极不同意他们的建议。他有一个进入关内、重建金太宗勋业的梦想，也有切实可行的步骤，但不肯轻易说出。想了一想，他指示范文程和刚林等同南朝使臣们立即开议，随时将开议情况报告给他，由他亲自掌握。

他回到盛京以后，就听说满族王公大臣中私下抱怨他对洪承畴看待过重，赏赐过厚。他听到有人甚至说："多年汗马功劳，为皇上负伤流血，反而不如一个被活捉投降的南朝大臣。"驻军锦州一带的诸王、贝勒等回来以后，这种不满的言论更多了，其中还有些涉及庄妃化装宫婢去三官庙送人参汤的话。皇太极必须赶快将这些闲话压下去。一天，在清宁宫早祭之后，皇太极留下一部分满族王公、贝勒赐吃肉。这些人都有许多战功，热心为大清开疆拓土，

---

① 驳斥——三月十六日，皇太极针对崇祯给陈新甲的敕谕，也给驻军锦州、杏山的诸王、贝勒等一道长的敕谕，对崇祯敕谕的态度、口气和内容痛加驳斥，盛称清国的强盛，提出应该议和的道理。敕谕最后说："朕以实意谕尔等知之，尔等其传示于彼。"

巴不得赶快囊吞半个中国。吃过肉,皇太极向他们问:

"我们许多年来不避风雨,甘冒矢石,几次出兵深入明国境内,近日又攻占松山、锦州、杏山、塔山四城,究竟为的什么?"

众人回答说:"为的是想得中原。"

皇太极点头笑着说:"对啦。譬如一群走路的人,你们都是瞎子,乱冲乱闯。如今得了个引路的人,我如何能够不心中高兴?如何不重重地赏赐他,好使他为我效力?洪承畴就是个顶好的引路人,懂么?"

众人回答:"皇上圣明!"

皇太极哈哈大笑,挥手使大家退出。

当五月初四日崇祯在乾清宫流着泪为洪承畴亲自撰写祭文的时候,李自成和罗汝才率领五十万人马杀向开封,前队已经到了开封城外。这个消息,过了整整十天才飞报到京。现在是五月十五日的夜晚,明月高照,气候凉爽宜人。但是崇祯的心中非常烦闷,不能坐在御案前省阅文书,也无心往皇后或任何妃子的宫中散心解愁,只好在乾清宫的院子里久久徘徊。有时他停步长嘘,抬头看一看皇极殿高头的一轮皓月;更多的时候是低垂着头,在漫长的汉白玉甬路上从北走到南,从南走到北,来回走着,脚步有时很轻,有时沉重。几个太监和宫女在几丈外小心伺候,没有人敢轻轻儿咳嗽一声。

他很明白,李自成这次以五十万之众围攻开封,分明是势在必得,不攻下开封决不罢休。尽管他和朝臣们都只说李自成是凶残流贼,并无大志,攻开封不过想掳掠"子女玉帛",但是他心中清楚,李自成士马精强,颇善于收揽民心,这次攻开封可能是想很快就建号称王。想到这个问题,他不禁脊背发凉,冒出冷汗。

他的心情愈想愈乱,不单想着中原战局,而且田妃的十分瘦弱的病容也时时浮在他的眼前。

田妃的病一天重似一天,眼看是凶多吉少,大概挨不过秋天。

今天下午,他带着皇后和袁妃到承乾宫看了田妃,传旨将太医院的官儿们严厉切责,骂他们都是白吃俸禄的草包,竟没有回春之术。当时太医院尹带着两个老年的著名太医正在承乾宫后边的清雅小屋中吃茶翻书,商酌药方,听到太监口传圣旨切责,一齐伏地叩头,浑身颤栗,面无人色。崇祯在返回乾清宫的路上,想着已经传谕全京城的僧、道们为田妃建醮诵经,祈禳多次,全无影响,不觉叹了口气,立即命太监传谕宣武门内的西洋教士率领京师信徒,从明天起为田妃祈祷三日;宫女中也有少数信天主教的,都有西洋教名,也传谕她们今晚斋戒沐浴(他以为天主教徒做郑重的祈祷也像佛、道两教做法事,需要斋戒沐浴),从明日黎明开始为田妃天天祈祷,直到病愈为止。此刻他彷徨月下,从田妃的病势沉重想到五皇子的死,忍不住叹息说:

"唉,国运家运!……"

看见曹化淳走进乾清门,崇祯站住,问道:"曹伴伴,你这时进宫,有事要奏?"

曹化淳赶快走到他的面前,跪下叩头,尖声说道:"请皇爷驾回暖阁,奴婢有事回奏。"

崇祯回到乾清宫的东暖阁,颓然坐下。近来他专在西暖阁批阅文书,东暖阁只放着他偶尔翻阅的图书和一张古琴,作为他烦闷时的休息地。曹化淳跟着进来,重新在他的面前跪下叩头。他打量了曹化淳一眼,心中七上八下,冷淡地说:"说吧,曹伴伴,不要隐瞒。"

曹化淳抬起头来说:"今日下午,京师又有了一些谈论开封军情的谣言。奴婢派人在茶馆、酒楼、各处闲杂人聚集地方,暗中严查,已经抓了几十个传布流言蜚语的人,仍在继续追查。"

"横竖开封被围,路人皆知。又有了什么谣言?"

"奴婢死罪,不敢奏闻。"

崇祯的心头一震,脸色一寒,观察曹化淳神色,无可奈何地说:"你是朕的家里人,也是朕的心腹耳目。不管是什么谣言,均可直说,朕不见罪。"

曹化淳又叩个头,胆怯地说:"今日下午,京师中盛传李自成将要攻占开封,建立国号,与皇爷争夺天下。"

崇祯只觉头脑轰了一声,又一次冷汗浸背。这谣言同他的担心竟然完全相合!他竭力保持镇静,默然片刻,说道:

"朕已饬保督杨文岳、督师丁启睿以及平贼将军左良玉,统率大军星夜驰援开封,合力会剿,不使闯贼得逞。凡是妄谈国事,传布谣言的,一律禁止。倘有替流贼散布消息,煽惑人心的,一律逮捕,严究治罪。你东厂务须与锦衣卫通力合作,严密侦伺,不要有一个流贼细作混迹京师。剿贼大事,朕自有部署,不许士民们妄议得失。"

"奴婢领旨!"

崇祯想赶快改换话题,忽然问道:"对洪承畴的事,臣民们有何议论?"

曹化淳一则最了解皇帝的性格和心思,二则皇帝身边的太监多是他的耳目,所以他知道崇祯曾有心将洪承畴的全家下狱,妇女和财产籍没,随后回心一想,将写好的手谕焚去的事。洪宅因害怕东厂和锦衣卫敲诈勒索,已经暗中托人给他和吴孟明送了贿赂。听皇上这么一问,他趁机替洪家说话:

"洪承畴辜负圣恩,失节投敌,实出京师臣民意外。臣民们因见皇爷对洪家并不究治,都说皇爷如此宽仁,实是千古尧、舜之君,洪承畴猪狗不如。"

崇祯叹息说:"洪承畴不能学文天祥杀身成仁,朕只能望他做个王猛①。"

曹化淳因为职司侦察臣民,又常常提防皇上询问,对京城中稍有名气的官员,不管在职的或在野的,全都知道,不仅记得他们的姓名,还能够说出每个人的籍贯、家世、某科进士出身。惟独这个

---

① 王猛——南北朝时人,以汉族人事前秦苻坚(氐族)为丞相,颇受倚信,曾劝苻坚不要图晋。

王猛,他竟然毫无所知。趁着皇上没有向他询问王猛的近来情况,他赶快奏道:

"皇爷说的很是,京城士民原来对洪承畴十分称赞,十分景仰,如今都说他恐怕连王猛也不如了。老百姓见洪家的人就唾骂,吓得他家主人奴仆全不敢在街上露面,整天将大门紧闭。老百姓仍不饶过,公然在洪家大门上涂满大粪,还不断有人隔垣墙掷进狗屎。"

崇祯喜欢听这类新闻,不觉露出笑容,问道:"工部将齐化门外的祭棚拆除了么?"

"启奏皇爷,不等工部衙门派人拆除,老百姓一夜之间就去拆光了。那些挽联、挽幛,礼部来不及收走的,也被老百姓抢光了。"

"没有兵丁看守?"

"皇爷,人家一听说他辜负皇恩,投降了鞑子,兵丁们谁还看守?再说,兵丁看见众怒难犯,乐得顺水推舟,表面做个样子,吆喝弹压,实际跟着看看热闹。听说洪承畴的那个灵牌,还是一个兵丁拿去撒了尿,掷进茅厕坑中。"

崇祯说:"国家三百年恩泽在人,京师民气毕竟可用! 那快要盖成的祠堂拆毁了么?"

"没有。前门一带的官绅士民因见那祠堂盖得宽敞华美,拆了可惜,打算请礼部改为观音大士庙。"

崇祯正要询问别的情况,忽然司礼监值班太监送进来两封十万火急的军情密奏。他拆开匆匆一看,明白是开封周王和河南巡抚高名衡的呼救文书。他一挥手使曹化淳退出,而他自己也带着这两封文书往西暖阁去,在心中叫苦说:

"开封! 开封! ……"

"新中国70年70部长篇小说典藏"书目

书　名	作　者	书　名	作　者
风云初记	孙　犁	白鹿原	陈忠实
铁道游击队	知　侠	长恨歌	王安忆
保卫延安	杜鹏程	马桥词典	韩少功
三里湾	赵树理	抉　择	张　平
红　日	吴　强	草房子	曹文轩
红旗谱	梁　斌	中国制造	周梅森
我们播种爱情	徐怀中	尘埃落定	阿　来
山乡巨变	周立波	突出重围	柳建伟
林海雪原	曲　波	李自成	姚雪垠
青春之歌	杨　沫	历史的天空	徐贵祥
苦菜花	冯德英	亮　剑	都　梁
野火春风斗古城	李英儒	茶人三部曲	王旭烽
上海的早晨	周而复	东藏记	宗　璞
三家巷	欧阳山	雍正皇帝	二月河
创业史	柳　青	日出东方	黄亚洲
红　岩	罗广斌　杨益言	省委书记	陆天明
艳阳天	浩　然	水乳大地	范　稳
大刀记	郭澄清	狼图腾	姜　戎
万山红遍	黎汝清	秦　腔	贾平凹
东　方	魏　巍	额尔古纳河右岸	迟子建
青春万岁	王　蒙	藏　獒	杨志军
许茂和他的女儿们	周克芹	暗　算	麦　家
冬天里的春天	李国文	笨　花	铁　凝
沉重的翅膀	张　洁	我的丁一之旅	史铁生
黄河东流去	李　準	我是我的神	邓一光
蹉跎岁月	叶　辛	三　体	刘慈欣
新　星	柯云路	推　拿	毕飞宇
钟鼓楼	刘心武	湖光山色	周大新
平凡的世界	路　遥	大江东去	阿　耐
第二个太阳	刘白羽	天行者	刘醒龙
红高粱家族	莫　言	焦裕禄	何香久
雪　城	梁晓声	生命册	李佩甫
浴血罗霄	萧　克	繁　花	金宇澄
穆斯林的葬礼	霍　达	黄雀记	苏　童
九月寓言	张　炜	装　台	陈　彦